Toute la famille
sur la jetée du Paradis

COLLECTION DIRIGÉE PAR JOËLLE LOSFELD

Titre original : *The Family on Paradise Pier*

Ouvrage traduit avec le concours du Centre national du livre

The Publisher acknowledges the financial assistance of Ireland Literature Exchange (Translation Fund), Dublin, Ireland
www.irelandliterature.com
info@irelandliterature.com

ISBN : 978-2-07-078719-7

Dermot Bolger

Toute la famille sur la jetée du Paradis

Roman

Traduit de l'anglais (Irlande)
par Bernard Hœpffner
avec la collaboration de Catherine Goffaux

ÉDITIONS JOËLLE LOSFELD

Pour Donnacha et Diarmuid

PROLOGUE

1941

Un crépuscule fiévreux commença à se refermer sur le train de prisonniers, qui roulait sans éclairage. Depuis plus d'une semaine, dans le wagon de Brendan Goold Verschoyle, les *zeks* étaient entassés et bringuebalés au milieu des ténèbres putrides, traversant un paysage qu'ils avaient rarement l'occasion d'apercevoir. Seuls ceux qui étaient écrasés contre les lattes de bois parvenaient à entrevoir les minuscules larves de lumière qui tremblotaient dans les fentes étroites. Les bruits ne pénétraient pas davantage dans le wagon, à peine le grondement continuel des rails et, de temps en temps, un écho plus sourd lorsqu'ils traversaient à toute vitesse une gare déserte. Parfois, le long train s'arrêtait et les prisonniers s'agitaient avec impatience, attendant les coups de marteau quand les gardes retiraient les barbelés entourant chaque wagon et finissaient par ouvrir les portes. Dans la ruée vers la terre sèche du dehors pour se soulager, toute dignité était oubliée pendant qu'hommes et femmes s'accroupissaient tous ensemble sous les regards des gardes et de leurs chiens. Mais, le plus souvent, le train s'arrêtait sans raison évidente. Une fois immobilisé, seul le silence succédait au grincement des roues, dehors, aucun bruit de pas, de verrous de sécurité qu'on ouvre, d'ordres hurlés enjoignant aux *zeks* de se mettre à genoux pour qu'on les compte. Le train restait ainsi durant une période indéterminée au cours de laquelle les *zeks*, dans leur for intérieur, s'accrochaient à des rêves d'eau et de pain sec, d'air frais venant remplacer la puanteur rance des wagons scellés.

Pour finir, quand les roues se remettaient lentement en mouvement, personne ne parlait, pas même les enfants, qui n'avaient plus la force de pleurer. Pourtant chaque *zek* ressentait un peu de soulagement au milieu de sa déception. Parce que, alors qu'il y avait un manque terrible de wagons de chemin de fer, la décision n'avait pas encore été prise de les liquider. De nouvelles instructions avaient dû circuler, demandant qu'on change de direction et qu'on les convoie vers un goulag différent ou vers un bout de terre aride où leur première tâche consisterait à ériger des barrières de barbelés autour d'eux-mêmes.

Des heures plus tard, le train s'étant enfin arrêté pour qu'on procède à la distribution d'un gobelet d'eau et d'une cinquantaine de grammes de pain à chacun d'entre eux, il y avait souvent un autre cadavre à soulever, raide, bien droit après être resté assis entre les jambes de l'homme enchaîné derrière lui.

La moitié des *zeks* de ce wagon n'avaient aucune idée de la raison pour laquelle ils avaient été arrêtés. Le nom polonais de l'homme qui se trouvait derrière Brendan suffisait à l'impliquer dans un complot trotskiste contre-révolutionnaire. L'homme qui était mort la veille faisait partie des ouvriers envoyés en Chine par Staline pour participer à la construction d'un chemin de fer, tous arrêtés à leur retour comme appartenant à un réseau d'espionnage japonais. Certains d'entre eux avaient subi d'atroces tortures tandis que d'autres n'avaient eu droit qu'à un interrogatoire de pure forme de la part d'une troïka surchargée de travail qui n'avait eu besoin que de quelques secondes pour les condamner à quinze ans.

La situation de Brendan en tant que prisonnier politique étranger était devenue périlleuse depuis quelques semaines, depuis que les haut-parleurs du dernier camp où il s'était trouvé avaient annoncé l'attaque perfide lancée par l'Allemagne contre l'Union soviétique, les gardes, tout comme les *zeks*, stupéfaits que quelqu'un – même Hitler – ose défier Staline. Depuis ce jour-là, tous les prisonniers ayant un nom allemand avaient été tués. Ce train transportait des *zeks* étrangers ou qui avaient été contaminés par leurs contacts avec des étrangers et qui étaient donc considérés comme des soldats ennemis. Toutefois, Brendan avait connu des transports pires que celui-ci. Sans doute manquait-il au wagon le luxe des transports de bestiaux où les *zeks* pouvaient s'accroupir au-dessus du petit trou d'aisances percé dans le plancher, mais cette chaleur valait mieux que le froid. Aujourd'hui, c'était supportable. Il était parvenu à complètement vider ses intestins lors du dernier arrêt, avait savouré son gobelet d'eau et mangé la plus grande partie de son pain, dont il avait gardé un petit morceau, dissimulé sur sa personne. Il était affamé à présent, pourtant il attendrait d'être au bord de l'inanition avant de mâcher lentement le dernier morceau de pain noir. Être capable de contrôler le moment où il apaiserait brièvement sa faim lui donnait une sensation de pouvoir.

Deux hommes seulement se trouvaient entre lui et la paroi, de sorte que, lorsqu'il se laissait aller en arrière, il sentait une certaine résistance. Personne ne s'était encore souillé, de sorte qu'il n'était pas trempé par l'urine sur le sol et que ça ne puait pas la merde. Personne n'était mort aujourd'hui dans ce wagon ou, si quelqu'un était mort, il l'avait fait sans attirer l'attention. Personne n'avait essayé de voler le pain d'un autre *zek*, les prisonniers frappant alors le voleur jusqu'à le tuer. Tous les autres types de vols étaient acceptables mais, même ici, il y avait des tabous qu'il ne fallait pas enfreindre. Aucune femme n'avait été violée collectivement, en grande partie parce que le wagon contenait des politiques et que la véritable violence ne se déchaînait que quand des droits communs prenaient le contrôle d'un wagon et le dominaient par la brutalité. Ce wagon était tellement calme que, pendant quelques secondes, Brendan se laissa aller au sommeil et à rêver du comté de Donegal.

Les quatre enfants Goold Verschoyle étaient rentrés de leur pensionnat à Pâques et avaient retrouvé leur sœur Eva, considérée comme trop fragile pour aller en pension. Ils se baignaient devant la jetée privée de Bruckless dans la baie de Donegal. Art, seize ans, le frère aîné de Brendan, et Eva, dix-sept ans, couraient main dans la main le long des rochers avant de sauter depuis la jetée en pierre et de culbuter en riant dans les vagues. Maud, dix-neuf ans, nageait près de la rive tandis que Thomas, quatorze ans, se tenait en équilibre à la manière d'une sentinelle dans une barque à fond plat munie de longues rames. Et Brendan se voyait, à neuf ans, glissant comme un poisson argenté, fendant l'eau verte pendant que Mère, assise dans les rochers, faisait des croquis et que Père levait les yeux de son Walt Whitman pour leur adresser un signe de la main. Eva refit surface et secoua ses cheveux mouillés avant de prendre elle aussi son carnet de croquis et de rejoindre Mère. Art plongea plus profondément dans l'eau et remonta tout près de Brendan. Tendant la main pour lui ébouriffer les cheveux, il demanda à Brendan s'il aimait le cerf-volant qu'il lui avait fabriqué le matin même. Brendan exprima sa gratitude d'un mouvement de tête et s'immergea complètement dans l'eau pour glisser le long du corps de son grand frère adoré. Ayant ouvert les yeux, il regarda Art fendre les vagues avec puissance et aurait tant voulu avoir le même âge et la même force. Ses poumons lui faisaient mal et il dut refaire surface pour respirer tandis que les pieds d'Art continuaient inexorablement à s'agiter.

La secousse inattendue du train le réveilla alors qu'il chevauchait les vagues. Quelques *zeks* sortirent de leur torpeur et se mirent à parler, se demandant si on allait les autoriser à prendre l'air. D'autres leur crièrent de se taire car ils voulaient entendre le cliquetis des fusils et les halètements des chiens. Brendan vérifia discrètement si son pain était toujours là. Il aurait tant aimé être resté endormi, retrouver la saveur salée de l'eau de mer devant la jetée de Bruckless et il aurait voulu que sa famille sache qu'il était toujours vivant. Tous les *zeks* avaient cessé de parler maintenant mais il sentait leur terreur. Parce qu'ils n'entendaient pas le bruit de voix des gardes, seulement le bourdonnement paresseux d'un avion qui approchait.

Les orties étaient en fleur à la lisière du petit bois dans le comté de Mayo, pleines d'une étrange beauté que les gens prenaient rarement la peine de découvrir au-delà de leurs feuilles vénéneuses. Eva observa un vulcain rouge se poser sur l'extrémité d'une feuille et la couleur du papillon lui rappela la lueur mourante de la tourbe la veille au soir quand, après avoir soufflé la mèche, elle était restée à regarder le feu qui, un instant plus tôt, avait paru mort à la lumière de la bougie. Et pourtant, dans le noir, il avait été possible d'apercevoir les braises de la tourbe qui battaient faiblement comme deux ailes rouges.

Eva remarquait les détails de ce genre à présent qu'elle avait toute liberté de regarder les choses. Liberté était un mot étrange en temps de guerre, mais c'était ce que son âme ressentait dans le comté de Mayo maintenant qu'elle avait échappé à l'Angleterre. L'hiver glacial n'était plus qu'un souvenir. En janvier, son mari avait envoyé une lettre de la caserne dans laquelle il lui décrivait la Tamise gelée pour la première fois depuis cinquante ans. Chaque minuscule lac du Mayo était également gelé, et les gamins du coin marchaient sur la glace pour traîner jusque chez eux tout le bois mort qu'ils pouvaient dénicher. Quand le *Irish Times* avait publié une photo où des Finlandais tentaient de sortir à coups de hache les cadavres des envahisseurs russes gelés sur place, l'arrière-plan glacé aurait pu être n'importe quel versant de colline du Mayo au sommet neigeux.

Pendant une bonne partie du mois de janvier, Eva avait été bloquée par la neige à Glanmire Wood avec ses deux enfants. Jouant et se disputant, dessinant sur les murs des pièces abandonnées et chantant des hymnes à l'heure du crépuscule, Francis et Hazel auraient voulu entendre une autre voix. Un soir, tous les trois entendirent un cri lugubre dans les bois et ils se retrouvèrent devant la porte pour observer la neige, car le gémissement troublant leur faisait penser à la *banshee*. Convaincue que le régiment territorial de Freddie avait été envoyé rejoindre la bataille désespérée qui se livrait à l'étranger, à cet instant-là Eva eut la certitude que son mari était mort. Comme d'habitude, Hazel, douze ans, se montra la plus réaliste.

« C'est un chien ! avait crié la petite fille. Piégé là-bas ! »

Hazel n'avait pas attendu d'être vêtue correctement, elle avait couru dans la neige, suivie par Francis, tandis qu'Eva essayait de ne pas les perdre – se souciant davantage de leur sécurité dans les congères que de celle du chien. Il avait fallu dix minutes pour localiser les cris du colley et pour sortir la chienne de là. Les enfants la transportèrent à la maison, refusant de changer leurs vêtements trempés avant d'avoir trouvé une couverture dans laquelle envelopper l'animal affamé. Les côtes de la chienne étaient tellement visibles que l'on aurait pu penser qu'elle ne survivrait pas. Et pourtant elle survécut, comme eux, malgré les tempêtes de février qui secouèrent toute l'Europe comme si Dieu avait été pris de fureur devant le désir de massacre de l'humanité.

Ils avaient traversé sans encombre deux hivers et étaient encalminés avec bonheur dans la chaleur de cette après-midi d'été où les arbres qui entouraient leur maison, laquelle se désagrégeait lentement, n'étaient pas dérangés par le vent. Le vulcain voleta jusque sur la pelouse non fauchée où Francis était couché, torse nu, enivré par les gazouillis aigus de deux roitelets huppés dans le bois. Revenir en Irlande lui avait rendu son assurance. Ici, il était maître des lieux, il pouvait s'aventurer dans son canoë sur la rivière Castlebar, parcourir les tourbières où son père adorait aller chasser, mais Francis n'était armé que de jumelles pour observer les bécassines dans les roseaux. Eva essayait de continuer à l'instruire, mais il avait fallu attendre qu'un voisin lui prête un livre sur les arbres irlandais avant qu'il se passionne pour le latin. À présent, lors de promenades dans le bois de Glanmire, il s'empressait de faire montre de ses connaissances. Le noisetier, avec son écorce brun cuivré et ses chatons jaunes qui se balançaient, s'appelait *Corylus avellana*. Le bouleau, avec ses longs bourgeons collants d'hiver et ses petites noix ailées, était un *Betula alba*. Il lui indiqua même les noms latins d'espèces absentes qu'il avait l'intention de planter un jour. L'*Arbutus unedo*, que l'on appelait l'arbre aux fraises parce que son fruit en grappe était couvert de petites pustules et ressemblait à une fraise. Si Francis pouvait agir à sa guise, Eva ne pensait pas qu'il quitterait jamais ce bois, car il y était Adam dans toute son innocence, et il lui rappelait son plus jeune frère Brendan pendant ces longues après-midi d'enfance où ils allaient se baigner depuis la jetée de Bruckless.

Eva regarda le colley se lever pesamment des marches du perron et progresser pas après pas dans la pelouse pour s'affaler près de Francis. Le garçon tendit paresseusement une main et la chienne roula sur le dos, exhibant son ventre moucheté afin qu'il le gratte.

Eva devait dresser une liste de tâches urgentes mais, bien qu'elle ait emporté un crayon et du papier dehors, elle était trop ensorcelée par cette miraculeuse chaleur pour se concentrer sur ce qu'il y avait à faire. Hazel surgit de l'étable, où elle avait étrillé son poney, et alla remplir un seau d'eau. Le levier de la pompe grinça sa protestation rouillée.

« Je vais à la cuisine, annonça-elle. Je vais aller faire des bulles. » Pourtant la petite fille s'arrêta pour regarder au-delà des branches du châtaignier qui encadraient l'allée. Hazel avait l'oreille fine mais Eva ne tarda pas à entendre le cliquetis d'une bicyclette tentant d'éviter les profondes ornières dans les longues herbes du chemin. Elle ne put s'empêcher d'être saisie par une peur familière, un reliquat de son enfance pendant la Grande Guerre quand un silence recouvrait le village de Dunkineely chaque fois que le receveur des postes quittait son bureau avec un télégramme. Étaient-ce des nouvelles de Brendan ou de ses parents ? Jamais ils n'enverraient Freddie se battre, avec son pied bot, quelles que soient les exigences de l'effort de guerre. Mais peut-être que l'âge et les infirmités ne signifiaient plus rien, maintenant que Mussolini appelait sous les drapeaux des garçons de quatorze ans, à peine plus âgés que Francis. Eva abaissa son crayon et tenta de prier pour tous ceux qu'elle aimait et qu'elle savait en danger.

Les rideaux qui masquaient la fenêtre jusqu'au sol donnaient à la chambre d'Oxford une ambiance crépusculaire, et pourtant ce n'était que le milieu de l'après-midi quand Mrs Goold Verschoyle se réveilla. Pendant la plus grande partie de la nuit, elle s'était inquiétée du sort de son mari alors qu'il patrouillait les rues pour surveiller l'application du black-out en tant que préposé à la défense passive. Jusqu'à présent, Oxford avait échappé au destin de Coventry et de Southampton mais, certaines nuits, les incendies à Londres étaient d'une telle importance que l'on disait que la lueur en était visible jusqu'ici. Ce ne fut qu'en entendant Tim rentrer sain et sauf à l'aube qu'elle s'était abandonnée au sommeil. Rien toutefois n'indiquait qu'il était monté se coucher. Elle resta étendue un instant, se rappelant son rêve à propos du Donegal. Elle voyait encore Mr et Mrs Ffrench traversant leur pelouse à Bruckless House pour se rendre à la jetée en pierre, chargés de plateaux de limonade maison destinés aux nageurs venus leur rendre visite. Brendan adorait leur limonade et aiguisait parfois sa soif afin d'en savourer le goût. Brendan, le cadet de ses enfants, avait été comme un poisson dans son rêve.

La lutte incessante contre l'arthrite avait gravé de profondes rides sur le visage de Mrs Goold Verschoyle. Son infirmité était telle que tenir un stylo était une torture : cependant, elle refusait de renoncer à écrire des lettres aux administrations britanniques et soviétiques. Chaque ligne représentait une agonie physique, mais elle était motivée par son besoin d'apaiser l'angoisse bien plus grande de son cœur. Aujourd'hui, elle décida de ne pas se laisser contrarier par les réponses entassées dans le tiroir de sa table de chevet – des réponses brèves exprimant leurs regrets de ne pas pouvoir lui fournir d'informations au sujet de son fils disparu. Aujourd'hui, elle essayerait d'avoir l'air en forme pour Tim. Avec douleur, elle se brossa les cheveux, toujours aussi doux et fins que ceux d'une enfant. Par la porte entrouverte de l'armoire, elle aperçut les robes emballées qu'elle avait portées autrefois lors de soirées dans le comté de Donegal. Elle posa la brosse sur la coiffeuse à côté d'un exemplaire de *The Great Outlaw* – son livre préféré sur le Christ – et ouvrit un tiroir pour examiner les petites bouteilles de parfum qu'elle y conservait avec grand soin.

Ayant choisi celui que son mari préférait, elle se leva. Tim serait content de voir qu'elle n'était pas trop faible pour quitter son lit aujourd'hui. Il dormait sans doute au rez-de-chaussée afin de ne pas la réveiller. Mais, quand elle arriva au salon, il n'était pas étendu sur le canapé. Son corps était affalé en avant dans un fauteuil, un recueil de poèmes encore en équilibre sur un genou. Mrs Goold Verschoyle le regarda, trop effrayée pour avancer. Ce serait typique de Tim de connaître une mort – comme sa vie entière – si peu dramatique que même son livre ne tomberait pas de son giron.

Un peu de miséricorde, Seigneur, pria-t-elle. *Ne me le prenez pas lui aussi.*

Le livre bascula, frappa le tapis avec un bruit sourd. Mr Goold Verschoyle s'agita légèrement, baissa le regard sur le livre et se pencha pour le ramasser.

« Comment va ma chérie ? » demanda-il calmement.

Mrs Goold Verschoyle ne répondit pas, mais s'approcha de lui et posa une main sur son épaule.

« Je sais, dit-il. Je sens bien moi aussi à quel point ce moment est précieux. »

La tragédie refusa de pénétrer dans le bois du Mayo ce jour-là parce que ce n'était pas un petit télégraphiste qui surgit de sous les branches du châtaignier pour arriver sur la pelouse d'où Eva et ses enfants la guettaient. C'était Maureen, qui avait été leur bonne, mais qui était désormais leur amie et locataire. Elle arriva en roue libre jusqu'aux marches, heureuse de la demi-journée hebdomadaire de liberté que lui octroyait le magasin de Castlebar où elle travaillait. Son panier en osier était rempli de provisions commandées par Eva, chaque chose dûment payée. C'était merveilleux de ne pas devoir d'argent et de ne pas craindre les créanciers.

Glanmire House était de toute évidence assez décatie. Les vitres fendues n'avaient pas été remplacées, les tuiles déplacées laissaient passer l'eau de pluie dans les pièces désaffectées où les murs étaient couverts d'une végétation ressemblant à des algues. Mais la cuisine était sèche et chaude, et les quelques pièces habitables suffisaient à leurs besoins. Pour l'instant, leurs besoins étaient modestes.

L'horreur de la guerre était toujours présente par son absence. Ce silence dans les bois semblait artificiel, comme percé par des cris lointains d'une fréquence tellement élevée que seule la chienne dressait l'oreille et regardait au loin d'un air dérouté.

L'Irlande n'était pas, pour l'instant, directement dévorée par la conflagration, mais rares étaient ceux qui ne pensaient pas qu'il y aurait bientôt une invasion par l'un des deux camps. Tandis que la campagne retenait sa respiration, les gens apprenaient à vivre dans l'attente. Selon les voisins protestants, le fait que Freddie soit allé rejoindre l'armée britannique était suffisant pour que la famille retrouve une certaine respectabilité après la débâcle de sa faillite. Maintenant que Freddie était trop occupé par la vie militaire pour obliger Eva à sauver les apparences, elle pouvait discrètement adopter un mode de vie campagnard avec les enfants, et ils pouvaient parler et penser comme ils le voulaient à l'abri de ce bois. Sans Freddie, Glanmire House lui rappelait la liberté de son enfance dans le Donegal.

Hazel salua Maureen de la main avant de reprendre le seau d'eau et de se rendre dans la cuisine. Francis fit un geste et roula sur le ventre pour que le soleil lui chauffe le dos. Maureen posa sa bicyclette contre les marches et se dirigea lentement vers Eva.

Elle s'affala dans l'herbe. « Cette chaleur est terrible. La chaîne de mon vélo a sauté près de Turlough et j'ai cru que l'huile allait me détruire les mains.

— Des nouvelles du village ? demanda Eva.

— Une misère, Mrs Fitzgerald. Les garçons Stagg partent travailler en Angleterre, mais on dirait que la moitié du Mayo a eu la même idée quand on voit la foule à la gare de Castlebar, et le train déjà bondé depuis Westport. Ils finiront assis sur le toit à Claremorris, s'il arrive jusque-là, avec cette tourbe mouillée qu'ils font brûler. On dit que les propriétaires d'usine en Angleterre réclament des ouvriers. »

Maureen envoya valser ses chaussures et s'allongea sur le dos pour que le soleil bronze ses jambes. Eva se demanda si elle voulait laisser entendre qu'elle était tentée de partir. La jeune femme sortit une lettre de son sac.

« J'ai rencontré Jim le Facteur et je lui ai dit qu'il n'aurait pas besoin de pédaler jusqu'ici, dit-elle. Il avait l'air mort de curiosité tant il voulait savoir ce qu'elle pouvait contenir. »

Elles se mirent toutes les deux à rire, puis Maureen ramassa ses chaussures et alla rejoindre Hazel à la cuisine. Eva ouvrit la lettre de Freddie avec nervosité parce que la lettre recommandée hebdomadaire contenant ses allocations était déjà arrivée le lundi. Comme toujours, le ton était franc mais circonspect. La consigne selon laquelle une phrase irréfléchie pouvait coûter des vies était toujours gravée en lui, bien qu'Eva doutât fort que ses lettres fussent ouvertes à la vapeur par des sympathisants de l'Allemagne dans un centre de tri irlandais. Les Irlandais préféraient tenir leurs informations de la bouche vantarde de Lord Haw-Haw à la radio allemande pour tout savoir sur le nœud coulant que les nazis serraient de plus en plus. Elle soupçonnait même que, si la plupart des gens du coin l'écoutaient, c'était parce qu'il était lui aussi du Connaught et qu'ils étaient fiers de voir un gars du pays réussir dans la vie, quelle que soit sa profession.

Comme d'habitude, la première page contenait des questions concernant les enfants, puis Freddie lui communiquait des nouvelles de lui-même. Les craintes d'Eva sur la possibilité qu'il soit envoyé au combat n'étaient pas fondées – en tout cas pas pour l'instant. Avec deux millions d'hommes sous les drapeaux, l'armée avait besoin de gens expérimentés pour la préparation militaire, et Freddie lui écrivait que ses longues journées de chasse dans les tourbières du comté de Mayo n'avaient peut-être pas été du temps perdu, en fin de compte. Il gardait un ton ironique pour parler de lui-même, comme si l'obligation d'annoncer sa nomination de sous-lieutenant dans le corps d'instruction le déconcertait. Mais Eva savait qu'il avait dû impressionner ses supérieurs en se montrant le meilleur tireur de sa compagnie d'artillerie de réserve. Une telle promotion était la réalisation d'un rêve, particulièrement en raison de son infirmité. Eva savait que chaque conscrit aurait droit à autant de soins qu'il en aurait accordé à Francis si son fils avait manifesté le moindre intérêt pour les fusils.

Freddie s'était bien adapté à la vie militaire. La routine lui convenait. Il deviendrait populaire une fois qu'il serait parvenu à contrôler sa consommation d'alcool – être irlandais était un avantage car cela indiquait que participer à la guerre relevait d'un choix personnel. Ses histoires de chasse dans les tourbières seraient embellies pour amuser la galerie. Il écrivait que la famille lui manquait mais Eva savait qu'en réalité il savourait la liberté de pouvoir succomber à un dernier verre avec de nouvelles connaissances et d'inaugurer chaque journée en se réveillant seul. Eva savait qu'il se sentait coupable d'apprécier ce sentiment de liberté parce qu'elle-même ressentait la même culpabilité, ici, dans le comté de Mayo. Ils n'en parlaient ni l'un ni l'autre, mais la guerre leur fournissait un camouflage derrière lequel ils pouvaient commencer à vivre séparément. Son frère Art avait eu raison de dire qu'ils n'auraient jamais dû se marier.

Dans le dortoir en bois du camp de Curragh où étaient internés les éléments subversifs, Art Goold se leva après avoir ciré ses grosses chaussures. La discipline de la vie de camp lui convenait. C'était le seul avantage qu'il avait glané à Marlborough College. La semaine précédente, un autre garçon de l'IRA avait été ramassé et interné pour la durée du conflit en Europe – auquel De Valera et son gouvernement impérialiste fantoche avaient attribué l'euphémisme de « The Emergency ». En entendant le garçon pleurer quand il pensait que les autres internés s'étaient endormis, Art s'était souvenu des dortoirs pleins de gamins enlevés à un très jeune âge pour qu'on leur lave le cerveau et qu'on les brutalise jusqu'à ce qu'ils soient capables de gérer un empire.

La différence, naturellement, était que dans ce camp, gardé par l'armée irlandaise, tous les internés étaient égaux. Il n'y avait ni grands ni petits élèves, ni brimade quotidienne ni raclée ritualisée. À Marlborough, on vous enfonçait les mensonges dans la gorge, tandis qu'il existait ici une possibilité de véritable polémique. Non que tous les hommes de l'IRA aient l'esprit ouvert : certains d'entre eux se signaient en vitesse quand ils l'apercevaient. Art était habitué à ces superstitions, mais la plupart des internés avaient fini par se détendre en sa présence, particulièrement quand il se mettait à genoux à leurs côtés le soir au moment de la récitation du rosaire. Ils savaient qu'Art ne priait pas, mais ce dernier considérait qu'il était essentiel pour le moral du camp de manifester aussi du respect envers leurs croyances. Sa description du monde socialiste des rues de Moscou et de la transformation de la production agricole grâce au génie visionnaire de Staline fascinait des hommes qui n'étaient encore jamais allés à plus de trente miles du lieu de leur naissance. Au fond, ils étaient des koulaks qu'il allait falloir arracher à leurs arpents de tourbière quand viendrait le moment. Mais que pouvait-on attendre d'eux quand les prêtres les terrorisaient avec le spectre du châtiment éternel ? D'ailleurs, étant lui-même issu des « *Bivchye Lioudi* », Art n'avait pas le droit de mépriser quiconque. Staline avait trouvé une très bonne formulation : *les gens d'avant* – les restes de la classe honnie des tsaristes qui refusaient de tenir un rôle dans la révolution. Les camps de rééducation soviétiques en étaient pleins, avec leurs mains molles, apprenant à se servir d'une pelle et ne demandant qu'à se racheter. Le triomphe du canal de la mer Blanche, taillé dans la roche avec des instruments primitifs et une sueur honnête, démontrait comment la rééducation fonctionnait bien. Art avait été renvoyé en Irlande pour répandre la bonne parole et, si De Valera tenait à l'interner en tant que communiste, alors ce camp était le lieu idéal où remplir cette tâche.

L'IRA et les communistes n'étaient pas des alliés naturels mais la force persuasive de ses arguments commençait à lui gagner quelques convertis. Art avait précédemment admis le souhait de la direction de l'IRA que l'Irlande demeure neutre. Toutefois – depuis l'attaque d'Hitler contre la Russie –, Art n'avait pas d'autre choix que celui de demander à l'Irlande de se rallier à la lutte contre le fascisme allemand à présent que le camarade Staline s'était stratégiquement allié avec les impérialistes. Aveuglée par des doctrines nationalistes erronées et par sa haine minable de la Grande-Bretagne, le chef de l'IRA dans le camp avait pris peur devant ses discours au cours des semaines passées. Mais il ne s'agissait pas de collaborer avec la Grande-Bretagne, il s'agissait d'utiliser les Alliés comme un moyen pour écraser le fascisme avant de s'unir derrière Staline et de créer un nouvel ordre du monde. C'était là un prix qui dépassait de loin les flèches de Fermanagh, symboles du nationalisme irlandais.

C'était maintenant que tous les révolutionnaires devaient s'unir et, si l'IRA avait du mal à s'adapter, Art avait montré comment parvenir à un changement radical. Cela n'avait pas été facile. Le Christ n'avait enduré que quarante jours dans le désert, Art, lui, avait travaillé deux décennies comme docker, dormant dans des taudis et dans des cellules de commissariat. Il avait été son propre juge, ne s'était pas dérobé un seul jour à sa condamnation aux travaux forcés et maintenant il était fort, n'était plus souillé par la classe sociale à laquelle il avait appartenu. Mais ce qui le troublait, c'était que la nuit précédente il avait rêvé de sa famille se baignant près de la jetée privée des Ffrench et qu'il n'avait ressenti aucun sentiment de culpabilité à revivre ces instants privilégiés et oisifs. Au contraire, il avait éprouvé une appartenance, une dangereuse vague d'amour d'autant plus bouleversante qu'elle émanait de ceux qu'il était obligé de répudier.

Art quitta le baraquement, inquiet à l'idée de rejoindre avec retard les quelques rares internés que son cours de langue russe n'intimidait pas. Mais il ne tarda pas à s'apercevoir que deux hommes marchaient à ses côtés. Il les examina tandis qu'ils lui immobilisaient les bras.

Ils appartenaient à la tendance catholique primitive des républicains. Il était assez fort pour leur régler leur compte mais, lorsqu'ils tournèrent et arrivèrent dans un espace entre les baraquements, il vit qu'une délégation l'attendait. Après avoir sorti un long couteau de sa poche, celui qui commandait l'IRA dans le camp posa la lame contre la gorge d'Art.

« Tu es passé en cour martiale, Goold, et tu as été condamné par contumace.

— Vous ne pouvez pas me juger en cour martiale. Je n'appartiens à aucune des organisations républicaines.

— Tu es un cinglé de protestant.

— Je suis athée.

— Quoi qu'il en soit, tu iras en enfer. Tu vas y aller plus tôt que prévu. J'en ai assez. Nous avons expliqué au directeur que, si tu ne pars pas aujourd'hui, on te trouvera demain transpercé de cent coups de couteau. Tu es maintenant sous sa responsabilité. »

Les hommes qui lui tordaient les bras le poussèrent en avant et il se mit à marcher. Puis, pour une raison inconnue, il se souvint de son frère Brendan dans son rêve de la nuit précédente, il nageait à ses côtés, essayait de rester à sa hauteur. Art s'arrêta, il n'avait pas peur mais il était submergé par la sensation d'avoir déjà vécu cet instant et par une culpabilité inévitable. Il redressa la tête, comme s'il acceptait que le châtiment provienne finalement d'une balle ou d'un couteau.

Mrs Ffrench traversa la pelouse devant Bruckless House et arriva sur l'allée de gravier qui menait à la petite jetée. Des années plus tôt, au cours d'un pique-nique où la famille Goold Verschoyle s'était demandé s'il fallait l'appeler la jetée de Bruckless ou la jetée de Mrs Ffrench, Eva avait insisté pour qu'en fait on lui donne le nom de jetée du Paradis parce que c'était vraiment un paradis. Maintenant que les Goold Verschoyle étaient partis, personne ne l'appelait plus la jetée du Paradis. D'ailleurs, personne ne venait jamais ici, et pourtant les gens du coin savaient qu'elle ne s'opposait en aucun cas à ce qu'ils viennent nager. Mais la superstition était puissante, bien que tout le monde à Bruckless et à Dunkineely ait été très gentil avec elle pendant son deuil. Sans doute rien ne résumait mieux l'échec de son mari que l'affection que ces gens lui avaient portée. Il s'était imaginé être un orateur radical, une torche progressiste de vérité au milieu de la brume de leur ignorance. Mais elle avait compris que les gens de la région le considéraient simplement comme un excentrique pittoresque – sans même le voir comme Irlandais. Les prêtres du comté avaient fréquemment ironisé sur la Menace rouge sans prendre la peine de nommer son mari, malgré toutes les années où il s'était tenu sur le marchepied de sa Rolls-Royce pendant les réunions publiques afin de chahuter les orateurs et de conjurer les gens de lire les tracts communistes qu'elle leur tendait avec patience.

Dans la région, leur croisade avait été considérée comme tellement risible qu'elle comptait pour rien. Les seules personnes qu'ils étaient parvenus à convaincre étaient des gens de leur propre classe – ces merveilleux garçons Goold Verschoyle. Il est vrai que la classe sociale n'aurait plus d'importance après la révolution, mais elle avait encore de l'importance aujourd'hui. Il suffisait de voir comment les gens avaient transporté le corps de son mari à la maison quand il s'était écroulé en se rendant à bicyclette à Killybegs pour invectiver De Valera pendant une réunion politique. Elle l'avait prévenu que c'était trop loin pour s'y rendre à vélo, mais il était impossible de se procurer de l'essence. Mrs Ffrench avait lavé le défunt et l'avait exposé dans son bureau, avec ses cartes, et ses livres, et ses oiseaux apprivoisés qui salissaient tout, dérangés par le grand nombre de visiteurs. Pendant trois jours, les gens les plus inattendus étaient venus lui rendre un dernier hommage, des ouvriers agricoles qui auparavant n'avaient jamais pénétré dans la maison. Les problèmes qu'il avait causés à Art Goold Verschoyle étaient oubliés. Mais la seule chose qui alimentait les rumeurs du voisinage était la mise en scène funèbre.

Personne n'était venu pour l'enterrement, néanmoins elle avait senti les regards qui l'observaient depuis l'autre rive de la crique quand les quatre ouvriers avaient déposé le corps de son mari dans ce coin abrité du jardin à proximité de la jetée. Dans le Donegal, seuls les bébés non baptisés et les suicidés étaient enterrés en terre non consacrée. Mais tel avait été le désir de Mrs Ffrench et c'était là qu'elle reposerait quand viendrait son heure. Il n'y avait eu ni prières ni discours ; seulement *L'Internationale* jouée sur le gramophone à manivelle. Mrs Ffrench tendit le bras vers la pierre tombale et s'agenouilla pour déposer des fleurs sauvages. Le tailleur de pierre du village était allé demander conseil au prêtre avant de graver l'inscription austère que son mari avait choisie comme épitaphe : « Thomas Roderick Ffrench : L'immortalité des morts n'existe que dans l'esprit des vivants. »

Le silence à l'extérieur du train de prisonniers fut brisé par des bruits indistincts : aboiements des chiens libérés, gardes paniqués qui criaient, une ruée de bottes sur le sol.

« Les salopards, murmura un vieux *zek* derrière Brendan. Ils se préoccupent plus de sauver les chiens que de nous sauver nous. Revenez, trouillards, déverrouillez ces portes. »

Tous, dans le wagon, étaient maintenant debout et tapaient contre le toit et les parois en bois. Des rafales de mitrailleuse étaient tirées d'en haut, mêlées à des cris.

« Visez bien, les Allemands, dit une femme. Tuez tous les gardes.

— C'est eux qu'ils veulent, ajouta un jeune homme. Je veux dire, pourquoi les Allemands voudraient-ils nous détruire ?

— Ils s'en fichent, répondit le vieux *zek*. Nous ne comptons pas. Ils veulent détruire les wagons, le matériel roulant. »

Des martèlements désespérés provenaient de l'intérieur de tous les wagons. Brendan entendit le bois se briser et il comprit qu'un groupe de prisonniers s'était libéré. Leurs cris se transformèrent en hurlements au milieu d'une pluie de balles, mais il ne savait pas si les balles venaient de l'avion ou si les gardes avaient positionné leurs mitrailleuses dans les fourrés. Deux hommes près de lui, soulevés par d'autres prisonniers, martelaient le toit. Ils cassèrent une latte en bois, lui offrant un aperçu éblouissant de ciel bleu. Tout le monde hurlait à présent. Mais Brendan était parfaitement immobile, hypnotisé par ce bleu au-dessus de lui. C'était le bleu d'un été irlandais et, traversant cette tache de lumière, il y avait un petit avion qui s'en allait ou qui virait pour une deuxième attaque. On aurait dit un jouet d'enfant, un miroitement étincelant dans l'air pur qui le fit retenir sa respiration lorsqu'il le vit tourner en une lente boucle. D'autres le virent également et se mirent à hurler plus fort. Mais Brendan ne dit rien car il était redevenu un petit garçon, debout sur la jetée de Bruckless, faisant redescendre le cerf-volant lumineux que son frère avait fabriqué pour lui.

Eva leva les yeux de la lettre de son mari lorsque Hazel sortit de la cuisine pour se rendre en valsant, pieds nus, jusqu'à la pelouse. La petite fille remua le contenu de la cruche qu'elle portait, puis elle rejeta ses cheveux en arrière pour souffler la première bulle vers le ciel, riant de la voir s'élever et éclater. Francis la regarda un instant puis se recoucha, le chien à ses côtés.

Eva posa la lettre de Freddie et, ressentant une pointe de culpabilité à cause de son oisiveté, elle prit son crayon d'un air décidé et commença à rédiger la liste des tâches prévues pour cette après-midi-là. Mais le rire de Hazel l'obligea à lever à nouveau les yeux pour observer l'extraordinaire façon dont l'enfant tordait son corps souple afin que les bulles restent en l'air. La petite fille était entièrement immergée dans son jeu, jouissant de son triomphe chaque fois qu'une bulle restait intacte, riant devant le ploc de son extinction, puis recommençant avec un nouveau jet de bulles toutes fraîches. Rien d'autre n'existait pour Hazel à cet instant-là : pas de guerre, pas de bombardiers tournoyant dans le ciel d'Europe, pas de menace d'invasion ni d'attaque aux gaz, pas d'avenir compliqué par des décisions d'adultes. Seulement ces globes légers que l'on pouvait apprécier pendant la brève totalité de leur existence.

Eva posa les yeux sur son bloc-notes, la liste de tâches bannie de son esprit. Cela faisait des années qu'elle n'avait pas tenu un crayon pour autre chose que gribouiller des listes. Son instinct d'enfant pour le dessin – en sommeil depuis si longtemps – avait inconsciemment repris le dessus. Elle découvrit une esquisse tourbillonnante de sa fille déjà à moitié terminée. Eva l'étudia en sentant son cœur battre plus fort. Elle savait encore dessiner quand elle n'y pensait pas. Quand elle permettait au crayon de penser à sa place. Une deuxième image se forma sur la page. Hazel, immobile cette fois-ci, dos arqué et tête en arrière pour souffler une bulle dans l'air. Eva voyait son propre reflet dans la petite fille, comme si elle avait le même âge, vivait la même joie. La deuxième esquisse était à peine terminée que ses doigts en avaient commencé une troisième. Si la petite fille regardait vers elle, la magie serait détruite. Hazel demanderait à voir ce qu'Eva faisait, examinerait chaque esquisse en détail. Mais ces dessins paraissaient aussi légers que des bulles. À la moindre pression, sa maîtrise exploserait. C'était comme si un sixième sens revenait dans ses doigts, comme si la tension de l'âge adulte avait complètement disparu.

Francis remarqua la bicyclette de Maureen posée près des marches. Il l'enfourcha et traversa habilement la pelouse en roue libre. Deux oiseaux se chamaillaient et se poursuivaient dans les arbres. Il y avait tant de choses qu'Eva aurait pu ajouter à son esquisse : leur maison qui se désagrégeait, le bétail dans les champs un peu plus bas, la porte gauchie de l'étable. Mais il n'était pas nécessaire de dessiner tout ça parce que Eva voulait simplement dessiner le bonheur. Tandis que Hazel virevoltait en cercles vertigineux, elle ressemblait à un axe, à un pivot, à un tourbillon de bonheur, attirant le monde entier dans ses fils invisibles.

Le chien aboyait, poursuivant la bicyclette qui tanguait. Maureen sortit de la cuisine pour annoncer que le thé était prêt. Mais personne ne bougea, comme si personne n'entendait. Hazel plongea une main dans la cruche pour libérer un ultime jet de bulles. Elles s'élevèrent au-dessus d'elle, couleurs d'arc-en-ciel dans la lumière. Eva se rendit compte que c'était ainsi qu'avait été sa famille dans le Donegal lorsqu'ils avaient plongé dans les eaux devant la jetée de Bruckless, si belle, sans aucune utilité réelle, ils vivaient dans le présent sans soupçonner le moins du monde que ce paradis allait durer si peu. Hazel dansait sous la dernière bulle, rejetant la tête tellement loin en arrière qu'il semblait impossible qu'elle ne tombe pas. Portée par sa respiration, la bulle s'éleva si haut qu'Eva eut du mal à la suivre. Maureen cessa d'appeler et même Francis s'arrêta sur la bicyclette pour regarder. La bulle posée sur l'air et Hazel posée sur l'herbe, toutes deux en équilibre et belles jusqu'à ce que, sans prévenir, la bulle éclate et disparaisse complètement. Hazel se laissa tomber en arrière, se retourna en roulant et regarda sa mère en riant.

PREMIÈRE PARTIE

1915-1935

1

LE PIQUE-NIQUE

Août 1915

Eva pensa qu'il était glorieux de s'éveiller avec ce sentiment d'attente. La journée tout entière se passerait dehors, avec sa famille jacassant à l'arrière de la Charrette Aéroplane de Mr Ffrench tandis qu'Eva laisserait pendre ses jambes par-dessus le bord cahotant en retenant d'une main son chapeau à large bord menacé par la brise. Sûrement, aucun bonheur ne pouvait égaler cela.

Sa sœur aînée, Maud, dormait dans l'autre lit de la chambre. Des particules de poussière luisaient dans la première lumière du jour qui se glissait sous une latte des volets en bois, le mince rayon rendant plus blanche encore la cuvette blanche à côté du broc d'eau.

Il était à peine six heures mais, à treize ans, Eva était incapable de rester au lit une minute de plus. Personne d'autre n'était encore réveillé à Dunkineely. Bientôt le fracas incessant de la pompe du village allait commencer mais, en attendant, Eva avait le paradis pour elle toute seule. Si elle se levait sans faire de bruit, elle pourrait aller se promener et être de retour avant que l'ensemble des Goold Verschoyle ne se lève pour préparer le pique-nique.

S'étant habillée sans faire de bruit afin de ne pas réveiller Maud, Eva descendit l'escalier. Un vieux chat blanc près du fourneau leva la tête pour l'observer d'un air impénétrable lorsqu'elle souleva la clenche et s'échappa dans le jardin. La clarté de la lumière la ravissait, avec ses toiles d'araignée esquissées par la rosée. Eva suivit la trace des pattes d'un renard dans l'allée circulaire qui menait à la rive rocheuse de la Bunlacky. La brise de mer venant de St John's Point chassait son haleine, la remplissait du désir de lancer des actions de grâce. Elle ferma les yeux et des hymnes sacrées s'envolèrent dans son esprit tel un vol de corbeaux effrayés et de nouvelles paroles pareilles à des oiseaux blancs s'abattirent pour les remplacer. Les prières qui avaient le plus de sens étaient celles qui venaient spontanément dans des moments comme celui-ci :

« Ô Seigneur que je ne peux espérer comprendre ou voir, créateur de la grive musicienne, et de l'alouette, et de la linotte. Fais de ma vie ce que tu veux. Apporte-moi l'amour ou le tourment qui libérera mon cœur. Permets-moi simplement d'être la personne que je pourrais devenir si mon âme était étirée jusqu'à ses limites. »

Eva ouvrit les yeux, s'attendant plus ou moins à ce que des oiseaux blancs occupent le ciel vide. Seuls quelques buissons se courbaient devant la majesté du vent.

En tant que fils d'un évêque de l'Église d'Irlande, c'était avec sérieux que Père s'occupait d'éduquer les garçons dans la religion mais Mère prétendait qu'en réalité il n'allait à l'église que pour chanter. La responsabilité d'instruire les filles revenait à Mère. Pourtant, même sans les croyances rosicruciennes de Mère et son indifférence aux institutions religieuses, Eva savait qu'elle aurait fini par laisser tomber leur église locale de Killaghtee, où les sermons relevaient davantage du discours que d'un véritable amour du Christ. Elle avait besoin d'une cérémonie qui englobait sa joie d'être en vie. Mais si Eva n'était pas à sa place avec sa famille sur le banc réservé près du chœur de l'église de Killaghtee, où était sa place ? Ni dans la chapelle catholique où se rendaient la cuisinière et la nurse, ni avec les méthodistes dans leur salle de réunion près de chez elle. À ce moment précis, cette allée lui semblait être une vraie église, habitée par l'hymne du vent. La liberté vivait dans cette pensée blasphématoire, une proximité avec Dieu qui aurait pu annoncer le péché de vanité si Eva ne s'était pas également sentie toute petite et perdue. Elle ferma les yeux et commença lentement à virevolter, avec la sensation qu'elle tournait sur l'axe d'un torrent de couleur. Derrière ses paupières la terre se cliva pour prendre toutes les nuances de vert et de brun que Dieu avait jamais créées. Le ciel était veiné d'indigo et d'azur, de saphir et de turquoise. Des prismes de couleur l'hypnotisaient telles des phrases de psaumes : jade et olive et béryl, rouille et vermillon. À tout moment, elle pourrait s'envoler et tourbillonner dans l'air comme un sépale de châtaignier. Sa respiration devint plus rapide, sa tête fut prise de vertige.

« *Peux-tu voir ton enfant, Seigneur, qui danse pour revenir à toi ?* »

Un bruit la tira de sa rêverie, un rire étouffé. Eva ouvrit les yeux mais la terre refusa de cesser de tournoyer. Une jeune fille aux pieds nus saisit sa main d'une poigne ferme, pour l'aider à retrouver son équilibre. La jeune fille avait l'air inquiète.

« On m'envoie pour les vaches, mademoiselle, dit-elle. Ça ne va pas ?

— Si. »

Le monde continuait à osciller dangereusement mais Eva lâcha la main, elle pouvait se tenir debout sans aide.

« C'était une crise ? Ma sœur a des crises. Elle est épil... » La fille avait du mal avec le mot. « Épileptique. Ils l'ont emmenée dans la maison de fous à Donegal Town. Vous êtes folle, vous aussi ?

— Non. Simplement heureuse. »

La fille réfléchit à ce mot, avec suspicion.

« Au tribunal, votre père a défendu mon oncle Shamie qui s'était battu avec un sergent, mademoiselle. On dit que vous êtes une terrible rêveuse, et votre père ne pense qu'à ses oiseaux. Pourquoi n'allez-vous pas au pensionnat comme votre sœur ?

— Mère dit que je ne suis pas assez solide.

— On dit que votre mère est une vraie rêveuse, elle aussi, mademoiselle.

— Quel est votre nom ? »

Décidant qu'elle en avait déjà trop dit à quelqu'un de la haute, la fille passa devant Eva et poursuivit son chemin, fouettant méchamment les têtes d'ortie avec une baguette de coudrier. Eva se sentit gênée d'avoir été vue.

Là où le sentier partait sur la gauche, la mer devint visible. Un petit bateau à voile était solidement ancré dans la baie, sans jamais changer de position malgré les claques qu'il recevait des vagues. Il était temps de rentrer mais Eva ne pouvait cesser de regarder le bateau. Plus que toute autre chose, elle voulait être comme lui, solidement ancrée malgré les mers d'émotion sauvage sur lesquelles elle n'arrêtait pas de voguer.

Une queue se formait devant la pompe du village au moment où Eva revint par la grand-rue. Les gens la saluèrent avec respect et elle parla à tout le monde. Sans doute parce qu'elle n'était jamais partie longtemps à l'école, le village tout entier l'avait adoptée.

Les quelques misérables mois qu'Eva avait passés au pensionnat l'année précédente avaient convaincu Mère qu'elle n'était pas suffisamment vaillante pour les sports ou pour côtoyer d'autres filles. Mais Eva se demandait parfois si on ne la gardait pas à la maison pour qu'elle tienne compagnie à Mère pendant l'hiver, quand cette dernière était atteinte de maladies que le docteur O'Donnel semblait incapable de définir. La grande porte de Manor House était ouverte et son frère Brendan, cinq ans, à moitié habillé, courait après les canards qui s'ébattaient dans les flaques le long des profondes ornières de la rue. Eva le prit dans ses bras et le rendit à la nurse. Le fracas de la pompe la suivit tandis qu'elle contournait la maison. Les visiteurs lui demandaient parfois comment la famille tolérait ce vacarme incessant, mais Eva ne remarquait vraiment le bruit de la pompe que quand elle s'arrêtait. Pour elle, c'était le cœur grinçant de Dunkineely.

Sa famille devait être levée et en train de bavarder en prenant le petit déjeuner, mais la première responsabilité d'Eva était de nourrir son lapin dans le clapier près des courts de tennis. Les grillons communiquaient entre eux depuis les talus herbeux dans un incompréhensible langage des taillis tandis qu'Eva berçait le lapin contre sa poitrine, se délectant de la teinte rose spéciale au milieu du blanc de ses oreilles. Assise dans l'herbe à côté du lapin pendant qu'il mangeait, elle aperçut Père par la fenêtre du salon. Il plaidait rarement en tant qu'avocat, le plus souvent il défendait, sans être payé, les gens de la région en difficulté. Sa véritable passion était la musique et

Père avait rapidement quitté la table du petit déjeuner pour se mettre au travail. Une chatte noire – qu'il avait surnommée « Ronronne dans toutes les positions » – se tenait immobile sur le piano pendant qu'il composait. La chatte adorait Père, pas avec la servitude adoratrice d'un chien mais comme une égale qui condescendait à partager son espace. Elle pouvait rester là des heures quand il composait – oreilles dressées à la manière d'un critique musical perspicace, vaguement interrogateur.

Tous les chats de la maison appartenaient à Père. Le plaisir de Mère était de prendre n'importe quel bébé dans ses bras. Eva était le seul bébé qu'elle avait jamais rejeté, à peine quelques minutes après sa naissance. « Emmenez-la », avait-elle ordonné à la nurse parce que – ayant déjà accouché d'une fille – elle avait été persuadée qu'elle portait un fils, le très important héritier. Mère elle-même avait raconté l'histoire à Eva et, bien que, depuis lors, Eva n'eût jamais senti la moindre trace de rejet dans l'amour univoque de Mère, cette dernière la mettait quand même mal à l'aise. Après avoir reposé le lapin dans son clapier, Eva cueillit quelques pâquerettes sur le talus herbeux et les mit sous ses narines. Leur odeur lui rappelait toujours ses souvenirs les plus anciens, être assise sur ce talus, encore toute petite, et cueillir un bouquet de pâquerettes et respirer ce parfum qui l'avait inondée de bonheur. Dans son souvenir, la nurse était assise tout près et tricotait, son tablier blanc dissimulant un giron potelé et accueillant. Eva se rappelait son désir de se trouver dans le giron de la nurse et, tout à coup, elle avait eu l'impression d'y être déjà installée, comme si l'essence de la nurse – sa peau tiède et son rire – avait touché Eva dans l'extase qu'elle ressentait à respirer le parfum des pâquerettes. Aujourd'hui encore, elle se rappelait avoir couru dans les bras de la nurse pour lui tendre le bouquet de pâquerettes à savourer.

« Eva, cesse de rêvasser et viens prendre ton petit déjeuner ! Les Ffrench viennent nous chercher à huit heures. »

Lorsque Maud appela Eva depuis la porte, sa voix avait un ton exaspérant de grande sœur. Eva fit un geste de la main et alla rejoindre la famille dans la salle du petit déjeuner. En l'absence de Père, Art était assis à la place d'honneur. De seize mois le cadet d'Eva, il était l'héritier que Mère avait tant désiré et était déjà élevé pour pérenniser la lignée des Goold Verschoyle. Thomas était assis à côté de lui, plus jeune de deux ans et cinq centimètres de moins, il se concentrait sur son œuf avec l'attention déterminée qu'il montrait dans toutes ses actions. Le fait d'être le frère du milieu l'obligeait à peser soigneusement la valeur de chaque chose. Brendan était trop petit pour se soucier de ce genre de questions. En qualité de cadet, il était persuadé qu'il avait le droit d'être gâté par tout le monde. Maud organisait le panier avec la cuisinière, elle avait elle-même confectionné les gâteaux la veille au soir. Les domestiques attendaient les consignes de Maud, qui avait alors quinze ans, car Mère était souvent trop indisposée pour s'occuper de la maison. Mais c'était une des bonnes semaines de Mère et, aiguillonnée par la présence de son cousin George, elle les accompagnerait pour le pique-nique d'aujourd'hui.

Chacun, autour de la table, annonçait ses plans pour la journée. Tous étaient de bons nageurs, bien qu'Art ait été de loin le meilleur – il était presque aussi rapide qu'Oliver Hawkins, qui avait dix-sept ans. La famille Hawkins, du comté de Hereford, en Angleterre, avait passé l'été à Bruckless House, à deux miles de là. L'année précédente, un jeune couple, les Ffrench, avait acheté ce manoir isolé, construit par deux frères avec l'argent qu'ils avaient gagné en vendant des fusils à Napoléon et des harengs au vinaigre à l'armée de Wellington. Mrs Hawkins était une parente de Mr Ffrench, lequel, ayant été nommé dans la Royal Navy, avait été absent depuis le mois de janvier. Mais Mr Ffrench était rentré chez lui deux semaines plus tôt, il avait prétendu avoir insisté pour que la Marine lui accorde une permission qui coïncide avec la soirée d'anniversaire de fin d'été organisée par Eva.

Eva avait ri avec tout le monde quand il avait dit ça mais, en secret, elle le croyait. La dernière semaine de l'été se trouvait toujours être la plus excitante, et le moment culminant était celui où l'on accrochait des lanternes vénitiennes dans le jardin pour sa soirée d'anniversaire, avec charades, déguisements et chanteurs qui se groupaient autour de Père au piano. Après l'anniversaire d'Eva, les adieux commenceraient à la gare, la famille Hawkins retournerait en Angleterre, Art, Maud et

Thomas partiraient en pension et Mr Ffrench rejoindrait sa frégate, qui mouillait en ce moment dans le port de Killybegs. Mais Eva refusa de laisser cette pensée aigrir sa bonne humeur quand la bonne vint annoncer que la charrette des Ffrench était arrivée et, en quelques secondes, la salle du petit déjeuner fut pleine de voix rieuses.

Mère entra dans la pièce avec son cousin George afin d'accueillir les nouveaux arrivants. Le cousin George était un caméléon plein de sagesse, secrètement en harmonie avec Mère lorsqu'ils discutaient de choses occultes, et pourtant il était impossible de le distinguer de tous les autres ecclésiastiques de l'Église d'Irlande lorsqu'il était invité à prêcher depuis la chaire de l'église de Killaghtee devant leurs voisins. Ses sermons étaient les seuls auxquels Eva prenait encore plaisir, bien que les Ffrench ne se soient jamais rendus à l'église pour les écouter – car ils appartenaient à une confession, le bahaïsme – dont même Mère n'avait jamais entendu parler. Grand-papa, au milieu de sa visite annuelle d'été, déclarait que cette religion n'existait pas, sauf pour une poignée d'Arabes déments chassés d'Iran, et que les Ffrench oublieraient certainement ces absurdités quand ils auraient commencé à procréer comme de bons chrétiens. Mais depuis que Père les avait invités pour un pique-nique, l'automne précédent, les Ffrench faisaient partie de la famille et avaient ouvert leur maison et leur jardin au bord de la mer aux enfants Goold Verschoyle.

Le bavardage incessant fit craindre à Eva que le pique-nique d'aujourd'hui ne démarre jamais. Mais Maud poussa tout le monde dans la rue, où l'on commença à faire passer des paniers de nourriture et à les disposer sur la charrette ouverte des Ffrench, baptisée la Charrette Aéroplane. Maud était assise à l'arrière avec les jumelles Hawkins, qui avaient le même âge qu'elle, leurs jambes pendaient dehors, leurs têtes s'étaient rapprochées pour échanger des rumeurs sous le large bord de leurs chapeaux. Beatrice Hawkins, âgée de douze ans, était parvenue à se percher entre Art et Eva, incapable de s'adresser à l'un comme à l'autre. Eva et Beatrice avaient été inséparables jusqu'aux dix derniers jours environ, elles devaient se débrouiller toutes seules quand Maud et les jumelles disparaissaient pour commenter en chuchotant les secrets des adultes. Elles étaient allées chercher des nids sans déranger les œufs, avaient à tour de rôle poussé Brendan sur sa trottinette, dans la rue, au milieu des canards qui s'éloignaient avec crainte, ou encore étaient allées marcher au bord de la mer sous la surveillance d'Art. Mais dernièrement, il y avait eu des frictions entre elles, qu'Eva ne pouvait pas s'expliquer, comme si Beatrice était jalouse qu'Eva ait un frère aussi merveilleux qu'Art et voulait s'introduire de force et jouer aussi à être sa sœur.

Le frère de Beatrice, Oliver, tenait les guides lorsque la charrette sortit de Dunkineely. Eva remarqua que Maud l'observait furtivement et elle comprit que Maud était tombée amoureuse. Quand ils arrivèrent au village de Bruckless, Oliver tendit les guides à Thomas et alla s'asseoir avec les adultes. Le cousin George tenait Brendan sur ses genoux et lui apprenait à crier les répliques d'un poème de music-hall :

« *Qui va là ?*
— *Un grenadier.*
— *Que veux-tu ?*
— *Une pinte de bière.*
— *Où est ton argent ?*
— *Dans ma poche.*
— *Où est ta poche ?*
— *Je l'ai oubliée.* »

Les adultes rirent et réclamèrent un bis tandis que le cheval faisait cliqueter son harnais sur la route de Killybegs. Les collines du Donegal s'élevaient sur la droite, revêtues de pourpre, avec la mer sur leur gauche et Ben Bulben dissimulant les montagnes lointaines du Mayo. Le soleil éclairait les ajoncs, les digitales pointaient leur nez sous les haies. Père soutint que des moments comme celui-là nous rapprochaient des vérités de l'univers, et Mr Hawkins rétorqua que les Irlandais étaient suffisamment paresseux et n'avaient pas besoin d'une philosophie pour excuser leur oisiveté.

Eva était soulagée d'entendre que les adultes ne parlaient pas de la guerre parce que la journée était trop parfaite pour permettre des intrusions extérieures. La matinée était remplie d'un babil qui s'éteignit lorsqu'ils s'approchèrent de la mer, il ne restait plus que le cliquetis du harnais et le bruit des sabots sur la route poussiéreuse.

Le panorama depuis les rochers près de la plage était tellement saisissant que Mère dut absolument se mettre à l'esquisse sur-le-champ. Eva grimpa près d'elle avec son carnet de croquis pour lui tenir compagnie. Toutes deux regardaient la mer et dessinaient tranquillement. Derrière elles, des couvertures furent étendues sur le sable et Maud sortit les assiettes du panier tandis que les jumeaux Hawkins remplissaient des verres de limonade maison. Père était assis et discutait avec Art tandis que Beatrice Hawkins était étendue à côté d'Art à l'endroit même où Eva voulait s'étendre quand elle aurait terminé ses esquisses. Brendan n'arrêtait pas d'ennuyer Art en montrant des coquillages au grand frère qu'il adorait et, bien que Beatrice fût habituellement trop tranquille pour mériter qu'on la remarque, Eva vit qu'elle aussi n'arrêtait pas d'ennuyer Art en faisant tomber en douce un peu de sable de son pied sur le sien.

Ils avaient oublié d'apporter de l'eau mais Mr Ffrench grimpa jusqu'aux grottes muni d'une bouilloire en cuivre pour en chercher au petit cours d'eau qui dégoulinait sur les rochers luisants. Père alla l'aider et tout à coup Beatrice Hawkins trouva le courage d'envoyer en l'air une poignée de sable qui retomba sur les cheveux d'Art. Elle glapit quand Art se retourna sur le ventre pour l'immobiliser par une prise de catch, tout en menaçant par jeu de lui faire avaler une poignée de sable. Puis, tout aussi rapidement, Art s'éloigna de la jeune fille et ramassa le livre de Père, en faisant mine d'ignorer Beatrice.

« Oh », fit Mère calmement, ce qui dérangea Eva. Son crayon cessa de bouger tandis qu'elle regardait les vagues. Trente secondes s'écoulèrent avant qu'elle se tourne vers Eva avec un air de curiosité désinvolte. « Comme c'est étrange. Je viens d'apercevoir quelque chose d'intéressant.

— Quoi ? demanda Eva.

— Je ne sais pas, répondit Mère d'un ton neutre. Une statue en pierre s'est lentement élevée de la mer et a bouché l'horizon.

— Qu'est-ce qu'elle faisait ?

— Mais, rien, ma chérie, évidemment. C'était juste une statue.

Elle est sortie de l'eau jusqu'au nombril, puis elle s'est lentement replongée sans un bruit. » Mère se remit à dessiner, son paysage marin était dépourvu de toute figure. « On aurait dit Neptune, ajouta-t-elle en réfléchissant. Ou Manannán Mac Lir, le dieu celtique de la mer, un peu comme AE le dessine dans ses visions. Ce n'est pas que AE soit un bon dessinateur, naturellement. Comment ça va, ton esquisse ?

— Très bien », répondit Eva, habituée aux visions de Mère. Elles continuèrent à dessiner sans avoir autre chose à se dire. La figure en pierre serait leur secret. Elle n'avait pas sa place dans le pique-nique tumultueux qui prenait forme dans le sable, où Mr Ffrench atterrit, au milieu des applaudissements, après sa descente périlleuse, sautant le dernier mètre sans laisser tomber une seule goutte de la bouilloire. Eva avait très envie d'aider Art à se débarrasser de cette peste que Beatrice Hawkins était devenue pour lui et, une fois que la bouilloire se fut mise à chanter sur un feu de brindilles, Mère fut également contente de rejoindre le pique-nique.

Le repas se prolongea glorieusement, avec des interruptions lorsque les formes des nuages mobiles détournaient l'attention des participants ou quand ceux-ci faisaient une pause pour écouter les citations préférées de chacun. Père, pour une fois, n'avait pas choisi de partager avec tout le monde Whitman mais Longfellow.

« Et toujours sur la route auprès de lui
Le Christ l'accompagnera, invisible,
Il pourra sur son bras prendre appui ;
"Seigneur, approuves-tu ce choix paisible ?" »

Le cousin George, en grand diplomate, engloba les étranges croyances des Ffrench en récitant :

« Tant de dieux et tant de croyances ;
Et tant de chemins tortueux,
Mais le monde n'a qu'une échéance :
Être aimable et gracieux. »

Eva vit que ce geste avait impressionné Mr Hawkins, qui savait que Grand-papa – il avait évité le pique-nique en se levant tôt pour se rendre à Killybegs – avait peu de patience en matière de croyances divergentes, y compris celles de sa belle-fille. La bonne humeur de Mr Hawkins fut cependant tempérée par la citation exaltée de Maud :

« L'Irlande était l'Irlande quand l'Angleterre était un enfant,
L'Irlande sera toujours l'Irlande quand l'Angleterre aura fait son [temps. »

L'autonomie était une abomination pour Mr Hawkins, et Eva sentit que l'ambiance du pique-nique pouvait tourner à l'aigre à cause de la politique. Personne ne contestait le bien-fondé absolu de la guerre en Europe, mais tout le monde avait une opinion différente sur ce qui devrait se passer quand elle serait finie. Père croyait fermement que ce qui était bon pour la Belgique devrait également être bon pour l'Irlande et que, en se battant pour libérer ce petit pays, la jeunesse d'Irlande se battait pour son propre droit à l'autodétermination. Mr Ffrench paraissait en être moins certain. Depuis sa promotion rapide dans la Royal Navy, il semblait se rapprocher davantage de la position de Mr Hawkins, qui qualifiait l'attitude de Père de trahison de la part d'un Britannique. Père accueillit ce commentaire en riant car, selon lui, il n'y avait pas une goutte de sang anglais chez les Verschoyle. C'étaient des nobles hollandais qui étaient venus avec Guillaume d'Orange et s'étaient plus tard mariés dans des clans irlandais dont le lignage, sur lequel il avait lui-même enquêté, remontait à Niall des Neuf Otages.

Abandonnant la politique aux adultes, Eva rejoignit les autres enfants qui se baignaient dans la mer, Maud ravie qu'Oliver Hawkins se joigne à eux. Oliver ne disait pas grand-chose sur la guerre et Eva le soupçonnait d'avoir des opinions différentes de celles de son père. Alors qu'Art et Oliver faisaient la course jusqu'aux rochers, Eva resta dans les vagues et observa Maud encourager secrètement Oliver contre son frère, et Beatrice Hawkins faire secrètement la même chose avec Art. Enfin vint le moment de tout ranger dans les paniers et de charger la charrette, et Beatrice, une fois de plus, s'interposa entre Eva et Art. Les gens bavardèrent moins sur le chemin du retour, contents de se détendre dans le soleil du soir.

Quand ils atteignirent le port de Killybegs, une voiture était garée le long du quai, et un voyageur de commerce montrait le fonctionnement d'une radio sans fil. Mr Hawkins leur distribua à tous de l'argent afin qu'ils puissent prendre place dans la file des gens qui mettaient des écouteurs pour entendre des voix grésillant très faiblement et venant d'ailleurs. Maud paraissait peu intéressée au milieu des cris émerveillés de tout le monde, mais ces voix désincarnées dérangeaient Eva, elles faisaient pénétrer d'autres vies et d'autres langues dans son monde clos. Elle était impatiente de quitter la voiture mais le présentateur dut secouer Art et Thomas avant que ses frères acceptent d'enlever leurs écouteurs. Art était pensif quand ils remontèrent dans la charrette, et il questionna Mr Hawkins sur tous les aspects de la radio.

Grand-papa les attendait, un homme de haute taille à barbe blanche vêtu des culottes de golf qui convenaient à sa situation d'ecclésiastique. Deux soldats qui installaient leurs affiches en les mettant bien en évidence devant un bureau de recrutement firent un signe de tête respectueux à Mr Ffrench, ayant reconnu instinctivement son allure militaire. Des jeunes femmes qui quittaient l'usine de tissage de tapis étudiaient une affiche devant la Royal Bank of Ireland faisant la promotion de passages pour New York à trois livres et seize shillings. Grand-papa voulait savoir qui allait monter dans son cabriolet tiré par un poney. Eva grimpa dans le cabriolet, avec Art immédiatement derrière elle. Les gens ironisaient sur le fait qu'ils étaient inséparables pendant les vacances, et elle détestait l'idée qu'il allait retourner au Marlborough College. Eva s'énerva quand Mrs Hawkins demanda à Grand-papa de l'attendre en se plaignant de ses vieux os qui ne pouvaient pas supporter les cahots de la Charrette Aéroplane et, bien que Beatrice mourût d'envie de les rejoindre, elle était trop timide pour les suivre. Le vieillard prit Art sur un genou, et lui abandonna les guides.

Eva était peut-être la préférée de Grand-papa mais, avec le temps,

Art serait son héritier après Père, et Manor House, liée par contrat, devait passer par fidéicommis à l'aîné du fils aîné.

À un virage où les champs descendaient vers la mer, ils furent arrêtés par un troupeau de moutons qui sortait des terres de Mr Henderson, un fermier de la région, et se pressait pour franchir un portail grossier. Effrayés par le poney, les moutons se massèrent dans le fossé. Un garçon aux cheveux couleur de sable de l'âge d'Art courait après eux en agitant férocement son bâton. Des zébrures formaient un dessin marbré sur ses cuisses. Ses pieds nus étaient bruns de poussière et son visage montrait qu'il était tenaillé par la faim.

« Hue ! » Grand-papa encouragea Art à prendre le contrôle de la situation et à inciter le poney à avancer. Le garçon baissa son bâton pour observer Art. Pendant un moment, Eva les vit se dévisager, chaque garçon mesurant intensément la force de l'autre. Puis Grand-papa fit claquer son fouet et le poney passa au petit trot, éparpillant les moutons.

« Pourquoi n'a-t-il pas de souliers ? » demanda Art, comme si la lutte de leurs regards venait de lui faire saisir cette disparité banale.

« Et pourquoi aurait-il besoin de souliers ? dit Grand-papa en riant. Ses pieds sont aussi durs qu'une plaque de foyer.

— Il n'est pas né avec des pieds endurcis.

— Il est né pauvre. Il a l'air d'être un rude gaillard qui s'en sortira bien s'il travaille dur. Quand viendra le moment, il ne restera pas longtemps sans emploi à la foire d'embauche de Strabane. Les fermiers de Tyrone savent reconnaître la valeur des choses, depuis la viande de cheval jusqu'aux garçons. Il trouvera un bon maître.

— Mieux vaut une ferme que les usines de Glasgow », dit Mrs Hawkins.

Grand-papa et elle gardèrent le silence, mais quelque chose troublait Art. Les guides n'étaient plus tendues et le poney ralentit, comme s'il sentait une autorité moindre. Eva regarda derrière elle pour observer la Charrette Aéroplane au moment où elle rencontrerait les moutons.

« Et s'il ne veut pas se placer à la foire comme un animal ? demanda Art.

— C'est ce que décrète la vie. » Mrs Hawkins se mit à chanter une strophe de *Toutes choses belles et éclatantes* :

« Le riche dans son château,
Le pauvre devant sa porte,
Il les veut nobles ou humbles
Et a ordonné leur état. »

« Arrête le cabriolet, dit Art d'un ton farouche. Il fait ma taille. Je veux lui donner ces souliers. C'est idiot que j'en possède cinq paires et qu'il n'en ait pas. »

Grand-papa se mit à rire et serra Art dans une étreinte d'ours jusqu'à ce que le garçon cesse de lutter.

« Tu es un bon garçon, mais tu dois t'endurcir, sinon tu vas te laisser duper par tous les mendiants et joueurs de bonneteau dans la rue. Il aura des souliers quand il les aura gagnés. C'est ainsi que va le monde. Un jour tu auras des hommes sous ton commandement. Ferme mais juste, voilà comment on obtient le respect, pas en se débarrassant de ses biens. »

Un rire lointain s'éleva derrière eux : Père blaguait avec le garçon, qui était parvenu à faire entrer les moutons dans un enclos. Brendan s'était endormi, bercé sur les genoux de Mère. Eva enviait la place d'Art sur le genou de Grand-papa, de même qu'elle lui enviait le statut auquel elle aurait eu droit si elle était née garçon. Art était son grand ami mais, depuis que Beatrice Hawkins avait commencé à lui parler ou à devenir silencieuse en sa compagnie, Eva était troublée par un rêve récurrent. Dans son rêve, Art était enchaîné dans un donjon et Eva s'approchait de lui, tenant à la main le terrible instrument en acier qu'elle avait un jour vu entre les mains d'un garçon de ferme. Quand Eva lui avait demandé ce que c'était, le garçon l'avait refermé avec un claquement sec en lui lançant un sourire narquois, « Pour castrer les jeunes taureaux, mademoiselle, et mettre fin à leurs ébats ». Eva ne savait pas ce que signifiait castration jusqu'à ce que Maud, qui savait tout, lui ait expliqué que c'était « couper le petit machin dont les hommes font toute une histoire ». Ce rêve la mortifiait parce qu'elle était incapable de faire du mal à Art. Frissonnante, Eva tendit une main coupable pour ébouriffer la chevelure d'Art. Il se défit suffisamment de l'étreinte de Grand-papa pour se retourner et sourire, bien qu'elle vît qu'il était toujours en colère.

Le village de Dunkineely était désert quand le poney passa au petit galop devant le débit de boissons de MacShane. Mr MacShane en sortit et leur apprit qu'un banc de maquereaux était entré dans leur crique à la jetée de Bunlacky. Grand-papa fouetta le poney pour ne rien perdre de cet événement excitant. Le chemin était bondé et beaucoup de monde se trouvait dans les rochers quand le cabriolet s'arrêta. Il suffisait aux jeunes gens de lancer leur ligne dans les vagues pour ramener immédiatement toujours davantage de corps argentés. Les femmes avançaient dans l'eau avec des paniers à tourbe afin de capturer les poissons qui s'agitaient stupidement les uns contre les autres. Des enfants, pieds nus, rivalisaient en bravade et en sauvagerie pour tuer avec des pierres les poissons qui suffoquaient. Grand-papa approuvait en riant, incitant Art à descendre. Eva regarda son frère rejoindre l'orgie de massacre, sa chemise tachée de sang et de bouts d'intestin. L'ambiance était à la fête, traversée par des cris de guerre : « Prends ça, sale Hun ! » Pour finir, la Charrette Aéroplane arriva et Beatrice Hawkins vit Art faire éclater le crâne d'un maquereau et l'admira autant que s'il harponnait une baleine. Père remarqua qu'Eva restait assise, immobile, à côté de Mrs Hawkins. « Dépêche-toi de rentrer, lui dit-il à voix basse, et annonce à la cuisinière que nous aurons du maquereau pour le souper. Je suis certain que nous obtiendrons que les Hawkins restent. Oui, et nous aurons du maquereau pour le petit déjeuner, le déjeuner et le dîner toute la semaine qui vient. »

Eva avait vu Art pêcher avec Père et les avait même aidés à tuer des truites de mer dans leur petite barque. La pêche en mer lui avait semblé pleine de noblesse mais à présent elle ne pouvait pas supporter de regarder derrière elle au cas où elle aurait vu Art, en pleine tuerie, soulever un maquereau mort pour que Beatrice puisse l'admirer. Eva rentra vite porter le message à la cuisinière, puis se rendit dans sa chambre. Sa journée parfaite au paradis semblait gâchée. Le visage pressé contre le drap frais de son lit, Eva ferma les yeux mais ne put s'empêcher de voir un banc de maquereaux qui se débattaient. Ils refusaient de mourir, se tortillaient furieusement, la tête défoncée. Les yeux des poissons la regardaient, séparés de leur corps écailleux. Ils devinrent les yeux des soldats morts à la guerre, dont Eva détestait entendre parler. Elle avait toujours adoré le goût du maquereau mais elle savait qu'elle ne pourrait plus jamais mordre dans leur chair huileuse.

Maud entra dans la chambre, enleva ses chaussures d'un coup de pied et jeta son chapeau sur son lit. Elle s'affala. « Viens Eva, dit-elle. Les filles Hawkins sont restées et Mère a annoncé que nous pourrons jouer aux chaises musicales. Je suis certaine que nous parviendrons à convaincre Oliver de se joindre à nous. Eh bien, quelle journée ! » Elle s'arrêta et regarda l'autre lit. « Qu'est-ce qui ne va pas, Eva ?

— Rien.

— On dirait que tu as pleuré.

— Non.

— La cuisinière dit que nous allons avoir un festin.

— Qu'est-ce qu'elle prépare ?

— Du poisson, idiote. Change-toi. On va bien s'amuser. Père a dit que nous pouvions nous servir du gramophone. » Elle se redressa pour regarder Eva de plus près. « Tu veux que j'appelle Mère ?

— Je vais très bien.

— Je crois que je vais l'appeler. »

Maud sortit, laissant la porte ouverte. Eva se leva et versa un peu d'eau dans la cuvette pour effacer les traces de larmes de ses yeux, puis elle se dirigea vers la fenêtre qui donnait sur la rue, les lattes du plancher étaient fraîches sous la plante de ses pieds. Le verre de la vitre apaisa son front. Elle se sentait tellement petite tout à coup dans cette longue chambre, en imaginant la solitude des mois d'hiver, les leçons solitaires. Dessiner pendant des heures près de la rive de la Bunlacky, faire la lecture à Brendan ou s'asseoir avec Mère tandis qu'elle lisait des recueils de sermons envoyés de Londres. Tous les mardis, Mère faisait parler la planchette avec son amie médium, Mrs O'Hare – les deux femmes tentant tranquillement de déchiffrer les messages des esprits, la table s'agitant sous leurs mains tendues. Cependant, malgré cette solitude, cela valait mieux que les horreurs des dortoirs bruyants que les autres allaient retrouver.

Un bruit trahit la présence de Mère.

« Qu'est-ce qui ne va pas, Eva ?

— Rien.

— Ce n'est pas vrai. D'habitude, tu es la première à descendre pour une soirée comme celle-là ; nous n'avons pas de secrets, toi et moi.

— C'est trop horrible.

— Rien n'est horrible si tu le partages. »

Eva aurait voulu décrire les maquereaux, mais les traînées de sang zébrant la chemise d'Art sur la jetée se superposèrent à son corps torturé dans le rêve. « Je n'arrête pas d'avoir des cauchemars où je fais terriblement souffrir Art. Je dois être la pire sœur au monde. »

Mère se tenait derrière Eva, qui était incapable de se retourner pour lui faire face. Elle ne posa pas une main sur son épaule mais Eva sentait sa présence réconfortante.

« Tu es du signe de la Vierge, dit Mère avec calme. Toutes les Vierges connaissent ça. J'ai eu tort de t'avoir dit que je voulais un garçon avant ta naissance. Mais ton rêve n'a peut-être rien à voir avec Art. Ce pourrait être le souvenir d'une histoire non terminée dans une autre vie ou une vision de quelque chose à venir. Et même s'il s'agit d'Art, nous ne sommes pas responsables de nos rêves ni de la complexité de notre esprit. Tu voudrais que la vie soit noir et blanc, mais tous nous avons deux côtés. Ce n'est pas parce que nous dissimulons un côté aux autres que nous devons nous le dissimuler à nous-mêmes. Tout le monde est jaloux. Regarde-moi, percluse d'arthrite. Certains jours, je suis jalouse de toi quand tu danses, inconsciente du miracle que représente le fait de se déplacer sans souffrance. Tu as le droit de ressentir de la jalousie, Eva. Tu as le droit d'être tout ce qui fait partie de toi aussi longtemps que tu ne te laisses pas dominer. Bon, ton secret est-il tellement horrible ?

— N'en parle pas à Père. »

Mère rit. « Nous, les femmes, nous avons besoin de quelques secrets, parce que Dieu sait que les hommes en ont bien suffisamment. Je suis aussi jalouse de ta chevelure. Laisse-moi la brosser, et puis on descend. Tu devrais être plus souvent avec d'autres enfants. Peut-être ai-je eu tort de ne pas te mettre à l'école. Mais tu as toujours été tellement délicate que j'avais peur que tu ne le supportes pas.

— Je ne veux pas aller à l'école, dit Eva. J'aime la vie ici.

— Tu es seule en hiver, répondit Mère. Mais, cette soirée est trop belle pour ces inquiétudes. »

Elle brossa la chevelure d'Eva avec des gestes réconfortants, sa tête un peu penchée pour lui sourire jusqu'à ce que sa fille lui rende son sourire. Eva regarda autour d'elle et aperçut Art à la porte, qui s'inquiétait de son absence.

« Les réjouissances commencent, dit-il, mais ce n'est pas la même chose tant que tu n'es pas là. »

Prenant Eva par la main, il la fit sortir de la chambre. Dans l'escalier, ils croisèrent la nurse avec Brendan dans les bras, il s'était réveillé. Le petit garçon tendit une main vers Art, tout content quand son frère la serra. Eva tourna la tête et vit sa mère qui les regardait descendre en direction des voix excitées dans le salon. Grand-papa était allé se reposer mais les autres hommes émergeaient du bureau de Père où ils avaient eu droit à un verre avant le souper. Eva remarqua qu'Oliver avait eu la permission de se joindre à eux.

« Votre AE est un danger public avec ses discours contre le recrutement, se plaignait Mr Hawkins. Il y allait déjà un peu fort quand il s'est rangé aux côtés du syndicat de Larkin pendant le lock-out de Dublin il y a deux ans. Il ferait mieux de continuer à peindre ses fées au lieu de se mêler de politique.

— AE a droit à ses opinions, répondit Père. De toute façon le roi ou le kaiser ne feront pas plus attention à lui que ne l'ont fait les patrons dublinois. Ils étaient déterminés à briser la grève et ils avaient l'Église catholique derrière eux.

— Votre Église aussi, fit remarquer Mr Hawkins. Larkin est un communiste. Quelle aide AE pourrait-il apporter à une telle canaille ? »

Se souvenant de l'allusion que Mère avait faite à AE, Eva imagina une armée de figures en pierre sortant de la baie de Dublin, à la demande du mystique barbu que Mère considérait comme un ami.

« C'est quoi, un communiste ? demanda Art, alertant les hommes sur leur présence dans l'escalier.

— Un voleur, fit Mr Hawkins, qui aimerait t'assassiner dans ton lit et diviser tes biens entre tous les paysans du coin.

— Quelqu'un qui ne pense pas comme nous, interjeta Père avec calme.

— C'est vrai, lui accorda Mr Ffrench. Peut-être le Christ était-il communiste. »

Mr Hawkins était épouvanté.

« Vraiment, Ffrench !

— Je ne crois pas qu'il l'ait été, dit Père. Le Christ nous a demandé de vivre une vie altruiste envers notre prochain en contrepartie de la promesse d'une récompense dans l'autre vie. Le communiste n'offre pas cette récompense. Son monde ne fonctionnera pas parce que nous sommes les enfants imparfaits d'Adam. Le communiste peut très bien présenter un monde sans Dieu, mais il ne peut pas créer une terre sans péché. Notre principal péché est la cupidité et c'est là le ver qui dévorera le monde mécanique des communistes.

— Larkin aimerait aussi dévorer votre monde, avança Mr Hawkins. Main dans la main avec les Allemands, il voudrait assassiner tous les Irlandais nantis, et votre cousine serait sa souillon.

— La comtesse Markievicz sait ce qu'elle veut, répondit Père sans élever la voix.

— Elle est traître à sa classe, déclara Mr Hawkins, quand elle fraye avec des dockers et des révolutionnaires dans les taudis. C'est donc cette clique à qui vous voudriez donner le pouvoir si nous vous accordions l'autonomie ?

— Mr Larkin ne désire assassiner personne, poursuivit Père. Il aimerait simplement que des enfants ne dorment pas à neuf par lit.

— Et je suis d'accord avec lui, interrompit Mr Ffrench. Qu'y a-t-il de mal à vouloir que des enfants aient du pain ?

— Et des souliers ? demanda Art.

— Oui, et aussi des souliers », approuva Mr Ffrench.

Mr Hawkins se hérissa. « Vous laissez les gens parler dans cette maison avec bien trop de liberté. » Il indiqua le bureau. « Jamais je n'aurais cru que la personne qui a accroché ce portrait au-dessus de sa table puisse autoriser de tels propos. »

Eva jeta un coup d'œil au sombre portrait de Martin Luther dont le regard la suivait chaque fois qu'elle pénétrait dans le bureau de Père.

« Tout homme qui a cloué une thèse en quatre-vingt-quinze points sur une porte d'église invite à la discussion, répondit Père, imperturbable. Allez, Hawkins, ne nous querellons pas. » Il sourit à Art et à Eva. « Vous, les enfants, disparaissez, vous aurez bientôt trop de gages à payer. »

Maud s'énervait dans le salon, les voir traîner et voir Oliver enrôlé dans les rangs des hommes la rendait impatiente. Beatrice Hawkins attendait également avec anxiété qu'ils arrivent. Le tapis avait été roulé et six coussins posés sur le plancher ciré. Les becs de gaz sifflaient quand la nurse sortit de la chambre de Brendan, elle avait dû accepter de mettre des disques sur le gramophone. La musique de danse s'éleva et les enfants valsèrent autour des coussins, sans jamais trop s'en éloigner de peur de perdre la partie. La nurse souleva l'aiguille et la musique s'arrêta. Maud et Thomas furent les premiers à s'asseoir, chacun sautant sur un coussin en riant. Les trois filles Hawkins tombèrent en même temps de sorte qu'Eva et Art se retrouvèrent devant le dernier coussin. Mais Eva remarqua la feinte presque imperceptible d'Art, qui glissa, s'assurant qu'elle arrivait bien la première sur le coussin.

« Gage ! crièrent les autres avec joie.

— Qu'est-ce que c'est ? » demanda Art.

Maud jeta un coup d'œil vers la porte, pour s'assurer que les adultes ne pouvaient pas les entendre. Elle observa la nurse du coin de l'œil. « Tu dois embrasser la personne que tu aimes le plus », ordonna Maud – son gage favori, celui qu'elle aurait tant voulu proposer à Oliver. Eva rougit quand Art se tourna vers elle, certaine d'être choisie, et craignant pourtant de se donner en spectacle. Mais, à son grand étonnement, il se dirigea vers Beatrice Hawkins et la surprit en lui donnant un baiser. Beatrice fixa Art des yeux comme si personne d'autre n'était présent et Eva sentit tout à coup qu'elle perdait son frère. Puis les autres se mirent à rire quand Beatrice rougit de plaisir et de gêne. Art se tourna vers la nurse en souriant.

« Musique, commanda-t-il. Allez, dansons. Dansons tous. »

Ils continuèrent à danser dans le crépuscule d'août. Art manifestait maintenant tant de prévenance envers Eva qu'elle finit par oublier la façon dont il avait embrassé Beatrice. La nuit était si noire dehors qu'ils pouvaient voir leurs reflets dans les vitres des fenêtres. Voir là son monde, exactement comme il devait être, avec des corps qui tournoyaient, était quelque chose de réconfortant pour elle. Elle fut quand même contente quand la cuisinière frappa à la porte pour annoncer que le souper était prêt parce que cela la rapprochait du moment où la famille Hawkins s'en irait et où elle aurait Art pour elle toute seule.

Mère sentit que quelque chose n'allait pas dès que le maquereau cuit fut posé devant Eva. Avec gentillesse, elle suggéra que la cuisinière pourrait peut-être lui préparer autre chose. Les convives autour de la table étaient trop occupés à essayer de se faire entendre pour remarquer quoi que ce soit. Père avait abandonné sa place habituelle à Grand-papa, qui paraissait être d'accord avec Mr Hawkins sur la plupart des questions concernant la politique. Oliver Hawkins parlait peu mais Eva remarqua qu'il regardait très souvent dans la direction de Maud. Art termina son repas et demanda à être excusé. Eva attendit quelque temps avant de le suivre dans la vieille remise à voitures où Thomas et lui s'étaient aménagé un atelier. Il travaillait sur une table avec des bouts de tubes et de fils.

« Tout va bien ? demanda-t-elle. Est-ce que tu aimerais qu'on fasse quelque chose ? »

Art leva les yeux. « Oui, plus tard. J'aimerais simplement savoir si je suis capable de construire une radio. »

Brendan apparut dans l'encadrement de la porte, il s'était glissé hors du lit dans l'espoir d'être avec son frère aîné. Il était fasciné par tout ce que faisait Art et supplia qu'il lui permette de l'aider à se dépatouiller de la disposition complexe des fils. Eva les laissa là, sachant que Thomas n'allait pas tarder à les rejoindre et à questionner à propos de chaque décision avec sa logique imparable, pour finir encore plus déterminé qu'Art à construire ce bidule. Elle savait qu'elle ne reverrait pas Art ce soir-là, car les garçons étaient à leurs affaires, requis par les voix grésillantes des sirènes, à essayer de construire leur radio sans fil.

Une fois de retour à la maison, elle vit que les adultes et les filles étaient passés au salon. La porte d'entrée était ouverte et plusieurs habitants du village étaient là, attirés par le son du piano. Eva aimait bien la façon dont les gens venaient toujours à Manor House. Il y avait le vieux docteur O'Donell de Killaghtee House, qui s'était arrêté au retour d'une visite à un malade, et deux soldats en permission qui applaudirent bruyamment quand Maud eut terminé son morceau de bravoure. Eva alla s'asseoir sur une banquette sous la fenêtre dans la salle comble et Père chanta le poème symphonique pour violon et orchestre de sa symphonie *Tir na n-Og*, qui n'avait toujours pas été donnée en concert :

« Loin, loin là-bas, de l'autre côté de la mer
Existe une île d'une beauté divine
Où des esprits bienheureux vivent à jamais
Et respirent un air radieux et enchanté. »

Tout le monde applaudit, ils étaient fiers de cette composition locale. Le silence se fit quand Mr Ffrench prit la place de Père au piano. Ce jeune et superbe officier était encore une nouveauté à Dunkineely et peu de gens l'avaient entendu chanter. Mr Ffrench annonça que pendant ses voyages avec la Royal Navy, il avait rencontré d'étranges personnes, mais aucune n'était aussi étrange que le héros de la chanson de Mr Percy French, *Abdullah Bulbul Amir*. Il se lança dans les premières mesures, puis s'arrêta pour regarder Eva.

« Que dessines-tu, Eva ?

— Vous. »

Mr Ffrench demanda à Eva de le rejoindre. Elle se sentit gênée, peu habituée à ce que quiconque d'autre que sa mère fasse attention à ses croquis. Les têtes se tendirent en avant, dans l'attente du verdict de l'officier. Il examina le dessin en silence pendant un instant qui parut sans fin.

« Eh bien, Eva, tu sais ce que pense cet officier ?

— Non, monsieur.

— Que tu seras une véritable artiste quand tu seras grande. Ne laisse personne te détourner de cette voie. Je peux le garder ? »

Eva hocha la tête, trop saisie pour parler, et rejoignit son siège, d'où elle regarda Mr Ffrench se remettre à jouer, sans partition, mais avec un croquis inachevé en équilibre sur le pupitre devant lui. Elle mourait d'envie de reprendre le dessin, pour esquisser Mère et Père et tous les autres visages dans le salon bondé, tandis que Mr Ffrench lui souriait, puis il se mit à chanter d'une voix merveilleuse. Les gens demandèrent un bis et il était minuit quand tous les morceaux de bravoure furent terminés, puis les visiteurs partirent dans la nuit, lançant des au revoir tandis que la charrette s'éloignait dans la rue sombre.

Eva et Maud burent du lait chaud avec du pain à la cuisine avant d'être envoyées au lit. Eva était contente de monter mais Maud pensait qu'elle aurait dû être autorisée à rester avec les adultes, qui allaient bavarder tard dans la nuit. Les volets en bois retenaient dehors le clair de lune. Les deux sœurs étaient couchées en silence, attendant la dernière visite de Mère. Eva regarda la peinture représentant une jeune fille en prière agenouillée près de son lit. Elle ne se souvenait pas d'un temps où cette peinture n'avait pas été accrochée à son mur. Elle entendit les pas de Mère sur la marche qui grinçait près de la courbe de l'escalier. La porte était entrouverte, la lumière du gaz filtrait depuis le couloir. Mère montait les marches et Eva entendit sa voix douce dans la chambre d'Art avant qu'elle ouvre toute grande la porte de leur chambre. Encadrée par la lumière, elle était très belle dans sa robe du soir grise. Elle s'assit un instant sur chaque lit. Il n'y eut pas d'étreinte. Elle ne les prenait jamais dans ses bras pour des câlins. Mais elles sentirent l'aura de son amour quand elle demanda doucement à chaque fille si elle avait apprécié la journée. Les doigts de Mère jouaient avec les cheveux d'Eva pendant qu'elles parlaient, tressant des nattes imaginaires tandis qu'une légère fragrance envahissait l'air. Elle provenait de la lotion pour les mains dont Mère frottait toujours ses paumes après avoir jardiné. Elle ne portait ni maquillage ni parfum, seulement cette odeur pendant que ses doigts caressaient la chevelure d'Eva encore quelques secondes avant de dire bonne nuit, et la porte se referma.

Maud se tourna de l'autre côté et s'endormit très vite. Eva resta éveillée quelque temps, sentant toujours la lotion pour les mains de Mère. La journée avait été en fin de compte parfaite et il y avait encore son anniversaire à venir. L'histoire selon laquelle elle aurait été rejetée à sa naissance parce qu'elle était une fille l'effrayait moins à présent. Elle s'endormit, remplie de lait chaud et de pain, sachant qu'elle était vraiment aimée.

2

LES NOUVELLES

Pâques 1916

La nuit précédente, la bonne était sortie se promener et avait vu les lumières d'un sous-marin jaillir des ténèbres de la mer à St John's Point. Elle rentra à la maison en courant, saisie d'une peur hystérique pour son pays et sa virginité, et appela Mr Tim. Mr Timothy Goold Verschoyle était alors parti à vélo sur la route de Bruckless, avait vu les lumières s'approcher et avait arrêté le docteur O'Donnell qui revenait d'une visite à un malade pour lui raconter qu'on l'avait pris pour l'avant-garde d'une armée d'invasion. Sur la route déserte, les deux hommes avaient ri, mais une tension était tapie derrière leur bonne humeur parce que, pour une fois, la crise d'hystérie de la bonne contenait peut-être un peu de vérité. La déclaration de la loi martiale dans la ville de Dublin et ses environs ne s'étendait pas jusqu'au Donegal, où la vie paraissait suivre son cours normal. Mais, avec les feux de brousse de rumeurs sans fin au sujet d'une insurrection armée dans la capitale, si peu d'informations se trouvaient confirmées que personne ne savait plus ce qu'il fallait croire.

Le lundi, une poignée de desperados avait proclamé une république d'un type étrange dans la capitale. Selon certains comptes rendus, les insurgés étaient complètement isolés, mais d'autres annonçaient qu'ils tenaient Dublin jusqu'à l'arrivée de renforts allemands. Quels que soient les événements, Mr Tim savait que sa cousine, la comtesse Markievicz, se trouvait au centre de tout ça, dans l'Armée des citoyens de James Connolly. L'année précédente, l'*Irish Times* avait publié une photo où on la voyait, vêtue d'un extraordinaire uniforme militaire, à la tête d'un groupe de jeunes gens qui ressemblaient davantage à des boy-scouts qu'à des volontaires. Mr Tim avait soutenu les Irish Volunteers, des forces qui avaient été créées pour réclamer l'autonomie de l'Irlande, particulièrement parce qu'elles n'étaient pas censées mener une action offensive mais existaient seulement comme contrepartie aux militants unionistes des Ulster Volunteers, qui avaient juré qu'ils résisteraient jusqu'au bout aux projets d'autonomie de Westminster. Quand la Grande Guerre avait éclaté, les Irish Volunteers avaient déclaré que le devoir des jeunes gens était de se battre contre l'Allemagne pour montrer que l'Irlande tenait à la liberté et méritait qu'on lui permette de se gouverner elle-même dans le cadre de l'Empire quand la paix reviendrait. Les républicains fanatiques du genre de la comtesse avaient rompu avec les Irish Volunteers et avaient formé un petit groupe de dissidents, mais ils avaient si peu de soutien que personne ne les prenait au sérieux. En fait, la conversion de la comtesse au catholicisme avait provoqué davantage de scandale dans la famille que ce qui était considéré, jusqu'à cette semaine, comme du théâtre amateur se donnant des allures militaires.

Mr Tim ignorait combien de personnes s'étaient jointes à la comtesse dans ce terrible fiasco à Dublin. Il était simplement heureux que tous les membres de sa famille soient bientôt réunis, sains et saufs, à Manor House. Maud serait la dernière à arriver, car elle était allée passer trois jours avec une camarade de classe à Londonderry avant qu'éclatent les troubles. Heureusement, les trains roulaient et elle serait bientôt à Dunkineely, où Art s'était rendu pour l'escorter à la maison. Art avait décidé d'aller seul à la gare et d'apprendre les nouvelles à Maud. Mr Tim considérait que la proposition d'Art indiquait qu'il s'adaptait au rôle et aux devoirs d'un héritier. Après la mort soudaine de Grand-papa en janvier, Art n'était plus qu'à un battement de cœur – le battement de cœur de Tim – de son héritage, la maison de famille. Art grandissait. Mr Tim voyait les changements quand il rentrait de Marlborough College à la fin de chaque trimestre. Cette fois-ci, pour Pâques, il avait ramené deux camarades de classe qui n'avaient encore jamais mis les pieds en Irlande et qui étaient effrayés par les événements surprenants de Dublin. Néanmoins, c'étaient de bons garçons, accoutumés au rituel des mauvaises nouvelles. Cette après-midi-là, ils avaient joué au tennis avec Eva et Thomas, puis étaient allés nager devant la jetée de Bruckless pour préserver l'intimité de la famille au moment du retour de Maud. Maud avait changé de train à Strabane pour emprunter la liaison à voie étroite qui suivait la côte en haletant de Donegal à Killybegs, et elle s'attendait sans doute à ce que tous ses frères et sœurs viennent l'accueillir dans la minuscule gare de Dunkineely. Voir Art seul sur la plateforme la déconcerterait parce qu'elle avait le cerveau le plus rapide de la famille.

Mr Tim faisait le guet à sa fenêtre, il voulait être le premier à fêter son arrivée. Il les vit approcher en silence dans la grand-rue, Art portait la valise de Maud. Quittant son bureau, Mr Tim ouvrit la porte d'entrée. La rue était très calme, comme elle l'était toujours lorsque le receveur des postes sortait de son bureau un télégramme à la main. Cela n'avait rien à voir avec les nouvelles, mais les événements qui avaient lieu à Dublin avaient créé une atmosphère étrange, les gens parlaient peu et rien ne permettait de savoir s'ils pensaient ce qu'ils disaient. Les yeux de Maud étaient gonflés mais elle n'avait pas encore pleuré.

« Ne t'inquiète pas, Père, annonça-t-elle avant qu'il ait pu prononcer un mot. Ce n'est pas comme si je connaissais bien Oliver. Nous nous sommes seulement rencontrés pour la première fois l'été dernier.

— Tu l'aimais bien quand même, répliqua Mr Tim.

— N'importe quelle jeune fille aurait apprécié un jeune homme tel que lui. Quand avez-vous appris la nouvelle ?

— La semaine dernière. Mrs Ffrench nous a dit qu'il avait été porté disparu. Je ne voulais pas t'écrire au pensionnat. J'ai pensé qu'il valait mieux attendre que tu sois ici.

— Je ne vois pas pourquoi... » Maud détourna le regard, ne désirant pas trahir son émotion. « Oliver m'a envoyé quelques lettres de l'armée, mais seulement, je crois, pour avoir une jeune fille à qui écrire, comme les autres jeunes gens de son groupe. Rien n'a jamais été... » Maud regarda son père. « Néanmoins, tu as eu raison de ne pas écrire. Tant de filles reçoivent des nouvelles au sujet de leurs frères et cousins. On les voit pleurer pendant des jours, et d'autres filles pleurent avec elles, prises d'une sorte d'hystérie. L'été dernier, les parents d'Oliver ont cru qu'il allait retourner étudier, après le Donegal, mais il avait d'autres projets. Son dernier soir ici, il m'a dit qu'il allait s'engager. J'ai voulu le persuader qu'il avait tort, mais il paraissait tellement héroïque.

— La guerre n'a rien d'héroïque. »

Mr Tim jeta un coup d'œil à Art, car il tenait beaucoup à ce que son fils comprenne. À treize ans, il était assez grand et costaud pour faire croire qu'il en avait seize. Le mois précédent, un garçon de quinze ans, qui avait menti sur son âge pour s'engager, avait été exécuté pour lâcheté en France. Il y avait chez Art une veine rebelle mais, avec son accent, aucun sergent recruteur n'oserait le laisser s'engager comme chair à canon.

« Rien d'héroïque, même à Dublin ? demanda Maud. À un contre cent ? La famille chez qui j'étais n'arrêtait pas de parler des traîtres pro-allemands qui se battaient à Dublin. J'aurais voulu leur dire qu'ils étaient pro-irlandais et que l'un d'entre eux appartenait à ma famille. Mais tu sais comment sont les protestants d'Ulster. Est-ce que les rebelles ont une chance, Père ?

— Une chance de faire quoi ? demanda Mr Tim. Il faudrait en rire, si on n'était pas en train de tuer des gens. Une famille sur deux en Irlande a un fils en France. Les seules personnes qui ont voulu se soulever avec eux sont les hordes des taudis qui pillent les magasins.

— Je devrais aller voir Mrs Ffrench, dit Maud. Elle doit avoir du chagrin en pensant à Oliver.

— La pauvre femme a déjà perdu ses deux frères dans cette guerre, répondit Mr Tim. Elle a beaucoup vieilli à force de s'inquiéter pour Ffrench, qui participe à de nombreuses actions navales. C'est une étoile qui monte mais elle le veut en sécurité auprès d'elle.

— Comment va Eva ? » demanda Maud.

Mr Tim sourit. « Eva est Eva. Hier, elle a décidé de soutenir les rebelles de Dublin en grimpant dans un arbre pour leur écrire un poème. »

La porte d'entrée s'ouvrit et la mère de Maud était là, attendant de pouvoir réconforter sa fille. Le père et le fils les regardèrent s'étreindre et disparaître à l'intérieur. Mr Tim jeta un coup d'œil dans la rue déserte et eut l'impression troublante qu'on l'épiait. Il rentra dans la maison et son fils le suivit dans son bureau.

« Tes copains sont rentrés ?

— Hier soir, l'un d'eux voulait savoir où nous mettions les fusils. Il ne pouvait pas croire que nous n'en avions pas un seul dans la maison.

— J'ai toujours détesté la chasse. Néanmoins, s'ils veulent chasser les oiseaux, je suis sûr que nous pourrions nous arranger avec un voisin.

— Il voulait parler de fusils pour notre protection.

— Notre protection ? » Mr Tim sourit. « Qu'est-ce qu'il croit, que nos voisins vont attaquer la maison ? Pourtant, je ne devrais pas rire. Ce qui se passe à Dublin est déconcertant. Une telle folie, alors que des Irlandais meurent tous les jours en France.

— C'est peut-être ça le problème. Ce n'est pas dans ce pays-là qu'ils devraient mourir.

— Le problème, Art, c'est simplement qu'ils meurent. La guerre ne résout rien et ne nettoie rien. Elle ne laisse que davantage d'amertume, laquelle n'attend qu'une occasion de déborder à nouveau.

— Le combat à Dublin est autre chose, argumenta Art.

— Dans quel sens ?

— Personne ne les oblige à se battre. Il n'y a pas d'officier pour tirer sur ceux qui s'enfuient. C'est là une des tâches auxquelles le pensionnat prépare les aînés. Ça, et puis à être le premier qui sort de la tranchée, l'épée à la main, pour inciter les hommes à l'attaque.

— Tu aimes ton école, je crois ? sonda Mr Tim. Je veux dire, tu es populaire, tu as de bons copains.

— Parfois, je m'y sens tout à fait à l'aise. Parfois, je ne crois pas pouvoir m'y intégrer.

— Le fait d'être irlandais en est peut-être la cause.

— Ce n'est pas le fait d'être irlandais.

— C'est quoi, alors ? »

Art cherchait ses mots. « Je l'ignore. Individuellement, j'aime bien tous ceux qui sont là-bas. Même les profs sont de bons types quand ils ne sont pas chauvins. Mais… par moments, quand ils sont tous ensemble… je m'aperçois que je les déteste. Je déteste leur air de supériorité, le sentiment qu'ils ont un droit absolu à la domination.

— Les Anglais sont comme ça, reconnut Mr Tim. Même notre ami Mr Hawkins – le pauvre – est inébranlable dans sa foi en lui-même. Mais on ne peut pas les critiquer pour le fait d'être ce qu'ils sont, pas plus qu'on ne peut critiquer un renard parce qu'il est un renard. »

Le père d'Art réfléchit un instant. « Peut-être y a-t-il autre chose que tu détestes ?

— Quoi ?

— Peut-être vois-tu les mêmes traits de caractère enfouis en toi. Je ne veux pas t'offenser, mais quand on nous demande de décrire ce que nous haïssons le plus chez les autres, nous finissons souvent par nous décrire nous-mêmes par mégarde.

— Je ne suis pas comme mes camarades de classe, affirma Art avec colère.

— Je sais. Mais il se peut qu'au plus profond de toi-même, tu reconnaisses une graine qui, si tu ne fais pas attention, pourrait faire de toi quelqu'un comme eux. Ils trouveront tous des emplois où ils dirigeront l'empire quand cette guerre sera terminée. Si c'est ce que tu désires, les portes te seront ouvertes. Ffrench a fréquenté une école pauvre, et pourtant tu vois comme il va de l'avant. Imagine ce que tu pourras faire avec toutes tes relations.

— Est-ce pour cela que tu m'as envoyé à Marlborough ? Que désires-tu ?

— Je voulais te donner une éducation à la hauteur de mes moyens. Ensuite je voulais simplement que tu sois heureux. J'ai déçu mon père, nos cousins aussi. Ils auraient voulu que j'accomplisse des choses. L'un d'eux a dit que j'étais un lotophage, que je manquais d'ambition, que je me cachais ici dans mon petit paradis. Mais mes ambitions étaient différentes des leurs. Il se peut que j'invente des excuses et que je sois un raté, mais seulement selon leurs règles. Parce que je n'ai jamais accepté leur droit à poser leurs ambitions sur mes épaules, je n'ai aucun droit à poser mes ambitions sur les tiennes.

Je dis simplement qu'il est possible que tu aies peur d'être contaminé par le monde extérieur. Le temps que j'ai passé à Oxford a été la période la plus solitaire de ma vie. Des jeunes gens buvant comme des rustres dans les clubs. Grand-papa prétendait que je fuyais, il disait qu'il fallait que je m'endurcisse si je voulais survivre dans le monde. Mais je ne voulais pas m'endurcir parce que quelque chose en moi serait mort. Tu es différent. Il y a de l'acier en toi. Trouve ta voie et suis-la.

— Et si tu n'aimes pas ma voie ? »

Mr Tim regarda le portrait songeur de Martin Luther. « La seule chose que je veux vous donner à tous est une conscience. Si vous faites confiance à votre cœur, vous ne vous tromperez pas, quel que soit le jugement que d'autres portent sur vous. Va voir si tes copains sont rentrés. Je voudrais terminer quelque chose avant de me changer pour dîner. »

Art laissa Mr Timothy Goold Verschoyle seul dans son bureau. À l'étage, Maud devait être en train de pleurer, consolée par sa sœur et sa mère. Thomas serait content que ses frères et sœurs soient tous là parce que c'était quand ils étaient réunis qu'il paraissait le plus heureux. Brendan était sans doute en train de lire dans sa cambuse de la remise à voitures. De tous ses enfants, Brendan était celui que Mr Tim connaissait le moins bien. Ils avaient passé de nombreuses soirées ensemble à se promener, mais il n'avait jamais été sûr de ce que ressentait le garçon. Comme il était très jeune, il donnait l'impression que les autres étaient des adultes. Mr Tim ouvrit un tiroir et en sortit de nouvelles paroles pour le cycle de chansons qu'il composait. Les villageois trouvaient sa musique remarquable. Les voisins disaient souvent qu'ils aimaient beaucoup entendre le bruit du piano quand il filtrait jusque dans la rue. Mais aucun orchestre n'avait jamais joué une seule de ses compositions. Les éditeurs de musique lui renvoyaient ses compositions avec des lettres de refus très polies. Mais il persévérait, mû par le désir d'apporter de la beauté dans ce monde ou, peut-être, à un niveau subconscient, pour se sentir justifié en parvenant à démontrer que ses cousins avaient tort.

À Dublin, au même moment, les rebelles se battaient derrière des barricades, des bâtiments étaient bombardés et les habitants des taudis se livraient au pillage au milieu des cadavres de chevaux et de soldats. Des gamins pris dans les barbelés des no man's lands de France hurlaient et demandaient à leurs camarades de faire cesser leur agonie avec une balle de fusil. Les rats s'engraissaient en mangeant des cadavres. Le corps du jeune Oliver Hawkins ne serait peut-être jamais retrouvé. Mr Tim se rappelait la beauté d'Oliver l'été précédent. Que ressentait-on quand on perdait un fils ? Il pria pour que la guerre cesse avant que ses fils soient en âge d'y être avalés et pour que cette folie à Dublin s'arrête avant qu'il y ait trop de morts. En relisant les paroles qu'il avait composées le matin même, elles lui semblèrent n'être qu'un faible pastiche de ses poètes préférés. Au fond, il savait que ce cycle de chansons ne plairait pas plus que les autres, mais il persévérait quand même, sachant que ces chansons imparfaites étaient le seul remède qu'il pouvait offrir au monde.

3

QUATRE MILLE LAMPES

Décembre 1917

Les catholiques du coin avaient des mémoires qui remontaient si haut que Mrs Ffrench veillait à ne pas montrer le moindre soupçon de prosélytisme en ce qui concernait ses activités. Les gens les plus âgés maudissaient encore les ecclésiastiques protestants de passage qui avaient tenté de voler des âmes pendant la famine en offrant de la soupe à tous les pauvres affamés qu'ils avaient persuadés de venir assister à leurs services religieux. L'année passée, un protestant de Dublin avait perdu son travail quand ses employeurs catholiques avaient appris qu'il servait le thé tous les dimanches aux « Petits déjeuners » gratuits pour les pauvres de la Protestant Missionary Charity. Mrs Ffrench se disait que les bahaïs d'Amérique n'avaient aucun mal à organiser des fêtes bahaïs où des enfants de toutes les classes sociales pouvaient apprendre à se mélanger les uns aux autres et se voir enseigner tout doucement la vérité, mais dans cette partie isolée du Donegal, toute forme de prédication était dangereuse. Son mari était sans doute d'un autre avis, parce que le commodore Ffrench n'avait peur de rien. Cependant, du fait des troubles bolcheviques en Russie, sa permission avait été annulée et, sans lui, la maison paraissait vide, les collines semblaient désolées.

Pourtant, en temps de guerre, il n'était pas très patriotique de paraître morose. Il y avait tant de choses qu'une femme pouvait faire. La veille, Mrs Goold Verschoyle avait organisé une soirée musicale de la Croix-Rouge, à laquelle avaient assisté bon nombre de jeunes officiers venus des navires de guerre ancrés dans le port de Killybegs. Mrs Ffrench avait invité plusieurs d'entre eux à dîner à Bruckless House, les impressionnant par sa connaissance des ports du nord de la Russie. Ce qui ne voulait pas dire que le commodore Ffrench avait divulgué des secrets de la Marine, mais sa dernière lettre était pleine d'une excitation enfantine sur la mission qu'il accomplissait. La route du Nord avait toujours été importante, c'était par là que le ravitaillement pouvait être acheminé jusqu'au port de Mourmansk, libre de glace, et envoyé par chemin de fer à Saint-Pétersbourg. Cependant, cette route avait été un poste peu prestigieux pour un marin jusqu'à la récente révolution en Russie, et il était maintenant devenu vital d'empêcher que Mourmansk et Arkhangelsk ne tombent entre les mains des dangereux bolcheviques qui avaient pris le pouvoir. C'était là le tournant du destin qu'attendait son mari. Pendant le dîner, les officiers avaient reconnu que, s'il parvenait à repousser les bolcheviques et à garder ces ports, il reviendrait en héros.

Quand le tsar avait abdiqué en février, personne n'avait pensé que les bolcheviques allaient prendre le pouvoir – d'ailleurs peu de gens, y compris Mr Ffrench, savaient grand-chose sur eux. Mais le monde était détraqué en cette époque de massacres incessants, et on ne pouvait plus rien prédire. Les rebelles dublinois – chassés des rues sous les huées, à Pâques, après l'exécution de James Connolly et des autres dirigeants – étaient récemment sortis des camps d'internement et avaient été accueillis en héros et non pas en hooligans ayant détruit leur propre ville. Mrs Ffrench était heureuse d'avoir un maître spirituel tel que Abdul Baha pour donner du sens à ces changements. Il enseignait qu'il fallait propager la lumière et la camaraderie humaine dans toutes les classes sociales et toutes les croyances avec lesquelles elle-même était en relation.

Telle était l'intention de la fête de ce jour-là. Tous les enfants de Bruckless et de Dunkineely étaient invités. Les enfants présents – moins nombreux qu'elle ne l'avait espéré – formaient un curieux mélange, les petits protestants qui avaient l'habitude de venir dans son jardin avaient du mal à se mélanger aux quelques enfants catholiques pauvres des environs. Les commerçants catholiques plus prospères n'avaient pas envoyé leurs enfants. Ils appréciaient l'idée que leur progéniture ait droit à des rafraîchissements en compagnie de la haute sur sa pelouse, mais pas si cette progéniture devait côtoyer leur propre classe sociale pauvre.

Au début, il y eut peu de mélanges, les protestants formaient une clique et les catholiques une autre, trop gênés pour s'amuser. Mrs Ffrench soupçonnait que certains des catholiques n'avaient jamais participé à une fête, et encore moins à un goûter l'après-midi. Pendant un moment terrible elle se demanda même s'ils n'allaient pas se battre, une reconstitution des émeutes de Moscou. Les domestiques craignaient la même chose, à voir comment ils chuchotaient entre eux, mais l'arrivée d'Eva Goold Verschoyle tranquillisa tout le monde parce que les enfants de toutes les confessions étaient à l'aise avec elle.

Bien que Mrs Ffrench ait professé que tous les enfants étaient toujours les bienvenus à Bruckless House, ceux-ci venaient rarement. Pourtant, chaque fois qu'elle se rendait chez les Goold Verschoyle, des gamins du village circulaient en toute liberté autour des courts de tennis ou bien, assis avec Eva dans la vieille remise à voitures, ils attendaient en riant leur tour pour la distribution des pinceaux et des couleurs, les mains tachées d'aquarelle. Eva ne tarda pas à devenir le centre de la fête, sans qu'elle soit consciente de la façon dont elle incitait les enfants à participer aux jeux qu'elle suggérait. Peut-être était-ce sa taille, car beaucoup d'enfants étaient plus grands qu'elle. Ou peut-être était-ce son aura. À quinze ans, Eva était mûre pour son âge à bien des égards, et plus jeune à bien d'autres égards.

Bientôt Mrs Ffrench se retrouva à la périphérie de sa propre fête, en spectatrice qui aurait aimé faire tournoyer une petite fille de quatre ans comme le faisait Eva ou voir de tout-petits grimper sur ses genoux pendant qu'elle racontait des histoires. Elle tentait de se lier aux invités et de bavarder avec chacun d'eux mais un mur de verre existait entre elle et les enfants du village, un mur qu'elle ne pouvait pas abattre.

Néanmoins, elle aimait entendre les rires et était très heureuse d'avoir pris le risque d'organiser la fête dehors pendant les quelques heures d'ensoleillement hivernal. Un réel bonheur bahaï régnait vers la fin de la fête quand les enfants se furent détendus. Les petits villageois faisaient des signes de la main en partant en groupes, à pied, tandis que les protestants étaient ramenés chez eux en cabriolets tirés par un poney. Pour finir, il ne resta plus qu'Eva et elle, commentant la fête avec excitation sur un canapé dans la bibliothèque tandis que, dehors, les filles qui avaient servi le goûter s'affairaient sur la pelouse.

Elle proposa à Eva qu'un domestique la reconduise chez elle mais Eva expliqua qu'elle aimait parcourir les deux miles à pied au crépuscule. Mrs Ffrench savait qu'elle ne risquait rien parce que quelque chose dans l'innocence de la jeune fille autorisait à penser que rien ne pouvait lui arriver tant qu'elle resterait dans le Donegal. Eva compatit au sentiment de solitude que représenterait le fait de passer Noël à Bruckless House, maintenant que Mr Ffrench n'était plus là, et elle demanda si la famille Hawkins reviendrait un jour pour une visite.

« Je ne le pense pas, ma chérie. Il y a trop de souvenirs à Bruckless. Ces jours-ci, trop de spectres sont assis sur des chaises vides au dîner. Il leur serait difficile de ne pas imaginer Oliver en train de nager près de notre jetée. »

Mrs Ffrench s'arrêta, surprise par ses propres larmes. Le chagrin était un voleur habile, toujours en embuscade. Elle pensait avoir connu le pire de l'angoisse quand elle avait perdu ses deux frères, mais lorsqu'elle avait appris le mois dernier que le mari de sa sœur avait également été tué, cela avait ravivé ses rêves sanglants. Quand elle se réveillait, certaines nuits, elle avait peur de toucher les draps, car elle avait rêvé qu'ils étaient trempés de sang. Elle haïssait l'espèce de bonneteau que lui imposaient ces rêves insidieux. Elle s'y retrouvait parfois avec ses frères dans la nursery, les regardant jouer avec leurs boîtes de soldats de plomb. L'instant d'après ils pataugeaient, traversaient des barbelés et des gourbis où des mourants hurlaient, et ils étaient toujours de petits garçons avec leurs soldats de plomb dans les mains, inconscients du danger. Puis ils devenaient les fils qu'elle n'avait pas eus avançant vers les fusils allemands, incapables d'entendre ses cris d'avertissement avant d'être touchés et de mourir. Chaque fois, elle se réveillait abruptement de son rêve, et sa main se dirigeait instinctivement vers son entrejambe, là où elle saignait tous les mois, que son mari soit en permission près d'elle ou pas. Cinq années de mariage, tachées par ce sang importun. Le commodore avait inventé un code afin qu'elle puisse lui transmettre les nouvelles après chacune de ses visites. Ils avaient choisi des noms pour un garçon ou une fille, et une pièce avait été réservée et verrouillée, qui deviendrait la chambre d'enfants. À trente et un ans, elle était encore assez jeune. Quand la victoire à Mourmansk serait définitive, il reviendrait et essaierait à nouveau, aussi souvent et avec autant de passion qu'il le faudrait. En guise de compensation pour tous ces morts, son premier enfant serait un garçon.

Mrs Ffrench se rendit compte qu'il y avait également des larmes dans les yeux d'Eva.

Elle posa une main sur le bras de la jeune fille. « Ne fais pas attention à mes bêtises, ma chérie.

— Il m'arrive de m'accuser de la mort d'Oliver, dit Eva. Vous comprenez, Mrs Ffrench, je ne voulais pas que sa famille revienne à cause de Beatrice. Je voulais garder Art pour moi. C'est vraiment trop terrible de voir mon vœu exaucé.

— Tu ne dois pas t'accuser, mon enfant. Des milliers de garçons sont massacrés tous les jours. Les hommes devront en répondre un jour devant Dieu, mais toi, tu n'as rien à te reprocher. »

Quelque chose dans les yeux grands ouverts de la jeune fille de quinze ans rappela à Mrs Ffrench comment elle-même avait été à cet âge. Comme elle, Eva partirait en quête de la vérité. Mrs Ffrench se souvint de l'isolement qu'elle avait ressenti adolescente jusqu'à ce qu'elle tombe, apparemment par hasard, sur une référence à Abdul Baha et à ses croyances. À présent elle savait que le Maître avait guidé sa vie afin qu'elle trouve un homme suffisamment large d'esprit pour embrasser ses convictions. La conversion du commodore signifiait qu'il y avait maintenant quatre bahaïs en Irlande. Elle aurait voulu mettre dans les mains d'Eva des exemplaires de *Citoyens du monde* et d'autres publications bahaïes, mais chaque personne en quête de la vérité devait trouver sa propre voie. Elle décida plutôt de faire partager l'œuvre du Maître à la jeune fille d'une autre façon.

« Veux-tu m'aider à allumer mes lampes ? demanda-t-elle, car elle savait qu'Eva aimait cette tâche.

— Oh oui », répondit Eva.

Le crépuscule avait déjà commencé à tomber. Les lampes ne

pouvaient pas être vues de la rue, où elles attireraient l'attention, mais toute personne qui se promenait près de la jetée les verrait briller derrière onze fenêtres. C'était une tâche vitale et certaines nuits Mrs Ffrench se réveillait, craignant qu'une des lampes ne se soit éteinte pendant son sommeil.

Le plus beau moment de sa vie avait été le voyage qu'elle avait fait à Londres au printemps pour y rencontrer Abdul Baha en personne. Elle voyait encore le regard perçant du Maître lorsqu'il avait annoncé qu'elle pouvait illuminer toute l'Irlande si elle allumait quatre mille lampes par an. Mrs Ffrench avait calculé que cela représentait allumer onze lampes pendant trois cent soixante jours et seulement huit lampes pendant les cinq dernières nuits. Au début, elle s'était sentie un peu idiote car elle savait que ses domestiques trouvaient son comportement étrange, mais récemment ils donnaient l'impression de l'avoir comprise parce qu'ils souriaient quand ils passaient près d'elle tous les soirs, comme des conspirateurs silencieux. Selon elle, cela signifiait que le Maître avait raison. Si les lampes produisaient cet effet sur sa maison, peut-être distribuaient-elles aussi l'harmonie dans d'autres maisons en Irlande sans qu'elle le sache. Les bonnes savaient remplir d'huile chaque lampe mais elles ne les allumaient jamais. C'était là sa tâche à elle, étrangement réconfortante. Mais ce soir-là elle laissa Eva l'aider, et elles circulèrent de pièce en pièce dans la maison vide.

Enfin elles eurent terminé et Mrs Ffrench accompagna son invitée jusqu'à la porte, certaine qu'Eva allait s'arrêter sur la pelouse pour compter chaque lampe qui lui faisait signe, ainsi qu'à l'Irlande et à son mari de l'autre côté des mers, car il savait qu'elle les allumait. Eva lui dit bonsoir et Mrs Ffrench dut se retenir pour ne pas l'étreindre. L'idée que tous les enfants Goold Verschoyle étaient chez eux pour Noël la remplissait d'espoir. Elle allait choisir le cadeau de chacun avec grand soin, et s'assurerait qu'ils savaient tous que sa porte leur était toujours ouverte. Il lui arrivait parfois d'entretenir un fantasme dans lequel le jeune Brendan était piégé chez elle par une tempête de neige et où elle pouvait s'occuper de lui pendant quelques jours tant que la route n'était pas déblayée.

Mrs Ffrench demeura sur le seuil jusqu'à ce qu'Eva ne soit plus visible et il ne lui resta plus alors qu'à refermer la porte. Lizzy, la servante, descendait l'escalier. Mrs Ffrench sourit pour la mettre à l'aise.

« C'était une bonne journée, Lizzy.

— Ça c'est vrai, Madame.

— La fête s'est très bien déroulée.

— Oui, Madame. Vous faudra-t-il autre chose, Madame ?

— Non. »

La jeune fille hésita. Mrs Ffrench soupçonnait que certains domestiques, y compris Lizzy, seraient sans doute plus heureux dans une maison où la maîtresse ne leur adresserait la parole que pour donner des ordres.

« Vous avez allumé les lampes, Madame ?

— Oui, Lizzy.

— Nous faisons la même chose pour vous, Madame.

— Que veux-tu dire ? » Mrs Ffrench était déconcertée.

« Quand nous passons devant l'église, les autres domestiques et moi, nous entrons toujours allumer une bougie pour vous. C'est ce que nous faisons, nous les catholiques, pour des intentions spéciales. Nous prions toutes pour que, quand le commodore reviendra, tout aille bien pour vous et que ce soit un garçon. »

Mrs Ffrench, sur l'instant, fut trop choquée pour parler.

Consciente tout à coup qu'elle s'était montrée un peu effrontée, la servante voulut s'excuser, mais se rendit compte que cela ne ferait qu'aggraver les choses.

« J'allume mes lampes pour une raison différente, répondit froidement Mrs Ffrench.

— Oui, Madame. Je n'en savais rien.

— Votre maître et moi... » Mrs Ffrench s'arrêta à temps, choquée de voir qu'elle se justifiait devant une domestique. « Ce sera tout, Lizzy.

— Oui, Madame. »

La jeune fille fit une révérence et détala. Mrs Ffrench pénétra dans la bibliothèque, qui était plongée dans le noir à l'exception de la lampe devant la fenêtre. Elles devaient être en train de chuchoter à son sujet à la cuisine comme elles chuchotaient toujours. Elle avait tenté de créer une maison où les domestiques n'avaient pas besoin d'avoir peur de leur maîtresse, mais il ne lui était jamais venu à l'esprit qu'elles pouvaient ressentir de la pitié pour elle. Elle espérait qu'aucune servante ne viendrait tisonner le feu. Elle voulait être seule. Elle ne s'était jamais sentie aussi désespérément seule. Mrs Ffrench respira profondément. Cette guerre allait passer. Son mari reviendrait de Mourmansk en héros, ayant repoussé la menace du bolchevisme. Ses draps de lit seraient tachés de sang, mais cette fois-là, le bon sang purificateur de l'accouchement. Elle accueillerait volontiers chaque vague de douleur, toutes les poussées auxquelles il faudrait qu'elle se livre. Elle deviendrait alors une personne entière, elle illuminerait toute l'Irlande et son enfant illuminerait sa vie. Le Maître avait ordonné cette épreuve afin d'éprouver sa foi, mais elle serait forte et apprendrait à être patiente. Se balançant doucement d'avant en arrière, Mrs Ffrench attendait que sa véritable vie commence.

4

LA VOITURE

Donegal, août 1919

Maud fut surprise de voir à quel point il lui avait été facile de découvrir où était située la petite maison isolée qui servait de quartier général au commandant de l'IRA dans la région. Une preuve de la confiance des villageois envers la famille était qu'Art n'avait eu besoin que de cinq minutes pour émerger des ténèbres enfumées du débit de boissons de MacShane, pourvu des informations et de l'avertissement respectueux qu'on le retrouverait sans doute avec une balle dans la tête s'il ne fermait pas sa gueule. Mais le fait que la famille n'avait toujours pas parlé à la police des événements de la veille au soir n'était pas passé inaperçu ; cela avait commencé quand Brendan avait annoncé au dîner qu'il voyait des hommes se déplacer dans la remise à voitures. À la fenêtre, ils avaient tous vu quatre inconnus armés poussant la Ford cabossée de la famille dans la cour jusqu'au portail, ensuite les inconnus avaient fait démarrer le moteur à la manivelle, étaient montés et avaient disparu.

Père avait posé une main sur l'épaule de Maud quand il avait senti qu'elle s'apprêtait à intervenir. L'année précédente, la comtesse, la cousine de Père, était devenue la première femme élue à la Chambre des communes britannique. Elle avait cependant refusé de siéger, avait organisé une assemblée illégale à Dublin avec d'autres membres du Sinn Féin, et ils avaient alors proclamé le droit de ses volontaires à porter des armes. Le Donegal n'avait pas une grande expérience de ce mépris des lois, mais des casernes de police isolées étaient attaquées et des hommes masqués avaient fait des descentes dans quelques Grandes Maisons pour trouver des armes.

Les gens du coin savaient que Père ne possédait pas de port d'armes, ce qui expliquait pourquoi la descente de la veille n'avait visé que les dépendances. Cependant Maud était déterminée à reprendre la voiture. Père n'était absolument pas au courant de l'expédition mais il n'utilisait que très rarement la voiture, alors que, depuis sa sortie du pensionnat, Maud était devenue, à dix-huit ans, la première conductrice du comté de Donegal. Apprendre n'avait pas été facile, parce que Père, lui-même un conducteur occasionnel, n'avait pas vraiment voulu lui donner de leçons. Mais quand Art eut la permission de conduire la voiture, il devint impossible de l'interdire à Maud. À présent, s'étant battue pour ce droit, elle n'allait pas accepter tout simplement le vol de la voiture. Elle n'avait pas envie d'y aller avec Art mais, au moment où il lui avait donné l'adresse, il avait refusé de la laisser partir toute seule à bicyclette dans les collines.

Bien qu'elle connût très bien la région, Maud se serait rapidement perdue, or Art avait en tête une carte de toutes les pistes de moutons des environs. Le garçon de seize ans s'arrêtait rarement pour s'orienter, il passait à vélo toutes les parties franchissables du sentier escarpé et soulevait la bicyclette quand il y avait trop de nids-de-poule. Ils étaient probablement observés maintenant. Les guetteurs de l'IRA avaient sans doute imaginé, dans un premier temps, qu'ils étaient des pique-niqueurs, pour ensuite s'inquiéter quand leur destination était devenue de plus en plus évidente. Maud savait qu'elle prenait un risque énorme et que l'informateur était sans doute également en danger. Pourtant elle ne pouvait penser qu'à une seule chose, les dommages qu'avait dû subir la voiture en roulant sur ce sentier cahoteux. Les branches de côté et d'autre avaient dû rayer la peinture.

Art s'arrêta pour examiner le sommet où, sous un bosquet d'arbres, on voyait l'entrée d'une toute petite maison.

« Tu crois qu'ils sont vraiment là ? demanda-t-il.

— Ils nous ont vus arriver depuis des miles. » Maud regarda derrière elle la pente abrupte de la colline. Partie de Dunkineely animée par son sens de la justice, elle était maintenant pleine d'appréhension, sentant qu'il était peu probable que, dans ce nouveau monde de desperados, elle ait droit au respect auquel elle était habituée.

S'agirait-il de gens de la région qu'elle connaissait, ou d'inconnus ? Qu'est-ce qui valait mieux, serait le moins dangereux ? On chuchotait que les colonnes volantes restaient rarement plus de quelques nuits sous le même toit. Leur arme principale contre l'armée était de passer inaperçues, de savoir se fondre dans la population locale. Il y avait si peu de voitures dans le comté de Donegal qu'en posséder une, pour une colonne, revenait à signer son propre arrêt de mort, car ses déplacements seraient trop faciles à suivre. Mais peut-être avait-elle été volée pour être utilisée lors d'une unique attaque.

« Reste ici, dit Art. C'est une affaire d'hommes. »

Sa remarque élimina toute incertitude de l'esprit de Maud.

« Reste ici, répliqua-t-elle. C'est une affaire d'adultes. »

Pour finir, ils firent la course jusqu'à la cour de la ferme. Ce ne fut qu'une fois qu'ils eurent passé le portail que les deux hommes armés se levèrent. Il était difficile de voir leur visage sous leur casquette. Maud savait qu'ils n'allaient pas l'abattre, mais s'agissant d'Art, ce n'était pas tout à fait la même chose. Elle tenta de contrôler sa peur, descendit de vélo et s'adressa à eux d'une voix autoritaire.

« Je veux parler au responsable.

— Qu'est-ce que vous faites ici ? rétorqua l'un des hommes.

— Je ne parlerai qu'au responsable.

— Il est parti s'occuper de ses affaires, répondit le plus âgé des deux hommes.

— J'attendrai.

— Ah oui. C'est ce que vous avez de mieux à faire. »

Ils baissèrent leurs fusils, peu désireux de viser une jeune fille et un garçon. Maud était rassurée qu'Art soit resté silencieux, parce que Marlborough College avait éliminé toute trace d'accent irlandais de sa voix. Il poussa Maud du coude, indiquant une meule assemblée à la hâte à côté de la maison et qui ne parvenait pas à dissimuler la voiture garée derrière. Les hommes se regardèrent, incertains de ce qu'ils devaient faire.

« Est-ce que vous seriez Miss Goold Verschoyle, par hasard ? demanda le premier.

— C'est bien moi, répondit Maud.

— Entrez dans la maison comme une bonne fille, avec le jeune maître. Qui vous a dit où nous trouver ?

— Nous avons suivi une piste de branches cassées. Il serait tout aussi facile aux militaires de le faire.

— Qu'avez-vous dit aux militaires ? » demanda l'homme.

Art parla pour la première fois. « Nous ne leur avons rien dit. Nous sommes tous des Irlandais. »

Les hommes ne dirent rien, l'air amusé.

« Nous n'avons pas besoin de leur dire, ajouta Maud rapidement. Une voiture à moteur est un gros objet. Il sera tout aussi difficile pour nous de dissimuler le fait que nous ne l'avons plus que pour vous de dissimuler le fait que vous en avez une.

— C'est ce que je lui ai dit, siffla le premier homme à son camarade. Ce satané joug est pareil à une pierre autour de notre cou. »

Le second homme désigna de la tête la porte de la maison. « Ça suffit. Entrez et, s'il y a le moindre signe des militaires, vous avez intérêt à courir, parce qu'ils ne commencent à poser des questions que quand ils ont fini de tirer. »

Un faible feu apportait un peu de lumière dans les ténèbres de la maison. Le chaume était décoloré, le badigeon avait disparu depuis longtemps. Un couple âgé se leva lorsqu'ils entrèrent et les invita en silence à s'asseoir sur les deux chaises, sans se préoccuper de leurs protestations. Le vieil homme sortit et Maud entendit des murmures derrière la porte avant que le plus jeune des volontaires monte sur la bicyclette d'Art et parte dans les ornières du sentier. La vieille femme leur prépara du thé fort, au goût de tourbe. Elle s'arrêta pour prendre une bouteille contenant un liquide transparent et versa un peu de whiskey illégal dans la tasse d'Art. Puis elle disparut, laissant seuls le frère et la sœur.

Le fait qu'ils aient été proches l'un de l'autre n'empêchait pas Art et Maud de se disputer souvent. Ils étaient tous deux tellement têtus que les conflits étaient inévitables – particulièrement quand Eva n'était pas présente pour maintenir la paix. Maintenant, toutefois, ils étaient unis par un sentiment de malaise, chacun regrettant de ne pas être venu seul afin d'éviter à l'autre de s'exposer au danger. Mais ils n'avaient voulu, ni l'un ni l'autre, rester en arrière et permettre à l'autre de devenir de facto le chef de famille.

Les autres ne s'apercevraient de leur absence que dans quelques heures. Mr Ffrench était attendu d'un jour à l'autre, de retour de son service dans la Marine. Mère penserait qu'ils étaient partis à vélo chez Mrs Ffrench, qui avait beaucoup de mal à surmonter la tension que provoquait l'attente du retour définitif de son mari. Père serait dans son bureau, préoccupé à l'idée de décider ce qu'il fallait faire. Le mois dernier, un sergent de police très respecté avait été tué d'une balle devant ses enfants dans la ville de Donegal. Père avait été l'un des rares à se rendre à son enterrement, les gens du coin ayant été avertis de ne pas s'y montrer. Cela avait peut-être attiré l'attention de l'IRA. Maud ignorait qui avait commandité le vol de la voiture, elle savait seulement que des problèmes plus graves pourraient survenir si Père se sentait obligé de le signaler.

Ils finirent par entendre la bicyclette revenir. Maud pensait que le volontaire était parti avertir son supérieur, mais elle se trompait parce que, comme s'il avait surveillé le retour de la bicyclette, le vieil homme réapparut dans l'encadrement de la porte avec un gramophone à manivelle qu'il posa sur les dalles en pierre près de l'âtre. Le volontaire entra, à bout de souffle, portant un sac sur une épaule.

« Vous allez devoir encore attendre longtemps, dit-il en haletant. Nous avons pensé que ceci vous aiderait à passer le temps. »

Maud n'avait aucune idée de l'endroit où il avait pu trouver les disques mais il y avait parmi ces derniers plusieurs disques très rayés d'hymnes protestants. Le vieil homme en mit un et sourit à Maud tandis que sa femme apparut quelques instants pour réclamer sa part de ce geste d'hospitalité.

« C'est merveilleux, dit Maud. Je pourrais écouter ça toute la journée.

— Il le faudra peut-être, répondit le volontaire avec un air farouche. Je serai dehors, madame, s'il y a quelque chose dont vous avez besoin. »

Les hymnes paraissaient étranges dans cette petite maison sombre et enfumée. Peut-être quelque famille protestante dans les collines les avait-elle laissés quand elle avait quitté l'endroit, remplie de chagrin après la perte d'un fils en France. La deuxième fois que Maud les passa, Art se mit à chanter, sa voix claire s'élevant au-dessus des grattements du disque et Maud se mit aussi à chanter. Ils passèrent chaque disque cinq fois avant d'entendre des voix au-dehors. Le nouvel arrivé avait un fort accent de Cork. Maud se sentit tout à coup pétrifiée. L'hospitalité des hommes de Donegal était peut-être une ruse destinée à les immobiliser là afin qu'ils puissent servir d'otages à échanger contre des prisonniers républicains. Art se leva, prêt à faire face à celui qui allait entrer. Maud resta assise et récita une prière en silence. L'inconnu était un homme fort de grande taille possédant une autorité certaine. Il rit et donna un coup de pied dans le gramophone, propulsant l'aiguille jusqu'à la fin du disque.

« Des hymnes ? dit-il. On jurerait que c'est un enterrement. Bon, qu'est-ce que c'est que cette histoire de voiture ? »

Maud se leva. « Elle appartient à ma famille. À quoi pourrait-elle vous servir ?

— Il se trouve que si je vous le disais, je serais ensuite obligé de vous tuer.

— S'il vous plaît. J'en ai besoin pour ma mère. Elle est terriblement arthritique. Elle ne peut se déplacer que si je l'emmène en voiture.

— Vous ? » L'homme se mit à rire encore plus fort. « Ne me dites pas qu'ils laissent un petit bout de fille comme vous s'asseoir derrière un volant.

— Ils ont laissé un petit bout de femme entrer à la Chambre des communes, seulement, la cousine de mon père n'a pas voulu siéger. »

L'homme hocha la tête, comme si Maud avait marqué un point. « Mais on dit aussi qu'un de vos oncles est un orangiste qui brûlerait tous les catholiques pour qu'il n'y en ait plus un seul à Belfast.

— Mon père est un autonomiste, dans le même camp que vous.

— On s'en fout, de l'autonomie, dit l'homme. L'autonomie était un os jeté depuis la table des Anglais pour que les chiens irlandais mâchonnent sans faire trop de bruit. Cette lutte est pour la liberté… une république.

— Mais oui. » Art s'adressait à l'homme pour la première fois.

Celui-ci évalua Art. « Tu as dit quelque chose, fiston ?

— J'ai discuté de cette même idée avec mon père, qui est un pacifiste. Mais pour moi, c'est l'indépendance totale ou rien du tout.

— Content que tu penses ça.

— Je fais plus que le penser. Je vous propose un marché honnête. Rendez sa voiture à ma sœur et vous pouvez me compter parmi les vôtres. Je voudrais m'engager comme volontaire au service de la République d'Irlande. » Art ne fit pas attention à Maud, qui tirait sur sa manche, voulant qu'il se taise. « En pension, j'ai reçu une formation complète au maniement d'un fusil. »

L'homme de Cork s'assit, amusé. « T'es un champion. Et que ferait donc la République d'Irlande de tes services ?

— Est-ce que vous insinuez que je suis un lâche ?

— Je suggère que tu restes à l'écart de ce qui ne te regarde pas.

— Évidemment que ça me concerne. Je veux ce que vous voulez.

— Et qu'est-ce que c'est, exactement ?

— La liberté pour nous tous. »

Maud fut incapable de se contenir plus longtemps. « Art, assieds-toi, bon Dieu, et cesse de faire l'imbécile. »

Art se retourna, énervé. « Ne te mêle pas de ça. J'en ai assez de voir les gens organiser ma vie pour moi.

— Écoute ta grande sœur, fiston, dit l'homme de Cork. Pars et engage-toi dans un cirque si tu veux, mais tu es mal renseigné sur notre lutte. Il ne s'agit pas de liberté *pour* toi, il s'agit de liberté à t'arracher, *à* toi. Si tu veux vraiment aider l'Irlande, la meilleure façon est de faire tes bagages et de retourner d'où tu viens.

— Et où est-ce, exactement ? »

Art était tellement furieux que les deux volontaires apparurent dans l'encadrement de la porte avec leurs fusils.

« En Angleterre.

— Il y a plus de sang irlandais dans mes veines que dans les vôtres. Mon père peut faire remonter notre famille jusqu'à Niall des Neuf Otages. Votre père le peut-il ?

— Mon père était trop occupé à gagner un salaire honnête. Ce qui est plus que ce que vous faisiez, vous les parasites. »

Maud ne s'inquiétait plus de la voiture. Elle voulait simplement sortir Art de cette maison. Récemment, il s'était mis des idées dans la tête, mais jamais aussi dangereuses que celle-là. Était-ce sa façon de se rebeller contre Père, qui était choqué chaque fois qu'une balle était tirée, d'un côté comme de l'autre, dans le conflit irlandais ? Elle voulait parler mais toute interruption ne pourrait qu'exciter davantage son frère.

« Et qu'est-ce qui constitue un Irlandais, aujourd'hui ? demanda Art.

— Un Irlandais est quelqu'un qui a du sang irlandais dans les veines, comme son père et son grand-père avant lui.

— Et que devient alors le sang-mêlé Patrick Pearse ? rétorqua Art. Son père était indiscutablement un Anglais. Au moins mes ancêtres lointains avaient-ils la décence d'être hollandais. »

L'homme de Cork se leva et sortit un pistolet de son holster. « Ne blasphème jamais avec le nom de Pearse, siffla-t-il. Je me suis battu à ses côtés la semaine de Pâques. C'était un vrai Irlandais. »

Art était calme, on sentait en lui une supériorité inconsciente face à la colère de l'homme. « Je ne dis pas qu'il ne l'était pas. C'est votre définition qui l'exclut, pas la mienne. »

Le commandant se tourna vers les volontaires. « Rendez-leur cette satanée voiture et tirez-leur dessus s'ils reviennent. » Il regarda Maud. « Emmenez cet enfant et mettez-le en sécurité quelque part, Miss. Que cela vous serve de leçon. Les biens dont la République d'Irlande a besoin seront réquisitionnés au nom de la République. Toute collaboration avec l'armée d'occupation sera considérée comme une trahison. Vous comprenez ?

— Oui.

— Comment pourrait-il s'agir de trahison si nous ne sommes même pas irlandais ? demanda Art. Je suppose que, pour vous, le cousin de mon père est aussi un étranger. »

Le commandant, plus calme à présent, rangea son pistolet. « Tu es dégourdi, fiston. Si les arguments du débat étaient des balles, tu m'aurais tué depuis longtemps. Mais la comtesse a tout abandonné. Pourrais-tu faire pareil ? La révolution ne tolère pas la demi-mesure.

Ton accent serait un handicap pour n'importe quelle colonne volante. Tu serais aussi visible qu'une voiture à moteur. Reste dans ton monde à toi. Nous quittons cette maison ce soir et n'y reviendrons plus. Si vous révélez où vous avez retrouvé cette voiture, le toit au-dessus de la tête de ce couple sera incendié. Une chose pareille ne s'oublierait pas. Les sergents viennent d'abandonner la caserne que j'aurais voulu attaquer ce soir avec votre voiture. Ils ont sans doute été prévenus. Rentrez chez vous et fermez-la. Et dites-leur de faire de même dans les pubs de Dunkineely.

— Personne ne nous a dit quoi que ce soit», dit Art précipitamment.

Le commandant les escorta dehors, dans la cour, où le couple âgé se tenait en silence. «Si je devais tuer tous les imbéciles irlandais à la langue trop bien pendue, je n'aurais plus assez de balles pour les Anglais.»

La voiture démarra à la seconde tentative. Art mit leurs bicyclettes dans le coffre tandis que les volontaires se reculaient comme s'ils pensaient que Maud allait s'écraser sur le portail. Ce ne fut qu'une fois dans le sentier que ses mains cessèrent de trembler.

Il faisait sombre lorsqu'ils descendirent le mauvais chemin et elle conduisait avec prudence, sachant très bien comme il est facile de casser un essieu. Père serait en colère quand il serait mis au courant des risques qu'ils avaient pris, mais Maud pouvait maintenant le convaincre de ne pas contacter la police. Art regardait droit devant lui sans parler.

«Tu voulais vraiment t'engager? demanda-t-elle.

— Non, répondit-il, bien que Maud ait su qu'il mentait. Je faisais seulement marcher cet imbécile. Je ne peux pas dire que j'aimerais le genre de pays qu'il construirait.

— Je ne suis pas sûre qu'il en aura la possibilité, dit Maud. Le Premier ministre peut inonder l'Irlande de troupes.

— C'est vrai. Ces idiots ne pourront jamais gagner. Je ne suis pas sûr non plus que l'on puisse les battre un jour. Ne mentionne pas mon offre à Père.»

Ils roulaient en silence parce que le monde ténébreux au-delà du pare-brise paraissait à présent différent. Maud se demanda si ce que l'homme de Cork avait dit à propos de la caserne était une ruse. Peut-être un pauvre homme avait-il été emmené dans cette voiture jusqu'à un endroit isolé, tué et son corps jeté quelque part ? Elle allait passer des heures à nettoyer les garnitures, et pourtant la voiture ne lui appartiendrait plus jamais complètement. Au virage près de Bruckless House, une camionnette Crossley Tender était garée, et un groupe de militaires britanniques barrait la route. Ils fouillaient un homme du village, mains en l'air, tandis qu'un soldat lui écartait les jambes d'un coup de pied brutal. L'homme leva les yeux, rassuré que la fouille ait des témoins. Un sergent arrêta la voiture et passa la tête par la vitre.

« Et où allez-vous donc, les jeunes amoureux ?

— C'est mon frère, répondit brièvement Maud.

— Est-ce vraiment nécessaire de fouiller un homme de cette façon ? » demanda Art.

Le sergent fut rassuré en entendant l'accent d'Art. « Je vous assure que oui. Le Sinn Féin aimerait tuer des citoyens loyaux comme vous dans leur lit. » Il lança un ordre derrière lui. « Ça suffit. Laissez-le partir. » Il regarda le villageois s'éloigner rapidement à vélo et se retourna vers la voiture. « Peux pas dire que j'apprécie cette affectation. Au moins, en France, on savait qui était l'ennemi. Ça doit être dur pour vous, de pouvoir à peine faire confiance à vos propres domestiques.

— J'ai confiance en tout le monde dans mon village, répondit Maud.

— C'est quel village ?

— Dunkineely. »

Le sergent siffiota doucement, « Nous avons entendu dire qu'une voiture avait été volée à Dunkineely.

— Le vol a-t-il été signalé ? »

Son ton était plus brusque. « Nous avons diverses manières de savoir les choses. Et d'où venez-vous donc ?

— Nous sommes sortis prendre l'air.

— Et si je ne vous croyais pas ?

— Vous traitez ma sœur de menteuse ? demanda Art.

— Je veux connaître exactement vos mouvements. J'aimerais beaucoup rencontrer un certain groupe d'hommes. J'ai un cadeau en métal brillant pour chacun d'eux.

— Nous n'avons rencontré personne aujourd'hui, dit Maud.

— Mais bon Dieu, Miss, vous êtes de quel côté ? S'ils s'emparent de votre voiture aujourd'hui, ce sera votre maison et vos terres demain. Ces sauvages ne vous laisseront même pas un toit.

— Pouvez-vous déplacer votre camionnette, poursuivit Maud. Je voudrais rentrer chez moi.

— Et moi je voudrais savoir où vous êtes allés.

— Quel est donc le problème, sergent ? » Deux silhouettes émergèrent de l'allée conduisant à Bruckless House. Les soldats levèrent leurs fusils, puis les abaissèrent, à la vue de l'allure martiale de Mr Ffrench debout à côté du docteur O'Donnell. Le sergent salua. « Nous nous acquittons simplement de notre mission, monsieur. Veiller à la paix.

— Allez y veiller ailleurs, alors. Et ne me saluez pas. Je suis un civil.

— Désolé, monsieur. Il est tout simplement évident que vous étiez dans l'armée.

— Tout le monde peut se tromper.

— Le commodore est revenu ce soir même des combats près de Mourmansk, dit le docteur O'Donnell avec douceur. Nous nous portons garants de ces jeunes personnes. Soyez assez aimable pour les laisser passer. »

Le sergent se tourna vers Mr Ffrench. « Sacrée malchance que le retrait de la force expéditionnaire de Russie, monsieur. J'ai entendu dire que ces bolcheviques sont des sauvages.

— Au contraire, répondit Mr Ffrench, les bolcheviques sont des gens à principes, et on ne peut pas en dire autant des Russes blancs que nous avons soutenus et pour qui je ne donnerais pas un bouton de culotte d'artilleur. Pour moi, notre retraite, c'était un pur bonheur. »

Le sergent examina le visage de Mr Ffrench comme si ce dernier faisait de l'humour noir et qu'il ne le comprenait pas. Son ton de voix se durcit.

« J'ai perdu un cousin là-bas, dans la bataille pour la rivière Oussouri.

— Je suis désolé de l'apprendre, répondit Mr Ffrench. De très bons soldats y sont morts sans raison. Je me suis chargé d'écrire à leurs veuves.

— Il n'avait que vingt-deux ans, dit le sergent. Il s'est battu avec courage. Ses enfants seront fiers de lui. Qu'avez-vous fait ?

— Je me suis battu de mon mieux pour faire en sorte qu'il y ait le moins de morts possible parmi mes hommes. Je n'ai pas encore d'enfants qui puissent être fiers de moi. Si j'en avais, j'aurais peut-être été réellement courageux pour leur bien et j'aurais rejoint les bolcheviques afin de me battre pour la liberté de tous les hommes. »

Le sergent regarda ses soldats, qui tous écoutaient cette discussion, puis, délibérément, il cracha par terre et donna des ordres pour que les hommes remontent dans la camionnette. Lui-même y monta sans dire un mot. Les phares illuminèrent la route sombre quand la camionnette s'éloigna. Les ténèbres étaient plus intenses après son départ.

Mr Ffrench s'approcha de la voiture.

« Eh bien, mais c'est que vous avez grandi, tous les deux ! Venez demain et nous irons pique-niquer près de la jetée comme au bon vieux temps. Peut-être pourriez-vous emmener le médecin jusqu'à l'église de Killaghtee. »

Mr Ffrench semblait détendu et jovial, mais Maud se demanda si, quand elle se réveillerait le lendemain matin, elle ne penserait pas que cette conversation avec le sergent avait fait partie d'un rêve bizarre. Mr Ffrench leur serra la main avant de remonter lentement son allée. Le médecin s'installa à l'arrière de la voiture et Maud repartit.

« Est-ce que Mr Ffrench va bien, docteur ? demanda Maud.

— Je crains fort que ce diagnostic ne soit pas de mon ressort, répondit le médecin. Notre voisin semble avoir embrassé une nouvelle foi. Il a passé la soirée à prêcher les bienfaits du communisme pour toute l'humanité. Je n'ai pas entendu une telle ardeur depuis l'époque où les vendeurs de médicaments venaient pontifier pendant les fêtes foraines sur les vertus de leurs élixirs, capables de tout guérir, depuis le croup jusqu'à la calvitie. Un bon point pour Mr Ffrench est qu'il ne prétend pas que le communisme guérira l'un ou l'autre. Quelques semaines de repos devraient le remettre sur pied. Ffrench s'est toujours enthousiasmé pour ses hobbies. Si l'on sait lire entre les lignes, il semblerait qu'on l'ait relevé du commandement d'un assaut contre Arkhangelsk. Celui-ci a été confié à un jeune officier anglais de très bonne famille à qui l'Amirauté voulait offrir son baptême du feu. Je mets le zèle de Ffrench sur le compte du dépit, mais nous, les vieux médecins, nous sommes une espèce cynique. Ici, ce sera très bien, Maud. Je suis content que la voiture ait été retrouvée. »

Maud s'arrêta pour le laisser descendre.

« Comment savez-vous qu'elle avait disparu ? »

Le médecin se mit à rire. « Qui l'ignore ? Bonsoir. »

Le frère et la sœur continuèrent et entrèrent dans le village. Deux hommes penchés à la fenêtre du pub de MacShane regardèrent passer la voiture. L'un d'eux les salua sans rien dire. Ce ne fut qu'une fois qu'ils furent passés que Maud se demanda s'il s'agissait vraiment d'un salut ou si les doigts avaient été joints pour prendre la forme d'un revolver imaginaire. Elle l'ignorait. D'ailleurs, lorsqu'elle tourna pour entrer dans l'allée menant à la remise à voitures, Maud se rendit compte qu'il y avait peu de choses dont elle pouvait vraiment être certaine désormais.

5

LE CANOT

Donegal, août 1920

Personne à part elle ne l'appelait la Route des Fées mais, dans sa tête, Eva ne lui donnait jamais d'autre nom. C'était un sentier cahoteux dans les tourbières et les rochers, un raccourci de deux miles quand on se rendait à Killybegs. Elle aimait aller y dessiner quelquefois à l'aube, sachant qu'il n'y aurait aucun véhicule et que personne ne viendrait la déranger. Mais il était à peine praticable à vélo comme elle s'en était aperçue ce matin-là avec Jack alors qu'ils se rendaient à la régate de Killybegs et qu'ils avaient eu du mal à soulever leurs bicyclettes au-dessus des rochers dénudés quand le sentier disparaissait. Toutefois, elle était bien plus contente de faire le trajet par ses propres moyens que d'être écrasée entre ses frères turbulents dans la voiture cabossée dont le toit était maintenu par des cordes.

Ce matin, Mère avait paru troublée à l'idée de permettre à l'officier néo-zélandais de vingt-deux ans récemment démobilisé de partir seul avec Eva sur ce sentier isolé. Mais – comme pour encourager l'amitié naissante entre Eva et Jack – ses frères et, en renâclant un peu, Maud, s'étaient tous montrés extrêmement déterminés à faire le trajet en voiture.

Jack avait l'air un peu comique à présent, ses longues jambes essayaient de s'accommoder de la petite bicyclette de Maud, mais la famille avait de la chance d'avoir encore deux bicyclettes. Eva posa le pied à terre lorsqu'ils atteignirent un autre affleurement rocheux. Son panier en osier était rempli d'œufs achetés à une vieille femme qui ressemblait à une gentille sorcière et gardait les œufs qu'elle vendait dans un pot de chambre sous son lit clos dans une minuscule maison au bord de la route. La cuisinière serait contente de les avoir pour la fête de ce soir qui succéderait à la régate. Jack descendit également de bicyclette pour aider Eva, mais elle rougit et lui dit qu'elle y arriverait seule. Deux fois déjà, elle avait accepté qu'il l'aide lors de passages difficiles du sentier et il avait paru ne pas vouloir lâcher sa main.

Ils discutaient de la régate de l'après-midi à Killybegs, de la foule qui s'était massée le long des murs du port. Eva expliqua comment la présence des sous-marins britanniques basés là pendant la guerre avait créé une grande excitation dans la région. Elle faisait attention en parlant de la guerre car elle n'avait jamais vraiment compris quelles blessures Jack avait reçues et pourquoi elles exigeaient une aussi longue convalescence. Deux mois plus tôt, Père avait accédé à la demande d'un ami militaire qui voulait que la famille permette à Jack de venir se reposer avant le long retour vers la Nouvelle-Zélande. Heureusement, le cousin George les quittait après sa visite estivale et on avait pu offrir sa chambre au jeune officier. Quand on avait demandé au cousin George d'écrire quelque chose dans le livre d'or, il avait fait la liste de toutes les lettres de l'alphabet, le Q et le R ayant provoqué beaucoup d'hilarité. *Q pour toutes les QUESTIONS impossibles discutées au dîner. R pour le RÉSULTAT : babillage indescriptible.*

L'officier néo-zélandais avait tout d'abord été abasourdi par le babillage indescriptible des Goold Verschoyle le soir de son arrivée. Mère – prise par sa « table tournante » avec ses amies adeptes du monde psychique au salon – avait demandé à Père de jouer une marche au piano afin de voir comment réagiraient les esprits. Lorsque Eva était allée ouvrir la porte et avait introduit Jack dans la pièce, la table s'était mise à bouger toute seule au rythme de la musique enjouée tandis que les amies de Mère, leurs mains tendues reliées les unes aux autres, avaient été obligées de se lever pour suivre les oscillations de la table. Père était impressionné, en revanche, l'incrédulité de ses frères était restée inchangée. Mais ce soir-là, Eva et Maud étaient davantage préoccupées par le nouvel arrivant que par les manifestations occultes.

Les deux sœurs s'étaient attendues à voir apparaître un pâle invalide, peut-être un peu dérangé, comme plusieurs anciens soldats de la région qui avaient été exposés aux gaz neurotoxiques et étaient enclins à des crises. Cependant, à l'exception d'une légère claudication, Jack paraissait en très bonne santé. Eva avait bien aperçu une cicatrice le long d'une de ses jambes la première fois que Jack les avait accompagnés, Art et elle, à la jetée près de la maison des Ffrench. La marée était haute, et de grandes vagues venaient éclater sur les rochers au moment où ils avaient couru sur la jetée pour sauter dans l'eau les pieds en avant. L'eau était profonde et vivifiante, d'un froid tellement intense que, pendant plusieurs secondes, après chaque saut, Eva craignait de ne jamais remonter à la surface. Mais l'excitation l'avait réchauffée tandis qu'elle remontait sans cesse pour recommencer, consciente soudain de la façon dont son maillot de bain moulait son corps de dix-huit ans.

Elle n'avait jamais imaginé que quelqu'un puisse sauter plus haut qu'Art mais, après plusieurs tentatives timides, Jack se précipita dans les embruns et se jeta en avant avec un rugissement qu'elle reconnut instinctivement comme étant ce qu'on lui avait appris à faire en chargeant les soldats allemands à la baïonnette. Jack ne poussa plus jamais un cri pareil, comme si son saut depuis la jetée avait exorcisé quelque terrible vision enfermée dans son cœur. Par la suite, jamais plus Eva n'utilisa le surnom qu'elle avait donné à la jetée, comme si le fait d'avoir vu ce corps musculeux avait altéré sa vision innocente du paradis.

D'ailleurs, Eva n'avait jamais vraiment pensé à lui comme à un soldat britannique jusqu'au soir, peu après son arrivée, où des coups bruyants furent frappés à la porte. Père n'était pas là. Eva et Maud avaient regardé dehors et aperçu des hommes armés. La campagne de guérilla de l'IRA continuait et les auxiliaires britanniques endurcis saccageaient les villages et tuaient des passants en représailles. Très peu de tout cela avait filtré jusqu'à Dunkineely depuis que leur voiture avait été volée, mais Maud évalua le danger et chuchota à Eva qu'elle devait réveiller Jack et le faire sortir par la porte de derrière. Eva était souvent allée dans la chambre d'amis quand le cousin George y dormait, mais y pénétrer alors qu'un étranger s'y trouvait était tout autre chose. Les épaules de Jack étaient dénudées et, pendant un terrible moment, Eva craignit qu'il n'ait été nu. Jack se réveilla quand elle toucha son bras. Sa main couvrit les doigts d'Eva et son regard avait quelque chose d'énigmatique qu'elle ne pouvait pas comprendre. Il ne paraissait pas surpris par sa présence.

« Des hommes armés sont là, chuchota Eva. Ils sont peut-être venus pour vous.

— Tournez le dos. » Eva l'entendit enfiler son pantalon.

Il alla à la fenêtre pour observer la remise à voitures et elle toucha les draps qui avaient gardé une odeur tiède de sommeil et de dangereuse masculinité. Jack avait tendu une main pour prendre une des siennes, un contact excitant et excusable puisqu'elle allait le conduire sur le palier plongé dans l'obscurité. Elle aurait voulu qu'il se dépêche de descendre l'escalier de derrière mais il se pencha au-dessus de la rampe pour regarder Maud ouvrir la porte et Mère s'exclamer : « Oh, baissez ces fusils, je ne supporte pas les fusils ! »

Eva entendit la réponse de l'homme. « Désolé, madame. Baissez vos fusils, les gars. Nous avons besoin de bicyclettes. Il nous en faut deux.

— Alors deux d'entre vous peuvent entrer », dit Maud sur un tel ton d'autorité que seuls deux hommes pénétrèrent dans le hall et furent conduits par elle vers la cuisine. Jack attira Eva dans sa chambre afin de voir les hommes sortir les bicyclettes de la remise et les enfourcher, leur fusil à l'épaule, avant de quitter le cercle de lumière projeté par la lampe à pétrole que Maud tenait bien haut. Eva avait détaché sa main de la poigne de Jack quand Maud rentra dans la maison.

« C'était un peu d'excitation, non ? dit Jack à voix basse. Ils ont pris votre bicyclette ?

— Non.

— Si jamais cela arrive, je me ferai un plaisir de vous porter sur mes épaules. Bonsoir Eva. »

Un instant, ils avaient été si proches l'un de l'autre dans la chambre éclairée par la lune qu'Eva craignit qu'il ne l'embrasse et espéra qu'il le ferait. Il l'aurait peut-être fait si elle ne s'était pas retournée pour courir pieds nus jusqu'à la chambre de son enfance et la sécurité qu'elle offrait.

Il n'y avait cependant pas de sanctuaire de ce type sur ce sentier rocheux lorsque Eva remonta sur sa bicyclette, après avoir vérifié qu'aucun des œufs emballés dans du papier journal n'avait été cassé. Jack était derrière elle, si près que son dos était colonisé par la chair de poule. Eva était intensément consciente de sa respiration et sentait presque ses doigts bien que sa main ait été à plusieurs centimètres d'elle. Elle savait qu'il s'apprêtait à toucher son épaule et elle ne pouvait pas décider si elle voulait qu'il le fasse. Elle était habituée aux camarades de classe d'Art qui jouaient au tennis en flanelle blanche et venaient la chercher pour des balades à bicyclette. Mais leur attention s'était toujours portée sur Maud, qui était plus jolie et plus mature, habile à accepter et à dévier leurs attentions avec une assurance qu'elle pensait ne jamais parvenir à acquérir. À vingt ans, Maud avait complètement remplacé Mère à la tête de la maison. Elle expliquait leur travail aux bonnes et donnait des ordres, tandis que Mère jardinait et s'occupait de ses abeilles sous un immense chapeau de paille entouré d'une voilette. Eva aurait pu comprendre que Jack se soit entiché de Maud, mais il paraissait l'avoir choisie, elle, à la grande surprise, assez évidente, de Maud. Eva se retourna pour lui faire face, tout à coup très sûre d'elle.

« Lambin, dit-elle en riant. On fait la course jusqu'à la crête de la colline, et c'est moi qui gagnerai. »

Eva se mit à pédaler furieusement, consciente qu'avec sa claudication il peinerait à la rattraper pour commencer mais qu'il ne tarderait pas à gagner du terrain. Elle regarda derrière elle et ralentit, à cause des œufs. Jack riait, faisant de gros efforts pour se rapprocher d'elle, et Eva fut choquée de se rendre compte qu'elle l'aimait. Et pourtant elle l'aimait surtout dans des moments comme celui-ci, quand elle devinait l'amour de Jack sans qu'il puisse l'atteindre, quand son amour lui faisait sentir qu'elle n'était plus une petite fille mais sans pour autant l'obliger à devenir complètement adulte. Eva attendit que leurs roues se touchent presque, puis pédala plus vite, adorant le vent dans sa chevelure, le parfum de la bruyère et la vue, au loin, de la baie de Donegal. Mère avait insisté pour qu'Art les attende là où le sentier rejoignait la route de Killybegs mais, en cet instant, Art paraissait aussi loin que la Nouvelle-Zélande. Tout paraissait très lointain dans l'ivresse de cette course – la régate qu'ils venaient de quitter, la soirée chez eux, les troubles en Irlande et les suites de la guerre qui avaient introduit Jack dans sa vie.

Depuis la nuit où les bicyclettes avaient été saisies, l'IRA n'était jamais revenue et même les villageois farouchement républicains reconnaissaient que Jack n'avait rien de commun avec les milices protestantes des Black and Tans dans leurs Crossley Tender qui envahissaient souvent la grand-rue. Jack avait même accepté d'être aligné avec d'autres et fouillé par des soldats britanniques ivres sans révéler le grade militaire qui avait été le sien. Le seul ancien officier qu'il fréquentait était Mr Ffrench, qui refusait obstinément de répondre à son titre dans la Marine quand il se trouvait en présence de deuxièmes classes britanniques alors qu'il appréciait assez que les villageois l'appellent avec affection « commodore ».

La guerre avait transformé les Ffrench. Au dîner, le thème préféré de Mr Ffrench était une analyse de la classe dictatoriale décadente des Russes blancs et sa fierté d'avoir fait son possible, jusqu'à risquer la cour martiale, pour favoriser la victoire des révolutionnaires bolcheviques. Mais ces dîners-là étaient devenus peu fréquents, parce que les liens entre Père et Mr Ffrench s'étaient détériorés si on les comparait à ce qu'ils étaient à l'époque où tout le monde faisait de longues balades dans sa Charrette Aéroplane. Les enfants Verschoyle appréciaient de pouvoir se rendre à Bruckless House et à la jetée, et ils aidaient souvent Mr Ffrench dans sa nouvelle passion, fabriquer des meubles en bois de façon artisanale. Mais Père argumentait avec Art qui, à dix-sept ans, passait selon lui beaucoup trop de temps dans le bureau de Mr Ffrench, lequel était couvert de cartes de la Russie et où un choucas apprivoisé voletait librement depuis que son aile avait été soignée par Mrs Ffrench. Père ne critiquait jamais les tracts communistes qu'Art et Thomas ramenaient souvent de Bruckless parce qu'il croyait au débat sans entrave. Mais Eva sentait qu'il acceptait mal certaines des affirmations qu'Art commençait à énoncer.

Eva ne prêtait pas grande attention à leurs discussions politiques parce que, récemment, la majeure partie de son attention s'était portée sur Jack et la majeure partie de l'attention de Jack sur Eva. Tout en pédalant, elle se rendit compte qu'elle n'allait pas pouvoir rester longtemps en tête. Cette course dont elle était l'instigatrice l'inquiétait parce qu'il fallait bien qu'elle mène à quelque chose. Tout à coup, Jack fut à sa hauteur, les deux bicyclettes tanguant dangereusement sur le sentier étroit. Il tendit une main pour atteindre le guidon d'Eva et elle fut obligée de freiner, dérapant légèrement dans la poussière. Elle s'arrêta, pensant que plusieurs œufs avaient dû se briser. Il était à côté d'elle, une main tenait sa bicyclette. Eva se demanda quels actes avait commis cette main pendant la guerre et ce que cette main pourrait lui faire à elle maintenant qu'ils étaient seuls.

« Tu m'as attrapée, dit-elle.

— C'est vrai ? »

Eva comprit tout à coup qu'il n'allait pas l'embrasser. Le regard de Jack était sérieux. Elle voulait l'embrasser, simplement pour l'empêcher de dire ce qu'il avait l'intention de lui dire, parce qu'Eva savait que cela allait tout changer.

« Je m'en vais, annonça-t-il avec sobriété.

— Où ?

— En Nouvelle-Zélande, évidemment. En tout cas, j'ai écrit à mon médecin pour lui dire que j'étais prêt pour le voyage... si j'ai envie de partir... si rien ne me retient en Irlande. Voilà ce que j'ai besoin de savoir. Y a-t-il quelque chose qui me retient ?

— Naturellement, répondit Eva sans réfléchir. Nous adorons tous t'avoir ici.

— Et toi ? »

Eva rougit, ne désirant pas avouer ce qu'elle ressentait, pas plus à elle-même qu'à Jack, parce que cela voulait dire abandonner tant de choses. « Oui. Je n'ai jamais eu que des frères plus jeunes jusqu'ici.

— Je ne suis pas – je ne veux pas être – ton frère, dit Jack avec fermeté. Est-ce cela que tu recherches ? Un grand frère ?

— C'est plus que ça, insista Eva. J'aime bien quand nous sommes ensemble. J'aime quand nous sommes dans une meule de foin et que tu me lis des poèmes comme Père, mais c'est différent.

— Je ne suis pas ton père non plus. Regarde-moi. » Sa voix était claire, sa main tenait la bicyclette d'Eva. « Y a-t-il quelque chose que tu aimerais que nous fassions, qui n'ait rien à voir avec ta précieuse famille ?

— J'aimais bien le pique-nique à minuit la semaine dernière quand nous sommes tous allés en canot à Green Island, admit Eva avec timidité. J'ai beaucoup aimé quand j'ai décidé de nager à côté du canot et que tu as plongé et nagé près de moi. Rien que nous deux dans l'eau. »

Elle voulait ajouter à quel point elle avait aimé toucher son épaule nue la nuit de la visite de l'IRA. Elle aimait la façon dont il secouait ses cheveux quand il sortait de l'eau devant la jetée de Bruckless. Elle aimait l'avoir surpris accidentellement alors qu'il séchait son corps nu sur la rive et ignorait qu'elle pouvait le voir à travers les arbres.

« Moi aussi j'ai bien aimé quand nous étions dans l'eau, dit Jack. À peine quelques centimètres entre nous et personne n'y voyait rien au clair de lune. Ce genre d'instant peut décider une personne à ne pas vouloir retourner en Nouvelle-Zélande ou à y revenir accompagnée. Tu aimerais la Nouvelle-Zélande, Eva. C'est plus grand et plus beau qu'ici. Et il n'y a pas de troubles, pas de gangs armés, simplement des gens qui veulent bien vivre. L'enfance ne dure pas toujours. Que veux-tu ?

— Je ne sais pas », répondit Eva, effrayée. Mère la grondait souvent parce qu'elle passait trop de temps dans son atelier à rêver de l'avenir au lieu de le préparer. Jack soupira.

« Personne, dans ta famille, ne sait ce qu'il veut. Regarde Art.

— Qu'est-ce qu'il a ?

— Cet endroit est pareil au jardin d'Éden et il héritera de tout ça, mais on le croirait plutôt dans le jardin de Gethsémani. Particulièrement avec ce renégat de Ffrench qui lui remplit la tête d'absurdités.

— Mr Ffrench est gentil, protesta Eva.

— Il n'est pas difficile pour Ffrench de professer certaines théories puisqu'il n'a pas d'enfants à qui léguer sa fortune. Je souhaite des enfants et je souhaite travailler dur pour eux. Est-ce que tu souhaites des enfants, Eva ? Je ne veux pas dire cette année ou l'année prochaine, toi qui es si jeune et qui as si peu vu du monde. Je veux dire plus tard.

— Oui», dit-elle, parce qu'il avait nuancé sa question de sorte qu'elle ne soit pas menaçante. Mais elle détestait entendre critiquer Mr Ffrench, tout comme elle détestait les disputes qui bouillonnaient toujours lors des réunions familiales.

«Je suis content que tu aies dit ça.» La main de Jack quitta le guidon pour saisir les doigts d'Eva de façon alarmante. «Donne-moi un espoir et je resterai. J'aurai la plus longue convalescence qu'ait connue l'histoire de la médecine. Même au risque d'une balle de l'IRA, je traverserais à pied et torse nu le Donegal si j'avais une chance avec toi. En ai-je une ?

— J'ai dit que je t'aimais bien, répondit Eva.

— Qu'est-ce que cela signifie ? insista Jack.

— Art va se demander ce qui nous retient.

— Il le sait très bien. Il a beau être un apprenti saint, il n'est pas un imbécile.

— Qu'est-ce que tu attends de moi ?» Eva voulait à tout prix s'échapper, mais elle ne fit aucun effort pour libérer sa main.

Jack respira profondément, essaya d'être patient. «Rien que tu ne veuilles donner. Ta mère dit que tu n'es pas prête et je sais qu'il vaudrait mieux que nous nous retrouvions dans quelques années, mais nous n'avons pas ce luxe. J'ignore où je serai et tu ne sais pas dans quelle sorte de pays tu vivras si la maison n'a pas été brûlée entre-temps.

— Ils ne brûleraient pas notre maison, protesta Eva. Ils nous connaissent.

— Toi, tu ne les connais pas.» Il fit une pause. «Écoute, nous ne pouvons pas parler avec un chaperon qui nous attend de l'autre côté de la colline. Tu as aimé nager jusqu'à l'île, je crois bien ?

— Oui.

— Alors nous le ferons encore une fois ce soir. J'emprunterai le canot de Ffrench. Il ne croit plus à la propriété privée, de toute façon. Retrouve-moi sur la rive de la Bunlacky à minuit et nous pique-niquerons en tête à tête sur l'île.

— Ça m'a l'air magique, dit Eva. Est-ce que je peux venir avec Art ?

— Pour l'amour de Dieu, Eva.» Jack posa une main sur la joue d'Eva et l'obligea à le regarder dans les yeux. «Arrête de jouer à l'enfant. Je voudrais que nous allions sur l'île tout seuls comme un homme et une femme, si c'est ce que tu veux aussi. Tu me comprends ?

— Oui.» Mais Eva ne voulait pas comprendre. Elle voulait rester en équilibre à l'orée de ce nouveau monde sans avoir à abandonner la sécurité de l'ancien.

«Et je ne ferai rien d'inconvenant, ajouta-t-il. Tu sais que je suis un gentleman. J'ai simplement besoin de te parler seul à seule sans ta famille avec ses séances, ou ses débats politiques, ou ses polkas, ou simplement avec cette satanée joie constante. J'ai besoin d'un signe m'indiquant que tu comprends et que tu partages mes sentiments. Je veux bien attendre s'il y a de l'espoir, mais je ne veux pas être pris pour un crétin.»

Ils furent dérangés par un cri. Art avait perdu patience et était venu voir ce qui se passait. Jack lâcha immédiatement la main d'Eva. Ses doigts n'avaient pas serré fort mais Eva sentait encore leur contact et elle savait qu'elle rougissait. Elle agita une main en direction d'Art, avec une gaieté qu'elle n'éprouvait pas.

«Ça va ? demanda Jack tout doucement.

— Je vais bien, murmura-t-elle.

— Alors, je vole le canot de Ffrench ou pas ?

— J'apporterai mon maillot de bain. Tu t'occuperas du canot et je pourrai nager la dernière partie.»

Eva enfourcha sa bicyclette pour grimper la pente qui la menait vers la sécurité et vers son frère. Jack la suivit plus lentement. Ils descendirent de vélo en arrivant près d'Art afin de pouvoir marcher ensemble sans se presser, avec Eva entre eux deux, entre les deux hommes qu'elle aimait le plus après Père. Jack était moins effrayant en compagnie. Il était dans une forme merveilleuse tandis qu'ils chantaient et échangeaient des bouts de poèmes. Si Eva avait eu le choix, elle aurait continué à marcher comme ça à jamais, mais c'était un vœu d'enfant or, ayant regardé Jack, elle comprit qu'elle était une femme.

La maison était pleine à craquer quand ils arrivèrent et le tapis du salon avait été roulé pour que l'on puisse danser. Mr Barnes, le directeur de la Royal Bank dans la ville de Donegal, avait sorti l'argenterie des Goold Verschoyle de ses coffres et l'avait apportée malgré l'inquiétude que lui occasionnait une telle prise de risques par ces temps troublés. Ses trois fils étaient là et l'aîné jouait au tennis avec Maud dans le jardin. Par la fenêtre, Eva vit Maud retourner gracieusement une volée tout en tenant son chapeau d'une main. Thomas discutait avec Mr Barnes de cette façon adulte qui lui venait si naturellement, tandis que Brendan, qui avait dix ans maintenant, passait et repassait en galopant par la porte d'entrée poursuivi par une bande d'enfants du village dans un jeu qu'Eva n'arrivait pas à comprendre mais auquel elle aurait aimé prendre part. Des voix d'hommes parvenaient jusqu'à elle depuis le bureau de son père et Art alla les rejoindre comme ce pauvre Oliver Hawkins avait eu le droit de le faire l'été qui avait précédé sa mort. Mr Ffrench était également là, avec le pasteur, dont le fils, qui participait à toutes leurs soirées musicales, chantait toujours *Je t'aime, viens donc ce soir*.

La cuisine serait un terrain dangereux, avec la cuisinière énervée se plaignant du fait que n'importe où ailleurs la maîtresse de maison aurait au moins une vague idée du nombre de personnes qui viendraient pour le dîner. Mère serait en train de la calmer, et Mrs Trench, la femme du jardinier, serait également venue donner un coup de main. Maud chuchotait parfois qu'Art avait un penchant pour la fille unique de Mr Trench, mais Mr Trench – un homme de peu de mots – avait un jour annoncé qu'il tordrait le cou de tous les garçons qui seraient vus dans les parages. Si Art était par trop familier avec la jeune fille, sa position sociale ne le sauverait pas de la colère de Mr Trench. En y pensant, Eva se demanda où était Beatrice Hawkins maintenant. La Grande Guerre avait tout transformé. La gaieté de ce soir-là serait altérée par les absences. Eva et Maud restaient souvent éveillées à parler de la dizaine de jeunes gens appartenant aux familles protestantes des environs qui avaient été massacrés en France et en Belgique, et Mère était au désespoir qu'il reste si peu de beaux partis que ses filles pourraient vouloir épouser. Eva se demanda combien de temps un bateau mettait pour aller en Nouvelle-Zélande et ce que ressentait une jeune mariée. Cette possibilité aurait été plutôt excitante si elle n'avait pas été soudain aussi tangible.

Elle alla ouvrir la porte à deux femmes du village portant des châles qui étaient venues avec une charrette à âne remplie de merlans, de harengs et de sprats, elles les vendaient à deux pennies le grand plat. Eva expliqua que ce soir se donnait un dîner spécial. Lorsque les femmes s'éloignèrent, elle vérifia l'état des œufs dans son panier et vit que deux œufs seulement étaient cassés. Elle les sortit avec précaution tandis que Brendan traversait en courant un troupeau d'oies pour lui proposer de ramener sa bicyclette dans la remise.

Eva affronta le chaos de la cuisine afin de donner les œufs à la cuisinière. Il y avait trop de babillage pour elle dans la pièce et elle se glissa dans son atelier où elle pourrait réfléchir.

Il était sept heures, encore cinq heures d'ici à minuit. Il serait impossible de parler à Mère ce soir et, même si Eva y parvenait, elle n'aurait pas su quoi lui demander. Elle avait très envie de frapper à la porte du bureau de Père pour lui demander si elle pouvait lui parler seul à seule parce que Père la comprenait, mais Eva était trop timide pour demander conseil à quiconque sur un sujet aussi intime.

Les parents d'Eva étaient habitués à ce qu'elle parte se promener la nuit pour dessiner au clair de lune ou simplement pour chanter sa joie là où personne ne pourrait l'entendre. En présence de tant de gens ce soir-là, personne ne s'apercevrait de son absence ni de celle de Jack. Elle imagina l'eau froide s'infiltrant dans son maillot de bain, le mouvement des vagues sombres, les éclaboussures blanches des rames. Il lui faudrait se changer pour remettre ses vêtements quand ils atteindraient l'île, elle devrait se dénuder sous un peignoir avant de remettre chaque pièce de ses vêtements. Jack serait en train d'allumer un feu en lui tournant le dos, conscient qu'elle était nue pendant quelques secondes et sachant que, quand elle viendrait s'asseoir près de lui, un goût de sel traînerait encore sur ses lèvres s'il l'embrassait. Il l'embrasserait certainement sur l'île car il n'y aurait personne d'autre qu'eux. Si elle le lui permettait, il la toucherait à travers ses vêtements à des endroits où Eva n'avait jamais été touchée. Ce seraient certainement les plus fugaces des effleurements parce qu'il était un gentleman qui désirait l'épouser et qu'il ne ferait rien susceptible de diminuer le respect qu'il lui portait. Peut-être ne voudrait-il que parler ou lui lire de la poésie.

La remise était déserte. La famille avait divisé le bâtiment en plusieurs antres. Fascinés par la science, Art et Thomas avaient construit un laboratoire dans la partie la plus éloignée de la cuisine, d'où résonnaient parfois des explosions. À côté, Maud avait installé un atelier de tissage après avoir visité des tisserands de la région afin de maîtriser le maniement du métier à tisser. L'antre de Maud était également l'adresse éditoriale de *The Dunkineely News*, le journal de la famille, qu'elle avait fondé pour consigner l'arrivée des visiteurs estivaux. Un escalier branlant menait au petit grenier qui servait d'atelier de peinture à Eva. Brendan voletait le plus souvent d'un antre à l'autre, désireux d'être avec ses frères mais sachant très bien qu'il serait moins taquiné par ses sœurs. Il considérait le siège arrière de la voiture comme son antre personnel. Celle-ci était garée dans la partie principale de la remise, où Art et Thomas étaient convoqués pour discuter de problèmes de moteur chaque fois qu'elle refusait de démarrer.

Eva gravit les marches de son atelier, où elle pourrait être seule, excepté la souris derrière la plinthe qu'elle avait apprivoisée et qui venait chercher la nourriture dans ses mains. Jack était le seul visiteur de son atelier à posséder assez de patience pour rester assis suffisamment longtemps afin de voir apparaître la souris. Jack paraissait content de rester assis des heures à la regarder peindre. Au début, Eva avait été trop gênée en sa présence, mais elle s'était si bien habituée à ce qu'il soit là qu'elle avait du mal à peindre sans Jack dans son dos.

Elle saisit un pinceau mais le remit en place, elle aurait préféré avoir des chaussettes à ravauder parce que cette occupation la calmait. Des pas se firent entendre dans l'escalier en bois et elle pria pour que ce ne soit pas Jack. C'était Brendan, coiffé du chapeau trop grand qu'il adorait.

« Qu'est-ce que tu fais ? demanda-t-il.

— Je rêvasse, c'est tout.

— Je parie que tu deviendras une artiste reconnue quand tu seras grande. »

Eva éclata de rire. « J'en doute.

— Je me tiendrai à la porte en queue-de-pie et haut-de-forme pour saluer la foule qui viendra pour ta première exposition.

— Je te préfère avec ce chapeau. Et toi, que feras-tu ?

— Je deviendrai un voyageur célèbre dans le monde entier. Correspondant étranger du *Dunkineely News*, envoyant des dépêches de Killybegs et du Kilimandjaro. Je recruterai une tribu de pygmées qui débarquera sur la jetée de Bruckless et qui marchera sur Dunkineely pour mettre Art et Thomas au pilori, et les gens auront l'ordre de vider des pots de chambre sur leur tête. »

Eva sourit. « Que t'ont-ils fait maintenant ?

— Thomas ne veut pas me laisser aller au grenier pour m'habiller.

— Pourquoi ?

— Pour danser, idiote. Maud a décidé que nous nous déguiserions ce soir. Elle a dit que tu dois te déguiser en Becky de *La Foire aux vanités* tandis qu'elle sera en costume de damoiselle sortie d'un harem, mais je ne sais pas ce que c'est. Est-ce que tu veux m'aider à trouver un costume et empêcher les autres de m'embêter ? »

Eva lui prit la main, qui paraissait si petite après celle de Jack, et quitta l'atelier. Elle enviait Brendan d'avoir l'âge magique de dix ans, tout comme il enviait le statut d'adulte d'Eva. À dix ans, elle avait paru âgée, en comparaison de ses frères mais, comme il était le plus jeune, Brendan paraîtrait toujours jeune. Ils traversèrent la cour en balançant les bras et en chantant. Elle savait que les autres ne l'avaient pas réellement empêché d'aller au grenier, particulièrement Art qui avait un sens profond de la justice, mais Brendan était très sensible à tous les affronts, convaincu que, quoi qu'il fasse, ses frères le traiteraient avec condescendance. D'habitude, Eva adorait se déguiser mais ce soir-là elle avait du mal à se concentrer sur autre chose que sur la lente approche de minuit. Maud avait ouvert un coffre de vêtements appartenant à l'épouse de Grand-papa, qui avait été enfermée dans un asile pour fous incurables avant de mourir. Grand-papa n'avait jamais encouragé les visites, prétendant qu'elle ne reconnaissait plus personne, mais Eva avait détesté imaginer la vieille dame coincée dans un service où tout le monde lui était étranger.

Maud s'était parée de soies vives, que rehaussait une large ceinture persane. Elle avait trouvé un costume de page pour Brendan, mais celui-ci n'accepta de le mettre que s'il pouvait garder son chapeau. Pour Eva, Maud avait trouvé une robe longue en satin vert pâle avec une ceinture très haute qui n'avait sans doute pas été portée depuis des décennies. En général, Eva préférait faire son choix elle-même mais, ce soir-là, elle ne discuta pas, permettant même à Maud de la coiffer avec une couronne de boutons de roses en soie quand elles retournèrent dans leur chambre.

« Tu ne dis rien, fit remarquer Maud en finissant de coiffer Eva. Est-ce qu'il s'est passé quelque chose pendant votre retour de Killybegs à vélo ?

— Comme quoi ?

— À toi de me le dire. » Maud abaissa son regard. « Tu rougis.

— Ah bon ?

— Jack est fou de toi. Je l'ai entendu le dire à Père et à Mère.

— Qu'ont-ils dit ?

— Qu'il ne fallait pas trop te presser, que tu ne comprenais pas encore vraiment ces choses-là. Mais tu comprends, n'est-ce pas ? Tu dois faire ce que toi seule désires en ton cœur. Mais tu ne peux pas non plus repousser indéfiniment un homme. Tu pourrais le perdre. »

Eva le savait. Mais il y avait tant d'autres choses qu'elle pouvait perdre. Elle se sentait en sécurité dans le Donegal ; elle comprenait ce monde paisible et celui-ci la comprenait. Jack n'apportait pas seulement l'horreur de la guerre dans leurs vies en criant parfois dans son sommeil, donnant envie à Eva d'aller le réconforter, il avait également introduit l'âge adulte. Il ne faisait aucun doute qu'ils formaient un couple merveilleux, à égalité sur tout excepté en matière d'expérience. Il aimait la nature tout autant qu'elle, et était heureux de se coucher dans les prés tandis qu'Eva récitait du Tennyson ou du Whitman. Mais il y avait des changements partout. Cet automne-là, Art allait entrer à l'université de Londres. Un soupirant pouvait emmener Maud à tout moment. En regardant Père vérifier les fenêtres, Eva savait dans son cœur qu'une nuit ils pouvaient se réveiller dans une maison en flammes. C'était pour cela qu'elle aimait arrêter le temps dans ses peintures. Mais la vie refusait de s'y conformer.

Elle entendit la voix de la bonne sur le palier, Maud devait venir de toute urgence pour faire le plan de table. Restée seule, Eva s'examina dans le miroir. La robe victorienne la vieillissait, les cheveux relevés soulignaient son cou gracieux. Elle ferma les yeux pour imaginer la main de Jack en train de le caresser. Puis le gong annonçant le dîner interrompit sa rêverie. Devant la coiffeuse de Maud, elle se mit du fard sur le visage et descendit accueillir les invités, sentant que Jack observait le moindre de ses pas.

Par miracle, tout le monde tenait à table. Certains voisins désapprouvaient tant de chahut mais Eva adorait le côté informel de ces repas quand on applaudissait la cuisinière et quand les gens élevaient la voix pour se faire entendre. De l'autre côté de la table, Jack croisa son regard et Eva comprit qu'il la trouvait belle. En d'autres circonstances, elle aurait pris son carnet d'autographes et se serait assurée que chacun y consignait une remarque intelligente ou un bout de poésie. Lors de la régate de l'année précédente, le fils aîné de Mr Barnes lui avait dédié un poème :

« Si ce monde mauvais était balayé
Comme la poussière dans votre studio,
Et si l'on reconstruisait seulement
Ce qui était bon et beau et pur ;

Et si l'on me chargeait de la reconstruction,
Je commencerais par le Donegal,
Et votre atelier là-bas dans les étables
Je m'y attellerais avant toute autre chose. »

Mais le carnet d'autographes chéri appartenait à son ancienne vie et elle se serait sentie pareille à une enfant si elle l'avait apporté à table.

Comme il convenait en ces temps troublés, personne ne parla politique, et même Mr Ffrench respecta le vœu de Père. Ensuite, tout le monde s'installa dans le salon, et le fils du pasteur sortit son violon pour accompagner Père au piano. Ils se lancèrent dans des valses d'un autre temps, des danses folkloriques anglaises comme *Sir Roger of Coverley*, puis, quand l'assistance se fut un peu échauffée, des danses traditionnelles irlandaises déchaînées comme *The Walls of Limerick*, et tout le monde voulait apprendre les pas de la danse à Jack. Eva remarqua qu'il ne dansait jamais avec elle, attentif à ne pas gâcher le moment où ils seraient enfin seuls dans le canot. À onze heures, la danse s'arrêta pour que tout le monde puisse offrir son morceau de bravoure. Maud fut la première et chanta le *Skye Boat Song*. Eva vit Jack s'éclipser et elle comprit qu'il allait partir à vélo à Bruckless House pour défaire les amarres du petit canot près de la jetée.

Maud termina sa chanson et le vieux docteur O'Donnell chanta *Eileen Alannah*, et il n'avait d'yeux que pour sa femme arthritique qui souriait. L'aiguille des minutes de l'horloge posée sur le manteau de la cheminée prit de la vitesse tandis que d'autres mélodies étaient chantées. Père joua un morceau de Liszt et Mère, qui n'avait aucune oreille, dit, « C'est très beau, Tim », comme elle le faisait toujours, qu'il joue du Beethoven ou *Il court, il court le furet*. Mr Barnes insista pour que Père joue l'une de ses propres compositions et l'assistance resta silencieuse quand il commença à chanter :

« Loin, loin là-bas, de l'autre côté de la mer
Existe une île d'une beauté divine
Où des esprits bienheureux vivent à jamais
Et respirent un air radieux et enchanté. »

Les mots familiers suivirent Eva quand elle se glissa à l'étage en catimini. Sa chambre était éclairée par la lune, son maillot de bain dans le tiroir. Elle choisit une robe et une grande serviette blanche, enleva la couronne de boutons de roses en soie de ses cheveux, qui tombèrent sur ses épaules puis, après coup, débarrassa son visage de tout le fard. La cuisine était vide alors qu'elle aurait voulu désespérément rencontrer quelqu'un. Mais personne ne vint l'empêcher de soulever le loquet pour se glisser dans la cour, devant son atelier plongé dans l'obscurité et, par-derrière, jusque dans la grand-rue. Elle s'arrêta après avoir traversé la rue pour regarder la fenêtre ouverte du salon, où étaient rassemblés sa famille et les voisins. La danse n'allait pas tarder à reprendre. Le bruit du moteur d'une Crossley Tender au loin indiquait que des militaires faisaient une ronde. La rue était déserte, les villageois étaient prudents quand ils sortaient. Jack l'attendrait sur la rive de la Bunlacky. Il était dangereux de le laisser seul au cas où des auxiliaires en patrouille le prendraient pour un rebelle. Et pourtant elle ne parvenait pas à se détacher de la scène qu'encadrait la fenêtre. Un bruit de pas se fit entendre dans l'allée qu'elle venait de quitter. Eva reconnut le chapeau avant même d'entendre l'accent de Brendan : « *"Qui va là ? Un grenadier. Que veux-tu ? Une pinte de bière"*... »

Il aperçut Eva et s'arrêta. « Tu vas où ?

— Nager.

— Il est minuit.

— Je sais. Tu veux venir ?

— Je n'ai pas mon maillot.

— Tu peux rester dans le canot et explorer l'île.

— Quel canot ?

— Ce sera une aventure, notre secret. »

Alors même qu'elle tendait une main, Eva savait qu'elle commettait une terrible erreur. Mais elle ne pouvait pas s'en empêcher. Tout le long de la route de la Bunlacky, elle ne cessa de se dire qu'elle devait renvoyer Brendan à la maison au prochain virage, mais elle fit osciller leurs bras et le laissa chanter jusqu'à ce que, au dernier virage, elle lui dise de se taire.

« Qu'est-ce qui ne va pas ? » chuchota le garçon, qui sentait qu'elle était tendue.

Eva ne répondit pas, mais continua à avancer, serrant son maillot de bain contre sa poitrine, se sentant si petite au clair de lune tandis qu'elle tentait désespérément de décider ce qu'elle voulait. Elle atteignit les rochers et vit le canot plus bas, dans lequel Jack fumait en l'attendant. Il se leva, jeta sa cigarette dans les vagues et tendit une main qui s'immobilisa dans l'air quand le garçon apparut derrière elle.

« Bonjour Jack, dit Brendan. Nous allons partir à l'aventure ? »

Jack ne répondit pas. Il regarda les vagues sombres et Eva comprit qu'il voulait tout simplement partir. Mais le garçon avait déjà dégringolé les marches grossières des rochers et Jack fit virer le canot afin qu'il puisse embarquer. Le jeune officier tendit une main pour aider Eva à monter, puis relâcha immédiatement sa prise. Il paraissait aussi tendu qu'un ressort, et ne disait rien. Pourtant Eva savait qu'il n'était pas en colère, seulement déçu et plus énervé par lui-même que par elle. Sans la présence de Brendan, elle ne serait jamais allée aussi loin, aurait hésité à un virage de la route de la Bunlacky, manquant de courage pour continuer. Toutefois, maintenant que le garçon était là, Eva aurait aimé qu'il s'en aille. Elle voulait qu'ils partent seuls pour l'île, que Jack tourne le dos tandis qu'elle quitterait cette ridicule robe victorienne pour enfiler son maillot de bain. Elle le voulait quand il n'y avait plus aucun risque que cela arrive, parce que Eva savait qu'ils ne pouvaient pas renvoyer tout simplement le gamin. Jack l'avait mise à l'épreuve et elle avait échoué. La voix pure de Brendan remplit l'air : *« "...Où est ton argent ? Dans ma poche ? Où est ta poche ? Je l'ai oubliée." »*

Le garçon était étendu sur le dos, une main plongée dans l'eau. « C'est bien plus amusant que la soirée. On pourra recommencer demain, Jack ?

— Pas avec moi, fiston. Je dois partir en Nouvelle-Zélande. Je vais faire virer le canot maintenant et vous laisser sur la terre ferme.

— Mais c'est tellement bien que tu sois là, protesta le garçon. Tu dois vraiment t'en aller ?

— J'en ai peur. » Jack changea légèrement de direction afin de les conduire vers la rive. Il était un magnifique marin. Eva imagina comment ils seraient, tous les deux, voguant sur un lac néo-zélandais. Mais dans son fantasme, elle était plus âgée, plus sage, et il avait construit une cabane avec de grandes fenêtres pour lui permettre de peindre près du lac. Elle ferma les yeux et tenta de continuer à imaginer ces choses, parce qu'elle savait que quand elle les rouvrirait, il serait en train de la regarder avec déception et tristesse. « Je m'en vais demain matin, ajouta Jack. Je n'ai jamais beaucoup aimé les longs adieux. »

Eva ouvrit les yeux et le fixa du regard. Elle avait tant de choses à dire pour lesquelles elle n'avait pas de mots. Elle voulait expliquer qu'elle n'était tout simplement pas prête. Elle voulait être quelqu'un de plus âgé qu'elle ne l'était, et pourtant elle aurait voulu avoir de nouveau dix ans.

Avec un bruit sourd, le canot buta contre la jetée. Eva aurait voulu sentir le contact réconfortant d'une main. Elle tendit la sienne au clair de lune et en saisit une qu'elle serra, sans vouloir la lâcher. Brendan regarda sa sœur et chuchota : « Tu me fais mal aux doigts. »

Avec une grande courtoisie, Jack maintint le canot en place pendant qu'elle débarquait.

« Je suis désolée, lui dit-elle.

— Ne le sois pas. C'est moi qui ai commis une faute. »

Eva aurait voulu en dire davantage mais le jeune officier lui avait déjà tourné le dos et s'était mis à ramer le long de la rive sombre, en direction de la jetée de Bruckless.

6

LES DOCKS

Londres, août 1922

Art avait discuté toute la nuit de la politique italienne avec ses amis universitaires dans l'appartement de Fletcher près de Blackfriars, à Londres. Fletcher ne partageait pas l'opinion des autres : pour lui, il n'y avait aucun mal à ce que les fascistes du Duce envahissent Milan dans leurs camions pour mettre fin à la grève menée par les communistes, les gangsters en chemise noire allant ensuite arracher les drapeaux bolcheviques de la mairie. Fletcher ne comprenait pas pourquoi Art prenait ces choses-là tellement au sérieux. Il pensait que Mussolini était un clown qui n'accéderait jamais au pouvoir, que Lénine ne parviendrait jamais à le conserver à cause de la famine en Russie. Fletcher aurait de loin préféré parler du récent record du monde de natation de Johnny Weissmuller ou jouer *I Wish I Could Shimmy Like My Sister Kate* sur son gramophone parce que, pour lui, l'université n'était qu'une bonne blague. La tragédie avait gravé l'avenir de Fletcher dans la pierre, peu importait ce qu'il étudiait. Son frère aîné était mort lors de la bataille de la Somme et il allait hériter de la propriété familiale. L'université lui offrait la possibilité de s'échapper de chez lui et de s'amuser discrètement dans ces limbes frivoles avant d'hériter.

Tout en l'observant, Art se demanda si Thomas aurait le même air de gaieté hantée au cas où lui-même serait mort à la guerre. Tant de garçons à l'université de Londres portaient sur leur visage la culpabilité d'un héritage qui n'était pas dû à leur naissance mais à la mort d'un frère aîné qu'Art avait appris à en reconnaître la marque. Il trouvait étrange qu'ils se méprennent si souvent sur lui en pensant qu'il appartenait à leur groupe comme s'il était lui-même marqué du sceau d'une fortune imméritée. Pourtant, plus il étudiait la politique, plus il se rendait compte qu'il était comme eux. Tout ce qui le différenciait de ses frères était le hasard de sa naissance, un coup de dés auquel il devait un accès irréfutable à la fortune alors qu'ils devaient se contenter de legs médiocres. Les générations précédentes s'étaient assurées qu'il ne pouvait pas refuser ce calice. Seule la mort pouvait briser le cycle de ce contrat.

Pourtant Art soutenait à présent devant ses copains étudiants que, Dieu en était témoin – s'il y avait un Dieu –, les massacres de la Grande Guerre avaient renversé toutes les règles et les conventions antérieures. Les mendiants estropiés dans les rues de Londres vous rappelaient quotidiennement qu'il était désormais impossible de prétendre à l'innocence. Si la Grande Guerre devait avoir un sens, c'était d'avoir été le héraut d'une nouvelle époque. La liberté, ce n'était pas la victoire d'un kaiser sur un autre, c'était permettre aux gens d'être véritablement eux-mêmes.

Avant la révolution bolchevique, la masse de l'humanité avait traversé la vie comme dans un rêve éveillé, sans savoir que, pour prendre la totalité du pouvoir, il lui suffisait de lever les yeux de ses chaînes. Tous les jours, la presse impérialiste répétait des mensonges sur les millions d'affamés en Russie parce qu'elle avait peur de relater ce qui se passait réellement là-bas. Cependant, lorsque l'ouvrier britannique moyen aurait compris cette vérité, il surgirait de la tombe tel le Christ ressuscité, libéré de la crainte innée de ses soi-disant supérieurs. L'année précédente, les mineurs avaient durement souffert pendant leur grève sans que le pays se soulève pour leur venir en aide, aujourd'hui c'était au tour des mécaniciens d'être en lock-out. Mais, une fois le parti communiste implanté dans toute la Grande-Bretagne, viendrait le temps des règlements de compte.

Fletcher se mit à rire devant l'intensité du ton d'Art et sonna pour que son domestique apporte davantage de bière. Les autres approuvaient l'affirmation d'Art selon laquelle le parti socialiste s'était éloigné de ses racines révolutionnaires et n'était plus qu'un allié déguisé de l'expansion impérialiste. Mais Art sentait à quel point leurs convictions étaient creuses. Ils flirtaient avec le radicalisme exactement comme leurs pères avaient flirté avec des danseuses exotiques lors de leur grand tour d'Europe. Myopes le plus souvent, ils considéraient la révolution de Lénine comme trop lointaine pour avoir des conséquences sur leur monde. Ces discussions d'étudiants n'avaient rien à voir avec la vraie révolution, elles n'étaient qu'une occasion, pour ceux qui appartenaient aux classes oisives et privilégiées, de frissonner un bref instant devant le danger en prétendant être différents de leurs parents. Une fois leurs études terminées, ils se délesteraient de ces idées et s'adonneraient au golf et à la banque, avant d'engraisser prématurément en atteignant la quarantaine. Leurs jeux théâtraux lassaient Art et il s'apprêtait à partir quand le domestique revint et chercha à attirer son regard avec sympathie.

«Je m'excuse de vous déranger, Mr Goold Verschoyle, mais j'ai pensé que vous aimeriez connaître les dernières nouvelles d'Irlande. Je suis désolé de vous apprendre que votre Michael Collins a été abattu lors d'une embuscade.»

Le silence se fit dans la pièce, tout le monde observait le visage d'Art. Ils ne s'intéressaient absolument pas à la guerre civile qui faisait rage en Irlande puisque le traité de paix avait été accepté de justesse et que les troupes britanniques s'étaient retirées. Le traité avait divisé le pays, la population, dans son ensemble, était fatiguée de la guerre et voulait accepter la partition de l'État libre proposée par le traité. Mais Art ne pouvait pas imaginer que des hommes tels que le commandant de l'IRA qui, il y avait quelques années, avait rendu sa voiture à Maud dans les collines du Donegal puissent accepter un compromis sur la République. Lors de la dissension qui s'ensuivit, il avait certainement pris parti pour De Valera et pour la comtesse, lesquels se battaient maintenant contre Michael Collins et ses collègues, qu'ils accusaient d'avoir trahi leur rêve de République lors de la négociation du traité. Art s'était tout d'abord enthousiasmé pour cette guerre civile, y voyant une similitude avec la vacance du pouvoir en Russie qui avait permis à Lénine de prendre la tête du gouvernement. Art espérait toujours que les deux factions finiraient par s'affaiblir suffisamment pour que les communistes puissent prendre le pouvoir mais – maintenant que le leader syndicaliste Jim Larkin se trouvait sur la touche dans une prison américaine – personne ne possédait une stature suffisante pour mener un tel coup d'État. L'enthousiasme d'Art pour l'IRA n'avait pas survécu à sa rencontre avec le commandant de Cork. Ces dernières années, il s'était senti rejeté par tous les camps, tandis que le conflit devenait de plus en plus sanglant. Les Troubles avaient eu des effets néfastes jusqu'à Dunkineely, pas seulement du fait de quelques assassinats, mais parce que les gens étaient maintenant jugés selon leur appartenance à un camp ou à l'autre. Il lui arrivait de se sentir étranger dans le Donegal alors qu'à Londres il était considéré comme un Irlandais, un étranger.

Ayant transmis les nouvelles, le domestique attendait servilement une récompense.

« C'est choquant, dit Art. Merci de me l'avoir annoncé.

— Ils l'ont abattu comme un chien, monsieur. Mr Collins avait dit en signant le traité de paix qu'il signait son arrêt de mort, et il avait raison.

— Merci Jenkins, interrompit Fletcher. Ce sera tout.

— Très bien, Monsieur. »

L'homme posa quatre bouteilles de bière brune Imperial Russian sur la table et se retira. Fletcher se pencha pour remplir le verre d'Art. « Terribles nouvelles, dit-il. J'aimais bien Collins. C'était un assassin, mais on pouvait discuter avec lui. Ma sœur avait été assez séduite par sa photo dans les journaux quand il est venu à Londres pour les pourparlers de paix. Une aura de danger, je suppose. Tu connais ces filles romantiques. Il y a certainement de quoi s'inquiéter.

— Oui. » Art sirotait sa bière brune, surpris de découvrir à quel point cette nouvelle l'avait touché. Ce serait un choc à Dunkineely, même pour ceux qui estimaient que Collins avait vendu la République. Il aurait aimé se trouver parmi des gens qui comprenaient cette contradiction. Sa sœur s'était récemment inscrite à la Slade Art School, mais elle dormait dans un foyer de jeunes filles londonien où il serait assez mal accueilli à cette heure tardive. De toute façon, bien qu'il aimât Eva plus que tout autre membre de la famille, elle était trop éthérée pour vraiment comprendre ce qui se passait.

Il termina sa bière et se leva pour partir, content de redescendre dans la fraîcheur de la nuit. Collins avait été un homme fort, un réactionnaire catholique, c'est vrai, mais également un homme d'action et de réflexion qu'on ne pouvait s'empêcher d'admirer. En traversant Queen Victoria Street, Art s'aperçut qu'il fredonnait *The Soldier's Song*, un hymne interdit que chantaient les rebelles pendant l'insurrection de Pâques. L'air attira l'attention d'un policier. Il s'approcha d'Art puis, surpris par la bonne qualité de ses vêtements, il s'éloigna,

Art savait que, s'il avait été mal habillé, les choses se seraient passées autrement. Il emprunta des rues transversales, car il était habitué aux longues promenades nocturnes dans le Donegal, et il se dirigea vers Wapping, où les pubs ouvraient très tôt pour les dockers. Il y aurait sans doute d'autres Irlandais là-bas, des concitoyens avec qui il pourrait commenter les nouvelles. La première porte de pub qu'il voulut ouvrir était fermée, et pourtant il apercevait des lumières à l'intérieur. Il frappa, mais les buveurs ignorèrent sa présence. Ce fut la même chose au pub suivant mais, lorsqu'il arriva aux abords de la Tamise, près de Tower Bridge Wharf, il se retrouva marchant aux côtés de deux jeunes gens du comté de Mayo, Liam et Thomas. Lorsqu'il offrit de leur payer à boire, ils se mirent à rire en disant qu'il devait être désespérément à la recherche d'un remède. Ils savaient cependant très bien à quel endroit se rendre.

Les volets du pub étaient fermés afin de ne pas laisser entrer la nuit. Quelques dockers se trouvaient là et buvaient de la bière pour se calmer les nerfs avant une difficile recherche de travail. Des buveurs plus sérieux étaient assis parmi eux, handicapés par l'alcool, leurs mains tremblaient si violemment qu'ils étaient à peine capables de soulever leur pinte jusqu'à leurs lèvres. Art paya une première tournée, puis une deuxième, et les trois Irlandais discutèrent de la mort de Collins et de l'emprise de la nouvelle armée de l'État libre sur le pays. Ni Liam ni Thomas n'avaient reçu la moindre éducation et pourtant Art se sentait plus heureux en leur compagnie que parmi les étudiants dans l'appartement de Fletcher. Ici on sentait que la vie était réelle. D'autres Irlandais se joignirent à eux, effarouchés par la nouvelle, appréciant la compagnie d'Art et ses opinions. Il paya une dernière tournée, y compris un whiskey pour un charpentier anglais âgé qui, dans un premier temps, avait refusé l'offre d'Art parce qu'il n'avait pas mangé depuis plusieurs jours. L'homme avait soixante-quatorze ans, et il expliqua à Art qu'il avait toujours trouvé du travail jusqu'à récemment, quand sa santé avait commencé à décliner. Quelques acconiers âgés continuaient à l'engager parce qu'ils le savaient bon travailleur mais la plupart craignaient de se retrouver en présence d'un poids mort. Il était un vétéran de la grève des dockers de 1889, la grève Tanner, et il avait fait partie de la première équipe qui avait refusé de charger du charbon dans le *Jolly George* deux ans plus tôt, parce que ce navire transportait des armes qui seraient utilisées contre les bolcheviques en Russie.

Ils vidèrent leurs verres et se dépêchèrent de sortir sur le quai sombre où commencerait l'embauche des journaliers dans un grand entrepôt à grille en fer. Des dockers, apparemment employés par les grosses entreprises, passèrent devant eux, car ils avaient la certitude d'être embauchés. Mais les hommes qui entouraient Art espéraient simplement que de petits navires se seraient amarrés pendant la nuit et qu'il faudrait des journaliers pour les décharger. Des hommes surgirent des autres pubs et des rues alentour, toute une foule qui se pressait dans l'entrepôt où les acconiers choisissaient des dockers. Art se tenait près de Liam et de Thomas, qui ne connaissaient pas les acconiers et peinaient donc à se faire remarquer. C'était là le capitalisme le plus impitoyable – des hommes qui n'étaient plus que des unités de travail, engagés pour des périodes très courtes puis écartés quand ils devenaient trop âgés. Le vieux charpentier suppliait les acconiers, mais ils lui faisaient non de la tête. Art était impressionné de voir comment les autres hommes, bien qu'affamés et préoccupés par leur propre sort, éprouvaient de la compassion pour lui. C'était là un monde qu'Art connaissait très mal et il apprendrait sans doute davantage là qu'en une journée de cours à l'université.

Il commença à lever la main au milieu de la foule bruyante lorsque la situation parut devenir désespérée pour les hommes qui restaient. Liam et Thomas furent tout d'abord amusés, puis ils lui dirent entre leurs dents d'arrêter de faire l'imbécile. Il les ignora et s'avança jusqu'à parvenir à attirer l'attention d'un acconier baraqué.

« Bon sang, mais tu veux quoi, toi ?

— Une journée de travail. Vous engagez, non ? »

— J'engage des hommes. Ici, c'est pas une plaisanterie d'étudiant.

— Je suis aussi fort que les hommes que vous prenez.

— T'es costaud, c'est vrai, mais t'as les mains plus douces que des fesses de bébé. Maintenant, tire-toi. »

Les autres hommes regardaient Art sans la compassion qu'ils avaient manifestée pour le vieux charpentier. Ils le fixaient avec froideur, comme s'il essayait de se moquer d'eux. Était-ce uniquement à cause de ses vêtements et de son accent ou existait-il une autre différence dont il n'avait pas conscience ? Peut-être était-il plus difficile de rejoindre le prolétariat que la bourgeoisie. Dès leur plus jeune âge, les membres du prolétariat apprenaient à singer leurs soi-disant supérieurs, alors que les riches apprenaient à ignorer autant que possible l'existence des ouvriers et des domestiques. Il était incapable de se rappeler les noms de toutes les bonnes qui avaient travaillé à Manor House quand il était petit mais toutes devaient se souvenir de lui.

L'acconier jeta un coup d'œil à un jeune homme mal vêtu mais aux épaules énormes debout derrière Art.

« Prêt à t'éclater un boyau ? »

Le jeune homme hocha la tête sans rien dire et l'acconier fit également un signe de tête. Art remarqua comment leurs relations étaient entièrement fondées sur les apparences. Cinq mots seulement avaient été échangés. Les hommes derrière Art poussaient agressivement vers l'avant et il se retira dans un endroit où il serait moins importun mais d'où il pourrait continuer à observer ces rituels. L'acconier acheva de choisir son équipe et il y eut un murmure inquiet, bien qu'un des hommes restés là ait annoncé qu'il y avait encore un navire à décharger. Art alla rejoindre Liam et Thomas à l'entrée de l'entrepôt, mais il sentait bien que leur camaraderie avait diminué depuis qu'ils avaient quitté le pub.

« On échange nos chemises ? demanda-t-il à Liam.

— T'es fou ou quoi ? » L'homme de Mayo se mit à rire.

« Ça me paraît un échange honnête.

— Tu ne diras pas ça quand t'auras été mangé vivant toute la nuit par ses puces, dit Thomas en blaguant. Dis pas de bêtises. »

Art ignora Thomas. « Tu la veux, cette chemise, ou non ? »

Liam se lécha les lèvres avec nervosité. « C'est quoi, l'attrape ?

— Il n'y en a pas. J'échange chaussures, pantalon, tout.

— Bon Dieu, c'est donc vous mettre à poil que vous voulez tous les deux ? demanda Thomas. Moi, je reste pas ici pour qu'on se foute de moi. »

Mais Thomas ne bougeait pas et Art reconnut la cupidité dans son regard. Il était jaloux que ce soit à Liam qu'il ait proposé l'échange. Liam le sentit également et il accepta sa proposition autant pour avoir un avantage sur son compagnon que pour obtenir les vêtements.

Ils se rendirent tous les deux dans une ruelle humide et étroite qui sentait la pisse, entre deux entrepôts. Ils se déshabillèrent, échangèrent d'abord leurs chemises, puis leurs pantalons, en veillant à ne pas toucher le pavé sale avec leurs vêtements. Les chaussures de Liam étaient trop petites pour Art, et Liam allait nager dans les siennes mais l'homme de Mayo ne s'en plaignit pas. Liam se tordit le cou pour essayer de se voir dans sa nouvelle tenue.

« Eh bien ? Est-ce que j'ai l'air d'un gentleman ?

— Oui, mentit Art, bien que la manière dont Liam se tenait ait plutôt évoqué un domestique maladroitement déguisé. Est-ce que j'ai l'air d'un docker ?

— Non. » Liam était devenu tout à coup agressif, car il avait l'impression qu'on s'était moqué de lui. « T'as l'air du jobard que tu es. Maintenant tire-toi et arrête de nous courir après. »

Furieux, l'homme de Mayo alla rejoindre son compagnon et Art les regarda s'éloigner, il savait qu'il y avait maintenant un peu de friction entre les deux amis. La mort de Collins avait vite été oubliée au moment de l'acquisition d'une bonne chemise. C'était là l'influence corruptrice de la possession. Il était facile pour les amis universitaires d'Art de commenter la théorie marxiste mais les Ffrench avaient démontré qu'il était possible de mettre ses convictions en pratique. Pour l'instant, il n'avait pas la possibilité de les suivre en Russie mais cette matinée représentait un premier pas. Il se demanda si c'était comme cela que s'habillaient les Ffrench pour se rendre à l'usine de meubles de Moscou où le couple travaillait depuis trois mois. Là-bas, ils partageaient une grande pièce avec trois autres couples, dans une grande maison bourgeoise réquisitionnée. Dans sa dernière lettre, Ffrench expliquait qu'on s'habituait rapidement à vivre dans un espace restreint. Il ne comprenait pas comment il avait accepté tant de pièces inutiles à Bruckless House, qui était à présent vide et que l'IRA pouvait très bien incendier, il ne s'en inquiétait guère. La véritable vie, pour les Ffrench, n'avait commencé qu'à leur arrivée à Moscou. Ils avaient été accueillis par leurs collègues ouvriers et Mrs Ffrench adorait voir les enfants des autres familles courir dans la pièce, grimpant sur ses genoux avec autant de familiarité que sur ceux de leur mère. Ffrench recommandait vivement à Art d'ignorer la propagande impérialiste. La vie sous Lénine était la plus belle aventure de l'histoire, et les Ffrench, comme les autres étrangers qui étaient venus en masse, avaient le privilège de pouvoir y tenir un petit rôle.

Art s'était juré qu'il irait un jour les rejoindre. Il s'imaginait arrivant à Moscou, Mr Ffrench venant l'accueillir à la gare et l'étreignant comme un vrai père parce que – bien que ce soit horrible à dire – Père, qui défendait l'État libre, lui paraissait être un étranger.

Art alla rejoindre les hommes devant le portail du port et pensa au corps de Collins dans son uniforme couvert de sang. La délégation que Collins avait emmenée à Downing Street afin de négocier le traité ressemblait plus à un groupe de fonctionnaires qu'à un groupe de révolutionnaires. Rien ne changerait en Irlande, peu importait quelle faction finirait par obtenir le pouvoir. Les prêtres continueraient à diriger leurs ouailles, à conseiller au gouvernement de mater les pauvres avec la même poigne de fer. Un diplôme en assassinat ne remplaçait pas un diplôme en théorie politique. Le nouveau gouvernement ressemblerait à Liam, singerait ses anciens maîtres avec des vêtements qui ne lui allaient pas. La seule véritable révolutionnaire était la comtesse qui endurait toujours la prison et les grèves de la faim, car elle avait tout donné avant d'aller vivre dans les taudis avec les pauvres de Dublin. La vraie liberté n'était pas la liberté d'acquérir des colonies ou des possessions mais la liberté d'être débarrassé de ces fardeaux.

Art rentra dans l'entrepôt, où un acconier examinait ce qui restait de la foule.

« J'ai besoin de vingt gaillards. Pas des paresseux. Restez tranquilles, que je vous voie bien. »

Art remarqua le vieux charpentier et se dirigea vers lui. Les autres le laissèrent se glisser dans leurs rangs, sans le voir et sans faire attention à lui, mais Art avait l'impression qu'on le voyait pour la première fois. Pas comme un Goold Verschoyle, un élève de lycée privé ou un étudiant mais comme un homme en chair et en os semblable à toute l'humanité. Le charpentier ne le reconnut pas et leva les yeux, déconcerté, quand Art se mit à lui parler.

« Tu connais cet acconier ?

— Depuis des années.

— Dis-lui que je suis ton fils et que je travaillerai à tes côtés toute la journée. J'ai assez de force pour nous deux si tu me montres le travail qu'il faut faire.

— Je ne comprends pas ce que vous voulez, monsieur.

— Ne m'appelle pas "monsieur". Je cherche une journée de travail, comme toi. Aide-moi à en trouver et je te promets que je soulèverai et que je porterai pour toi toute la journée. »

Dix hommes avaient déjà été choisis. Le charpentier acquiesça, la faim l'affaiblissait. Lorsqu'il s'avança, Art le suivit et, en se penchant, ramassa un peu de boue qu'il étala sur ses cheveux. Il garda ses mains à la peau douce dans ses poches, afin qu'on ne les voie pas. L'acconier posa les yeux sur le charpentier et secoua la tête.

« Si je pouvais te donner un coup de main, Andy, je le ferais. Mais il me faut du muscle pour ce boulot.

— J'ai mon fils avec moi, lui répondit le charpentier. Il est muet mais il est bâti comme un bœuf. Regarde-le. Nous faisons équipe. À nous deux, nous abattrons le travail de trois hommes. »

L'acconier examina Art. L'évaluation était brutale et honnête, comme un regard porté sur un cheval ou sur un garçon à une foire d'embauche en Irlande. « Perdu sa langue, hein ? Ça pourrait être pire, il aurait pu perdre sa bite. » L'acconier fit un signe de tête. « Espérons qu'il est la moitié de l'homme que son père a été. »

Le vieux charpentier se dépêcha de passer le portail à l'extrémité de l'entrepôt et Art le suivit dans un nouveau monde, une université du labeur où il avait tant à apprendre.

7

LES EXILÉS

Donegal, Pâques 1924

Il n'y avait pas de lampes aux fenêtres de Bruckless House quand la charrette cahota sur le petit pont en pierre qui menait à leur propriété. Depuis son arrivée en Irlande la veille, Mrs Ffrench entretenait l'espoir que quelqu'un – une fille Goold Verschoyle ou une des domestiques débauchées l'année précédente – aurait mis onze lampes, derrière onze fenêtres, pour les accueillir. Mais il n'y avait aucune illumination de ce type, seulement la pluie humide, si souvent présente autour de cette maison isolée qu'elle désirait tant voir depuis des semaines – ou des mois si elle était vraiment honnête avec elle-même.

Elle ignorait à quel moment le zèle de son mari avait commencé à faiblir. Sans doute seulement dans l'hôpital bondé, quand ils avaient compris qu'il était peu probable qu'il soit soigné correctement après l'accident à l'usine et cette terrible blessure au bras. Les autorités soviétiques n'étaient pas responsables des mauvaises conditions d'hospitalisation, la faute en revenait aux puissances belligérantes capitalistes qui prolongeaient leur blocus afin d'obliger la révolution à se soumettre. Les médecins moscovites se montraient héroïques en accomplissant tous les jours le miracle des pains et des poissons en dépit d'un approvisionnement très réduit – bien que le garçon de salle qui avait inscrit son mari n'eût certainement pas apprécié cette métaphore provenant d'une religion discréditée. Chaque camarade-citoyen faisait preuve d'héroïsme, même si ce n'était pas l'impression que l'on en retirait quand des disputes violentes éclataient entre des familles qui essayaient de s'emparer du moindre centimètre carré dans la pièce où tous mangeaient et dormaient. L'héroïsme des enfants restait entier même lorsqu'ils ne pouvaient s'empêcher de pleurer parce qu'ils avaient faim. L'héroïsme était dans l'air que l'on respirait dans la rue, dans les bannières révolutionnaires et les réunions incessantes sur les lieux de travail, dans les orchestres qui distrayaient les collègues ouvriers à l'usine de meubles en jouant un nouveau style de musique, composée collectivement et non imposée par la volonté tyrannique d'un seul chef d'orchestre.

Si l'héroïsme avait suffi pour cicatriser la balafre qui menaçait de s'infecter sur le bras de son mari, ils seraient toujours à Moscou, marchant à l'aube dans la foule dense des rues, allant rejoindre leur équipe pour de longues journées de travail à l'usine, chuchotant en anglais la nuit afin que ceux qui dormaient à proximité ne puissent pas comprendre leurs paroles tendres et intimes. Ils ne parlaient pas très bien russe mais avaient fait des progrès. Ils n'avaient pas compris ce que leur avait dit le garçon de salle à l'hôpital, cependant, quand il avait dessiné la forme d'une scie dans l'air, ils avaient compris qu'il faudrait peut-être amputer le bras de Mr Ffrench. Cela avait été la première fois qu'elle avait pleuré à Moscou, et pourtant elle aurait souvent aimé pleurer la nuit quand le bruit, le froid et la dureté du sol l'avaient empêchée de dormir, quand elle avait été obligée d'entendre des inconnus péter ou faire l'amour furtivement, alors que les enfants entassés comme des rats sous des piles de haillons étaient déjà trop nombreux. Quand elle avait vu un mari frapper son épouse tandis que d'autres familles continuaient à dîner comme si ce comportement monstrueux ne méritait ni commentaire ni intervention. Quand la police secrète était venue emmener un père pour des raisons que personne ne connaissait et sur lesquelles personne ne formulait d'hypothèse. Quand elle se réveillait certaines nuits tant elle aurait voulu se retrouver dans son lit en Irlande, avec des draps propres et tous les autres symboles de la décadence bourgeoise qu'ils avaient rejetés. Toutefois, pendant tous ces mois, elle s'était montrée forte et avait soutenu son mari et l'enthousiasme de celui-ci à épouser ce nouvel ordre.

Mais impossible d'imaginer qu'un étranger peu qualifié allait se mettre à scier le bras de son mari avec un instrument sale et qu'ils se retrouveraient ensuite dans cette pièce surpeuplée où elle serait obligée de se battre réellement pour avoir un peu d'espace où le soigner et fabriquer des bandages en déchirant le peu de vêtements qu'on ne leur avait pas encore volés. Mrs Ffrench s'était mise à pleurer ce jour-là sur un banc malpropre de l'hôpital et rien de ce que pouvait lui dire Mr Ffrench n'était parvenu à pénétrer ce terrible chagrin qui s'était emparé d'elle. Sans doute une bonne épouse n'aurait-elle pas montré ainsi ce qu'elle ressentait, sans doute avait-elle été faible parce qu'elle ne soutenait ni son mari ni la Révolution. Mais, derrière ses larmes, il y avait la peur terrible qu'il meure pendant l'opération, la laissant seule dans cette ville qui puait la faim et la terreur, avec personne pour la protéger à l'exception du Dieu qu'elle n'avait même plus le droit de mentionner.

Lénine était mort en janvier mais son Dieu à elle n'était pas mort. Jamais elle n'aurait pu prononcer un tel blasphème à Moscou, mais elle savait que c'était vrai parce qu'ils étaient enfin à Bruckless House et que le bras de son mari était indemne – même si sa main gauche ne retrouverait plus jamais toute sa force. Dieu les avait conduits jusque-là et ils étaient sains et saufs. C'était la voix de Dieu qu'elle avait entendue à l'hôpital quand son mari lui avait dit calmement pendant qu'elle pleurait que sa blessure devait être soignée par son vieil ami Geoffrey, médecin dans la Marine. Quand elle lui avait rappelé qu'il était fort peu probable que Geoffrey quitte son cabinet de Harley Street pour venir à Moscou, Mr Ffrench lui avait tapoté le bras avec sa bonne main et lui avait expliqué que si Harley Street refusait de venir jusqu'à eux, c'était à eux de se rendre à Harley Street.

Le conducteur arrêta la charrette devant la porte d'entrée de Bruckless House. Il y avait là deux personnes que Mrs Ffrench avait cru ne plus jamais revoir. Art et Eva Goold Verschoyle firent un pas en avant. Mr Ffrench lança un salut en les voyant, il y eut alors des rires et des sourires de bienvenue, le conducteur aida Mrs Ffrench à descendre sur la pelouse pleine de mauvaises herbes et elle n'eut qu'une envie, s'agenouiller et embrasser la terre mouillée sans plus se préoccuper de la pluie. Elle étreignit Eva. Comment avait-elle jamais pu penser que le Donegal était terne ? Comment avait-elle pu être tellement impatiente de repartir en Russie avec l'espoir non exprimé qu'un nouveau départ pourrait ouvrir son corps à la semence de son mari ?

Les malles que le conducteur descendit de la charrette ne contenaient rien de Moscou, seulement les vêtements qu'elle avait achetés à Londres pendant que son mari était soigné par le médecin de Harley Street. Geoffrey s'était d'ailleurs contenté d'examiner ce qu'avait fait un médecin dans un hôpital privé d'Helsinki après qu'ils eurent réussi à prendre le train à Leningrad et à franchir la frontière finlandaise. Mr Ffrench lui avait toujours dit que, comme ils étaient entrés librement en Russie, ils étaient également libres de quitter ce pays pour une courte période. Elle avait voulu le croire et n'avait pas été effrayée par les vérifications constantes de leurs papiers et les hurlements que leur adressaient les soldats qui patrouillaient les lignes de chemin de fer. Mais le pus suintait du bras de son mari et il était dans un tel état que les patrouilles les avaient laissés passer – moins pour des raisons humanitaires que parce qu'elles ne voulaient pas se charger d'un invalide.

À Helsinki, ils envoyèrent un câble à leur banque de Londres et contactèrent l'attaché britannique. Mr Ffrench entra rapidement à l'hôpital et une nouvelle peur remplaça les précédentes inquiétudes de Mrs Ffrench. Elle avait commencé à craindre la guérison de son mari. Helsinki était une ville étrange mais il n'y avait ni slogans sur les murs ni agents de la Commission extraordinaire panrusse pour la répression de la contre-révolution et du sabotage à la recherche d'ennemis de classe. Lors de sa première nuit seule dans sa chambre d'hôtel, elle se rendit compte à quel point elle avait été terrifiée en permanence au cours des six derniers mois. À présent qu'elle avait échappé à la Russie, elle ignorait si elle aurait jamais le courage d'y retourner.

Elle avait craint que Mr Ffrench n'annonce son intention de repartir à Moscou et de réintégrer leur coin dans la porcherie qu'était la grande pièce. Cependant, il avait de jour en jour retardé sa décision parce qu'il était vital qu'il soit capable de contribuer pleinement au nouvel ordre, or il craignait de n'être qu'un poids mort qui ferait baisser les objectifs de production de leurs camarades à l'usine de meubles. En outre, il avait des affaires à régler en Grande-Bretagne et les gens devaient apprendre de première main à quel point la vie était exaltante dans le nouvel État bolchevique. Mrs Ffrench s'était montrée en accord avec tout ce que disait son mari, incapable de décoder ce qu'il avait en tête. Il ne lui restait qu'une seule chose à faire, sans qu'il le sache, espérer que la main de son mari était guidée par son maître spirituel, Abdul Baha. Elle avait décidé qu'il était plus prudent de ne pas l'obliger à prendre une décision. Sa passivité les avait amenés à Londres et maintenant dans le Donegal, où les désordres de la guerre civile irlandaise avaient apparemment cessé et où, ce soir-là en tout cas, rien ne semblait avoir changé.

Eva Goold Verschoyle retira timidement sa main de l'étreinte de Mrs Ffrench tandis qu'Art, sur le seuil de la maison, questionnait avidement son mari.

« Comment est Moscou ? Il faut que vous me racontiez tout. »

Mr Ffrench saisit joyeusement l'épaule du garçon. « Mon cher garçon, c'est exactement comme nous l'avions rêvé, la société la plus juste qui soit sur cette terre. L'humanité n'a pas eu droit à un nouveau départ depuis le jardin d'Éden. Mais en Russie, les vieilles règles ont disparu et ce sont les gens, pas leurs maîtres, qui inventent le nouvel ordre. Entre, et je te raconterai tout. Il n'y a personne ? J'avais envoyé un télégramme à ton père pour qu'il fasse revenir quelques-uns des domestiques. »

Art parut surpris. « Vraiment ? Je me suis disputé avec Père, je lui ai dit qu'il avait dû mal interpréter le télégramme, vous comprenez, pourquoi auriez-vous besoin de domestiques ? »

Mr Ffrench éclata de rire. « Pourquoi j'aurais besoin d'eux ? Mon cher garçon, tu connais les dimensions de Bruckless House ? Ce serait une injustice si deux personnes seulement vivaient ici. L'important est de remplir la maison de vie. Naturellement, "domestiques" est un mot réactionnaire, mais tu peux imaginer ce que dirait le clergé papiste si je cherchais des camarades ouvriers avec qui partager ma maison.

— Vous voulez dire que vous aimeriez que des gens d'ici viennent vivre chez vous ?

— Naturellement. Ils auront la pleine jouissance de leur partie de la maison et nous aurons la jouissance de la nôtre. »

Mrs Ffrench observa le garçon qui réfléchissait à cela. En fait, il n'était plus un garçon. Eva, si petite, avait toujours un aspect enfantin, mais la carrure d'Art s'était élargie, il avait l'air costaud et c'était vraiment un beau jeune homme. Il lui rappelait les frères qu'elle avait perdus à la guerre. Un jour, dans une rue de Moscou, elle avait été persuadée d'avoir vu ses deux frères côte à côte devant elle dans les remous de la foule. Pendant un instant elle s'était laissée aller à croire qu'ils n'avaient pas disparu mais qu'ils avaient simplement quitté les horribles tranchées et s'étaient rendus dans ce nouveau pays. L'espoir était ridicule, mais elle n'avait pu s'empêcher de se frayer un chemin dans la foule, bousculant des inconnus et se laissant couvrir d'injures jusqu'à ce qu'elle ait touché une de leurs épaules. Les deux hommes s'étaient retournés, ils ne ressemblaient plus du tout à ses frères quand elle avait vu leurs visages et senti leurs yeux la déshabiller, car ils avaient perçu son air un peu fou et le fait qu'elle était étrangère. Ils avaient l'air affamé, comme tout le monde à Moscou, mais fort, et, quand ils s'étaient adressés à elle, elle avait compris immédiatement que leurs remarques étaient lubriques, qu'elles suggéraient qu'ils auraient bien voulu partager son corps. Elle s'était enfuie en courant et n'avait jamais raconté à son mari ce qui s'était passé.

Mrs Ffrench entra dans le hall de Bruckless House et faillit se mettre à pleurer quand elle vit un feu de bois dans l'âtre. Art et Eva s'en étaient occupés, et avaient également allumé un feu dans le bureau. Elle se rappela que, le jour où elle était rentrée chez elle après son premier trimestre de pensionnat, les pièces de la maison de ses parents lui avaient paru toutes petites mais à présent, après Moscou, c'était le contraire. Elle n'avait jamais vraiment prêté attention à la taille de ce bureau, aujourd'hui elle se rendait compte qu'il était plus grand que l'horrible pièce où elle avait été obligée de dormir avec les familles qui se chamaillaient tout le temps. Assise sur le canapé, elle examina ses extraordinaires dimensions. Elle aurait presque voulu que les enfants Goold Verschoyle et son mari s'en aillent afin de pouvoir explorer toutes les pièces et s'abandonner au luxe de ces immenses espaces. Cette avidité physique la choqua. Elle n'avait jamais été avide auparavant et, par devoir, elle avait sublimé ses besoins et ses désirs pour se conformer à ceux de son mari. Mais en cet instant, elle ressentit une excitation presque sexuelle à l'idée de toucher le bouton en laiton de chaque chambre à coucher, de poser ses paumes sur les énormes vitres intactes et de presser sa joue sur l'acajou froid de sa coiffeuse.

Les questions d'Eva sur Moscou étaient assez discrètes en comparaison du feu roulant de celles qu'Art posait à son mari. Le garçon avait étudié le plan des rues de Moscou et connaissait mieux la topographie de la ville que Mrs Ffrench, qui y avait pourtant vécu sept mois. Il voulait tout savoir sur l'enterrement de Lénine et la foule qui y était venue, il interrogeait son mari sur les camarades Zinoviev, et Staline, et Trotski, et Kamenev, comme si Mr Ffrench avait passé son temps dans les congrès internes du Parti au lieu de fabriquer des tables et des chaises de mauvaise qualité.

« L'échec de la révolte communiste en Allemagne a été un coup dur pour le prestige de Trotski, disait Mr Ffrench. Cet échec montre que la propagation de la Révolution se fera plus lentement que prévu parce que l'Allemagne était mûre pour un changement et pourtant les forces réactionnaires ont tenu bon. Si nos camarades allemands avaient réussi, toute l'Europe se serait soulevée avec nous, mais on dit que la Russie va devoir rester seule un peu plus longtemps.

— Mais Moscou ne va quand même pas nous abandonner ? avança Art. Quel est l'intérêt de voir l'humanité faire un pas en avant puis s'arrêter ?

— Qui parle de s'arrêter ? répondit Mr Ffrench. Moscou ne peut pas être la nounou de tout le monde. C'est à nous, qui vivons ici, d'attiser les flammes de la Révolution. »

Art se calma et même Eva cessa de raconter à Mrs Ffrench, qui les appréciait beaucoup, les rumeurs qui circulaient dans la région. Il y avait une information sous-jacente dans la remarque de son mari, un Rubicon traversé sans bruit, une déclaration sur laquelle elle n'avait pas osé le questionner. L'espoir monta en elle, diamétralement opposé à l'incrédulité croissante d'Art.

« Qu'entendez-vous par *nous* ? demanda-t-il. J'étais certain que vous retourneriez en Russie une fois guéri. Je comprends votre désir de revenir ici et de recouvrer vos forces, mais…

— Le désir n'a rien à voir avec ça, l'interrompit Mr Ffrench. C'était une nécessité. Comme je pouvais obtenir des soins médicaux ailleurs, il aurait été égoïste et contre-révolutionnaire d'empêcher un camarade d'avoir accès aux soins en contribuant à congestionner un hôpital moscovite. L'approvisionnement en médicaments est vital, tout comme les ouvriers valides. Mon bras ne sera jamais plus comme avant. La Révolution n'est pas une maison de repos pour les infirmes. Est-ce que tu penses que j'ai envie d'être un parasite à Moscou, de vivre de la sueur des autres ouvriers ? Mrs Ffrench et moi n'avions pas du tout le désir de revenir dans le Donegal. Passer en Finlande a été une des plus dures épreuves que nous ayons traversées. Je maudis mon infirmité qui a obligé Janet à quitter un milieu dans lequel je l'ai vue s'épanouir avec tant de bonheur et de motivation. Mais les sentiments personnels n'ont pas le droit de primer. À Londres, j'ai été choqué de lire toute cette épouvantable propagande dans les journaux capitalistes. Janet et moi avons décidé que c'est ici que nous pouvons agir pour la Révolution, que c'est ici que nous pouvons riposter aux mensonges et apporter un témoignage sur l'extraordinaire société que nous avons eu le privilège de pouvoir observer et au sein de laquelle nous espérons retourner un jour. Ici nous pouvons accomplir une mission pour laquelle ton aide peut également être utile. Les paysans irlandais imaginent qu'ils viennent de vivre une révolution, mais ils ont simplement échangé un maître à cheval contre un autre maître. Nous pouvons leur montrer la vérité – et tu sais ce qui est bien ? Ils nous écouteront parce que, même si je suis rentré depuis peu de temps, j'ai remarqué que le respect ancestral envers ceux qui parlent avec autorité existe toujours. Ils n'admirent pas ce nouveau gouvernement de parvenus de l'État libre qui les traite avec arrogance. Oh, il est certain qu'il y aura des éclats entre leurs prêtres et nous, ces derniers agiteront des bâtons et lanceront des menaces depuis l'autre côté du pont qui mène à ma propriété, mais ils ne peuvent pas nous empêcher de dire la vérité à ceux qui veulent l'entendre. »

Mrs Ffrench vit Art essayer de formuler une question, mais les mots ne vinrent pas parce que le garçon avait besoin de croire son mari. Et elle, que croyait-elle ? Elle vit son mari s'animer au point qu'Art ne tarda pas à être contaminé par son enthousiasme et il recommença à poser des questions sur l'usine et les débats entre ouvriers. Eva et elle cessèrent de parler afin de pouvoir écouter, elles aussi, parce que cette version de Moscou était tellement magnifique qu'elle eut l'impression qu'on posait un cataplasme sur ses cicatrices mentales. Il était plus simple de ne pas discuter et de ne pas le contredire en pensée parce qu'il était possible qu'il dise la vérité et qu'elle ait été trop requise par ses préoccupations mesquines pour apprécier les merveilles de la Révolution.

Les enfants avaient apporté à manger et ce fut un vrai pique-nique de partager ainsi la nourriture près du feu, dans le bureau. L'horloge sur le manteau de la cheminée s'était arrêtée depuis longtemps et Mrs Ffrench n'avait aucune idée de l'heure quand les jeunes Goold Verschoyle les quittèrent. Mais il était trop tard pour faire autre chose qu'aller se coucher dans la plus grande des chambres, où les draps paraissaient humides. Son mari s'endormit en quelques minutes et elle savait qu'il ne se réveillerait pas. Elle se glissa hors du lit et alla de chambre en chambre, essayant de reconquérir tout cet espace et de parvenir à croire qu'il lui appartenait. Cependant, elle était mal à l'aise, comme si des hordes d'inconnus pouvaient arriver à tout moment pour revendiquer la cuisine ou la pièce verrouillée donnant sur la baie de Donegal qu'elle avait compté utiliser comme chambre d'enfants. Elle désirait plus que tout se plonger dans un bain mais elle savait qu'elle ne pourrait jamais se nettoyer complètement. Quand elle fermait les yeux, elle sentait encore sur ses pores la puanteur faite de mauvaise haleine et de vêtements sales dans cette pièce à Moscou. Pourquoi, alors, ne pouvait-elle pas entendre les voix des enfants qui avaient grimpé sur ses genoux pour l'examiner comme une curiosité ? Elle ne parvenait pas à sentir les doigts qui avaient saisi les siens en espérant y trouver quelque chose à manger. Comment se faisait-il que la seule expérience qu'elle chérissait semblait avoir été effacée de sa mémoire, de sorte qu'elle n'entendait que le silence tout en allant de chambre en chambre, pieds nus, dans sa mince chemise de nuit ?

8

L'ATELIER

Donegal, août 1924

Plus Eva dessinait, toute seule dans son atelier, moins elle entendait les voix qui s'élevaient dans la maison. Ses doigts tremblaient, et les silhouettes des personnages délicats avaient des contours un peu flous. Elle avait eu l'intention de peindre à l'huile ce jour-là mais, quand les disputes avaient commencé, elle était retournée au carnet de croquis, qu'elle avait posé sur ses genoux et sur lequel elle se courbait pour se faire aussi petite que possible. Elle aurait voulu s'échapper et aller dessiner des fleurs dans les haies, mais elle ne tenait pas à quitter le studio et à traverser la cour où il serait impossible d'ignorer le conflit et les voix colériques. Eva détestait ces disputes ainsi que le silence brusque qui les suivait. Pendant la fragile suspension des hostilités, ses frères et le cousin George venaient chacun à leur tour à l'atelier, à première vue pour la réconforter, alors qu'en fait chacun d'eux justifiait ses propos et cherchait à faire d'elle son alliée.

Eva ne désirait pas prendre parti dans les disputes qui avaient fait rage tout l'été. La guerre civile de l'État libre était terminée, De Valera et ses Irréguliers jusqu'au-boutistes avaient été vaincus. Mais alors qu'une normalité fragile régnait sur la nouvelle nation, une guerre civile se déclara au cœur même de sa famille. Les amis et les parents qui étaient venus leur rendre visite au début de l'été avaient contribué à dissimuler les dissensions en entraînant la famille dans le monde adolescent du tennis et des pique-niques sur la grève. Ces visiteurs rédigèrent d'amusants mots de remerciement dans le livre d'or et s'efforcèrent d'éviter de parler politique, comme s'il s'agissait d'une maladie familiale honteuse. Sans doute Père avait-il fait une bêtise en invitant le cousin George pour la soirée d'anniversaire d'Eva parce que le cousin George connaissait trop bien Art et Thomas pour être capable de simuler. C'était un vrai Verschoyle, aussi têtu qu'eux. Selon lui, la réputation de la famille se trouvait sérieusement ébréchée par la folie obstinée d'Art, qui avait embrassé le communisme, considéré par le cousin George comme un cancer qui peu à peu les gagnerait tous. Une telle démence était compréhensible dans le cas de païens tels que les Ffrench, mais son oncle avait toujours été trop indulgent en autorisant des discussions incendiaires à table.

Eva savait que, si elle était forcée d'écouter George, elle se laisserait influencer par la force de ses arguments, mais la défense passionnée d'Art finirait également par la convaincre. Ses convictions étaient moins obscures et moins dogmatiques que l'un ou l'autre point de vue. Bien qu'elle fût influencée par Mère, Eva avait du mal à croire au monde occulte avec autant de passion qu'elle. Les séances – rassemblant des femmes désespérées tenant à la main des photographies de leurs fils tués – lui semblaient relever d'une sorte de voyeurisme, et elles la mettaient aussi mal à l'aise que les discussions politiques. C'était pour cela qu'elle s'enfermait dans son atelier quand les disputes commençaient – pas parce qu'elle ne voulait pas émettre une opinion mais parce qu'elle voulait éviter de montrer une préférence pour un membre de la famille plutôt que pour un autre. Ironiquement, son silence paraissait conférer du poids à ses opinions et les autres venaient souvent faire appel à elle, comme si elle était un juge qui, lorsqu'il parlait, pouvait attester de la justesse ou de la fausseté des arguments de la discussion.

Les voix se firent plus fortes tandis qu'Eva se recroquevillait sur son carnet de croquis, concentrant toute son attention sur les minuscules personnages qu'elle évoquait. Ils avaient des ailes et des corps asexués, et voletaient comme des abeilles autour de digitales en fleur qui poussaient dans un fossé. Ses doigts étaient maintenant plus assurés et elle dessina le fossé avec une intense concentration. Au bout d'un moment, Eva cessa d'entendre les voix qui argumentaient et elle pensa tout d'abord que c'était parce qu'elle était parvenue à s'en abstraire. Puis elle comprit qu'il y avait une pause dans les hostilités.

Bientôt, le premier pétitionnaire allait arriver pour solliciter son soutien – George ou Thomas, qui était en général dans le camp d'Art tout en conservant sa propre vision des choses, ou Père, las d'essayer de comprendre les deux camps. Mère s'était sans doute déjà retirée dans son petit salon pour lire les quelques livres de l'Ordre rosicrucien de Londres qui avaient échappé à la sévérité de la nouvelle Poste irlandaise, ou un volume que lui avait prêté Mme Despard – une suffragette anglaise âgée qui s'était installée parmi les pauvres de Dublin et partageait l'intérêt de Mère pour la théosophie. Eva ferma les yeux, se laissa aller à saturer son croquis de couleurs. Elle pouvait visualiser le fossé qu'elle avait dessiné de mémoire, avec un mur en pierres sèches effondré. Mais, elle avait beau essayer, elle ne parvenait pas à croire à ses petits personnages féeriques. Cette foi enfantine était morte à Londres, en même temps que sa foi en ses talents d'artiste. L'école d'art lui avait arraché toutes ses illusions.

Elle avait du mal à croire que cela faisait déjà dix-huit mois qu'elle avait passé un automne et un hiver dans la minuscule alcôve d'un foyer londonien abritant des vendeuses, dormant avec un brin de bruyère sous son oreiller. Mère avait pensé que Londres serait le tonifiant idéal pour faire descendre Eva de la tour d'ivoire qu'était son atelier, où elle s'était enfermée pour prendre le deuil secret de son jeune officier néo-zélandais. Ce ne fut qu'après le départ de Jack qu'Eva comprit complètement quels étaient ses sentiments. Il était alors trop tard car une jeune fille ne pouvait pas écrire une lettre pour solliciter une répétition de la demande en mariage : Eva n'avait cessé de peindre puis de détruire des portraits de Jack, et préférait vivre son deuil seule dans cet atelier. Ce fut davantage son affliction évidente que son talent qui poussa Mère à l'inscrire à la Slade Art School. Eva s'était sentie comme une princesse dans un conte de fées, devant tresser sa chevelure pour en faire une corde avec laquelle descendre dans la foule affairée et tenter de commencer une nouvelle vie.

Son bref séjour à Londres avait été bénéfique à bien des égards sauf pour la peinture. Le mince éclat de talent qu'elle possédait s'éteignit rapidement sous l'œil furieux de ses tuteurs du Slade. Plus ils essayaient de lui apprendre la peinture, moins elle se sentait capable de peindre.

Elle découvrit qu'elle avait davantage de choses en commun avec les vendeuses du foyer qu'avec ses camarades chics de l'école d'art. Leur goût cosmopolite pour le clinquant superficiel et leur façon d'imiter les techniques de leurs tuteurs afin de créer des compositions grotesques l'incitèrent à se retirer en elle-même. En comparaison, ses peintures paraissaient naïves, le travail enfantin d'une Irlandaise simplette.

Mais à cette époque-là, Eva était certaine que son séjour à Londres avait un objectif autre que celui d'éviter le conflit de plus en plus violent en Irlande. Quand Art venait la voir dans son foyer entre deux cours à son université, Eva lui montrait ses poèmes, où elle encourageait les rebelles à « *lutter, lutter, lutter pour ce qui est juste, juste, juste !* ». Cependant, à dire vrai, ses élans patriotiques lui importaient moins que son souci d'une autre quête d'indépendance, la difficulté à trouver une religion à laquelle elle pourrait véritablement adhérer.

Se convertir au catholicisme comme l'avait fait la comtesse après l'insurrection de Pâques n'avait jamais été un choix envisageable. Le scientisme chrétien avait été la première escale d'Eva. Tandis que les vendeuses discutaient à propos de garçons près de son alcôve, elle avait étudié la Bible des scientistes et avait fait sien leur mantra, selon lequel la vie, la vérité ou l'intelligence ne pouvait pas résider uniquement dans la seule matière. Ensuite elle passa de longues après-midi dans une église anglicane de la tendance qu'on appelle « haute », où les femmes portent des robes bleues et dont les rituels très élaborés, bien qu'agréables à observer, la rendaient méfiante. Elle avait besoin de quelque chose de plus simple et plus direct. Elle essaya une synagogue puis fit le tour de toutes les religions de Londres, par plaisir et par intérêt. Pourtant, même lorsqu'elle se sentait tout à fait à l'aise, une voix intérieure intuitive l'avertissait : « Continue, ne prends pas cette pierre sur ton chemin pour un sommet. » Elle avait fini par se sentir simplement comme une enfant de l'univers, voletant tel un sépale de sycomore au gré de la volonté du créateur. Ce vent l'avait ramenée dans le Donegal lorsque la guerre civile avait cessé malgré le ressentiment qui couvait partout, peu de temps après la mort de Michael Collins.

Eva leva alors les yeux de son carnet de croquis, elle s'était tellement concentrée sur son dessin qu'elle ne s'était pas rendu compte d'une présence dans l'encadrement de la porte. C'était Brendan, mais Eva eut l'impression d'avoir été ramenée en arrière parce qu'il portait le chapeau comique qu'il adorait quand il était petit. Son visage paraissait avoir moins de quatorze ans et demi et l'expression sérieuse rappelait à Eva l'époque où il venait la voir, énervé parce que ses frères l'écartaient toujours de leurs projets.

Eva sourit. « Où as-tu trouvé ce chapeau ?

— Au grenier. Mère avait dû l'y ranger.

— Elle a toujours menacé de le brûler, dit Eva. Mais il te va bien, à mon avis.

— Je crois bien que je vais l'emporter.

— Il fera rire les garçons à l'école, mais je crains qu'on ne t'autorise pas à le mettre.

— Désormais, je mettrai ce que je veux. » Il n'y avait pas de rébellion dans la voix de Brendan, simplement cette résolution tranquille qui faisait partie de son caractère. Il n'était pas enclin à tenir des discours passionnés comme Art et ne suivait pas rigoureusement la logique comme Thomas. En fait, il était rare qu'il émette une opinion à voix haute mais, une fois qu'il s'en était formé une, rien ne pouvait altérer sa conviction.

« Qu'est-ce que tu veux dire ? »

Le ton de voix de Brendan était contrit, il ne voulait pas offenser Eva. « Toutes ces disputes commencent à me fatiguer, pas toi ? Le fait est que je ne vais pas retourner au pensionnat. J'ai décidé de suivre mon propre chemin dans la vie. Je viens de leur annoncer cela et, tu sais, pour la première fois, j'ai vu le cousin George et Art incapables de trouver leurs mots. Je ne comprends pas bien pourquoi ils sont aussi surpris. Plein de garçons de mon âge gagnent leur vie depuis longtemps. Art et Thomas parlent d'un combat juste, mais ils s'accrochent au privilège que représentent des études universitaires. Eh bien, même des chevaux sauvages ne me traîneront jamais à Marlborough. Pas un seul type, là-bas, n'a la moindre idée de ce qu'est la vie et ne pourrait survivre avec moins de dix domestiques. À quoi servent les études s'il faut vivre dans un monde qui, comme le dit si justement Mr Ffrench, va bientôt disparaître ?

— Mère est au courant ? demanda Eva.

— Tu comprends, toi, tu comprends ? » La voix de Brendan trembla, il avait besoin qu'on l'approuve.

« Mère est au courant ?

— C'est-à-dire que je ne le savais pas vraiment moi-même jusqu'à ce que ça me soit venu à l'esprit alors que je les écoutais discuter. Je veux un vrai travail où je réalise quelque chose, pas un travail de bureau dans quelque coin de l'Empire. Je veux devenir ingénieur. À Marlborough, on ne vous apprend rien d'utile dans ce genre.

— Tu iras à Dublin ?

— Ne sois pas bête. » Brendan sourit pour montrer qu'il ne pensait rien de semblable. « À Dublin, je serai toujours le plus jeune des frères Verschoyle. Je ne veux être reconnu qu'en vertu de mes mérites. Je ne connais presque personne à Londres, c'est donc là que j'irai. On ne peut pas attendre que la vie vienne à vous comme un gentleman en visite. Il faut sortir et l'affronter. »

Tous deux se retournèrent quand Thomas arriva sur le seuil de la porte.

« Tout ça, c'est entièrement de la faute d'Art », annonça-t-il.

Brendan secoua la tête. « Tu es obsédé par Art, Thomas. Peut-être parce que tu es le deuxième. Comme je suis le dernier-né, je peux simplement être moi-même.

— C'est toi qui es obsédé par lui, rétorqua Thomas. Tu l'idolâtres depuis que tu es bébé, et tu es à peine un peu plus qu'un bébé maintenant. Un hamster apprivoisé a plus de chances de survivre dans la nature que tu n'en as de trouver un boulot à Londres à ton âge.

— Je suis assez âgé.

— Je te donne quinze jours avant que Père soit obligé de tirer quelques ficelles pour que tu sois autorisé à revenir dans le dortoir bien chauffé de ton école. Ne fais pas l'imbécile, Brendan. Tu n'as pas besoin de renoncer à une fortune parce que toi et moi, nous n'hériterons pas et n'aurons de toute façon rien à donner. »

Thomas se tut lorsqu'ils entendirent un bruit de pas sur les marches en bois. Père dut baisser la tête pour entrer.

« Est-ce une réunion du Verschoyle Party Congress ? » Son léger humour atténuait sa détresse évidente.

« Mère aura le cœur brisé si Brendan ne retourne pas à l'école, dit Thomas avec amertume. Mais, même alors, jamais elle ne se permettra de critiquer Art, son enfant chéri.

— Je ne l'ai jamais entendue critiquer un seul de ses enfants, répondit Père. Quelle que soit la souffrance que chacun de vous lui a fait endurer. Le cousin George s'apprête à partir. Il dit qu'il ne restera pas ici à supporter le genre de qualificatifs insultants qu'Art lui a attribués.

— Art n'a pas de mauvaises intentions, plaida Eva.

— Ce qui ne veut pas dire qu'il ne fait pas souffrir. » Père les regarda tous les trois. « J'ai entendu ce que tu as dit à propos de l'héritage, Thomas. J'essaierai de vous léguer quelque chose à tous. Mais ce ne peut pas être cette maison que je ne possède qu'en fidéicommis avant de la remettre à Art et qu'il est légalement obligé de passer à son fils après lui.

— Tu sais que les mauvaises herbes franchiront les vitres cassées avant qu'Art l'accepte, répondit Thomas d'un ton dur.

— Je sais qu'il est jeune. Je sais que l'on voit la vie différemment à vingt-deux et à trente-deux ans.

— Art ne changera jamais.

— Pourquoi le devrait-il ? demanda Brendan. Moi non plus, je ne veux pas d'héritage. Je veux prouver ma propre valeur. »

La voix de Père était calme mais ferme. « Tu retourneras à Marlborough et tu y resteras jusqu'à ton seizième anniversaire. Après cela, tu ne seras plus un enfant. J'espère que tu finiras tes études et que tu feras quelque chose de toi-même. Ce sera à toi de décider. Tout ce que je te demande, c'est que tu m'obéisses pendant les dix-huit prochains mois.

— Et pourquoi ? » La voix de Brendan n'était pas agressive. Elle contenait une franchise innocente que l'on sentait également chez Père.

« Parce que tu es un gentleman, parce que cela fera plaisir à ta mère et parce que je ne te demanderai jamais autre chose. Je ne m'éloignerai jamais d'aucun de mes enfants, quoi que vous fassiez. Si vous décidez de vous éloigner de moi, je ne vous en empêcherai pas. Mais emportez quelque chose pendant que je suis vivant et que vous le pouvez encore. Prenez des bijoux ou l'argenterie de famille avant qu'Art ne donne tout ça à un mendiant.

— Je ne veux rien voler à mon frère, répondit Thomas.

— Art ne possède pas encore cette maison. Vous pouvez donc me voler, moi. »

Thomas baissa les yeux avec gêne. « Je vais aller voir George, dit-il. Peut-être pourrai-je lui forcer la main et le convaincre de rester pour la soirée d'Eva. »

Il sortit. Brendan tripota le chapeau qu'il avait ôté à l'arrivée de son père. « Je te donne ma parole que j'irai à Marlborough jusqu'à mon seizième anniversaire, dit-il. Je ne fais aucune promesse pour après, mais tu sais que ce n'est pas dans mon caractère de rompre un serment.

— Définition de "caractère" », demanda Père.

Brendan y réfléchit. « Le caractère, c'est ce qu'on est, ce qu'on fait tous les jours. » Il rougit légèrement. « Je ferais mieux d'aller voir le cousin George, au cas où il aurait décidé de partir. »

Père regarda son plus jeune fils descendre les marches et secoua la tête avec émerveillement. « "Le caractère, c'est ce qu'on est, ce qu'on fait tous les jours." Si seulement les dictionnaires pouvaient être aussi clairs et nobles. C'est un garçon généreux, vous êtes tous généreux, mais je crains de ne pas vous avoir vraiment préparés, les uns et les autres, à la vie là-bas.

— Tout ira bien, le rassura Eva. Mais je déteste te voir aussi profondément troublé.

— Vraiment ? Peut-être que je ne comprends plus ce qui se passe. Je n'ai jamais fait de mal à personne. J'ai accordé mes services bénévolement pour défendre mes voisins au tribunal et je leur ai cédé du terrain derrière la maison pour y tenir un marché tous les mardis. Je m'adresse équitablement à tout le monde – catholiques, protestants ou dissidents – et pourtant mon fils aîné pense que je devrais me sentir coupable du seul fait que j'existe. » Il regarda Eva. « Quel terrible crime Art pense-t-il que j'ai commis ? Mon seul souhait a toujours été de m'occuper de votre mère et de vous rendre tous heureux. Nous étions heureux autrefois, n'est-ce pas ?

— Nous le sommes toujours, insista Eva. Allons en pique-nique demain, toute la journée. Ce sera merveilleux.

— Certainement. Mais malheureusement il faudra bien revenir à la maison. »

Depuis la cour, la voix de Maud les appela tous les deux.

« Dîner dans une demi-heure, annonça-t-elle, et nous prendrons place à table tous ensemble dans la paix.

— George est parti ? demanda Eva en se dirigeant vers la porte.

— J'ai confisqué le sac qu'il avait posé dans le hall et je lui ai ordonné d'arrêter toutes ces bêtises, dit Maud. J'ai pillé la cave à vins et je me débrouillerai pour qu'Art et George jouent paisiblement aux échecs avant la fin de la soirée.

— Tu es merveilleuse, dit Eva. Crois-tu qu'on peut organiser un pique-nique demain ?

— Nous irons en barque sur l'île, où je noierai de mes propres mains tous les hommes agaçants de la famille. »

Père se mit à rire tandis que Maud repartait vers la cuisine. « Ta sœur est merveilleuse, dit-il doucement, mais toi aussi.

— Pas du tout.

— Tu es une forme merveilleuse toujours en train d'émerger vers la lumière à lents coups d'aile. Trop loin pour que je puisse évaluer les contours de ce que tu deviendras, mais je sais que ce sera réellement merveilleux. » Sa main se faufila dans une poche où il gardait une petite édition de Walt Whitman. « Nous avons une demi-heure avant d'être convoqués au prochain congrès sur les affaires mondiales. Si nous allions nous promener ? »

Eva sourit et ferma la porte de l'atelier derrière eux. « Seulement toi et moi. » Elle lui prit la main et la serra.

« Une brève invitation à la liberté. »

Eva lâcha sa main lorsqu'ils arrivèrent dans l'allée. Montrer ostensiblement son affection ne faisait pas partie de leur caractère. Ils passèrent devant la pompe du village, puis prirent le chemin menant à la rive de la Bunlacky, parlant peu parce qu'il n'était pas nécessaire de dire beaucoup entre de telles âmes sœurs, de tels amis.

9

PAS UN PENNY DE MOINS

Londres, 1926

Brendan avait voulu tenir parole jusqu'au bout. Mère serait blessée mais Père saluerait le fait qu'il avait respecté son serment. Ces derniers mois, il avait fait très attention à ne jamais mentionner sa décision lorsqu'il parlait à ses camarades. Dix-huit mois plus tôt, il avait annoncé très haut ses projets et avait été chahuté à cause de ça. Cette fois, il n'avait même pas dit que son seizième anniversaire tombait cette semaine-là. Naturellement, ses deux meilleurs amis connaissaient ses intentions et l'enviaient, cependant tous les deux auraient eu bien trop à perdre s'ils avaient suivi son exemple. C'étaient des fils aînés, ils ne pouvaient pas ne penser qu'à eux-mêmes.

Brendan savait que ses proches l'aimaient, pourtant, s'il n'était pas né, leur monde n'aurait pas été très différent. Le dernier-né était toujours accueilli comme une bénédiction, mais le plus souvent ça s'arrêtait là.

Toutefois, Brendan n'aurait pas voulu échanger sa place avec celle d'Art ou de Thomas. Les plus âgés des professeurs s'arrêtaient encore dans les couloirs pour poser des questions sur Art et hochaient la tête, presque comme s'ils compatissaient à un deuil familial. Ils se souvenaient d'Art avec affection, même s'il n'avait jamais cessé de mettre en doute chacune de leurs affirmations à la manière de quelqu'un qui aurait porté un lourd fardeau. Brendan n'était pas aussi intelligent qu'Art, mais il sentait le soulagement des professeurs devant la gaieté de son esprit. Il avait en fait apprécié ses années à Marlborough, s'était fait des amis et était en général considéré comme un type bien. En conséquence, ce matin-là, lorsqu'il s'excusa avant l'assemblée et demanda la permission d'aller à l'infirmerie, il n'avait de ressentiment envers personne à l'école. Ils étaient simplement dans l'erreur, ne se rendaient pas compte qu'ils appartenaient à un monde qui n'allait pas tarder à disparaître.

Il fit sa petite valise tandis que les professeurs et les autres garçons étaient à l'assemblée et emprunta calmement la grande allée déserte. Il ne courait pas parce qu'il ne s'enfuyait pas : il partait, simplement, pour commencer sa propre vie. Il avait eu l'impression de se déshonorer en se prétendant malade, mais Art avait dit un jour qu'un peu de subterfuge pouvait être parfois nécessaire quand des forces oppressives se dressaient contre vous. Si on l'apercevait, il serait ramené de force et aurait droit sans doute à la baguette. L'école ne le relâcherait que si Père donnait son consentement par écrit, mais cela signifierait que la décision serait celle de son père et non la sienne, et il était injuste de placer Père dans cette situation.

Il avait choisi seul de commencer une nouvelle vie au moment précis où les prédictions d'Art sur la lutte des classes devenaient réalité. La Grande-Bretagne était paralysée par une grève générale depuis six jours, à la grande consternation de ses professeurs. Cinq ans plus tôt, les mineurs avaient été les seuls à faire grève et avaient perdu. Mais cette fois-ci les autres syndicats s'étaient mis en grève par solidarité avec les mineurs qui avaient été licenciés après avoir refusé une importante diminution de salaire et l'imposition d'une heure de travail supplémentaire par jour. Les événements s'étaient aggravés à minuit le vendredi précédent quand les imprimeurs du *Daily Mail* avaient refusé d'imprimer un éditorial intitulé « Pour le roi et le pays » qui dénonçait les plans du Trades Union Congress comme étant un acte de trahison révolutionnaire. Le professeur principal de Brendan avait rassemblé ses élèves pour écouter un message du Premier ministre à la BBC où il enjoignait le pays à rester calme et à se souvenir de la maxime selon laquelle la paix sur terre viendrait à tous les hommes de bonne volonté. Brendan aurait voulu se lever et crier une maxime plus vraie : unis, les ouvriers ne seraient jamais vaincus. Mais ses professeurs et ses camarades de classe n'auraient pas compris parce qu'à Marlborough on enseignait seulement le latin, le grec et la suffisance.

Brendan fit une pause au bout de l'allée et regarda les bâtiments imposants qui donnaient l'impression que rien ne changerait jamais. Mais, en Irlande, il avait vu comment les changements pouvaient se produire très vite – avec un nouveau drapeau, un nouvel État et le sentiment de ne pas vraiment y appartenir.

Brendan avait décidé de garder l'uniforme de l'école pour le moment parce qu'il se ferait moins remarquer ainsi. Un briseur de grève ressemblant à un banquier d'affaires tenait le guichet. Il avait le même empressement que les autres volontaires qui permettaient l'ouverture de la gare – des écoliers trop grands que l'on autorisait à jouer avec un train grandeur nature. Ceci était flagrant chez le chauffeur et le contrôleur quand le train arriva enfin de Bristol et qu'ils acclamèrent avec joie les passagers de leur propre caste qui montaient dans les wagons de première classe. Brendan aurait pu trouver plutôt comique ces petits patriotes anglais qui s'accrochaient à leur schéma de classe pourri s'ils n'avaient pas été des jaunes. Il acheta un billet de première classe parce qu'il se ferait moins remarquer au milieu de gens parlant comme lui. Deux hommes d'affaires occupaient le compartiment où il s'installa. L'un d'eux lui adressa un signe de tête jovial.

« Et alors jeune homme, on fait l'école buissonnière ?

— Je dois rentrer. Quelqu'un est malade dans ma famille. »

L'homme hocha la tête avec une compassion accomplie. « Désolé. Au moins, tu vas pouvoir rentrer. Il y a trois jours, les canailles avaient interrompu l'intégralité du réseau de chemins de fer. Mais leur mainmise faiblit. Ils ont mésestimé la résolution du peuple britannique. Je leur donne encore deux jours au maximum, et j'espère qu'on arrêtera alors les meneurs. »

Brendan ne le contredit pas parce qu'il n'était pas encore libre de le faire. Le train paraissait ne pas vouloir démarrer, et un jaune corpulent agitait son drapeau en en faisant tout un spectacle comme s'il donnait le signal du départ à un paquebot de ligne. Le garçon observait la plateforme, pensant aux professeurs et aux quelques grands élèves qui allaient partir à sa poursuite. Mais le train commençait à avancer, les roues paraissaient chanter « li-ber-té, li-ber-té ». Les deux hommes d'affaires lisaient la feuille de chou contenant la propagande du gouvernement et ne lui prêtaient pas attention. Les syndicats d'imprimeurs refusaient de participer à la fabrication des journaux, à l'exception du *British Worker*, édité par les grévistes eux-mêmes. La veille, le professeur principal de Brendan lui avait confisqué un exemplaire du *British Worker* qu'Art était parvenu à lui faire passer, en disant que si Brendan voulait connaître la vérité, il pouvait lire la *British Gazette*, imprimée par le gouvernement, à la bibliothèque. Brendan n'avait rien répondu parce qu'il sentait déjà que sa vie scolaire était terminée.

Sa classe serait en cours de français en ce moment. Il aurait dépassé Reading quand ils s'apercevraient qu'il n'était pas à l'infirmerie. Puis ce serait Maidenhead, Slough et Ealing. En tant que communiste, se trouver dans un train conduit par un jaune lui donnait mauvaise conscience, mais il était essentiel qu'il aille vite. C'était la plus grande aventure de sa vie. Il se sentait semblable à Crapaud s'échappant de prison dans *Le Vent dans les saules*. Le chaos dû à la grève l'aiderait beaucoup, la police serait trop occupée pour rechercher un lycéen.

On ne le ramènerait pas là-bas pour subir la baguette. Ils enverraient un télégramme à Père, qui dégagerait l'école de ses responsabilités. Le professeur principal serait sans doute contrarié mais les autres professeurs se contenteraient de hocher la tête et le rejetteraient comme étant aussi fou que son frère.

Les hommes d'affaires de son compartiment jetèrent des coups d'œil inquiets dehors lorsque le train s'arrêta à Hungerford, comme s'ils s'attendaient à ce que des grévistes envahissent la plateforme. Mais seule une poignée de passagers bien habillés attendait là, ainsi que des forces spéciales aux sorties. C'était le problème avec le pensionnat, le monde extérieur pouvait s'arrêter sans jamais qu'on vous en prévienne. Il savait que l'armée avait été envoyée dans le sud du pays de Galles et dans le Yorkshire et que, à Glasgow, la foule avait obligé certains transports publics à cesser de rouler. Brendan fouilla la gare du regard, espérant poser les yeux sur son premier gréviste afin de sentir que lui-même faisait partie de cet événement capital. Un couple âgé s'était installé dans le compartiment, la vieille dame lui souriait. Les quatre adultes se mirent à parler de la grève, le désordre dans le pays atténuant la réserve habituelle entre inconnus. La fille de la dame avait offert d'aider à trier le courrier à la poste. Son petit-fils, étudiant à Oxford, avait arrêté ses études et s'était engagé dans l'Organisation pour le contrôle de l'approvisionnement qui venait d'être constituée en toute hâte, et il considérait l'affaire comme une bonne blague.

Brendan n'écoutait qu'à moitié leurs bêtises sur l'effondrement de la grève. Le Wiltshire était à présent derrière eux. Il descendit sa valise du porte-bagages et ne l'ouvrit qu'une fois seul dans le couloir. Après avoir choisi une autre veste, il tint le blazer de Marlborough College dans ses mains un instant pour en contempler l'écusson. Puis il baissa la vitre et se pencha au-dehors. Il aimait les trains, aimait leur liberté, aimait l'euphorie du vent contre son visage pendant le court moment où il laissa flotter son blazer d'uniforme avant de le lâcher. Il rit en imaginant la surprise des passagers quand ils le verraient voler dans l'air. Il regarda derrière lui, le vit atterrir dans un buisson et hurla de joie, sachant que personne ne l'entendrait en raison du bruit de la locomotive. S'étant écarté de la vitre, il la remonta et se recoiffa, puis reprit sa place. La dame lui fit de nouveau un sourire, ayant évidemment appris le pieux mensonge sur la personne malade dans sa famille.

L'humeur, dans le compartiment, devint inquiète lorsque le train approcha de Paddington Station. La plateforme était dégagée mais un piquet de grève se pressait contre une rangée de policiers devant la sortie d'Eastbourne Terrace et les gens insultaient les voyageurs qui étaient descendus du train. Une bannière grossièrement peinte proclamait les revendications des mineurs : « Pas un penny de moins, pas une minute de plus ». Brendan essaya d'expliquer à l'un des manifestants que son propre frère faisait partie des grévistes et qu'il était venu pour les soutenir.

« C'est vrai, ça ? Et il fait quoi, alors, ton frère ? » demanda l'homme, et Brendan se rendit compte qu'il ne connaissait pas la réponse. Un policier antigréviste se dépêcha de le faire passer quand le manifestant le traita d'« aristo menteur de mes deux ». La foule propulsa Brendan jusque dans les rues de Londres, un jeune garçon prêt à conquérir le monde se dirigeant vers Regent's Park, appréciant tous les aperçus de la vie autour de lui. Se perdre ne l'inquiétait guère parce que cela lui paraissait la meilleure façon de trouver son prochain logement, d'apprendre à s'orienter très vite et à graver chaque allée et ruelle dans son cerveau. Il avait déjà séjourné à Londres, mais jamais seul. Brendan était trop excité pour avoir peur. Il se trouvait devant les endroits qu'il avait étudiés sur les cartes de la bibliothèque de l'école : Primrose Hill au nord, St John's Wood à l'ouest et, au sud-est, Russell Square, avec Holborn au-delà.

Art vivait à Camden Town, dans une si petite ruelle qu'elle n'était mentionnée sur aucune des cartes de l'école. Comme personne ne le poursuivait, Brendan avait tout le temps de s'y rendre, n'avait aucun besoin de prendre un des bus qui circulaient, conduits par des jaunes. Il traversa Regent's Street et en sortit à Gloucester Gate, chantonnant *Bye Bye Blackbird*. De nombreux magasins étaient fermés, bloqués par des piquets de grève, mais il était choqué de voir les signes latents d'une activité normale un peu partout. La *British Gazette* avait claironné que les Grenadier Guards, dans des voitures blindées, avaient fait passer une centaine de camions depuis les docks jusqu'aux entrepôts de Hyde Park, prétendant que cela avait brisé la volonté des grévistes et permis l'approvisionnement de la ville de Londres. Mais Art avait gribouillé une note sur l'exemplaire confisqué du *British Worker* qui insistait sur le fait que les grévistes ne laisseraient pas se reproduire pareille initiative.

Brendan étudia les visages des camarades des piquets de grève, il aurait voulu leur parler. Mais il savait que ses vêtements et son accent constitueraient un obstacle. Comment Art avait-il surmonté ça ? Depuis qu'il avait obtenu son diplôme universitaire, son frère aîné n'avait montré aucune disposition pour une profession mais – selon un parent qui l'avait rencontré de temps en temps – il passait ses soirées avec de jeunes militants pleins de ferveur qui vendaient des journaux socialistes autour des pubs. Les lettres d'Art parlaient vaguement de divers boulots manuels – plus ils étaient épuisants, plus il les aimait – mais son accent rendait ses employeurs suspicieux et ils trouvaient invariablement une raison pour le virer, généralement sous prétexte qu'il essayait de fomenter la discorde.

Quand Brendan arriva au bout de Parkway, il chercha l'immeuble d'Art. Et pourtant ce fut Art qu'il trouva en premier. Une foule s'était assemblée au coin de Camden Road, où un bus conduit par un jaune avait été bloqué et ne pouvait pas repartir. Quelques personnes encourageaient les neuf grévistes qui s'étaient assis sur les pavés. D'autres, cependant, plus nombreuses, leur criaient des insultes. Voici enfin un acte révolutionnaire, pensa Brendan, mais son attention fut distraite par une petite fille sur le trottoir qui avait l'air gelée dans sa jupe courte alors même que l'après-midi était plutôt douce. Les rides et les ombres de faim sous ses yeux la vieillissaient, comme si elle connaissait mieux la vie que lui ne la connaîtrait jamais. Les grévistes faisaient bloc en se tenant par le bras, et elle fixait des yeux l'un d'eux, sans doute son père, craignant que le bus ne leur roule dessus. Brendan vit la tension sur tous les visages à présent, y compris sur ceux des passagers – dont certains descendirent subrepticement tandis que d'autres restaient assis, les lèvres pincées, pleins de défi. Un coup de sifflet annonça l'arrivée d'une escouade de policiers. Ce n'étaient pas des policiers antigrévistes mais des bobbies aguerris qui ne prirent pas la peine de demander aux hommes de partir. Des matraques apparurent et ils frappèrent le premier d'entre eux avant qu'il ait eu le temps de se lever. Il tomba parmi ses camarades, le front ensanglanté. La petite fille hurla et Brendan tendit une main pour lui toucher l'épaule et la rassurer. Une femme dans la foule attira l'enfant à elle en prétendant qu'il avait essayé de l'enlever. Pendant un instant les policiers, tout comme les grévistes, le regardèrent avec méchanceté, chaque homme converti en père protecteur. Puis ils l'oublièrent lorsque les grévistes se levèrent pour tenter de se défendre. Des femmes hurlèrent et le chauffeur volontaire du bus se couvrit le visage de ses mains lorsqu'une pierre traversa son pare-brise.

L'attention de Brendan se fixa sur l'un des manifestants, le seul homme qui ne paraissait pas pris de panique. Il était resté immobile devant le bus, regardant droit devant lui au-dessus de la mêlée. Sa casquette était enfoncée sur son crâne et ses vêtements étaient usés, mais Brendan connaissait cette mâchoire et ce regard provocant. Un halo semblait le protéger des coups qui pleuvaient. Ici Brendan voyait enfin la lutte pour laquelle il avait quitté l'école, elle était dure et brutale. Il avait enfin l'occasion de rejoindre son frère sur la chaussée, d'être enfin l'égal d'Art. Brendan n'arrêtait pas de se dire que, d'un moment à l'autre, il allait le faire quand, une trouée s'étant ouverte parmi les hommes qui se battaient, un policier aperçut Art et fut déconcerté par le calme avec lequel il attendait son destin. Il le frappa avec soin et Art tomba lentement en avant et s'étala sur les pavés, le crâne ensanglanté. Ce coup renforça le sentiment d'injustice qu'éprouvait la foule. Il y eut des cris, les gens se pressèrent en avant et la police commença à procéder à des arrestations. Le chauffeur du bus hurlait, les mains sur les yeux, couvert d'éclats de verre. Aucun passager n'était resté dans le bus. La femme qui tenait la petite fille l'éloigna rapidement.

Dans la confusion, Brendan vit deux hommes soulever Art et l'emporter jusqu'à ce qu'il soit protégé par la foule. Ils agissaient avec rapidité, désireux de le mettre en sécurité. L'un d'eux se retourna et vit Brendan qui les suivait. Il leva un poing menaçant. Brendan ralentit le pas mais les garda à portée de vue lorsqu'ils pénétrèrent dans une ruelle. Ils frappèrent à une porte et entrèrent. La porte se referma au moment où Brendan s'approchait. Elle se rouvrit lorsqu'il fut devant et l'homme qui l'avait menacé du poing saisit la veste de Brendan et le poussa violemment contre le mur.

« Qu'est-ce que tu veux, petit mouchard de policier ? Conduis les flics ici et je te jure que je te retrouverai. Je n'oublie jamais un visage et je te casserai les jambes. T'as compris ? Maintenant tire-toi.

— C'est mon frère, dit Brendan. Je veux le voir. »

L'homme l'examina. « Dis quelque chose.

— Quoi ?

— N'importe quoi. Dis "prolétariat". »

Brendan avala sa salive, la poigne de l'homme l'étouffait. « Prolétariat. »

La prise se relâcha. « Y a pas de putain de mot qu'il aime autant et je n'ai jamais entendu quelqu'un le prononcer comme toi. Tu dois être son frère. Entre avant que les flics n'arrivent. »

Ils pénétrèrent dans un couloir étroit qui puait l'humidité et le chou bouilli. L'homme ouvrit une porte et Brendan aperçut une séduisante jeune fille de dix-huit ans en train de nettoyer la blessure sur le crâne d'Art.

« Ça va, Verschoyle ? » demanda l'homme.

Art grimaça, mais indiqua que ça allait.

« Laisse son crâne tranquille une minute, la copine. Il a une visite. »

Art leva les yeux et vit Brendan, une valise à la main. Il secoua la tête, ce qui énerva la jeune fille, qui le réprimanda parce qu'il bougeait.

« Qu'est-ce que tu fais là ? demanda Art. Tu t'es enfui de l'école, pas vrai ? Espèce d'imbécile.

— Pourquoi imbécile ? » Brendan était contrarié.

« Parce qu'ils rejetteront la responsabilité sur moi dans le Donegal. Ils diront que je t'ai encouragé.

— Je ne pensais pas que tu t'inquiétais de l'opinion des autres.

— Évidemment que je m'en inquiète. Tu es mon petit frère.

— Eh bien, tu te trompes. D'abord, tu n'es en rien responsable et, deuxièmement, je ne me suis pas enfui. Je suis parti en marchant à mon rythme. J'ai promis à Père que je resterais jusqu'à mes seize ans. Je suis maintenant un homme libre.

— Tu es un enfant. Ils ne me pardonneront jamais de t'héberger. »

La fille enleva un chiffon ensanglanté de la blessure et l'examina. « Pas trop profond. Tu as de la chance. La matraque était molle ou bien tu as le crâne dur. Ton frère s'est vraiment enfui d'un pensionnat pour rupins ? C'est drôle, j'ai toujours eu l'ambition de m'enfuir *dans* un de ceux-là.

— En tant que quoi ? demanda le frère de la jeune fille en allumant une cigarette. Femme de ménage ?

— J'ai de la cervelle, tu sais, bien que Dieu sait si j'ai dû la perdre quand j'ai commencé à aider tes amis socialistes déguenillés. Tu veux dire que je ne saurais pas me défendre dans une classe de salopes chics ? Je les écraserai. Maintenant passe-moi une cibiche. »

Art sourit à Brendan. « Elle, c'est Ruth Davis. Elle gère un hôpital de campagne virtuel dans cette cuisine depuis une semaine. »

Brendan hocha la tête, rougissant sous le regard de Ruth, puis attaqua Art. « Est-ce que je t'ai demandé de m'héberger ? Je ne t'ai rien demandé, mais j'accepte un lit pour une nuit ou deux jusqu'à ce que je puisse me débrouiller seul. De toute façon, pourquoi m'as-tu envoyé des tracts si tu ne voulais pas que j'y croie ? Tu m'as ouvert les yeux et maintenant, qu'est-ce que tu attends de moi ? Que je reste à l'école et devienne un laquais de l'Empire ? »

Art hocha la tête, il respectait la ferveur de son frère. « D'accord, le sens des responsabilités est inné en moi. Que vas-tu faire ?

— Vivre. J'ai été protégé toute ma vie. Mais jamais je ne me suis senti autant en vie qu'aujourd'hui. J'ai envie de danser. »

Art fit une légère grimace et sourit. « Pardonne-moi si je ne valse pas avec toi. Ma tête me fait un peu mal. »

Satisfaite d'être parvenue à arrêter le saignement, Ruth commença à mettre un bandage de fortune sur la tête d'Art. « Moi je veux bien danser, dit-elle. N'importe quel samedi soir. J'aime un homme qui danse. Le problème avec la révolution, c'est qu'il y a trop de bavardage et pas assez de danse.

— J'ai vu quand ils t'ont frappé, avoua Brendan à Art. Je voulais me joindre à toi mais j'avais trop peur. »

La fille grogna. « Plutôt trop de bon sens, je dirais.

— Laisse tomber, lança son frère d'une voix sifflante.

— C'est ma cuisine, je dirai ce que je veux.

— Ton moment viendra, affirma Art à Brendan. Nous avons perdu la bataille d'aujourd'hui. Nous rejoindre n'avait pas de sens.

— Il y en aura une autre demain. »

Art voulut toucher sa tête et Ruth écarta gentiment sa main d'une tape. « Non. Les ouvriers ont été trahis. Dès le début de la grève, le Trades Union Congress a cherché le compromis. Ces gens ne peuvent pas voir que c'est l'occasion ou jamais de galvaniser le prolétariat et de susciter une immense pression. Si cela s'est passé en Russie, ça peut arriver ici aussi. Mais les laquais cherchent toujours une façon de capituler. Les mineurs vont de nouveau se retrouver tout seuls.

— Et qu'est-ce que tu veux qu'on fasse ? dit Ruth. La grève s'émiette. Si le Trades Union Congress ne fait pas machine arrière, la base va quitter le syndicat. Il faut trouver un compromis.

— Je ne crois pas aux compromis, insista Art.

— Ça, c'est parce que la faim est une nouveauté pour toi. » Elle lui fit pencher la tête pour achever son bandage.

« Si nous perdons cette grève, dit Art, la révolution en Angleterre sera terminée avant d'avoir commencé.

— Peut-être que je ne veux pas d'une révolution, rétorqua Ruth. Je veux un salaire qui me remplisse le ventre et aller danser le week-end avec un beau garçon comme ton frère. Si tu veux que toutes les filles de Londres rallient ta révolution, il te faudra produire une centaine de gars rougissant comme lui. » Elle émit un rire moqueur. « Je crois bien qu'il rougit. C'est quoi, son nom ?

— Je m'appelle Brendan, dit Brendan, vexé de sentir ses joues toutes rouges.

— Au pensionnat, tu n'as sans doute pas l'habitude des filles, Brendan. Peut-être que tu ne sais pas par quel bout les prendre. Est-ce que tu vas rester à Londres ou préfères-tu te carapater en Russie comme ton frère ? »

Brendan fixa Art. « Tu vas en Russie ?

— S'il n'y a pas de combat à mener ici. Je veux voir ça de mes propres yeux, comme l'a fait Ffrench. Mais je te ferai rencontrer des gens avant de partir.

— Je m'occuperai de la visite guidée, le taquina Ruth. Des endroits dont il ne connaît même pas l'existence. » Elle inspecta son travail. « Je crois bien que tu survivras, avec ce crâne épais. Maintenant tire-toi par l'arrière de la maison avant que mon père rentre. » Elle regarda Brendan. « Tu es un imbécile. Retourne à l'école et acquiers un peu de bon sens. Il va te débaucher. »

Brendan sourit. « Peut-être que j'ai envie d'être débauché.

— Tu as mon adresse. »

Brendan croisa son regard jusqu'à ce qu'elle se mette à rougir à son tour. « Quel âge as-tu ? demanda-t-il.

— Dix-huit ans. Assez âgée pour savoir qu'il ne faut pas les prendre au berceau.

— Ça fait un moment que je suis sorti du mien.

— Pas la peine de penser que tu pourras grimper dans le mien. Quand même, tu as de bonnes manières et les ongles propres. J'ai toujours su qu'un jour je rencontrerais quelqu'un avec des ongles propres. Empêche ton frère de se mettre dans de mauvais draps, au moins jusque chez lui. » Elle se tourna vers l'homme qui avait fait entrer Brendan. « Joe, prête une casquette à Art, la sienne est couverte de sang. »

Ils grimpèrent par-dessus le mur de l'arrière-cuisine et retombèrent dans une ruelle, Art n'était pas très solide sur ses jambes. Joe alla jusqu'au coin de la rue et leur fit un signe pour indiquer que la voie était libre.

La casquette couvrait la blessure d'Art et, une fois qu'ils se furent mêlés à la foule, il n'y avait rien d'étrange chez eux si ce n'est la disparité de leurs vêtements.

Le verre cassé avait été balayé et le sang sur le pavé était le seul signe qui restait de l'échauffourée. Un bus passa sans encombre. La *British Gazette* avait raison en fin de compte, la grève s'effritait. Pourtant tout le reste était faux. Peut-être que cette grève n'était pas le moment décisif mais une répétition en costumes comme l'insurrection de 1916 à Dublin.

Art était morose, Brendan, lui, était incapable de découragement. Il se rappelait l'époque où Art l'avait porté sur son dos tout au long de la jetée en pierre de Mr Ffrench et il appréciait de se trouver à ses côtés et de marcher dans les rues de Londres, deux adultes et deux camarades, des desperados cherchant à éviter la police.

Art s'arrêta devant une porte et ils montèrent quatre étages jusqu'à un minuscule appartement sous les toits. Art lui montra un bout de plancher, le seul endroit où Brendan pourrait dormir, puis lui demanda de l'excuser pendant qu'il s'étendait sur son lit. Brendan savait que, même si son frère ne se plaignait pas, son crâne lui faisait mal. Art se tourna contre le mur et Brendan s'assit tranquillement sur sa valise afin de ne pas le déranger. Le lendemain, il écrirait à Père et s'occuperait de ses projets. Pour l'instant il se contentait de rester assis et de regarder par la fenêtre du grenier les rues de Londres qui paraissaient s'étendre à l'infini, tout comme les possibilités sans nombre que lui offrait l'avenir.

10

LES COUPEURS DE TOURBE

Donegal, 12 septembre 1927

Mr Goold Verschoyle n'avait pas mis les pieds au quartier général de la police de la ville de Donegal depuis le jour, en 1919, où il était allé rendre un dernier hommage au sergent des Royal Irish Constabulory qui avait été assassiné devant ses enfants par l'IRA. Les armoiries et l'uniforme avaient changé depuis, mais le sergent de la garde civile de l'État libre qui frappa à la porte de Manor House était le même genre de personne que son prédécesseur assassiné. Il était difficile de croire qu'il avait été un desperado de la guérilla se cachant dans les collines à peine une décennie plus tôt.

Les haines de la guerre civile bouillonnaient toujours et quelques jusqu'au-boutistes avaient assassiné le vice-président de l'exécutif de l'État libre deux mois plus tôt alors qu'il rentrait chez lui après la messe. Des tribunaux spéciaux avaient été établis en réaction à cette atrocité mais, dans l'ensemble, il y avait peu de signes témoignant des anciens troubles et aucun dans le Donegal jusqu'au retour d'Art, qui était à Manor House depuis deux jours pour le mariage de sa sœur et une rencontre avec Mr Ffrench.

Afin de minimiser la curiosité que sa présence éveillerait certainement, le sergent avait laissé sa bicyclette à la caserne de Dunkineely. Mr Goold Verschoyle appréciait cette discrétion à cause de tous les invités présents à Manor House pour le mariage, et de ceux, nombreux, qui résidaient au Hill's Hotel, pas très loin. Le sergent expliqua la situation à voix basse et Mr Goold Verschoyle le remercia d'être venu le voir directement, sachant très bien aussi que cette attitude conciliante vaudrait au sergent de faire le trajet en voiture, ce qui lui éviterait ainsi un long trajet à bicyclette dans les collines. Le sergent refusa l'offre qui lui était faite d'entrer dans la maison, et dit qu'il allait retourner à la caserne locale.

Mr Goold Verschoyle entra dans le petit salon, où sa femme était assise. Heureusement, Maud était revenue s'assurer que le mariage se déroulait correctement et dans le calme mais Mrs Goold Verschoyle restait tendue, et ce en grande partie parce qu'elle se demandait si le soupirant d'Eva avait les qualités requises ; ce dernier lisait en ce moment le *Irish Times* dans une chaise longue du jardin, sans se rendre compte qu'il était observé depuis la fenêtre. Les enfants du village qui jouaient sur le court de tennis quand Mr Goold Verschoyle était allé ouvrir la porte avaient disparu.

« Ton futur gendre possède un tempérament inquiétant, lui annonça sa femme d'un ton calme. Il s'est mis dans une terrible colère quand les enfants l'ont dérangé. Il désapprouve que les enfants du village profitent librement de notre terrain. Je ne suis pas sûre qu'il approuve quoi que ce soit dans notre mode de vie. N'est-ce pas horrible, Tim ? Je donne ma fille en mariage à un homme que j'aime de moins en moins à mesure que je le connais mieux.

— Il aime Eva, lui dit son mari. L'amour adoucit tout.

— Il ne pensait pas à l'amour quand lui et son notaire ont négocié un contrat de mariage aussi rigoureux.

— Au moins il s'intéresse à l'argent, répondit Mr Goold Verschoyle sans grande conviction. Parfois j'aimerais qu'au moins un de mes enfants s'y intéresse. Je dois sortir avec la voiture.

— Maintenant ? » Mrs Goold Verschoyle se tourna vers lui. « Pourquoi ?

— Deux ou trois choses à régler. Je vais demander à Thomas de conduire. » Il ne désirait pas en dire plus et elle n'aurait pas voulu le contraindre à de pieux mensonges.

Il était soulagé que son futur gendre n'ait pas entendu le sergent frapper à la porte. Une partie des invités du mariage était partie chasser. Il appela Thomas, et le garçon, à présent étudiant à Trinity, comprit en voyant le visage de son père qu'il y avait un problème. Ils montèrent dans la voiture et se dirigèrent vers la caserne.

Le silence à Dunkineely était suspect et il savait que les habitants s'étaient retirés chez eux afin d'avoir une meilleure vue des événements de derrière leurs rideaux. Le sergent attendait sur le seuil avec son homologue du village. Mr Goold Verschoyle se sentit soulagé quand un seul des deux hommes monta dans la voiture, à l'arrière, ce qui l'amena à penser qu'ils n'envisageaient pas d'arrestation, en tout cas pas pour l'instant. La garde civile de la caserne les regarda s'éloigner. Mr Goold Verschoyle savait qu'une fois qu'ils seraient loin, les portes s'ouvriraient et les villageois sortiraient de chez eux pour spéculer sur ce qui se passait.

Heureusement, le policier du village se sentirait d'un grade trop élevé pour se livrer à des commérages. Mr Goold Verschoyle admirait ces forces de police non armées – que les gens d'ici appelaient la Garda Síochána – qui s'étaient installées dans les casernes des Royal Irish Constabulory pendant que la guerre civile faisait rage et avaient progressivement obtenu le respect de la population. Depuis que De Valera avait ordonné à ses troupes d'enterrer leurs armes, les casernes n'avaient plus besoin d'être protégées par des sacs de sable. La vie des policiers s'était installée dans la routine : remettre des assignations pour des petits délits et le jeu du chat et de la souris qu'étaient leurs tentatives d'éradiquer la fabrication illégale de whiskey. Par bonheur le sergent qui était dans la voiture ne cherchait pas à se faire bien voir de ses supérieurs à Dublin dans le but d'obtenir une promotion. Peut-être préférait-il faire preuve de bon sens après avoir participé à tant de combats.

Autrefois, l'été se trouvait être le moment fort de l'année de Mr Goold Verschoyle, lorsque ses enfants revenaient de leur pensionnat et que des amis se joignaient à eux pour des pique-niques, mais à présent il avait peur quand ses cinq enfants étaient sous le même toit. Les dernières vacances de Noël avaient été marquées par des disputes entre Art, Thomas et Maud parce que Brendan avait quitté son pensionnat. Son plus jeune fils semblait remarquablement heureux depuis qu'il s'était installé à Londres, où il travaillait le jour et étudiait l'électrotechnique le soir, et il semblait déjà avoir davantage d'amis qu'Art. À Pâques, les disputes concernaient la vente des biens de famille par Art afin d'en donner le montant au parti communiste d'Irlande récemment fondé et soutenu par Mr Ffrench. Depuis leur séjour en Russie, les Ffrench n'avaient qu'éloges pour la redistribution des richesses dictée par le camarade Staline, tandis que Mr Ffrench maudissait sa malchance d'avoir ainsi été forcé à quitter Moscou afin de pouvoir obtenir des médicaments que les médecins impérialistes refusaient à leurs frères bolcheviques.

Mr Goold Verschoyle ignorait si c'était Ffrench qui avait persuadé Art de sortir ce matin-là ou si c'était Art qui avait eu une mauvaise influence sur son voisin. Bien qu'Art ait promis de bien se tenir, Thomas – qui était allé en visite à Bruckless House la veille au soir – disait qu'ils avaient attisé réciproquement leur passion en commentant une lettre de Mr Henderson, un gros fermier du coin, publiée dans le *Donegal Democrat*. La lettre d'Henderson accusait le gouvernement de l'État libre de sympathiser avec les bolcheviques lorsqu'il avait rédigé les dispositions obligatoires du nouveau projet de loi sur l'école. Il demandait que ces dispositions ne soient pas appliquées aux enfants des ouvriers agricoles parce que c'était gaspiller l'argent des contribuables que de les garder à l'école jusqu'à quatorze ans et qu'ainsi trouver une main-d'œuvre bon marché deviendrait difficile. Henderson versait des salaires plus bas que tous les autres fermiers du Donegal, il ne donnait que vingt-neuf shillings à ses ouvriers agricoles qui devaient avec cela faire vivre leur famille.

Art était sorti de la maison très tôt ce matin-là et son père n'aurait jamais su où il était allé si la rumeur n'avait pas appris au sergent qu'on avait vu deux hommes dans les champs en train de persuader les ouvriers agricoles de s'inscrire à la Transport Union.

Le sergent était bien trop malin pour dire où ils se rendaient pendant que Thomas empruntait des chemins aux ornières tellement profondes que Mr Goold Verschoyle se demandait s'ils n'allaient pas casser un essieu. Il préférait parler d'anciens remèdes auxquels son grand-père croyait dur comme fer et qui, selon lui, avaient toujours de grands mérites. Un coup de langue donné par un chien sur une coupure la guérissait et une toile d'araignée posée dessus empêchait le sang de couler. Chaque fois qu'ils passaient devant des hommes qui travaillaient dans les champs, Thomas s'arrêtait et le sergent descendait pour leur parler avant de donner de nouvelles instructions à Thomas. Ils finirent par abandonner la voiture et durent avancer dans les tourbières à pied. Ils entendirent le vacarme bien avant de voir quiconque. Huit des hommes de Mr Henderson avaient été envoyés couper des mottes de tourbe, mais les ouvriers avaient cessé le travail et ils lançaient des mottes sur la cahute grossière dans laquelle Mr Ffrench et Art avaient trouvé refuge. Les coupeurs de tourbe s'arrêtèrent dès que le sergent s'approcha d'eux. Des mottes jonchaient l'entrée de la cahute. Un vieil homme avait piqué sur sa fourche de la paille embrasée comme pour faire sortir les deux hommes en les enfumant. Il fit tomber la paille et deux jeunes ouvriers la piétinèrent, l'air penaud. Le sergent leur parla d'un ton vif.

« Qu'est-ce qui se passe, les gars ? »

Les ouvriers restèrent silencieux. Rares étaient ceux qui avaient envie de regarder Mr Goold Verschoyle dans les yeux, particulièrement ceux qu'il avait défendus au tribunal. Un homme qui tenait encore une motte dans une main la laissa tomber en secouant la tête. « Je vous demande pardon, Mr Tim, et avec tout le respect que je vous dois et que je dois à votre famille, mais on nous a considérablement provoqués. Ils sont arrivés sur nous de nulle part avec des boniments et des blasphèmes. Nous voulions seulement sauver nos âmes.

— Je sais, Seanie. Il n'y a pas de mal.

— Il y en aura s'ils osent revenir, dit un deuxième homme, qui avait repris courage. J'aimerais mieux manger de la soupe à l'église que d'empoisonner mon âme à écouter ce qu'ils disent. Ça va être l'enfer quand le prêtre en entendra parler. Le père Danaher est un homme dur et il dira qu'on était sur un mauvais coup.

— Mais enfin, on faisait que s'amuser un peu ! interrompit un homme aux cheveux très blonds. Et puis, fallait les entendre – rien d'autre que ce que nous n'arrêtons pas de dire entre nous. Qu'on nous paye une misère, qu'Henderson est un gros plein de soupe qui traite son bétail mieux qu'il ne nous traite, qu'après une vie à travailler pour lui, ce qui nous attend, c'est l'hospice du comté.

— Ça suffit, dit le vieil homme à la fourche.

— Tu l'as dit bien assez souvent toi-même, Seanie.

— Ce que nous disons entre nous n'a rien à voir avec ce que nous sommes obligés d'entendre. J'ai déjà passé la moitié de l'année à travailler en Écosse. Il n'y aura plus du tout de travail pour nous ici si Henderson entend parler de ce qui s'est passé sur ses terres. »

Art émergea de sa cahute avec Mr Ffrench, qui avait l'air un peu secoué. « Qui dit que c'est *sa* terre ? Vous êtes les hommes qui la travaillez, et vos pères avant vous. Pourquoi ses fils sont-ils gras et vos fils en haillons ?

— Mon arrière-grand-père a travaillé cette même terre pour votre arrière-grand-père, répondit le vieil homme, et comparé à lui, Henderson est un bon chrétien. Vous n'avez plus aucun droit sur cette terre, et si j'étais vous, je n'essaierais pas de nous mener à la baguette. »

Le sergent intervint, priant les ouvriers de s'éloigner. « Il vaudrait mieux que vous laissiez ces gentlemen régler leurs affaires et que vous enleviez ces mottes de tourbe avant qu'Henderson vous arrache la peau du dos. »

Mr Goold Verschoyle s'approcha d'Art, le raisonnant à voix basse. « Ta sœur se marie demain. La moitié du village vient à la maison ce soir. Tu as promis que tu ne créerais aucun problème à cette occasion. »

Mr Ffrench l'interrompit. « Nous ne cherchions pas les problèmes, Tim, nous expliquions seulement à ces hommes quels étaient leurs droits. »

Mr Goold Verschoyle le regarda avec froideur. « C'est une discussion entre mon fils et moi, Ffrench. Vous ne faites pas partie de ma famille et je maudis le jour où j'ai été assez bête pour vous accueillir parmi nous.

— Ce n'est pas juste, protesta Mr Ffrench.

— La vie non plus, comme vous aimez tant le dire. Est-il juste que vous ayez mis tant de chaos dans nos vies en empoisonnant l'esprit de *mon* fils et héritier ? Qu'est-ce que vous avez l'intention de lui léguer ?

— Ça, c'est ton problème, Père, tu ne vois donc pas que l'argent a gauchi ton esprit et fait de toi un réactionnaire ? Je ne désire pas qu'on me lègue quoi que ce soit que je n'ai pas gagné. Est-ce que tu regardes quelquefois plus loin que le bout de ton nez ?

— Peut-être que je ne peux pas me le permettre, avec cinq enfants à ma charge, y compris une fille qui se marie demain.

— À un imbécile, au produit borné d'une classe mortellement malade. Il ne convient absolument pas au tempérament d'Eva et tu le sais.

— Je sais qu'il lui a demandé sa main et que la décision d'accepter a été celle d'Eva, et d'elle seule. Je sais également que le nombre des bons partis a considérablement diminué du fait de la répugnance de plusieurs familles à être associées à la nôtre après ton court séjour en prison à la suite de la grève générale.

— Tu peux dire ce que tu veux, en tant que frère aîné, je désapprouve.

— Si tu l'aimes, pourquoi es-tu ici, faisant de nous la risée du comté de Donegal ? demanda Thomas avant d'ajouter, en montrant le compagnon d'Art. Avec cet hypocrite. »

Art fit face à son frère. « Ffrench est quelqu'un de bien.

— Ah bon ? » Thomas refusa de reculer, de sorte qu'on eut l'impression qu'ils allaient se battre. « Alors pourquoi a-t-il davantage de domestiques pour le chouchouter qu'avant son séjour en Russie ?

— Pas des domestiques ! Des collègues travailleurs ! lança Mr Ffrench. Si je ne les faisais pas travailler, ils seraient obligés d'émigrer en Écosse. Je ne vois pas pourquoi on m'attaque alors que je maintiens des familles irlandaises dans leur pays.

— Vous êtes un phénomène de foire, dit Thomas avec amertume. Tout comme les étals où l'on vend des pommes sauvages pour guérir toutes les maladies et où les charlatans proposent des remèdes contre le rhumatisme. Avec votre pauvre femme obligée de distribuer des tracts à tous les illettrés qui passent.

— Laissez ma femme tranquille, dit Mr Ffrench entre ses dents, pris de colère.

— Et vous ferez de même avec la mienne », dit Mr Goold Verschoyle, ce qui choqua ses fils au point de les faire taire.

« Qu'est-ce que vous insinuez précisément ?

— Que vos récentes attentions ne sont ni appréciées ni rendues. Vos marottes peuvent bien passer de l'ébénisterie à l'obtention de fils par procuration, mais ma bonne épouse ne sera pas la nouvelle lubie que vous désirez. »

Mr Ffrench se hérissa. « Si je n'étais pas officier, je vous frapperais.

— Si je n'étais pas pacifiste, je vous aurais cravaché il y a des années. »

Le sergent, qui était resté à distance, intervint. « Messieurs, Messieurs ! Mr Goold Verschoyle, s'il vous plaît, je vous ai conduit ici afin d'éviter les problèmes. S'il doit y avoir des conflits entre gentlemen, n'avez-vous pas de hauts murs derrière lesquels les résoudre ? Je comptais sur vous pour montrer l'exemple. »

Mr Goold Verschoyle prit conscience des ouvriers agricoles qui observaient ce qui se passait d'un peu plus loin. Leur colère contre Art s'était calmée, tant voir les gens biens se disputer en public les amusait. Il fut choqué par son propre écart de conduite, même si cela faisait des mois qu'il était témoin des tentatives d'assiduités de Mr Ffrench auprès de son épouse. Il devait reprendre le contrôle de la situation et laisser tout cela de côté jusqu'au départ des jeunes mariés après les festivités du lendemain. Au moins valait-il mieux que les deux frères se chamaillent ici en plein air plutôt que devant les futurs beaux-parents d'Eva.

Il se tourna vers Art. « Veux-tu venir à la maison ? Et cesser de créer des problèmes jusqu'à ce que ta sœur soit mariée ?

— Je n'ai pas créé de problèmes. Je suis simplement venu ici parler à ces hommes. »

Mr Goold Verschoyle se tourna vers le sergent. « Je suppose qu'il n'y aura pas d'inculpation.

— Cela dépend de la distance que votre fils est prêt à parcourir après le mariage.

— Je serai donc banni ? demanda Art. Dans quel genre d'État libre vivons-nous donc ?

— Un État où vous étiez libre de parler à ces hommes. » Le sergent regarda derrière lui les mottes de tourbe éparpillées près de la porte de la cahute. « Et ils étaient libres de vous donner leur réponse. Soyez un homme honnête et rentrez chez vous parce qu'ils ne veulent pas de vous ici. Et peut-être, après le mariage, pourriez-vous vous rendre à Dublin où je n'aurais plus la responsabilité de vous mettre sous les verrous pour trouble de l'ordre public.» Il regarda par-dessus son épaule. «Ô, Dieu miséricordieux, regardez qui arrive.»

Mr Goold Verschoyle suivit la direction de son regard et aperçut Henderson qui avançait très vite dans la tourbière avec ses deux fils. Tous les trois portaient un fusil de chasse. Les ouvriers s'agitèrent avec inquiétude.

Henderson tira un coup de semonce en l'air, puis vit le sergent et leva une main pour retenir ses fils qui allaient faire de même.

«Vous êtes ici sur une propriété privée! rugit-il. Vous vous trouvez tous ici sans autorisation! Est-ce que vous allez rester là, sergent, bouche bée, sans rien faire? Arrêtez-les, vous m'entendez? Déjà qu'ils ont tout juste le droit d'être encore en Irlande et sacrément aucun droit à se trouver sur mes terres.» Il s'adressa à ses ouvriers. «Et vous tous, là-bas, ne croyez pas que j'ignore que vous avez comploté contre moi, organisé des réunions communistes sur mes terres pendant votre temps de travail. Vous croyez donc que les rayons du soleil vous sortent du cul et que vous êtes irremplaçables? Je peux avoir pas mal de gars demain matin, prêts à prendre votre boulot sans piper mot. Je vais donner tous les noms des personnes présentes au prêtre.

— Je m'occupe de ça, Henderson.»

Le fermier grogna. Tout le monde savait qu'il avait soutenu De Valera jusqu'à ce que De Valera déserte les jusqu'au-boutistes de l'IRA et crée son propre parti, le Fianna Fáil. Les attaques les plus venimeuses d'Henderson dans la page courrier du *Donegal Democrat* visaient à présent De Valera parce qu'il avait retourné sa veste, il acceptait la légitimité de l'État libre et avait abandonné l'idéal républicain en prêtant serment d'allégeance et en conduisant le Fianna Fáil sur les bancs de l'opposition du Parlement irlandais. Toutefois sa véritable colère était réservée à des hommes comme le sergent qui avaient rallié le nouvel État pendant la guerre civile. «J'irai trouver qui de droit, dit-il avec mépris, pas un traître, un collaborateur, un parvenu.

— Et qu'avez-vous fait pendant la guerre avec l'Angleterre? Henderson, rétorqua le sergent. Si vous voulez que vos gros tas oisifs de fils fassent quelque chose d'utile, ils pourraient redescendre le lit sous lequel vous vous cachiez pendant que je me battais contre les Britanniques dans les collines.

— Moi, je ne me suis jamais vendu à un Britannique contre un traité ! rugit Henderson.

— Ce qui ne vous a pas empêché de vendre des navets fibreux et trop chers à leurs troupes. Vous vendriez votre âme à Cromwell, s'il passait par ici.

— Retenez-moi, hurla Henderson, ou bien votre uniforme de traître de l'État libre ne suffira plus à vous dissimuler ! Ces étrangers sont sur mes terres. Allez-vous les arrêter ou pas ?

— Ces messieurs allaient partir, répondit le sergent avec un calme étudié. Je dois vous demander de surveiller votre langage sinon la seule arrestation ici sera pour trouble de l'ordre public.

— Vous me menacez devant mes hommes et devant une bande de francs-maçons communistes ? » Henderson leva son fusil, furieux à l'idée qu'il commençait à se ridiculiser.

« Ce n'est pas la première fois que j'ai regardé l'intérieur du canon d'un fusil, dit le sergent, et si peu de choses ont changé qu'il y a des matins désormais où je me demande pourquoi je m'en étais inquiété. Si notre Sauveur était né dans une étable sur vos terres, Henderson, Il prierait pour avoir droit au Calvaire. » Il se retourna. « Si vous voulez bien me suivre, messieurs. »

Mr Goold Verschoyle se mit à marcher aux côtés du sergent tandis que ses fils suivaient en silence, Mr Ffrench derrière eux. Il sentit qu'Henderson les regardait et il l'entendit rugir en direction des ouvriers. « Que Dieu vous confonde ! Qu'est-ce que vous faites plantés là, bande de connards paresseux ? Il y a encore du travail et vous resterez une heure de plus pour le terminer. »

Ils rejoignirent la voiture. Le sergent s'installa sur le siège du passager à côté de Thomas, tandis qu'Art était assis entre son père et Mr Ffrench. Ils roulèrent sans parler, puis Mr Goold Verschoyle se pencha en avant.

« Je vous remercie pour la façon dont vous avez négocié tout cela, sergent.

— Ça ne sera pas bon pour votre famille si Henderson contamine le nouveau prêtre et si ce dernier dénonce votre fils en chaire. Vous êtes respecté ici. Cela pourrait changer. » Il se retourna vers Art. « C'est ce que vous souhaitez à vos parents ?

— Est-ce que vous pensiez à vos parents quand vous combattiez dans les collines ? rétorqua Art.

— Non. Je ne pensais qu'à la République d'Irlande. Leur toit a été incendié deux fois et je me suis dit que le sacrifice en valait la peine parce qu'on les vénérerait en raison de leurs souffrances quand nous aurions gagné. Mais mon père n'a pas vécu assez longtemps pour voir ça. La seconde fois qu'il a tout perdu, il a tourné son visage contre le mur. Les Britanniques surveillaient la ferme – ou ce qu'il en restait – dans l'espoir de m'attraper si je tentais d'aller le voir alors qu'il était mourant.

— Vous regrettez le combat ?

— S'il n'y avait rien que nous regrettions, ce ne serait pas la peine d'avoir été jeunes. Un jour vous regretterez de vous être donné en spectacle aujourd'hui dans la tourbière. Je regrette de n'avoir jamais su exactement pourquoi je me battais. Nous étions idéalistes, nous avions une vision de la liberté, mais on ne peut pas nourrir une famille avec une vision. Nous imaginions qu'il y aurait de nouveaux lendemains où tout serait différent, mais les jeunes gens pensent ça à chaque génération.

— Vous avez eu raison de vous battre, insista Art. Lénine a dit : "*Pas un seul des problèmes de la lutte des classes n'a jamais été résolu dans l'histoire sans faire appel à la violence*." Votre problème a été de croire que l'ennemi était l'armée d'occupation alors qu'en réalité il s'agissait de la classe des oppresseurs. »

Le sergent secoua la tête. « Mon problème, fiston, c'est que tous les jours, de ma fenêtre, je vois les enfants du sergent des RIC assassiné qui s'asseyait autrefois à mon bureau. Ses enfants grandissent et deviennent l'image crachée de l'homme que je considérais avec révérence quand j'étais petit.

— Vous l'avez tué ? »

Le sergent regarda Art avec froideur. « C'est une question que peut-être un homme pourrait poser à un homme dans cinquante ans ou qu'un fils pourrait poser à son père sur son lit de mort. Mais, puisque vous avez posé la question, la réponse est non. Cependant, je vois tous les jours l'homme qui l'a fait et les enfants du sergent le voient aussi. C'est du passé. J'ai promis de faire respecter la loi, pas de la questionner. Le premier mois où j'ai porté cet uniforme, j'ai dû arrêter les ouvriers qui bloquaient la ferme d'Henderson pour protester contre leurs conditions de travail. Eh oui, et mettre en prison une grande gueule de la Transport Union venue de Dublin pour les organiser. Je n'ai pas aimé le faire parce que je ne m'étais pas battu pour des gens comme Henderson. Mais je l'ai fait parce que c'est la loi et que, en tant que révolutionnaires, nous étions les révolutionnaires les plus conservateurs que l'histoire de cette planète ait connus. Ainsi, je vous arrêterai tout aussi bien pour trouble de l'ordre public si vous ouvrez encore votre gueule d'imbécile dans ces parages.

— Alors, il vous faudra également m'arrêter, insista Mr Ffrench. Je reste fidèle à mes convictions et je refuse de me taire. Ne croyez pas que vous parviendrez à m'intimider.

— Je ne me fatiguerai pas à essayer, dit le sergent. Je regarde dans vos yeux, Mr Ffrench, et je vois un homme qui se prend pour un révolutionnaire. Je regarde dans les yeux de votre jeune ami et je vois quelqu'un qui se prend pour Jésus. Si le garçon recherche vraiment les clous de sa propre croix, je me débrouillerai pour qu'il ne les trouve pas dans le comté de Donegal. »

Ils restèrent assis un moment en silence tandis que Thomas prenait un virage où presque tout le revêtement de la route avait été arraché par la pluie.

« Vous pensez tous que je suis un hypocrite, dit Mr Ffrench d'une voix calme. Toi tout particulièrement, Thomas. Peut-être avez-vous raison, mais peut-être n'est-ce pas une si mauvaise chose. S'il est vrai que nous sommes nés sous une étoile, ce doit être celle de la contradiction, la nature nous tiraillant dans une dizaine de directions simultanément. Certains jours, je voudrais retourner en Russie, mais je ne le ferai pas parce que ma femme y était malheureuse, entourée d'enfants alors que la vie ne nous a pas permis d'en avoir. Peut-être la révolution était-elle trop grande et trop nouvelle pour un vieux loup de mer comme moi, ou peut-être suis-je toujours en train de rêver d'une nouvelle Jérusalem dans ces collines. » Il regarda Mr Goold Verschoyle, assis de l'autre côté d'Art. « Vous m'avez demandé ce que j'avais l'intention de léguer à Art, Tim. Il semble rejeter tout ce que vous, vous voulez lui léguer, et pourtant il a hérité de votre caractère, de votre sentiment absolu de ce qui est juste et de ce qui est faux. Ce que j'aimerais lui léguer, ce sont les contradictions qu'il nous faut accepter en nous-mêmes afin de faire les compromis nécessaires qui nous permettent de vivre. »

Le sergent jeta un coup d'œil vers Art. « Est-ce que votre sœur aime toujours autant les hymnes protestants ? »

Art leva les yeux, surpris. « Étiez-vous dans cette ferme il y a si longtemps ?

— Mon frère a fait des kilomètres à vélo à la recherche de disques pour le gramophone. La ferme a été incendiée par la suite, mais nous savions que ce n'était pas vous qui aviez dénoncé le vieux couple.

— Qu'est-il advenu de l'officier de l'IRA qui était là ?

— Il est mort dans un bois de Longwood pendant la guerre civile. Des gars de l'État libre qui adoraient le sol sur lequel il marchait l'ont supplié de sortir et de lâcher son revolver. Il a foncé sur eux en hurlant des menaces et en agitant son arme. Ils n'avaient pas le choix, ils ont tiré. Plus tard, ils ont trouvé un tas de balles dans les arbres, là où il avait par avance vidé son revolver. Ils ne l'ont jamais dit au prêtre au cas où il aurait refusé de l'enterrer en terrain consacré.

— C'était un homme courageux, dit Art.

— C'était un pauvre imbécile, dit le sergent en se retournant. S'il avait attendu deux jours, il aurait lu que De Valera avait donné l'ordre de se rendre. Il n'a rien accompli, de même que vous n'avez rien accompli aujourd'hui. Henderson va virer tous ces ouvriers. Ils mourront de faim ou seront obligés de se construire une nouvelle vie en Écosse.

— Mais ils n'ont rien fait ! protesta Art. Ils ont refusé d'écouter un seul mot de ce que nous leur disions. Ils nous ont même attaqués.

— Peu importe. Son autorité a été défiée, sa qualité de propriétaire du terrain. Il les virera pour vous montrer qui est le maître dans ces parages maintenant. Il voit en vous un protestant qui se mêle de ce qui ne le regarde pas.

— Le salaud.

— Finissez votre phrase, fiston. Le salaud de parvenu.

— Ce n'est pas ce que je voulais dire.

— Peut-être pas, mais chaque fois que vous ouvrez la bouche, c'est ce que l'on entend. Allez-vous-en et laissez-le croire qu'il a gagné. Alors, peut-être ne le fera-t-il pas.

— Ne vous inquiétez pas, dit Art. Je serai bientôt à Moscou.

— C'est ce que tu n'arrêtes pas de dire, ironisa Thomas, mais tu n'y vas jamais.

— Arrête la voiture ! » demanda brusquement Art.

Thomas freina. « Typique. À la première vérité qui porte, tu t'en vas bouder.

— Je ne m'en vais nulle part. Attends. » Art descendit de voiture et grimpa la colline jusqu'à une touffe de bruyère sauvage pourpre en fleur. Il en cueillit un énorme bouquet et revint vers la voiture. « Eva va les adorer, elles illumineront sa chambre. » Il regarda Thomas. « Qu'est-ce que tu attends. Nous avons une sœur qui se marie, tu sais. »

Ils repartirent, laissèrent Mr Ffrench à l'entrée de Bruckless House et le sergent à la caserne de Dunkineely. Ils étaient maintenant seuls tous les trois, parlant peu parce que personne ne voulait rompre la trêve qu'ils étaient déterminés à observer pour Eva. Le jardin à l'arrière était vide quand ils se garèrent dans la remise à voitures, mais Eva sortit de la cuisine, l'air tellement heureux et joyeux que les trois hommes eurent la même peur pour son avenir.

« Où étiez-vous ? demanda-t-elle. Vous aviez tous disparu. Les invités ont commencé à arriver. Tout ça est tellement excitant !

— Je suis allé te chercher des fleurs sauvages. » Art les lui offrit. « Emporte-les quand tu partiras demain de sorte que, quand tu te réveilleras en femme mariée, tu verras le bouquet, tu penseras au Donegal et tu sauras que nous t'aimons. »

Mr Goold Verschoyle regarda ses trois enfants entrer dans la cuisine, Eva toute petite entre ses deux grands frères. Il se sentait vidé mais, ces derniers temps, il avait cette sensation en permanence. Il ne voulait pas imaginer la solitude de sa vie une fois qu'Eva serait partie. La catastrophe avait été évitée, cette fois-ci en tout cas. S'étant ressaisi, il s'essaya à un sourire et entra dans la maison pour accueillir ses voisins.

11

LES DEUX FREDERICK

Donegal, 13 septembre 1927

Lorsqu'elle s'éveilla à l'aube, le matin de son mariage, et qu'elle vit le bouquet de fleurs sauvages que lui avait offert Art, Eva eut très envie d'emprunter le chemin étroit qui menait à la rive de la Bunlacky. Mais elle ne pouvait pas disparaître, même pendant la demi-heure qui précédait le réveil de tout le monde. À présent qu'elle était virtuellement une femme mariée, elle avait des devoirs. Elle regarda le lit vide dans lequel Maud avait auparavant dormi et se rappela l'excitation lors du mariage de sa sœur trois mois plus tôt, quand les invités lui prenaient le bras pour lui dire qu'ils attendaient avec impatience son grand jour à elle. Depuis lors, les semaines avaient été palpitantes, mais elle aurait aimé pouvoir être encore une jeune fille un moment et se promener sur cette rive bien-aimée.

Il ne faisait aucun doute qu'elle reviendrait souvent à Dunkineely, mais ce ne serait plus la même chose quand cette chambre ne serait plus la sienne. Le mariage vous changeait et changeait la façon dont les gens vous percevaient. C'était évident quand on voyait comment Maud se comportait et le surcroît de respect qu'on lui vouait. Être une femme mariée vous transformait, ce n'était pas seulement ce qui se passait la nuit et dont les jeunes filles parlaient à mots couverts. Il s'agissait de se réveiller tous les matins afin de partager joies et inquiétudes tout en organisant la vie commune. Il ne pouvait pas exister d'aventure plus grande et Eva se faisait d'avance un plaisir d'en savourer tous les aspects, parce qu'elle pensait réellement que les contraires étaient attirés l'un vers l'autre. La prochaine fois qu'elle s'éveillerait, elle serait toujours elle-même et pourtant elle serait devenue une personne différente, avec un statut égal à celui de sa mère et de sa sœur.

Ces deux mariages mettaient fin aux responsabilités de ses parents envers Maud et Eva. Fréquemment, ces cinq dernières années, ils avaient loué une maison à Dublin afin que des jeunes gens comme il faut puissent aider les deux sœurs à descendre des tramways dans les ruines d'O'Connell Street et les accompagner au Abbey Theatre. Eva avait tressailli un soir en apercevant William Butler Yeats apparaître à une porte latérale pendant le lever de rideau, sa chevelure blanche visible tandis qu'il examinait la salle presque vide dans une sorte de transe mystique. C'était son cavalier pragmatique qui lui avait expliqué que, en tant que gérant du théâtre, Yeats ne faisait que vérifier si le nombre de spectateurs correspondait au nombre de billets d'entrée vendus.

Ce qui résumait bien le problème d'Eva. Ses cavaliers étaient en général trop pragmatiques – ils cherchaient à se frayer un chemin dans la hiérarchie très fermée de la communauté protestante des firmes de Dublin –, or Eva flottait trop librement et avait trop d'imagination pour être davantage qu'une diversion lors de leur quête d'une épouse ayant les pieds sur terre. Maud avait davantage de soupirants, bien que sa pensée sauvagement indépendante ait choqué quelques belles-mères potentielles et effrayé quelques jeunes gens qui préféraient mettre les femmes sur un piédestal plutôt que les voir sur une estrade. Cependant, en cette époque de bouleversements, l'acier du caractère de Maud était apprécié.

Le printemps de l'année précédente, Père avait organisé un voyage afin qu'Eva puisse visiter des galeries en Italie et en Allemagne avec l'espoir de ranimer ses ambitions d'artiste, mais, dans son for intérieur, elle se sentait perdue et dépourvue d'élan tandis que l'horloge la menait vers ses vingt-cinq ans. C'est ainsi que, lorsque deux soupirants avaient entrepris le long voyage jusqu'à Dunkineely afin de rendre visite aux deux sœurs l'été précédent, Eva avait senti qu'elle avait la possibilité de saisir quelque chose de tangible et de peu compliqué. Aujourd'hui, son mariage viendrait compléter cette transformation.

Eva sortit du lit, quitta sa chemise de nuit et remplit la cuvette d'eau froide. Elle prendrait un vrai bain plus tard avant que ne commence tout le tapage au sujet de sa robe. Pour l'instant, elle se lava avec lenteur, fermant les yeux et imaginant la main qui toucherait ses seins pour la première fois ce soir-là. Ses yeux se rouvrirent immédiatement dès qu'elle se rendit compte que la main qu'elle venait de se représenter appartenait à l'officier néo-zélandais qui autrefois lui avait fait la cour. Cela troubla Eva parce qu'elle aimait son futur mari et que celui-ci l'aimait. Ils partageaient les mêmes rêves et ils seraient heureux ensemble, alors, pourquoi fallait-il qu'elle se souvienne de Jack ce matin-là ? C'étaient les nerfs, décida-t-elle.

On frappa à la porte et elle renfila sa chemise de nuit avant de dire : « Entrez. »

Agnes, la jeune femme de chambre, entra avec un plateau. « Je vous ai apporté une tasse de thé. Je savais que vous seriez éveillée, Miss Eva. C'est à peine si j'ai pu dormir avec toute cette excitation. La cuisinière fait tout un vacarme avec les casseroles et les poêles à la cuisine, elle prépare un petit déjeuner pour un régiment. Comment allez-vous ?

— Je vais bien, Agnes.

— Je crois bien que Maître Thomas jouera de la cornemuse en kilt de l'église à la maison pour le petit déjeuner du mariage. Tout le village sera là pour vous acclamer. Buvez un peu de thé avant que le monde s'abatte sur vous. Pensez-vous que je devrais apporter quelque chose à… » La jeune femme s'arrêta, consciente que le titre de *Miss Maud* était désormais incorrect. « … aux jeunes mariés ?

— Laisse-les dormir. » Eva imagina Maud et son mari enlacés dans le lit où Jack avait dormi autrefois.

« Très bien. Je voulais simplement vous souhaiter bonne chance et vous dire que vous allez beaucoup nous manquer dans cette maison. »

La jeune femme paraissait au bord des larmes et quitta la chambre avant qu'Eva puisse lui répondre.

La maison allait paraître bien vide une fois les deux filles parties. Mère et Père avaient de la chance parce qu'ils s'entendaient parfaitement, qu'ils n'arrêtaient pas de bavarder ensemble et étaient toujours fascinés l'un par l'autre. Mais Art venait rarement les voir et il y avait toujours des problèmes quand il était là. Mère ne supportait pas de penser du mal de son fils, tandis que Père se contentait de faire observer que tout homme a le droit de commettre ses propres erreurs. Le seul frère qui avait paru réellement heureux la veille était Brendan, en dépit du fait qu'il était une source de tension entre les deux autres frères. Eva pria pour qu'il n'y ait pas de disputes aujourd'hui. Ses frères avaient promis de ne rien faire qui puisse perturber la cérémonie et elle savait qu'ils tiendraient parole parce qu'ils l'aimaient.

Eva ouvrit les volets afin de jeter un coup d'œil dans la grand-rue vide. Des lanternes vénitiennes étaient encore accrochées à la façade de la maison depuis la soirée de la veille, quand presque tous les habitants du village étaient venus examiner les présents et lui souhaiter bonne chance. Les fermiers de la région avaient mis leur complet du dimanche et certains visiteurs avaient fait la longue route depuis Ardara. Même Mr Henderson, qui n'était très amical qu'en de rares occasions, avait frappé à la porte et avait apparemment passé une demi-heure dans le bureau de Père à adresser ses vœux de bonheur par l'intermédiaire de ce dernier, car il était trop timide pour le faire en personne parmi la foule qui se pressait au salon. La plupart des protestants présents s'étaient gardés de parler politique et se contentaient de reconnaître que le pape avait raison de dire que, ayant survécu à une nouvelle tentative d'assassinat à Rome, le Duce jouissait de la protection divine. Sentant qu'Art était sur le point de donner une opinion contraire, Maud avait interrompu la conversation en posant sur le gramophone le disque *Ain't She Sweet*, qu'un invité avait apporté de Londres. Le moment le plus heureux, pour Eva, avait été celui où Phil Floyd, le marchand de bonbons du village, lui avait offert un cornet en papier débordant de confiseries semblables à celles qu'elle lui achetait dans son enfance avec son argent de poche.

Un enfant traversa alors la rue avec un seau et le fracas de la pompe annonça la nouvelle journée et l'apparition des villageois. Samuel Trench sortit du pavillon du manoir pour couper les fleurs qu'il avait soignées attentivement en vue du mariage. Sa fille allait aider au service aujourd'hui. Eva se demanda si Art avait toujours un penchant pour elle. De tels béguins secrets appartenaient à l'enfance tandis que le mariage était une affaire sérieuse. Elle le savait à cause du temps qu'il avait fallu à Père pour conclure le contrat de mariage avec son futur époux et son notaire, lequel appartenait au cabinet dublinois de Moore, Kelly et Lloyd. Eva ignorait les détails, mais les deux intéressés avaient paru contents quand on avait enfin ouvert une bouteille de cognac pour sceller l'accord.

Les préparatifs de son mariage s'étaient finalement déroulés assez vite parce que, après les fiançailles de Maud, un second mariage paraissait normal et naturel. En comparaison, l'été précédent avait passé lentement et avec beaucoup d'excitation : la cour rituelle faite aux deux sœurs. Le livre d'or était rempli de plaisanteries sur les deux Frederick qui tous les deux avaient fait le long trajet en train depuis Dublin. Frederick Cunningham avait été le premier à venir, ostensiblement pour courtiser Maud, mais les intentions s'étaient brouillées au milieu de toute la gaieté estivale, en particulier quand Freddie Fitzgerald commença à rendre visite à Eva et qu'ils partirent tous ensemble en pique-nique.

Le jeune Freddie enseignait les mathématiques dans une école protestante de Dublin, il n'arrêtait pas de parler de Glanmire House, la maison de ses ancêtres dans un petit bois du comté de Mayo, une maison vide qu'il voulait transformer en hôtellerie pour chasseurs, ce qui pourrait faire vivre une famille. Il était l'un des Turlough Fitzgerald, mais il appartenait à une branche de la famille plus pauvre que celle de son oncle, propriétaire de l'énorme manoir appelé Turlough Park. Freddie ne devenait vraiment lui-même que lorsqu'il était en plein air, et son humour amusait les deux sœurs. À cause de son pied bot, Freddie allait rarement nager, tandis que Frederick Cunningham était un excellent nageur. Eva faisait la course avec lui dans les vagues, appréciait sa présence à ses côtés, sa puissance et son intelligence, et, lorsqu'elle sortait de l'eau, elle apercevait Maud et Freddie sur le sable, partageant une plaisanterie en riant, leurs têtes proches l'une de l'autre. Au bout de quelques semaines, Eva avait abouti à la dangereuse conclusion qu'elle aimait Frederick Cunningham presque autant qu'elle avait aimé l'officier néo-zélandais, seulement, elle était maintenant devenue une femme qui comprenait ses propres sentiments. En regardant Maud et Freddie Fitzgerald faire les clowns, elle s'était fabriquée une romance dans laquelle ils tombaient amoureux l'un de l'autre, il ne lui restait plus alors qu'à consoler Frederick Cunningham.

Avec le recul, elle se rendait compte que c'était là son problème, une tendance à se réfugier dans l'imagination en pensant que la vie suivrait la voie qu'elle avait inventée. Même lorsque Maud arriva précipitamment dans leur chambre pour annoncer que Frederick avait demandé sa main, Eva avait été convaincue pendant un instant que Maud parlait de Freddie Fitzgerald. Lorsque Eva comprit que, si Maud avait été gentille avec Freddie pendant tout l'été, c'était pour venir en aide à sa sœur, elle se sentit profondément blessée. Mais son attitude distante envers Freddie Fitzgerald avait attisé le désir de ce dernier. Maintenant que Maud s'occupait des préparatifs de son mariage, Freddie avait repris sa cour avec un tel zèle qu'Eva avait eu l'impression que c'était la première fois qu'elle voyait au-delà de son infirmité et apercevait son âme. Graduellement, Eva se mit à aimer le côté un peu garçon perdu de Freddie, bien que son amour de la nature fût différent du sien. Alors qu'Eva voulait chanter la gloire de toutes les petites créatures qui grouillaient partout, Freddie ne rêvait que de les canarder et de les abattre avec une cartouche de son Eley Maximum. Mais Eva appréciait ce caractère totalement différent du sien, bien qu'elle ait deviné que Mère ne partageait pas son avis. Cet homme lui faisait comprendre qu'elle était spéciale et lui proposait un rôle simple dans lequel se glisser. Ses sentiments pour Freddie ne ressemblaient pas à ceux qu'elle avait éprouvés pour Jack ou Frederick. Mais peut-être était-ce cela qui différenciait un amour adulte d'un engouement enfantin.

Freddie lui avait montré des photographies de Glanmire House, et l'allée qui traversait la forêt en sinuant était très belle. Avec sa dot, ils pourraient vivre de façon autonome en compagnie de quelques domestiques et s'occuper des pensionnaires qui viendraient en foule dans le meilleur site de chasse de toute l'Irlande. Freddie avait tout calculé et, comme il était professeur de mathématiques, il connaissait les chiffres. Avec lui, tout devenait simple. Pendant ses visites, Eva n'avait plus besoin d'essayer de comprendre les livres de Mère concernant l'éveil de l'âme et de découvrir le plaisir de lutter avec un homme qui avait un an de moins qu'elle et qui n'avait jamais tenté de franchir les limites tacites autorisées avant le mariage.

Dehors, la rue s'était maintenant animée, des oies se dispersèrent en tous sens lorsque deux gardes civils passèrent à bicyclette en direction de Bruckless. La plupart des invités de Freddie étaient déjà arrivés. La future belle-famille paraissait très différente des Verschoyle. Leur scandale familial avait eu lieu un siècle plus tôt quand un ancêtre de Freddie, ce fou de George Robert Fitzgerald, avait provoqué des inconnus en duel, enfermé son père dans une grotte après l'avoir enchaîné à un ours domestique, et créé sa milice personnelle à Turlough. Lorsqu'il avait été jugé et condamné à être pendu à Castlebar, il avait lui-même placé la corde autour de son cou et sauté, mais la corde s'était cassée. À la seconde tentative, il avait perdu courage, et la corde avait tenu bon. Il avait légué à ses descendants l'appellation de *Fighting Fitzgeralds*, et si Eva se sentait mal à l'aise en leur compagnie, ce n'était pourtant pas à cause de leur excentricité, mais de leur conformisme anglo-irlandais borné.

Les Fitzgerald connaissaient leur position sociale et s'attendaient à ce que les autres connaissent la leur. C'était pour cette raison que l'habitude de laisser les enfants du village jouer librement dans le jardin de Manor House paraissait irriter le pauvre Freddie. Néanmoins, Eva avait compris que sa colère de la veille n'était qu'une façon de dissimuler sa sensibilité. Heureusement, Mère n'en avait pas été témoin, mais Eva l'avait observée depuis une fenêtre à l'étage. Freddie portait un short et lisait le *Irish Times* sur une chaise longue, une couverture couvrait ses jambes. Une fillette du village avait envoyé maladroitement une balle de tennis, qui avait atterri sur le journal de Freddie. Surpris, il s'était levé, dévoilant son pied bot, que les enfants n'avaient pas encore remarqué. Le rire de la petite villageoise n'avait été qu'une réaction nerveuse, mais il avait rendu Freddie furieux et les jurons qu'il leur adressa alors avaient terrifié les enfants. Freddie était simplement troublé en raison de son mariage et extrêmement susceptible au sujet de son pied, imaginant que toute remarque le concernant était destinée à le ridiculiser. Eva était convaincue qu'il perdrait ce trait de caractère une fois pourvu d'une épouse, ce qui lui donnerait davantage confiance en lui-même, parce qu'elle valoriserait ses bons côtés quand ils seraient dans le Mayo.

La porte de la chambre s'ouvrit soudainement et Mère fut là, souriante. « Tu es prête ? » demanda-t-elle, et Eva hocha la tête, pas vraiment certaine de ce dont parlait Mère. Prête à être habillée, prête à quitter la maison familiale, prête à mener une vie d'adulte. Enfant, elle aurait beaucoup aimé savoir le genre d'homme qu'elle épouserait, et avait imaginé divers personnages très séduisants. Aucun n'avait eu un pied bot, mais c'étaient les qualités intérieures qui comptaient, l'amour qu'irradiaient les gens. Le lendemain elle serait enfin ancrée comme le bateau qu'elle avait vu sur la mer des années auparavant.

Elle jeta un coup d'œil à la gravure bon marché représentant une petite fille agenouillée près d'un lit, elle était toujours accrochée au même clou. La chose était trop enfantine et ne valait pas la peine d'être emportée, et pourtant elle la décrocha pour l'emporter dans le Mayo et se donner du courage.

« On pourrait s'y mettre, dit Mère. Tu vas être très belle. Maud va te coiffer. »

Eva sourit et s'avança vers elle, mais Mère barrait le passage et Eva dut s'arrêter. Elles ne s'étreignirent pas parce que Mère n'aimait pas les effusions, pourtant Eva sentait son amour et savait que c'était à contrecœur que Mère la laisserait franchir ce seuil au-delà duquel l'attendait une vie différente.

« Père et moi serons toujours ici pour toi, tu le sais, n'est-ce pas ?

— Oui.

— Et même si tu ne peux pas venir jusqu'à moi, toi et moi, nous n'avons jamais eu besoin des mots. Si tu penses à moi, je saurai que tu as des ennuis et je prierai, même s'il s'agit d'un problème dont tu ne pourras pas parler. »

Eva sourit. « Mère, Freddie et moi, nous nous aimons. Nous n'aurons pas de problèmes.

— Je sais. Mais les mères se font toujours du souci. Cherche à être une bonne épouse et une bonne mère plus tard. Mais il y a une chose, surtout, que tu ne dois jamais perdre de vue. Quoi que t'apporte la vie, promets-moi que tu te battras, bec et ongles, pour le droit au bonheur.

— Je le ferai. »

Eva sourit une fois de plus et Mère la laissa passer sur le palier, où Maud l'attendait en compagnie d'Agnes. Elles lui firent signe de venir, riant et s'inquiétant du peu de temps qu'il leur restait pour la préparer, mais elles lui dirent que, même en chemise de nuit, elle était très belle. Serrant la gravure contre elle, Eva jeta un coup d'œil en arrière vers sa mère, qui lui sourit pour l'encourager, puis referma doucement la porte de la chambre de son enfance.

12

ECCLES STREET

Dublin, mars 1928

À huit heures, les quatre étudiants de Trinity se retrouvèrent en face de la pro-cathédrale catholique de Marlborough Street, où allait se réunir la Men's Mission. Owen Sheehy-Skeffington avait alerté Thomas en lui disant que des rumeurs couraient selon lesquelles il y aurait une manifestation devant la maison de Madame Despard à Eccles Street, où était hébergée la Friends of Soviet Russia Society. Après la Mission de la semaine précédente, une bande de catholiques avait incendié le quartier général du Revolutionary Workers' Group dans Little Strand Street. Thomas en avait assez des réunions publiques interrompues par des fanatiques de la St Patrick's Anti-Communist League et de la Catholic Young Men's Society. À Trinity, la plupart des sociétés étaient ennuyeuses et conformistes, et le président ne voulait pas contrarier le gouvernement de l'État libre pour qui l'université était un mini-État ennemi. Mais il existait quelques esprits férocement radicaux dans le corps des étudiants fervents unionistes, des types tels que Sheehy-Skeffington, qui défendait les droits des femmes et risquait les coups lorsqu'il refusait de se lever quand l'orchestre de l'université jouait *God Save the King*.

Grimes, du club d'aviron, toujours prêt à affronter le nouvel État catholique, était venu pour s'amuser. Il avait l'intention de suivre son père dans l'armée britannique et était incapable de prendre au sérieux ce qui se passait hors de l'enceinte de l'université, convaincu qu'il était qu'à la première mauvaise récolte l'État libre sombrerait dans la famine et que le gouvernement de Londres serait obligé de revenir.

Le quatrième étudiant, Foster, était plus sérieux, conscient du danger d'un assaut et d'une expulsion, mais il était résolu à rester ferme.

« La semaine dernière, tous les policiers entre ici et Little Strand Street ont fermé les yeux, dit Sheehy-Skeffington. La populace s'est agenouillée sur le trottoir pour réciter le rosaire et empêcher les pompiers d'éteindre l'incendie tandis que les rédemptoristes s'étaient réfugiés dans leurs presbytères et prétendaient ne rien savoir de l'attaque.

— Mais enfin, ils ne vont quand même pas attaquer Madame Despard, dit Grimes. Rappelez-vous, elle s'est battue avec le Sinn Féin quand ils se sont révoltés. Son propre frère, le vice-roi, a dû l'arrêter pour trahison.

— Elle était une suffragette bien avant d'aider le Sinn Féin, lui rappela Thomas. Et protestante avant de devenir communiste. Ce sont là des péchés que les prêtres n'oublieront jamais. »

La réunion s'acheva et les hommes, remettant leurs chapeaux, commencèrent à descendre les marches de l'église. La majorité s'éloigna en douce mais ceux qui faisaient partie du noyau dur étaient restés sur place et observaient Thomas et ses compagnons, dont ils percevaient la différence. Un prêtre sortit pour s'adresser aux hommes, et quelques femmes plus courageuses surgirent de l'ombre et s'avancèrent. Une acclamation retentit et un homme, sans chapeau, cria « Que Dieu bénisse notre pape ! ». Ses mots furent repris en mélopée. Une petite fille, pieds nus, tira sur la manche de Thomas pour lui demander un peu de monnaie. Quand il releva les yeux, le prêtre avait disparu et les hommes s'étaient soudain mis en rangs et se dirigeaient vers Eccles Street.

Même Grimes parut intimidé par leur nombre. Mais Thomas savait que Grimes ne reculerait pas parce que, s'il était vrai que Madame Despard avait renoncé à sa classe sociale et distribué sa fortune aux pauvres de Dublin, elle n'en était pas moins pour lui une aristocrate anglaise âgée qui avait besoin d'être protégée des classes inférieures qu'elle tentait de secourir.

Pour commencer, les étudiants suivirent la masse des catholiques mais, lorsque ces derniers s'arrêtèrent devant les taudis afin d'exhorter leurs habitants à les rejoindre, ils réussirent à se glisser dans North Great George's Street pour atteindre les hautes maisons géorgiennes avant la foule. Il y avait beaucoup de monde dans Eccles Street, tout le monde sentait le danger. Thomas aperçut le fils de James Connolly, Roddy, qui se frayait un chemin et entrait dans la maison de Madame Despard, protégé de toute attaque, en tout cas pour l'instant, à cause de l'aura de son père, un des martyrs de l'insurrection de Pâques 1916. La porte se referma quand Thomas et ses amis montèrent les marches. Les manifestants approchaient de Dorset Street, leur mélopée devenait plus forte. Thomas frappa à la porte et celle-ci fut entrouverte par un jeune homme qui les dévisagea.

« Foutus étudiants. Courez retrouver vos mères, ça va mal se passer. »

Sheehy-Skeffington fit un pas en avant. « Laissez-moi entrer. Ma mère est secrétaire des Friends of Soviet Russia. »

Le jeune homme l'accueillit en tendant une main. « Mais oui, je vous reconnais maintenant, et puis votre pauvre père assassiné. Mon nom est Liam Hennessy. Entrez vite et peut-être parviendrez-vous à persuader la vieille dame de s'enfuir par-derrière. Cet affrontement est bien trop dangereux pour qu'on laisse une femme de quatre-vingt-cinq ans assise là, toute tranquille. »

Un hurlement s'éleva quand Sheehy-Skeffington entra dans le vestibule. « Salopard ! Ennemi du Christ ! Regardez-le piétiner l'hostie ! »

Une pierre fut lancée et Thomas se retourna tandis que les autres entraient au milieu des cris d'outrage. « Décide-toi, camarade, siffla Hennessy. Tu veux entrer ou pas ? »

Thomas franchit le seuil. « Je veux entrer, mais je ne suis pas votre camarade. Pourquoi crient-ils ?

— Un prêtre leur a dit que nous avions mis une hostie consacrée sous le paillasson de sorte que tous ceux qui entrent soient obligés de marcher sur le corps du Christ. Comme si quelque chose sous un paillasson allait durer plus de deux secondes. Quand les pauvresses des taudis ne hurlent pas pour demander la peau de la vieille dame, elles font la queue pour lui soutirer jusqu'à son dernier penny. Monte. Nous sommes vingt maintenant. Elle attendait davantage de monde mais avoir les foies est une maladie contagieuse. »

Il y avait une presse typographique dans la pièce de devant, à côté de piles de l'hebdomadaire *The Hammer and Plough*. Aux fenêtres, les gens surveillaient la foule. Dehors, la mélopée s'arrêta et les manifestants s'agenouillèrent pour réciter le rosaire. Sheehy-Skeffington se pencha vers Madame Despard, une frêle et minuscule personne vêtue de noir aux yeux laiteux, presque aveugle, assise, les épaules bien droites. « Qui est-ce ? demanda-t-elle. Approchez-vous, jeune homme.

— Je suis Thomas Goold Verschoyle. »

Elle hocha la tête. « Donegal. Votre mère et moi avons correspondu au sujet de la théosophie. Une femme très intéressante.

— Ne serait-il pas plus sage, madame, dit Thomas, de vous esquiver et de nous laisser garder votre maison ?

— Il serait peut-être plus sage que vous vous esquiviez, jeune homme. » Sa voix était si faible qu'il était difficile d'entendre tout ce qu'elle disait, mais sa résolution, qui faisait d'elle l'une des plus célèbres suffragettes de Grande-Bretagne, était toujours évidente. « C'est moi que ces âmes fourvoyées veulent brûler comme sorcière. Mais je construirai ce monde pour eux, même si, pour ce faire, je dois le quitter. Je n'ai pas peur de l'ultime grande aventure. »

Thomas rejoignit Grimes à la fenêtre. Les gens étaient venus des taudis proches et la foule grossissait. Le murmure des prières ne parvenait pas à dissimuler l'impression que l'affrontement était imminent. L'homme nu-tête était à genoux dans la rue et faisait face à la foule, il conduisait le rosaire avec un chapelet entrelacé à ses doigts. Thomas sentit qu'il n'avait pas une vocation de meneur. Sans meneur, il était impossible de savoir jusqu'où irait la foule. Ce fut alors que Thomas vit une silhouette vêtue de noir se frayer un chemin dans la foule à grands pas. Il lui manquait l'aura d'un prêtre, mais elle avait l'air d'une sorte de frère des écoles chrétiennes. Hennessy regarda l'homme approcher.

« Ce ne serait pas vraiment un cirque s'il n'y avait pas un Monsieur Loyal, remarqua-t-il.

— C'est qui ? demanda Thomas.

— Je ne peux pas voir son col, mon pote, répondit Hennessy. Roddy, qui c'est le type qui vient nous noyer dans l'eau bénite ? »

Le fils de James Connolly les rejoignit et regarda dans la rue, où la foule s'écartait pour laisser passer l'ecclésiastique. Cependant, un homme qui l'avait examiné plus en détail se leva et mit une main sur son épaule ; la main fut repoussée avec colère. Connolly se mit à rire.

« Mère de Dieu, dit-il, c'est Goold.

— Qui ? demanda Thomas avec un pressentiment soudain.

— Il venait autrefois à certaines de nos réunions politiques. Ma sœur et moi, nous l'avons d'abord pris pour un clochard. Je crois qu'il dormait dehors dans Montjoy Square. Ce n'est que quand il a commencé à insulter les orateurs que nous avons reconnu son accent cultivé. Il lui est arrivé de vendre *The Hammer and Plough* pour nous. Il est venu à une réunion où je parlais la semaine dernière, dans un état pire que d'habitude. Je lui ai dit que s'il voulait s'inscrire au parti, il lui faudrait d'abord se nettoyer. Mais où a-t-il trouvé cette tenue ? Il est de Sligo, je crois bien.

— Du Donegal », dit Thomas.

Connolly eut l'air surpris. « Vous le connaissez ? »

Sheehy-Skeffington les rejoignit. « C'est le frère de Thomas. Et la foule va le lyncher si vous ne le laissez pas entrer. »

Plusieurs personnes tentaient d'arracher la veste d'Art. Thomas se rendit compte que c'était un vieil uniforme de facteur, trop petit pour son frère. La combinaison de la mauvaise lumière et d'une chemise noire sans col lui donnait l'allure d'un religieux.

Hennessy descendit en courant pour ouvrir la porte et, après une bousculade, Art fut tiré à l'intérieur. La foule furieuse trouva un nouveau slogan : « Brûlez les communistes ! », tandis que plusieurs personnes faisant autorité s'avançaient, ayant jugé que la situation était arrivée au point où elles pouvaient en prendre le contrôle.

Hennessy conduisit Art à l'étage. Celui-ci fit une pause avant d'entrer dans la pièce, davantage troublé par la présence de Thomas que par la foule dehors.

« Qu'est-ce que tu fais ici ? demanda-t-il.

— Il n'est quand même pas question que tu hérites aussi d'un droit de regard sur les libertés civiques, rétorqua Thomas. Nous sommes venus défendre la liberté de parole. Ne pouvons-nous pas nous mettre d'accord sur le fait que la liberté est étranglée dans cette ville ? Je ne suis peut-être pas à ma place ici, mais je ne serai jamais à ma place là-bas. » Il jeta un coup d'œil par la fenêtre avec une soudaine anxiété. « Mon Dieu ! Ce n'est pas possible !

— Qui ? »

Thomas indiqua une silhouette élégante qui avançait dans la foule. « Notre grande sœur. »

Art regarda dans la rue, tel un enfant déçu qui voit arriver à sa fête des gens qu'il n'a pas invités. « Maud ? Maud est une femme mariée.

— Elle a le droit d'entrer chez moi, exactement comme vous. » La voix était faible mais, lorsque les frères se retournèrent, la minuscule personne devant eux paraissait résolue et enflammée.

« Je suis désolé, madame Despard, s'excusa Art. Ce n'est pas ce que je voulais dire. J'ai simplement l'impression que je ne serai jamais libéré de ma famille, qu'elle me suivra partout. »

Thomas lui lança un regard furieux. « Je t'assure que si j'avais pensé que tu pourrais venir ici, je serais resté à l'université.

— Je vous connais, dit Madame Despard. Je vous ai vu entouré d'enfants à Montjoy Square, et puis un prêtre est arrivé, a chassé les enfants avec un bâton et vous a menacé.

— J'avais organisé une école en plein air, expliqua Art. Je m'asseyais sur un banc du parc et je rédigeais les lettres de ceux qui ne savaient pas écrire. J'enseignais la lecture, l'écriture et le calcul à tous ceux qui venaient s'asseoir près de moi, mais les prêtres ont arrêté tout ça. »

L'attitude de Maud lui permettait de traverser la foule, convaincue qu'une personne aussi élégante ne pouvait pas être une subversive. Elle passa devant les meneurs, monta rapidement les marches et frappa avec le heurtoir, décontenançant les gens, qui comprirent qu'elle n'était pas venue se joindre à eux.

« Bon Dieu, laissez entrer ma sœur ! » cria Thomas à Hennessy.

Quand la porte fut ouverte, quelques pauvresses en châle et vêtues de noir s'étaient agrippées à Maud ; elle avait perdu son chapeau mais tenait bon et les vilipendait. Art et Thomas la tirèrent à l'intérieur. Elle se retourna, provocante, une goutte de sang sur une lèvre, là où un ongle l'avait égratignée.

« Eh bien, nous voilà réunis, dit-elle, aussi imperturbable que jamais. Une grande famille heureuse.

— Tu n'aurais pas dû venir, reprocha Art. Tu n'es pas communiste.

— Traverser ces taudis devrait inciter tout le monde à le devenir. Jamais je n'ai vu une misère aussi noire. Personne ne devrait être obligé de vivre ainsi, et encore moins d'attaquer une vieille femme qui tente de donner une éducation à ces gens-là. Le chauffeur du tram de Kingstown se réjouissait de l'incendie planifié par la Catholic Young Men's Society. Je lui ai dit ce que je pensais, et puis je suis descendue et j'ai marché jusqu'ici. » Elle examina Art. « Tu as l'air ridicule. Toutefois, je défends le droit des gens à se rendre ridicules. Si cette foule pouvait en décider, tous ceux qui sont un peu différents seraient jetés dans la mer d'Irlande. Madame Despard est-elle encore ici ? »

Plusieurs pierres frappèrent la porte d'entrée, l'une d'elles brisa la vitre de l'imposte.

« Nous n'avons pas pu la persuader de partir. » Hennessy se réfugia dans l'escalier.

Maud suivit Hennessy au premier étage. « Je vais lui parler, à condition qu'Art ne donne pas l'adresse de son tailleur à mon mari. »

Grimes et Foster s'étaient chargés de rassembler des seaux de sable avec quelques volontaires. Connolly parcourait la maison en silence, se préparant à l'attaque, avec la même autorité que son père blessé lorsqu'il avait rassemblé les ouvriers dublinois au milieu des flammes de la poste centrale.

« Ne vous approchez pas des fenêtres quand les pierres seront lancées pour de bon, dit-il. L'important, c'est de contrôler rapidement le feu afin de sauver le bâtiment. »

Dans la rue, les slogans étaient plus frénétiques : « Que Dieu bénisse le pape ! » Un homme criait à en perdre la voix pour qu'on l'entende par-dessus le vacarme : « Retourne en Russie, salope de protestante anglaise athée de mes deux ! »

Thomas rejoignit son frère et sa sœur autour de la chaise où

Madame Despard était assise ; Maud essayait de la persuader de partir.

« Partir ? dit la vieille dame en riant. Mais, ma chère, j'aime être au centre des choses. Ton frère est vraiment quelqu'un de très bien. Je l'ai vu à Montjoy Square. » Elle s'adressa à Art. « Va en Russie pendant que tu es jeune. Tu y seras apprécié. J'ai tout vu de mes propres yeux, des usines dirigées par des comités élus, des écoles où les punitions sont taboues. Ce n'est pas seulement la réalisation du rêve de Marx, ce sont les mots mêmes de *La Révolte de l'Islam* de Shelley. Shaw y est également allé, mais comme il est un homme, il n'a pas posé les questions difficiles. Je leur ai demandé de me faire visiter les fermes collectives que les paysans propriétaires sont en train de créer. » Des pierres firent éclater les vitres du rez-de-chaussée, mais elle poursuivit. « Et il n'y a ni crime ni punition. Ceux qui ne parviennent pas à être de bons citoyens sont brièvement isolés sur des archipels autonomes. Mais aucune idée ne leur est imposée : ils sont doucement encouragés à réfléchir sur eux-mêmes. Va là-bas et apprends ce que c'est que de vivre dans un pays dirigé par l'amour. »

Il y eut un souffle, puis le bruit des flammes. Des volontaires se précipitèrent dans l'escalier avec des seaux. Hennessy et Connolly saisirent chacun un pied de la chaise, demandant à Grimes et Foster de saisir les deux autres. « Nous vous sortons par-derrière, Charlotte, que vous soyez d'accord ou pas, dit Connolly.

— Mais je voulais leur parler. Je vous assure que, toute ma vie, je me suis retrouvée devant des foules hostiles.

— Je ferai face à celle-là à votre place. » Maud se tourna vers Connolly. « Je détournerai leur attention vers l'avant, ce qui vous donnera le temps de la faire sortir. » Elle tapota la main de la vieille dame. « Je vais leur chanter quelque chose.

— Ça serait gentil. » La chaise de Madame Despard fut soulevée. « Comme la vie est passionnante ! » Elle saisit la main d'Art. « Allez voir par vous-même ce qui se passe en Russie. »

Maud avança vers la fenêtre. Thomas la retint par l'épaule.

« Tu es folle ! Tu ne peux pas aller là. »

Sans lui prêter attention, comme autrefois dans le Donegal quand elle avait une idée en tête, Maud sortit sur le petit balcon en fer forgé. Elle s'immobilisa et se mit à chanter :

« Le drapeau des ouvriers est rouge profond,
Il a souvent servi de suaire à nos morts,
Et avant que le froid n'ait pu saisir leur corps,
C'est le sang de leur cœur qui a peint ce chiffon. »

La foule ne pouvait pas entendre les paroles, mais cela n'empêcha pas quelques personnes de crier qu'elle était une pute tandis que d'autres scandaient « Que Dieu bénisse le pape ! » plus fort encore. Des volutes de fumée s'échappaient par les fenêtres cassées du rez-de-chaussée des pièces où le feu avait pris violemment. Art et Thomas tentèrent de la tirer vers l'intérieur et elle leur dit entre ses dents : « Vous n'oseriez pas. »

Thomas regarda la foule en bas, elle avait faim de sang et faim de nourriture. Il vit les enfants pieds nus pour qui ils étaient des démons. Il vit l'ignorance et la superstition, la malnutrition et la croissance retardée, les manifestants pleins de ferveur et ceux qui étaient venus pour l'occasion et qui auraient tout aussi bien pu participer à une manifestation d'un tout autre type. Il se hissa auprès de Maud et, en riant, elle entrelaça ses doigts aux siens et saisit ceux d'Art dans son autre main. Ils n'étaient jamais parvenus à se rencontrer à Dublin car ils savaient que chacun apporterait son lot de griefs et d'accusations, mais ce balcon était un terrain neutre où ils pouvaient être brièvement unis du fait des différences qui les séparaient tous les trois de la foule vociférante. Thomas éleva la voix avec défi et Art se joignit à eux, tous les trois chantèrent avec l'harmonie parfaite qui autrefois avait été vantée à l'église de Killaghtee.

« Soulevez bien haut la bannière écarlate,
Sous ses plis nous saurons soit vivre soit mourir,
Les poltrons reculent,
Les traîtres hululent,
Sous le drapeau rouge, notre chanson éclate. »

13

AU PLUS PROFOND DES BOIS

Mayo, septembre 1928

Ce ne fut pas le départ d'Art pour la Russie qui la blessa, mais le fait qu'il n'ait dit au revoir à aucun d'entre eux. Même un novice entrant dans un monastère ne s'interdisait pas un dernier adieu à ceux qu'il aimait. Parce que Eva savait qu'Art aimait sa famille, même s'il n'était jamais retourné dans le Donegal après son mariage. Mère n'avait appris qu'il était à Moscou que lorsque Mrs Ffrench, la semaine précédente, avait reçu une lettre d'un ami qui l'avait rencontré là-bas.

Freddie détacha doucement la lettre de Mère des mains d'Eva et lut lui-même les nouvelles tandis que son épouse, dont la grossesse était très avancée, regardait dehors par la fenêtre du salon de Glanmire House, vers l'endroit où Mickey, l'homme à tout faire de Freddie, se tenait près de la voiture, attendant patiemment le moment d'accompagner son maître à la gare. Eva savait que Freddie s'humecterait les lèvres dans le salon chic de l'Imperial Hotel à Castlebar avant de monter dans le train de Dublin.

« C'est ce qu'il y a de mieux pour vous tous, annonça Freddie. Au moins, maintenant, il n'aura plus la possibilité de vous faire honte, ou en tout cas, s'il le fait, ce sera tellement loin que les gens qui comptent n'en sauront rien. Et puis, tu sais, si Art n'est plus là, peut-être que le plus jeune va se secouer. Il n'est pas trop tard pour que l'on prenne Brendan dans une bonne université. Il y a peu de chances qu'Oxford veuille de lui, mais seul un imbécile juge un homme à l'écusson de son école. »

Eva avait souvent entendu son mari réciter cette phrase, tout en observant attentivement la compagnie afin de voir s'il y aurait la moindre allusion déplaisante au fait qu'il n'avait pas eu assez d'argent pour fréquenter une des meilleures écoles privées.

Freddie était soulagé de savoir qu'Art était parti, bien qu'ils ne se soient rencontrés que brièvement lors du mariage, une rencontre difficile entre deux hommes qu'Eva aimait. Elle avait l'impression que des années avaient passé depuis que Thomas avait joué de la cornemuse en kilt tandis que les invités défilaient dans les rues sinueuses de Dunkineely. Les villageois avaient applaudi et les enfants pieds nus avaient couru derrière la Wolseley qui emmenait Eva dans le comté de Mayo, avec des feux de joie pour célébrer son arrivée à Turlough, où les Fitzgerald régnaient depuis des siècles. Ses livres étaient encore entassés dans une malle avec ses toiles et son chevalet. Ces objets, elle ne parvenait apparemment pas à les sortir, trop occupée qu'elle était à jouer le rôle de la jeune épouse protestante jouissant d'une position élevée dans la société. Elle appréhendait les invitations à des tournois de tennis et à des dîners à Turlough Park quand l'oncle de Freddie revenait chez lui. Il avait trouvé moins onéreux de faire vivre sa famille en France dans une villa louée plutôt que d'entretenir son manoir irlandais. Une foule vengeresse avait pillé la maison originelle après la pendaison publique du « fou » George Robert Fitzgerald en 1786, Glanmire House avait été alors construite à la hâte pour abriter la famille en attendant l'achèvement de la splendeur grandiose qu'était la nouvelle maison à Turlough Park. Glanmire House était aussi grande que Manor House à Dunkineely, mais il était impossible de vivre aussi près de Turlough Park sans sentir que l'on était à tout point de vue les parents pauvres.

Freddie lui rendit la lettre, bien trop gentleman pour en lire davantage que les nouvelles de Mère au sujet d'Art. « Voyons voir s'il tient le coup à Moscou plus longtemps que l'autre lunatique.

— J'aime bien Mr Ffrench », protesta Eva.

Freddie se mit à rire en avalant le fond de son verre de whiskey. « Ton frère est peut-être fou, dit-il, mais au moins il reste fidèle à ses convictions. Ffrench a quatre fois plus de domestiques que nous, ici, avec nos revenus. Je pensais qu'un bon communiste pouvait aller chercher lui-même son bois de chauffage.

— En Russie, il était un ouvrier d'usine tout à fait ordinaire.

— Il jouait un rôle. Dès le premier problème, il est rentré chez lui et a couru retrouver ses domestiques. Qu'est-ce qu'ils pensent de lui, à ton avis ? Un homme doit donner l'exemple pour que ses domestiques le suivent. Ton père aurait dû le fouetter, comme le marquis de Queensbury l'a fait avec cet inverti. Ffrench est la risée de tous, j'irais jusqu'à dire que c'est lui la folie qui infecte le Donegal. »

Malgré son départ imminent pour Dublin, Freddie ne pouvait pas lâcher cette plaie suppurante. Sa conversation revenait souvent sur la folie qu'il percevait dans la famille d'Eva. C'était un jeu de reproches auquel il se laissait aller chaque fois que ses comptes mensuels refusaient de s'équilibrer. Eva lui pardonnait, car elle savait de quelles tensions il essayait de la protéger. D'ailleurs, leur vie n'était pas faite que d'accusations et de contre-accusations. Une grande tendresse avait saupoudré les treize derniers mois, des moments au cours desquels Eva s'était sentie réellement satisfaite. Glanmire House avait été cambriolée à plusieurs reprises pendant les années où elle était restée inoccupée. Les tapis étaient pourris de moisissure la nuit où ils avaient consommé leur mariage, et la maison était immodérément froide malgré les grands feux que Freddie avait fait allumer dans le hall et dans leur chambre. Plus tard, il l'avait emmenée faire une visite guidée, à la lumière d'une lanterne, de la villa de style géorgien d'un seul étage, avec son sous-sol labyrinthique, lui expliquant avec fierté son projet d'installer une pompe à main afin d'utiliser l'eau de pluie d'un immense réservoir suspendu à deux piliers extérieurs.

Au cours de cette dernière année, il y avait eu l'excitation de voir chaque pièce réaménagée prendre tournure. Elle se souvenait de son angoisse avant de présider le premier dîner pour hôtes payants, et de son euphorie ensuite. Le matin où leurs têtes s'étaient touchées, tous deux penchés sur le grand livre de comptes encore vierge lorsque Freddie nota la première somme qu'on leur avait versée. Il y avait eu la plantation de quatre mille nouveaux arbres pour célébrer leur mariage, ils étaient couverts de boue, enchantés de se livrer à une tâche extérieure qui leur procurait le même plaisir. Il y avait les promenades solitaires dans les bois au crépuscule, lorsqu'il n'y avait plus de coups de fusil et qu'elle était déchirée entre le désir de fraterniser, de se lier d'amitié avec les lapins timides et l'impulsion de leur jeter des pierres pour leur apprendre à se méfier des humains avant qu'un chasseur insatiable ne survienne avec son fusil. Freddie avait le bon goût de ne jamais utiliser de pièges, et elle en était contente parce qu'elle ne les aurait pas supportés. À sa façon, il n'était pas cruel, il avait simplement une façon de voir le monde qu'elle ne comprenait pas. Mais la plus tendre de toutes les sensations était sa semence en elle, cet enfant qu'ils pourraient partager et aimer, qui pourrait recoller toutes les craquelures qui étaient apparues quand ils avaient commencé à mieux se connaître.

Freddie regarda sa montre, résista à la tentation de se servir un autre whiskey. « Il faudrait que je parte. Le train ne m'attendra pas, mais ce serait une première s'il démarrait à l'heure. Tu ne t'inquiètes pas, j'espère ?

— Le bébé n'est attendu que dans trois semaines.

— Je sais. Mais ne fais pas de bêtises. Ma première escale sera la clinique. Nous nous assurerons que le meilleur lit t'est réservé quand tu viendras le week-end prochain. »

Eva sourit. « Tout ira bien. Règle tes affaires et je te rejoindrai vendredi. »

Elle aurait pu voyager avec lui, mais Eva savait que Freddie avait besoin d'être un peu seul à Dublin avant la naissance de son enfant. Il se rendrait chez les francs-maçons et irait boire avec de vieux copains, dépensant un argent dont ils avaient vraiment besoin ici. Mais même si ses yeux étaient injectés de sang le vendredi, il serait dégrisé et plein de sollicitude lorsqu'il l'accompagnerait jusqu'à son logement, à proximité de la clinique qu'il lui avait choisie pour l'accouchement. Il jeta un autre coup d'œil au whiskey et se retint. « Fais attention à toi, ma vieille, je t'attendrai à la gare de Kingsbridge vendredi. » Il prit le *Book of Common Prayer* sur une étagère et le glissa sous son bras. « N'oublions pas le livre de prières ! »

Freddie avait l'air d'un gamin lorsqu'il sourit et Eva savait que le moment dont il serait le plus fier serait celui où il consignerait la naissance de son enfant à la suite des autres naissances de la famille.

La tradition avait commencé avec son propre père, né en mer en 1865, la latitude et la longitude avaient été soigneusement notées.

Eva l'accompagna jusqu'aux marches. Mikey hocha la tête et s'installa sur le siège du passager. Il ramènerait la voiture et se chargerait d'aller chercher les visiteurs inopinés si certains venaient chasser pendant l'absence de son maître.

Eva lui fit un signe de la main lorsque la voiture disparut dans la longue allée. Elle aurait dû se sentir abandonnée, pourtant elle ressentait plutôt un soulagement inexplicable. Elle descendit les marches, fit le tour de la maison et pénétra dans la dense forêt. La pente était raide mais elle était contente d'être seule. Les domestiques seraient en train de bavarder à présent que le maître était parti. L'unique hôte présent, Mr Clements, n'était pas le genre d'homme à exiger beaucoup de leur temps.

La seule chose mobile était la fumée qui sortait des cheminées. Eva commença à grimper, se sentant redevenue une enfant. Faire tourner l'hôtellerie était en fin de compte plus difficile qu'ils ne l'avaient cru. Freddie avait maintenant épuisé celles de ses relations qui pouvaient apprécier les droits de chasse que son oncle avait conservés une fois les terres des Fitzgerald divisées par la Land Commission. Eva n'avait pas attiré beaucoup de clients potentiels chez eux. Elle ne connaissait pas grand monde parmi les chasseurs. Les quelques amies qui étaient venues apprécier leur hospitalité dessinaient en général pendant la journée et se sentaient mises à l'écart le soir, quand on ne parlait que de chasse, les hommes se rengorgeant à propos du nombre de morillons et de bécasses des bois qu'ils avaient massacrés.

Être un bon Fitzgerald était différent d'être un Goold Verschoyle. La familiarité n'était pas encouragée. Ses voisins protestants se réunissaient entre eux, ils étaient mal à l'aise avec le monde en pleine transformation de l'autre côté de leur portail – et si possible, ils l'ignoraient. Les dames jouaient au tennis tandis que les hommes buvaient du whiskey et analysaient les choix qui leur restaient. Eva se demandait parfois si le meilleur des choix, en tant que jeunes mariés, n'aurait pas été d'aller vivre à Dublin avec le salaire d'enseignant de Freddie. Non que la dure existence des premiers mois, quand leur vie de couple était dangereusement excitante, l'eût inquiétée. Freddie lui avait fait sentir qu'ici, au moins, se trouvait le réel, d'une nouveauté aussi choquante que ses coups de boutoir sur son corps la nuit. Une des choses qu'elle comprit était que ce n'était pas seulement le côté colérique de Freddie qui avait inquiété sa mère. Dans le comté de Mayo, son nom avait toujours fière allure, et les gens saluaient son véhicule avec autant de respect que s'il était sorti du portail de Turlough Park. Mais au-delà de son aspect extérieur bourru, c'était un rêveur, exactement comme Eva, obsédé par l'idée de commencer une nouvelle vie ici, où la seule chose dont ils ne manquaient pas était le bois de chauffage. Cependant, il lui avait assuré que le Mayo était le paradis des fleurs sauvages et qu'une fois que leur réputation aurait été établie, les gens du «*mainland*», de Grande-Bretagne, accourraient en foule.

Comme il n'avait pas assez d'argent pour une gouvernante, le travail d'Eva consistait à superviser les menus avec Mrs McGrory, la cuisinière, et à faire marcher la maison tandis que Freddie emmenait les hôtes chasser la bécasse des bois, la bécassine et le canard. Trois mois après leur mariage, Freddie avait fait mettre une première publicité brève dans le *Shooting Times* d'Angleterre. Et pourtant, le premier hôte à emprunter l'allée – attiré par le petit panneau qu'Eva avait elle-même peint – était un capitaine de frégate en retraite, Mr Clements, qui détestait la chasse. Freddie et Eva s'étaient dissimulés comme des écoliers derrière les rideaux du salon pour l'observer – ignorant s'il allait sonner à la porte ou s'en aller – alors qu'il s'était arrêté sur la pelouse aux jonquilles, peu à peu séduit par le paysage de tourbières derrière lequel Croagh Patrick s'élevait dans le lointain. Un homme sans racines – ou désirant échapper à ses racines –, le capitaine leur avait expliqué qu'il faisait le tour de l'ouest de l'Irlande à pied. Il réserva pour une nuit, fit venir ses malles un mois plus tard et n'avait plus jamais parlé de repartir.

Malgré les protestations de Mr Clements, Freddie avait insisté pour l'emmener chasser le premier jour. Ce soir-là, après leur retour, Eva s'était excusée et s'était glissée dans le bois pour vomir sans être vue par la cuisinière et la fille de cuisine. Lorsqu'elle revint et qu'elle se retrouva confrontée aux plumes collées par le sang coagulé, aux intestins à arracher et aux traces de crocs laissées par le setter irlandais de Freddie, Eva comprit que ce qu'elle attendait du mariage était une autre illusion. Mais elle n'eut pas vraiment le temps de sentir sa conscience bouleversée par le sort des oiseaux morts car, au bout de quelques semaines, une autre raison provoqua des nausées. Son enfant grandissait en elle. Les voisins étaient venus en foule dès qu'ils avaient appris la nouvelle, c'était pour eux l'annonce que la lignée des Fitzgerald allait se perpétuer malgré cette époque tourmentée. Des commandants âgés, dont l'accent trahissait un mélange de Connaught et de Calcutta, sirotaient du whiskey dans le bow-window à boiseries. Leur gratitude affable lui donnait l'impression de n'être qu'un accessoire, comme si elle n'était rien de plus que le dispositif grâce auquel un autre Fitzgerald mâle allait être livré au comté de Mayo. Ils lui conseillaient de se reposer, puis plaisantaient avec Freddie sur la folie qu'était le fait d'abaisser l'âge du vote des femmes à vingt et un ans.

Derrière la porte recouverte de feutre vert qui menait au domaine des domestiques, Mrs McGrory s'était maintenant suffisamment habituée aux manières non Fitzgerald d'Eva pour lui confier qu'elle récitait des neuvaines afin que l'enfant soit un garçon. Eva ne dévoilait pas ses pensées, mais s'accordait avec ses visiteurs sur un seul point – l'enfant serait définitivement un garçon.

Ayant continué à grimper, elle atteignit trois chênes dans une petite clairière. Ce fut alors qu'elle se reposait en s'adossant à celui du milieu qu'elle sentit le premier élancement de douleur. L'enfant ne devait pas venir avant trois semaines et pourtant, instinctivement, Eva comprit qu'il choisissait son moment, qu'il avait attendu que le fier Fitzgerald soit absent pour n'en faire qu'à sa tête.

Comment retourner jusqu'à la maison ? Un instant, Eva perdit son sens de l'orientation, piégée dans ce bois appartenant à une famille dont elle savait qu'elle ne ferait jamais vraiment partie. Mais elle serait obligée de se forcer à en faire partie, parce qu'elle portait un Fitzgerald qui essayait maintenant de sortir comme s'il était déterminé à naître au milieu de ces arbres. Il ne servait à rien d'appeler parce que personne ne l'entendrait. Il ne lui restait plus qu'à maintenir son ventre et à courir, en espérant que Mrs McGrory serait encore à la maison. Pourquoi était-elle partie se promener seule, alors que Freddie lui avait recommandé de ne pas faire de bêtises ? Il devait être maintenant en train de monter dans le train de Dublin, rayonnant d'affabilité après l'Imperial Hotel. Si elle était partie avec lui, elle savait que le bébé aurait attendu et serait venu au monde avec l'aide de sages-femmes, dans une chambre bien chauffée à Dublin. Les projets les plus élaborés de Freddie échouaient comme tous leurs projets les plus élaborés. Elle n'était pas responsable mais elle savait que, au fond de son cœur, Freddie la condamnerait une fois de plus. Il n'était pas vraiment cruel, mais son exaspération devant la lenteur de ses processus de réflexion était tous les jours plus visible. Cependant, l'enfant allait changer tout cela parce que, pour une fois, ce serait une chose qu'elle saurait bien faire. Néanmoins, elle ne devait pas passer une minute de plus à s'inquiéter pour Freddie parce que la terreur qui la saisissait à présent lui interdisait toute pensée autre que celle de rejoindre la maison et Mrs McGrory.

Elle progressa avec difficulté sur ses chevilles enflées et essaya de ne pas tomber, puis elle vit Mr Clements avec sa canne et un livre, qui se promenait dans l'allée en contrebas. Il lui rappelait Père, et Eva se souvint alors de Mère, qui lui avait dit de penser à elle en cas de problème. Un bruit avait dû lui échapper quand elle tenta de crier car Mr Clements regarda dans sa direction à travers le feuillage. Il grimpa la pente et mit un bras autour d'elle pour l'aider à s'asseoir, haletante, puis à avancer, tout en appelant à grands cris lorsqu'ils arrivèrent près de la maison. La douleur était si forte qu'elle ne pouvait s'empêcher de pleurer et, tout à coup, Mrs McGrory apparut à la porte et prit tout en main.

Eva était étendue sur son lit tandis que Mr Clements, dehors, faisait anxieusement les cent pas comme s'il s'agissait de son enfant. Les douleurs étaient maintenant intenses, et tellement rapprochées qu'il n'y avait presque pas de répit. En devenant une épouse, on abandonnait tant de choses – son nom, sa famille, le sentiment de qui on est. Elle n'était plus Eva Goold Verschoyle. Elle était Mrs Freddie Fitzgerald. Eva ne possédait plus rien qu'elle puisse considérer comme étant réellement à elle, mais tout à coup elle comprit – bien qu'elle eût essayé d'éliminer cette pensée – que c'était à elle et non à Freddie que l'enfant appartiendrait. La douleur était écrasante, cependant Eva poussait et priait pour que, quel que soit le Dieu qui la protégeait, il l'aide à traverser cette épreuve. Le temps de rêver était terminé et il ne restait plus que la douleur et l'amour désespéré qu'elle ressentait pour l'enfant qui la torturait. Elle et l'enfant ne faisaient qu'un, ils étaient unis par cet acte par lequel il la faisait souffrir afin de vivre tandis qu'elle acceptait cette souffrance.

Eva pensa à Mr Clements arpentant la pelouse et au pauvre Freddie dans le train, dépassé par les événements. Mais elle ne pouvait pas attendre Freddie. Elle savait qu'elle faisait mal à Mrs McGrory en s'agrippant à elle avec ses doigts, mais la cuisinière ne se plaignait pas, l'incitait seulement à pousser encore une fois, encore un ultime effort désespéré. Lorsque Eva leva les yeux, elle ne vit rien parce que sa vision était floue, mais elle entendit le premier cri de l'enfant et elle ne voulut pas qu'on le nettoie parce qu'elle souhaitait le tenir tel qu'il était sorti, couvert de sang, et il était certainement de sexe masculin.

Mrs McGrory était en larmes, elle disait : « J'ai récité des neuvaines pour que ce soit un garçon et Dieu ne m'a jamais laissée tomber » ; le corps d'Eva lui faisait mal tandis qu'elle expulsait le placenta. Mais elle savait maintenant que son âme avait pris racine. Elle n'était plus un sépale de sycomore entraîné ici ou là. Elle appartenait à ce bois, en tant que mère de ce don extraordinaire. Tout le reste était bien loin. Sa véritable vie paraissait ne commencer qu'avec les battements de cœur de ce garçon que Mrs McGrory essayait de lui prendre, impatiente de s'occuper de lui.

« Vous me le rendrez, pria Eva, dès que vous le pourrez.

— Laissez-moi laver la pauvre créature et l'emmailloter. Est-ce qu'il n'est pas mignon tout plein ?

— Mais oui, dit Eva en souriant. Francis. Mon chéri. »

14

CHELSEA

Londres, 1930

« Est-ce que je suis ta première ? » demanda la fille du baronnet juste après, alors qu'ils étaient couchés dans ses draps de soie, dans son hôtel particulier de Chelsea.

« Oui », répondit Brendan, parce que c'était ce que les femmes plus âgées aimaient entendre. Se sentir spéciale et à nouveau jeune en prenant la virginité d'un homme. Lillian n'était pas loin du désert de l'âge mûr. Tout au moins devait-elle approcher la trentaine. Elle tendit une main pour saisir son fume-cigarette et alluma une cigarette.

« Mon mari a des idées avancées, dit-elle. Il est pour l'amour libre. Je préférerais quand même ne rien lui dire. Tu comprends, il ne défend plus l'amour libre quand il s'agit des femmes. »

Brendan n'était pas certain de savoir s'il devait la croire. « Que ferait Gordon s'il entrait maintenant ?

— Et toi, que ferais-tu ? » Elle l'examina avec attention.

« Je raisonnerais avec lui. Je le confronterais à ses propres discours, quand il parle de rejeter les idées dépassées du dix-neuvième siècle en matière de morale. »

Lillian se mit à rire. « Comme c'est rationnel ! Tu penses que tu peux te sortir de toutes les situations par la parole. Mais que se passera-t-il quand tu toucheras le fondement primitif en lui ? Chez tous les hommes, même chez toi, c'est profondément enfoui. Ce n'est pas la même chose d'abandonner ses biens au nom de la révolution et d'abandonner sa femme. Gordon te tuerait s'il savait.

— Alors, pourquoi m'inviter ici après la réunion du parti ? » Brendan se tourna pour embrasser son épaule. « Pourquoi me séduire ?

— Parce que j'aime les risques. Et toi aussi, mon cher garçon.» Elle fit courir un doigt avec légèreté sur sa poitrine, tenant le fume-cigarette comme si elle allait laisser tomber la cendre brûlante sur sa chair nue. Puis elle écrasa la cigarette dans un cendrier en marbre après avoir tiré deux fois dessus, contrairement aux gens qu'il connaissait et qui tiraient sur leur cigarette jusqu'à se roussir les doigts. «D'ailleurs, en ce moment même, le salopard est en train de se taper cette garce cockney de la Plebs League qui n'arrêtait pas de lever la main comme une écolière pour poser des questions.»

Brendan se tourna sur le ventre, troublé d'entendre cela. Ruth Davis était la première fille avec qui il était sorti à Londres. Il l'avait vue ce soir-là à la réunion du parti et avait eu l'intention d'aller chez elle ensuite, mais Lillian l'avait détourné de son projet en lui demandant de l'aider à ranger les exemplaires invendus du *Daily Worker*. Lillian sentit son malaise et posa ses seins contre son dos.

«Tu me trouves snob, pas vrai ? Je ne le suis pas. Il est évident que cette petite pute est une bonne camarade. Je pense seulement qu'il faut faire une distinction entre ceux aux côtés desquels on se bat et ceux aux côtés desquels on se couche. Mais Gordon a toujours été intimidé par les femmes intelligentes. C'est ce que j'aime chez toi. Tu n'as pas peur de nous. Je n'étais pas ta première. Je le vois bien.

— Tu étais ma plus belle, répondit-il.

— Tu es gentil.» Elle roula sur le ventre pour tendre un bras sous le lit, exhibant ses fesses et l'élégance de son dos blanc, rappelant à Brendan sa première nuit avec Ruth, quand elle était allée chercher le pot de chambre sous le lit. Lillian n'avait jamais dû s'accroupir sur un pot de chambre, même dans la maison de campagne de son père, apparemment la première maison du Devon où l'on avait installé l'électricité et une bonne plomberie. «Un gentil garçon qui aime les risques. Tiens, un petit cadeau.»

Elle frétilla du derrière et regarda derrière elle, sachant qu'il était mordu et de nouveau en érection. S'étant réinstallée près de lui, elle posa un petit livre mal imprimé sur son oreiller. «Emporte ça. Ces perroquets mécaniques fraîchement sortis de l'école Lénine à Moscou m'ont ordonné de brûler tous les exemplaires. Ils sont pareils à des paysans catholiques avec leur catéchisme, ils débitent la doctrine du parti par cœur. C'est étrange comme le parti demande à toutes les nouvelles recrues de penser par elles-mêmes et pourtant exige que toutes atteignent des conclusions identiques.

— Pourquoi ne quittes-tu pas le parti, alors ? » Brendan feuilleta l'exemplaire à présent interdit de *Où va l'Angleterre ?* de Léon Trotski.

Lillian fit lentement glisser sa main sur la poitrine de Brendan, s'arrêtant, provocante, juste au-dessus de son entrejambe. « Parce que c'est plutôt excitant, ou en tout cas parce que ça l'était. Et aussi parce que j'y crois vraiment, de la même façon que je crois au paradis sans vraiment désirer devenir une nonne ou une sainte. Gordon, en revanche, est un enthousiaste qui avale tout. Il n'y a pas si longtemps, il pouvait citer tout le livre de Trotski et annoncer avec virulence que le parti communiste devait se lancer dans un conflit implacable contre la bureaucratie conservatrice des syndicats et du Labour Party. On ne parlait alors que de révolution en Angleterre. Puis, lorsque Trotski a été exilé de Russie et que le parti a voté une allégeance totale à Staline, c'était comme si ce livre n'avait jamais existé. C'est ce qui me fait peur. J'aimais les discussions honnêtes lors des réunions du parti. C'était primitif et excitant, les gens criaient et défendaient leur point de vue. C'était l'Angleterre, ici et maintenant, et j'argumentais avec les meilleurs. Mais à présent nous sommes comme une foule naïve agenouillée devant une divinité étrangère, attendant les derniers ordres du Kremlin. » Lillian embrassa le ventre de Brendan. « Aujourd'hui le parti avale n'importe quelle couleuvre, alors que – comme je suis une fille bien élevée – je suis très sélective sur ce que j'avale. »

Ses lèvres descendirent et Brendan ferma les yeux parce que c'était vraiment une première. Pourtant, malgré son plaisir, il ne se sentait pas vraiment proche d'elle car il savait qu'elle n'aurait pas fait cela s'il était issu de la classe ouvrière. Comme nombre de ceux qui avaient dérivé vers le parti, c'était pour elle une sorte de safari, parce que le communisme paraissait plutôt bohème et qu'elle pouvait brièvement prétendre qu'elle n'appartenait pas à la classe réactionnaire et oppressive. Sans doute les Ffrench étaient également pleins de contradictions, mais ils étaient sincères et on ne pouvait pas penser du mal d'eux. Jamais ils ne changeraient leurs convictions, tandis que le jour où Gordon hériterait de son titre et de son siège à la Chambre des lords, lui et Lillian se débarrasseraient de leur radicalisme comme un serpent de sa peau.

Lillian leva la tête pour respirer et Brendan saisit ses hanches pour la placer sur lui. Il savait qu'elle le manipulait et il y avait de la froideur dans sa façon de la pénétrer. Cela parut exciter Lillian.

« Tu fais l'amour à une hérétique, dit-elle avec ironie. Si tu les laisses te laver le cerveau, tu voudras bientôt me faire mourir sur le bûcher. Mais promets-moi que tu ne seras jamais un perroquet mécanique. Lis Trotski. Personne ne peut être un héros un jour et un méchant le lendemain. Tu peux te battre avec les ouvriers sans devenir le caniche de Staline. Quand viendra la révolution, j'abandonnerai mes biens avec plaisir. Mais je refuserai toujours d'abandonner ma liberté de pensée. »

Lillian se pencha en avant de sorte que ses seins pendirent, oscillant, dégoulinant de sueur. Il se laissa aller en arrière pour lui laisser prendre le contrôle de la situation et il savait qu'il aurait préféré être avec Ruth Davis, qui se donnait en ce moment au mari de cette femme.

Que serait sa vie s'il était resté à Marlborough, sans jamais rencontrer ces gens, sans jamais goûter une telle liberté ? Les autres garçons qui étudiaient l'électrotechnique avec lui le soir se moquaient parfois de son accent tout en l'acceptant en tant que personne. Ils se moquaient de son zèle pour les études, mais Brendan ne pouvait rien entreprendre sans y impliquer tout son être. C'est pour cela qu'il était fasciné par Lillian, par le fait qu'elle pouvait à la fois *être* et *sembler être*, qu'elle pouvait être à moitié dedans et à moitié dehors. Son visage pouvait tout à fait donner l'impression qu'elle était amoureuse de lui en ce moment précis, mais Lillian pouvait tout aussi bien l'oublier immédiatement après son départ, s'installer dans un fauteuil avec un whiskey soda et attendre son mari avec soumission. Brendan ne pouvait qu'être loyal complètement ou pas du tout. Le parti avait raison de prendre ses distances avec les ennemis de la révolution appartenant à la gauche molle et de se rallier à Staline afin que la poursuite de la révolution soit centralisée. Lillian était trop anglaise de cœur pour ne pas considérer les quelques comtés entourant Londres comme le centre du monde. Étant apatride, Brendan n'était pas gêné par un nationalisme réactionnaire mesquin. Ce qui ne l'empêcherait pas de lire le livre de Trotski parce que, dès que l'on fuyait les mots comme un poltron, on perdait son âme. Son corps était perdu dans celui de Lillian en ce moment et il ne voulait pas jouir trop vite. Fermant les yeux, il tenta de se concentrer sur toutes les images qui lui venaient. Il voyait Bruckless Pier, Art, Thomas, Maud, Eva et lui galopant en maillot de bain, prêts à sauter ensemble dans les eaux de la baie de Donegal. Leurs bras étaient largement écartés et leurs mains jointes quand ils sautèrent mais, une fois dans l'air, ils durent se lâcher pour se concentrer sur leur propre saut. Leurs corps frappèrent la surface de l'eau avec d'énormes éclaboussures distinctes, comme des morceaux d'Humpty Dumpty qui ne pourraient jamais être recollés. Brendan haleta, son corps se cabra tout à coup, et il jouit.

15

LA VISITE

Moscou, 1932

Son instinct avertit Art que quelque chose n'allait pas avant qu'il eût poussé et ouvert la porte d'entrée de l'immeuble où il vivait dans le district Sokolniki. Ce sixième sens venait des quatre années passées à Moscou. Le vestibule était silencieux, pas de voix d'enfants, pas de disputes conjugales derrière les portes fermées. Des officiers de l'OGPU, la Direction de la politique d'État unifiée, opéraient sans doute dans le bâtiment. À présent, Art était capable de reconnaître l'odeur particulière que la présence de cette force de police secrète parvenait toujours à faire jaillir au milieu des odeurs que généraient les pièces bondées : la puanteur de la trahison et du sabotage. Après une longue période de travail dans l'usine de camions, il s'était arrêté au *banya* comme c'était son droit en tant qu'*oudarnik*. Mais maintenant il avait l'impression qu'on avait volé la propreté de son corps après ce bain de vapeur en compagnie du groupe choisi d'ouvriers récompensés comme lui parce qu'ils avaient dépassé leur quota.

Il avait été naïf d'imaginer que tous les étrangers qui arrivaient en Russie étaient des révolutionnaires. Certains étaient de stupides poltrons comme l'Américain au nom de famille russe qui était arrivé à Moscou le même jour que lui et lui avait offert de partager une chambre à l'hôtel Novo Varskaya jusqu'à ce qu'ils puissent s'inscrire au commissariat du Travail. L'homme était alors allé rendre visite à des parents contre-révolutionnaires à Moscou, avait été influencé par leurs idées, avait vendu ses outils au marché noir et avait pris en douce un train pour Helsinki, en Finlande, après avoir incité Art à faire de même. D'autres étrangers étaient des agents provocateurs envoyés pour espionner et perturber la production industrielle en allant travailler dans les usines et en propageant le mécontentement. Ces saboteurs et perturbateurs étaient formés par les puissances impérialistes dans le seul but de mettre à mal le plan quinquennal initié par le camarade Staline au moment du Grand Tournant.

Le cas du saboteur suédois arrêté sur son lieu de travail la semaine précédente montrait bien à quel point ces contre-révolutionnaires étaient insidieux. L'homme avait souvent été volontaire pour des périodes de travail de trente heures à l'usine et suggérait constamment de nouvelles méthodes qui permettraient d'augmenter la production et de dépasser les objectifs visés. Art avait été trompé quand il avait entendu cet homme lui dire avec fierté que ses enfants rentraient du jardin d'enfants en martelant : « Cinq ans de travail en quatre ans, et pas cinq ans de travail en cinq ans ! »

Pourtant Art aurait dû comprendre que ses incessantes suggestions afin d'améliorer le rendement n'étaient émises que pour démolir le moral des ouvriers en insinuant que les méthodes de productions actuelles conduisaient au gaspillage. Le jeudi précédent, quand l'OGPU était apparue à la fin d'une période de travail, l'usine bruyante avait été plongée dans un tel silence qu'Art s'était souvenu du jeu des statues auquel il jouait quand il était enfant dans le Donegal. L'OGPU n'avait pas immédiatement arrêté le Suédois. Les agents s'étaient avancés tranquillement parmi les ouvriers immobiles, s'arrêtant de temps en temps devant un camarade avant de faire un petit sourire et de poursuivre leur chemin. C'est alors qu'Art avait remarqué l'odeur particulière, un cocktail de peur et de trahison. Cela lui paraissait irrationnel, mais il décida que les agents de l'OGPU étaient entraînés, comme les chiens, à la détecter, et que l'officier qui s'était arrêté devant lui ne regardait pas seulement dans ses yeux mais reniflait aussi son odeur.

Pour finir, trois officiers entourèrent le Suédois et lui ordonnèrent de les accompagner. Lorsque l'homme demanda s'il pouvait envoyer un message à sa famille, ils lui expliquèrent que ce n'était pas nécessaire parce que leur conversation ne durerait pas plus d'une heure. Ce fut alors que tout le monde comprit que l'on ne reverrait plus jamais le Suédois. Lorsqu'il fut parti et que les camarades ouvriers quittèrent leur travail en rangs sans le moindre commentaire, Art remarqua que l'odeur dans l'usine était meilleure.

La mauvaise odeur envahissait maintenant tout l'immeuble et devenait plus forte à chaque marche que gravissait Art vers l'appartement que lui et sa femme partageaient avec trois autres couples. Il pensait que son instinct lui dirait derrière quelle porte se trouvaient les agents de l'OGPU. L'odeur sur le palier serait accablante et c'était avec soulagement qu'il atteindrait le sanctuaire de son appartement. Mais ce ne fut pas le cas. La puanteur augmentait à mesure qu'il arrivait chez lui jusqu'à ce qu'il se fût rendu compte qu'il sentait l'odeur de sa propre sueur.

Il ouvrit la porte et sa femme leva les yeux vers lui depuis une chaise dans un coin. Il n'y avait personne d'autre dans la pièce à l'exception d'un homme de grande taille qu'il ne connaissait pas. Art savait que c'était un agent de l'OGPU et que les autres occupants avaient reçu l'ordre de disparaître aussi longtemps qu'il serait là. En conséquence, sa présence ne pouvait concerner que lui, sa femme ou son frère Brendan, qui était venu leur rendre visite.

Irena avait l'air trop effrayée pour pouvoir parler et, comme le policier ne disait rien, Art se mit à examiner sa propre conscience, un peu à la manière des catholiques avant de se confesser, comme le lui avait expliqué la fille de Samuel Trench dans le Donegal. Couchée secrètement dans l'obscurité au bord de la Bunlacky, elle lui avait un jour expliqué les catégories de péchés catholiques, par pensée, par action et par omission. Son esprit travaillait maintenant selon les mêmes catégories. Avait-il jamais, même de manière inconsciente, douté de la sagesse du plan quinquennal ? Se pouvait-il qu'il ne soit pas parvenu à atteindre les quotas de production, freinant ainsi ses collègues de l'usine ? S'était-il involontairement associé à des crypto-trotskistes, agents des forces de la réaction impérialiste ? L'espion suédois l'avait-il injustement dénoncé ? Le fait qu'il ait brièvement partagé une chambre à l'hôtel Novo Varskaya avec le traître américain quatre années auparavant avait-il mis un point d'interrogation sur sa tête ?

S'était-il bien débarrassé de tous les traits de caractère provenant de la classe sociale à laquelle il avait appartenu ?

L'officier de l'OGPU lui indiqua de s'asseoir sur une chaise en face d'Irena.

« Tu transpires, camarade. Est-ce que tu as couru ?

— Non… je… l'escalier est haut et raide. »

Irena jeta un coup d'œil discret vers la porte de la petite cuisine et Art comprit que d'autres officiers de l'OGPU s'y trouvaient. Ce n'était pas pour lui qu'ils étaient venus. La seule personne qu'ils pouvaient être en train d'interroger était Brendan, pour lequel Art était parvenu à obtenir un visa de visiteur de courte durée. Pendant les quelques heures où il n'était pas à l'usine, Art avait emmené Brendan voir Moscou afin de lui montrer lui-même le paradis des ouvriers, et Irena lui avait montré d'autres endroits quand Art avait besoin de dormir. Ni l'un ni l'autre n'avait encouragé Brendan à sortir seul, mais son frère était entêté et possédait un penchant pour l'indépendance et l'insouciance qui pouvait l'entraîner à commettre toutes les bêtises. Art se leva de sa chaise.

« Êtes-vous venus pour mon frère ? Il a des problèmes ?

— Pourquoi ton frère aurait-il des problèmes ? demanda calmement l'officier de l'OGPU. Est-ce qu'il a commis des erreurs ? Et toi ?

— Non.

— Alors, pourquoi poser cette question, camarade ? Pourquoi intervenir dans des affaires d'État ?

— Je ne… je… » L'officier avait raison. Son devoir de citoyen l'emportait sur sa responsabilité envers son frère. À quoi pensait-il donc, pour ainsi questionner l'officier de l'OGPU alors que ce dernier faisait son travail ? Brendan n'était pas un traître, à moins qu'il n'ait commis un crime sans le savoir. Il est vrai qu'il avait aperçu certains aspects de la vie soviétique qui étaient en général masqués lors des visites guidées parfaitement chorégraphiées pour les syndicalistes et les dignitaires étrangers. On faisait suffisamment confiance à Art pour qu'il puisse se joindre aux groupes d'ouvriers triés sur le volet à qui l'on permettait de rencontrer ces groupes à l'usine de camions et qui faisaient croire que nappes blanches et bonne nourriture à la cantine étaient ce à quoi ils avaient droit quotidiennement. Avec tant de sentiments antisoviétiques dans les journaux occidentaux, Art approuvait la nécessité de contrer cette propagande. Il n'avait jamais compris les murmures cyniques de certains camarades ouvriers quand on leur demandait d'expliquer aux visiteurs qu'ils avaient un mois de congés payés par an et la retraite à cinquante ans.

Si Brendan savait que de tels privilèges n'étaient encore qu'un rêve ambitieux, il avait perçu qu'ils faisaient partie de la vision que Staline avait de l'avenir. Pour l'instant, la cantine ne servait que de la soupe au poisson, des poissons dont les yeux et les têtes flottaient à la surface du liquide, mais Brendan avait compris que c'était là le prix initial à payer pour matérialiser une utopie. L'OGPU ne pouvait pas se sentir menacée par de telles divulgations, bien qu'Irena ait réprimandé Art quand il avait emmené Brendan rencontrer un camarade qui vivait avec cinq cents autres ouvriers d'Elektrozavod dans d'immenses dortoirs non chauffés de la caserne Cherkisovo. Art ne ferait qu'envenimer les choses s'il posait d'autres questions au policier. Il resta assis tout raide sur sa chaise, tentant de deviner ce qui se passait dans la cuisine. Il n'avait jamais connu l'immeuble aussi silencieux, aucun bruit de pas dans l'escalier, et pas de bavardages dans la queue interminable devant les toilettes branlantes dans l'alcôve du premier étage. Tout en écoutant, Art se rendit compte que tout le monde dans l'immeuble écoutait également. Il entendait la rumeur de deux cents personnes retenant collectivement leur respiration. Puis il entendit un rire bon enfant et plein de confiance dans la cuisine. Une autre voix russe se mit à rire, plus fort, comme appréciant une plaisanterie, puis une troisième, insouciante, connue d'Art depuis son enfance.

Il jeta un coup d'œil à Irena, qui le regardait, tout aussi déconcertée. Il n'y avait pas la moindre trace de crainte dans le rire de Brendan. Était-il naïf au point de ne pas savoir qui l'interrogeait ? S'engagerait-il aveuglément dans les pièges qu'ils lui tendaient ? Irena avait averti les deux frères qu'il fallait faire attention dans les queues devant les magasins au cas où une remarque mal interprétée serait rapportée à l'OGPU par un camarade trop zélé. Quand on s'adressait à l'OGPU, il fallait être d'une vigilance extrême, mais Brendan paraissait tellement détendu qu'il était tout à fait capable de laisser échapper quelque chose d'apparemment inoffensif qui pourrait entraîner des inculpations pour la moitié des camarades de ce palier. L'officier de grande taille observait Art, scrutait son malaise.

« Ton frère est un sacré rigolo. Ses blagues nous font tous rire. Georgi Polevoy lui traduit quelques-unes des nôtres. Une fois que la vodka commence à couler, Georgi peut raconter des blagues toute la nuit. Nous n'avons rien dans nos dossiers sur toi et les blagues. Peut-être n'es-tu pas un vrai Irlandais.

— Je suis un membre loyal du parti, dit Art. Mon épouse également. Trois mois après que le commissariat du Travail m'a envoyé à l'usine de camions, j'ai eu droit au titre d'excellent ouvrier.

— Les *oudarniks* sont importants, dit le policier, mais pourquoi ne racontes-tu pas de blagues comme ton frère ? Peut-être n'as-tu pas connu autant de femmes ? » Il jeta un coup d'œil à Irena. « Toutes les femmes aiment le frère de ton mari, pas vrai, camarade ? »

Irena ne répondit pas et Art sentit la colère monter en lui parce que rien, dans son éducation politique, ne l'avait préparé à ce que l'on se moque de lui de cette façon. Il avait tout abandonné pour aller en Russie, avait manifesté son engagement en épousant une Russe et en travaillant le maximum d'heures sans jamais se plaindre. Et pourtant il sentait que cela faisait de lui un personnage ridicule aux yeux du policier. Se mettre en colère était dangereux, cependant, tout à coup, Art s'en fichait. Si Brendan était arrêté pour un crime quelconque, lui et sa femme seraient automatiquement condamnés comme complices. Il se leva pour parler, malgré les coups d'œil terrifiés de sa femme mais, à ce moment-là, la porte de la cuisine s'ouvrit. Un officier plus âgé, bâti comme un haltérophile, se tenait dans l'encadrement de la porte, une bouteille vide à la main ; il s'adressa à Art en anglais.

« Camarade Goold, tu as une bien petite cave. Pas comme les casiers de bons vins de la maison familiale en Irlande dont ton frère nous a parlé. »

Art respira profondément. Il avait été idiot d'imaginer qu'il pourrait échapper à la malédiction de sa naissance. Peu importait le nombre d'équipes de travail dans lesquelles il avait travaillé, il était toujours le produit de la classe sociale que Staline appelait les Gens d'avant, les «*Bivchye Lioudi*», lesquels avaient autrefois vécu de la sueur de leurs ouvriers. Au fond il avait toujours su qu'il devrait en payer le prix.

«Mon épouse est une bonne camarade, dit-il. Elle n'a pas été contaminée par les défauts de mon caractère.»

Le costaud rit. «Camarade, tu prends la vie trop au sérieux. Ton défaut principal est le manque de vodka. Toutefois, un tel oubli se répare facilement entre amis.»

Il s'approcha d'Art avec Brendan à sa suite, lui-même suivi par un petit homme attentif. Brendan avait l'air un peu excité, étourdi par la boisson. Il regarda fixement son frère aîné.

«Ça va ? Tu as l'air d'un mort.

— Moi, ça va, dit Art. Et toi ?

— De première bourre. Georgi m'emmène voir *Le Coquelicot rouge* au théâtre Bolchoï ce soir. Je lui expliquais que les billets étaient trop chers pour toi.

— D'abord le Bolchoï, et puis on fait la fête. Nous avons le devoir d'amuser nos visiteurs.» L'officier costaud leva les poings en direction de Brendan en un geste ironique. «Et puis nous nous disputons pour savoir lesquelles, des femmes russes ou irlandaises, sont les plus belles.» Il se tourna vers Art, ses manières étaient sèches. «Cet appartement n'est pas convenable pour notre invité. Il va s'installer chez nous pendant dix jours.

— Tu ne m'en veux pas, Art ? demanda Brendan, un peu plus sobrement. Je n'ai aucune envie de te laisser tomber, mais ils insistent beaucoup et tu te tues à essayer de faire ton travail à l'usine tout en t'occupant de moi.»

Les trois officiers regardaient Art, sans aucune hostilité dans leurs regards, simplement une étrange indifférence. Si Brendan disparaissait, Art n'aurait aucune possibilité de le faire savoir dans le Donegal. Il n'aurait même pas le temps d'essayer de poster une lettre. Ils seraient de retour dans l'heure pour les chercher, lui et Irena.

Le costaud sourit. «Ne sois pas aussi inquiet, camarade. Dans dix jours tu reverras ton frère. Viens le retrouver à midi à la gare d'Octobre. Nous nous sommes arrangés pour que tu sois libéré de l'usine ce jour-là et le jour suivant, et tu pourras passer un peu de temps avec lui avant qu'il rentre à Londres. C'est un bon camarade. Tu dois être fier de lui.

— Si Art veut bien, alors je vais faire ma valise », dit Brendan.

Le petit officier attentif parla pour la première fois et Art comprit qu'il était le chef. « Ce n'est pas nécessaire. Nous pourvoirons à tous tes besoins. Tu es notre invité. » Il regarda Art. « Midi pile à la gare d'Octobre. Tu as compris ?

— Oui », dit Art, et pourtant il ne pouvait être sûr de rien. Brendan lui serra la main et embrassa Irena tandis que les agents de l'OGPU attendaient. Puis ils partirent, leurs pas qui descendaient l'escalier rompant le silence. Finalement, la porte d'entrée fut claquée et, sur chaque palier, les portes s'ouvrirent et les gens tentèrent d'être les premiers dans la queue pour l'eau et les toilettes.

Art s'assit en face de sa femme. Il ignorait combien de temps ils avaient avant que les autres couples reviennent dans l'appartement. Il ignorait s'il y aurait des coups à la porte qui leur seraient destinés au milieu de la nuit ou si Brendan réapparaîtrait à la gare dans dix jours. Il n'était certain de rien, sauf que, dans le Donegal, il serait tenu pour responsable de tout ce qui arrivait à son frère. Un peu de jalousie en lui aurait voulu que Brendan soit arrêté parce que, s'ils disaient la vérité, Brendan comptait plus pour eux que lui. Art n'avait jamais eu droit à ces privilèges, n'avait jamais été traité avec un tel respect, et pourtant il avait tellement donné – alors que Brendan n'était qu'un gamin. Cela n'avait pas de sens, mais peut-être était-ce une mise à l'épreuve. Il leva les yeux et vit qu'Irena le regardait.

« Ça ira très bien pour lui, dit-elle. Tout ira bien pour nous. » Elle répéta les mots comme un mantra destiné à éloigner le mal, puis elle les murmura une troisième fois avec acharnement, cherchant désespérément à se convaincre.

16

LA LETTRE

Donegal, août 1933

Manor House,
Dunkineely,
Donegal.
28 août 1933.

Mon très cher fils,

T'écrire me donne l'impression d'écrire à un mort – même si naturellement ta mère ne serait pas d'accord, car elle est persuadée depuis longtemps que nos chers disparus se saisissent de toutes les occasions pour s'adresser à nous, contrairement aux vivants que nous aimons à Moscou. Ceci, bien sûr, est ta prérogative et je ne te critique pas d'en faire usage. Je désire juste exercer ma prérogative en tant que père afin de te donner des nouvelles de ce qui sera ton héritage.

La maison semble particulièrement vide cette semaine, qui est celle de l'anniversaire d'Eva, quand je me remémore l'excitation que provoquait cette fête. Le temps n'est pas seulement un voleur mais aussi un prestidigitateur. Il m'arrive de lever les yeux de mon bureau et d'espérer plus ou moins vous entendre dévaler l'escalier du grenier avec de vieilles robes et de vieilles vestes pour vous déguiser. Toi et Thomas devriez être en train de vous disputer pour savoir qui sera Napoléon cette année, tandis que Brendan se sent oublié, que Maud fait la paix entre vous et qu'Eva est perdue dans son monde à elle. À présent, seules les souris occupent le grenier. Je les entends détaler et je n'ai pas le cœur de mettre des pièges. Elles se sont installées là-haut et sont souvent la seule compagnie à laquelle ta mère et moi ayons droit.

Mais nous ne nous plaignons pas parce que nous sommes ensemble et qu'il y a toujours assez d'amour entre nous pour écarter la pluie et le grésil de l'hiver, ainsi que ces journées moroses de janvier où l'on a l'impression que le printemps ne viendra jamais. Mais, cette année, il est revenu et nous a conduits à un été du Donegal au cours duquel c'est à contrecœur que la pluie a accepté quelques rares cessez-le-feu. Les plus heureux habitants de Dunkineely sont indubitablement les canards qui se dandinent d'un nid-de-poule débordant d'eau à un autre. Le nouveau gouvernement paraît aussi peu pressé de les combler que son prédécesseur. Peut-être attendent-ils de démolir cette maison et d'en émietter les pierres pour en faire du gravier. Je l'ai vu faire pour beaucoup de maisons, soit expropriées, soit offertes à l'État. Ils les démolissent avec jubilation et broient ces belles pierres pour couvrir les routes de sorte que les gens nous marchent dessus. Mais ton héritage est toujours debout et les pois de senteur qui dirigent leurs visages vers le soleil du soir sous ma fenêtre paraissent vraiment heureux et irradient leur merveilleux parfum de fraîcheur éternellement renouvelée après la pluie. J'aimerais que tu puisses les sentir, Art, et goûter la saveur salée qu'apporte la brise venant de la mer.

As-tu des jardinières remplies de fleurs dans ton appartement ? Ffrench dit que Moscou abonde en jardins collectifs. C'est vrai qu'il dit beaucoup de choses maintenant que je lui parle de nouveau. Lui garder rancune ne servait à rien. Nous sommes deux hommes cultivés manquant de compagnie dans cet endroit isolé. Je n'ai jamais pensé que je pourrais me sentir seul, particulièrement l'été, alors que cette maison était toujours pleine de visiteurs, mais les chambres sont tellement vides maintenant que mes enfants sont partis.

Thomas nous écrit qu'il a trouvé du travail comme urbaniste au Cap. Sa santé s'est beaucoup améliorée au soleil. Je tiens l'humidité de cette maison pour responsable de son attaque de consomption, un legs parmi beaucoup d'autres. Son état de santé se serait encore aggravé s'il n'avait pas suivi les conseils de son médecin et émigré dans un climat chaud. En vérité, cependant, malgré tout son amour pour le Donegal, il m'a expliqué qu'il s'en allait pour préserver sa santé mentale. Il est plein d'amertume envers toi, je le crains. Brendan écrit de temps en temps de Londres. Que puis-je te dire sur lui ? Sans doute en sais-tu davantage que moi. Il est toujours tellement enjoué qu'il est difficile de savoir ce qu'il pense de quoi que ce soit.

Maud est bien installée à Dublin. Je crains fort qu'Eva n'ait une vie difficile dans le Mayo, bien qu'il faille creuser profondément sous le bavardage de ses lettres pour sentir sa souffrance. Ce n'est pas le moment d'être protestant là-bas. Ils doivent faire profil bas depuis que De Valera a organisé le boycott des bibliothèques du Mayo à cause du prétendu danger créé par la nomination d'un protestant comme bibliothécaire en chef du comté pendant un court laps de temps. Rire de tout cela nous aide parce qu'il ne reste à notre classe sociale que l'humour, la détermination et quelques maisons délabrées. Et encore, ces dernières sont moins nombreuses chaque mois. L'IRA n'avait pas besoin de prendre la peine de chasser tant de familles en brûlant leurs maisons, elle aurait dû attendre tranquillement que la Bourse fasse le travail à sa place. Les dernières vieilles fortunes ont disparu lors du récent krach. *Les maisons sont simplement abandonnées maintenant, et les enfants du coin se servent des vitres comme cibles. Il m'arrive d'atteler le poney et de partir dans les collines pour visiter les maisons où ta mère et moi allions danser autrefois, les grandes chambres et les bibliothèques ont été laissées à la merci de la pluie et des quelques oiseaux qui ont choisi d'y construire leur nid. Tu te réjouis sans doute de voir le capitalisme s'effondrer de façon aussi définitive, mais à quel prix ? La faim règne dans le Donegal à un point que je n'avais encore jamais vu, la cause en est la dépression qui semble affecter tout le monde à l'exception de ta Russie bien-aimée où, selon Ffrench, le lait et le miel coulent toujours.*

La vie civilisée ne s'est pas terminée avec la montée au pouvoir de Mr De Valera, malgré les prédictions catastrophiques du gouvernement sortant de Mr Cosgrave. L'ambiance, en Irlande, est cependant amère et grincheuse, et le Donegal est divisé en deux camps encore plus distincts qu'autrefois. En vérité, les anciens assassins du Fianna Fáil de Mr De Valera n'ont pas formé un gouvernement plus radical que les anciens gangsters de Mr Cosgrave. Dans un premier temps, ses anciens camarades de l'IRA triomphaient quand il a libéré tous les prisonniers politiques, mais ils se sont vite aperçus qu'il n'avait aucune envie de les laisser entreposer leurs armes sous son bureau. Dès les premiers signes de troubles, il a envoyé les gardes civiques les repousser dans la clandestinité – bien qu'il n'ait pas pu résister à la possibilité d'un coup bas en virant le chef des gardes civils de Cosgrave, le général O'Duffy. O'Duffy est un clown, mais un clown vain et ambitieux. Il est difficile de comprendre comment les messieurs de l'ancien cabinet de Mr Cosgrave ont pu accepter de se mettre sous son joug. O'Duffy parade à présent dans tout le pays, tel un coq trop bien nourri, habillant ses sympathisants de chemises bleues et prenant Mussolini comme modèle.

Je n'ai jamais cru que je verrais le fascisme s'installer en Irlande, mais voir ses propres enfants avoir faim, cela change terriblement un homme. De Valera a déclaré une guerre économique à la Grande-Bretagne parce que ce pays refuse de laisser entrer notre bétail. J'ai vu de gros fermiers conduire leurs vaches au marché et rester là toute la journée sans vendre une seule bête. Et je les ai vus les ramener au crépuscule en jurant, et j'ai entendu dire que de pauvres bêtes ont été poussées par-dessus les falaises et abandonnées à leur mort parce qu'elles ne valaient rien. Et j'ai vu ces mêmes fermiers pleins de fierté, conduits par ton ami, Mr Henderson, défiler en chemises bleues lors de manifestations fascistes pour demander le renversement de Mr De Valera. Mais ces fermiers ne veulent pas un dictateur comme Mussolini : ils veulent que les choses soient comme avant, des salaires bas et un bon prix pour le bétail. Les pauvres soutiennent De Valera parce que, s'il est vrai qu'eux-mêmes sont toujours affamés, au moins voient-ils leurs riches voisins également affamés. Ainsi l'IRA perturbe les réunions du Blueshirt Fine Gael et les Chemises bleues perturbent les réunions du Fianna Fáil, avec tant de batailles et d'émeutes qui éclatent que je remercie parfois Dieu que tu sois à l'étranger et ne puisses pas finir dans une prison irlandaise.

La lumière baisse ici dans mon bureau. Ta mère est seule dans le petit salon avec pour toute compagnie une lampe à pétrole et son arthrite. Elle va se demander ce que je fais mais je ne veux pas m'arrêter d'écrire parce que, une fois le stylo posé, l'enchantement cessera. Je vais devoir rédiger l'adresse que Ffrench m'a donnée, alors que je ne saurai peut-être jamais si cette lettre t'est parvenue ou si tu n'as pas réussi a surmonter ton mépris pour nous le temps de bien vouloir nous répondre. Je t'ai écrit trois fois et j'aurais tout aussi bien pu jeter ces lettres par-dessus la falaise comme le font les fermiers avec leurs pauvres vaches. Je dois accepter que tu mènes une vie nouvelle. Mais je suis toujours le gardien de l'ancienne, le dépositaire de ton héritage. Tu devras assumer la possession de cette maison après ma mort, que tu le veuilles ou non. Aucun de nous deux ne peut rompre ce contrat irrévocable. Reviens et je te la donnerai avant terme. Tu pourras vivre ici et j'emmènerai ta mère en Angleterre, loin de cette humidité. Tu aimes chaque pierre et chaque buisson de Dunkineely, je le sais bien. Tu ne peux pas échapper à qui tu es. Je repeins les boiseries des fenêtres tous les ans, je remplace les tuiles et les vitres cassées. Mais même si je m'en allais, et si le toit s'effondrait, si seuls les rats et quelques chiens bâtards hantaient les caves, cette propriété n'en resterait pas moins tienne et, un jour, toi ou ton fils, vous devrez bien accepter ce fait. C'est là ta malédiction, Art, tu es un propriétaire. Tu peux te débarrasser de tous tes autres biens mais cette maison t'attend et ma malédiction est d'en être le gardien.

Il m'arrive souvent de rêver de toi. Nous marchons ensemble sur la plage à St John's Point, sans parler ni nous toucher, mais avançant tranquillement dans une compréhension silencieuse et agréable. Je ne suis pas mystique comme ta mère, mais je sais au fond de mon cœur que certaines nuits, tu fais le même rêve. Je le sais parce que tu es une partie de moi et que je suis une partie de toi et que tu me manques et que je t'aime et que je te pardonne et que je voudrais sentir que toi aussi tu me pardonnes. Vingt minutes se sont écoulées depuis que j'ai écrit cette dernière phrase. J'ai passé ce temps-là les yeux fermés, une main tendue. Si un désir irrésistible pouvait donner réalité à une présence, j'aurais senti tes doigts frôler les miens. J'ai allumé une bougie afin de pouvoir terminer cette lettre. Je la pose sur l'appui de la fenêtre pour te guider. Écris-moi. Une seule page, une seule ligne, un seul mot.

J'attends ta réponse, même si je dois attendre jusqu'à la fin de mes jours.

Ton père aimant.

17

UNE VIRÉE À L'ÉTRANGER

Londres, 1934

Il savait que c'était eux avant même que le moteur se soit arrêté. C'était la vieille Daimler que Gordon avait reçue de son père et que Gordon et Lillian avaient gardée sous clé dans les écuries derrière leur hôtel particulier de Chelsea pendant le temps de leur appartenance au parti communiste. Lillian avait un jour suggéré qu'ils fassent l'amour sur le siège arrière parce qu'elle aimait le contact du cuir frais contre sa peau, mais Brendan s'était déjà lassé d'elle. Elle avait été pour lui une brève diversion, tout comme le communisme l'avait été pour elle. Il avait fallu l'effondrement de la Bourse, deux mois après qu'ils eurent couché ensemble pour la première fois, pour que resurgisse la réactionnaire en elle. La plupart des gens de son milieu qui avaient flirté avec le communisme avaient alors quitté le parti, tout à coup conscients de la fragilité de leurs liens avec la fortune. « Nous ne sommes pas fauchés, avait-elle plaisanté une fois où Brendan l'avait rencontrée par hasard. Gordon a accumulé une petite fortune en prenant la simple précaution d'en avoir une grosse au départ. »

Gordon sortit de la Daimler et traversa la pelouse de Hyde Park d'un pas tellement déterminé que Brendan fut convaincu que Lillian lui avait confessé son adultère. Cela lui ressemblait bien de garder l'histoire secrète jusqu'à ce que Gordon soit surpris avec une nouvelle maîtresse et de le torturer alors avec cette révélation. Brendan se leva du banc, mal à l'aise, afin d'affronter le mari cocu, sans savoir s'il devait préparer sa défense. Il ne s'inquiétait pas trop des insultes ni même de recevoir un coup si tout cela se terminait rapidement. Dans six minutes, il avait rendez-vous avec quelqu'un et qu'il ne soit pas seul serait désastreux. Le chauffeur ouvrit la porte pour que Lillian puisse descendre dans Serpentine Road et apprécier la confrontation. Elle lui lança un sourire passionné et le salua de la main, distrayant Brendan un instant, de sorte que Gordon fut tout à coup devant lui et lui serra la main.

« Goold Verschoyle, justement ! Nous parlions de toi... oh, il y a une ou deux semaines. Lillian disait que tu étais d'une compagnie tellement agréable et que nous ne te voyions plus depuis un moment. Tu n'es pas toujours... tu sais... impliqué dans tout ça ?

— Non », le rassura Brendan.

Il parut soulagé. « Tu es revenu à la raison, comme nous. Excellent. Si cela peut te consoler, nous n'étions pas les seuls imbéciles à avoir été dupés par ce terrible paysan géorgien. Il est étonnant de voir, au cours des dîners, quand le cognac commence à délier les langues, combien de gens très bien ont perdu la raison et ont flirté avec le feu. Il faut que tu viennes dîner chez nous. Ce soir ? Nous avons invité des gens très intéressants.

— Je te remercie, mais je ne peux pas.

— Bon, écoute... » L'homme, plus âgé que Brendan, se pencha davantage vers lui et ce dernier eut envie de le frapper, se rappelant comment il avait cyniquement laissé tomber Ruth Davis après l'avoir engrossée. « Nos invités ne se formaliseraient pas du fait que tu travailles dans... je ne sais plus quoi.

— Je suis un électrotechnicien diplômé, dit Brendan.

— Excellent. Bravo. Les gens ne s'en formaliseraient pas. Ce serait même une nouveauté. Puisque tu serais mon invité, assis à ma table, aucune des personnes présentes n'oserait se montrer condescendante.

— Ce n'est pas ça, expliqua Brendan. Peut-être une autre fois. En fait, j'ai rendez-vous avec une femme. »

Brendan regarda derrière Gordon, trois employées de bureau descendaient North Ride en riant, bras dessus bras dessous, leurs trois têtes très proches les unes des autres.

— Eh bien, amène-la.

— Son mari n'aimerait pas ça. »

La réplique était risquée mais Brendan, tout à coup, s'en fichait.

Gordon le regarda avec curiosité. « Fine mouche, dis donc. J'ai toujours su que tu étais un homme à femmes. » Il baissa la voix et prit un ton de conspirateur pour ne pas être entendu du monsieur âgé qui venait de s'installer pour déjeuner sur le banc derrière eux. « En tout cas, qui se ressemble s'assemble, si tu vois ce que je veux dire, mon vieux. Les catholiques soutiennent que ce n'est pas un péché tant que l'on n'y prend pas plaisir. Moi je soutiens la tendance évangéliste – ce n'est pas un péché si on ne se fait pas prendre. » Il jeta un coup d'œil derrière lui en direction de Lillian, qui se tenait à côté de la Daimler, souriant avec un peu de raideur. « Pas un mot, naturellement, à qui tu sais. Quand donc as-tu rendez-vous avec cette demoiselle ? »

Les trois employées de bureau se mêlèrent à la foule de l'heure du déjeuner dans le parc. « C'est plutôt embarrassant, Gordon, mais je dois la voir en réalité ici et maintenant.

— À Hyde Park, en plein jour ? » Gordon rit, sans plus s'inquiéter du monsieur âgé. « Tu es une fripouille, Goold Verschoyle, on devrait te pendre.

— Où serait-il plus naturel de se rencontrer par hasard ? dit Brendan. Les rencontres ne paraissent suspectes que lorsqu'elles ont lieu dans des allées sombres.

— Tu connais le mari ?

— Intimement. » Il savait que chacun de ses mots serait rapporté à Lillian quand Gordon rejoindrait la voiture.

« Tu prends un risque, quand même… Je… je ne sais pas ce que je ferais si jamais je découvrais… » Gordon examina les passants. « Et elle déjeune ici ? Qui est-elle, une dactylo ?

— Certainement pas, dit Brendan. J'ai toujours eu de la classe.

— C'est vrai. Je l'ai souvent dit à Lillian. Elle sera tellement soulagée de savoir que tu n'es plus mêlé à ces autres histoires. Ce n'était après tout qu'un ramassis de geignards et de traîtres.

— J'ai eu un réveil difficile, expliqua Brendan. Je suis allé à Moscou. Mon frère vit là-bas : c'est un incurable fanatique.

— Mon Dieu, tu y es vraiment allé ? C'était comment ?

— Le jour de mon retour, j'ai rompu tous mes liens avec le parti communiste. Ai-je besoin d'en dire plus ? Écoute, si mon amie m'aperçoit en compagnie, elle prendra sans doute peur.

— Je comprends, évidemment. Tu ne verras plus que la poussière derrière moi dans un instant. » Gordon posa un doigt paternel sur l'épaule de Brendan. « Une chose encore, accepterais-tu de parler en public de ce que tu as vu ? Le despotisme en Russie et le complot en Angleterre entre les bolcheviques et les juifs qui ont orchestré la dépression. Lillian et moi avons maintenant nos entrées dans la British Union of Fascists. Mosley lui-même est venu dîner plusieurs fois. Mosley serait bien disposé envers toi parce que lui aussi a commencé dans la peau d'un socialiste fourvoyé. Il a suivi le même trajet que nous. Je respecte ta volonté de construire des passerelles entre les classes sociales, ce qui est exactement ce que fait la British Union of Fascists. Son grand avantage en tant qu'organisation est qu'il y a de la place pour toutes les classes sociales – à leur place naturelle, évidemment, mais tout le monde a un rôle à jouer. Tu serais un brillant orateur.

— Suis ton chemin, Gordon, moi, j'en ai fini avec la politique. » Brendan repoussa poliment mais fermement la main de l'homme de son épaule. « Je veux simplement avoir une vie agréable, tu comprends et, à moins que tu te barres en vitesse, je vais rater un assez grand moment de plaisir aujourd'hui et j'aurai fait un achat inutile chez un barbier en venant ici.

— J'ai du mal à accepter ce ton de voix, répondit Gordon avec brusquerie. J'allais partir. Cependant, je ne suis pas rancunier. Prends contact quand tu auras recouvré la raison et je te présenterai personnellement à Mosley. »

Il se détourna et partit à grandes enjambées en direction de Lillian, qui cessa de sourire et prit un air inquiet. Brendan s'assit sur le banc, le cœur battant. Il respira profondément et regarda la foule compacte autour de lui. Le monsieur âgé qui déjeunait leva les yeux.

« Eh bien, il connaît donc Mr Mosley en personne, votre ami ? demanda-t-il avec désinvolture.

— Ce n'est certainement pas un ami. »

Le vieil homme mordit dans son sandwich. « Ce qui vaut mieux, puisque vous couchez avec sa femme. »

Brendan le regarda avec surprise. « Comment le savez-vous ?

— C'est notre travail de tout savoir. N'ayez aucun contact avec ce couple, cela pourrait être mal interprété.

— Je n'ai aucune envie de les revoir, pas plus que les autres traîtres dans leur genre. Mais je trouve toujours injuste de devoir rester à l'écart de bons camarades à l'intérieur du parti.

— Le parti communiste britannique grouille d'espions de la police. Nous savons qui ils sont et nous nous en occuperons en temps voulu. Mais, grâce à eux, le dossier que la police a sur vous n'est pas activé. On pense que vous n'êtes qu'un renégat de plus qui s'est retiré, comme vos amis fascistes. Scotland Yard ne vous considère plus comme quelqu'un de dangereux. Vous êtes un jeune homme respectable et présentable. Toutefois, vous m'avez l'air un peu pâle. Une virée à l'étranger, un peu d'air marin vous feront du bien. Cette fois-ci, ne partez pas de Hull. Allez en Hollande, puis rendez-vous en Finlande. J'aimerais bien, moi aussi, partir un peu. Ces quelques minutes assis ici à écouter ce trou du cul antisémite m'ont donné la nausée. »

Brendan resta silencieux. Une des rares choses qu'il savait sur son contrôleur était qu'il était juif. Georgi Polevoy s'était presque excusé de cela pendant les dix jours d'instruction intensive où l'on avait fait de lui un agent de liaison. Les blagues passionnément antisémites de Georgi avaient tellement choqué Brendan que l'officier de l'OGPU s'était arrêté quand il s'en était aperçu. Ce n'était pas la seule contradiction qu'avait rencontrée Brendan après avoir accepté, dans la cuisine d'Art, de devenir agent de liaison. Mais ces contradictions ne l'avaient pas désillusionné car, contrairement à Art, il ne voyait pas le monde en noir et blanc. Il avait perçu une véritable famine derrière la propagande sur le bonheur des ouvriers du paradis socialiste. Mais il avait également vu des gens affamés quand il était enfant en Irlande et avait vécu parmi eux en Angleterre pendant ces terribles années de soupes populaires et de marches de la faim. Le capitalisme était en bout de course, et le spectre du fascisme lui donnait envie de vomir. Le communisme offrait un véritable espoir à long terme – même entre les mains de fanatiques tels que Georgi Polevoy, les chevaux de trait ignorants qui servaient à rentrer la récolte. À Moscou, ils ne l'avaient pas contraint parce que, après les avoir entendus, Brendan avait accepté librement de leur offrir ses services. Mais contrairement à Art, il ne leur avait pas offert son esprit.

Le vieux monsieur souleva son chapeau pour saluer une femme en manteau de fourrure qui le remercia d'un sourire. Il la regarda passer. « Notre ami au ministère de l'Intérieur a bien travaillé. Restez un ou deux jours avec votre frère si vous voulez. Art est un bon camarade : il ne cherchera pas à savoir pourquoi vous êtes revenu à Moscou. Vous savez que nous pouvons vous loger bien mieux que ça ?

— Si cela suffit à Art, cela me suffit aussi. »

L'homme acquiesça. « La famille, c'est important. Ma femme, par exemple. Elle confectionne les meilleurs des sandwichs. Goûtez-en un. »

Il posa le sac en papier Kraft contenant son déjeuner sur un genou de Brendan. Il restait un sandwich. Brendan le sortit et mordit dedans. Il était excellent. Brendan voulut complimenter le vieil homme mais il s'était déjà levé et disparaissait dans la foule. Deviner combien il y avait d'enveloppes au fond du sac était difficile. Suffisamment pour remplir les cachettes habituelles et pour devoir en créer d'autres. Il achèterait des cadeaux pour Art et Irena. Les gardes-frontières soviétiques n'oseraient pas les voler quand ils verraient ses documents. La dernière fois, il avait apporté des livres après qu'Art eut mentionné qu'il n'avait pas grand-chose à lire. Cela avait changé depuis que l'administration lui avait demandé de travailler comme traducteur pour une maison d'édition. En raison de leur statut plus élevé, lui et Irena ne partageaient maintenant leur appartement qu'avec un seul autre couple. Georgi Polevoy avait promis à Brendan qu'Art ne saurait jamais quelle main avait guidé sa progression. Brendan apporterait du tabac et un jeu d'échecs sculpté à la main, et il se débrouillerait pour que son frère aîné croie qu'il pouvait le battre lorsqu'ils seraient tranquillement assis devant les pièces tard dans la nuit moscovite.

18

LA VISITE NOCTURNE

Moscou, 1935

Le problème avec la maison d'édition était qu'on ne pouvait pas travailler le nombre d'heures nécessaires. Lorsque l'énorme horloge sonnait six heures, la petite armée de traducteurs cessait de s'activer comme des ouvriers dans une usine plutôt que comme des propagateurs de la grande littérature. Art était stupéfait de voir comment ses collègues pouvaient s'arrêter au milieu d'une strophe et mettre le poème de côté avec désinvolture jusqu'au lendemain, après avoir mécaniquement enfilé des rimes toute la journée, produisant des versions fidèles mais lourdes pour lesquelles ils étaient payés au vers. Il s'agissait surtout d'une « société de secours mutuels » des poètes géorgiens, arméniens, ukrainiens et kazakhs dont l'unique tâche consistait à traduire simultanément l'œuvre de chacun d'entre eux, ou de « laver son linge sale en famille », comme le disait cyniquement l'un d'eux. Mais tout le monde ne travaillait pas de cette façon. Certains bons camarades n'avaient pas perdu leur révérence envers la littérature, bien qu'ils veillassent à ne jamais placer les mérites des poètes plus haut que les efforts des ouvriers qu'ils célébraient. Chaque soir, Art voyait ces camarades émerger à contrecœur des mots qu'ils traduisaient et observer la vaste salle où tous les traducteurs plumitifs étaient en train de mettre leur manteau et leur bonnet de fourrure. Nombre d'entre eux venaient, comme lui, de l'étranger, mais ils étaient célibataires et vivaient avec d'autres étrangers à l'hôtel Lux. Certains matins, ils faisaient de l'humour noir à propos des sceaux rouges apposés sur les portes des pensionnaires que la police avait emmenés pendant la nuit. Ces matins-là, ils travaillaient dans un silence morne, ignorant délibérément le bureau vide pas très loin du leur. Quelques camarades avaient la même habitude que lui, ils emportaient du travail chez eux afin de le réviser en dehors de la pression des délais imposés par les surveillants. Art aimait beaucoup cette période entre minuit et deux heures du matin, lorsque Irena dormait, leur nouveau-né à ses côtés. Il aimait travailler à la lumière d'une bougie jusqu'au réveil de l'enfant, qui pleurait pour qu'on le nourrisse. Irena grondait gentiment Art afin qu'il se couche et, pendant que le bébé tétait, il se lavait à l'eau froide et s'abandonnait au sommeil avec réticence.

Ce soir-là, il corrigeait les épreuves de sa traduction en anglais de *Têtes rondes et Têtes pointues* de Bertolt Brecht. Aucun éditeur britannique ou américain n'avait osé traduire ce texte incendiaire, de sorte que la responsabilité lui en incombait, bien qu'il se soit demandé si son allemand était à la hauteur. Des collègues proches l'avaient aidé pour les problèmes linguistiques où il n'y avait aucun risque de controverse et il était content de son travail. Mais à présent, en relisant de nouveau les feuillets, il aurait aimé avoir davantage de temps. C'était invariablement le cas chaque fois qu'il relisait ses traductions dans le calme, avec la possibilité de réfléchir. La maison d'édition n'était jamais silencieuse, les traducteurs étaient sans arrêt en train de consulter les rangées de dictionnaires ou de demander des conseils afin de s'assurer que certains passages n'enfreignaient pas la ligne soviétique.

Art avait rarement besoin de ce genre de conseils. Il faisait confiance à son instinct et n'avait jamais eu à justifier un passage traduit devant le Glavlit, le commissariat pour la littérature. D'ailleurs, il avait remarqué que ceux qui montraient publiquement qu'ils avaient besoin de conseils étaient en général ceux que le Glavlit, parfois accompagné par la police secrète, finissait par questionner. Les traducteurs, maintenant, n'appréciaient guère qu'on leur demande conseil sur autre chose que sur des problèmes strictement linguistiques car on ne savait jamais si la personne qui posait les questions n'était pas un agent provocateur cherchant délibérément à confectionner un contexte réactionnaire à partir de la réponse. Il arrivait qu'Art regrette le travail à l'usine, bien que son activité actuelle fût stimulante et qu'il ne fût plus dépendant de l'approvisionnement limité et des longues queues devant les magasins de la coopérative ouvrière. Il avait désormais accès aux magasins d'État, où des articles précieux tels que le thé étaient vendus, bien que, à six roubles les cinquante grammes, c'était un luxe qu'il pouvait rarement se permettre. Le désavantage d'un poste de traducteur était que les gens évitaient de croiser votre regard une fois qu'ils vous avaient vu sur le seuil de la maison d'édition parce qu'ils savaient que des étrangers y travaillaient. Depuis que la police secrète avait récemment entrepris une campagne de rafles d'éléments socialement dangereux, les voisins s'étaient mis à l'éviter. Certains soirs ceux-ci disaient à voix basse à leurs enfants de rentrer vite dans leur chambre avant qu'il n'arrive sur le palier et il avait l'impression d'être de nouveau victime des superstitions du prolétariat dublinois de Mountjoy Square.

Donc, lorsqu'un très faible coup fut frappé à la porte, Art sut que ce ne pouvait pas être un voisin venu mendier un quart de miche de pain noir. Comme le disait parfois Irena en plaisantant, les seules personnes qui travaillaient à cette heure-là étaient les traducteurs, les prostituées, les voleurs et la police secrète. Art tendit l'oreille un instant, mais il n'y eut pas de second coup, comme si le visiteur se doutait bien qu'Art ne faisait qu'atermoyer. Le coup avait été faible mais Art savait que d'autres, dans l'immeuble, l'avaient également entendu. Les gens dormaient aussi légèrement qu'un chien et tendaient l'oreille pour entendre ce bruit dont ils avaient tellement peur. Le mois précédent, un traducteur finlandais avait plaisanté à propos d'une femme répondant tard la nuit à des coups à sa porte, avant d'être rassurée par son voisin : « Pas la peine de paniquer, camarade, c'est seulement le bâtiment qui est en feu. » Deux matins plus tard, les collègues du Finlandais avaient trouvé des sceaux rouges sur la porte de sa chambre à l'hôtel Lux.

Le coup n'avait pas été assez fort pour réveiller Irena ou l'enfant, qui étaient tous deux épuisés. Art les regarda dormir paisiblement une seconde de plus, puis plaça les épreuves de Brecht là où il était sûr qu'Irena les trouverait. Il entrouvrit la porte. Georgi Polevoy – le policier costaud qui travaillait maintenant pour le NKVD, auquel l'OGPU avait été intégré – se tenait là. L'officier du NKVD avait l'air grave et Art se demanda quel collègue de la Maison du Progrès l'avait mensongèrement dénoncé. Peut-être était-ce la rapidité des événements, mais Art ne ressentait aucune terreur. À la place, il y avait cet étrange soulagement, comme s'il attendait depuis longtemps ce moment où sa loyauté allait enfin être mise à l'épreuve. Personne n'aurait pu estimer le nombre de destructeurs et de saboteurs que les gouvernements impérialistes avaient lâchés sur l'Union soviétique sous un masque de soi-disant volontaires, mais la conscience d'Art était tranquille et il savait qu'il pouvait logiquement réfuter toute allégation à son sujet. Georgi regarda les formes endormies derrière Art, plaça un doigt sur ses lèvres et lui fit signe de le rejoindre sur le palier vide.

« Pas la peine de les réveiller, chuchota-t-il. Prends un manteau. Tu n'as besoin de rien d'autre. Cela ne durera pas longtemps. »

Art prit son manteau derrière la porte. Il ne se retourna pas pour les regarder parce que cela serait admettre la possibilité qu'il ne reverrait jamais sa famille. Une fois, Brendan avait été emmené et Brendan était revenu. Peut-être Brendan était-il à Moscou et l'emmenait-on le voir.

Il referma la porte sans bruit et descendit jusqu'au palier suivant, où l'attendait l'officier du NKVD.

« Mieux vaut laisser l'enfant dormir, dit Georgi. Ils ont besoin de sommeil. Je suis trois fois papa, bien que mon épouse pense que ce n'est que deux fois. » Il fit un geste modeste. « Des erreurs se produisent dans la vie. Tu comprends.

— Oui.

— Bien. Suis-moi. »

L'homme ne donna aucune autre explication et Art savait qu'il ne fallait pas en demander. La voiture garée avait éteint ses phares et il y avait un autre officier du NKVD au volant. Georgi ouvrit la porte et Art dut se tasser sur la banquette arrière où un homme et une femme étaient assis, puis Georgi s'installa sur le siège du passager et dit à son collègue qu'il pouvait démarrer. Il faisait sombre dans la voiture, mais

Art savait qu'il était assis à côté de deux criminels. La femme, d'une cinquantaine d'années, avait certainement été arrachée de son lit parce qu'elle n'était vêtue que de sa chemise de nuit. Elle tremblait, mais l'homme était parfaitement immobile. Le sang sur son front paraissait noir dans cette lumière. La respiration de l'homme était anormalement forte, comme s'il courait un marathon. Peut-être était-ce parce qu'on le forçait à être assis à côté d'eux mais, tandis qu'ils filaient dans les rues désertes, Art s'aperçut qu'il tremblait comme s'il était également coupable.

La voiture pénétra sur la place de la Lubyanka, passa devant la statue de Feliks Dzerjinski, qui avait créé la première police secrète soviétique. La femme en chemise de nuit se mit tout à coup à parler quand ils franchirent les portes de la prison de la Lubyanka, lesquelles se refermèrent derrière eux. « Camarades, je demande à savoir de quoi je suis accusée. Pourquoi m'arrêtez-vous ? »

Aucun des deux officiers ne prit la peine de lui répondre ; la voiture s'arrêta et un groupe de gardiens émergea d'une porte afin de tirer les deux captifs à l'intérieur, sans se préoccuper des cris de plus en plus hystériques de la femme. Art s'attendait à ce qu'on lui dise de les rejoindre mais Georgi ordonna aux gardiens encore là de le laisser tranquille pour l'instant. L'autre officier suivit les prisonniers à l'intérieur, laissant les deux hommes assis dans la voiture, seuls dans la cour illuminée.

« Toujours la même question : *pourquoi, pourquoi, pourquoi*, dit Georgi avec incrédulité. Si les gens ne savaient pas pourquoi ils sont arrêtés, ils ne seraient pas amenés ici. » De quelque part à l'intérieur du bâtiment, un cri inhumain rappela à Art un blaireau pris au piège. Georgi secoua la tête. « Parfois je suis choqué par la profondeur de leur aveuglement. Ils doivent pourtant savoir qu'ils finissent toujours par avouer.

— Pourquoi m'avez-vous amené ici ? »

L'officier du NKVD soupira. « Cela m'attriste, Goold, d'entendre un homme de ton intelligence se lancer dans l'habituelle histoire pathétique du *pourquoi* comme un koulak ignorant. Tu prétends être un camarade loyal, alors réfléchis au pourquoi. Tu as toute la nuit. »

Une lumière crue s'alluma dans une pièce vide. À travers la fenêtre, Art vit qu'on enlevait la chemise de nuit de la femme et qu'on l'obligeait à se plier en deux pour procéder à une fouille gynécologique grossière. Après lui avoir ordonné de se redresser, la gardienne lui ouvrit la bouche avec la même main et examina ses dents à la manière d'un maquignon sur une foire du Donegal. Georgi Polevoy observa calmement la réaction d'Art.

« Même quand les filles sont séduisantes, camarade, ce n'est pas un joli spectacle. On finit par se fatiguer de la liste sans fin de noms, de corps et de visages des ennemis du socialisme. Nous vivons une époque dangereuse, il y a tant de saboteurs qui perturbent le Plan quinquennal. Les procès que l'on rapporte dans la *Pravda* ne concernent qu'une infime fraction des gens que nous sommes obligés d'arrêter. »

Art avait suivi avec attention dans la *Pravda* tous les procès politiques, écœuré de voir comment des traîtres qui s'étaient faufilés jusque dans des postes importants du parti ne cessaient de défier publiquement l'autorité de Staline en bêlant leur innocence. On autorisa la femme à remettre sa chemise de nuit et on l'emmena se faire photographier. L'homme fut conduit dans la pièce et la même procédure commença. C'était bien différent des soirées passées à discuter confortablement du *Manifeste du parti communiste* avec Mr Ffrench. Cependant, cette distance était celle qui séparait une vague théorie de sa mise en œuvre. Avec les mots seuls, on ne pouvait pas construire grand-chose. Mais il y aurait autant de souffrance à mettre en application les paroles pour lesquelles Jésus-Christ avait été crucifié. Plusieurs fois, depuis qu'il se trouvait en Union soviétique, la foi d'Art avait été mise à l'épreuve, et cet épisode paraissait être un nouveau test, dans lequel Georgi Polevoy jouait le rôle de Lucifer l'incitant à ressentir de la pitié pour ceux qui avaient trahi leurs camarades ouvriers. Georgi attendait qu'Art prenne la parole.

« Je suis d'accord avec Brecht, déclara Art. Plus ils clament leur innocence, plus ils méritent de mourir.

— Comment pourraient-ils être innocents ? demanda Georgi. Ceux qui sont arrêtés et conduits à la Lubyanka ne peuvent qu'être coupables. Relâcher quelqu'un que nous avons arrêté signifierait que notre jugement peut être mis en cause. Cela détruirait le moral du peuple, que nous avons la charge de protéger des traîtres. Une fois qu'ils ont pénétré ici, seuls ceux qui voudraient porter préjudice au prestige du NKVD veulent s'en aller, et cela est déjà un crime en soi.

— Alors, de quoi suis-je coupable ?

— À toi de me le dire, camarade. C'est toi qui as parlé de culpabilité. Qu'est-ce que tu avoues ?

— Je n'ai rien à avouer. Je n'ai rien fait.

— N'est-ce pas déjà un crime ? De n'avoir rien fait ? L'Union soviétique est infestée d'espions, et pourtant tu n'as rien fait. Depuis que tu es ici, combien de saboteurs as-tu dénoncés ? Dans ton dossier, camarade, on lit que tu n'as pas donné un seul nom à la police. Tu as certainement vu des ouvriers détruire le moral des autres en arrivant en retard ou en déclarant qu'un objectif de production était impossible à atteindre ? N'as-tu pas, à l'abri dans l'égoïsme de ton petit cocon, délibérément fermé les yeux devant les traîtres ? Est-ce que ta femme ou des voisins n'ont jamais émis une seule remarque antisoviétique ? Comment peux-tu dire que tu es un bon citoyen quand les camps de travail manquent de gens à rééduquer ? C'est le devoir de tous les citoyens de débusquer la racaille des parasites, et pourtant tu n'as rien fait. Tu plaides toujours non coupable ? »

Art alluma une cigarette qu'il prit dans le paquet que lui tendait Georgi. Ses doigts tremblaient et il essayait de ne pas penser à Irena et au bébé, qui maintenant devaient être réveillés. « Je suis venu ici pour aider à construire le socialisme en Union soviétique. Je suis venu pour servir. Si je peux servir le socialisme plus efficacement en plaidant coupable, il faut me dire précisément quels sont mes crimes et je signerai ma confession. »

Georgi prit un air désapprobateur. « Camarade, tu crois vraiment que j'ai le temps de découvrir les crimes de tous ceux qui passent ici ? Les gens n'ont-ils pas une responsabilité envers leurs propres crimes ? Il suffit parfois de quelques instants, parfois il faut des jours et des jours, mais les gens finissent toujours par trouver quelque chose à avouer une fois qu'ils ont quitté cette voiture et qu'ils ont franchi ces portes. » Il tira sur sa cigarette. « C'est pour ça que tu es encore assis ici. Je pourrais t'arrêter en vertu d'une dizaine de motifs si tu veux descendre de voiture. Cependant, il te reste un choix, comme pour moi. Mais les choses changent si vite que le choix aura bientôt disparu. Tu es né dans une classe de parasites détestables qui ne t'a donné aucun talent utile. Si tu étais un ingénieur ou un technicien, tu aurais été arrêté depuis longtemps en fonction de nos besoins. Tout ce que tu peux nous donner en tant que prisonnier est ta force, et nous avons des koulaks pour ça. Si tu désires servir l'Union soviétique, je veux bien te laisser encore une chance.

— Laquelle ?

— Rentre chez toi.

— Chez ma femme et…

— En Irlande. Tu y seras plus utile.

— Mais ma famille… ma vie tout entière est ici.

— Est-ce que tu aimes ta femme ?

— Oui.

— Alors pourquoi continuer à la contaminer ? Tu es un étranger. Si tu es arrêté, il nous faudra également inculper ta femme. Penses-y. Quand les impérialistes ont envahi l'Amérique, ils ont tué les indigènes avec la variole qu'ils avaient introduite dans des couvertures. Les impérialistes essaient de faire la même chose avec nous, seulement ce sont des personnes qui transportent les virus. C'était une erreur de laisser entrer un seul étranger. Quelques-uns d'entre vous sont des gens tout à fait bien, mais la plupart sont des juifs dont les impérialistes se débarrassent avec joie, car ils savent qu'ils vont semer la zizanie ici. Dans un an il n'y aura plus un seul étranger à Moscou pour propager le mécontentement et la contre-révolution. Si tu ne pars pas maintenant, nous devrons t'arrêter, ainsi que ta femme et toute sa famille. Je te laisse cette chance, Goold, parce que j'apprécie ton frère, alors que lui-même t'a dénoncé à plusieurs reprises.

— Brendan ne me dénoncerait jamais. » Art s'arrêta, n'ayant plus aucune certitude, tout à coup, alors qu'il regardait l'homme nu se faire froidement battre par les gardiens. « Qu'est-ce que Brendan a dit sur moi ?

— Toute sa vie il a été jaloux de toi et de ce dont tu vas hériter. Tu dois éviter ton frère à Londres, tu ne dois pas avoir de contact avec lui. Oublie jusqu'à son existence et j'oublierai tout ce qu'il m'a dit. Tu ne dois penser qu'à toi-même. Si tu descends de cette voiture et te retrouves dans cette cour de prison, il n'y a rien que je pourrai faire pour te sauver. Mais je veux bien te donner une dernière chance, alors pourquoi ne pas en donner une à ta femme ?

— Est-ce que je peux l'emmener ? Je l'aime. Je ne veux aller nulle part sans elle et notre enfant.

— C'est un amour étrange que celui qui signe l'arrêt de mort de quelqu'un. Tu veux la dénoncer ?

— Elle n'a rien fait.

— C'est un début, le même crime que celui que tu as avoué. Elle a également épousé un étranger, et pour cela, avec la nouvelle loi, elle peut être condamnée à dix ans. En outre, ton frère l'a également dénoncée. Toutefois, si tu disparais, ces choses-là peuvent être oubliées. Sinon… ? » Georgi haussa les épaules. « Peut-être lui permettront-ils de garder son enfant en prison. Mais peut-être pas.

— Est-ce que je peux au moins lui expliquer cela ?

— Elle comprendra. Elle comprend la réalité bien mieux que toi.

— Que lui arrivera-t-il ? »

Georgi écrasa sa cigarette et regarda autour de lui comme s'il avait peur d'être entendu. Il lança à Art un regard d'une honnêteté déconcertante. « Camarade, je ne sais même plus ce qui m'arrivera à moi ou à n'importe lequel d'entre nous. Tu ne comprends donc pas quelle faveur je t'accorde ? Quand tu seras en Irlande, dépose une demande pour qu'elle et l'enfant te rejoignent. Peut-être qu'avec le temps, en fonction de ce que tu auras fait, tu pourras demander à revenir ici. Ton dossier restera ouvert.

— Qu'est-ce que ça veut dire ?

— Ça veut dire que le NKVD te surveillera pour voir si tu fais vraiment des efforts. J'ai étudié l'Irlande, camarade, et ce pays m'intrigue beaucoup. À quoi sert une révolution quand elle n'entraîne absolument aucun changement ? Pourquoi le prolétariat ne s'est-il pas soulevé de nouveau quand il a vu qu'il avait obtenu si peu ? Le nationalisme petit-bourgeois est comme la rouille qui bloque les roues du changement. Notre parti, en Irlande, est petit et fragmenté. On nous a rapporté que des membres renégats tentent de faire cause commune avec les éléments prétendument progressistes du républicanisme, mais de tels compromis ne peuvent mener qu'à une pensée bâtarde et déviante. Il est important pour nous d'avoir là-bas un homme capable de s'opposer à l'effritement du pouvoir du camarade Staline dont le rôle est de contrôler la politique du parti, un homme qui s'assurera que l'objectif n'est pas perdu de vue, objectif selon lequel il n'y a, dans le monde entier, qu'une seule voix du communisme et de la révolution. Nous dépendons de toi pour l'éducation des camarades irlandais séduits par le nationalisme mesquin. Tu seras le roc de Staline. »

Il ne restait plus aucune trace de vulnérabilité sur le visage de Georgi. Les portes de la prison s'ouvrirent et une camionnette qui venait de la place de la Lubyanka entra. Des gardiens sortirent pour saisir les prisonniers et les pousser en avant, sans se préoccuper de leurs protestations. Ces déviants allaient être rééduqués, allaient travailler héroïquement, comme les prisonniers qui avaient creusé le canal de la mer Blanche dans la roche à mains nues. Si quelques-uns avaient péri, au moins cela avait été sous un ciel soviétique. Art aurait pu descendre de voiture et les rejoindre s'il n'avait pas été marié. Mais il devait tenir compte de sa famille, même si Irena et le garçon ne devaient jamais savoir ce qui lui était arrivé. En Irlande, il serait le roc de Staline. Il serait un fantassin, un missionnaire, Jean-Baptiste ouvrant une route parmi les infidèles et les étrangers. Il regarda Georgi qui sortait une enveloppe de sa poche.

« Je vais te conduire à la gare, dit l'officier du NKVD. Dans un jour ou deux, tu seras en Finlande. Avec ton billet, tu trouveras quatre lettres que ton père t'a écrites au cours de l'année passée, pour te décrire la propriété en Irlande à laquelle tu tiens toujours autant. Je les ai enlevées de ton dossier, à mes risques et périls, afin qu'elles ne puissent pas être utilisées contre toi. »

Art ouvrit la grande enveloppe et en sortit les lettres, qui avaient été ouvertes et marquées d'un cachet officiel indiquant qu'elles étaient des preuves. Il était difficile de déchiffrer l'écriture de Père dans la voiture, mais au dos d'une des enveloppes se trouvait une citation de Walt Whitman :

> *« De vie, immense de passion, d'élan et de pouvoir –*
> *Océan de brins d'herbe… »*

Il pouvait entendre la voix de Père tandis qu'il lisait ces vers et vit sa famille rassemblée sur la jetée en pierre qu'Eva avait un jour baptisée jetée du Paradis quand il était enfant. Il ferma les yeux pour que l'image se fonde dans les couleurs de la baie de Donegal. Un autre cri retentit dans la prison. Art ouvrit les yeux.

« Aie l'air heureux, dit Georgi. Tu rentres chez toi. »

Art le regarda fixement. « D'où viens-tu ? Pourras-tu jamais rentrer chez toi ? »

L'officier du NKVD fit démarrer le moteur, le fit vrombir furieusement jusqu'à ce qu'on ouvre les portes. Sans se préoccuper d'Art, il conduisit avec imprudence, enfermé dans ses propres pensées. En descendant à la gare, Art lui demanda si Brendan l'avait réellement dénoncé et pourquoi il ne pouvait pas chercher son frère et le confronter à sa trahison, mais Georgi ignora sa question et repartit. Art savait que le prochain suspect que Georgi arrêterait paierait le prix de la remarque inconsidérée qu'il avait faite. Une heure de marche et Art pouvait être dans la chambre, qu'Irena, sans doute terriblement inquiète, arpentait, leur enfant dans les bras. Il aurait peut-être le temps de leur dire adieu et de prendre le train suivant. Mais Art ne pouvait pas être certain qu'une des personnes qui se trouvaient devant la gare n'avait pas été postée là pour le surveiller ou que les voisins n'avaient pas reçu l'ordre d'accuser sa femme et son enfant s'il réapparaissait sur son palier. Le billet lui permettrait d'atteindre la Finlande. Là-bas, il faudrait trouver de l'argent. Comment Brendan avait-il pu faire ça ? Après avoir jeté un dernier coup d'œil aux rues de Moscou, Art pénétra dans la gare et tourna son visage vers l'Irlande.

DEUXIÈME PARTIE

1936

19

LA CHASSE

Mayo, 1936

Toute sa vie Eva avait aimé la nature – les bourrasques violentes qui venaient cingler la côte du Donegal pendant son enfance, marcher des heures, grisée par les tempêtes d'hiver en sentant le danger d'être emportée par les vagues. Alors pourquoi était-elle oppressée par le vent maintenant, lorsqu'il sifflait dans les denses coteaux boisés qui assiégeaient son domicile conjugal ? Ce gémissement dans les terres intensifiait la sensation qu'elle avait d'être piégée alors qu'elle était à la veille de son trente-cinquième anniversaire et qu'elle gérait cette hôtellerie pour chasseurs avec deux enfants en bas âge et un mari qui lui devenait de plus en plus étranger.

Incapable de dormir, Eva s'agita dans le lit de fortune qu'elle avait installé dans le sous-sol humide de Glanmire House, le lit qu'elle s'était fait et qui ne correspondait absolument pas à la vie telle qu'elle l'avait imaginée quand elle était petite. Il lui arrivait de se rappeler ses rêves de galeries d'art réclamant ses œuvres, ses rêves d'une petite maison au sommet d'une colline entourée de verveine parfumée où elle pouvait dessiner tard dans la nuit, heureuse avec ses animaux domestiques pour toute compagnie. Cela faisait des années qu'elle n'avait pas tenu un crayon pour autre chose que pour griffonner les listes qui occupaient en permanence son esprit. Les provisions à commander, les factures qu'il fallait essayer de payer, les réservations à confirmer aux rares clients qu'ils parvenaient à attirer chez eux.

Elle dormait nue ce soir-là, comme parfois pendant son enfance, ce qu'elle ne faisait que lors des absences de Freddie. C'était un désir un peu bohème dont il se serait méfié, une autre manifestation du style peu orthodoxe de sa famille. Freddie pensait que seules les catins dormaient nues. Les épouses acceptaient que leur chemise de nuit soit remontée le temps de quelques coups de boutoir étonnamment rapides, puis elles restaient éveillées là tandis que leur mari s'affalait avant de s'endormir comme une masse à leurs côtés.

Deux jours plus tôt, Freddie était parti à Dublin – soi-disant pour assister à une réunion de francs-maçons et tenter d'attirer des clients en faisant savoir aux amateurs qu'ils trouveraient d'excellents terrains de chasse dans les tourbières qui entouraient la maison. Mais Eva savait que c'était également une excuse pour boire encore un peu de l'argent qui leur manquait tant. Ses yeux seraient injectés de sang quand il irait de la gare de Castlebar à l'Imperial Hotel le lendemain après-midi pour boire un dernier whiskey avant de monter dans sa voiture, qu'il avait garée sur le Mall. Mais telle était la rançon du mariage et son sort n'était pas si terrible comparé à celui de certaines femmes qu'elle connaissait.

Les deux enfants ne les avaient pas rapprochés comme elle l'avait d'abord espéré. La douceur de Francis troublait Freddie et Eva aurait parfois aimé que leur fille, Hazel, ait été un garçon, ce qui aurait fait plaisir à son mari. Hazel était têtue, l'avait été déjà au moment de ce long accouchement dans une clinique dublinoise en 1929, alors que les Bourses du monde entier s'effondraient. Lorsqu'elle avait examiné le visage de Hazel quand l'infirmière lui avait tendu le bébé, Eva avait senti qu'elle était en présence d'une vraie Fitzgerald.

Avec l'arrivée des enfants, comme elle voulait être une bonne mère, elle avait renoncé à la plupart de ce que Freddie appelait ses « idées ». C'était apparemment l'attitude qu'elle était supposée adopter, et non celui d'une artiste mystique. Seuls les riches pouvaient nourrir de telles prétentions, or Glanmire House ne les avait certainement pas enrichis. Les Goold Verschoyle étaient laxistes comparés aux Fitzgerald parce qu'ils avaient été élevés dans le laxisme. Freddie avait grandi sans la protection de la richesse, son père était mort quand il avait sept ans et il avait dû survivre en affichant un masque de grande familiarité avec les gens afin de dissimuler sa souffrance au monde et à lui-même. Eva n'aurait jamais dû l'imaginer capable de comprendre sa quête abstraite de spiritualité. Il connaissait les meilleurs abris d'où tirer sur la bécasse des bois, les mérites des retrievers comparés à ceux des setters irlandais, la valeur d'un bon whiskey, et il savait comment s'adresser fermement mais équitablement aux domestiques – des qualités que les Fitzgerald acquéraient à la naissance. Au cours des huit dernières années, à mesure que leur hôtellerie périclitait, Eva avait réalisé qu'il ne comprenait rien à l'argent.

Le mariage avait appris à Eva qu'elle devait user de dissimulation, chanter des hymnes tous les dimanches parce que c'était ce qu'on attendait d'elle, s'asseoir sur le banc des Fitzgerald dans le petit temple protestant de l'autre côté de Glanmire Wood où Freddie avait coutume de lire l'Évangile. À la maison, ses vieux livres étaient posés tout en haut des étagères, là où même la femme de ménage ne faisait plus les poussières. Quelquefois, l'après-midi, étendue pour se reposer une heure, Eva essayait de se perdre dans ces livres, mais le plus souvent elle préférait les policiers américains que lui prêtait Mr Clements. À présent, elle avait du mal à se voir comme une enfant à la recherche du sens de l'univers : elle était une épouse et une mère Fitzgerald – davantage une mère qu'une épouse, pour être honnête. Depuis la naissance des enfants, elle s'était entièrement projetée dans leur vie fantasmatique, au point que Freddie avait fini par être écarté de ses émotions. Lorsque venait l'heure où elle pouvait laisser ses pensionnaires siroter leur whiskey en échangeant leurs histoires de malchance à la chasse, il lui restait peu d'énergie pour autre chose que le sommeil.

Cette retraite émotionnelle provoquait en elle un immense sentiment de culpabilité quand elle voyait que Freddie n'avait pas accès à l'univers des enfants, qu'il était incapable de trouver la clé qui ouvrait le monde de leur imagination. Il vieillissait avant l'heure, avait déjà acquis les manies bien établies d'un homme approchant la cinquantaine. Derrière ses colères parfois explosives, elle savait qu'il avait un besoin désespéré d'amour et, quand elle en avait l'énergie, elle essayait de l'atteindre. Mais ses priorités étaient autres, et elle ne parvenait pas à s'empêcher d'exagérer ses défauts quand elle était épuisée. Il n'était donc pas surprenant qu'il passe de plus en plus de temps dehors en tenue de chasse avec son fusil Holland éjecteur de calibre 12 et les quelques pensionnaires qu'ils parvenaient à attirer. C'était là son domaine. Il laissait à Eva le soin de la maison et celui d'engager les domestiques, lesquelles ne restaient pas longtemps, car elles ne tardaient pas à être attirées par l'Angleterre ou par les villes américaines qu'elles apercevaient sur le celluloïd, à Castlebar, leur soir de congé.

Eva se retourna sur son lit, ayant perdu tout espoir de s'endormir. Ce n'était pas seulement la sensation d'être enfermée qui l'en empêchait. Il y avait quelque chose de troublant de l'autre côté de sa fenêtre, un intrus dans la forêt. Eva pensait avoir entendu une voiture au loin dix minutes plus tôt. Il était possible que Freddie soit rentré par le dernier train et qu'il soit resté à boire en ville. Il était possible qu'il ait renversé la voiture dans le virage qui conduisait à leur bois et qu'il soit en train de tituber le long de l'allée en essayant de ne pas la réveiller.

Elle jeta un coup d'œil à l'autre lit d'une personne de ce sous-sol humide où ils dormaient chaque fois qu'ils avaient fait le plein de pensionnaires. Le seigneur de la maison et sa dame cloîtrés en compagnie du fantôme à côté de la cave à vins. Le seul avantage était qu'il y avait peu de chances que les domestiques viennent la déranger là sous des prétextes futiles, trop effrayées par la présence qu'elles prétendaient sentir derrière la porte de la cave à vins. Une étrange ambiance mélancolique régnait dans cette pièce étroite semblable à une crypte, qui se manifestait jusque sur la marche du couloir devant la porte. Personne n'avait dit à Eva, quand elle était arrivée, qu'un majordome s'était autrefois pendu à un crochet de cette cave après avoir été accusé à tort d'avoir volé un billet de cinq livres. La mère de Freddie, à Dublin, pensait que cette histoire lui aurait fait peur et ainsi, au début, Eva n'avait pas compris l'appréhension des domestiques quand on leur demandait d'aller ranger des provisions à la cave, ou pourquoi il lui arrivait à elle de frissonner quand elle montait sur cette marche. Eva avait dû attendre deux ans pour que leur vieille voisine, Miss MacManus de Killeaden House, près de Kiltimagh, lui explique que le majordome n'avait pas pu accepter l'idée d'être renvoyé parce que l'on mettait en doute son honnêteté. « Faites-lui comprendre que vous voulez l'aider, lui suggéra la vieille Miss MacManus. Ces Fitzgerald ont l'esprit bien trop pratique pour comprendre. Priez pour sa libération parce qu'il ne peut plus prier pour lui-même. »

Le majordome boitait parce que, pendant trois décennies, il avait assoupli les chaussures neuves de son maître, et Mary, la bonne originaire de Foxford, ainsi que Brigid, la fille de cuisine, prétendaient que la nuit elles entendaient le crissement du cuir. Elles verrouillaient la chambre qu'elles partageaient dans le grenier de la remise, persuadées que souvent une présence invisible essayait de tourner la poignée de leur porte. Lorsqu'elles marchaient précipitamment dans l'allée au crépuscule les soirs où elles avaient congé, elles hurlaient quand Francis les suivait derrière les arbres, dissimulé sous un drap blanc, jusqu'à ce qu'Eva découvre ce qu'il faisait. Le garçon était maintenant bien plus galant, un chaperon de huit ans et demi qui les escortait quand elles traversaient le bois sombre qu'il aimait tant, sans avoir peur le moins du monde de rentrer tout seul.

Les jeunes ouvriers agricoles qui raccompagnaient quelques-unes des domestiques dans l'allée craignaient davantage de rencontrer un Fitzgerald que des fantômes. Ils se tenaient dans l'ombre quand ils approchaient de la maison. Depuis cette fenêtre au sous-sol, Eva avait parfois aperçu des silhouettes à peine visibles parmi les arbres. Avec une douleur sourde, elle imaginait des mains frôlant des cuisses. La lutte autour de chaque bouton lentement défait, les fortifications extérieures abandonnées entre chaque baiser jusqu'à ce que la fille comprenne qu'il était temps de se dégager et de traverser la pelouse en courant, fuyant les fantômes et les jeunes gens excités.

Freddie rejetait ce qui se disait sur le fantôme comme appartenant au domaine de la superstition mais il avait suggéré qu'Eva fasse dormir Bess, leur chien de berger, au sous-sol quand il n'était pas là. Mais Bess – bien que généralement téméraire – avait été terriblement perturbée, avait parcouru la pièce en gémissant, la seule nuit où elle l'avait fait descendre, au point que le malaise d'Eva s'en était accru. Toutefois, elle aurait aimé l'avoir à ses côtés cette nuit-là lorsqu'elle s'assit dans son lit parce que la sensation qu'elle avait de la présence d'un intrus l'inquiétait. Cinq minutes plus tôt, Bess et les deux chiens de chasse s'étaient mis à aboyer furieusement depuis leurs niches. Elle se demanda si Mary s'était glissée dehors pour retrouver son petit ami, un membre des Chemises bleues. Peut-être se trouvaient-ils en ce moment, poitrine contre poitrine, dans l'herbe folle du tertre derrière la pelouse, les petits cris de la bonne étouffés par les baisers de l'homme. Eva savait que son opinion sur la morale de Mary était influencée par l'antipathie que ressentait Mrs MacGrory envers les idées politiques de la jeune fille. Contrairement aux filles du coin qui travaillaient pour Eva, Mary se montrait insolente. Mais comment la bonne pouvait-elle être assez bête pour prendre de tels risques avec un homme ?

Les intrus pouvaient être des voleurs ou bien des hommes de l'IRA venus du comté de Leitrim – où couraient beaucoup de rumeurs sur une agitation communiste – pour s'emparer de l'armoire à fusils de Freddie. Le mois précédent, dans le comté de Cork, l'IRA avait assassiné l'amiral Boyle Somerville devant sa femme en l'accusant d'être un agent recruteur britannique parce qu'il avait donné une lettre de recommandation à l'un de ses voisins qui voulait s'engager dans la Marine royale. Ces dernières années, le conflit entre l'IRA et les Chemises bleues du général O'Duffy avait divisé la région. Comme les Chemises bleues étaient en plein désarroi, l'IRA se sentait libre d'attaquer qui elle voulait. Ces hommes pouvaient être à la recherche de Mr Clements et vouloir rendre une justice sommaire. Bien qu'il y ait eu des menaces d'incendie à l'encontre des Fitzgerald pendant la guerre civile, elles ne provenaient sans doute pas de Turlough, où la famille était respectée. Toutefois, Eva avait découvert quelques fausses notes lorsqu'elle avait demandé au propriétaire d'une épicerie et débit de boissons, Mr Durcan – le premier catholique de la région à posséder une voiture –, où il était né. « Au bord de la Bobola Road, madame, avait-il répondu sèchement. Après la mort de mon père, victime d'une apoplexie quand votre belle-famille l'a expulsé de sa ferme. »

Eva se leva pour regarder par la fenêtre du sous-sol, essayant de se convaincre qu'elle se trompait. Avec une maison pleine de pensionnaires, il ne manquait plus à son bouquet de soucis qu'une obsession des intrus. Tout à coup très consciente de sa nudité, elle enfila des sous-vêtements et une chemise de nuit. Un recueil de poèmes de Goethe était posé, ouvert, sur la table sous la fenêtre et elle se souvint de celui qu'elle avait lu avant de souffler la bougie : il s'agissait d'un roi des aulnes qui entraînait des enfants vers la mort dans les bois. Elle alla dans le couloir et passa devant la cave à vins, incapable de s'empêcher de sentir un peu de sueur froide le long de son épine dorsale, prise d'une peur irrationnelle qu'une main spectrale ne la saisisse. Elle respira avec soulagement, telle une enfant, lorsqu'elle grimpa l'escalier, ouvrit la porte recouverte de feutre vert et se retrouva dans le corps principal de la maison silencieuse.

Francis et Hazel dormaient tranquillement dans la chambre des enfants, où les braises mourantes du feu projetaient des motifs sur le plafond. Il était inenvisageable de se rendre dans les quatre chambres des pensionnaires, mais elle ne pensait pas que le catholique de Dublin, le monsieur du comté de Tyrone et les deux Anglais du Staffordshire qui partageaient une chambre soient en train de se promener à cette heure de la nuit. Mr Clements était à Londres pour ses affaires, et sa chambre était vide. Elle se demanda s'il pouvait s'agir de la vieille gouvernante, Miss Crossan, dont l'habitude de rester éveillée tard la nuit, comme si elle était la propriétaire, énervait beaucoup Freddie. Un petit feu dans la cheminée du hall lui donna l'impression de s'exposer aux regards de ceux qui auraient pu se trouver de l'autre côté des fenêtres tandis qu'elle déverrouillait le placard à fusils et choisissait le plus léger d'entre eux. Elle ne chercha pas à le charger en espérant que la seule vue de celui-ci suffirait à effrayer les intrus.

À la porte d'entrée, Eva hésita, elle se doutait que personne ne serait intimidé en la voyant trembler de peur dans sa chemise de nuit. Il lui suffisait de pousser un cri pour que les pensionnaires sortent de leur chambre, remettent leurs bretelles, allument des bougies et la calment gentiment en se moquant de ses peurs. Elle craignait tout autant de les voir mettre Freddie en boîte s'il n'y avait personne que de se retrouver face à un intrus. Mais à cet instant, elle discerna clairement le bruit de plusieurs paires de pieds sur le gravier. Les pieds passèrent devant les marches de l'entrée et se dirigèrent vers la gauche. Eva ouvrit la porte et sortit dans l'air de la nuit, le fusil serré dans ses mains. Il restait des traces de sang sur les marches, là où les pensionnaires avaient posé leurs gibecières, car ils étaient allés chasser avec Mikey pendant l'absence du maître de maison.

Il y avait trois hommes devant elle, ils étaient accroupis et regardaient par la fenêtre du sous-sol. Ce n'étaient ni des hommes de l'IRA ni des cambrioleurs mais des voyeurs. Sans doute venaient-ils souvent l'espionner puisque le village savait quand Freddie était absent. L'avaient-ils vue prier à genoux ou s'endormir en pleurant, un oreiller entre les jambes ? Elle s'apprêtait à les affronter quand un homme lança un petit caillou contre la vitre. Son geste troubla Eva. Peut-être voulaient-ils qu'elle se réveille et qu'ensommeillée elle s'avance jusqu'à la fenêtre pour s'assurer qu'elle n'avait pas rêvé ? Pourtant ils ne s'éloignèrent pas de la fenêtre. Si Eva avait été dans la pièce, elle aurait pu reconnaître les visages. L'homme saisit un autre caillou mais le plus âgé de ses compagnons tendit une main pour l'arrêter, à l'écoute. Eva resta aussi immobile que si elle était elle-même venue pour épier. Mais elle avait dû faire du bruit car le plus âgé des hommes tourna sur ses talons et bondit pour lui arracher le fusil des mains, envoyant Eva valdinguer dans l'herbe, tout en lui pressant une main sur la bouche. Elle mordit sa paume, il tressaillit et leva l'autre main comme pour la gifler. Un murmure les immobilisa tous les deux.

« Laisse-la, bon Dieu. C'est ma sœur. »

Le plus âgé des hommes roula dans l'herbe, s'écarta d'elle en se frottant la main et Eva se retrouva face à son frère. Les vêtements d'Art étaient en piètre état mais, du fait de la marque au fer rouge du Marlborough College, jamais on ne l'aurait pris pour un clochard. Même dans un complet couvert de boue, il avait de la prestance, et une barbe de plusieurs jours le faisait paraître plus âgé que ses trente-quatre ans. En revanche, le plus jeune des trois était un jeune homme au visage poupin et sérieux.

« Nous ne voulions pas te faire peur. » Art tendit une main pour aider Eva à se redresser, puis il dit sévèrement à l'homme âgé : « N'attaque jamais une femme, Gralton.

— Elle m'a surpris, Goold, protesta son compagnon avec un accent qui mêlait des intonations de l'ouest de l'Irlande à celles de l'Amérique. Quand on sent un fusil dans son dos, c'est sacrément inconfortable. »

L'abréviation du nom de famille d'Art par cet homme était plus choquante que la façon dont il lui avait sauté dessus. « Goold » lui donnait l'impression qu'Art avait été amputé. Leur véritable nom était Verschoyle. Leur grand-père avait simplement ajouté le nom de sa femme quand il avait hérité des propriétés de cette dernière dans le Limerick. Art haussa les épaules, ayant remarqué qu'elle avait été peinée par la rupture de cet autre lien familial. Mais dans son cœur, Eva était tout excitée de le voir apparaître de manière aussi inattendue. Il était bien plus grand qu'elle et, quand il l'étreignit, elle se sentit en sécurité malgré l'heure étrange. Art avait toujours été son ange gardien, transformant chaque jour en un jour spécial. Elle se rappelait les moments où il avait ramené des camarades du pensionnat, ils jouaient de la balalaïka, riaient beaucoup et la laissaient gagner au tennis – des garçons totalement différents de ses compagnons actuels, lesquels la regardaient avec suspicion.

« Pourrions-nous entrer ? chuchota Art. Ici, c'est dangereux, on peut nous entendre. »

Eva ne voulait pas prendre le risque de les faire passer par le hall. D'ailleurs, elle ne tenait pas du tout à introduire les compagnons d'Art dans la maison. Elle aurait voulu l'avoir pour elle seule, ils se seraient assis dans la cuisine, elle l'aurait nourri, aurait pu parler ouvertement à quelqu'un qui la comprenait. Si la famille savait qu'il était rentré de Russie, c'était seulement parce que son nom avait été cité dans un procès entraînant l'interdiction des Friends of Soviet Russia. Eva leur demanda de se glisser dans la maison par la porte de service. Elle-même rentra par le hall, verrouilla la porte et se dépêcha de descendre, ayant maintenant plus que des fantômes à craindre. S'étant précipitée dans le couloir étroit, elle alla ouvrir la porte de derrière. Le plus jeune des trois passa devant elle et, lorsqu'ils arrivèrent dans la cuisine, Eva l'entendit grommeler avec brusquerie : « La première chose que nous interdirons, Art, c'est la porte de service.

— Qu'est-ce que tu veux, Charlie ? lui dit brutalement Art. Réveiller tous les touristes impérialistes du Mayo ? »

Toutefois, quand le jeune homme se fut assis à la table de la cuisine et qu'elle put voir son visage, il avait l'air plus affamé et épuisé que belliqueux. Elle éprouva de la pitié pour lui, quelle que soit la raison de son arrivée avec les deux autres.

La cuisinière était presque éteinte mais Eva raviva le feu avant d'ajouter de la tourbe et de mettre la lourde bouilloire à chauffer. Art s'approcha d'Eva et posa une main sur son épaule en guise d'excuse. « Jamais je ne serais venu ici si j'avais eu un autre endroit où aller.

— Tu sais que tu es toujours le bienvenu, Art.

— Ce n'est pas moi qui vais rester. »

Elle jeta un coup d'œil à la table. « Qu'est-ce que tu veux dire ?

— Lui, c'est Jim Gralton. » Il se rendit compte que ce nom ne lui disait rien. « Tu ne lis jamais les journaux ?

— J'ai deux enfants à élever.

— Dans quel type de pays veux-tu les élever ?

— Pas de sermon, dit Eva. Tu n'es pas sur une tribune ici, *Mr Goold*.

— Toi aussi, tu as changé de nom. » Art paraissait être sur la défensive.

« Ça n'a rien à voir. Je me suis mariée.

— Alors, comment va le vieux raté ?

— Freddie et moi allons très bien.

— Mère n'est pas de cet avis.

— Je n'ai pas écrit à Mère depuis des mois.

— C'est pour ça qu'elle pense que tu ne vas pas bien. »

Eva vit que les compagnons d'Art étaient affamés à leur façon de regarder le gros pain enveloppé dans des torchons pour qu'il reste frais jusqu'au matin. Il y avait tant de choses qu'elle voulait dire à Art et tant de choses qu'il aurait pu lui dire s'ils avaient été seuls.

« J'aime bien le vieux raté, dit Art. Freddie est solide, il t'a ancrée dans la réalité.

— Freddie pense que tu es fou. Mon dingue de frère bolchevique que personne ici n'aime mentionner... » Les doigts d'Eva frôlèrent sa barbe. « Est-ce que tu es heureux, Art ? »

Il s'appuya contre le mur, l'air fatigué. « Qui pourrait être heureux en revenant dans ce pays ? Je vois des enfants à Dublin mourir d'une maladie dont il est si facile de guérir – la pauvreté. Vingt-cinq mille familles entassées dans quatre mille immeubles où les seules dépenses des propriétaires sont les sommes qu'ils versent aux gangsters chargés d'expulser ceux qui payent leur loyer en retard. En Russie, j'ai vu comment pouvait être la vie quand un génie coordonne un plan d'ensemble. Ici, les gens sont plus heureux quand ils sont conduits, tels des moutons, par les prêtres.

— Est-ce qu'ils t'acceptent ?

— Qui ?

— Les gens avec qui tu es.

— Pourquoi ne le feraient-ils pas ? Je travaille aussi dur que n'importe quel homme sur les docks.

— Tu n'es quand même pas l'un d'eux.

— Tous les hommes sont égaux dans ce combat, dit Art. Tu imagines que j'ai une meilleure éducation que mes camarades, mais j'étais cent fois plus ignorant. J'ai dû désapprendre tant de mensonges. Quand les gens me regardent maintenant, c'est moi qu'ils voient. Toi, ils ne te voient pas. Ils voient une Fitzgerald, et avant ça, une Goold Verschoyle. À Dunkineely, les gens avaient appris à s'aplatir comme des chiens en entendant ton nom. Ce n'est qu'après avoir vu ton image reflétée au bout d'une matraque bien lisse de policier que tu comprends qui tu es vraiment. »

Eva se souvint d'un jour d'été et d'un garçon de ferme aux cheveux couleur de sable, aux jambes marquées de zébrures, qui regardait Art dans le cabriolet de Grand-papa. C'est ce jour-là qu'avait commencé le lent processus qui avait abouti à la perte de son frère. Art saisit un instant sa main.

« J'étais à Dunkineely la semaine dernière, la première fois depuis des années. Je suis allé voir Ffrench et j'ai essayé de parler avec Père, mais nous avons fini par nous disputer. Mère est inquiète pour toi. Est-ce qu'elle est déjà allée jusqu'en haut de ce bois ?

— Avec son arthrite, j'en doute fort.

— Elle m'a dit que dans un rêve elle t'avait vu courir, en détresse, vers trois chênes au sommet de la colline. Tu as étreint l'un d'eux et cela t'a réconfortée. Cela n'a pas de sens mais vous avez toujours été sur la même longueur d'onde.

— Je vais donner un peu à manger à tes compagnons, dit Eva avec nervosité.

— Ils existent, ces chênes ? »

Eva haussa les épaules et se rendit dans la réserve, où étaient pendus trois canards récemment abattus. Elle se demanda si elle avait parlé des chênes à Mère dans une de ses lettres. Protégés par des buissons de ronces et d'aubépine, ils marquaient la limite la plus inaccessible du bois. Mais cet endroit lui était resté précieux depuis la naissance de Francis. Eva se tourna vers Art, qui l'avait suivie dans la pièce étroite.

« Ce n'est pas que je ne sois plus sur la même longueur d'onde que toi, dit-elle. Mais j'ai parfois l'impression que la vie ici se referme sur moi. Il m'est difficile de garder mes antennes déployées. Les conditions de vie sont difficiles, Freddie et moi, nous sommes pauvres. »

Art examina les étagères. « Ce n'est pas vrai. J'ai vu ce qu'était la pauvreté.

— Il existe différents types de pauvreté, comme il existe différents types de besoins. Ton combat n'est pas le seul. Va rejoindre tes amis, j'arrive tout de suite. »

Il y avait du whiskey dont Freddie ne connaissait pas l'existence et de la viande froide pour les sandwichs des chasseurs le lendemain. Eva apporta tout ce dont elle pouvait se passer. Les compagnons d'Art mangeaient comme s'ils n'avaient pas vu de nourriture depuis des jours, mais elle remarqua qu'Art se retenait. Elle prépara un peu plus de thé, tendant l'oreille au cas où les domestiques se seraient réveillées tôt.

Art lui présenta le plus jeune de ses compagnons. « Charlie Donnelly, étudiant et poète. Plus poète qu'étudiant en ce moment, j'en ai peur. Ses études à l'université souffrent depuis qu'il est en mauvaise compagnie. »

L'homme âgé rit mais Donnelly se renfrogna.

« Activiste, corrigea-t-il. Plutôt un activiste du parti en ce moment. La poésie est un luxe qui doit avoir sa raison d'être. »

Malgré l'intensité qui se dégageait de lui, Eva pensa qu'il avait l'air bien trop jeune pour participer à ce qu'ils faisaient.

« Tu aimerais ses poèmes », dit Art. Il s'adressa ensuite à son jeune compagnon. « Il y a quelque chose du poète chez Eva, Charlie. Récite-lui le poème que tu as écrit quand tu étais en prison à Mountjoy. »

Eva aimait bien la timidité avec laquelle le jeune homme secoua la tête, et l'homme plus âgé – elle pensait que c'était un Américain qui avait acquis quelques expressions de la région – dut l'amadouer avant qu'il accepte de réciter son poème. L'Américain s'était resservi du whiskey et n'écoutait que d'une oreille. Le poème de Donnelly manquait d'ornementation, les images étaient disposées exactement comme sur un plan d'architecte. Eva appréciait son accent de l'Ulster et lui fit répéter la dernière strophe.

« Je suis désolé d'avoir sali votre sol avec mes chaussures, dit Donnelly après avoir terminé, comme s'il voulait éviter les louanges. Cela fait des jours que je marche.

— Et des jours qu'il dormait à la belle étoile avant ça, ajouta Art. Charlie a été viré de chez lui par son père. »

Le poète voulait absolument défendre son père. « Il a du mal à comprendre. C'était un bon marchand de bétail qui est devenu un mauvais propriétaire. Quelque chose est mort en lui à la mort de ma mère. Il s'est remarié, mais ce n'est pas un couple heureux. Ils ont peur que je commence à endoctriner les autres, qu'ils se mettent à penser par eux-mêmes. Mais j'ai une nouvelle vie maintenant.

— Comme Art, dit Eva, avec une souffrance évidente dans le ton de sa voix.

— Nous avons ça en commun, reconnut Donnelly. Certains camarades se méfient de notre éducation, comme si seuls ceux qui sont issus du prolétariat pouvaient participer à la lutte. C'est une position réactionnaire. Art et moi avons démontré qu'il était possible d'effacer les barrières entre les classes et de créer un mouvement révolutionnaire déterminé. »

Eva se demanda ce que Donnelly pensait vraiment avoir en commun avec son frère. Père avait beau traiter tous les hommes comme ses égaux, avoir appris à ses enfants à donner plutôt qu'à prendre et à ne se laisser séduire ni par les titres ni par Mammon, rares étaient les marchands de bétail qui étaient venus dîner à Manor House.

« Charlie va s'installer à Londres, dit Art. C'est à cause de Jim que nous sommes ici. »

Eva examina l'homme à l'air las dont le nom lui disait maintenant quelque chose, pas à cause des journaux, qu'elle avait rarement le temps de lire, mais parce qu'elle avait entendu les domestiques parler d'un homme qui portait ce nom, et vu Mary faire un signe de croix comme s'il était le diable. Mais le Gralton dont parlaient les domestiques était un Irlandais recherché par la police à cause de l'agitation dans le comté de Leitrim. Eva pensa à ses enfants à l'étage, rien ne devait leur faire de mal.

« Que vous reproche-t-on ? demanda Eva à Gralton.

— Je suis rentré chez moi après avoir passé vingt ans à New York.

— Ce n'est pas vraiment un crime.

— Ça l'est pour De Valera, le soi-disant républicain qui nous a tous trahis une fois qu'il a pris le pouvoir. »

Une fois de plus, Eva reconnut les intonations d'Irlande de l'Ouest dans son accent américain.

« Vous avez quelque chose à voir avec les troubles dans le Leitrim ? »

Gralton se mit à rire. « Je *suis* les troubles du Leitrim. L'incarnation vivante du Fléau communiste.

— Jim a construit une salle des fêtes dans la paroisse où il est né, expliqua Art. Il l'a prêtée pour des bals et a organisé des cours où les gens apprenaient à se défendre des agioteurs capitalistes. Il leur prêtait des livres et des magazines afin de les aider à réfléchir par eux-mêmes. Il voulait rassembler tout le monde et, bon Dieu, il y est parvenu. Il a rassemblé des gens qui n'avaient jamais été dans le même camp, les fascistes en chemises bleues lançaient des pierres et l'IRA tirait des coups de fusil sur sa salle des fêtes.

— Pas toute l'IRA, interrompit le jeune poète.

— Pardon, Charlie, s'excusa Art. Pas tes quelques copains du Congrès républicain. Seulement la masse habituelle des égreneurs de rosaires, ceux qui ont déchiré la bannière anticapitaliste des ouvriers protestants de Belfast venus se joindre au défilé qui se rendait sur la tombe de Wolfe Tone, l'année dernière – les brutes épaisses qui vont écraser ton Congrès, qu'ils considèrent comme une menace rouge contre l'Irlande catholique. L'IRA ne peut pas être réformée de l'intérieur. La révolution ne peut venir que d'un mouvement communiste internationaliste unique ayant juré allégeance complète à Staline...

— Dites donc, vous deux, si vous laissiez tomber vos disputes de jésuites, protesta Gralton avec lassitude. Vous m'avez suffisamment cassé la tête ces deux derniers jours. »

Art se tourna vers Eva. « Le fond du problème est qu'ils sont tous décidés à virer Jim – les éleveurs de bétail, le gouvernement et l'Église. Cet État libre ne veut pas de ceux qui refusent de rentrer dans le rang. Toi, tu dois savoir ça, Eva. Freddie pense que nous n'avons rien en commun, mais dans le royaume de Mr De Valera il n'y a de place ni pour les gens comme moi ni pour Freddie, malgré tous ses efforts pour s'accrocher.

— Les gens d'ici nous respectent, protesta Eva.

— En tant que quoi ? dit Art avec ironie. En tant que fossiles ? Plus vous tombez bas, plus ils sentent que leur position s'élève. Il se peut qu'ils plient toujours un genou servile, mais ils ne seront contents qu'une fois cette maison rasée. »

Eva se rappela alors que Gralton avait été mentionné lors d'une conversation pendant un dîner. L'oncle de Freddie, de Turlough Park, avait parlé de saboteurs tentant d'instaurer un canton communiste dans la région des lacs de Leitrim, et depuis la chaire on avait averti les catholiques qu'ils risquaient l'excommunication s'ils abritaient ce dangereux bolchevique en fuite. L'état des vêtements de Gralton montrait bien que les gens avaient respecté cette interdiction épiscopale.

« De quoi veulent-ils vous accuser ? demanda-t-elle.

— Je n'ai commis aucun crime, répondit Gralton. J'ai passé deux décennies dans les syndicats de New York, à regarder les flics soudoyés pour briser les grèves et les canons de leurs fusils. Si j'ai pris la nationalité américaine en 1919, c'est que je ne voulais pas voyager avec un passeport britannique. Je suis plus irlandais que De Valera, qui s'est servi de son passeport américain afin de sauver sa peau après le soulèvement de 1916. Mais maintenant il aimerait me traiter comme un étranger parce que j'ai un passeport américain, il prétend que cela lui donne le droit de m'expulser en tant qu'élément subversif. Eh bien, il faudra d'abord qu'ils me trouvent. »

Il jeta un coup d'œil à Art qui se racla la gorge. « C'est pour ça que j'ai besoin de ton aide, Eva, lui dit son frère d'un ton calme. Seulement deux nuits d'hospitalité, assez pour que Charlie et moi puissions partir en avant et trouver une maison sûre à Munster.

— Je ne comprends pas. » Eva tenta de dissimuler sa panique.

« Sois honnête, pourrais-tu dire si Jim est un Yankee ou pas ? Pourquoi ne pourrait-il pas se faire passer pour un touriste ? Pourquoi l'homme que l'on pourchasse ne pourrait-il pas devenir un chasseur ?

— Toutes les chambres sont occupées, bien que cela arrive rarement. » Avoir une excuse valable soulageait Eva.

« Tu pourrais trouver de la place quelque part.

— Je suis désolée.

— Je t'avais prévenu qu'elle ne nous aiderait pas, dit Gralton. Les bourgeois comme elle…

— Quoi qu'ait été ma famille, l'interrompit brutalement Art, nous ne nous sommes jamais abaissés jusqu'à n'être que de simples bourgeois. »

Eva jeta un coup d'œil au poète pour voir s'il avait apprécié la distinction.

« Et en plus, je croyais que nous créions une société sans discrimination, poursuivit Art, en abolissant les classes sociales, au lieu de nous contenter de jugements hâtifs. Il n'est pas facile pour une femme de voir des inconnus lui tomber dessus en pleine nuit. » Il regarda Eva. « Si tu ne peux pas nous aider, je te comprends.

— Tu ne restes pas ? demanda-t-elle, déçue.

— Charlie et moi, nous devons partir à pied sans tarder et prendre le premier train à Castlebar. Nous enverrons un télégramme codé quand nous aurons trouvé une maison sûre. Je ne t'ai jamais demandé d'aide auparavant, Eva, et je ne te demanderai plus jamais de m'aider. »

Eva vacillait dans sa résolution. « Il faudra qu'il dorme au sous-sol.

— J'ai dormi nu dans des cellules en pierre, interrompit Gralton, et Eva comprit que, même s'il acceptait Art en tant que camarade, bien qu'à contrecœur, son enfance lui avait appris à se méfier d'une maison comme celle-ci.

— Savez-vous manier un fusil ?

— Montrez-moi un flic et vous aurez votre réponse.

— Je parlais de bécassines et de canards.

— C'était la seule façon pour moi de manger de la viande quand j'étais enfant. »

La grande horloge sonna cinq coups. Dans une heure, la routine quotidienne allait se mettre en marche. Freddie devait rentrer dans l'après-midi, avec une surprise qu'il avait promise à Francis et dont le garçon n'arrêtait pas de parler. Envisager d'abriter un fugitif était de la folie mais, soudain, elle eut l'impression que l'affaire était conclue.

« Freddie me tuera si jamais il apprend ça. Tu ne dois jamais en parler à personne, Art. »

Art saisit sa main depuis l'autre côté de la table. « Tu es formidable, Eva. Une dernière chose, cependant. Nous n'avons pas un sou, à part l'argent du train. Il faudra que tu couvres les frais de la pension de Jim pour Freddie et que tu lui donnes l'argent de son billet de train pour nous rejoindre. Tu peux t'en charger ? »

Elle mentit. « Oui. Je mettrai mon propre argent quand Freddie fera sa comptabilité hebdomadaire. »

En fait, elle n'avait pas de quoi payer les domestiques jusqu'à ce que l'homme de Tyrone ait réglé sa note, dans trois jours. Même le nom de Fitzgerald ne pouvait empêcher que la plupart des magasins protestants de Castlebar leur faisaient comprendre qu'il serait plus sage d'aller ailleurs s'ils ne voulaient pas se voir refuser un crédit. Freddie ne voulait pas lui dire combien ils devaient à Mr Devlin, l'épicier catholique, dont le magasin dans le Mall était l'un de ceux, assez nombreux, devant lesquels elle passait rapidement pour éviter que les propriétaires lui courent après. Mais elle n'avait pas le temps de s'inquiéter de cela. Elle se leva et distribua les tâches. Le poète devait préparer des sandwichs pour le voyage en train, tandis que Gralton irait se raser avec un vieux rasoir de Freddie dans la chambre du sous-sol. Art monta avec elle sur la pointe des pieds jusqu'à la chambre de Mr Clements, qui n'était pas fermée à clé, même en son absence.

Des années plus tôt – quand il était devenu évident que le capitaine de frégate allait rester indéfiniment –, Mr Clements s'était fait envoyer de Londres une grande malle-cabine pleine de vêtements. Eva n'avait jamais ouvert la malle, n'avait jamais vu Mr Clements y toucher. Un tailleur venait deux fois par an de Castlebar afin de prendre ses mesures pour un nouveau vestiaire. La malle contenait les restes d'une vie antérieure qu'il y avait reléguée quand il avait découvert cette retraite. Au fil des années, le capitaine était devenu le confident courtois d'Eva pendant les périodes de crise. Les gens trouvaient assez étrange son attachement indéfectible à Glanmire House parce que, depuis ce premier jour où il était sorti avec Freddie, il n'avait plus jamais tiré un seul coup de feu. Eva ignorait ce que Mr Clements pensait de Freddie et se permettait rarement de spéculer sur son affection inexprimée – quoique tacitement acceptée – envers elle. Cependant, bien qu'elle sût qu'il l'aurait volontiers aidée s'il avait été là, fouiller dans ses affaires paraissait une violation de sa vie privée.

Elle ouvrit la malle. Une casquette blanche d'officier et un uniforme d'apparat étaient posés sur le dessus, à côté d'une photographie de lui en jeune officier, l'inscription gaufrée à la feuille d'or indiquait qu'elle avait été prise au *Grand Studio, Malte*. Les complets blancs de civil au-dessous étaient légers et peu adaptés au climat du Mayo, mais ni Freddie ni les bonnes ne les avaient jamais vus. Gralton n'avait pas le choix, il devait les porter. Les chaussures dans la malle n'étaient pas adaptées à un terrain accidenté. Gralton aurait l'air comique et un peu vulgaire dans ce cadre non méditerranéen mais c'était de toute façon comme ça que Freddie voyait les Américains.

Art tripota le portrait du capitaine. « Et alors, qu'est-ce qu'il fait toute la journée ?

— Il se promène et il lit des romans policiers américains et des livres français qui provoquent des migraines à la poste parce que personne ne sait s'ils sont interdits ou pas. La plupart finissent par lui être livrés sans l'illustration en frontispice, qui a été découpée.

— Il est amoureux de toi ?

— Il a quarante ans de plus que moi, Art, et je suis mariée. Tu as oublié ?

— Non. » Art reposa précautionneusement la photographie. « Il a un visage agréable pour un impérialiste. »

Eva referma la malle et s'assit dessus. « Tu ne m'as pas écrit une seule fois de Moscou.

— Il n'était pas facile de faire sortir des lettres.

— Ni de Dublin depuis que tu es rentré. Tu as vu Brendan ? Thomas pense que tu continues à l'entraîner sur la mauvaise pente.

— Je n'ai aucun contact avec Brendan.

— Il t'adore.

— Ce n'est pas un vrai Verschoyle, alors.

— Qu'est-ce que tu veux dire ?

— Ils n'adorent que l'argent.

— Qu'est-ce que tu entends par *ils* ? » Bien qu'elle ait craint de réveiller les pensionnaires, Eva ne parvenait pas à parler à voix basse. « *Ils*, c'est toi et moi et Maud et Thomas et Brendan. Dis-moi qui, parmi nous, s'intéresse vraiment à l'argent.

— Peut-être sommes-nous contaminés par le sang des Goold. Père a toujours déçu nos cousins de Dublin. Ils sentaient que la solide ossature hollandaise avait été corrodée. Ça ne m'aurait pas gêné mais, malgré tous les airs que se donnent nos cousins et les grâces qu'ils s'attribuent, nous ne sommes absolument pas des aristocrates. Ce n'est que quand je suis retourné à Dublin que j'ai découvert d'où nous venions réellement.

— De Hollande avec Guillaume d'Orange, dit Eva. Grand-papa disait qu'il existait un général Verschoyle.

— Alors ce devait être un malaise général, grogna Art sans élever la voix. Nous étions des fantassins, des moins que rien qui travaillions pour payer la traversée. Nos pantalons n'avaient plus de fond quand nous sommes arrivés à Dublin. Le seul travail à notre portée était l'équarrissage, le travail le plus bas, le plus horrible qui soit. C'est comme ça que notre famille a commencé en Irlande, Eva. Les équarrisseurs étaient des capitalistes irlandais typiques et myopes, intéressés seulement par le profit rapide qu'ils tiraient de la peau des animaux.

Ils donnaient plus ou moins la graisse et les os. Eh bien, nous n'avons pas mis longtemps à devenir des intermédiaires, à trouver de nouveaux marchés pour ces restes : savon, bougies et Dieu sait quoi d'autre. Nous pataugions dans les abats et les entrailles afin d'en tirer jusqu'au moindre penny de bénéfice. Et, à ton avis, qu'avons-nous fait après avoir écorché tant de chevaux que nos ongles puaient et que personne d'un peu correct n'aurait accepté de nous toucher ? Nous avons acheté un taudis infesté de rats qui se vendait bon marché après le départ des locataires en raison du choléra. Nous nous sommes lavé les mains, avons enfilé des queues-de-pie et avons dépensé de l'argent, pas pour installer un système sanitaire mais pour poser la plaque étincelante qui se trouve encore là-bas – Verschoyle Court.

— C'était il y a deux siècles » lui rétorqua Eva, bien qu'elle fût choquée. Elle se rappelait que Grand-papa ne parlait qu'en termes vagues de l'histoire de la famille, bien que Père – qui aimait la généalogie – ait reconstitué la lignée Goold jusqu'aux rois saxons et à Niall des Neuf Otages.

« Ça continue, répondit Art avec violence. Depuis que je suis rentré de Russie, j'ai déchargé des navires avec des hommes dont les enfants toussent à en mourir à Verschoyle Court. »

Art s'assit près d'elle, toute passion avait disparu de sa voix. « Je t'aime, Eva, mais je veux construire un pays où nous pourrons de nouveau tenir la tête haute. Comment pourrais-je travailler avec ces hommes si je continuais à porter un nom qui a épousé la respectabilité sur le dos d'animaux éventrés et qui s'est engraissé depuis sur des loyers de taudis ?

— Je te demande seulement de laisser Brendan en dehors de ta guerre privée, le supplia-t-elle.

— Le jour où Brendan a quitté Marlborough, il est devenu une personne à part entière. J'ai cru un temps qu'il me respectait mais il semble qu'il n'ait été tout le temps qu'une vipère dans le nid. J'ai des raisons de croire qu'il m'a trahi bien que je ne puisse pas vérifier si c'est vrai. Mais je suis certain que s'il pouvait me regarder dans les yeux, nous parviendrions à communiquer. Rompre avec lui me brise le cœur, mais les sentiments personnels ne doivent pas me distraire de la lutte des classes qui se déroule sur ces îles et de la bataille bien plus importante qui s'annonce en Espagne. Une guerre pour sauver l'âme de l'Europe. »

Les cheveux d'Art étaient coupés court, son front était légèrement marqué par un bleu. Eva lui prit la main. « Comment Brendan aurait-il pu te trahir ? Il t'aime tout autant que moi. Si tous les deux, vous vous êtes disputés, promets-moi que vous ferez la paix. Tu as déjà abandonné trop de choses, tu ne dois pas abandonner ton frère. Tu te souviens de Beatrice Hawkins ? »

Le sourire d'Art revint. « Tous les étés, elle devenait un peu plus belle. Ffrench et moi, nous parlons souvent d'elle. C'étaient des jours heureux, Eva.

— J'aimerais que tu aies quelqu'un. »

Art retira doucement sa main. « J'ai quelqu'un…

— Qui ?

— Ma femme.

— Quelle femme ?

— J'ai dû la laisser à Moscou quand les cadres du Parti ont pensé que je serais plus utile ici, en Irlande, où je peux aider à construire le parti.

— Depuis combien de temps êtes-vous mariés ? »

Art frotta les poils de sa barbe de cinq jours.

« Nous avons un fils. J'écris mais mes lettres n'arrivent peut-être pas. J'ai dit à Brendan de ne jamais parler d'eux jusqu'au jour où je serai capable de les amener en Irlande, eux aussi. »

Ils furent surpris par des pas sur le gravier. Eva entrouvrit le volet en bois. Un des Anglais du Staffordshire que Freddie considérait comme de mauvais tireurs était sorti pieds nus, les bretelles pendantes. Ne se sachant pas observé, il se mit à uriner près des arbres. Eva se demanda si leurs voix l'avaient réveillé. Son compatriote apparut, s'avança en silence et posa une main sur l'épaule du premier. Il fit alors quelque chose qu'Eva trouva étrange. Il lui embrassa la joue. Eva referma le volet.

« Il faut que tu partes », chuchota-t-elle, ayant besoin de temps pour assimiler les nouvelles que lui avait données Art. Il fit un paquet avec les vêtements et ils descendirent sans faire de bruit jusque dans la chambre au sous-sol, où Donnelly et Gralton les attendaient. Gralton était assis sur le lit, il s'était rasé. Elle ne savait honnêtement pas s'il pouvait passer pour un touriste. Art laissa tomber le complet blanc du capitaine sur ses genoux.

« Tu as amassé ton pognon dans les matières premières et tu en es sorti avant le krach. Tu es un parasite capitaliste qui se balade maintenant dans toute l'Europe. »

Gralton toucha le tissu léger. « Eh bien, ne crois surtout pas que je vais me balader dans le comté de Mayo en mouche du coche avec ça sur le dos !

— Ne t'en fais pas, commenta Donnelly depuis la fenêtre, si on se doute de quelque chose, De Valera te l'échangera contre un pyjama avec des flèches sur le devant.

— Buster Keaton doit trembler dans ses bottes à l'idée des deux comédiens que vous êtes, dit Gralton avec mauvaise humeur. Tirez-vous, Laurel et Hardy.

— Change-toi avant que la maison ne se réveille », lui dit Art.

Gralton saisit le complet et jeta un coup d'œil à Eva. Lui tournant le dos, elle se rapprocha de Charlie Donnelly, qui était assis à la table près de la fenêtre, il lisait un des livres de la petite pile que Freddie ne touchait jamais. Ils composaient un journal émotionnel que personne d'autre qu'elle ne pouvait décoder. Eva aurait préféré avoir pris plus de vêtements, elle s'approcha de lui, curieuse de voir quel livre il avait choisi. Les sandwichs qu'il avait confectionnés étaient emballés dans du papier journal près de lui. Il leva les yeux du livre.

« Ces poèmes sont magnifiques. Je ne les avais encore jamais lus. »

Eva reconnut le mince volume – *Poèmes lyriques de la Chine ancienne*, la traduction d'Helen Waddell publiée par Constable and Company. Elle se souvenait encore des allées bruyantes de la librairie Foyle's dans Charing Cross, après qu'elle eut économisé sur sa nourriture pendant une semaine pour l'acheter à l'époque où elle étudiait la peinture.

« Cela fait des années que je l'ai.

— Les poèmes sont délicats, et néanmoins puissants, dit-il, c'est comme si on était dans la tête d'une femme. Ils ont trois mille ans, et pourtant ces gens avaient les mêmes rêves et les mêmes peurs que nous. On ne peut que s'émerveiller.

— S'émerveiller de quoi ? »

Il regarda le livre. « Je me demande pourquoi vous avez souligné ce titre, "Poème lyrique XIX, écrit en 718 av. J.-C.".

— Je l'aimais, sans doute.

— Dans un sens, je vous comprends. L'auteur tient bien la note lyrique. » Tout en maintenant ouvert le livre aux pages grossièrement coupées, Charlie Donnelly récita d'une voix si basse que seuls eux deux pouvaient entendre.

« Tu vendais de la soie, un garçon
Venu d'ailleurs ;
Au soleil couchant tu passais sur la route
De la lointaine Ta'in.

Bruit des grenouilles au crépuscule
Dans l'herbe mouillée.
Nous avons parlé et j'ai éclaté de rire
Je l'entends encore.

J'ai cru que je serais ta femme ;
J'avais ta parole.
Et j'ai pris la route avec toi,
Traversé le gué. »

« C'est la dernière strophe qui me trouble. » Donnelly tourna la page tandis que Gralton se plaignait à voix basse de ses chaussures trop petites.

« Je ne sais pas quand, la première fois,
Tes yeux étaient froids.
Mais tout cela c'était il y a trois ans
Et je suis vieille. »

Il referma le livre et le rendit à Eva. « Vous ne serez jamais vieille, lui dit-il doucement, même si vous deviez vivre cent ans. »

Eva aimait son regard honnête, où ne subsistait plus aucune agressivité. Elle sourit en resserrant la ceinture de son peignoir.

Elle proféra un mensonge. « Dieu sait pourquoi j'ai marqué ce poème. Gardez ce livre. Rapportez-le quand vous reviendrez par ici.

— C'est à vous. Je ne pourrais pas.

— Je croyais que toute propriété était une forme de vol, dit-elle pour le taquiner.

— Les livres seront des exceptions, pendant la révolution. »

Ils entendirent des bruits de pas dans le couloir. Ils se turent jusqu'à ce qu'ils aient cessé.

« C'est la bonne qui va rallumer le feu, dit Eva à Art. Elle va être étonnée de voir qu'il brûle déjà. Dépêchez-vous. »

Ils n'avaient pas le temps de se faire des adieux ni le temps pour les questions qu'Eva aurait tant aimé poser à Art. Elle jeta un coup d'œil par la porte de derrière afin de s'assurer que la cour était déserte, puis embrassa Art. Charlie Donnelly tenait le livre.

« Vous êtes sûre que je peux l'emprunter ? demanda-t-il avec timidité.

— Oui. Prenez garde à vous.

— Je vous le rendrai. Je le promets. »

Art lui souffla de se dépêcher et tout à coup les deux hommes disparurent derrière les arbres. La porte de la cuisine s'ouvrit au bout du couloir et Mary sortit.

« Est-ce que c'est vous qui avez fait du bruit, Mrs Fitzgerald ?

— J'ai simplement aéré un peu.

— La cuisinière flambe comme les feux de l'enfer.

— Un client est arrivé très tard. Un Yankee. Il doit être encore à l'heure américaine.

— Ça c'est bien les Yankees, Mrs Fitzgerald. » La jeune femme leva les yeux au ciel, mais Eva doutait fort qu'elle ait jamais vu un Américain ailleurs que sur un écran de cinéma. « Et qu'est-ce qui l'amène ici ?

— La même chose que les autres, je suppose, répondit Eva. La chasse.

— J'ai préparé du thé, Madame. Je vous apporte une tasse dans votre chambre ?

— Non merci, répondit rapidement Eva. Le nouveau pensionnaire a pris ma chambre. Je me suis préparé un lit dans la chambre des enfants. Il est plutôt dur, c'est pour cela que je ne pouvais pas dormir. »

Eva n'aima pas beaucoup l'air entendu de la bonne. Depuis six mois qu'elle était là, Mary ne s'était jamais intégrée. Sans doute parce que, comme elle n'arrêtait pas de s'en vanter, ses sœurs aînées, à New York, auraient bientôt économisé assez de dollars pour payer son passage. Elle n'allait pas tarder à émigrer en Amérique et Eva pensait, d'après son attitude, que les derniers mois avant son départ étaient semblables à une existence posthume et que l'acceptation des règles habituelles par Mary était de pure forme. Même sa façon de s'exhiber lors des défilés des Chemises bleues semblait faire partie d'un jeu.

Eva ne faisait pas confiance à Mary et attendit qu'elle referme la porte de la cuisine avant de se glisser dans la chambre du sous-sol. Jim Gralton se regardait dans le petit miroir.

« Je ne suis pas frivole, mais je suis sacrément mal à l'aise déguisé en imbécile. Je n'ai pas plus envie de me cacher ici que vous n'avez envie de m'aider, madame. Mais votre frère a le don de la persuasion et, en vérité, je n'aurais pas pu passer une autre nuit dans les tourbières. J'ai de l'arthrite.

— Je comprends. Ma mère en souffre.

— Ce n'est pas dans des chaumières humides qu'elle l'a attrapée.

— Est-il important de savoir comment elle l'a attrapée ? Elle souffre tout autant.

— Je suis désolé, répondit Gralton. Je suis énervé et tendu. De quoi parlent vos pensionnaires ?

— La chasse, un peu d'humour de caserne quand ils pensent que je ne les entends pas. La politique et la religion sont des sujets interdits en principe – une règle qui, selon mon mari, a fait ses preuves chez les francs-maçons. Le complet vous va bien. Et les chaussures ?

— Je survivrai. » Gralton marcha un peu, évidemment mal à l'aise, sa démarche rappelait à Eva les histoires sur le majordome fantôme.

« Je ne vous ai pas vraiment manifesté beaucoup de gratitude, madame. J'essayerai de ne pas causer de problèmes. Mais j'aurais bien besoin d'un peu de sommeil.

— Prenez ce lit. » Eva indiqua le lit de Freddie. Afin d'éviter le scandale, il était crucial que subsistent les traces d'un lit de fortune dans la chambre des enfants. Se rendant compte qu'il était trop risqué de faire un deuxième trajet pour aller chercher ses vêtements, Eva demanda à Gralton de se tourner et s'habilla rapidement. Elle s'aperçut que, distrait par les poèmes, Donnelly avait oublié les sandwichs. Elle les imagina, lui et Art, se dissimulant dans les champs jusqu'au-delà du village, ayant sans doute déjà remarqué qu'ils n'auraient rien à manger pendant leur voyage. Tandis qu'elle se boutonnait, d'autres bruits de pas résonnèrent dans le couloir. Eva se demanda ce que penserait Freddie s'il revenait en avance et entrait dans la chambre. Consciente de ce dont elle devait avoir l'air avec ses cheveux en désordre, elle rassembla ses couvertures et partit en courant. La porte de la cuisine s'ouvrit au moment où elle atteignait l'escalier. Eva grimpa les marches quatre à quatre, priant pour que Mary n'ait pas vu les couvertures qui traînaient derrière elle. Quand elle fut dans la chambre des enfants, Eva jeta les couvertures par terre. Hazel la regarda, à moitié endormie.

« Qu'est-ce qui se passe, maman ?

— Rien ma chérie, répondit Eva à sa fille. Des clients sont arrivés, et nous n'avons pas assez de chambres pour les loger.

— Pourquoi est-ce que la maison est toujours aussi froide, même l'été ? Mes pieds sont comme de la glace.

— Je vais les frotter. » Eva s'assit sur le lit de sa fille et posa les pieds d'Hazel sur ses genoux. Hazel protestait quand Eva lui chatouillait les pieds mais lui permettait toujours de les embrasser.

« Francis dit qu'il va installer des obstacles dans l'allée pour mon poney. Miss Crossan pense que je suis trop jeune, mais Francis dit qu'il le fera quand elle aura le dos tourné. S'il te plaît, permets-lui. »

Eva jeta un coup d'œil à son fils endormi, qui lui rappelait Art à son âge. S'occupant de sa sœur, lui construisant des choses. Elle n'avait pas montré à Art son neveu et sa nièce endormis parce que cela aurait pu le faire souffrir, Art dont un fils grandissait sans lui à Moscou. Francis avait un peu ses traits, néanmoins elle ne pouvait pas l'imaginer criant lors de réunions politiques ou vivant avec des dockers. Francis possédait une douceur qu'elle aimait et qui l'inquiétait.

Eva frotta les pieds de sa fille jusqu'à ce qu'elle ait entendu la charrette appartenant à Mr Tyrell, le fermier à qui Freddie avait déjà vendu des terrains contigus au bois. Ces jours-ci, il était toujours là, telle une ombre, leur fournissant du lait et du beurre à crédit et emmenant les employés tandis qu'il attendait patiemment les derniers lopins qui bientôt lui seraient certainement vendus. À travers les volets, Eva le vit examiner le bois avec l'œil d'un propriétaire, puis aider Mrs McGrory avec ses sacs de provisions – le signe, Eva le remarqua avec soulagement, que leur crédit avait encore un peu d'élasticité dans la boutique de Mr Devlin à Castlebar. La cuisinière tenait son exemplaire du *Catholic Bulletin* ainsi que du *Capuchin Annual*, pour lequel Miss Crossan avait fièrement donné deux shillings trois pence. Elle aurait peut-être pu, à la limite, rapporter l'exemplaire de *Tit-Bits* de Mary. Eva n'avait aucun désir de quitter la chambre des enfants, mais elle savait que Mrs McGrory voudrait lui faire part des nouvelles de la ville. Elle se détourna de la fenêtre pour embrasser Francis, qui commençait à bouger.

« Miss Crossan va venir vous lever dans quelques minutes, dit-elle.

— Pas vrai. Miss Rosse nous laissera encore au lit quelques heures.

— Ne l'appelle pas comme ça, Francis. Ce n'est pas gentil.

— Miss Rosse s'en fiche. Elle reste souvent au lit jusqu'à neuf heures.

— Vous savez bien que vous devez être debout, lavés et habillés avant le petit déjeuner », le gronda Eva.

Le plus souvent, Eva était bien trop occupée par les pensionnaires pour savoir ce que faisaient les enfants avant une heure bien plus tardive, mais elle se doutait que ce que disait Francis était vrai. Miss Crossan voulait tellement montrer que sa position était celle d'une amie de la famille et pas celle d'une employée que les enfants étaient souvent oubliés. La gouvernante passait ses après-midi de congé chez le coiffeur à Castlebar afin de pouvoir fréquenter les pensionnaires et bavarder avec eux tard dans la soirée, se trouvant de petites tâches destinées à la faire passer pour une sorte de maîtresse de maison auxiliaire. Eva ne s'intéressait que peu aux positions sociales mais il y avait quelque chose d'insensé dans les efforts que faisait cette femme pour appartenir au monde du salon. Des manières bien élevées ne suffiraient jamais. Miss Crossan aurait été bien plus à l'aise au sous-sol si elle ne s'était pas aliéné les employés, qui se moquaient discrètement d'elle. Francis et Hazel devenaient indisciplinés du fait de son incapacité à les contrôler. Mais Eva n'avait pas le temps de s'occuper de cela pour l'instant, il fallait qu'elle supervise le petit déjeuner des pensionnaires.

« Je vous veux tous les deux habillés, dit-elle avec fermeté. Vous ne pouvez pas traîner des heures en robe de chambre.

— Miss Crossan le fait, l'informa Hazel d'un ton guindé. Elle ne s'habille qu'après avoir bu le thé que lui apporte la bonne à onze heures. »

Francis ne parlait jamais de Mary ou de Brigid comme de « la bonne ». Mais Hazel avait la mentalité d'une Fitzgerald qui s'attendait à ce qu'on la serve. « Je la déteste, ajouta-t-elle.

— Ce n'est pas gentil, Hazel.

— Je sais, maman, mais c'est vrai. Elle laisse Francis faire tout ce qu'il veut.

— Petite menteuse, répliqua Francis.

— Arrêtez, tous les deux. Je parlerai moi-même à Miss Crossan. »

Eva tenta d'arranger ses cheveux devant le miroir avant de descendre au sous-sol, où Mrs McGrory et Brigid s'affairaient à la préparation du petit déjeuner. Mary était appuyée contre la table et lisait à haute voix sur un ton moqueur la lettre pastorale que contenait la revue de Mrs McGrory : « "*Se tenir compagnie sous les étoiles a remplacé la bonne vieille coutume irlandaise des visites et des contes dans une maison ou une autre, avec le rosaire pour que tout le monde soit rentré à temps.*"

— Il vaudrait mieux que tu nous aides un peu, au lieu de te moquer des évêques, petite païenne », lui dit méchamment Mrs McGrory.

Mary se mit à rire, savourant sa capacité à énerver la cuisinière.

« *"Le méchant est toujours prêt à tendre des pièges aux pieds trop lestes lors des bals, au cinéma ; la mode indécente des vêtements féminins..."* »

Sentant la présence d'Eva, Mary se dépêcha de poser la revue. Pourtant Eva se demanda si ces mots railleurs ne lui étaient pas destinés parce qu'elle avait été surprise en chemise de nuit à l'aube. « J'étais seulement venue chercher le lait pour la table, Mrs Fitzgerald. » Mary prit deux pots en argent et passa devant une jeune fille inconnue en tablier déteint et ne portant pas de bas, qui aurait pu avoir dix-sept ans si ses pieds nus ne l'avaient pas rajeunie. Son regard croisa celui d'Eva.

« Mr Fitzgerald a dit à mon papa que vous aviez besoin de quelqu'un pour frotter les dalles une fois par semaine, Madame, dit-elle. Mr Tyrell m'a permis de monter dans sa charrette mais j'ai sauté dans l'allée. C'était si beau que j'avais envie de marcher dans le bois.

— Les dalles, c'est un travail épuisant, la prévint Eva.

— Le travail n'a jamais tué personne, Madame. »

Eva l'aima immédiatement, encore plus quand elle aperçut le petit sac de bons vêtements près d'elle. C'était ainsi qu'Eva se serait habillée si elle avait dû travailler dans une nouvelle maison, sans craindre de porter des vêtements sales pour un travail sale, sans chercher à faire impression ni à prétendre qu'elle était autre chose que ce qu'elle était. La fille vit qu'Eva regardait ses jambes nues.

« Je me suis dit que mes bas seraient abîmés, Madame.

— Tu as raison, répondit Eva. Comment t'appelles-tu ?

— Maureen.

— Mrs McGrory va te donner à manger et te montrera où sont les choses. Est-ce que mon mari a parlé d'argent ?

— Lui et mon père se sont mis d'accord, Madame. Mary m'a montré où était la brosse à récurer, et je vais m'y mettre avant le petit déjeuner, si vous voulez bien. »

Des voix d'hommes résonnèrent depuis la salle à manger au-dessus d'elles, les rires puissants d'hommes pleins de confiance.

« Comment s'est comporté Mr Devlin ? demanda-t-elle à la cuisinière quand la jeune fille fut partie.

— Vous verrez bien assez tôt, Mrs Fitzgerald. Voilà-t-il pas qu'il s'est invité ici pour déjeuner.

— Quoi ?

— Il m'a dit "Mr Fitzgerald s'est tué à me demander est-ce que j'aimerais venir chasser et voilà que j'ai un invité de marque qui vient qu'il aimerait rencontrer".

— Il a dit ça ? » Eva fut choquée par l'audace du boutiquier.

« Il l'a meuglé assez fort pour que toute la boutique l'entende.

— Et qu'avez-vous dit ?

— Ce que je lui dis toujours, Mrs Fitzgerald – "Mort à De Valera" – quand je suis à bonne distance de ses oreilles.

— Mort à De Valera au bout d'une corde », acquiesça Mary en rentrant dans la cuisine.

Les deux femmes ne firent pas attention à elle, elles réfléchissaient à la remarque de l'épicier. Eva s'était accoutumée aux affronts mais l'idée qu'un commerçant puisse s'inviter tranquillement chez eux – même s'ils lui devaient une somme considérable – était humiliante. Mr Devlin ne s'était pas contenté de s'inviter, il l'avait fait publiquement de sorte que tout Castlebar pourrait commenter la déchéance des Fitzgerald.

« Qui est son invité ? demanda-t-elle.

— Devlin a grommelé quelque chose comme « Un dignitaire de Dublin ». Sans doute une bourrique envoyée par les Chemises bleues pour redorer leur vieux mouvement qui tombe en morceaux.

— C'est Mr Patrick Belton, du Parlement, annonça Mary, toute contente de savoir quelque chose qu'elles ignoraient. Mon petit ami m'a dit qu'il vient parler à une réunion ce soir, à Castlebar. Les richards de Dublin ont peut-être viré le général O'Duffy, mais il lance un nouveau parti appelé National Corporate Party, que seuls les véritables fascistes pourront rejoindre. Le Duce a montré la voie en Abyssinie et ce sera "Mort à De Valera"… avec une corde autour du cou.

— Ça suffit, Mary. » Eva fit signe à la jeune femme de prendre les deux premiers plateaux du petit déjeuner que Mrs McGrory avait préparés. Mrs McGrory la regarda partir.

« Cette traînée ne sera heureuse que quand elle aura épousé Mussolini, à se pavaner ainsi en chemise bleue. Le cardinal McRory ne serait pas aussi content de la bande d'O'Duffy s'il savait que la moitié des filles à marier d'Irlande y vont, à la chasse au pantalon.

— Nous ferions mieux de mettre deux couverts de plus, dit Eva d'un ton aussi naturel que possible.

— Mr Devlin dit qu'il ne connaît pas le tarif, mais qu'il réglera quand il aura un moment de tranquillité. Il dit que vous serez sans doute contents de la clientèle. »

Eva hocha la tête, elle savait bien qu'il ne serait pas question de payer. Après tout, Devlin ne ferait que manger sa propre nourriture. Il n'était pas un mauvais homme, en particulier depuis que ses jeunes et exubérants partisans avaient commencé à se détacher de lui. Malgré tout ce que disaient les Chemises bleues à propos d'un nouvel ordre du monde, elle savait que, pour Devlin, la seule façon d'impressionner son invité était de se greffer à la vie de la Grande Maison.

Mary revint prendre deux autres petits déjeuners tandis qu'Eva frappait à la porte de la chambre du sous-sol. Lorsqu'elle entra, Gralton regardait rêveusement par la fenêtre.

« Je n'ai pas pu fermer l'œil. Peut-être quelque chose dans cette chambre, ou alors je ne parviens pas à me réchauffer après tout ce temps passé dans les tourbières. Votre frère m'a-t-il trouvé un nom ? »

Eva réfléchit à la question, et se rendit compte qu'elle ne savait pas grand-chose sur les Américains. « Fortune, dit-elle. Max Fortune. » Elle ignorait d'où lui venait le nom, elle pensait simplement qu'il impressionnerait les pensionnaires. « Montez prendre votre petit déjeuner, Mr Fortune.

— Pendant toutes les années que j'ai passées là-bas, madame, jamais je n'ai rencontré un Yankee s'appelant Fortune. » Il jeta un coup d'œil dans le miroir et brossa ses cheveux vers l'arrière. « C'est une drôle de circonstance pour en rencontrer un maintenant. »

Il monta à l'étage dans ses chaussures trop serrées. Eva alla jeter un coup d'œil à la cuisine avant de rejoindre sa place d'hôtesse à table. Gralton était assis près de Mr O'Sullivan, le catholique de Dublin, qui débitait une litanie des lieux américains où sa famille avait émigré. L'accent américain de Gralton était parfait. Elle remarqua que les Anglais et le protestant de Tyrone gardaient leurs distances.

« Est-ce que vous êtes venu sur un paquebot de la Cunard ? demanda Mr O'Sullivan, persuadé que seul un homme riche pouvait avoir l'audace de s'habiller de façon aussi peu conventionnelle. Ce *Queen Mary* est un navire que j'aimerais visiter. On dit que l'intérieur est une copie du Dorchester Hotel... »

En regardant par la fenêtre, Eva fut surprise de voir la voiture de Freddie surgir et s'arrêter en bas des marches. Malgré sa panique, due au fait qu'elle n'avait pas eu le temps de préparer une histoire pour expliquer la présence de Gralton, elle fut soulagée de voir que Freddie n'avait pas l'air d'aller trop mal, en tout cas, il ne présentait pas les symptômes évidents d'une gueule de bois. Il descendit tout en parlant à un passager. Son cœur s'arrêta quand elle reconnut Mr Clements. Il brossa ses vêtements et regarda le paysage au-delà de la pelouse aux jonquilles, ce qui lui rappela la première fois où ils l'avaient aperçu depuis cette fenêtre. Mr Clements, le témoin constant et discret de leur mariage. Il avait dû régler ses affaires en vitesse ou avait simplement fui Londres pour retrouver le sanctuaire de ce bois, sa routine et ses livres. Freddie riait avec lui tandis qu'ils gravissaient les marches au soleil, deux hommes qui n'avaient rien en commun et qui avaient appris à s'accommoder de leur présence réciproque. Eva entendit le bruit de leurs pas dans le hall, puis les deux hommes entrèrent par la porte ouverte. Freddie aperçut le nouveau client et s'approcha de lui pour lui souhaiter la bienvenue. Elle fut soulagée de voir que sa bonne éducation lui interdisait de poser des questions immédiatement. Mr Clements était resté dans l'encadrement de la porte, son regard, non pas sur le complet de Gralton, mais sur elle. Eva lui rendit son regard, sans modifier son sourire, mais ses yeux le suppliaient de ne rien dire.

« Fortune, hein ? fit la voix grésillante de Freddie. Espérons que votre nom influencera favorablement les tourbières, dites donc. La chasse va être très bonne cette après-midi. La fortune m'a souri hier soir. Je n'avais pas très envie de passer une nuit de plus à Dublin et je me suis rendu à pied à Kingsbridge, j'ai glissé quelques shillings au planton pour monter dans le train postal de nuit, avec mon vieux copain, le commandant McCourt, qui a déserté le navire à Athlone.

Nous pensions être les seuls clochards assis sur les sacs postaux, mais qui était là ? Le capitaine de frégate Clements qui nous a fait profiter de son agréable compagnie et de sa flasque bien remplie. »

Eva se leva, expliqua à Freddie qu'elle allait demander qu'on apporte davantage de nourriture. Elle fit une pause près de la porte, près de Mr Clements. « Je ne vous attendais pas aussi tôt, murmura-t-elle.

— C'est ce que je vois. Mr Fortune a un sens du vêtement très particulier. » Le ton de sa voix ne dévoilait rien.

« S'il vous plaît…

— Ma chère Mrs Fitzgerald, je vous en prie, pas un mot de plus. »

Eva descendit au sous-sol, où la nouvelle servante, Maureen, qui récurait vigoureusement les dalles, leva les yeux en souriant. Eva donna des instructions à Mrs McGrory, puis s'affaira dans la réserve en espérant que Freddie ne viendrait pas l'y chercher. Cependant, elle entendit ses pas dans la cuisine, et Mrs McGrory lui parlait différemment que quand elle s'adressait à elle. Freddie baissa la tête pour entrer dans la réserve.

Il l'embrassa sur la joue. « Ah, te voilà, ma chère. Je te cherchais. Tu as l'air fatiguée. Qui est notre pensionnaire mystère ?

— Il est arrivé très tard. Je verrouillais la maison, tout le monde était au lit. J'ai dû l'installer dans notre chambre.

— D'où venait-il à cette heure-là ?

— Je l'ignore, répondit Eva, désespérée. Les gens peuvent très bien arriver de nulle part. Souviens-toi du capitaine.

— Clements faisait une grande excursion à pied et est arrivé à une heure décente. Est-ce que tu sais quelque chose de lui ?

— Je crois qu'il est riche.

— Avec un nom comme le sien, il le faut bien. Ses vêtements sont fort vulgaires.

— Il a vu cette petite publicité que nous avions mise dans *The Field* il y a plusieurs mois, mais il avait oublié l'adresse. Il croyait que nous étions près de Pontoon Bridge et il a dû venir de là-bas à pied. C'est un grand chasseur, et il paye deux guinées pour deux nuits.

— Qu'est-ce qu'il chasse ? Le bison ? »

Les deux guinées feraient réfléchir Freddie, même si Eva savait qu'elle ne pourrait pas les produire. Il lui saisit une main, avec cette maladresse qui caractérisait ses efforts quand il voulait se montrer tendre. « Je suis désagréable, je te prie de m'excuser. Il me semble très bien. C'est juste que je m'inquiète pour vous quand je suis absent.

— Il ne sera pas notre seul visiteur. » Elle voulait absolument changer de sujet.

« Que veux-tu dire ?

— Mr Devlin s'est invité pour le déjeuner et pour la chasse de cette après-midi. Il semble penser qu'il peut s'inviter quand il le veut.

— L'épicier ? Je lui ai peut-être suggéré vaguement qu'il pourrait venir chasser un jour. Tous les hommes sont égaux dans les tourbières, en tout cas je sens qu'ils devraient l'être. Mais je n'ai certainement jamais parlé de déjeuner…

— Il viendra avec un invité… un homme politique du nom de Belton.

— Patrick Belton ? Ce parvenu de bistrotier à la grande gueule ? À quoi joue Devlin ?

— Nous lui devons de l'argent. Tu ne peux pas compter indéfiniment sur le nom des Fitzgerald. »

Freddie essaya de voir le bon côté des choses. « Je sais, mais quand même… C'est vrai que nos publicités indiquent que "chacun est le bienvenu". Je n'ai simplement jamais envisagé que les commerçants du coin puissent nous transformer en magasin de curiosités. Nous devons bien spécifier que nous ne sommes pas un restaurant. Mais enfin, personne d'important ne vient déjeuner ?

— Seulement les pensionnaires.

— C'est ce que je voulais dire. Les gens d'ici n'en sauront rien. Heureusement que les MacManus ne viennent que ce soir. Devlin sera peut-être content de son moment de gloire et n'en parlera pas. »

Eva épargna à Freddie l'outrage d'apprendre comment Mr Devlin avait clamé ses intentions assez haut pour que tout Castlebar soit au courant. « C'était comment, à Dublin ? »

Il la regarda, l'air ailleurs. « Quoi ? Oh, très bien. J'ai rencontré un type des magasins d'herboristerie Culpepers à Londres. Ils cherchent du monde… des couples intelligents. »

Elle vit qu'il observait sa réaction.

« J'ignore tout des plantes, Freddie.

— C'est ce que j'ai expliqué à cet imbécile, mais il n'a pas cessé de dire que tous les deux nous pourrions apprendre. » Freddie gloussa. « Néanmoins, quelles que soient les difficultés actuelles, je nous vois mal déménager et nous installer sur le continent, hein ?

— C'est ici que nous sommes chez nous, Freddie.

— Mais oui, et nous avons tous les atouts d'une très bonne affaire, comme je le lui ai dit. Les temps sont un peu difficiles parce que, soyons honnêtes, les gens bien à Dublin se précipitent tous dans le comté de Galway pour apprendre ce satané gaélique qui leur donnera des promotions dans l'administration. Tout ce que nous avons, c'est le bouche-à-oreille parmi nos propres gens et une publicité de temps en temps dans le *Shooting Times*. Mais jamais je ne pourrais vendre cet endroit.

— Je le sais, Freddie.

— Tyrrell va bientôt s'inviter à déjeuner ici. Mais je préférerais incendier cette maison plutôt que d'y voir vivre quelqu'un qui n'est pas un Fitzgerald. L'homme qui n'a pas de propriété à léguer est un moins que rien. »

Eva soupçonnait Freddie de songer à des souvenirs jamais exprimés à propos de son père décédé. Elle l'imaginait bien, plus jeune que Francis aujourd'hui, écrasé sous le poids énorme que représentait le fait d'hériter de cette maison, les domestiques rendus silencieux par le deuil tandis qu'il fouillait dans cette réserve comme s'il pensait y trouver des traces de son père.

« Il est temps que j'aille voir notre jeune garçon, dit Freddie avec enthousiasme. J'ai un cadeau pour lui, mais j'ai eu du mal à le trouver. »

Freddie était trop impatient pour attendre le petit déjeuner. Il envoya Mary porter son plateau à Mr Clements et davantage de thé aux pensionnaires, puis alla à la voiture prendre un long paquet sur la banquette arrière. Eva le regarda défaire le papier d'emballage brun. Elle resta à l'écart, voulant le laisser seul au moment où il entrerait dans la chambre des enfants avec le cadeau dissimulé dans son dos. Francis courut l'embrasser avec une spontanéité qui toujours déconcertait Freddie. Hazel était moins démonstrative, et pourtant ils étaient naturellement à l'aise ensemble. Francis s'efforçait de ne pas mentionner le cadeau, et posait poliment des questions sur le voyage. Mais son regard cherchait constamment à voir ce qu'il y avait dans le dos de Freddie.

« Ferme les yeux et tends les mains », dit enfin Freddie. Ce que fit le garçon, tremblant d'excitation. Eva n'avait jamais vu un aussi petit fusil. Il luisait dans la lumière. Les doigts de Francis se refermèrent sur l'acier froid. Il gardait les yeux fermés. Elle savait qu'il craignait de trahir sa déception. Il ouvrit enfin les yeux pour regarder Freddie, qui parut incapable de décoder l'expression sur le visage de son fils.

« Merci, Père.

— Ça, tu peux me remercier, dit Freddie en riant, content de lui. J'ai couru dans tout Dublin pour trouver la taille parfaite. Tu te souviens que j'ai mesuré ton bras ? Tu as sans doute cru que j'allais te rapporter des vêtements. Aucun lapin ne sera en sécurité dans l'allée, dorénavant. » Freddie tapota le dos de Francis, puis se pencha avec sérieux. « Mais ce n'est pas un jouet. Soin et prudence, voilà les mots d'ordre. Ne t'en sers jamais en dehors de Glanmire Wood, sinon les gardes civils viendront embêter ton vieux père. Ne vise jamais un être humain pour t'amuser, car c'est ainsi qu'arrivent les accidents. Ne tire jamais avec colère ou jalousie. Ne râle jamais à cause de la malchance et ne te vante pas de tes prouesses. Fais toujours l'éloge de la personne qui t'accompagne. N'essaye jamais de lui en mettre plein la vue et, si tu acceptes la chance et la malchance sans rouspéter, tu seras considéré comme un chic type. »

Francis leva le fusil jusqu'à son épaule et visa la fenêtre, désireux de faire plaisir à son père. Freddie fit tout un cinéma pour lui montrer comment le caler contre son épaule, puis comment presser doucement sur la détente. Eva s'émerveilla de voir la facilité avec laquelle Freddie pouvait toucher son fils quand le contexte s'y prêtait. Mrs Crossan, en peignoir, souriait avec indulgence, puis elle baissa les yeux parce que Hazel la tirait par la manche.

« Est-ce que je peux monter mon poney maintenant ?

— Mais grand Dieu, mon enfant, les jambes de ce poney ne seront bientôt plus que des moignons. » Mrs Crossan sourit à Eva. « Ils ne nous laissent jamais en paix, n'est-ce pas, Mrs Fitzgerald ? Donne-moi le temps, chère enfant, de mettre mon vieux corps en état de marche. »

La gouvernante disparut en direction de sa propre chambre, d'où elle ne ressortirait qu'une demi-heure plus tard. La porte d'entrée était ouverte, les pensionnaires fumaient et faisaient quelques pas dehors. Eva laissa Freddie en compagnie des enfants et retourna au sous-sol. Les dalles du couloir luisaient, et Maureen attendait que Brigid ait fini la vaisselle pour laver le sol de la cuisine. Eva la vit regarder la porte de la cave à vins.

« Vous voulez que je lave cette pièce, Madame ?

— Tu dois être fatiguée, Maureen. Arrête-toi un peu. Nous ne nous servons pas beaucoup de cette cave.

— Je le sais, Madame. On raconte à Turlough qu'elle est hantée par le diable. Mary m'a dit que la dernière fille qui a lavé le sol a vu l'empreinte de pieds fourchus sur les dalles mouillées et que ses cheveux sont devenus tout blancs.

— Tu l'as crue ? »

Maureen baissa la voix. « Je ne la croirais pas, Madame, si elle prétendait que les saints vont au ciel. Que Dieu me pardonne, mais même un vicaire ne serait pas à l'abri de ses griffes. »

Il y avait un tel ton de conspiration dans sa voix qu'Eva se mit à rire. Cela lui rappela Dunkineely, où les bonnes venaient dans sa chambre pour bavarder en toute liberté.

« Laisse tomber cette cave, dit-elle. Tes cheveux sont trop beaux pour prendre ce risque.

— Et la chambre du Yankee, Madame, quand Mary aura fini là-bas ?

— Depuis combien de temps y est-elle ?

— Depuis assez longtemps pour rembourrer un matelas avec du crin. »

Avec nervosité, Eva frappa à la porte et entra sans attendre la réponse. Gralton était assis sur le lit, mains posées sur ses genoux pour se protéger, comme s'il s'attendait à un assaut. Mary enleva rapidement son chiffon à poussière de l'appui de fenêtre.

« Seigneur, dit Mary avec aigreur à Gralton en sortant, c'est que vous vous débrouillez bien pour faire parler les gens. »

Gralton la regarda partir avec amusement. « Si j'ai pu ouvrir la bouche un seul instant, je ne m'en suis pas rendu compte, dit-il à Eva. Elle n'a pas arrêté, à pratiquer le parler yankee, à me parler de ses sœurs, qu'elle va rejoindre. Elle s'imagine que ce sera tous les soirs des promenades à Coney Island. Puis, quand elle a entendu que mon nom était Max Fortune, c'était comme si elle se trouvait face au diable.

— Restez hors de son chemin, le prévint Eva.

— Je resterai hors du chemin de tout le monde, y compris de votre mari.

— Il aura des soupçons si vous n'allez pas chasser. Je lui ai dit que vous étiez venu pour ça. »

Le tintement d'un seau les avertit de la présence de Maureen à la porte. Gralton sortit et Maureen lui jeta un coup d'œil à l'instant où elle s'agenouillait.

« Ce type est peut-être un Yankee de la haute, remarqua-t-elle, mais il a le visage d'un poisson qu'on aurait sorti il y a peu de la Shannon. Il a le nez d'un homme du Roscommon – du côté de sa mère, je parierais. » Elle s'arrêta, se souvenant de sa position. « Pardon Madame, je devrais être moins familière.

— Aucune importance, mon enfant.

— Ils n'auraient pas été d'accord avec vous à Westport House.

— Tu as travaillé là-bas ?

— On nous a donné une liste de ce qu'ils demandaient à une bonne d'apporter : robes bleues en coton, bonnets blancs, bas noirs. Mais nous ne pouvions pas avoir le tissu pour douze tabliers blancs avec bavette, alors ma mère a découpé des sacs de farine, les a fait bouillir et a confectionné de beaux tabliers.

— Quel était le problème ?

— Le premier jour, la dame a admiré mon tablier et j'étais tellement fière du travail de ma mère que je lui ai dit avec quoi elle les avait faits... je pensais que ça irait puisqu'elle les avait admirés. Mais elle m'a immédiatement congédiée en expliquant qu'elle ne pouvait pas employer des gens qui portaient des sacs. Je ne devrais pas dire ça, Madame, alors que vous la connaissez sans doute.

— Que veux-tu faire ?

— Je pensais à Birmingham. J'ai une espèce de tante là-bas.

— Ça te plairait ?

— Je ne le saurai qu'une fois là-bas, Madame, vous ne croyez pas ? »

Maureen versa de l'eau sur les dalles et commença à frotter. Eva entendit un coup de feu dehors, puis un cri de Hazel et des voix en colère. Elle se précipita par la porte de derrière et arriva sur la pelouse. Freddie gesticulait avec colère dans l'allée, tandis que Hazel essayait de remonter sur le poney.

« Miss Crossan savait que j'apprenais à tirer au garçon. Pourquoi cette imbécile t'a-t-elle autorisée à aller toute seule dans l'allée avec ton poney ? »

Eva vit les lèvres de Hazel trembler quand elle fut près d'eux, mais la fillette était déterminée à imposer son point de vue.

« J'en ai eu assez d'attendre Miss Crossan. Elle est trop lente. Je lui ai crié par la porte que j'y allais toute seule.

— Tu aurais pu être tuée. » Freddie s'arrêta, demanda le silence d'un geste et fit tourner Francis pour qu'il soit face aux arbres de la pente. « Sous le petit buisson contre le mur moussu, chuchota-t-il. Vise soigneusement, prends ton temps. »

Il y avait là un lapin qui tremblait, trop terrifié par le premier coup de feu pour s'enfuir plus loin. Le mur l'obligeait à courir vers eux. Francis regarda Eva, puis son père, qui hocha la tête pour l'encourager. La créature tremblante rappela à Eva le lapin apprivoisé qu'elle avait eu dans son enfance. Elle pouvait presque encore sentir la fourrure contre son visage. Elle eut l'impression que Francis mettait une éternité à viser, bien qu'elle se soit dit qu'il avait dû fermer les yeux à l'instant de tirer. Le lapin rebondit contre le mur, puis s'écroula, ses pattes tressaillant quelques secondes encore, mais il était mort. Le poney s'enfuit au galop dans l'allée, poursuivi par Hazel. Freddie poussa Francis en avant avec fierté.

« Va le chercher, ordonna-t-il. Ton premier animal, avec deux cartouches seulement. Tu es bien un Fitzgerald, mon garçon. Nous passerons beaucoup de journées à chasser dans les tourbières quand tu seras plus âgé. »

Francis saisit le lapin par les oreilles et le souleva maladroitement. Eva se rappela comme elle avait été choquée par la sauvagerie d'Art quand il avait participé au massacre général d'un banc de maquereaux. Elle se demanda si cet instinct masculin existait chez Francis. Freddie lui tapa dans le dos et le poussa vers la maison.

« Mrs Crossan n'est pas une très bonne gouvernante, tu sais, dit Freddie à Eva quand ils passèrent près d'elle. Tu devrais aller voir si Hazel a retrouvé son poney. Je veux montrer aux hommes quel bon tireur nous avons élevé. »

Eva ne s'inquiétait pas, le poney n'avait pas dû aller bien loin. Sa fille possédait un don particulier avec les animaux et quand Eva les aperçut, Hazel murmurait doucement le nom de Molly et lui caressait la tête pour la calmer. « Tout va bien, maman. Molly n'a pas vraiment eu peur de ce fusil miniature. » Hazel essayait de prendre un air méprisant. « Je m'en sortirais bien mieux que Francis, si j'avais le droit. Pourquoi Papa ne m'a-t-il pas apporté de cadeau ?

— Peut-être l'a-t-il fait et n'a-t-il pas encore eu le temps de te le donner. Je lui demanderai plus tard.

— Tu veux dire que toi, tu trouveras quelque chose qu'il pourra me donner. Les filles ne comptent pas pour Papa, c'est ça ?

— Tu sais que Papa t'aime. Il t'a acheté Molly.

— Il l'a en fait achetée pour Francis, qui est trop poule mouillée pour monter dessus.

— Ce n'est pas vrai », dit Eva, mais sa fille avait raison. Petite, elle avait ressenti une jalousie semblable quand on gâtait Art. Cependant Mère avait établi des liens tellement étroits avec elle qu'elle semblait encore être présente dans la vie d'Eva. Eva se souvint de la remarque d'Art sur le rêve de Mère. Elle se demanda si Hazel et elle auraient un jour des liens aussi étroits. Elle aimait sa fille sans réserve mais, en dépit de son jeune âge, Eva sentait l'impatience de Hazel devant les pensées vagues de sa mère alors qu'elle voyait le monde en couleurs bien franches. Hazel monta sur le poney et Eva avança à ses côtés, laissant sa fille bavarder, partageant des plaisanteries et des secrets d'enfant. Et pourtant, au milieu de tout ce bavardage excité, il semblait exister une barrière invisible dont l'enfant n'était pas consciente mais qu'Eva pensait être incapable d'abattre.

Sur les marches du perron, Freddie s'était accroché à Gralton et insistait pour l'aider à choisir un fusil.

« Je suppose que vous êtes passé par Londres, monsieur.

— Avec quelques détours, répondit Gralton évasivement.

— En tout cas, vous nous avez trouvés, même si ce n'est que pour un court séjour. J'aimerais bien que davantage de chasseurs puissent venir ici. Peut-être pourriez-vous parler de notre petit établissement à vos connaissances ? De nombreux chasseurs anglais seraient heureux de venir ici s'ils connaissaient notre existence. Mais ils sont prudents parce que, malheureusement, l'ancien ordre politique a disparu. Les bouleversements récents ont chagriné mon cœur. Mais par ici, les chasseurs anglais ne rencontreront que la plus grande courtoisie. Oh, les Irlandais aiment leur politique un peu épicée et rendent "John Bull" responsable de tous leurs maux imaginaires, mais ce n'est là que du vent, que leur dispensent la chaire et les journaux. En réalité, ils apprécient la compagnie des Anglais et prennent plaisir à les voir chasser. En politique et en religion, je me distingue de la majorité de mes voisins et pourtant j'ai droit à toute leur gentillesse et à leur respect. Je vous dis ce que je constate, vous comprenez, monsieur.

— Naturellement », répondit Gralton tandis qu'Eva demandait à Hazel d'emmener le poney à l'étable.

« En fait, vous en rencontrerez un bon échantillon pendant la chasse. J'ai demandé à un commerçant du coin de venir, si cela vous convient, ainsi qu'à un homme politique du nom de Belton.

— Patrick Belton ? » Gralton faillit en perdre son accent américain.

« Vous avez entendu parler de lui ? » Freddie était surpris.

« J'ai remarqué son nom dans un de vos journaux, répliqua rapidement Gralton. C'est un compagnon de ce général Machin-Chose.

— O'Duffy, dit Freddie pour l'aider. Un drôle de fanfaron pas bien malin. Mais ses Chemises bleues ont eu récemment le soutien des gros fermiers dont le niveau de vie a chuté à cause de De Valera. J'ai vu des hommes orgueilleux me prier de tuer des veaux affamés qu'ils ne pouvaient pas vendre. Mais les hommes politiques qui se sont unis derrière O'Duffy ont vite regretté cette action et l'ont laissé tomber. Pas Mr Belton, qui s'est battu jusqu'au bout pour le maintenir en place, mais les bons catholiques ayant une bonne éducation. J'espère que notre visiteur ne vous gênera pas trop. »

Eva comprenait le malaise qu'elle sentait chez Gralton. Elle commençait à apprécier son invité malgré ce qu'il était et elle détestait être obligée de duper ainsi le pauvre Freddie. Elle ne pouvait pas imaginer que Freddie puisse avoir des secrets qu'il ne partageait pas, excepté ses beuveries et l'importance de leurs dettes, qu'il considérait comme des choses grossières qu'un gentleman se devait de dissimuler à son épouse. La présence de Gralton l'obligeait à penser à tout ce que, dans sa vie, elle lui dissimulait. Ses désirs abstraits, qu'il ne pourrait jamais comprendre. Son sentiment qu'existait un autre monde, parallèle à ce monde physique, perpétuellement hors de portée et pourtant resplendissant de niveaux de conscience si elle parvenait à penser avec assez de clarté pour le déverrouiller. Ses rêves de vies antérieures qui l'empêchaient de se plonger totalement dans celle-ci. Gralton écarta la politique de la conversation en suggérant à Freddie de lui recommander un bon fusil.

« Vous avez demandé un permis de chasse ? » demanda Freddie en se baissant pour examiner les quelques fusils qu'il avait choisi d'emporter dehors. Gralton jeta un coup d'œil à Eva pour lui demander de l'aide et elle hocha la tête.

« Naturellement. Et ce fusil-là ?

— Trop lourd, monsieur, dit Freddie, à moins que vous ne soyez le second cousin de Samson. Les fanfarons peuvent bien se vanter de descendre un canard à quatre-vingts mètres, mais, en réalité, ils tirent invariablement au-dessous de l'oiseau à cause du poids sur leur épaule. Non, un fusil léger vous apportera tout ce dont vous avez besoin… »

Eva rentra dans la maison, laissant Gralton s'en sortir tout seul. Elle supervisa la préparation du déjeuner puis se rendit dans la chambre des enfants. C'était en principe le moment où Francis était censé lire, mais il traînait simplement par terre avec un livre fermé tandis que Miss Crossan était plongée dans un numéro du magazine *Secrets*. *The Capuchin Annual* était évidemment destiné à être exhibé le soir dans le salon.

« Où en est la lecture de Francis ? » demanda-t-elle ostensiblement.

Le visage de Miss Crossan s'épanouit. « Il comprend tous les mots dans mon magazine. Je lui ai fait lire deux articles à voix haute pour moi. »

Eva jeta un coup d'œil à la couverture peu recommandable, où était écrit en grosses lettres : « Denise Robins répond aux questions des lecteurs. » La chambre des enfants était en désordre, et des coussins étaient restés là où ils étaient tombés. Hazel entra dans la chambre et fut apparemment contaminée sur-le-champ par la léthargie générale. Elle s'affala sur une chaise, saluant à peine la gouvernante. Une pointe de la désapprobation d'Eva pénétra dans la conscience de la femme âgée.

« Désolée si j'ai l'air un peu vague aujourd'hui, lui confia-t-elle, sur le ton d'une confidence entre femmes. Mais les hommes ont tendance à bavarder très tard le soir et, surtout après votre départ, j'ai eu l'impression qu'il valait mieux qu'une femme de la maison soit présente au cas où ils auraient besoin de quelque chose. »

Au moins Freddie n'était-il pas là pour entendre Miss Crossan se décrire comme une femme de la maison. S'étant excusée, Eva se rendit dans le hall, alertée par le bruit de la voiture de Mr Devlin. Gralton avait dû filer en douce parce que Freddie arriva tout seul. L'épicier de Castlebar descendit, vêtu de son meilleur complet du dimanche, et pourtant il savait qu'ils iraient chasser. Eva soupçonnait Devlin de ne pas avoir suffisamment confiance en lui-même pour s'habiller sport. Leur dette lui permettait d'afficher l'allure de quelqu'un ayant une bonne position sociale, et pourtant le déjeuner allait être une torture pour lui. Il se ferait remarquer en s'efforçant de s'intégrer, exactement comme Miss Crossan se faisait remarquer et s'attirait la pitié des pensionnaires, le soir.

L'homme politique descendit à son tour et Freddie l'accueillit avec cordialité. Mais la réaction de Belton évoquait les évêques catholiques qui s'attendent à ce que les gens se mettent en rang pour embrasser leur anneau. Il jeta un regard dédaigneux sur la maison lorsque Freddie le conduisit en haut des marches, où Mary attendait pour prendre leurs chapeaux. La bonne en vint presque à faire une génuflexion devant Belton. Seule la présence de Freddie l'empêcha de lui adresser le salut des Chemises bleues. Avant qu'on puisse la voir, Eva descendit en vitesse à la cuisine, où Mrs McGrory s'affairait nerveusement à cause du nombre de personnes à table pour le déjeuner, sans parler de la présence d'un opposant politique.

« Je ferai de mon mieux avec les provisions que nous avons, Mrs Fitzgerald, dit-elle. Mais je vous conseille de dresser deux tables. Quelqu'un comme Mr Belton ne va certainement pas avaler tout un repas sans provoquer un schisme, quelle que soit la compagnie à laquelle il se sera accroché. Est-ce que le Yankee va se joindre à vous ? Il est passé en douce il y a un instant, et il n'avait pas l'air d'être d'humeur à voir du monde. »

Gralton était profondément troublé quand Eva frappa à sa porte. « Je ne vais quand même pas m'asseoir à la même table que Belton ! dit-il avec colère. J'étais mieux dans les tourbières. Art est dingue de m'avoir amené ici.

— J'ignorais absolument qu'il viendrait.

— Oui, et pas la moindre idée de qui il est vraiment. C'est comme ça que vous survivez, vous les protestants, en baissant la tête et en prétendant que nous autres, nous n'existons pas.

— Vous n'êtes pas juste.

— Je n'aime pas être juste. Je n'aime pas être jeté enchaîné sur un paquebot. Mais c'est ce qui va se passer si Belton me reconnaît.

— Il ne vous reconnaîtra peut-être pas.

— Vous pourriez avoir raison. Sa seule vertu est la stupidité. Demandez à Art de vous montrer ses points de suture suite à un coup de matraque reçu pendant une manifestation contre des jaunes sur un chantier de Belton. Belton paye ses hommes moins que n'importe quel autre entrepreneur. C'est un vautour qui passe d'un parti à un autre, qui quitte le navire quand ses collègues le trouvent trop bête pour lui confier un peu de pouvoir. Il a hurlé pour avoir ma peau au Parlement, et pour que votre frère soit mis sur un bateau en partance pour la Russie. S'il savait que vous êtes la sœur d'Art, il vous cracherait au visage. »

Eva voulait bien le croire. Elle avait l'impression d'assister au viol de sa maison. « Nous ne pouvons pas prendre le risque qu'il vous voie. Je vais dire que vous avez mal à l'estomac. Je ne veux pas que Freddie ait des problèmes. Il ne le mérite pas. »

Dans la cuisine, Eva demanda à Mary de servir le déjeuner de Mr Fortune dans sa chambre. La jeune femme plissa le nez, une expression qu'Eva ne comprit pas.

« C'est un nom un peu étrange, vous ne croyez pas, Madame ? *Max Fortune*.

— Pourquoi donc ?

— Oh, eh bien... » La jeune femme fit une grimace et se remit au travail. Eva attendit que ces messieurs aient eu droit à un apéritif et qu'ils soient assis devant leur soupe avant de leur transmettre les excuses de leur convive américain. Mais la non-apparition de Gralton ne fit qu'éveiller l'intérêt de Mr Belton.

« Nous ne pouvons pas accepter ça d'un Yankee qui a la gentillesse de venir dépenser son argent ici. » L'homme politique claqua des doigts vers Mary. « Dis donc, toi, apporte à notre convive un cognac et porto de ma part. Dis-lui que ça remettrait en place l'estomac d'un éléphant et que nous espérons avoir le plaisir de sa compagnie après le déjeuner. »

Eva savait à quel point l'expression « *notre* convive » avait dû choquer Freddie. Tout, dans les manières de Belton, laissait penser que ce déjeuner avait lieu en son honneur. Mary fila et Belton fit un grand sourire à Freddie.

« Je n'ai jamais vu un Yankee refuser un verre. Ils sont toujours terrifiés à l'idée du retour de la prohibition. Il a sans doute la gueule de bois, mais un petit verre le lendemain, rien de tel pour vous remettre d'aplomb. Vous êtes d'accord, Mr Fitzgerald ?

— Mr Fortune est assez mystérieux, répondit Freddie. Personne ne sait vraiment d'où il vient.

— On n'est jamais trop prudent, prévint Belton. Il y a des gens peu recommandables presque partout.

— Il a l'air d'un chic type, dit alors le capitaine de frégate, poliment, mais fermement.

— Peut-être, peut-être. » Belton regarda autour de lui, pas du tout disposé à concéder ce point. « Mais on ne sait jamais, avec les étrangers. » Il laissa ce dernier mot résonner avant d'ajouter : « À l'exception de tous les présents, et je pense que Mr O'Sullivan et Mr Devlin seront tous deux d'accord avec moi.

— Naturellement », acquiescèrent le catholique de Dublin et l'épicier de Castlebar, mal à l'aise d'avoir ainsi été distingués. Eva regarda Freddie, assis, l'expression figée, que l'on désignait comme étranger à sa propre table.

« Comment définiriez-vous précisément un étranger ? » Le ton modéré de Mr Clements évoquait une lame d'acier venue les défendre.

Belton haussa les épaules comme s'il s'adressait à un imbécile. « Un étranger est un étranger et ne peut jamais être rien d'autre. Prenez De Valera, né yankee et toujours yankee. Seul un étranger pourrait déshonorer l'Irlande à la Ligue des Nations en cherchant à appliquer des sanctions contre le Signor Mussolini, qui a libéré l'Abyssinie. Mussolini est l'Abraham Lincoln de l'Afrique, le seul homme à avoir le courage de mettre fin au trafic d'esclaves dirigé là-bas par les juifs. De Valera voudrait que l'Irlande reste le cul entre deux chaises, mais nous ne demeurerons pas silencieux devant des juifs et des bolcheviques. Mussolini est un exemple qui éclaire le monde et si j'avais dix ans de moins, j'irais me battre avec lui en Abyssinie comme volontaire.

— Heureusement qu'il n'a pas eu besoin de votre aide », murmura Mr Clements. Le silence s'était emparé de la table. Mr Devlin croisa le regard d'Eva, puis détourna la tête.

« Seul un imbécile pourrait penser que nous n'allons pas tous devoir nous battre, rétorqua Belton. Un fléau suppurant s'apprête à déferler sur l'Europe si nous le laissons s'installer.

— Nous le voyons aux actualités filmées, dit un des Anglais du Staffordshire. Surtout quand le Reichstag a été incendié et entièrement détruit.

— Et qui produit *vos* actualités filmées ? demanda Belton. Les communistes. Si vos écrivains n'étaient pas des communistes, nous n'aurions pas besoin de les bannir. Le fléau dont je parle s'est déclaré en Espagne le mois dernier quand les bolcheviques ont pris le pouvoir. Il s'étendra si on ne l'arrête pas.

— *Prendre le pouvoir* me paraît être une description incorrecte des conséquences d'une élection démocratique, commenta Mr Clements. Bien que je sois en désaccord avec ses choix, on ne peut pas nier que la nouvelle coalition, en Espagne, a été librement élue par le peuple. »

Belton renifla. « Il est peut-être temps que nous arrêtions de vouloir faire croire qu'une populace sans éducation aura toujours raison.

— Vous proposeriez donc d'abolir les élections, monsieur ? demanda Freddie.

— Je ne dis rien de semblable. » Mr Belton écarta les bras alors que Mary revenait pour servir le déjeuner, commençant, remarqua Eva, par l'homme politique. « Ce que je dis – et je ne fais que répéter les paroles du pape Pie XI – c'est que l'Espagne nous montre la folie qu'est une démocratie sans restrictions à qui l'on laisse la bride sur le cou. Je le vois dans notre Dáil Éireann – un Parlement pie, élu par des moyens défectueux, obligé de se colleter avec la tâche difficile qu'est le gouvernement d'une grande nation. N'ai-je pas raison, Mr Devlin ?

— Que suggérez-vous donc ? lança Mr Clements sans permettre à Devlin d'acquiescer tacitement. Une dictature comme en Italie ?

— L'Italie n'est pas une dictature, répliqua Belton. Ou sinon une dictature qui ne durera que le temps nécessaire à briser quelques têtes. Elle est déjà en train d'évoluer vers une forme plus subtile de démocratie, que l'Irlande ferait bien d'adopter – l'État corporatiste.

— Oh, mais certainement », murmura le capitaine d'un ton méprisant. Eva aurait voulu parler, pourtant elle savait que le type de société qu'elle appelait de ses vœux ne serait que du non-sens aux yeux de ces hommes, excepté, peut-être, aux yeux de Mr Clements.

« Oh oui, certainement ! aboya Belton. Vous n'êtes pas d'accord, Devlin ? »

Le boutiquier baissa sa fourchette. « C'est-à-dire que je ne peux pas vraiment dire que j'ai étudié ces choses-là. » Devlin hésita sous l'œil de Belton. « Toutefois le pape montre une forte préférence pour le corporatisme dans son encyclique *Quadragesimo Anno.* » Il jeta un coup d'œil rapide à Eva. « Que nos gracieux hôtes n'ont évidemment pas lue.

— Ce qui est dommage, déclara fermement Mr Belton. Sa Sainteté déclare que l'objectif principal d'un État doit être de promouvoir l'harmonie entre les classes sociales en instaurant des groupes professionnels. Personne ne suggère qu'il devrait y avoir un dictateur en Irlande. Pas vrai, Devlin ?

— Pas dans mon ancien bataillon en tout cas, répondit l'épicier avec nervosité.

— Notre État corporatiste serait uniquement irlandais, et toutes les professions importantes auraient leur mot à dire en fonction de leur puissance. »

Belton regarda vers Devlin, en quête d'un soutien, mais le commerçant scrutait son assiette, qu'il n'avait pas touchée. L'homme du Tyrone quitta la table sans chercher à s'excuser. Seul Belton paraissait ne pas se rendre compte que l'atmosphère devenait tendue.

« Ce soir j'expliquerai comment O'Duffy et moi, nous allons nous débarrasser des scories et tout reprendre à zéro afin que nos nouvelles Chemises vertes soient aussi victorieuses que les Chemises brunes hitlériennes en Allemagne. Aucun autre choix ne peut nous sauver du Fléau rouge. » Il regarda en direction de Freddie. « Vous êtes un homme qui doute, Mr Fitzgerald. Je vais vous envoyer le pamphlet de James Hogan, *L'Irlande pourrait-elle devenir communiste ?*, afin que vous compreniez à quel point ce pays est encerclé par les forces des ténèbres.

— Je le lirai avec grand intérêt, répondit Freddie d'un air sombre.

— Exactement comme j'ai lu *Quadragesimo Anno*, déclara le capitaine. J'en ai d'ailleurs un exemplaire dans ma chambre. Votre pape écrit un excellent latin, bien supérieur à mes faibles connaissances. Mais vous paraissez si bien connaître ce texte que j'irai le chercher après déjeuner afin que vous me traduisiez certains des passages les plus pertinents. »

Belton lui lança un regard noir et ses yeux firent le tour de la table.

Un des Anglais gloussa légèrement, posa son couteau et sa fourchette et croisa son regard avec mépris.

« Je suis venu ici pour chasser », dit Belton avec aigreur.

Mr Devlin voulait absolument détourner la conversation. « Et il n'y a pas de meilleur endroit. On m'a dit que votre jeune garçon avait tué son premier animal aujourd'hui, Mr Fitzgerald, avec un fusil qui convenait parfaitement à sa taille. J'aimerais pouvoir en trouver un pour mon garçon. »

Freddie parla avec une gaieté forcée, déterminé à regagner le contrôle de la situation à sa propre table. « Rien qu'un petit lapin, Devlin, mais une balle en pleine tête. Avec un lapin, ce n'est pas la peine de viser le corps, car la balle le traversera de part en part et l'imbécile se sera réfugié dans son terrier avant que vous puissiez ramasser votre dîner. »

Tout le monde autour de la table émit des rires soulagés sauf Mr Belton, qui boudait parce que l'attention n'était plus centrée sur lui.

« Ces tourbières sont infestées de lapins, ajouta le capitaine. Moi, je ne chasse pas, mais je suis toujours content d'en manger.

— Le lapin est toujours là quand il n'y a rien d'autre à chasser, dit Freddie. S'ils n'avaient cette tendance à plonger dans leur terrier, ce seraient des invités de marque. »

L'un des hommes du Staffordshire rapporta une anecdote sur un lapin blessé et Devlin leur fit le récit d'une partie de chasse près de Lough Mask. Mais la conversation s'enlisa et Eva ne se rappelait pas avoir connu un déjeuner plus déplaisant à Glanmire House. Ils étaient arrivés sans encombre au dessert quand Mr Devlin trouva le courage de se risquer à utiliser le prénom de son mari. « Où allons-nous chasser cette après-midi, Freddie ?

— Il y a une ligne de vol de pluviers au-dessus de la tourbière de Toomore, Devlin. C'est un terrain humide, mais le tir est bon, si on a de la patience.

— Des pluviers, au-dessus d'une tourbière ? grommela Belton. C'est beaucoup trop à découvert. N'importe quel imbécile sait que ce qu'il y a de mieux c'est de se cacher derrière un mur.

— Et là, n'importe quel imbécile peut les tuer ! » L'accent américain de Gralton était calculé pour exprimer l'argent et le dédain. Il les avait surpris en arrivant en silence jusqu'à la porte. « Les pluviers sont une cible facile dans un champ parce qu'ils sont tellement lents à s'envoler. C'est une chasse pour sournois. Si vous êtes un véritable chasseur vous tenterez votre chance lorsqu'ils filent dans l'air au moment de leur vol du soir. »

Malgré le choc produit par l'apparition de Gralton, Eva était contente pour Freddie, qui ne cachait pas son plaisir de voir l'homme politique remis à sa place.

« Je suppose que vous êtes le Yankee à l'estomac fragile, grommela Belton. Qu'est-ce que vous en savez donc ?

— Ce qu'il dit n'est pas faux. » Une pointe de mutinerie teintait la voix de Devlin.

« Ah, ce n'est donc pas faux ? » Le regard glacial de Belton scruta Gralton. « Vous êtes suffisamment guéri pour nous rejoindre, monsieur ?

— Je suis venu remercier la personne qui m'a fait envoyer un verre, répondit Gralton. Et m'excuser auprès de mon hôte. Malheureusement, je n'ai pas été tout à fait honnête. »

Eva retint sa respiration, terrifiée à l'idée qu'une révélation allait faire exploser leur emprise ténue sur la vie ici. Elle imagina l'arrivée des gardes civils, Belton s'attribuant le mérite d'avoir découvert un nid de sympathisants communistes. Tous les protestants du Mayo allaient en être éclaboussés. Peut-être même Gralton avait-il un pistolet derrière son dos et était-il déterminé à emmener au moins un ennemi avec lui. Belton sentit la peur d'Eva. Il la regarda, puis Gralton.

« Eh bien ? demanda-t-il.

— Le fait est que je ne peux pas chasser, dit Gralton. Je n'ai pas encore eu le temps de faire une demande de permis de chasse auprès de votre administration.

— Laissez tomber le permis de chasse ! s'exclama Belton. Être avec moi est le seul permis dont vous ayez besoin.

— Je ne voudrais cependant pas compromettre mon hôte.

— Mais bon Dieu, qui donc va le compromettre ? rétorqua Belton. Vous êtes un visiteur dans mon État et il est de mon devoir de m'assurer que vous obtenez ce que vous voulez. Bon, je parie les deux livres que vous aurait coûtées un permis que j'aurai une gibecière plus lourde que la vôtre ce soir. »

L'animosité entre les deux hommes était évidente quand Gralton se tourna vers Freddie.

« Qu'en dites-vous, Mr Fitzgerald ?

— En règle générale, je dirais qu'un permis est nécessaire. Nous essayons de ne pas enfreindre la loi irlandaise… » Il regarda Belton. « Cela dit, Mr Belton me paraît être bien placé pour savoir comment se font les choses aujourd'hui. Mais je dois vous prévenir que, là où la chasse est la meilleure, les canaux d'écoulement sont saturés et difficiles à traverser, souvent trop larges pour qu'on puisse sauter, et trop profonds pour être passés à gué.

— C'est très bien, dit Gralton en souriant. Mr Belton, en bon Irlandais, vous m'accorderez certainement que, plus c'est humide, meilleur c'est. »

Belton répondit ironiquement. « Vous ne donnez pas l'impression d'être vêtu pour un terrain humide.

— Nous verrons bien qui tombera le premier. » Gralton fit un signe de tête et se retira.

Laissant les hommes à leur whiskey, Eva suivit Gralton au sous-sol. Elle le vit frissonner et regarder autour de lui avec appréhension en passant devant la cave à vins. Il se précipita dans sa chambre, dans laquelle Eva entra sans frapper.

« Qu'est-ce que vous faites ? demanda-t-elle.

— Je me prépare à une partie de chasse, comme *vous* dites.

— Arrêtez de vous montrer condescendant. Nous ne l'avons pas invité.

— Ses semblables s'invitent. En Abyssinie, en Rhénanie, partout où, pleins d'autosatisfaction, ils ont décidé de hisser leur swastika.

— Vous avez promis de ne pas provoquer de troubles.

— Je ne pouvais pas rester terré ici comme un renard attendant les chiens. J'ai décidé de me confronter à l'ennemi. Les nuages assassins au-dessus de l'Europe éclateront aussi sur vous, les Britanniques, même blottis ici à prétendre que le monde ne change pas.

— Je ne suis pas britannique, répliqua violemment Eva. Je suis aussi irlandaise que vous.

— Moi je suis britannique, interrompit Mr Clements depuis la porte. Les vêtements que vous portez sont britanniques, en tout cas ils ont été taillés par un tailleur anglais exilé dans les ruelles de La Valette. Et qui que vous soyez, monsieur, vous n'êtes pas américain. Sans doute trouverez-vous cette vieille veste de chasse, ainsi que cette culotte de golf, plus appropriées pour les tourbières irlandaises. J'ai également des chaussures à l'étage qui pourraient vous être utiles.

Les deux hommes se mesurèrent du regard, puis Gralton acquiesça.

« Merci beaucoup.

— Je suis conscient des nuages sombres dont vous parlez, monsieur. Mais j'avais espéré qu'ils éviteraient de porter leur ombre sur ce bois. La semaine dernière, j'étais à Londres, et j'ai vu Oswald Mosley parler à ses Chemises noires. Il était impressionnant, s'exprimait clairement, plutôt effrayant. Sans doute était-il déjà dans son club de gentlemen quand les vitrines des magasins juifs du West End ont commencé à voler en éclats. Je me suis toujours tenu à l'écart des clubs, et des institutions. De la même façon, je ne suis familier de l'institution du mariage que de l'extérieur. Ce que Dieu a joint, qu'aucun homme…

— Oh, mais attendez un peu… l'interrompit Gralton.

— … n'oblige un des partenaires à garder des secrets, ne vienne détruire leur confiance. »

Eva avait l'impression que le capitaine utilisait cette occasion pour parler indirectement de lui-même, définir ses objectifs comme quelqu'un qui – quelle que soit l'attirance qu'il ressentait – ne s'écarterait jamais de ses propres principes.

« Je ne suis pas ici de mon plein gré.

— Je n'ai aucun désir de connaître les circonstances de votre présence ici, répondit Mr Clements, ni l'emprise que vous avez sur notre hôtesse. Je sais par contre que c'est elle qui vous a donné votre nom – Max Fortune est un personnage d'un roman policier américain que je lui ai un jour prêté.» Le capitaine s'inclina légèrement en s'en allant. «Mrs Fitzgerald peut être certaine de mon silence. Toutefois, je suggère que vous n'abusiez pas de son hospitalité.»

Tandis que l'Anglais s'éloignait dans le couloir, Eva se rappela le dédain que Mary avait montré en entendant le nom Fortune. La bonne avait-elle lu le roman policier tout en prétendant faire la chambre du capitaine ?

«Pouvez-vous lui faire confiance ? demanda Gralton.

— Est-ce que je peux vous faire confiance ? répondit Eva avec colère. Et si Belton vous reconnaît ?

— Ce ne sera pas le cas, bien que nous soyons nés à moins de vingt communes l'un de l'autre.» Gralton désarma le fusil que Freddie avait choisi pour lui. «Malgré ses fanfaronnades, ce paysan de Longford est tellement excité de jouer le seigneur à une table de l'aristocratie protestante qu'il ne peut imaginer une seule seconde qu'on puisse le duper. Je ne suis qu'un Yankee bêcheur qu'il faut remettre à sa place.» Il referma sèchement le fusil. «Faites-moi confiance. Je crois que j'entends votre mari vous appeler.»

La voix nerveuse de Freddie leur parvenait d'en haut. Eva ne voulait pas qu'on la trouve là. Quelque chose dans l'attitude de Gralton l'empêchait de croire qu'elle pouvait lui faire confiance. Il serait prudent de dire la vérité à Freddie avant qu'il n'emmène dans les tourbières, sans le savoir, un fugitif ayant une cible devant lui. Mais les mensonges qu'elle avait dû énoncer toute la matinée détruiraient à jamais la confiance de Freddie.

Elle se sentit incapable de se sortir de ce mauvais pas lorsqu'elle l'entendit descendre l'escalier. Elle sortit précipitamment par la porte de derrière, fit le tour en passant devant la fenêtre du salon où elle entendit des voix d'hommes qui bavardaient, et s'enfonça dans le bois.

Belton fumait sur le perron. Mary, derrière lui, cherchait le courage de lui parler. Dissimulée par un arbre, Eva vit la bonne toucher une des épaules de Belton en hésitant. Ce dernier se pencha pour l'écouter et Eva retint sa respiration, terrifiée à l'idée de ce que la bonne pouvait lui raconter. Belton se redressa et dit quelque chose qui fit reculer Mary comme si elle avait été giflée, puis elle se retira dans la maison.

Eva fit le tour par le bois et en sortit dans l'allée, elle aperçut Francis, qui se trouvait à l'endroit où il avait tiré sur le lapin. Elle le regarda contempler la mousse ensanglantée.

« Ça ne va pas, Francis ? »

Surpris, le garçon se retourna. « Mais si, maman.

— Tu as aimé ton cadeau ?

— Papa dit qu'un jour je serai aussi bon tireur que lui.

— J'en suis sûre. »

L'enfant hésita. « Tu crois que le lapin était une maman ?

— Je l'ignore.

— Les petits lapins ne vont pas se demander où elle est ? »

Eva résista au désir de le prendre dans ses bras. Cela ne lui paraissait pas juste de s'en mêler. Francis était un Fitzgerald, au moins par son nom, et Freddie tenait à ce qu'il s'endurcisse.

Elle préféra mentir. « Les jeunes lapins peuvent se débrouiller tout seuls. Leurs familles ne sont pas comme la nôtre, sauf chez Beatrix Potter. »

L'enfant acquiesça avec sérieux, cherchant désespérément à trouver quelque réconfort dans les mots de sa mère. Mais son regard revenait continuellement à la mousse, comme s'il voyait vraiment du sang pour la première fois, malgré tous les oiseaux que Freddie avait sortis de ses immenses poches, cousues spécialement à même sa veste de chasse pour lui éviter de devoir porter une gibecière. Quand Francis avait trois ans, Eva l'avait vu prendre un pigeon non plumé sur la table de la cuisine, le brandir vers le ciel à la porte en disant : « Allez, espèce d'idiot, vole ! » Mais il était tellement habitué aux oiseaux morts que l'acte même de tuer avait dû rester flou jusqu'à aujourd'hui.

« Où est Mis Crossan ? demanda-t-elle.

— Elle est allée s'étendre. La nouvelle fille, Maureen, a joué un peu avec nous. Elle raconte de belles histoires mais elle a dû nous quitter pour rentrer à pied à Bellavary. Je l'ai accompagnée dans l'allée. »

Miss Crossan aurait dû être en train de donner une leçon à Francis, mais Eva était contente de l'avoir trouvé là. Mr Devlin allait vouloir lui parler en privé avant le départ du groupe pour la chasse, car il savait que Freddie ne faisait que de vagues promesses qu'il ne tenait pas, alors que la culpabilité obligeait Eva à honorer les siennes. Cette lutte incessante pour trouver de l'argent l'épuisait. Quatre guinées par semaine, ce n'était pas bien cher pour un logement confortable et la chasse mais, si Gralton faisait l'imbécile, peu importait l'argent, leur château de cartes s'écroulerait. À quoi Freddie faisait-il référence en parlant de la gérance d'une boutique d'herboriste en Angleterre ? Pourquoi en parler si l'idée était absurde ? Il n'y avait pas seulement Mr Clements pour qui Glanmire était une retraite hors du monde. Par moments, Eva était soulagée de voir que leur pauvreté signifiait que, pour l'instant, Francis ne pouvait pas être pensionnaire, car elle se demandait souvent s'il serait capable d'endurer le bizutage dont Art avait été témoin et qu'il avait tenté à plusieurs reprises de faire cesser.

«Allons marcher dans le bois.» Elle offrit sa main à Francis.

Le garçon parut étonné. «Tu as le temps ? Et ton travail ?

— Tant pis pour mon travail, dit-elle avec un ton de conspiratrice. Allons voir si nous pouvons trouver des fleurs pour Hazel.»

Eva refusa de regarder vers la maison où Mrs McGrory et Mary n'allaient pas tarder à la chercher. Elle devait affronter Devlin, clarifier les choses avec Miss Crossan, empêcher Gralton de se retrouver avec un fusil chargé dans la même tourbière que Patrick Belton. Toutefois, chaque pas qu'elle faisait dans la forêt diminuait sa culpabilité comme si elle régressait et redevenait une enfant. Tandis qu'ils gravissaient la pente, elle se rappela le poème de Goethe sur le roi des aulnes. Le garçon terrifié dans la forêt parce que son père refusait de croire que ce n'était pas le vent qui l'appelait mais un gobelin barbu qui entraînait les enfants dans le pays de la mort. Eva ne pouvait pas se débarrasser de l'idée qu'un roi des aulnes les suivait maintenant à la trace. Elle ne voulait pas regarder derrière elle et se contentait de marcher avec son bel enfant, de voir les rayons de lumière entre les arbres par l'intermédiaire de ses yeux alors qu'il inventait des histoires auxquelles tous les deux devaient croire.

Francis s'arrêta et posa un doigt sur ses lèvres, puis avança sans bruit avec le talent instinctif des Fitzgerald pour la traque. Deux lapins levèrent la tête dans une clairière, pas très sûrs d'avoir entendu quelque chose. Francis resta immobile tout le temps qu'ils restèrent là à brouter. Sa concentration était absolue, ses traits transformés par la joie jusqu'à ce que les lapins finissent par sentir sa présence et par s'enfuir. Il la mena entre les arbres, les mots débordaient de ses lèvres, à peine capables de suivre le rythme des pensées qu'il voulait partager. Tout en grimpant, Eva se rappela le rêve étrange de Mère et tenta plusieurs fois d'entraîner Francis vers les chênes. Mais le garçon avait sa propre destination. Il appréciait le fait d'avoir Eva pour lui tout seul et de lui présenter ses lieux secrets. Il la fit grimper sur un raidillon envahi par les herbes où elle dut d'abord se courber, puis ramper à quatre pattes. Mais elle ne s'inquiétait ni de savoir si elle se salissait ni de ce que penseraient les bonnes quand elles la verraient. En réalité, elle aurait voulu que cette aventure ne s'arrête jamais. Le soleil réapparut avec des lamelles de lumière poussiéreuse sous les arbres, créant d'extraordinaires mosaïques de couleur et d'ombre. Francis arriva dans une petite clairière et regarda derrière lui pour vérifier si elle le suivait toujours. Une truelle rouillée était posée à côté de trois monticules de petites pierres, avec des fleurs fanées posées à côté de chacun d'eux. Le garçon remit en place quelques pierres tombées d'un des monticules.

« C'est le cimetière des oiseaux, lui dit-il, lui transmettant un grand secret. Deux merles et une grive. Je les ai trouvés morts et je ne voulais pas les laisser là pour les renards. Promets-moi que tu ne diras rien à Papa.

— Pourquoi ?

— Il trouverait sans doute que c'est un truc de fille.

— Papa ne veut que ce qu'il y a de mieux pour toi.

— Je sais, mais Maman… je ne voulais pas tuer le lapin. » Tout à coup ses yeux furent incapables de contenir ses larmes. « Je voulais le caresser et l'apprivoiser. J'ai peur de le voir dans mes rêves. Je ne veux pas être dans la maison quand il y sera accroché et je ne veux pas le manger. Je veux l'enterrer ici, mais maintenant que Papa a acheté ce fusil, je vais devoir tuer des choses tous les jours.

— Mais non, mon chéri.

— Tu sais bien que c'est ce que veut Papa.

— Il comprendra si je lui en parle.

— Il ne comprendra pas. Il pensera que je ne suis qu'un gros bébé. »

Eva ouvrit les bras. « Viens ici mon chéri. » En général, Francis ne refusait jamais un câlin, mais il hésita, comme si ce coup de fusil avait tout changé, et qu'il avait maintenant peur de montrer sa faiblesse. Elle insista doucement et, à contrecœur, il vint poser sa tête dans son giron. Eva le laissa pleurer pendant longtemps tandis qu'elle lui caressait les cheveux, consciente qu'elle ne devait pas parler. Francis finit par se calmer et ils restèrent tous deux immobiles comme des créatures pourchassées dont le moindre mouvement pouvait trahir la présence aux yeux des prédateurs.

« Raconte-moi une histoire », lui demanda enfin Francis, et Eva commença un de ces contes imaginaires qu'elle n'avait jamais le temps de rédiger ou qui – si elle tentait de le faire – mouraient toujours sur la feuille de papier. Devenir un écrivain était un rêve dont elle n'avait jamais parlé à personne. Mais ce jour-là, dans le bois, son récit paraissait empreint d'une telle magie qu'ils s'y laissèrent prendre tous les deux. Gralton avait raison dans un sens quand il avait dit qu'elle se dissimulait. Mais cela ne voulait pas dire qu'elle n'était pas consciente des injustices dans les villes où tant de gens étaient affamés. Il existait différents moyens de combattre l'injustice, la voie qu'elle avait choisie n'aurait pas de sens pour Gralton, elle n'en avait d'ailleurs pas beaucoup pour elle. Mais il y avait un autre combat, tout aussi vital, celui d'essayer de rester fidèle à ce qui était au fond de soi, refuser dans son cœur de devenir une autre personne que soi-même. En essayant d'être une mère parfaite, elle n'y était pas parvenue, car elle avait par trop cherché à s'intégrer, à être ce que les gens attendaient d'elle. Ayant fui son échec en tant qu'artiste et son incapacité à déverrouiller des vérités qui lui avaient toujours glissé entre les doigts. Elle aurait aimé qu'il soit aussi simple pour elle que pour Art d'avoir des convictions. S'il n'existait qu'une seule réalité, une seule sphère d'expérience, peut-être alors l'humanité pouvait être transformée par la redistribution des richesses, comme il le croyait. Elle respectait ses convictions malgré les souffrances qu'elles avaient causées à sa famille, parce qu'Art restait fidèle à lui-même, même s'il paraissait s'être disputé avec Brendan aussi. Mais *Das Kapital* était bien trop compliqué pour être vrai. Tout comme la Bible et le Coran et tous les livres sacrés, cet essai était encombré d'absolus rigides. La vérité existait au centre de chacun de ces textes, mais seulement quand on les déshabillait et que l'on ne voyait plus que leur fragilité. La vérité était l'éclat, rapidement perdu, que l'on trouvait chez tous les enfants, le silence intérieur dont avaient peur les hommes d'action, l'intuition dans le cœur des oiseaux migrateurs qui savaient instinctivement comment rentrer chez eux.

Eva frissonna en imaginant le destin des pluviers au-dessus de la tourbière de Toomore, dégringolant du ciel et rapportés par les chiens. Elle avait perdu son innocence en vivant de ce massacre et n'était pas sûre de savoir comment la retrouver. Mais elle jura qu'à partir de ce soir-là, même si elle était forcée de plumer ces oiseaux, jamais plus elle ne mangerait leur chair. Elle ne permettrait plus jamais à un fasciste de s'asseoir à sa table et, pour tranquilliser Francis, elle persuaderait Freddie de vendre ce satané fusil. Ses rébellions n'étaient peut-être que de petits gestes, mais elle resterait ferme. Elle apprendrait à devenir adulte, pas tout de suite, cependant. Pendant quelques minutes encore, elle voulait se cacher et regarder ce bois à travers le sens inné du merveilleux que possédait Francis.

« Je ne partirai plus jamais d'ici, Maman, murmura-t-il. Je planterai d'autres arbres encore et les animaux seront en sécurité, personne n'aura le droit de les tuer. »

Plusieurs fois, Eva entendit Mary appeler avec inquiétude. Mais elle ignora tout jusqu'à ce que finalement un bruit de voiture dans l'allée l'oblige à se confronter au présent. Ses pressentiments revinrent. Prenant la main de Francis, elle sortit à quatre pattes de la clairière, espérant atteindre la maison sans être vue dans ses vêtement boueux. Mais la voiture s'arrêta dans l'allée, pas loin d'eux. Les portières s'ouvrirent et elle entendit la voix de Freddie.

« Continue, Mikey. Je suis sûr que nos pensionnaires aimeraient un verre de whiskey avant le dîner. Mr Fortune et moi ferons le reste du chemin à pied. »

La colère à peine dissimulée de Freddie lui donnait un air pompeux. La portière claqua et la voiture s'éloigna. À travers les arbres, elle vit les deux hommes se faire face, fusil sous le bras. Un garçon à bicyclette les contourna et disparut à toute vitesse. Elle pria pour qu'il ait apporté un télégramme d'Art.

« Vous êtes un diable d'imbécile, monsieur ! aboya Freddie. Je suis sans doute trop gentleman pour vous passer un savon en public, mais bon Dieu, je vais le faire ici, seul à seul.

— J'ai une gibecière quatre fois plus pleine que celle de votre invité fasciste, répondit Gralton d'un ton revêche.

— Il ne s'agit pas d'une histoire de gibecière !

— Vous remarquerez qu'il n'a pas daigné honorer sa dette.

— Mr Belton vous doit deux livres, je vous l'accorde.

— Il doit bien plus à ses malheureux ouvriers. »

Eva atteignit l'allée, Francis traînait un peu derrière elle. « Que se passe-t-il donc ? » demanda-t-elle, alarmée et essayant de retrouver son souffle.

« Rien, dit Gralton.

— Que la grâce de Dieu soit sur nous, reprit Freddie. Notre visiteur américain n'a apparemment aucune idée de l'étiquette de la chasse. Nous avons eu une après-midi plaisante à Toomore, bien que Mr Belton l'ait un peu moins appréciée. Fortune paraissait prendre plaisir à le provoquer en sautant de motte en motte telle une chèvre de montagne tandis que Mr Belton, déterminé à ne pas s'en laisser conter, s'est retrouvé deux fois dans la boue jusqu'aux épaules et qu'il a fallu l'en tirer.

— Il voulait être une des Chemises noires de Mussolini, interrompit Gralton. Au moins en aura-t-il le costume ce soir.

— Ce n'est pas une plaisanterie, lui dit Freddie d'un ton de reproche, puis il se tourna vers Eva : Pour finir, après que Mr Belton a eu tiré assez de cartouches pour effrayer tous les oiseaux entre ici et Clew Bay, nous rejoignions les voitures quand un homme est sorti d'une petite ferme, l'air extrêmement agité. "Pourquoi diable vous êtes pas allés tirer au-dessus de ma tourbière ? a-t-il demandé. C'est qu'il y a toujours quelques bécassines là-bas." Et nous sommes repartis là-bas pour lui faire plaisir, moi-même guidant Belton sur sa droite afin qu'il n'ait pas qu'un seul oiseau dans sa gibecière. Tout à coup une bécassine s'élève, très bas devant nous, et Fortune lâche ses deux coups depuis la gauche, emporte presque la tête de Mr Belton. Un tir risqué et inexcusable, monsieur. Vous auriez pu le tuer. »

Gralton dirigea son fusil vers un caillou dans l'allée. Il tira et le caillou s'envola dans les fourrés. « Si j'avais voulu le toucher, je l'aurais touché. » Il ne fit aucun effort pour dissimuler son accent.

« Qu'est-ce que ça veut dire ? demanda Freddie. Mais qui êtes-vous donc, bon Dieu ? Je vous soupçonne fortement de n'être pas du tout un Yankee.

— C'est ce que dit mon passeport. Je suppose que le vôtre est britannique.

— Je suis un homme du Mayo. Je n'ai jamais eu besoin de réclamer un passeport. »

Gralton baissa son fusil avec lassitude. « Vous avez de la chance. Je m'excuse d'avoir abusé de votre hospitalité. Permettez-moi de me changer et de m'en aller. »

Freddie se redressa de toute sa taille. « Vous n'allez nulle part. Vous avez eu droit à votre savon et maintenant vous aurez droit à votre dîner comme nous tous. Vous êtes un tireur de première bourre et, pardieu, vous m'avez bien fait rire, même si je n'ai pas pu le montrer, quand j'ai vu notre pauvre épicier tentant de sortir son gros ami des trous dans les tourbières, et tous les deux noirs de la tête aux pieds, pires que des guerriers zoulous. Continuez, Mr Fortune, et buvez un verre avant le dîner. »

Gralton jeta un coup d'œil rapide à Eva. « J'espère que vous ne serez pas brouillés avec Mr Devlin.

— Soixante ans en tant que clients estimés de sa famille, dit Freddie. Ces choses-là comptent dans un bourg irlandais – comme vous devez sans doute déjà le savoir. Votre fusil, monsieur, le garçon va le porter. »

Gralton tendit son fusil à Francis et partit en avant, laissant Eva avec son mari et leur fils.

« C'est quelque chose de terrible, dit Freddie en le regardant s'éloigner, de voir un homme qui a honte de ses racines paysannes. Tu te laisses duper trop aisément, Eva. Cet homme ne s'appelle pas plus Fortune que moi. Je parierais que c'est un "Mac" ou un "O". Il a fait fortune aux États-Unis et est maintenant trop fier pour fréquenter sa famille appauvrie. Je n'ai pas mis longtemps à le démasquer et même Mikey l'a remarqué quand nous sommes arrivés dans la tourbière. C'était sa façon rapide et furtive de tirer. Le signe évident de quelqu'un qui a appris à tirer en braconnant. »

Le sourire de Freddie était censé exprimer la sagesse d'un homme d'expérience, mais Eva fut touchée par son côté enfantin. La révélation de cette vulnérabilité lui fit comprendre à quel point elle l'aimait encore malgré ses défauts. Elle aurait tant voulu dissiper ce terrible mensonge entre eux.

« Tu crois que Belton a soupçonné la vérité ? demanda-t-elle.

— Qu'il était un paysan ? Oh non, Belton n'a pas le temps de remarquer que quelqu'un joue le même jeu que lui.

— Les balles sont passées très près ? »

Freddie ronchonna avec mépris. « Oh, bien au-dessus de la tête de l'imbécile. Toutefois, à voir le cinéma qu'a fait Belton, on aurait juré qu'il s'était fait roussir le cuir chevelu.

— Mr Devlin était embêté ?

— Étrangement, je ne crois pas. Devlin va consciencieusement rassembler ses troupes ce soir, mais je ne pense pas que Belton fera beaucoup de convertis pour le nouveau mouvement de son maître. Devlin n'attend que l'occasion d'être débarrassé de lui. » Freddie baissa les yeux vers Francis, qui portait le fusil de Gralton.

« Comment va mon petit chasseur ?

— Ça va, Papa.

— Viens avec moi et tu pourras m'aider à sortir les oiseaux de la voiture. »

Freddie tapota les épaules du garçon, l'entraîna vers la maison. Mikey s'était garé sur le gravier. Quand Freddie arriva à la voiture, Eva vit un frisson secouer Francis à l'idée des oiseaux morts. Mais dès que le coffre eut été ouvert, un pluvier s'envola. Il fit le tour de la pelouse avant de disparaître au-dessus des arbres, laissant Freddie bouche bée.

« Eh bien, que le diable m'emporte, dit-il. Je jure que c'est le seul oiseau que Belton a touché aujourd'hui, et il n'a fait que l'assommer. »

Francis suivit le pluvier des yeux avec excitation, puis baissa le regard vers les cadavres ensanglantés, comme s'il priait pour qu'ils s'envolent aussi.

« Prends ceux-là, mon fils. » Freddie se baissa pour soulever une paire d'oiseaux. Il leva la tête avec surprise quand Francis se mit à sangloter et partit en courant.

« Que diable… ?

— Il est troublé par le lapin, Freddie. »

Freddie prit un air perplexe. « Mais pourquoi ? Il l'a tué d'une balle en plein crâne. Ce garçon a un don. Il sera un meilleur tireur que son vieux père.

— C'était le hasard, il avait fermé les yeux. Francis n'est pas comme toi. Il t'aime et veut te faire plaisir, mais la chasse n'est pas dans sa nature.

— Bêtises. C'est dans le sang. C'est un Fitzgerald. Nous sommes des combattants.

— Hazel est une Fitzgerald.

— On ne peut pas emmener une fille à la chasse.

— Tu ne peux pas emmener Francis non plus. Cela lui briserait le cœur.

— J'ai parcouru la moitié des rues de Dublin afin de trouver le fusil parfait pour un débutant. » Freddie laissa retomber les oiseaux dans le coffre et se tourna. « Qu'est-ce que je dois faire, Eva ? Je ne sais jamais comment me comporter avec ce garçon.

— Vends le fusil à Devlin. À la place, achète un petit canoë pour Francis. Dans l'eau, il est comme un poisson. Les cours d'eau ne sont pas profonds par ici et il adorerait les explorer. »

Freddie grogna. « Avec cette Crossan pagayant avec lui ? Tu crois honnêtement qu'elle est capable de mettre le nez dehors pour autre chose que pour aller chez le coiffeur ?

— Miss Crossan fait de son mieux », protesta Eva, bien que Freddie se soit fait l'écho de ses propres pensées.

« Les pensionnaires sont gênés par sa présence. Les hommes

veulent se détendre le soir, boire un whiskey et échanger des histoires qu'ils ne peuvent pas raconter en présence d'une femme. » Freddie fouilla dans ses poches profondes comme s'il cherchait un dernier oiseau massacré. « Peut-être que Francis finira par aimer la chasse. C'est un sport noble, parcourir les tourbières avec un chien comme seule compagnie.

— Il ne le fera pas, Freddie. Mais il ne cessera pas non plus d'être ton fils. »

Freddie retira sa main et examina ses doigts noircis par la tourbe. « Un canoë, il y a de pires cadeaux. » Il essaya d'avoir l'air gai. « Ça le fera sortir, le musclera et lui donnera le sens des responsabilités. Tu pourrais prétendre que l'idée vient de moi. Comme ça, il sentira que son père le comprend.

— Naturellement.

— J'essaye, tu sais. De vous comprendre, toi et lui. Je sais que vous pensez que je m'en tire assez mal. Mais reconnais que tu peux être lente, toi aussi, ma chère, d'une façon différente. Épouvantablement rêveuse, dans l'éther. Mais on s'en sort, tous les deux. Je veux dire, nous sommes heureux ici et… ce que je veux dire… je ne t'ai pas déçue, quand même ?

— Non, Freddie.

— Le garçon est bien trop rêveur mais il deviendra un homme en grandissant, n'est-ce pas ?

— Oui.

— Et les choses iront mieux pour nous, hein ? Si nous nous serrons les coudes pendant cette étape un peu rocailleuse. Nous aurons bientôt besoin d'argent : une bonne école pour Francis. Mais ça ne veut pas dire que nous devons aller en Angleterre mettre des simples dans des flacons, hein ?

— Non. »

Freddie sourit, surpris d'avoir pensé à ça. « Notre Yankee nous dérange. Je me faisais un plaisir de rentrer… de… » Il s'arrêta. « Je suppose que ce sera la grange pour moi. Tu retournes sur le plancher de la chambre des enfants ?

— Oui.

— Je peux le comprendre. Ce serait pourtant assez bien si nous étions tous les deux dehors. Quand j'étais petit, c'était une vraie aubaine d'avoir le droit de dormir dans la grange au-dessus des chevaux. Il y a un chat-huant qui niche là, qui rentre et qui sort, il est mortel quand il chasse. Je ne m'occuperai pas de lui et il ne s'occupera pas de moi. Je jure que son grand-père nichait là quand j'étais petit. Tu aimerais ça… tous les deux dans la paille… »

Eva savait à quel point il avait du mal à dire cela et combien elle était injuste en ne lui proposant ni consentement ni découragement, alors qu'autrefois elle aurait sauté sur la moindre petite aspiration bohème en lui.

« D'ailleurs, dit-il rapidement, je suppose que cela se répandrait d'un bout à l'autre du comté. Les Fitzgerald allant dormir dans la grange comme des Gitans.

— Le Yankee ne reste qu'une nuit de plus. » Eva espérait désespérément que cela était vrai.

« Bien. » Freddie se tourna pour prendre les oiseaux morts, il était devenu maladroit, sentant qu'il s'était trop livré. « Je ferais mieux de rentrer ces machins, eh, avant que d'autres ne se décident à s'envoler. »

Il se dirigea vers la cuisine et Eva aperçut Hazel à la porte. « Où étais-tu toute l'après-midi ? demanda sa fille. Tu étais partie en douce avec Francis. Pourquoi est-ce que tu n'es jamais un peu avec moi ? »

Eva était épuisée mais elle savait que Hazel n'était pas d'humeur à lui pardonner. « Je pourrai être un peu avec toi maintenant. Une fois que j'aurai vérifié comment avancent les choses avec Mrs McGrory.

— Tu ne t'es pas souciée de vérifier avec la cuisinière avant de partir avec Francis. »

Eva cajola suffisamment Hazel pour qu'elle l'accompagne à la cuisine où les réponses monosyllabiques de Mrs McGrory montraient clairement qu'elle n'avait pas apprécié sa disparition.

Aucun télégramme n'était arrivé, dit Mrs McGrory avec brusquerie. Le cycliste n'était autre que le frère de Mary, porteur d'un message qui avait laissé la jeune femme encore plus contrariée que d'habitude.

Une douzaine de tâches nécessitaient son attention, malgré tout Eva décida de s'exposer à davantage d'opprobre en allant seller le poney avec Hazel. Elle marcha à côté du poney jusqu'à ce que ses jambes lui fassent mal. Et pourtant elle savait que cela ne suffisait toujours pas, car Hazel était persuadée qu'Eva partageait un secret avec Francis.

Elles restèrent dehors si longtemps qu'Eva eut à peine le temps de se changer pour le dîner. Les MacManus arrivèrent de Kiltimagh dans leur cabriolet tiré par un poney alors qu'elle était encore en train de se coiffer. Eva laissa Miss Crossan et Hazel l'admirer avant de sortir accueillir Dermot MacManus, un célibataire de cinquante ans qui avait été gazé pendant la Grande Guerre et qui croyait passionnément aux esprits de la campagne. Les enfants adoraient sa gentillesse et les feux de joie qu'il allumait à la Saint-Jean pour apaiser les fées. Selon Freddie, ces croyances étaient des âneries mais il appréciait la compagnie de Dermot en tant que protestant du Mayo, comme lui. Eva remarqua que la tante célibataire de Dermot, Lottie, semblait plus frêle que d'habitude, bien que son esprit soit resté aussi acéré qu'autrefois. Elle s'assura qu'elle serait assise à côté d'elle. Gralton était absent.

« Ton Yankee a mal au ventre, expliqua Freddie. Il envoie ses excuses. Mary s'occupera de lui. »

Eva essaya de ne pas montrer son désappointement. Belton parti, c'était maintenant Mary qui l'inquiétait. Miss MacManus se pencha en avant. « Comment va votre fantôme ? »

Freddie se mit à rire. « Un conte de bonne femme, si vous me permettez, Miss MacManus.

— Peut-être, Freddie, répondit la vieille dame. Mais je me rappelle que, quand tu étais petit, tu avais grimpé l'escalier quatre à quatre après avoir mouillé ton pantalon parce qu'on t'avait envoyé chercher quelque chose en bas. »

Freddie rit avec dédain. « Je ne peux pas dire que je m'en souvienne.

— La solitude est la pire de toutes les malédictions, poursuivit la vieille dame, comme chacun le découvre avec le temps. Je ne sais pas pourquoi vous n'avez jamais voulu faire bénir la cave. Comme je l'ai expliqué à ta mère et à ta grand-mère, cet esprit a besoin de quelqu'un avec qui partager sa solitude. »

Mr O'Sullivan risqua une plaisanterie : « C'est donc que vous seriez l'homme de la situation, Mr Fitzgerald. Car certains esprits ne vous font pas peur. »

Le catholique de Dublin bredouilla, car sa référence aux prouesses de Freddie en matière de spiritueux fut accueillie par un silence glacial. Mais Miss MacManus ne parut pas avoir entendu l'interruption.

« Je connais la solitude, poursuivit-elle. Cela peut vous étonner puisque je vis dans une si grande maison, mais les domestiques ne sont pas une compagnie et, bien que Dermot fasse de son mieux, il ne peut pas être là tout le temps. C'est pourquoi il est tellement agréable d'être avec de si bons hôtes. » Elle leva son verre. « À la santé de Frederick et d'Eva et aux magnifiques efforts qu'ils font pour vivre ici. »

Malgré toute la tension de la journée, Eva rougit de plaisir en entendant ce toast. Lorsque Mary servit le plat principal, elle réussit à éviter de manger du canard en prétendant qu'elle avait oublié de souhaiter bonne nuit à Hazel. Francis était endormi, mais Hazel la regardait de sous les couvertures, sa mauvaise humeur avait disparu.

« Mes pieds sont gelés, Maman. Pourquoi sont-ils toujours si froids dans cette maison ? »

Habituée à ce rituel – car elle en tirait autant de réconfort que la fillette –, Eva dégagea les pieds de sa fille des couvertures et les posa contre son ventre. Cette position lui rappela l'histoire d'un couple de la région pendant la famine. Las de devoir vivre séparément dans le même hospice, le mari avait porté sa femme jusqu'à leur masure, parcourant pour cela une dizaine de miles sur des chemins gelés. Quand on les retrouva morts, il serrait toujours ses pieds nus sur son ventre pour lui apporter un peu de chaleur. Le souvenir de cette famine était encore gravé dans la mémoire de la population du Mayo, qui n'en parlait jamais. Et également gravé dans la culpabilité d'Art parce que le père de Grand-papa avait chassé les petits paysans de ses terres et, ce faisant, avait profité de la misère des autres. La faim exacerbait ce qu'il y avait de plus extrême chez les humains, ce qui expliquait pourquoi des hommes désespérés immobilisés dans des prises de position absolutistes dirigeaient une si grande partie du monde. La philosophie paraissait certainement un luxe à celui qui mourait de faim dans un taudis dublinois ou sur la terre stérile du Dustbowl, dans le Dakota du Sud. Mais il fallait que puissent s'exprimer des penseurs dissidents, aussi peu visibles et aussi vitaux que le plancton car, s'ils n'apportaient pas de réponses, ils questionnaient la réalité.

Hazel tortilla ses doigts de pieds pour les libérer. « Je t'aime, Maman. » Elle remit ses pieds sous les couvertures, déjà à moitié endormie.

Eva se rappela Mère assise sur le bord de son lit dans le Donegal, le parfum de sa lotion pour les mains et la sensation d'être aimée. Hazel se souviendrait-elle de ces moments ou seulement de querelles et d'affronts imaginaires ? Son absence à table serait mal interprétée si elle n'y retournait pas très vite. Elle embrassa sa fille et lui promit que, le lendemain, quand les hommes seraient à la chasse, elle s'assiérait avec elle et passerait la *Sonate au clair de lune* – que Hazel adorait – sur le gramophone que Mr Clements avait acheté. Mrs McGrory avait été obligée de partir, elle avait dû se rendre à pied au village, et devait être en train de bavarder avec les Durcan dans leur boutique en attendant une charrette qui se dirigerait vers Castlebar. Eva jeta un coup d'œil à la cuisine, où Brigid lavait les casseroles. La jeune femme eut l'air gênée quand Eva demanda si Mary avait servi le dessert.

« Elle est avec le Yankee, Madame. Elle a été bizarre toute la soirée... Je ne sais pas bien ce qu'elle fait. »

Les invités allaient se demander ce qui se passait. Elle se précipita dans le couloir et entendit la voix de Mary qui venait de la chambre de Gralton.

« Je veux que vous me disiez la vérité pour une fois ! »

Eva n'était pas en mesure de soudoyer la jeune femme. Mais il ne s'agissait pas de corruption. La bonne semblait bien trop fanatique pour renoncer à dénoncer un communiste recherché.

« Je vous ai dit la vérité, répondit la voix de Gralton.

— Les gens comme vous ne disent jamais la vérité.

— Vous vous trompez à mon sujet », dit Gralton au moment où Eva ouvrit la porte. La bonne paraissait au bord des larmes.

« Vous vous trompez sur tout parce que vous ne savez rien. Je ne peux pas répondre à votre question sur ce qu'il adviendra de vous à New York, sauf en vous disant que vous allez pleurer tous les soirs au moment de vous endormir, parce que vous aurez le mal du pays et que vous aurez trop peur pour quitter la chambre de vos sœurs. Mais même s'il y a de la pauvreté là-bas, exactement comme ici, il y a des opportunités, des cours du soir, la possibilité d'apprendre. Je sais que vous avez peur, mais c'est un risque que vous devez prendre pendant que vous êtes jeune. »

Mary se retourna. « Mon frère m'a dit cette après-midi qu'une lettre recommandée était arrivée, pleine de dollars, Mrs Fitzgerald. Je peux partir en Amérique si je veux.

— N'est-ce pas là ce que tu veux, Mary ? »

La fille s'essuya les yeux, gênée. « Je le pensais, mais mes sœurs parlent de m'envoyer de l'argent depuis si longtemps que je pensais plus ou moins qu'il n'arriverait jamais. Vous comprenez... le garçon avec qui je sors, il m'aime bien, si seulement il l'avouait...

— Qu'il vous suive, s'il vous aime, dit Gralton. Qu'il économise, ou alors envoyez-lui l'argent du voyage quand vous le pourrez.

— Michael, économiser ? dit Mary avec un rire amer. Ce type ne peut pas passer devant un pub sans y entrer. Les dollars que je pourrais lui envoyer seraient bus avec tous les crétins du coin.

— Alors, oubliez-le. Donnez-vous cette chance parce que vous savez ce que vous deviendrez si vous restez ici.

— Quoi ? » rétorqua Mary, et Eva comprit qu'elle avait été blessée.

« Vous le savez très bien, répondit calmement Gralton.

— Je veux vous l'entendre dire. Il me refilera une dizaine de gamins braillards, c'est ça ? Tous ensemble à crever de faim dans une masure tandis qu'il se balade et court après toutes les romanichelles et boit jusqu'à notre dernier penny ? C'est ce que vous aimeriez, hein, comme ça nous tomberions entre vos mains ? Car, qui serait là pour nous prêter quelques shillings, et puis qui viendrait pour qu'on les lui rende au centuple ? Vous connaissez la réponse, Mr Fortune, parce que j'ai bien vu qui vous étiez sous vos vêtements chics. Peut-être que vous pouvez duper Mrs Fitzgerald, qui vit dans les nuages, mais pas moi. » Mary jeta un coup d'œil méchant à Eva. « Ou peut-être que vous l'avez su dès le début, Mrs Fitzgerald, et que pourtant vous l'avez laissé dormir sous votre toit.

— Qu'est-ce que j'ai su ?

— *Max Fortune*… C'est un nom de Juif. Vous abritez un prêteur sur gages au nez crochu, et moi qui fais la bonniche et qui sers un de ceux dont la race a crucifié notre Sauveur.

— Arrête, Mary.

— Jamais. Vous le saviez, la preuve c'est que vous l'avez laissé épater Mr Devlin à la chasse, mais que vous le gardez là en bas quand vous autres, les gens de la haute, dînez ensemble. Vous brûlerez en enfer de toute façon, comme tous les protestants, mais je ne vais pas perdre mon âme sous le même toit qu'un Juif.

— Je t'ai demandé d'arrêter, dit Eva. Monte servir le dessert !

— Ne me parlez pas comme ça ! C'est comme ça que m'a parlé Mr Belton quand j'ai essayé de le prévenir qu'il était associé à un Juif. J'ai pensé qu'il me remercierait et qu'il me permettrait d'espérer qu'O'Duffy sauverait l'Irlande des Juifs et des communistes et que je n'aurais pas besoin de partir. Mais il m'a juste regardée de haut comme vous faites tous. Eh bien, vous et votre magnifique dessert, vous pouvez aller au diable, parce que je ne resterai pas dans ce sanctuaire de Juifs et d'espions britanniques. Et je n'aurai pas besoin de lettres de recommandation de gens comme vous là où je vais. »

La jeune femme jeta son tablier par terre avant de partir en claquant la porte. Gralton regarda Eva, qui tremblait. « Je suis désolé de vous avoir causé des problèmes, dit-il.

— Comment quelqu'un peut-il ressentir autant de haine ?

— Elle a peur. Les gens qui ont peur ont l'insulte facile.

— J'étais certaine qu'elle vous avait reconnu. Est-ce que Fortune est un nom juif ?

— Quand vous ne connaissez que les tourbières, tous les noms nouveaux sont suspects. Je le sais bien parce qu'il n'y avait pas de simplet plus ignorant que moi quand j'ai quitté le Leitrim. Je suis revenu pour montrer aux gens qu'il est possible d'étudier et de faire quelque chose de sa vie ici. Et me voilà essayant de persuader une fille de partir.

— Vous n'êtes pas très pressé de faire de même.

— Elle reviendra vous rendre visite un de ces jours, encombrée de toute une marmaille. Quand on me mettra sur ce bateau, je ne pourrai plus jamais revenir chez moi. Art n'a rien envoyé ?

— Non.

— Il est temps que je cesse de vous créer des problèmes. De toute façon, cette chambre est comme une crypte. Je n'ai jamais connu d'endroit aussi froid. Je partirai demain matin après avoir mis de l'argent dans la paume de votre mari.

— Comment ? »

Il y eut un toussotement à la porte. Eva se retourna et vit Brigid.

« Le dessert va s'abîmer, Madame. Mrs McGrory m'a dit très précisément quand il devait être servi. »

Eva imagina les invités déconcertés au rez-de-chaussée. « Mettez un tablier blanc, Brigid, nous allons le servir ensemble.

— Je n'ai encore jamais servi à table, Madame.

— Tu te débrouilleras très bien. Mary est partie.

— Bon débarras, Madame. Elle n'est qu'une poussière venue de là où ils mangent leurs petits, à Foxford. »

Eva aida la jeune femme à porter le plateau jusqu'à la salle à manger. « Ce soir, chacun se sert. » Elle essaya de prendre un air enjoué. « Je crains fort que Mary ne soit partie, après avoir décidé d'émigrer.

— Quelque part où il fait froid, j'espère », commenta Mr Clements, qui n'avait jamais beaucoup aimé la bonne.

« Au milieu du repas, et sans préavis ? » Freddie se tourna vers les deux Anglais, ressentant le besoin de donner un peu de couleur locale à l'incident. « Ça, c'est bien nous, les Irlandais, vous savez, quand le sang est un peu échauffé. Elle ne serait pas par hasard partie avec Mr Fortune ?

— Nous avons un pensionnaire américain malade au sous-sol, expliqua Eva à Miss MacManus en lui présentant le dessert.

— Pas trop malade, à mon avis, avança Freddie. Il a eu droit à un savon parce qu'il a tiré un coup de fusil dangereux, mais j'ai cru qu'il prendrait ça comme un homme au lieu d'aller bouder.

— Je crois bien qu'il est fatigué.

— D'avoir bondi comme une chèvre de montagne, dit Freddie en riant. Jamais je n'ai vu un homme aussi à l'aise dans les tourbières. Le sang irlandais dans ses gènes, l'évolution, et tout ça.

— Je refuse d'entendre parler d'évolution, dit Mr O'Sullivan avec irritation.

— Je ne crois pas que Mr Fitzgerald faisait référence aux singes dans les arbres, fit remarquer le capitaine. Bien que, à l'entendre, la vision de Mr Belton sortant d'un trou d'eau dans les tourbières ait dû être assez proche de celle d'un très grand singe en colère. »

Eva regarda rire Freddie, ses soucis momentanément oubliés. La plaisanterie mobilisa l'attention des hommes, interrompant tout besoin d'explications supplémentaires au sujet de Mary. Bien qu'Eva détestât les conflits, la maison semblait désinfectée maintenant qu'elle était partie. D'autres changements étaient nécessaires si Eva ne voulait pas simplement dériver au fil des événements.

Abandonnant les hommes à leur cognac, elle conduisit la vieille dame dans le petit salon, où Miss Crossan occupait déjà une bonne place près du feu. La gouvernante salua Miss MacManus à la manière d'une amie de longue date, cherchant avec trop de sollicitude à ce qu'elle soit confortablement installée. Miss MacManus accepta ses attentions, contente d'avoir la compagnie de quelqu'un qui avait presque le même âge qu'elle avec qui comparer toutes ses douleurs. Une fois qu'Eva se fut assise, elle se rendit compte à quel point elle était fatiguée. Pourtant elle ne pourrait pas vraiment se reposer tant que Gralton n'était pas parti. Au bout de quelque temps, les hommes vinrent se grouper autour du feu. La comparaison entre Belton, couvert de boue, et un singe avait de toute évidence été filée autour des verres de cognac, car même le catholique de Dublin riait à présent. Dermot MacManus s'était assis près d'elle, le col de sa veste était couvert de pellicules.

« Tante Lotie adore venir ici, dit-il. Elle se sent un peu seule. Je fais de mon mieux mais ça ne peut pas être comme autrefois, avec les soirées et les bals.

— Je lui rendrai visite bientôt », promit Eva.

Dermot serra sa main. « Je sais que vous le ferez. Vous êtes très chic. Sur la même longueur d'onde, comme on dit aujourd'hui. »

Eva se déplaçait dans le salon, accomplissant ses derniers devoirs d'hôtesse de la soirée. Mr Clements était assis à l'écart, sa chaise sous une lampe à gaz. Comme d'habitude, il paraissait content d'être à la lisière des choses, écoutant les conversations d'une oreille tout en lisant un livre en français. Il leva les yeux et sourit. « Je suis content d'être rentré », dit-il doucement, et Eva comprit qu'il s'était arrêté juste avant d'ajouter « chez moi ».

« Cette maison ne vit pleinement que quand vous êtes là », répondit Eva, délibérément.

Il indiqua qu'il avait saisi l'allusion. « Vous êtes gentille, Mrs Fitzgerald, mais j'ai cessé d'être chez moi le jour où j'ai quitté la Marine. Depuis, je n'ai fait qu'être cantonné. Espérons que Mr Belton fera peu de recrues ce soir à Castlebar.

— Je suis tellement heureuse qu'il soit reparti. »

Mr Clements baissa la voix. « Pourvu qu'il en soit ainsi. Et que votre Yankee ne devienne pas un sujet de conversation pour tout le Mayo.

— Il n'est pas mon Yankee, chuchota Eva. Je l'ai hébergé parce qu'il s'agissait d'une faveur que je ne pouvais refuser à quelqu'un.

— Je ne peux pas en avoir la moindre idée… n'ayant jamais eu de frère. » Le capitaine remarqua l'expression de tension sur le visage d'Eva. « J'espère ne pas vous avoir offensée. Les vieux loups de mer devraient s'occuper de leurs affaires. Mais je ne désirais pas vous voir compromise. C'est pour cela que je suis allé lui rendre visite. J'ai simplement pensé que, lors de son départ, il vaudrait mieux qu'il puisse payer Freddie.

— Je vous dois déjà beaucoup trop. »

Le capitaine reprit son livre. « C'est votre maison, Mrs Fitzgerald, pas la mienne. Mais certaines nuits, cette maison qui grince me fait penser à un bateau après la tempête. Je serais heureux de couler avec elle, attaché au gouvernail. Cependant, je préfère qu'elle continue à voguer un peu plus longtemps. Bonsoir. »

Miss Crossan serait contente de voir Eva partir et de pouvoir ensuite tenir son rôle d'hôtesse imaginaire. Freddie suivit Eva dans le hall.

« Ainsi, Mary est partie, dit-il, un peu ivre. Enfin, tu es merveilleuse, tu trouveras quelqu'un. Tu nous manqueras, au chat-huant et à moi. Mais peut-être, une de ces nuits, quand personne ne nous verra, hein, loin des regards. »

Poitrine nue contre poitrine, paille collée dans son dos par la transpiration. Une chouette arrivant en volant depuis les ténèbres avec une souris mourante dans son bec. Le hennissement du poney de Hazel en contrebas, narines arquées, sentant leur excitation. Une scène dans une vie différente, vécue par des gens qu'ils auraient pu être. Freddie serait-il excité ou choqué si elle s'aventurait jusqu'à l'étable pour le confronter à ses demandes de plaisir ? Elle lui embrassa légèrement la joue.

« Une de ces nuits », promit-elle à moitié.

Dans la chambre des enfants, Francis et Hazel étaient endormis, le feu déclinait. Eva, couchée en chemise de nuit, entendit des voix distantes, puis le bruit de la porte d'entrée qui s'ouvrait et des rires dehors lorsque Dermot MacManus aida sa tante à monter dans leur cabriolet. Le temps passa. Les deux hommes du Staffordshire sortirent, discutant à voix basse, puis regagnèrent leur chambre. Mr O'Sullivan bavardait avec l'homme de Tyrone avant d'aller se coucher. La boisson et la cordialité de la chasse leur faisaient partager une familiarité qui se dissiperait dès qu'ils auraient quitté Glanmire House. Un peu plus tard, les petits pas rapides de Miss Crossan se firent entendre dans le hall, elle était intimidée par la présence du capitaine et de Freddie, les seuls à être restés. Eva se demanda de quoi parlaient les deux hommes, eux qui passaient tant de temps ensemble et avaient si peu en commun. Mais peut-être ne ressentaient-ils pas le besoin de parler, le capitaine concentré sur son livre et Freddie le regard perdu dans le feu qui s'éteignait. Quelles formes voyait-il là ? Des seins et des cuisses nues ? Les ailes d'un oiseau impossible à abattre ? Un garçon recroquevillé par la détresse, trop effrayé pour parvenir à pleurer à la mort de son père ? Les moqueries des autres garçons au sujet de son pied bot ? Les pensées d'Eva partirent à la dérive et elle sentit qu'elle s'était assoupie quelque temps quand elle se réveilla, persuadée d'entendre des pas légers dans le hall. Ils parurent s'arrêter devant la porte de la chambre des enfants. Eva était certaine que, qui que soit cette personne, elle avait mis la main sur la poignée en laiton. Était-ce Freddie, venu la surprendre sur son lit de fortune ? Ou le capitaine, finalement incapable de supporter la solitude de sa chambre ? Elle était à présent complètement éveillée, mais elle n'entendait plus rien.

Elle finit par se laisser aller de nouveau au sommeil, convaincue qu'elle avait inventé les bruits de pas. Fermant les yeux, elle imagina son corps tel un navire en partance. Elle pensa à Maître Eckart, qui enseignait que la chaleur de la prière pouvait devenir une lumière dans un monde intérieur normalement enclos dans les ténèbres. Eva tenta de se concentrer sur cette pensée et d'imaginer un minuscule skiff désert, n'ayant qu'une lampe à la proue et se dirigeant sur le lagon inexploré de son âme. Mais les soucis du monde extérieur ne voulaient pas la lâcher. Elle regarda Hazel, paisiblement endormie, et parvint presque à entendre dans sa tête les premiers accords de la *Sonate au clair de lune*. Un morceau brûlé de bûche s'écroula dans la cheminée, davantage un chuchotement qu'un fracas. Le brutal jet de flammes éclaira les myriades de craquelures du plafond. Cette chambre avait besoin d'être repeinte, se dit-elle. Toute la maison, qui grinçait quand soufflait le vent, nécessitait des travaux. Eva se retourna sur le mince matelas, elle avait terriblement besoin de sommeil mais son esprit refusait de s'apaiser.

Avec un soupir, elle se leva et défit furtivement le crochet du volet en bois. Derrière la vitre, la nuit était baignée de clair de lune. Les renards devaient être dehors, et les loutres étaient à découvert près de la rivière. Un chat s'arrêta au milieu de la pelouse, puis s'enfuit et disparut. Eva s'apprêtait à refermer le volet quand elle perçut un mouvement à la lisière de la forêt. On aurait cru un bras levé. Elle l'observa, son cœur battait à tout rompre et, au moment même où elle était parvenue à se persuader qu'elle l'avait imaginé, une silhouette s'agenouilla entre les arbres au loin. Il y avait de nouveau quelqu'un là-bas. Ce n'était pas de la paranoïa. Mr Belton était suffisamment rusé pour avoir simulé tout ce temps-là en attendant son heure. Il aurait pu conduire un détachement de Chemises bleues, qui encerclaient maintenant la maison. Ils prendraient Gralton et administreraient une justice sommaire avant d'alerter les autorités, et la disgrâce s'abattrait sur les Fitzgerald. Des détectives fouilleraient la maison, recueilleraient des dépositions qui la feraient passer pour une imbécile ou une collaboratrice. Freddie et elle n'auraient plus d'autre choix que de prendre le bateau pour l'Angleterre.

Mais peut-être était-ce Art qui revenait pour Gralton. Malgré le risque, le cœur d'Eva tressaillit à l'idée de revoir son frère. Elle regarda ses enfants qui dormaient derrière elle : Francis pelotonné, son visage orienté vers le feu qui se mourait, et Hazel, qui paraissait gelée malgré la couverture chaude. Alors, posant un peignoir sur ses épaules, elle sortit dans le hall. Le loquet de la porte d'entrée fit du bruit lorsqu'elle se glissa, pieds nus, sur les marches de pierre froides. Des cailloux piquèrent la plante de ses pieds quand elle courut sur le gravier avant de s'approcher prudemment des arbres. Elle s'arrêta devant l'arbre près duquel elle avait vu quelqu'un bouger. Le silence était absolu et irritait ses nerfs, mais elle entendit une brindille craquer. Un homme jura d'une voix désespérée, sans le moindre accent américain.

« Mr Gralton ? demanda Eva. Qu'est-ce que vous faites là ? »

Ayant avancé d'un pas, elle l'aperçut, recroquevillé sur le sol. Il se redressa, son regard était plein de folie.

« Aidez-moi, chuchota-t-il. Ne me laissez pas éternellement seul. »

Elle s'agenouilla, troublée par la terreur évidente qui l'habitait. « Comment puis-je vous aider ?

— Pas moi. Je n'ai rien dit.

— Qui alors ?

— Vous savez qui. »

Il n'y avait aucune odeur d'alcool. Eva se demanda si la tension de la fuite n'avait pas ébranlé son esprit.

« À voix basse, s'il vous plaît, mon mari est dans l'étable. De qui parlez-vous ?

— Vous ne m'aviez pas prévenu. » Gralton serrait si fort l'épaule d'Eva qu'il lui faisait mal. Son regard l'inquiétait. « Je préfère me retrouver devant les flics plutôt que de retourner dans ce sous-sol. Je préfère les matraques, et la prison, et n'importe quel parvenu de gardien de l'État libre, mais... Sainte Mère de Dieu... je n'ai pas prié depuis vingt ans, depuis que j'ai vu un prêtre au visage de bébé qui n'avait quitté Dublin que six semaines plus tôt haranguer les grévistes de Boston revendiquant quelques centimes de plus pour soulager un peu leurs enfants tenaillés par la faim. Mais je prierai cette nuit et toutes les nuits à venir pour ne pas revoir ce que j'ai vu. »

Gralton prit conscience qu'il lui faisait mal. Il y avait de l'écume dans sa moustache et la sueur brillait sur ses rares cheveux. « Je n'ai jamais aimé cette chambre, je l'ai su dès que j'y suis entré pour la première fois. Je me suis réveillé et j'ai senti quelque chose qui flottait au-dessus du lit – pas une silhouette, davantage une présence que je savais être celle d'un homme. Mon corps... trop terrifié pour bouger... envahi par son désespoir, on aurait dit qu'il essayait d'aspirer mon âme dans le vide qu'est la sienne. "Aidez-moi." Ces mots n'étaient pas dits à voix haute, mais j'entendais un accent du Mayo. "Ne me laissez pas éternellement seul." »

Gralton jeta un coup d'œil vers la maison comme s'il pensait voir surgir quelqu'un.

« Quand j'étais petit, dans le Leitrim, je marchais un soir près d'un endroit qui, selon les anciens, était le lieu d'une fosse commune datant de la famine. De nulle part est arrivée une famille qui avançait vers moi dans le noir, les enfants avaient l'air affamé, leurs os saillaient dans le peu de chair qu'ils avaient sur le corps. Des demi-squelettes. L'homme portait un minuscule cadavre, un paquet d'os avec des cheveux emmêlés. Ils s'approchèrent de plus en plus sans le moindre bruit et puis, tout à coup, ils ont disparu, la route que je devais prendre était déserte. Je me suis enfoncé dans un buisson d'aubépine pour atteindre un champ, j'étais tout égratigné, mais je ne m'en suis pas inquiété. J'ai couru, des miles, un long détour, avant de revenir en arrière vers notre maison. J'ai mangé et mangé, encore et encore, et pourtant la faim ne me quittait pas. Il s'est passé quarante ans depuis, et je n'ai jamais eu aussi peur, mais je préférerais cette route plutôt que de retourner dans votre sous-sol.

— Avez-vous vu son visage ? demanda Eva.

— Et vous ? »

Eva s'assit, s'adossa à un arbre, si proche de Gralton que c'en était inconfortable.

« Il s'est pendu dans la cave à vins, dit-elle. Avec ses pieds, à cause des oscillations, il a brisé le verre de la petite fenêtre. Ils ont cessé de remplacer cette vitre : elle était toujours cassée chaque lendemain matin.

— Pauvre salaud. » Gralton regarda Eva d'un air contrit. « Excusez mon langage, madame. J'ai pensé m'abriter ici un moment pour retrouver mes esprits. Dites à Art que je me débrouillerai. J'ai laissé deux guinées dans la chambre, avec les vêtements empruntés. Ce n'est pas très agréable de se faire passer pour quelqu'un d'autre que soi. Vous n'avez pas une cigarette ?

— Seulement à la maison.

— Aucune importance. Pour l'instant, je me dis qu'il serait sage de m'éloigner le plus possible de cet endroit, puis de me rendre. Ils n'arrêteront pas tant qu'ils ne se seront pas débarrassés de moi. Nous avons chassé les Anglais. Et pourquoi ? Pour remettre le pouvoir aux gros fermiers et aux commerçants. Il n'y a pas de place pour les gens comme moi.

— Ou pour Art ? demanda Eva.

— Art possède des terres et des relations. Une sécurité en cas de nécessité.

— Je ne crois pas qu'il en fera usage, dit Eva. Il nous a abandonnés.

— Je n'ai jamais eu besoin d'aller au-devant des injustices, je fais partie de ceux qu'on expulse, pas de ceux qui expulsent. Je n'ai jamais rien eu à abandonner. » Gralton se pencha vers elle. « Promettez-moi que vous ferez quelque chose pour ce pauvre salaud dans votre cave.

— Qu'est-ce que je peux faire ?

— Je n'en ai aucune idée.» Il se leva avec raideur, s'appuyant à l'arbre pour se redresser.

«Vous avez de quoi manger ? demanda-t-elle. Et votre billet de train ? J'ai promis à Art...»

Gralton ne fit plus attention à elle, il s'éloigna parmi les arbres, épaules voûtées comme s'il marchait depuis des heures. Eva aurait voulu lui souhaiter bonne chance mais elle savait qu'il n'y aurait pas d'issue heureuse. Au bout de vingt mètres, il se retourna.

«Promettez-moi que vous prierez pour lui.»

Eva hocha la tête sans conviction et Gralton disparut dans la nuit. Les jambes d'Eva se mirent à trembler. Auparavant, elle avait toujours pu dire qu'elle imaginait le froid de la cave, à cause de la superstition des domestiques. À présent, elle ne pouvait plus ignorer le fait qu'elle était censée faire quelque chose et qu'elle ignorait ce que l'on attendait d'elle. Elle resta assise quelque temps au milieu des arbres, ayant peu envie de retrouver la maison avec ses factures et ses crises. Se battre à nouveau pour le bien des enfants. Retourner au lit qu'elle s'était aménagé. La Nouvelle-Zélande ne lui avait jamais paru aussi loin.

Elle ne s'était pas attendue à devoir également se charger du fardeau d'une âme piégée mais elle sentait que le fantôme tentait de l'atteindre à travers Gralton. Peut-être n'avait-il pas été capable de s'approcher d'elle directement car il connaissait sa classe sociale, même après la mort. Elle se souvint de la sensation de bruits de pas devant la porte de la chambre des enfants plus tôt cette nuit-là. Elle ignorait si un sentiment d'affinité avec Gralton lui avait permis de prendre contact avec lui, directement d'homme à homme. Mais peut-être, si cet esprit était apaisé, l'impression de mélancolie dans la maison allait-elle cesser. Hazel n'aurait peut-être plus froid aux pieds, quel que soit le nombre de couvertures sur son lit. Francis arrêterait peut-être de bondir de sa chaise à la cuisine sans pouvoir expliquer pourquoi il le faisait. Et peut-être connaîtraient-ils la paix.

Pourtant elle n'avait aucune idée de ce qu'il fallait faire. La rosée la fit frissonner. Elle traversa la pelouse jusqu'à la porte arrière que Gralton avait laissée déverrouillée. Le couloir était sombre et vide.

Elle entra dans la cuisine, s'attendant plus ou moins à y trouver une présence spectrale. Rien ne bougeait. Elle alluma une bougie et aperçut sa petite Bible de Cambridge sur l'étagère près de la cuisinière, à côté du *Tailteann Cookery Book* de Mrs McGrory. Elle la prit, ouvrit la fermeture Éclair et lut ce que son père y avait inscrit lors de son vingt et unième anniversaire : «*La prière est le désir sincère de l'âme, non prononcé ou non exprimé.*»

Tous ses trajets dans Londres en quête d'une révélation lui paraissaient maintenant n'avoir été qu'un jeu d'enfants. Rien ne l'avait préparée à cette épreuve. Les paroles de Miss MacManus lui revinrent. «Faites-lui comprendre que vous êtes de son côté. Priez pour sa libération parce qu'il ne peut plus prier pour lui-même.» À quoi cela servirait-il ? Eva n'avait aucun pouvoir et elle n'était pas certaine d'avoir le courage d'affronter la cave à vins alors qu'un homme aussi endurci que Gralton s'était enfui. Elle mourait d'envie de retourner dans la chambre des enfants, de grimper dans le lit de Francis, de se coucher et de l'entourer de ses bras. Pendant dix minutes, elle demeura sur le seuil de la cuisine, trop effrayée pour bouger, jusqu'à ce qu'elle prenne graduellement conscience d'une autre présence qui émanait du seuil de la cave à vins à l'extrémité du couloir sombre.

Elle avait l'impression qu'il l'attendait. Elle se força à avancer sur les dalles jusqu'à atteindre la marche. La sensation de sa présence était accablante, bien qu'il se soit retiré jusqu'au coin le plus sombre de la toute petite cave. Il n'y avait aucune manifestation physique. Eva ignorait complètement s'il la fixait des yeux ou s'il était recroquevillé. Elle savait seulement qu'elle n'avait jamais eu aussi peur. Mais la présence froide ne contenait aucune menace, simplement un sentiment très puissant de chagrin. Posant la bougie sur une dalle, elle fit un pas dans la cave, puis un autre. Il y avait à peine assez de lumière pour lui permettre de lire les titres des livres de la Bible tandis qu'elle feuilletait fébrilement les pages d'Exode, de Josué, de Samuel, d'Isaïe, d'Ézéchiel et de Matthieu.

Les mains d'Eva tremblèrent lorsqu'elle fit un nouveau pas en avant. La chose présente là parut se recroqueviller davantage dans le coin. Elle se demanda si ses yeux spectraux avaient été témoins de tout ce qui s'était passé dans la chambre attenante, les moments où elle faisait l'amour avec Freddie, de ses larmes de fatigue et de frustration.

Elle n'aurait pas dû pouvoir lire les lettres minuscules à la lumière de la bougie, mais elle parvenait tant bien que mal à déchiffrer les mots sur lesquels sa main finit par s'arrêter, l'histoire de Jonas à l'intérieur de la baleine.

« Je t'invoque, Seigneur, en mon angoisse, et tu m'exauces, je te réclame du ventre d'Enfer, et tu écoutes ma voix[1]*. »*

Si Brigid se levait en retôt, elle penserait que sa maîtresse était folle. Peut-être l'était-elle. Eva se serait enfuie si ses jambes le lui avaient permis.

« Quand tu me jetas en l'eau profonde au cœur de la mer, et que je fus plongé ès ondes, et que toutes tes vagues et flots me passaient par-dessus, je cuidai bien être déchassé de devant tes yeux. Mais pourrait-il bien être (ce disai-je) que je vinsse encore à voir ton saint temple[2]*? »*

Eva marqua une pause pour fixer les ténèbres puis se risqua à faire un pas en avant. Ce qui se trouvait là ne recula pas. À quelques dizaines de centimètres à peine, invisible, translucide, regardant avec timidité. D'horribles images remplirent son esprit : un squelette ou un corps à moitié décomposé.

« Je vous en prie, dit-elle. Soyez en paix. »

Elle fit un pas en arrière, sentant la présence se diriger vers elle comme un nuage poussé par le vent. Face à face, elle avait du mal à plonger son regard dans le vide. Elle fit un autre pas en arrière, puis un troisième. Mais elle ne reculait pas devant ce qui était là, c'était plutôt comme si elle l'attirait à elle, tel un petit remorqueur guidant un paquebot à l'entrée d'un port aux eaux dangereuses. Tout en

1. Trad. Sébastien Castellion, Éd. Bayard, 2005.
2. *Ibid.*

essayant de garder une voix calme, bien qu'à peine plus forte qu'un murmure, elle se posta derrière la bougie posée sur la dalle et dont la flamme vacillait, et elle continua à lire.

«*Je descends sous le fin plus bas des montagnes, et suis enclos à jamais des barres de la terre, et tu retireras ma vie de perdition, Seigneur mon Dieu. Ainsi que j'avais le courage si déconforté, il m'a souvenu de toi, Seigneur, et est mon oraison arrivée vers toi en ton saint temple*[1]. »

Eva faillit hurler mais parvint à rester immobile lorsque la présence parut passer à travers elle dans l'étroit couloir. Pendant les secondes que dura ce passage, elle sentit quelque chose s'élever. Elle ferma les yeux et entendit le livre tomber. Les marches étroites étaient tout près d'elle. Un instant, elle crut que la présence y était montée. Elle imagina son âme planant au-dessus de Glanmire Wood, observant Turlough avec sa tour ronde et la tourbière sauvage au-delà, où Jim Gralton avançait seul. Mais lorsqu'elle ouvrit les yeux, bien qu'elle ne vît rien, Eva comprit que le fantôme était encore dans le couloir. Et pourtant elle ressentait sa présence comme différente, comme si elle s'était allégée, une épine arrachée à sa terrible solitude. Eva tendit une main à la lumière de la bougie et la maintint en l'air, sentant également quelque chose se soulever en elle.

Une ébauche de solution paraissait se présenter à elle. Si elle suggérait à Dermot MacManus de prendre Miss Crossan comme dame de compagnie pour sa tante à Killeaden House, alors Maureen, qui avait lavé les dalles, n'aurait pas besoin de partir pour quelque usine satanique en Angleterre. Eva supervisant les leçons des enfants, Maureen pourrait parfaitement s'occuper d'eux, elle avait un grand sens pratique et était ferme, bien que resplendissante de bonne humeur. Le soir elle pourrait servir à table, et ainsi ils économiseraient un salaire.

Eva jeta un coup d'œil dans la chambre où Gralton avait dormi. Le lendemain elle y coucherait avec Freddie, mari et femme. Mais avant

1. *Ibid.*

que les tâches du matin l'accaparent, elle devait sortir. Elle ouvrit la porte arrière et, inspirant le premier souffle de l'aube, se mit à courir le long de l'étable.

Elle sentit les brindilles sous la plante de ses pieds lorsqu'elle pénétra derrière la lisière du bois. Le poème de Goethe à propos du roi des aulnes lui revint à l'esprit, mais cette fois-ci sans aucune sensation de terreur. Tant qu'elle courait, rien ne pourrait la toucher et elle serait à l'abri des sirènes et des présages funestes. Les arbres parurent l'accueillir parmi eux. Petite fille perdue. Petite fille chez toi. Petit Chaperon rouge avec tous les loups endormis dans les buissons et les granges. Sa respiration était tellement bruyante qu'elle n'entendait aucun autre bruit. La pente envahie d'herbes sauvages était presque couronnée et le paysage baigné d'une brume légère. Eva s'arrêta devant les chênes dont Mère avait rêvé, à l'endroit où elle avait compris que Francis allait naître. Elle eut l'impression qu'ils l'attendaient. Elle ferma les yeux et tournoya follement comme une enfant, bras tendus de chaque côté, et laissa le monde se dissoudre en un mouvement flou. Elle imagina que, dans le Donegal, l'âme inconsciente de Mère s'élevait dans son sommeil. Un mince rayon d'amour irradiant St John's Point, le bleu de la baie de Donegal, passant audessus de l'île d'Inishmurray, des rochers de Roskeeragh Point et des Ox Mountains avec tous leurs petits lacs. Il plongeait au-dessus de Foxford, où la Moy pénétrait dans Lough Conn, approchant toujours plus près du sommet des arbres de Glanmire Wood jusqu'à la toucher lorsque ses bras encerclèrent l'arbre. Le parfum d'une lotion pour les mains envahit ses narines. Elle sentit la force lui revenir quand elle fut dans l'étreinte de l'amour de Mère.

Eva fut prise d'un tel vertige qu'elle dut serrer le chêne très fort pour ne pas tomber. En pressant son corps contre le tronc, elle sentit, sous l'écorce noueuse, la chaleur d'un cœur qui battait. Des voix l'appelaient de l'intérieur du tronc mais elle ne savait pas les écouter, les voix de personnes qui étaient mortes et celles d'autres personnes, qui n'étaient pas encore nées. Son peuple. Ses âmes sœurs lors de voyages passés et à venir. Des vies qu'elle allait frôler et qu'elle saurait reconnaître lorsqu'elle les rencontrerait dans cette vie parce qu'elle les avait rencontrées dans des vies antérieures. Leurs voix l'appelaient depuis le cœur de ce chêne, bien qu'elles fussent encore inaudibles à son oreille. Ses compagnons, enfants de l'univers, qui flottaient, libérés de toutes les entraves des croyances. Dont les pensées paraissaient horriblement lentes aux autres gens, dont les perceptions n'avaient aucun sens dans un monde purement rationnel.

Retrouvant lentement son équilibre, Eva resta collée au tronc, les yeux fermés, sentant le soleil monter. En contrebas, la maison commençait à s'agiter, il y avait tant à faire. Eva ne pourrait jamais vraiment être elle-même tant que ses enfants seraient petits. C'était là le prix de leur sécurité avant qu'elle soit libre. Mais elle pouvait essayer de vivre dans le monde réel jusqu'au moment de sa libération sans laisser dépérir son esprit, et elle voyagerait à l'intérieur de son âme sans perdre de vue ceux qui avaient besoin d'elle. Elle essayerait d'être heureuse, se débarrassant de tout ce qui cachait la simplicité de la vie, transformant toutes les tâches en une prière active à un Dieu qui n'appartenait ni aux prêtres ni aux pasteurs, à un vortex d'amour à la fois infini et indéfinissable. Eva s'écarta du chêne et ouvrit les yeux pour saluer l'exaltation de l'aube, avant de descendre lentement la pente afin de s'attaquer aux tâches de ce matin-là et de tous les autres matins à venir.

TROISIÈME PARTIE

1937-1946

20

LE VOLONTAIRE

Barcelone, janvier 1937

« Tu parles anglais, camarade ? Tu viens d'où ? » Le jeune homme, qui avait un accent indubitablement dublinois, prit place à côté de Brendan à la terrasse du café sur les Ramblas. Son béret kaki était trop grand mais par ailleurs il s'était bien débrouillé au moment où les nouveaux arrivants s'étaient rués dans les magasins de la caserne. Sa veste en velours côtelé mince comme une pelure d'oignon et boutonnée jusqu'au cou n'était pas du même brun que son pantalon, tout aussi inadapté, et il était difficile de considérer sa tenue comme un uniforme. Mais le sens de la précision militaire était si peu commun parmi les volontaires venus du monde entier qui arrivaient sans cesse à Barcelone que leur tenue peu conventionnelle n'était qu'un symptôme supplémentaire de l'anarchie euphorique des rues.

« Je viens du Donegal », répondit prudemment Brendan. Le Dublinois l'examina attentivement à la manière un peu suspicieuse de tous les membres de la classe ouvrière, et Brendan perdit la sensation de liberté qui avait été la sienne parmi les étrangers, incapables de distinguer de quelle caste il venait.

« Ta voix ne vient pas des tourbières, lui dit le Dublinois.

— Je suis un volontaire, exactement comme toi.

— Alors, pourquoi t'es pas avec nous autres, les gars d'Irlande, là où tu devrais être ? Je vais en toucher un mot à Frank Ryan, notre responsable, voir s'il peut pas te faire passer dans notre colonne.

— Je ne crois pas que ce serait possible.

— Il va sans dire. »

Brendan n'appréciait pas le sourire narquois du Dublinois. Il avait passé l'heure du déjeuner avec Yuri, un vieux technicien radio soviétique, à analyser un problème de transmetteur sur le navire de ce dernier. Yuri était retourné sur le navire soviétique ancré dans le port et, à présent, Brendan voulait simplement qu'on le laisse tranquille ou au moins aussi seul que peut l'être un homme qui sait que ses allées et venues sont surveillées. « Qu'est-ce qui est si drôle ?

— Monte pas sur tes grands chevaux, camarade. C'est juste que vous, les intellos universitaires, vous me faites rire. Je le vois bien quand les nouveaux arrivants sont triés là-bas dans l'arène. Les Anglais ordinaires refusent d'être séparés tandis que vous, les aristos, vous vous tirez pour aller rejoindre les Espagnols du POUM afin d'éviter de vous mêler à vos propres classes laborieuses.

— Je ne suis pas un aristo anglais et je fais toujours partie du groupe de volontaires avec qui j'ai voyagé, répondit brièvement Brendan. Je suis avec le contingent russe.

— De Dieu ! Ils ont envahi Killybegs ? » Il cessa de rire en voyant que Brendan n'avait pas l'intention de répondre, et tendit la main. « Liam Hennessy. De Dorset Street, à Dublin.

— Brendan. »

Hennessy parvint à appeler un des serveurs qui géraient le café, devenu une entreprise collective depuis que les propriétaires s'étaient enfuis. « Deux cafés bien noirs avec un peu de cognac, *entiende ?* »

Le serveur haussa les épaules sans comprendre, il était vêtu d'une salopette brune et portait un foulard d'anarchiste. Cette tenue était tellement commune qu'il était difficile de savoir qui étaient les civils et qui les volontaires.

C'était cette euphorie dans Barcelone qui avait touché Brendan à son arrivée, l'impression d'être dans une vraie ville révolutionnaire. Mais la liberté d'esprit évidente ici lui avait fait comprendre à quel point il s'était toujours senti tellement claustrophobe à Moscou. Ces Catalans avaient déjà résisté à une importante bataille et savaient que les volontaires sans expérience qu'ils accueillaient quotidiennement comme des héros à la gare n'étaient pas de taille face aux avions envoyés par Hitler. Mais cela n'ébranlait en rien la véritable camaraderie que tout le monde ressentait, à l'exception de Georgi et des autres officiers du NKVD appartenant au contingent soviétique pour qui des liens aussi décontractés constituaient un dangereux affront. À Moscou comme à Barcelone, il y avait des bannières révolutionnaires partout, mais celles que l'on voyait ici n'étaient pas simplement des hommages à Lénine et à Staline ni à l'héroïsme des ouvriers qui dépassaient les quotas de production dans les usines. Le drapeau rouge et noir des anarchistes flottait en toute liberté et les slogans espagnols avaient été composés sur place et non copiés servilement dans des manuels. Brendan était incapable de tous les traduire, mais il aimait voir comment ils s'opposaient parfois en proclamant des objectifs différents – Indépendance pour la Catalogne, Fidélité au Front populaire de la République et Soutien au Komintern communiste.

« *Café*, demanda Brendan au serveur. *Con coñac. Dos.*

— Bien joué. » Hennessy se pencha vers Brendan avec un air de conspirateur. « Dis-moi, et c'est tout ce que je veux savoir, d'un étalon irlandais qui va peut-être mourir bientôt à un autre – est-ce que les bordels ici sont aussi bien qu'on le dit ? »

Brendan se mit à rire. C'était un bruit dont il avait perdu l'habitude. Il jeta un coup d'œil sur le large boulevard en se demandant où se trouvait l'ange gardien qui le surveillait depuis qu'il avait quitté le centre radio. Le rire était mal vu par le NKVD, à moins d'être une réaction aux blagues politiques que les agents aimaient raconter aux Russes qu'ils encadraient et qui riaient avec un enthousiasme précautionneux jusqu'à ce qu'ils jugent qu'il valait mieux s'arrêter.

« À vrai dire, fit-il remarquer, je n'ai jamais eu besoin de payer pour ça. »

Hennessy se mit, lui aussi, à rire. « Ça, c'est parce que tu es un salopard de protestant avec une belle gueule de richard. D'habitude, j'ai un répertoire choisi de belles phrases pour embobiner les minettes, plus quelques plaisanteries, ce qui me procure de bons résultats, mais ce n'est pas aux besoins de mon propre corps que je pense. On a un gars du Mayo qui s'appelle Bourke, un peu timide avec les *señoritas*. On nous envoie demain à Andújar rejoindre le bataillon Marseillaise. Quel dommage si la première fois qu'il se faisait sauter, c'était par un obus et pas par une femme ! Tu pourrais pas nous indiquer dans quelle direction aller ? »

Brendan avala le café-cognac apporté par le serveur. Il prenait un risque en ne retournant pas au centre radio, mais il en avait marre d'être cloîtré comme un homme en quarantaine permanente. « Je vais faire mieux que ça, dit-il. Je vais t'y conduire.

— Voilà un homme selon mon cœur. » Hennessy avala son café et insista pour payer. Il se leva, contourna un groupe de volontaires allemands du POUM qui meuglaient pesamment un chant révolutionnaire et s'arrêta à une table où quatre hommes étaient assis. Malgré leurs bérets, Brendan vit immédiatement qu'ils étaient irlandais et ressentit une attaque inexplicable de mal du pays. Ce n'était pas seulement parce qu'il était en Espagne et qu'il avait passé deux mois à Moscou, où il avait appris le métier de radiotélégraphiste. Mais il eut tout à coup l'impression qu'une décennie plus tôt il avait tourné le dos à une partie de son identité sans s'être rendu compte de ce dont il s'était coupé. À seize ans, il avait cessé de se considérer comme irlandais, ayant décidé qu'il n'était plus à sa place dans ce pays. Art et les autres membres de sa famille s'étaient retrouvés émotionnellement engagés dans la lutte pour l'indépendance de l'Irlande, car ils étaient suffisamment âgés pour comprendre ce qui se passait. Lui, il n'avait commencé à comprendre la vie qu'une fois ce conflit embrouillé terminé, et il avait toujours pensé que c'était une révolution noyautée par le cancer bourgeois du nationalisme. Mais peut-être n'avait-il vu l'Irlande qu'à travers le regard d'Art, parce que ces quatre buveurs ne ressemblaient pas à des paysans superstitieux. Ils discutaient librement, sans se préoccuper de savoir si on pouvait les entendre. Il était dangereux de s'asseoir avec eux parce qu'un des Irlandais n'arrêtait pas de parler aux volontaires allemands du POUM, et pour lui, il était risqué de s'associer à ces derniers en public. Mais ils lui donnaient l'impression qu'après tout il y avait des Irlandais – en dehors de sa famille – qui formaient un groupe auquel il pouvait appartenir. Il prêta alors une oreille plus attentive et se rendit compte qu'il s'était trompé, parce que ces volontaires n'avaient pas encore perdu leur innocence politique.

« Eh, les gars, je vous amène Brendan, un camarade irlandais. » Hennessy lui présenta tour à tour chaque homme, et chacun se leva pour serrer la main de Brendan. « Lui, c'est Charlie Donnelly, de Tyrone, qui t'aveuglera de poésie si tu le laisses faire. Bob Hilliard, un bon protestant comme toi, à moins que je me trompe quant au pied avec lequel tu pousses ta bêche. À côté de lui, Kit Conway et, enfin, le meilleur d'entre nous, Mr Peadar Bourke de Westport, comté de Mayo. Brendan est avec les volontaires russes.

— Je suis radiotélégraphiste, expliqua Brendan.

— C'est également un homme qui a des relations, dit Hennessy. Les églises sont les seuls endroits fermés à Barcelone et Peadar ne peut pas rentrer chez lui et dire à sa mère qu'il ne lui a pas allumé une bougie dans la cathédrale de la Sagrada Familia, car elle a les genoux usés à force de prier pour lui en haut du Croagh Patrick. Heureusement, Brendan possède une clé, et nous t'avons donc préparé une visite personnelle, Peadar. »

Brendan appréciait les douces balivernes irlandaises de Hennessy ainsi que les taquineries sexuelles des hommes au sujet de Bourke. Charlie Donnelly insista pour que Brendan boive un pot avec eux tandis que Bob Hilliard demandait d'un geste aux Allemands de les rejoindre à leur table.

Il était trois heures de l'après-midi, Brendan avait quitté son poste depuis deux heures. Toute cette semaine, le transmetteur principal avait été en panne mais Brendan était certain d'avoir résolu le problème la veille au soir. Il avait dormi au centre radio afin de s'assurer que l'équipement ne retomberait pas en panne, puis il avait expliqué au responsable ukrainien qu'il s'absentait pour déjeuner avec Yuri, lequel était venu pour tenter de récupérer quelques pièces détachées. Yuri était le seul camarade soviétique à qui Brendan faisait encore confiance. Le marin d'Arkhangelsk ne craignait absolument pas les autorités. Il avait fait partie des tout premiers bolcheviques à avoir repoussé la marine impérialiste de Mr Fforde en 1919, lorsque ce dernier avait voulu faire débarquer les forces blanches qui avaient assassiné sa femme et ses enfants. Brendan pensait que Yuri ne s'était jamais remis de ce deuil, comme si depuis lors il n'avait cessé de chercher dans toutes les batailles la balle qui l'achèverait. Il se moquait des jeunes robots qui avaient appris leur communisme à l'École Lénine et non dans la rue et, s'il était vrai qu'il s'efforçait de ne pas se confronter directement au NKVD, il critiquait ouvertement sa paranoïa vis-à-vis des étrangers quand il était seul avec Brendan.

Aujourd'hui, Brendan n'avait pas eu besoin d'entendre le chuchotement de Yuri pour savoir qu'on les avait suivis quand ils avaient quitté le centre radio. Depuis quinze jours ses déplacements étaient surveillés, depuis qu'il avait compris qu'on ne l'avait pas fait venir en Espagne à cause de ses talents de radiotélégraphiste mais afin d'espionner les nouveaux arrivants des brigades internationales. Tandis que les volontaires d'origine soviétique étaient séquestrés à l'écart, on avait encouragé Brendan à passer une grande partie de son temps dans la foule en liesse venue accueillir les trains de Figueras couverts de drapeaux rouges où se trouvaient les nouvelles recrues qui avaient traversé la frontière française. On lui avait même donné de l'argent pour boire avec elles, pour découvrir pourquoi elles s'étaient engagées et pour les monter contre le gouvernement espagnol qui refusait d'accepter sans discuter les sages conseils soviétiques. Au début, Brendan s'était lié d'amitié avec ces nouveaux venus sans bien saisir les conséquences de ce qu'il faisait. Ce ne fut que lorsqu'il vit l'officier du NKVD prendre des notes qu'il comprit qu'on le débriefait à l'occasion des beuveries du soir en compagnie de Georgi, et il se rendit compte à ce moment qu'il avait piégé sans le savoir un mineur trotskiste du pays de Galles et que ce dernier allait être tué. Il avait alors cessé de se lier avec les volontaires étrangers et avait tenté de se concentrer sur son seul travail de radiotélégraphiste, en refusant de se laisser entraîner dans le monde de Georgi, ce qui rendait son protecteur chaque jour plus furieux.

Cependant, les beuveries du soir avaient continué, et Georgi n'arrêtait pas de réclamer des informations sur toutes les remarques lancées au hasard par les gens qui venaient au centre radio. C'était une chose de sortir clandestinement des documents du ministère des Affaires étrangères de Londres et de les emporter en Russie. Les risques étaient élevés et, au cours des quatre années précédentes, Brendan avait varié ses trajets et parfois même changé d'identité. Mais au moins avait-il l'impression que son travail de courrier était utile à la révolution. Espionner ses collègues techniciens n'était pas dans son caractère. Brendan avait fini par détester ces beuveries avec Georgi, particulièrement lorsque André Marty – le commissaire politique général des brigades internationales – se trouvait à Barcelone. La moustache couverte d'écume, Marty accablait Georgi de reproches quand celui-ci n'avait pas déniché d'espion anarcho-syndicaliste à exécuter pendant son séjour. Si on leur donnait le choix entre tuer la moitié des forces de Franco ou assassiner la direction du POUM, qui contrôlait Barcelone, Brendan savait que Georgi Polevoy et André Marty auraient de loin préféré se débarrasser de ces marxistes espagnols indépendants qui refusaient d'être à la botte de Moscou.

Il remarqua alors que les volontaires allemands du POUM assis à leur table s'étaient mis à le regarder avec suspicion et comprit qu'un des Irlandais leur avait dit où il était posté. Bourke et Hennessy lui demandaient à quels combats il avait participé en Espagne, et se méprenaient sur les raisons de sa réticence en imaginant qu'il avait été témoin de batailles bien trop sanglantes pour être décrites. En fait, Brendan n'avait pas eu le droit de quitter Barcelone, bien que les messages radio lui aient appris que les fascistes de Séville avaient lancé leur offensive contre les milices anarchistes qui tentaient de tenir Cordoue. Il n'avait vu du sang qu'une seule fois, quand Yuri et lui s'étaient retrouvés par hasard dans une cave attenante aux logements russes et avaient aperçu des flaques de sang coagulé sur le sol devant un mur criblé de trous de balle.

« Passe-moi ta blague, Donnelly. » Hennessy prit du papier à cigarette et se servit de tabac à rouler. « Vous avez tout votre temps, vous les paresseux, mais nous avons un devoir sacré à remplir. Pas vrai, Brendan ? »

Brendan acquiesça et les trois jeunes gens se levèrent au milieu de grosses plaisanteries lancées à Bourke. Hennessy serra les mains des Allemands mais Brendan ne se prêta pas à cette dangereuse comédie, car il savait que chaque détail serait rapporté au NKVD. Georgi serait amusé d'apprendre qu'il était allé au bordel, puisqu'il n'avait pas réussi à persuader le jeune Irlandais de l'accompagner lors de ses visites régulières. À en juger par la foule devant la maison close, la moitié des volontaires de Barcelone était sur le point de partir au front. Les plus âgées des prostituées étouffaient presque de leurs attentions maternelles les jeunes volontaires qui attendaient dans le salon encombré de meubles, s'occupant particulièrement des garçons qui avouaient avoir dû partir à la guerre en douce sans pouvoir avertir personne.

La famille de Brendan n'avait pas su qu'il était parti en Espagne. Après le coup d'État des fascistes, il avait voulu s'engager dans un bureau du parti communiste anglais situé entre deux grossistes en fruits près de Covent Garden. Il aurait alors eu le temps de rédiger des lettres. Mais Georgi lui avait toujours déconseillé de prendre contact avec des communistes – y compris avec Art –, car cela aurait pu attirer l'attention de Scotland Yard. Brendan était donc parti à Moscou pour convoyer des documents fournis par son contrôleur. Alors qu'il se trouvait là-bas, il avait appris que Georgi allait être promu commissaire politique d'une compagnie de spécialistes soviétiques envoyée par Staline en réponse à une demande du gouvernement espagnol de Front populaire. Au début, Georgi n'avait pas voulu que Brendan se joigne à leur expédition, craignant de perdre un bon messager à Londres. Mais peut-être Georgi s'était-il rendu compte que ces voyages n'étaient plus les mêmes pour Brendan depuis le nuage qu'avaient été l'expulsion inexplicable d'Art et le déménagement forcé de sa femme et de son enfant. Peut-être Georgi avait-il trop utilisé Brendan en tant que messager et craignait-il qu'il ne soit démasqué, car il accepta finalement qu'il les accompagne en Espagne, lançant en guise de plaisanterie qu'ils pourraient vérifier ensemble si les Espagnoles étaient aussi belles qu'on le disait. À Barcelone, Brendan avait envoyé une carte à ses parents et une autre à Eva, sachant parfaitement que Georgi désapprouvait ce genre de prise de contact. Mais il continua à obéir aux instructions qui lui ordonnaient de ne pas avoir la moindre relation avec son frère disgracié. Brendan n'était jamais vraiment parvenu à obtenir de Georgi qu'il lui explique exactement quels crimes avaient valu à Art d'être ainsi expulsé de Moscou, mais Georgi avait parfois laissé entendre que seule l'importance de Brendan avait sauvé Art du peloton d'exécution ou du camp de rééducation.

Bourke, assis entre Hennessy et Brendan sur le canapé du bordel, ne disait rien, ne parvenant pas à décider laquelle des filles présentes lui ferait perdre sa virginité.

« Mais vas-y ! s'exclama Hennessy, celle-là, la grande, est une vraie beauté. Si tu n'en choisis pas une rapidement, elles seront épuisées. Tu ne veux quand même pas qu'elle s'endorme juste avant que tu arrives à ton grand moment ?

— Je n'ai pas du tout envie d'être ici, avoua le garçon de Mayo. Ce n'est pas naturel.

— Bon Dieu, t'es un jésuite ou quoi ? » Hennessy leva les yeux au ciel. « Quoi de plus naturel que de vouloir une fille ? Les prêtres ont dû enfoncer leurs griffes profondément en toi.

— Je ne peux pas me forcer à être différent de ce que je suis. » Bourke se tourna vers Brendan. « Mon frère aussi est ici.

— Avec les brigades internationales ?

— Non. Avec la colonne fasciste du général O'Duffy. Mon père nous a obligés à défiler dans tout le Mayo en uniforme des Chemises bleues quand j'étais trop jeune pour comprendre. Le jour de mes vingt et un ans, j'ai refusé de participer à ces réunions. Il m'a viré de la maison. La dernière fois que je suis retourné dans le Mayo, c'était pour chahuter Paddy Belton pendant une réunion du National Corporate Party à Castlebar où mon père et mon frère suivaient ses paroles comme s'il était le Sauveur en personne. O'Duffy avait perdu toute sa popularité quand cette guerre a éclaté mais il a maintenant un nouveau programme, et les évêques le soutiennent, il prétend que les nonnes se font violer en Espagne. O'Duffy est en train de faire venir six cents hommes ici, et les femmes récitent des neuvaines comme s'ils partaient en croisade. Mon petit frère n'était encore jamais sorti du comté de Mayo. Moi aussi, j'ai dû venir, bien que je sois dans l'autre camp. Je me sens toujours responsable de lui. Il est en Espagne à présent, mais Dieu seul sait où.

— Sans doute dans un bordel, suggéra Hennessy avec délicatesse.

— Tu ne le connais pas, dit Bourke.

— Je connais O'Duffy. Jamais ton frère n'a été autant en sécurité. Et son équipe, est-ce qu'elle n'a pas vendu tous les uniformes pour boire, à peine arrivée ? Franco les a cloîtrés à Cáceres où ils ne peuvent faire de mal qu'à eux-mêmes. Au premier coup de feu, O'Duffy repartira chez lui tel un poulet sans tête. Tu ferais mieux de t'inquiéter pour toi-même, car nous n'aurons pas ce choix.

— C'est dur de voir des frères devenir des ennemis », dit Brendan.

Bourke jeta un coup d'œil vers lui. « Ton frère est fasciste ?

— J'ai un frère que je vénérais, le meilleur nageur que j'aie jamais connu. J'ai cru qu'il était le plus fort en tout.

— Il est où maintenant ?

— Ça fait deux ans que je ne l'ai pas vu. Une des raisons pour lesquelles je suis venu était que j'étais convaincu qu'il s'engagerait aussi. Je l'aurais vu débarquer du train à Barcelone et nous aurions été à égalité sur un terrain neutre.

— Mon frère s'est engagé dans l'armée britannique, dit Hennessy. Ce qui veut dire qu'il ne peut plus jamais revenir à la maison. » Il poussa Bourke du coude. « Cette fille aux cheveux longs qui descend l'escalier et qui regarde vers nous. Vas-y, laisse-toi faire et pense à l'Irlande. »

Bourke se leva lorsque la fille lui fit signe de la rejoindre. « Je ne sais pas ce que c'est que d'aller au combat, mais ça ne peut pas être plus dur que ça pour les nerfs. »

Hennessy lui tapota la croupe. « Si tu n'es pas de retour dans deux jours, nous viendrons à ta rescousse. »

Ils attendirent le retour de Bourke, et Brendan commanda encore du café noir sans sucre. Il observa le salon bondé et se demanda lequel des hommes qui se trouvaient là était un espion de Georgi. Dix minutes plus tard, Bourke redescendit l'escalier et ses compagnons commandèrent du cognac et le laissèrent s'asseoir sans commentaire. Brendan se demanda si Bourke se sentirait autant transformé après sa première rencontre avec la mort. L'homme du Mayo finit par lancer une plaisanterie un peu tiède et ils se retrouvèrent dans la rue, devant les bannières anarchistes accrochées aux fenêtres du bordel. Chaque minute d'absence du centre radio augmentait le risque que Brendan soit accusé d'insubordination. Il aurait aimé ne plus avoir à retourner dans cette atmosphère de peur qui rendait claustrophobe, qui faisait disparaître tout sentiment de participer à un mouvement collectif dans la rue. Mais il savait qu'il n'avait pas le choix, il devait y retourner. Georgi ne l'autoriserait jamais à rejoindre la colonne irlandaise et, même s'il le pouvait, il en savait déjà bien trop sur cette guerre. Après s'être excusé, Brendan laissa Hennessy et Bourke dans un petit café près du port.

Le poste émetteur fonctionnait parfaitement quand il entra. Il y avait quelques messages à traiter, mais rien d'urgent. Il savait néanmoins qu'on avait remarqué son absence. Si l'émetteur avait été sous le commandement d'un autre officier du NKVD, il aurait été arrêté, mais ses liens avec Georgi dépassaient la politique. Parfois le Géorgien était pour lui comme un autre frère, agaçant et plus âgé. Être ainsi bloqué à Barcelone ne leur convenait ni à l'un ni à l'autre. Récemment, ils s'étaient mis à se disputer constamment, mais il s'agissait d'échanges d'arguments honnêtes entre deux hommes, pas de ces joutes idéologiques et rituelles qui passaient pour des débats chez les autres. Brendan voyait le côté impitoyable de Georgi lorsque ce dernier engueulait les jeunes Russes qu'il terrifiait. Mais Georgi se montrait sous un autre jour quand il buvait avec un vieux bolchevique comme Yuri, lequel refusait de se laisser intimider par quelqu'un qu'il considérait comme un parvenu géorgien. Georgi baissait un peu le masque en leur compagnie et se plaignait d'être un homme constamment piégé par des jeunes femmes.

Brendan avait apparemment été choisi comme mascotte portebonheur par ces hommes plus âgés lors de leurs beuveries. Mais, le plus souvent, le soir, lorsque Moscou demandait des comptes et que André Marty aboyait depuis Albacete en réclamant des condamnations à mort, Georgi buvait dans son bureau et Brendan devait rester en tête à tête avec lui.

Il n'y avait plus que quatre personnes dans le centre radio à présent. Brendan appréciait ces moments de calme au cours desquels les opérateurs lui rappelaient un de ses premiers souvenirs – ses frères et sœurs dans une camionnette et ayant coiffé les écouteurs radio d'un voyageur de commerce. Brendan était trop jeune à l'époque pour comprendre leur silence émerveillé, mais il ne l'avait jamais oublié. D'une certaine façon cela avait été le premier pas de la trajectoire qui l'avait amené là.

Yuri était de retour dans le bureau et Brendan observa le vieux marin jurer silencieusement en examinant un transmetteur démonté dans un coin. Celui qui avait dressé l'inventaire des pièces détachées de la radio pour cette expédition était le seul véritable saboteur que Brendan ait jamais connu. Et pourtant c'était sans doute un fidèle du parti dont la loyauté inconditionnelle comptait davantage que l'incompétence. La plupart des pièces étaient incompatibles avec les transmetteurs et seules la ruse et l'improvisation permettaient aux techniciens de faire fonctionner le poste émetteur. Brendan eut pitié du vieux marin, qui tentait de récupérer encore une autre pièce détachée pour la radio de son navire qu'il n'avait semblait-il toujours pas réussi à réparer. Si le marin avait été correctement formé, la valve qu'il avait dérobée le matin aurait dû suffire. Le chapardage était illégal mais, comme il n'y avait pas de fanatiques dans les parages, Brendan essaya d'aider Yuri à trouver une nouvelle pièce détachée. Un moment plus tard, Yuri poussa Brendan du coude, l'avertissant que Georgi était entré dans le bureau.

« Ce salopard est d'une humeur de merde, chuchota le marin. Peut-être que sa pute lui a refilé la vérole ou qu'il n'a pas pu bander pour elle. Fais gaffe à toi et rappelle-toi que ces Géorgiens ne sont jamais aussi soûls qu'ils le paraissent. »

Brendan se releva et s'approcha rapidement de Georgi afin que l'officier ne voie pas Yuri agenouillé derrière l'établi. D'un haussement d'épaule Georgi ordonna à Brendan de le suivre dans son bureau. Il ferma la porte d'un coup de pied quand ils furent entrés et sortit une bouteille de vodka et deux verres. « Ton après-midi à courir les putes a dû t'assoiffer, camarade. En tout cas, un verre de plus ne te fera pas de mal.

— Pourquoi toujours me faire suivre ?

— Tu as abandonné ton poste. Marty pourrait te faire exécuter pour moins que ça.

— J'ai passé toute la nuit ici et je ne suis parti qu'une fois l'équipement en parfait état de marche. Je n'avais pas d'autres tâches.

— Je t'ai demandé de surveiller les gens qui viennent ici. »

Brendan avala la vodka. Le vin et le cognac espagnols avaient leur intérêt, mais le soir, Georgi s'en remettait toujours à la fiabilité de la vodka russe.

« Tu as suffisamment de larbins qui s'espionnent les uns les autres pour savoir tout ce que tu veux. »

Georgi remplit les verres une fois de plus d'un air revêche. « Et tu ferais quoi, l'Irlandais ? Tu laisserais entrer le monde entier ? Pourquoi ne pas simplement livrer nos secrets à tous les espions fascistes et trotskistes de Barcelone ? Mais c'est peut-être ce que tu as fait avec ta langue bien pendue.

— Je ne dis rien à personne.

— Aujourd'hui tu as dit beaucoup de riens à un très grand nombre de personnes. Je veux un rapport. »

Brendan avala le deuxième verre d'un coup, sentit l'alcool lui brûler la gorge. « Rien à rapporter, monsieur, excepté *¡No pasaran!* La République tient toujours. »

Georgi posa brutalement son verre sur le bureau. « Pas de *monsieur* comme si que t'étais encore dans ton école chic. Tu as passé la journée avec les putes et avec la lie trotskiste, et malgré tout tu n'as rien à rapporter. Nous sommes assiégés par l'ennemi, et malgré tout tu ne vois rien qui pourrait mettre nos intérêts en danger.

— J'ai vu de la passion et suffisamment de véritable idéalisme pour me rendre compte à quel point il y en a peu dans ce centre. J'ai vu la différence entre conviction et endoctrinement.

— On t'a vu boire en compagnie d'Allemands appartenant au Partido Obrero de Unificacíon Marxista.

— C'est un crime ? Le POUM se bat avec nous.

— Vraiment ? Est-ce qu'ils sont vraiment un parti communiste puisqu'ils refusent d'obéir aux ordres de Moscou ? Ce sont des trotskistes avérés.

— Tout le monde doit le savoir sauf eux, parce que je n'ai jamais entendu un seul d'entre eux mentionner Trotski.

— Alors, tu avoues avoir fraternisé avec eux ! » Georgi avait presque fait un pas de danse en arrière, comme un boxeur qui vient de balancer un coup de poing.

« Ils n'ont pas cessé de chanter en allemand, dit Brendan. Tout ce que je peux te dire est que, quoi qu'ils aient pu chanter, ça ne concernait pas Léon Trotski. »

Le Géorgien posa ses mains à plat sur le bureau comme s'il s'adressait à un imbécile. « Le trotskisme ne serait pas un complot si on le mentionnait tout haut. Les trotskistes avalent les bons camarades et les recrachent comme des noyaux d'olive. Je suis fatigué de devoir toujours te protéger.

— Et je suis fatigué d'être toujours surveillé. Nous passons plus de temps à espionner notre propre camp qu'à nous battre contre les fascistes. »

Georgi se pencha au-dessus du bureau, parla avec une douceur délibérée. « Fais attention, Goold, avant d'aller trop loin. Fais attention à toi et fais attention à ceux que tu fréquentes.

— Aujourd'hui, j'ai rencontré de bons communistes. Les fascistes n'ont pas besoin d'espions. Ils contrôlent les airs. Quand ils veulent repérer nos troupes, il leur suffit de prendre un avion et de regarder. Si Staline veut réellement éliminer l'espionnage, qu'il envoie des avions de chasse pour nous protéger. »

Brendan se retrouva tout à coup complètement sobre, comme s'il avait plongé dans l'eau glacée depuis la jetée de Bruckless. Georgi se cala contre le dossier de sa chaise.

« Je pourrais te faire exécuter pour avoir douté de la sagesse de Staline. Et je pourrais être exécuté pour ne pas t'avoir fait exécuter. Tu abuses trop de notre amitié. Je me rappelle l'époque où tu étais un bon camarade qui ne posait pas de questions. Je me demande à présent pourquoi tu es venu en Espagne. »

La voix de Georgi ne contenait pas de colère, simplement une question. C'est ce qui effraya Brendan. « Je suis venu me battre contre le fascisme. Je suis venu parce que l'Espagne est le champ de bataille où se joue l'âme de l'Europe. Je suis venu épauler une nation qui se bat contre les avions d'Hitler avec seulement quelques fusils et du courage.

— Peut-être que tu es venu pour être un saboteur comme ton frère ?

— Quoi qu'ait fait Art, il n'était pas un saboteur.

— Typique du petit frère. Est-ce que tu défendrais toujours ton héros si tu savais qu'il t'a dénoncé ?

— Art ne me dénoncerait jamais.

— Vraiment ? » Le sourire de Georgi était condescendant. « Il y a deux ans, il est entré dans mon bureau à la Lubyanka, il m'a supplié comme un chien de lui donner un permis de sortie de l'Union soviétique. Il m'a offert des noms – des collègues traducteurs qui étaient des espions, la famille de sa femme qui faisait partie d'une cellule anarchiste, des voisins qui tentaient délibérément de détruire le moral des gens. Il a craché toutes ses entrailles de traître, me suppliant de le laisser retrouver son Donegal comme ce renégat imbécile, Fforde, qui s'est enfui avant que nous puissions l'exécuter.

— Art aimait Moscou.

— Art aimait la propriété. C'était dans son sang pourri. Il n'a jamais cessé d'appartenir à votre classe détestée. Votre père lui a écrit qu'une clause dans le testament de votre grand-père lui permettait de léguer la propriété à votre frère Thomas si un médecin déclarait qu'Art était fou.

— Personne ne m'a dit ça, insista Brendan.

— Pourquoi l'auraient-ils fait ? Le dernier-né ne compte pas. Art est venu me voir avec la lettre de ton père. Il avait changé de musique une fois qu'il avait compris qu'il risquait de perdre la propriété à laquelle il prétendait avoir renoncé, il s'en était vanté. Il a essayé de me corrompre. L'imbécile ne se rendait pas compte que l'Union soviétique n'a pas besoin de ce genre de racaille. S'il voulait partir, nous étions prêts à lui accorder un visa et à nous débarrasser de lui. Mais il n'a été content qu'après avoir vomi toutes ses dénonciations, après t'avoir dénoncé, toi aussi.

— Pour avoir fait quoi ? »

Le Géorgien sourit. « À toi de me le dire. »

Brendan était furieux et troublé. « Il n'y a rien à dire. Je ne crois plus un seul mot de ce que tu racontes.

— Je ne t'ai jamais menti. Je me suis toujours occupé de toi comme d'un fils. J'ai refusé de consigner dans un rapport la haine que crachait ton frère. Comment lui, il avait été le vrai révolutionnaire tandis que toi, tu n'arrêtais pas d'essayer de grimper sur son dos. Comment ta bite était le seul principe qui te motivait. Comment tu as baisé la femme d'un lord fasciste et comment tu as conspiré avec elle pour distribuer des copies interdites de *Où va l'Angleterre?* de Trotski. Comment tu as rencontré son mari à Hyde Park et comment tu as accepté d'espionner pour le compte d'Oswald Mosley s'il te laissait continuer à baiser sa femme. Comment tu as engrossé une bonne camarade, Ruth Davis, et comment tu en as accusé le lord fasciste quand la fille est restée à moitié paralysée après un avortement clandestin. Si j'avais mis dans un rapport les accusations de ton frère, jamais on ne t'aurait autorisé à te rendre en Espagne. Mais j'ai voulu te laisser une chance. Cette guerre est une farce avec des agents qui s'infiltrent partout. Tu ne vois donc pas que nous ne parviendrons jamais à former un gouvernement sûr si nous ne le purgeons pas des trotskistes et des anarcho-syndicalistes aussi impitoyablement qu'en Union soviétique?

— L'Espagne possède déjà un gouvernement démocratiquement élu que les fascistes refusent d'accepter. C'est pour cela que nous sommes ici.»

Georgi soupira, exaspéré. «Nous sommes ici pour sauver le peuple espagnol de l'incompétence de ses propres dirigeants. Heureusement nous parvenons peu à peu à inscrire cette guerre dans un plan idéologiquement correct, mais nous sommes gênés par toutes sortes d'agents. C'est pour ça que tu dois faire un effort. Parle-moi des ivrognes irlandais avec qui tu étais. Qu'est-ce qu'ils voulaient?

— L'un d'eux voulait perdre sa virginité.

— Ne te moque pas de moi.

— Ce sont d'honnêtes volontaires venus à la rescousse du peuple espagnol.»

Georgi se leva. «J'emmerde le peuple espagnol. J'ai assez de problèmes sans que tu viennes gémir au sujet du peuple espagnol. Tu n'as donc rien appris, Goold? Le propos de cette guerre est d'arracher les mauvaises herbes de telle sorte qu'il ne reste que des camarades loyaux qui retourneront chez eux et s'organiseront de manière structurée afin que nous devenions puissants, avec une seule voix et une seule vision.

— Et l'Espagne, alors ? »

Georgi inspira profondément. « Je ne suis pas insensible aux souffrances de l'Espagne. J'aime ce pays. » Il regarda Brendan avec une honnêteté perçante qu'il laissait rarement affleurer. « Ici, je me sens plus en sécurité. Je n'aime pas toujours les choses qu'on me demande de faire. Tes amis irlandais pensent qu'une révolution peut vaincre par l'amour. L'amour fait vibrer les gens mais seule la peur les fait avancer. Telle est la nature humaine. Malheureusement nous ne sommes que trop humains. Est-ce qu'elle était belle, ton amante fasciste à Londres ?

— Elle n'était pas fasciste quand je l'ai connue. C'était une dilettante et, oui, elle était belle. Elle possédait un air désarmant de vulnérabilité.

— C'est un truc que toutes les femmes apprennent, et malgré tout les hommes n'apprennent jamais à s'en défendre. » Georgi rit silencieusement. « C'est drôle, tu possèdes ce même truc de vulnérabilité qui me donne envie de te protéger. » L'expression de Georgi se transforma, et Brendan se demanda tout à coup si l'officier du NKVD n'était pas homosexuel. « Que veux-tu vraiment ?

— Je veux rentrer chez moi. » Brendan avait été tellement secoué que les mots sortirent avant qu'il ait eu le temps d'évaluer leurs implications. Il poursuivit, n'ayant plus d'autre choix. « Quand je me suis porté volontaire à Moscou, tu m'as dit que j'étais libre d'aller et venir à mon gré. Si je rentre à Londres, je peux toujours t'être utile comme par le passé, mais ceci n'est pas la guerre pour laquelle je me suis engagé. »

Georgi l'étudia attentivement. « Mais tu t'es engagé dans cette guerre, malgré mes avertissements. Essaye de partir, et tu deviens un déserteur. André Marty peut te faire exécuter. » L'officier du NKVD ouvrit un tiroir et en sortit une feuille de papier. Il l'examina, puis la signa. « Tu sais ce que j'ai là ? »

Ce pouvait être un ordre d'exécution ou une confession à signer avant qu'ils ne l'exécutent. Ce pouvait être le compte-rendu de ses activités ou une liste des volontaires russes qui l'avaient dénoncé. La gorge de Brendan était sèche. Il ferma les yeux et se vit tout petit, debout sur le palier de l'escalier de Bruckless House, dans le Donegal. C'était un matin d'été et la lumière inondait le hall en contrebas mais, pour une raison ou une autre, la famille était partie en pique-nique et l'avait laissé à la maison. Il avait trop peur pour rester là tout seul et il était pourtant convaincu qu'une terrible présence l'attendait s'il descendait l'escalier. Cela faisait des années qu'il n'avait pas eu ce rêve d'enfance, mais il était d'une extrême clarté.

« Tu vas m'exécuter, non ?

— Pourquoi t'exécuter ?

— Tu n'as pas besoin de raison pour exécuter les gens.

— Tu crois que je prends plaisir à exécuter les gens ? Je prends plaisir à la baise. Toi et moi, nous aurions dû aller au moins une fois chez les putes. Deux lits dans une chambre, une compétition pour savoir qui, de nous deux, serait le dernier homme debout. Les filles en rang, voir combien de sillons nous pouvons labourer. Tu aurais la jeunesse et moi les huîtres. Cela aurait été une façon de finir. C'est trop tard maintenant, ta santé ne te le permet plus. » Georgi mit une main dans le tiroir et en sortit un revolver. « Déboutonne ta chemise. »

L'officier du NKVD se leva et Brendan fit ce qu'on lui demandait. Sa peau paraissait très blanche contre le velours côtelé brun, avec quelques gouttes de sueur sur un téton. Georgi appuya l'acier du canon sur la poitrine de Brendan à la manière d'un stéthoscope.

« Tousse », ordonna-t-il.

Brendan obéit, troublé de voir qu'il se moquait de lui.

« Exactement ce que je pensais, tu as la maladie de ton frère. » Il fit une pause. « Ton frère maladif, Thomas.

— Qu'est-ce que tu sais de Thomas ?

— Connaître tes affaires, j'en fais mon affaire. Je sais qu'il a contracté la tuberculose et qu'il a dû quitter l'Irlande pour l'Afrique du Sud. Je sais que la tuberculose est contagieuse et qu'il serait dangereux qu'un volontaire en souffre. Je sais que tu étais mon protégé.

Tu m'as déçu mais je suis toujours responsable de toi. Je te lis comme je lis une femme et, avec les femmes, il faut toujours prévoir la prochaine exigence hystérique. »

Georgi écarta l'acier froid de la poitrine de Brendan et laissa tomber la feuille de papier sur ses genoux. C'était un certificat de libération signé par un médecin. L'officier du NKVD alla ouvrir la porte. « Je t'ai obtenu un billet de train pour Figueras, demain matin. Après ça, à toi de te débrouiller. Je ne veux plus ni te voir ni entendre parler de toi. La guerre est une affaire d'hommes et tu n'es bon qu'à te faire enculer. Tire-toi de ma vue. »

Brendan se leva, les jambes tremblantes. « Merci.

— Va-t'en, dit Georgi. N'en parle à personne, sinon j'aurais signé mon propre arrêt de mort. Tu aurais pu être un bon communiste.

— Est-ce que Art m'a vraiment dénoncé ? J'ai besoin de le savoir.

— Est-ce que je t'ai jamais menti ? »

Brendan fit une pause dans l'encadrement de la porte. Malgré ses désillusions des semaines précédentes, il voulait étreindre cet homme ou faire un geste de gratitude. Son corps tremblait de soulagement et il ressentait un besoin désespéré d'utiliser l'urinoir sale au bout du couloir. Pendant un instant, il lui sembla qu'il pourrait y avoir quelques derniers mots entre eux, mais Georgi aperçut un mouvement dans la salle de radio.

« Mais putain, qu'est-ce que tu fous là ? »

Yuri se leva, enfonçant rapidement une valve dans sa poche. « Je regardais, c'est tout... Je comparais...

— Tu es venu voler. On me demande de faire la guerre entouré d'invalides et de voleurs. Fous le camp !

— Je m'en vais, camarade. » Le vieux marin avança lentement vers la porte. « Ne t'en prends pas à moi parce qu'en te réveillant tu as trouvé un peu d'écume sur ta bite. Si c'est rouge, ce n'est sans doute que du rouge à lèvres. Mais si c'est vert, c'est la gangrène.

— Dehors ! Tous les deux ! »

Georgi ferma brutalement sa porte et Brendan se retrouva devant Yuri, qui haussa les épaules avec ironie. « Il a attrapé la chtouille l'année dernière, il déteste qu'on le lui rappelle. Ça va, camarade ?

— Je boirais bien un verre, répondit Brendan. Autrement, ça va. »

Ça allait même plutôt bien. Ayant plié soigneusement son certificat, il le mit dans sa poche et rit. Il rentrait chez lui. Il n'était pas bien sûr de savoir où il se sentait chez lui – le Donegal, Dublin ou Londres, mais il serait en France dans vingt-quatre heures. Il serait seul, mais il pourrait se refaire une vie correcte en dehors de l'ombre d'Art. Son frère l'avait dénoncé. Lorsqu'il était devenu apparent qu'il pouvait perdre son précieux héritage, Art avait tourné le dos à tous ses principes. Cela expliquait pourquoi Art avait quitté Moscou sans rien dire à personne et n'avait jamais repris contact. Cependant, Brendan ne se sentait pas trahi mais libéré. Il sortit dans les rues encombrées avec le vieux marin et s'arrêta au premier café qu'ils trouvèrent. Brendan examina les visages des Catalans et ceux des hommes venus de toute l'Europe pour se battre à leurs côtés, et il sentit comme un écho de l'euphorie qu'il avait éprouvée au cours de sa première semaine ici. Un groupe d'hommes chantait en anglais à une table proche : « Les balles fascistes, les bombes fascistes font de notre pays un paysage en feu. Hourrah pour le courage, hourrah pour la bravoure ! À Madrid, ils ne sont pas passés. »

Brendan les accompagna en criant : « *¡No pasaran !* » Seul Yuri paraissait ne pas se rendre compte de la gaieté, car il était obsédé par son incapacité à réparer la radio du navire. La frustration du marin mettait un frein à la bonne humeur de Brendan. Il demanda au marin de lui montrer la valve qu'il avait volée et Yuri la produisit furtivement, ne voulant pas être vu. Le navire était à cinq minutes de là, la réparation ne prendrait pas plus de deux minutes. Yuri protesta quand Brendan suggéra qu'ils aillent s'en occuper ensemble. La serveuse venait d'apporter davantage de vin et Yuri lui promit qu'il se souviendrait de ses instructions le lendemain matin. Mais Brendan savait que le vieux marin ne pourrait pas se détendre tant que le travail ne serait pas fait, et il demanda à la serveuse de garder le vin jusqu'à leur retour. On commençait à chanter à toutes les tables, chaque nationalité tentait de faire plus de bruit que les autres. La serveuse les taquina en déclarant qu'elle boirait elle-même le vin s'ils n'étaient pas de retour dans dix minutes. Brendan vit Hennessy, avec Charles

Donnelly et Bourke, dans le café sur le quai. Il voulut les appeler mais s'arrêta parce que le certificat de libération les séparait. Toutefois, quand il passa devant eux, Hennessy l'aperçut et se leva. Yuri le pressait d'avancer, il voulait retrouver son vin. Mais Brendan se libéra et annonça à Hennessy qu'il rentrait chez lui et lui demanda s'il avait des messages à transmettre. Le Dublinois secoua la tête et Brendan vit dans son regard qu'il avait cessé de le considérer comme un camarade. Hennessy se détourna quand Yuri siffla pour que Brendan le rejoigne sur la passerelle.

Le bateau était silencieux, la radio se trouvait dans une petite pièce sous le pont. Ce qui était étrange, c'était que Brendan ne trouva rien qui clochait avec le transmetteur. Il paraissait en parfait état, plus puissant et mieux entretenu que les transmetteurs du centre radio. Ce ne fut que lorsqu'il se retourna pour le dire à Yuri qu'il vit que Georgi et deux officiers du NKVD plus jeunes que lui bloquaient la porte à côté du vieux marin. Brendan fonça sur eux, cherchant désespérément à se retrouver en sécurité au milieu de la foule sur le quai. Mais il savait qu'il n'y parviendrait pas, il savait qu'on l'avait piégé, Georgi ne désirant pas de lutte dans la rue, où des volontaires étrangers pourraient intervenir. Les jeunes officiers du NKVD lui immobilisèrent les bras derrière le dos, l'obligèrent à se mettre à genoux et le menottèrent. L'un d'eux lui enfila un sac sur la tête.

« Maintenant nous pouvons avoir une vraie conversation, Goold. » La voix de Georgi était tout près de sa tête, puis le Géorgien recula. « Bien travaillé, Yuri. »

Le rire de Yuri était mélancolique – le bruit que fait un homme qui a survécu à tous les bouleversements. Brendan ne ressentait aucune colère contre le vieillard, seulement contre lui-même et sa naïveté.

« C'était facile, camarade, comme si je ramenais un petit poisson. Tellement petit qu'on a presque envie de le rejeter à la mer. J'ai du vin qui m'attend, si tu veux te joindre à moi.

— Nous ne voulons pas vous retenir, camarades. » La voix d'un des jeunes officiers, pur produit de l'École Lénine. « Nous savons quoi faire des espions trotskistes. »

Brendan se recroquevilla instinctivement juste avant que la

chaussure vienne s'écraser dans son ventre. Il cessa de compter le nombre de coups de pied, perdit toute notion du temps. Il savait seulement que Yuri et Georgi étaient assis dans le café, qu'ils buvaient au milieu de la foule qui chantait. Et il savait que ses côtes étaient cassées et il espérait que trois ou quatre coups supplémentaires suffiraient à le plonger dans un oubli miséricordieux.

21

NUIT

Donegal, janvier 1937

Mrs Ffrench ignorait quelle heure il était quand elle se réveilla, mais la sensation de froid qu'elle ressentait était d'une telle intensité qu'il lui fallut sortir du lit et se rendre sur le palier glacial afin de ne pas déranger son mari qui dormait. Accroupie près de la rampe, elle frissonnait dans sa chemise de nuit. Les seuls bruits étaient ceux de la grande horloge dans les ténèbres du hall en contrebas et du vent sauvage qui arrivait en hurlant de St John's Point. Le gravier de l'allée devait être blanc de givre, et la rosée allait transformer la pelouse en une pellicule fragile et étincelante. Il régnait un froid de loup dans la maison, et pourtant le froid en elle était aussi profond que si elle avait été témoin de quelque horrible action pendant son sommeil. Si elle avait pu expliquer cette sensation, elle aurait sans doute réveillé son mari afin d'être réconfortée. Mais la sensation était si peu logique qu'elle n'aurait pu l'avouer à personne. C'était un peu comme la culpabilité qu'elle avait ressentie le mois précédent quand la chatte de la cuisine avait mis bas une nouvelle portée de chatons et qu'elle avait trouvé dans la cour un seau rempli d'eau, muni d'un couvercle. Elle avait compris en entendant les cris de détresse émanant du seau que les chatons qui venaient de naître étaient en train de se noyer. La mère chatte essayait désespérément de déplacer le couvercle avec ses griffes et n'arrêtait pas de regarder Mrs Ffrench, comme une mère qui en supplie une autre. Mrs Ffrench ne l'avait pas aidée mais était rentrée dans la maison, où les cris ne pouvaient plus lui parvenir. Et pourtant, pendant des nuits et des nuits, elle avait entendu les chatons dans son sommeil et s'était réveillée convaincue d'avoir péché en ne réagissant pas et en ne remettant pas en question la prétendue sagesse de son mari sur la meilleure façon de procéder.

Accroupie sur le palier, Mrs Ffrench comprit qu'une trop grande partie de sa vie avait été employée de la sorte. Les choses avaient été plus simples avant la Grande Guerre, quand ils étaient encore jeunes mariés et que son mari s'était laissé dévorer par sa foi bahaïe. Elle avait eu l'impression de le guider, d'ouvrir son esprit au prophète Baha'ullah qui prédisait une nouvelle ère pour l'humanité, sans préjugés ni excès de pauvreté ou de fortune. Avait-ce été le premier pas qui l'avait mené à embrasser le communisme ? À l'époque, Mrs Ffrench s'était imaginée que tous deux mélangeaient de façon égale les couleurs sur la palette de leur vie. Mais elle avait fini par suivre consciencieusement sa voie à lui, par laisser les convictions et les passions de son mari devenir les siennes. Pas toutes ses passions cependant. Depuis des années, dans cette région désolée, se répandait la rumeur d'une passion en particulier. Il lui suffisait de voir le regard apitoyé que les autres épouses posaient sur elle.

La religion dans laquelle elle était née ainsi que celle qu'elle avait adoptée l'avaient habituée à se sentir étrangère en Irlande. L'absence de Dieu dans le marxisme avait simplement renforcé ce sentiment de différence. Elle était capable de se débrouiller avec ces étiquettes qui l'isolaient mais elle ne supportait pas l'idée de se retrouver en compétition avec la beauté fragile de la seule voisine qui lui restait et avec qui elle partageait certaines choses. À présent, depuis la semaine dernière, même cette voisine avait abandonné le Donegal.

Non que quoi que ce soit de fâcheux se soit jamais passé entre son mari et Mrs Goold Verschoyle, que l'infatuation inexprimée de Mr Ffrench mettait mal à l'aise. Mais tout le district était au courant de son regard de merlan frit depuis le jour où, dans la montagne, Mr Goold Verschoyle, entorse rare aux bonnes manières, avait passé un savon à son mari devant un officier de police. Mrs Ffrench aurait dû être contente de voir partir cette femme qui avait toujours souffert d'une affection indéfinissable, tout en ayant droit à l'admiration de tous les hommes du district. Mais, depuis une semaine, elle pleurait son départ comme si elle était sa sœur, Manor House était vide maintenant que les Goold Verschoyle s'étaient installés à Oxford.

Il y avait eu une vente des vins et des vieux portos de leur cellier, et les fermiers du coin, ébahis, avaient regardé les bouteilles poussiéreuses avec méfiance, comme si elles contenaient quelque élixir douteux de fête foraine. Son mari, ainsi que les quelques protestants qui étaient restés, avaient acheté le vin. L'intérêt des catholiques ne s'était éveillé qu'au moment de la vente des spiritueux. Assister à cette vente aux enchères l'avait attristée, et la plupart des personnes présentes n'étaient venues que pour regarder, bouche bée, les possessions des gens de la haute qui s'en allaient ; Mr et Mrs Goold Verschoyle avaient observé la scène sans rien dire depuis une fenêtre à l'étage. Ils n'avaient pas vidé leur cellier pour des raisons financières, ce qui valait mieux, car la vente n'avait rapporté que très peu d'argent, mais Mr Goold Verschoyle pensait qu'il était plus prudent de ne pas laisser d'alcool ni d'objets de valeur dans la maison verrouillée. La plupart des objets ayant une véritable valeur avaient été transportés à Oxford, bien que l'argenterie de famille ait manqué – ayant sans doute été dérobée par Art pour aider quelque bonne cause communiste. Il ne restait plus que les rideaux et le mobilier le plus lourd, l'appât du piège destiné à faire revenir leur fils aîné.

Art n'était venu dans le Donegal qu'une seule fois depuis son retour de Moscou, il avait eu l'air tellement égaré que Mrs Ffrench aurait voulu lui prendre la main et avouer qu'elle aussi avait détesté Moscou. Mais la raideur de ses épaules l'incitait à penser qu'il n'accepterait aucune critique de l'État qui l'avait expulsé.

Il ne restait plus grand-chose du garçon aux yeux écarquillés qu'elle avait connu. Il avait été remplacé par un mystère dont le seul langage était la rhétorique. Pour lui, énoncer une seule critique de Staline aurait signifié l'effondrement des fondations sur lesquelles il avait construit sa vie d'adulte.

Lors de cette visite, avait-elle entendu dire, Mr Goold Verschoyle l'avait une fois de plus supplié de s'intéresser à Manor House, mais Art avait annoncé son intention de laisser pourrir la maison plutôt que de se laisser contaminer par l'infection qu'était la fortune transmise par héritage, il avait décidé qu'il n'avait rien à faire de toute cette maudite histoire, alors ou après la mort de son père.

Cependant, pendant cette brève visite, Mrs Ffrench avait également vu Art se mettre torse nu et passer toute une journée à réparer avec amour une section du toit dont les tuiles avaient bougé. Il était évident que le garçon aimait la maison et que cet amour irrationnel le tourmentait. La dernière action de Mr Goold Verschoyle à Dunkineely avait été d'écrire à Art pour lui dire qu'il laissait la clé à Mr Barnes, le vieux directeur de leur banque dans la ville de Donegal. Il était parti s'installer à Oxford parce que les hivers irlandais étaient trop humides pour l'arthrite aiguë de son épouse et parce qu'ils auraient davantage de compagnie dans un rayon d'une heure de marche à Oxford que dans un rayon d'une heure en voiture dans le Donegal. Mais elle savait également que Mr Goold Verschoyle s'en allait parce qu'il n'avait plus le cœur de maintenir en ordre une maison alors qu'il n'avait personne à qui la léguer. Elle connaissait ce sentiment de lassitude parce que Bruckless House finirait entre les mains, sinon d'inconnus, du moins de parents éloignés. Et elle avait donc plus de mal à entretenir le jardin ou les pièces remplies de magazines soviétiques jamais lus auxquels son mari était abonné en nombre jusqu'à ce que la poste refuse de les lui livrer. Certains soirs, la maison ressemblait à un mausolée, cependant elle était certaine qu'elle aurait plus chaud dans sa tombe qu'à l'instant présent.

Elle pouvait passer un peignoir et aller se préparer une tasse de lait chaud avec du miel à la cuisine. Mais elle avait l'impression que ses jambes refusaient de bouger. Elle s'assit sur la plus haute marche et regarda le hall sombre en contrebas et alors, de façon irrationnelle, elle sentit qu'un enfant se tenait derrière elle. Elle ignorait qui était l'enfant et elle savait que se retourner était inutile parce qu'elle ne pourrait pas le voir, pas plus qu'il ne pourrait la voir. Elle sentait pourtant sa terreur solitaire et savait qu'il avait le regard fixé sur une menace invisible tapie en bas de l'escalier. Elle aussi sentait ce mal et se demanda si elle n'était pas encore en train de rêver. Parce que le mal avait une voix calme et inaudible d'adulte – très proche de celle de son mari – qui tentait d'attirer l'enfant vers lui. Elle aurait voulu dire « Viens attendre avec moi, je ne permettrai pas qu'on te fasse du mal comme à ces chatons dans le seau. Fais-moi confiance, je te protégerai ». Mais elle n'était pas une mère et c'était pour cela que l'enfant ne sentait pas sa présence, pour cela qu'il avança, un pas, deux pas, descendit lentement les marches. Elle voulait le suivre. Mais elle ne pouvait que rester là à frissonner dans sa mince chemise de nuit en se balançant d'avant en arrière comme une mère dont l'enfant se serait noyé parce qu'elle ne l'avait pas entendu crier sa détresse.

22

LES HUISSIERS

Mayo, automne 1937

Des charrettes passaient dans Turlough Road et parfois même une automobile, mais Eva ne voulait pas qu'on s'arrête pour la prendre, surtout pas les hommes du coin. Ils connaissaient tous sa honte. La plupart avaient été sans doute plus au courant de sa situation qu'elle-même ne l'avait été avant de se rendre à Castlebar cette après-midi-là. Aujourd'hui, elle avait finalement décidé qu'il ne lui restait plus d'autre choix que d'aller elle-même inventorier les dettes parce qu'il était devenu impossible de distinguer la vérité des fantasmes s'élevant des vapeurs d'alcool lorsque Freddie parlait de leurs problèmes. Elle ne savait pas bien si sa réticence à parler d'argent venait de sa galanterie ou de son obstination. Toutefois, après s'être rendue dans tous les magasins de Castlebar, elle pouvait à présent évaluer l'ampleur terrible de leurs dettes.

Seuls deux commerçants avaient refusé de lui divulguer les chiffres, car ils ne tenaient pas à discuter de choses indélicates avec une dame. Ils avaient eu honte de sa honte. Les autres s'étaient empressés de totaliser le compte des Fitzgerald jusqu'au dernier penny, bien qu'aucun commerçant ne l'ait laissée debout dans son magasin pour discuter de tout cela. On l'avait emmenée au bureau ou au salon et on lui avait offert du thé ou du sherry. La plupart de ces gens étaient plus respectueux qu'agacés, mais tous insistaient sur la nécessité d'être payés. Sa dernière visite avait été pour Mr Devlin, dont la sollicitude tenait presque d'une trop grande familiarité. Il avait même offert de la reconduire à Glanmire Wood, mais elle l'avait remercié et avait prétendu avoir suffisamment d'argent dans son porte-monnaie pour une voiture de louage.

Plus tard, traversant le Mall, Eva sentit les regards qui la suivaient derrière les rideaux tandis qu'elle passait devant l'Imperial Hotel – où, craignait-elle, devait se trouver Freddie (qui avait disparu la veille pour une de ses beuveries), caché dans le salon chic, intimidant le jeune gérant pour qu'il lui fasse encore crédit. Depuis deux mois, depuis le départ du dernier chasseur venu loger chez eux, Freddie n'avait eu personne à emmener dans les tourbières. Il sortait quand même tous les jours et revenait avec une paire de canards ou de lapins qu'il posait silencieusement sur la table de la cuisine. Mais Eva savait qu'il passait une grande partie de son temps dans quelque débit clandestin ou bien seul avec son chien, à boire du whiskey Skylark bon marché et à broyer du noir. Ils n'avaient pas de quoi passer une autre publicité dans le *Shooting Times* et Eva était presque soulagée de ne pas avoir de réservations parce que l'argenterie et le linge de table avaient été mis en gage.

À un mile de Turlough sur la route, une charrette ralentit et le fermier lui demanda s'il pouvait l'emmener. Eva secoua la tête et parvint à sourire en expliquant qu'elle se promenait pour prendre l'air. Le fermier lui demanda des nouvelles de Mr Fitzgerald et des enfants, puis il la salua et fit avancer son cheval. Elle se sentit un peu égoïste de ne pas avoir accepté l'offre parce que, maintenant qu'elle n'avait plus que Maureen, on avait besoin d'elle à la maison. Au cours de l'année passée, la jeune fille de dix-huit ans était devenue une amie, à qui Eva et les enfants confiaient leurs secrets. Au début, le travail de Maureen consistait simplement à s'occuper des enfants, mais elle accepta volontiers d'autres tâches quand Eva dut se séparer de Brigid, la fille de cuisine, et finalement de Mrs McGrory. La cuisinière avait travaillé sans salaire pendant les deux derniers mois et était partie en pleurant, pas sur son propre sort mais sur celui d'Eva et des enfants. Ils ne pouvaient même plus se permettre de garder le garçon qui venait couper le bois, cependant l'indéfectible Mr Clements, qui était resté leur pensionnaire solitaire et permanent, s'en chargea avec un plaisir surprenant. À elles deux, Maureen et Eva s'occupaient de tout le reste, Maureen refusant d'abandonner Eva malgré la rareté des salaires. Le père de Maureen les avait un jour surpris en leur apportant des pommes de terre, Freddie l'avait accueilli maladroitement tandis que Cait sautait de la charrette à âne pour se précipiter dans la cuisine et embrasser sa sœur aînée.

Eva leva les yeux et fut surprise de voir son fils de dix ans devant elle sur la route poussiéreuse. L'ayant aperçue, Francis se mit à courir. Eva pensait qu'il était seul mais remarqua alors Mr Clements, assez loin derrière lui. Francis se jeta dans les bras de sa mère.

« Hazel a fait un caprice, annonça-t-il. Elle est partie.

— Où ? » Eva se sentait trop épuisée pour s'occuper de cette nouvelle crise.

« On ne sait pas. Ça fait des heures qu'elle est partie. Maureen est allée voir sur la Breaffy Road. »

Bien que beaucoup plus solide que Francis, Hazel était plus consciente de leur situation actuelle. À mesure que la consommation d'alcool de Freddie augmentait au même rythme que l'accumulation des factures, la fillette avait pris l'habitude de vivre dehors sur son poney, pourtant, il lui avait été interdit de quitter le bois toute seule. Ce matin-là, elle avait questionné Eva pour savoir où elle allait et lui avait demandé de l'emmener à Castlebar. Le dernier souvenir qu'Eva avait du bois avait été la silhouette de Hazel, chagrinée, silencieuse, sur son petit poney.

Ayant saisi la main de Francis, elle salua Mr Clements, et le vieil homme, un peu essoufflé, lui expliqua quelles routes ils avaient déjà parcourues. Ils passèrent sous les vieux arbres qui ombrageaient la route à Pigeon Hill, se dépêchant de dévaler la colline en direction du village.

Toute sa famille paraissait sur le point de disparaître. Au début de l'année, elle s'était sentie extrêmement seule quand ses parents étaient allés s'installer à Oxford et avaient vidé Manor House. Elle n'avait eu aucune nouvelle d'Art depuis la nuit où il avait amené Jim Gralton chez elle. Thomas écrivait régulièrement depuis l'Afrique du Sud et Maud envoyait des lettres raisonnables de Dublin, mais dans ses réponses Eva se sentait incapable de leur communiquer à quel point elle se sentait piégée. Elle n'avait aucune idée de l'endroit où se trouvait Brendan. La seule carte qu'elle avait reçue d'Espagne datait de neuf mois. Aujourd'hui, Brendan pouvait être devenu un général républicain, être revenu à Londres ou bien se trouver dans une des prisons de Franco. Du moins son nom n'était-il jamais apparu dans les listes des morts publiées par les journaux, ce qui signifiait qu'il était toujours vivant. Les Wild Geese, les oies sauvages fascistes de O'Duffy, n'avaient pas tardé à rentrer en Irlande, héros nationaux sans avoir jamais tiré un seul coup de feu, et la plus dure bataille du général était celle qu'il menait avec le Irish Christian Front de Patrick Belton au sujet de la disparition des fonds recueillis aux portes des églises au bénéfice de leur croisade catholique.

Devant le silence de Brendan, Mère était paralysée de peur. Il n'avait jamais été un extrémiste comme Art, qui avait renoncé à tout contact avec sa famille : le garçon avait toujours été trop sociable, avait toujours aimé la vie. Mais il vouait un culte à son frère et était capable de refuser d'entrer en relation avec eux par mimétisme. Art avait fait allusion à une querelle la dernière fois qu'Eva l'avait vu, mais elle espérait néanmoins que Brendan avait gardé le contact avec son frère aîné. Maud soupçonnait Art d'être au courant de quelque chose parce que, la dernière fois qu'elle l'avait vu vendre le *Daily Worker* dans une rue de Dublin, il s'était éloigné, indigné, quand elle avait mentionné Brendan.

En arrivant devant l'école du village, ils décidèrent de prendre la petite route qui descendait jusqu'au pont en serpentant. Mr Clements ne posa aucune question sur ce qu'elle avait fait à Castlebar. Il posait rarement des questions et restait à l'écart en attendant, comme eux tous, l'effondrement de leur monde. Ayant entendu des cris provenant d'un campement de *tinkers* à côté du pont, ils aperçurent Hazel, elle était descendue dans le pré et était entourée par des enfants qui se moquaient de son poney. Des garçons plus âgés se mettaient au défi de sauter le fossé à cru sur leurs chevaux pie, mais ces derniers renâclaient devant l'obstacle et jetaient parfois leur cavalier violemment à terre. Eva s'immobilisa, terrorisée, en voyant une fillette un peu plus âgée que Hazel l'aider à monter sur un cheval. Sa fille n'avait ni selle ni bombe mais aucune peur non plus. Le fossé paraissait impossible à franchir, et pourtant le cheval y mit toute sa force. Ils y parvinrent presque, mais il glissa et tomba sur le flanc.

Convaincue que Hazel avait été écrasée, Eva se précipita vers le pont, suivie par Mr Clements et Francis. Or Hazel se releva sans aide et parvint à regrimper sur le cheval. Elle décrivit un long circuit dans le champ tandis qu'une femme qui était sortie d'une cahute à clayonnage hurlait qu'elle allait tuer la bête. Eva atteignit la clôture au moment où Hazel sautait. Le cheval et la fillette disparurent dans le fossé profond, et même les enfants des *tinkers*, sous le choc, firent silence jusqu'à ce que Hazel réapparaisse après avoir traversé à gué vingt mètres plus haut. Ayant du mal à accepter d'avoir été battus par une fillette, ils saisirent les rênes et tentèrent de la faire descendre du cheval en entonnant : « Proddy, Proddy, va en enfer – prends au diable sa cloche en fer. »

Provocante et hautaine, Hazel leur répondit sur le même ton : « Cathy, Cathy, va à la messe – prends au diable sa grosse caisse », quand Eva et le capitaine arrivèrent près d'elle. Ils parvinrent à l'escorter jusqu'à la clôture, où les attendait Francis, tandis que les femmes du campement les injuriaient et qu'on leur lançait des mottes. Eva savait qu'elle aurait dû gronder Hazel mais elle n'avait pas le cœur à le faire. Elle n'avait qu'une envie, rentrer chez elle et s'étendre après avoir fermé les volets comme pour immobiliser les silhouettes qui tournaient sans cesse dans sa tête. En arrivant au village, ils aperçurent une foule devant l'épicerie-pub de Durcan. Les gens se turent à l'approche d'Eva. Mr Durcan sortit de sa boutique, en tablier blanc.

« Belle journée, aujourd'hui, madame.

— C'est tout à fait vrai, Mr Durcan.

— Puis-je vous raccompagner chez vous, madame ?

— Je vous remercie, Mr Durcan, mais c'est une jolie promenade.

— Vous avez raison, toutefois je pense qu'il serait plus sage que vous veniez avec moi dans la voiture et que la jeune Missy suive sur son poney. »

Tout le monde les observait attentivement. Elle se rappelait que beaucoup de ces gens l'avaient accueillie quand elle était arrivée plus de dix ans auparavant. Elle ne parvenait pas à déchiffrer l'expression de leurs visages aujourd'hui.

« Il s'agit de Mr Fitzgerald ? demanda-t-elle, alarmée.

— Oh, il se porte comme un charme, un vrai gentleman. Il est passé il y a quelques heures pour boire une goutte et éloigner le froid avant de rentrer chez lui. » Le patron la guidait doucement vers la voiture, fièrement garée devant son pub. Sa femme et sa fille observaient avec crainte de derrière la vitre profondément encastrée dans le mur. « Ce sont les gens qui sont venus il y a une demi-heure qui nous inquiètent. Un malentendu, il va sans dire, mais ce sont des circonstances que nous n'avions plus connues depuis bon nombre de dimanches. »

Eva demanda à Hazel de partir au galop, puis monta dans la voiture avec Mr Clements et Francis. Lorsqu'elle eut refermé la portière, le groupe de badauds se remit à parler. Le moteur démarra en crachotant, effrayant quelques poules sur la route.

« Il vaudrait sans doute mieux expliquer à Mrs Fitzgerald ce qui se passe », dit Mr Clements.

Le patron hocha la tête. « Mais oui, j'allais y venir maintenant que nous sommes seuls dans la voiture. Ils étaient trois, et ils ont bu un whiskey avant de demander comment se rendre à Glanmire. L'alcool donne du courage. Des gens plutôt corrects mais je préférerais la faim au métier qu'ils exercent. S'ils avaient eu à faire au village, ils ne se seraient pas arrêtés de peur d'être bloqués par une foule en colère. Mais ce n'est pas à nous d'interférer dans les affaires de la haute société. » Il regarda Mrs Fitzgerald. « Des huissiers, madame, qui avaient en main une injonction signée par la Banque d'Irlande. »

Ils prirent la petite route proche du temple protestant, dépassèrent Hazel sur son poney. Mr Durcan ne disait rien et laissait Eva assimiler ces informations. Elle jeta un coup d'œil derrière elle au visage effrayé de Francis, car elle savait que le garçon adorait ce bois. Elle s'était tellement concentrée sur les dettes locales qu'elle n'avait jamais posé de question à Freddie au sujet de la banque dublinoise auprès de laquelle il avait hypothéqué la maison et le bois.

« C'est quoi, un huissier, Maman ? demanda Francis.

— Des générations d'huissiers brûlent en enfer. » L'amertume de Mr Durcan était d'autant plus frappante qu'il parlait avec calme. Eva reconnut l'ironie – il était né au bord de la route après que les Fitzgerald eurent expulsé ses parents.

« Les huissiers sont pareils à des puces, expliqua le capitaine à la retraite à Francis. Nous finissons tous par les rencontrer et puis nous nous en sortons. Je crois que nous nous sommes un peu endormis dans le confort ici. Il est peut-être temps d'ouvrir les yeux sur le monde, mon gars. »

À mi-chemin, dans l'allée, ils rencontrèrent Maureen qui revenait après être allée chercher Hazel. Elle monta, effrayée par le silence de mort. Une voiture était garée sur le gravier, bien que les huissiers se fussent reculés au point que Mr Durcan dut les contourner en arrivant devant la pelouse. Eva descendit et le plus âgé des huissiers s'approcha d'elle. « Êtes-vous Mrs Fitzgerald ? Votre mari est à l'intérieur, madame, avec un fusil chargé et je crois qu'il serait avisé que quelqu'un le lui enlève avant qu'il se fasse mal ou fasse du mal à l'un d'entre nous.

— De quel droit êtes-vous ici ? demanda Eva.

— La banque a beaucoup insisté pour que nous venions prendre possession de la maison, madame. Il existe un gros volume de correspondance à ce sujet entre votre mari et elle.

— Je n'ai jamais vu ces lettres.

— Évidemment, madame, elles étaient certainement adressées au propriétaire. Il ferait mieux de ne pas commettre de bêtise et de ne pas faire rejaillir davantage de scandale sur sa tête. »

Le capitaine toucha légèrement le bras d'Eva et traversa la pelouse pour entrer par la grande porte ouverte. Elle pensait qu'il allait essayer de mettre un peu de bon sens dans la tête de son mari, mais Freddie apparut au même instant. Les deux hommes se croisèrent sur le seuil et Mr Clements le salua légèrement comme s'il s'agissait d'une rencontre banale. Le capitaine entra dans sa chambre et referma la porte tandis que Freddie sortait sur les marches avec un bidon de fuel de vingt-cinq litres.

Freddie dévissa le bouchon. « N'avancez pas ! Vous pouvez avoir le satané bois mais vous n'aurez jamais cette maison. Je l'incendierai plutôt que de voir un non-Fitzgerald vivre sous ce toit. »

L'huissier fit un pas en avant, tenta de se montrer rassurant. « Il n'y a rien à craindre à ce sujet, monsieur. Je suis certain que le terrain se vendra un bon prix une fois que les arbres auront été abattus, mais on nous a demandé de démolir la maison et de vendre les matériaux. Un maçon voudra peut-être les pierres, mais vous pouvez être sûr que personne ne souhaiterait vivre dans une maison insalubre. Soyez assez aimable maintenant pour ranger ce bidon avant qu'il n'y ait un accident.

— Je ne suis certainement pas aimable et je ferai comme bon me semble sur ma propriété. » Derrière cette fureur, Eva sentit l'humiliation de Freddie. Un bruit de sabots se fit entendre dans l'allée et elle regretta que les enfants soient obligés d'être témoins de cette scène. Heureusement, il n'y avait plus de domestiques, à l'exception de Maureen. Mr Durcan ne disait rien.

« Je regrette de vous dire, monsieur, que, à moins que vous ne payiez ce qui est dû, ce n'est plus votre propriété. Nous ne vous empêcherons pas de prendre vos objets personnels mais les meubles et tout le reste seront vendus aux enchères, et vous pourrez faire une offre comme toutes les autres personnes qui seront là. »

Freddie s'apprêta à répondre, puis se mit à cligner des yeux comme s'il essayait de se réveiller d'un cauchemar. Il s'assit sur le bidon avec un air de lassitude, le fusil en travers de ses genoux, et Eva pensa à un shérif montant la garde devant un prisonnier que la foule, dehors, veut lyncher. Il examinait l'huissier comme s'il voulait le situer précisément sur l'échelle de la hiérarchie du Mayo. Eva se dit que l'huissier était sans doute le deuxième fils d'un gros fermier ayant suffisamment d'influence sur les hommes politiques du coin, lesquels distribuaient ces situations comme des faveurs, et qui en faisait bénéficier son fils. Autrefois, son père aurait pu faire attribuer de bonnes places à Thomas et à Brendan dans ce pays d'antan où ils étaient nés. Elle savait que Freddie pensait lui aussi à ces transformations de la société. Pour lui, l'histoire était toujours une chose personnelle. En ce moment, il lui semblait que l'IRA avait mené sa guerre dans l'unique intention de permettre un jour à un fils de fermier catholique de déposséder un Fitzgerald de sa terre. Hazel rompit le silence.

« Si vous emmenez mon poney, est-ce que ça suffira à rembourser ce que nous devons ? demanda-t-elle. Il est très intelligent et c'est un formidable sauteur. »

L'huissier se retourna et lui répondit avec douceur. « Allez vous promener dans le bois avec votre poney, Missy. Si je ne le vois pas, je ne pourrai pas le mentionner dans l'inventaire. »

Au lieu de se retirer dans le bois, Hazel avança jusqu'à l'endroit où son père était assis. Elle descendit de son poney et se tint à côté de Freddie, défiant l'huissier du regard. Freddie paraissait ignorer s'il devait la gronder ou être fier d'elle. Il se leva et saisit une des mains de sa fille.

« Savez-vous depuis combien de temps ma famille vit ici ? demanda-t-il. Est-ce que vous croyez que je vais permettre à tous les imbéciles du Mayo d'acheter mes possessions ? » Il lâcha la main de Hazel. « Reste avec ta mère, mon enfant. » Il répéta son ordre avec une soudaine fureur quand la fillette refusa de bouger. Effrayée, elle fit un pas en arrière et il dit, baissant la voix : « Sois gentille, Hazel. Nous ne voulons pas qu'il arrive du mal au poney. »

Convaincue, Hazel ramena le poney vers le petit groupe qui l'observait. Francis tremblait et ne savait pas s'il devait rejoindre son père. Eva prit une de ses mains, la mit dans une des mains de Maureen et avança jusqu'à croiser le regard de Freddie ; ses yeux étaient injectés de sang.

« C'est terminé, Freddie, lui dit-elle avec douceur. Je sais combien nous devons à Castlebar. Rentre avec moi. Ces hommes nous laisseront faire nos valises. Tu seras surpris quand tu te rendras compte à quel point nous avons besoin de peu de choses. Peut-être est-ce pour le mieux et peut-être ne serons-nous libres qu'en partant d'ici. »

Freddie lui lança un regard si froid qu'Eva comprit qu'il la pensait folle.

« Ce n'est qu'une maison, poursuivit-elle. Ce qui compte, c'est que nous soyons ensemble, avec les enfants.

— Tu es bien la sœur de ton dingue de frère, dit Freddie avec amertume.

— Je suis ton épouse.

— Alors tu devrais savoir que ce qui compte pour un homme, c'est d'avoir quelque chose à transmettre à son fils. Autrement, il n'est rien. »

Une porte s'ouvrit dans le vestibule, et tous deux furent surpris. Eva avait oublié que Mr Clements voudrait certainement enlever ses affaires avant que la maison soit saisie. Le vieil homme s'approcha d'eux, une enveloppe à la main.

« Je crois qu'il est temps que je vous annonce mon départ, Freddie, si cela ne vous ennuie pas trop. Je n'ai jamais pensé que je resterais aussi longtemps. On finit par être trop confortablement installé, on commence à détester les changements. Disons deux semaines ? Cela me donnera le temps de trouver quelque chose en Angleterre. Je suppose qu'aller vous installer là-bas serait également ce qui vous conviendrait le mieux. Vous deux, vous y trouveriez une vie magnifique. J'ai été très égoïste de penser que vous pourriez garder cette maison simplement pour que j'aie un endroit où poser ma tête. » Il baissa la voix, mit l'enveloppe entre les mains de Freddie. « Renvoyez donc ce bonhomme, s'il vous plaît. Ce genre de type me fait horreur. »

Freddie examina les billets de banque anglais tout neufs que contenait l'enveloppe. Il avala bruyamment sa salive.

« Êtes-vous sûr ? C'est une petite fortune.

— Vous me rembourserez quand vous le pourrez. »

Freddie se leva. « Je le ferai. Jusqu'au dernier penny. »

Freddie posa son fusil par terre et alla rejoindre l'huissier de l'autre côté de la pelouse.

« Dites donc, quel est votre nom ?

— Mr Flaherty, monsieur.

— Rappelez-moi quelle est la somme due, Flaherty. »

Freddie compta lentement les billets jusqu'à la somme demandée, puis il mit la main dans sa propre poche et en tira un billet irlandais de dix shillings. « Ça, c'est pour vous trois, allez donc boire quelque chose au village. Vous faites votre travail et je le respecte. Cependant, je vous demande de foutre le camp d'ici.

— Je vais m'assurer qu'ils s'en vont, Papa. » Hazel monta sur son poney.

« Ils trouveront le chemin tout seuls. » Freddie se tourna vers Mr Durcan. « J'avais oublié de payer, Mr Durcan. Je ne voudrais pas que les gens se méprennent, au village.

— Vous pensez bien qu'ils ont des tas d'autres choses à se raconter, Mr Fitzgerald, dit le patron du pub en mentant habilement. Je vous souhaite une bonne journée, monsieur. »

Freddie resta debout sur la pelouse et regarda s'éloigner les deux voitures, Hazel était silencieuse sur son poney et Francis serrait encore la main de Maureen. Le capitaine ouvrit son étui à cigarettes et en offrit une à Eva. Eva ne dit rien parce qu'elle savait qu'à ce moment précis il préférait qu'on ne lui parle pas. Il disait adieu au paysage qui l'avait séduit une décennie plus tôt ; ce jour de honte marquait la fin de leur tentative de vivre ici. Mr Clements allait devoir se trouver un nouveau refuge dans le monde réel et aurait besoin de l'argent qu'il venait de jeter aux orties. Mais elle savait que son geste avait été inspiré par l'amour afin que, même s'il était obligé de s'exiler, elle et ses enfants aient un jour la possibilité de revenir. Peut-être ce rêve était-il également le sien. À l'instant de sa mort dans une pension à Brighton ou à Bath, il pourrait fermer les yeux et s'imaginer qu'il entendait encore le vent dans les arbres la nuit et les craquements des poutres, qui étaient devenus le bruit du foyer pour cet homme solitaire. Elle toucha légèrement son bras, comme si elle était sa fille. Il hocha la tête, alluma sa cigarette et se retira dans sa chambre, la laissant avec Freddie pour qu'ils puissent tenter de s'inventer un avenir.

23

LE KREMLIN DE CRUMLIN

Dublin, automne 1938

Les gens du coin avaient donné à cette décharge publique le nom de « Sibérie », et pourtant le sel était sans doute la seule chose que les enfants de Crumlin ne cherchaient pas en creusant leurs tunnels de fortune sous les masses d'ordures que déposaient là les camions de la municipalité. La décharge était située loin de la mer, taillée dans une ancienne carrière sur le flanc des Dublin Mountains, ce qui n'empêchait pas les mouettes de tournoyer au-dessus d'elle et d'y plonger afin de fouiller la terre rapportée. C'était tout juste si elles n'arrachaient pas les fruits pourris et les pommes de terre moisies des mains des garçons lorsqu'ils émergeaient, triomphants, après être allés sous terre.

La semaine précédente, un tunnel s'était effondré, emprisonnant un garçon de neuf ans. Art avait été parmi les premiers adultes à avoir été alertés par les cris, il s'était précipité vers la carrière et avait commencé à creuser à mains nues. Quelques minutes plus tard, une douzaine d'hommes étaient à ses côtés, trop concentrés sur ce qu'ils faisaient pour jurer ou prier, tandis que les enfants pleuraient ou restaient paralysés, le choc ayant eu raison de leur sensation de faim permanente. Art ne savait pas bien au bout de combien de temps ils avaient atteint le garçon – en tout cas suffisamment longtemps pour être convaincus qu'il aurait cessé de respirer. Toutefois, le garçon avait eu de la chance, un morceau de tôle ondulée avait laissé une petite poche d'air poussiéreux. Bien que son visage ait été bleu lorsque Art le sortit de là et lui fit un bouche-à-bouche, quelques secondes plus tard, le gamin vomit de la bile et commença à respirer sans aide. Le cercle d'hommes avait gardé une distance respectueuse tandis qu'Art administrait les premiers soins et leurs visages, lorsqu'il souleva le garçon, débordaient de gratitude et de camaraderie, de sorte qu'Art se sentit accepté parmi eux. Néanmoins, deux pères au chômage s'étaient instinctivement avancés pour prendre le gamin en pleurs et le ramener à sa mère.

Art, à l'attitude différente des femmes du quartier depuis lors, comprit qu'elles savaient qu'il avait sauvé la vie du garçon. Cette après-midi-là, il avait promis à son amie Kathleen Behan – il logeait dans le même bâtiment municipal qu'elle – de surveiller ses deux enfants dans la décharge. L'aîné des enfants, Brendan, avait déjà quitté l'école et était en apprentissage et deviendrait peintre en bâtiments comme son père Stephen. Mais les plus jeunes frères, Brian et Dominic, étaient déjà, à neuf et onze ans, des pilleurs de décharge chevronnés qui savaient que la majeure partie de la nourriture n'était pas comestible et que le vrai trésor résidait dans les cendres et le charbon à moitié brûlé jetés par les familles bourgeoises de la ville. Ils en avaient déjà rempli le quart d'un sac, et Brian avait trouvé une chaussure en parfait état et à sa taille, si seulement il parvenait à trouver l'autre.

Art avait une autre raison pour passer du temps dans cette décharge. Depuis l'accident de la semaine précédente, un plus grand nombre d'adultes venaient surveiller leurs enfants. Lorsqu'ils questionnaient Art sur l'accident, qu'ils se plaignaient du fait que les routes n'étaient pas terminées et qu'il leur était difficile de retourner en ville, il leur parlait de son projet d'établir un comité pour les droits des locataires. Les habitants des immeubles insalubres étaient expulsés vers ces nouvelles constructions, à des kilomètres de toute possibilité de travail et des bureaux de placement, sans écoles ni médecins, à la merci de rares boutiquiers profiteurs.

Stephen Behan avait résisté aux demandes réitérées de sa femme, qui voulait quitter leur logement dans Russell Street. Et en effet, elle n'avait finalement emménagé à Crumlin que parce qu'elle avait elle-même signé les papiers et emprunté le cheval et la charrette d'un voisin pendant que Stephen bavardait devant sa pinte de bière comme chaque soir. Le peintre n'avait découvert que sa famille émigrait en banlieue qu'au moment où il vit la charrette, remplie de meubles et d'enfants, passer devant la porte du pub, et il n'avait eu d'autre choix que de ne rien manger, ou de les suivre en exil un peu plus tard. Stephen Behan était toujours furieux d'avoir été relégué dans cette région sauvage où, prétendait-il, les habitants mangeaient leurs petits. Crumlin était un endroit perdu mais Art était très excité à l'idée de ce monde rude où les gens allaient certainement accepter de se mettre à penser par eux-mêmes. La prochaine révolte ne partirait pas de la poste principale comme en 1916. Elle fermenterait dans ces nouvelles banlieues dont les habitants déracinés refuseraient de se faire exploiter et se soulèveraient pour réclamer non seulement de meilleures conditions de vie mais aussi un nouvel ordre communiste.

Mrs Behan pensait la même chose. Tous les soirs, quand sa famille avait fini de réciter l'Angélus, elle ouvrait la fenêtre du salon, qui donnait sur la rue, et passait l'hymne national soviétique à plein volume sur le gramophone qu'Art leur avait acheté. Il n'avait jamais rencontré personne qui ait eu une égale dévotion pour la Vierge Marie et pour Joseph Staline. Mais le minuscule salon des Behan était un berceau de la révolution, et leurs fils faisaient leurs devoirs au milieu d'une foule de communistes, de socialistes et de républicains qui venaient tous les soirs en pèlerinage dans cette maison que les habitants du quartier appelaient le Kremlin de Crumlin. Art défendait son point de vue avec force lors de ces débats nocturnes, soulignant que le principe de base de tout acte politique consistait à suivre la ligne promulguée par Staline, afin que les camarades ne luttent pas dans l'isolement mais continuent à s'inscrire dans un large combat international. Deux motivations l'animaient – une croyance absolue dans la suprématie du Komintern et la peur que quelqu'un ne parle de ces réunions à Moscou. Une tentative de dénonciation avait déjà eu lieu. Or, quand son dossier serait enfin réévalué dans la perspective de l'autorisation de rejoindre sa femme et son fils, comme il l'avait demandé, il était vital qu'il n'y ait pas le moindre mot qui puisse être interprété à tort comme contre-révolutionnaire.

Il entendit un cri venant de la décharge, Brian et Dominic Behan apparurent, le visage noirci, ayant trouvé la seconde chaussure. Ils trépignaient, triomphaient, lui faisaient signe de descendre les rejoindre. Art éteignit son unique cigarette de la journée, gardant le mégot pour le savourer ce soir-là avant de s'endormir sur le plancher du salon. Il insista pour porter le sac de scories lorsqu'ils s'enfoncèrent dans le labyrinthe de ruelles, et la joie exubérante des garçons déverrouilla tant de souvenirs qu'Art dut lutter contre le sentiment de solitude qui essayait toujours de le rattraper au tournant. Il mit une main dans sa veste et chercha un peu de réconfort au contact de la pétition qui était pliée dans sa poche. Son rêve d'un comité de locataires prenait forme. À la première réunion ce soir-là dans une grange abandonnée à proximité du lotissement il y aurait, espérait-il, un grand nombre des habitants qui étaient venus chez les Behan signer la liste des demandes que lui et Mrs Behan avaient rédigée.

Mrs Behan avait mis la table pour le thé lorsqu'ils atteignirent la petite maison. Son mari lisait un livre de Charles Dickens près du feu tandis que leur fillette de cinq ans jouait sur le plancher. Brendan n'était pas rentré. Art le soupçonnait de suivre l'entraînement du Na Fianna parce que le garçon s'était vanté de vouloir rejoindre l'IRA le jour de ses seize ans. Le gramophone n'était plus sous la fenêtre. Mrs Behan suivit son regard.

« On ne peut pas manger les disques. Nos voix ne sont-elles pas tout aussi bonnes ? Mais le prêteur sur gages a pensé que nous progressions socialement. Est-ce que tu écoutais des disques quand tu étais petit ? »

Art sourit. « Nous jouions aux chaises musicales et nous nous donnions des gages.

— C'est là qu'est la différence, *camarade*, remarqua Stephen de derrière son livre. Vous, vous aviez des putain de chaises. » Le ton de l'homme était plus sardonique qu'amer.

Stephen se trouvait rarement là après le thé. Ce n'était qu'une fois les pubs fermés qu'il rentrait et se joignait aux discussions ou aux chansons. Néanmoins, il avait fait de la prison pour les causes qu'il défendait – ayant aperçu son fils aîné pour la première fois depuis la fenêtre d'une cellule quand, pendant la guerre civile, Kathleen était venue devant la prison de Kilmainham pour lui montrer Brendan.

Plus récemment, en tant que responsable syndical, Stephen avait passé une partie de l'année précédente à organiser les piquets de grève devant les chantiers appartenant à des salopards comme Patrick Belton – il était le premier à se mettre en grève et le dernier à reprendre le travail – tandis que sa famille mourait de faim dans leur nouvelle maison.

Brian ouvrit la porte quand on frappa, fier du bruit que faisaient ses nouvelles chaussures. Il revint accompagné d'un prêtre au visage poupin qui examina le triptyque d'images sur le mur, le Sacré Cœur entouré par les photographies de James Connolly et de Lénine. Cette disposition d'icônes familiales le laissa un instant sans voix, puis il respira profondément et demanda des informations sur la réunion du soir, avertissant les Behan qu'héberger Art chez eux représentait un danger pour leurs âmes. Mrs Behan fit taire Art, qui s'apprêtait à répondre. Comme elle était catholique, c'était son domaine. La confrontation était inégale. Les enfants Behan mangèrent leur misérable dîner en regardant la mise en pièces du jeune prêtre comme s'il s'agissait d'un spectacle. Ils parurent déçus quand il partit en courant au bout de dix minutes. Ayant terminé son dîner, Stephen se leva et prit le même chemin.

« Tu peux me fermer la porte du paradis, mais au moins celle du pub m'est toujours ouverte. »

Sa femme l'admonesta. « Stephen Behan, tu avais promis d'assister à la réunion pour les droits des locataires.

— Sois juste, Kathleen, comment est-ce possible ? Tu es la locataire, tu as signé les papiers. Si la charrette n'était pas passée devant le pub, je serais toujours en train de vous chercher dans Russell Street. » Il faiblit sous le regard de Kathleen. « C'est bon, je viendrai faire un tour plus tard, quand vous vous serez assurés qu'il n'y a plus d'animaux de ferme sauvages dans la grange. »

Stephen partit et, une demi-heure plus tard, Mrs Behan et Art traversèrent les champs où des croix blanches indiquaient les emplacements où les nouvelles maisons allaient être construites. La grange serait bientôt démolie, c'était le seul endroit du quartier où un groupe important pouvait se réunir. Art avait apporté une lampe à pétrole et espérait que d'autres personnes auraient fait de même. Mrs Behan était inhabituellement silencieuse.

« Es-tu troublée par le prêtre ? demanda-t-il.

— Pas du tout. Voilà-t-il pas qu'ils ont voulu nous excommunier pendant la guerre civile ! Ce matou griffu ne reconnaîtrait même pas Jésus si celui-ci venait le mordre. Quelque chose d'autre me trouble. Brendan a reçu une lettre. » Elle sortit une enveloppe déchirée de son sac. « Pour je ne sais quelle raison, j'ai eu un frisson quand le facteur l'a apportée ce matin. Je n'avais jamais ouvert une lettre destinée à quelqu'un d'autre auparavant et Dieu veuille que je ne le fasse plus.

— C'est d'une fille ? » demanda Art.

Malgré son angoisse, Mrs Behan sourit. « Quelle chance a-t-il de trouver des filles par ici ? Si nous étions restés à Russell Street, il saurait maintenant tout ce qu'il y a à savoir sur les filles rien qu'en traînant sur les paliers au crépuscule. Ça ne me gênerait pas qu'il perde son cœur, c'est qu'il perde sa vie qui me fait peur. C'est une lettre du parti communiste. Le gamin s'est porté volontaire pour se battre contre les fascistes en Espagne. Il n'a que quinze ans. S'il s'en va, j'aurai le cœur brisé, et il aura le cœur brisé si je lui mens. Est-ce que je dois la lui montrer ?

— Je ne peux pas t'aider. » Art était mal à l'aise, comme toujours quand les gens parlaient de l'Espagne.

« Pourquoi ? Quelqu'un m'a dit que tu as un frère en Espagne mais que tu ne parles jamais de lui.

— Tu sais comment sont les familles. Un jour on joue tous ensemble et puis, sans même s'en rendre compte, le jeu est fini et on ne se parle même plus.

— Vous vous êtes disputés ? »

Art ne pouvait pas se rappeler un seul mot de travers entre eux au cours des séjours de Brendan à Moscou. Peut-être ne l'avait-il pas toujours traité comme un égal, il avait du mal à voir en lui autre chose qu'un gamin. En tout cas il voyait mal comment il aurait été la vipère qui l'avait dénoncé à Georgi. Le fait que Brendan n'ait jamais contacté Art semblait indiquer qu'il était coupable. Art ne parvenait toujours pas à comprendre ce qui l'avait poussé à de tels mensonges.

La jalousie du puîné ? Il se souvenait de Brendan comme d'un bébé cherchant désespérément à attirer l'attention de Mère. Dans son cœur, il ne pouvait pas croire que Brendan soit un contre-révolutionnaire trotskiste. Seule la chance lui avait permis d'apprendre que Brendan était en Espagne. Liam Hennessy, qui avait été blessé là-bas, l'avait apparemment rencontré brièvement, mais Liam refusait toujours de parler en présence d'Art. Art avait entendu dire que Georgi Polevoy y était également, de sorte que Brendan pouvait au moins être sous sa protection. Mais Art soupçonnait que, pour Brendan, aller en Espagne était simplement une autre façon de se montrer comme le meilleur, puisque Art était bloqué en Irlande, ayant reçu l'ordre d'œuvrer pour la révolution dans son pays.

« Nous nous sommes éloignés l'un de l'autre, dit Art à Mrs Behan. Honnêtement, j'ignore comment ça s'est passé. Il n'écrit jamais. C'est sa façon de me punir.

— De quoi ?

— D'être l'héritier. »

Il y avait un trou dans les buissons qui menaient au champ. Mrs Behan déchira la lettre et en éparpilla les morceaux dans le fossé rempli d'aubépines et de ronces.

« Que Dieu me pardonne et que Dieu vienne en aide aux pauvres gens d'Espagne, mais leur sort est décidé et ils n'auront pas le corps de mon fils. » Elle regarda Art. « Et que Dieu délivre votre pauvre mère de l'inquiétude que doit lui occasionner l'attente des nouvelles. Allume cette lampe et espérons que nous n'allons pas devoir nous asseoir tout seuls dans la grange à nous raconter des histoires de fantômes. »

Ils n'étaient pas seuls, mais la foule était clairsemée, Art avait espéré plus de monde. Ce n'était certainement pas un rassemblement de masse. Ils auraient très bien pu tous tenir dans la cuisine de Mrs Behan comme elle l'avait suggéré. Cependant, il y avait là une vieille plate-forme de chargement en guise d'estrade et s'ils étaient peu nombreux, c'était déjà un début. Stephen Behan arriva alors qu'Art commençait à parler dans la faible lumière de sa lampe. Il avait un ordre du jour détaillé, une liste de revendications humanitaires de base, une campagne de manifestations, un projet pour que plus un seul des enfants de Crumlin ne soit obligé d'aller fouiller dans la décharge publique. Mais à peine avait-il commencé qu'une voiture pénétra dans le champ, aveuglant l'assistance lorsque les gens retournèrent les yeux vers les phares. La voiture s'arrêta mais les phares restèrent allumés. Quatre silhouettes surgirent de la lumière éblouissante. La première était celle du prêtre au visage poupin que poussait en avant un homme sec et plus âgé qu'Art reconnut comme étant le curé de la paroisse. Le curé leva sa canne et, tremblant de fureur, la dirigea vers Art.

« Le voici ! L'Antéchrist ! Ne restez pas là sans rien faire, messieurs, faites votre devoir, arrêtez-le. »

Ces mots étaient adressés à deux jeunes gardes civils que le prêtre avait réquisitionnés avant de se rendre à la réunion. Un des *gardaí* avala sa salive. « Pour quelle raison ? »

Le prêtre se tourna vers eux. « Cœur souffrant de Notre Seigneur, est-ce que vous vous moquez de moi ? *Pour quelle raison ? Pour quelle raison ?* glapit-il, imitant l'accent du *garda*. Serait-ce donc que vous voudriez que je fasse votre travail en plus du mien ? Vous êtes censés être des gardiens de la loi, ou alors, est-ce que nous vivons dans un pays communiste à présent ? Un peu d'initiative, pour l'amour de Dieu. Vous ne voyez pas que cet homme est un fauteur de troubles ? » Il fit claquer sa canne contre la tôle ondulée et avança d'un air menaçant vers les gens. Seul Stephen Behan resta immobile, adossé à une poutrelle. Le prêtre le fixa du regard.

« J'aurais dû me douter que tu serais ici, vieux terroriste. Tu étais un étudiant en théologie raté puis tu as raté tout ce que tu as fait par la suite.

— Je n'ai rien raté, mon père. On m'a viré du séminaire pour adultère à peu près à l'époque où on vous y gardait pour stupidité.

— Pourquoi ne vas-tu pas en Russie ?

— À dire vrai, mon père, la municipalité a construit ce dortoir si loin de Dublin que je pensais y être. »

Les habitants du quartier essayaient de s'éclipser en douce. Le prêtre se retourna. « Et où croyez-vous aller, les Rouges ? Restez ici que je puisse prendre vos noms et les lire en chaire.» Il appela les gardes civils et leur désigna Art. «Notez son nom dans vos livres. Nous avons chassé Jim Gralton et, par l'esprit de saint Patrick, nous rejetterons ce serpent communiste à la mer.»

Un des *gardaí* avança vers Art. «Comment vous appelez-vous ?

— Je ne suis pas obligé de vous donner mon nom.

— Écoutez-moi, Goold. Je vous ai demandé votre nom.

— Vous connaissez déjà mon nom.

— Pas besoin de jouer au petit malin juste parce que vous êtes un protestant de la haute. Ça ne marche plus par ici maintenant.

— Je ne suis pas protestant.

— C'est un saint, dit Mrs Behan, si seulement vous aviez des yeux pour le reconnaître.

— Quelle est votre adresse ? demanda le *garda* sans tenir compte de l'interruption.

— Je vis dans le district de Sokolniki.

— C'est où ?

— À Moscou.

— Art Goold, je vous arrête pour avoir refusé de donner votre nom à un membre de la Garda Síochána, pour atteinte à l'ordre public, pour violation d'une propriété privée et pour incitation à l'émeute. Je vais vous demander de me suivre tranquillement, comme un bon garçon.

— Je ne suis pas votre bon garçon !» Les mots explosèrent, pleins de venin. «Ces inculpations inventées sont une injure à la liberté d'expression. Vous êtes le laquais fasciste de ce prêtre qui est le représentant le plus réactionnaire de l'ennemi de classe dans le camp du prolétariat, sanctifiant les abominations de ce régime capitaliste avec de l'eau bénite et terrorisant son troupeau avec le spectre de la punition éternelle.

— Je suis quoi ? demanda le *garda*, interloqué.

— Si vous voulez un procès pour l'exemple, il faudra travailler un peu plus. Si vous voulez un bouc émissaire, accusez-moi au moins de quelque chose qui tiendra la route au tribunal. Je suis venu ici me battre pour la République communiste des ouvriers et si ceci est le premier coup frappé dans ce but, ce ne sera pas le dernier. Vive le camarade Staline ! »

Le coup de poing prit le policier au dépourvu et le jeta à terre. Art avait veillé à ne pas taper trop fort pour ne pas briser la mâchoire de l'homme. Mais il comprit que le *garda* n'aurait pas les mêmes scrupules lorsque l'homme se releva et que son collègue brandit une matraque. Art aurait pu se défendre contre les deux hommes, mais les phares de la voiture avaient attiré d'autres habitants du quartier et, à la demande du prêtre, plusieurs d'entre eux s'avancèrent et firent tomber Art sur le sol, où les gardes civils lui donnèrent des coups de pied dans les côtes et dans l'estomac. Ce tabassage donna à Art l'impression du déjà vu, une familiarité étrange qui le surprit tant qu'il ne sentit presque pas les coups. Mrs Behan hurla et Stephen tenta d'intervenir en leur criant « Du calme, les gars !

— Voilà, la chienne communiste et son joli cœur protestant ! entendit-il une femme crier. Comme si deux maris ne lui suffisaient pas ! » Art fut soulevé brutalement et menotté, tandis qu'un policier écartait Stephen.

« Une certitude me console, Goold, déclara Stephen, au moins mes gamins ne pourront jamais devenir des flics – leurs parents sont mariés. »

Tandis que les policiers poussaient Art vers la voiture, près de laquelle de nouveaux arrivés commencèrent à lui cracher dessus et à l'insulter, Mrs Behan se mit à chanter avec du défi dans la voix :

« Ouvriers, chantez le chant des rebelles,
Chant d'amour et de haine,
Amour pour les plus bas,
Haine pour les plus hauts,
Ceux qui ont écrasé nos pères,
Qui volent le pain de nos fils,
Ceux dont les deux mains sont tendues
Pour détrousser vivants et morts. »

Art comprit qu'il n'y aurait pas de comité pour les droits des locataires. La ville avait rejeté ses pauvres aux abords des montagnes. Ce n'était même pas une ferme où l'on formait des troupeaux d'ouvriers qui iraient travailler dans les usines capitalistes parce qu'il n'y avait aucun travail. Ce n'était qu'une pépinière destinée à remplir les bateaux d'émigrants. Mais au moins avait-il essayé. Il s'était assis dans de minuscules cuisines pour expliquer comment la société était organisée à Moscou et il avait vu un intérêt véritable éclairer les visages affamés qui lui faisaient face.

Frapper le policier lui garantissait une journée au tribunal. S'il prononçait un discours puissant depuis le banc des accusés, le *Daily Worker* de Londres reprendrait peut-être l'histoire. Le *Daily Worker* était épluché avec attention à Moscou et il ne faisait aucun doute que les officiers qui s'occupaient de son dossier remarqueraient l'histoire, et la coupure serait mise dans son dossier comme preuve de sa fidélité, comme preuve qu'il était resté un serviteur loyal. De telles actions étaient nécessairement reconnues. Sans doute les lettres à sa femme resteraient-elles sans réponse, les demandes faites à l'ambassade soviétique à Londres afin qu'il rejoigne sa famille seraient-elles ignorées parce que les temps n'étaient pas mûrs. Mais quand les conditions seraient meilleures et que son cas serait réexaminé, Art aurait ses cicatrices et ses peines de prison pour prouver qu'il avait toujours défendu la cause. Ils sauraient qu'il était resté inébranlable, qu'il travaillait pour un avenir dans lequel son fils grandirait avec une mâchoire irlandaise et un accent russe, citoyen d'un nouveau monde, lavé des péchés de ses ancêtres.

24

LE VOYAGE

16-17 novembre 1939

À l'aube, Freddie et Eva sortirent de leur petit appartement au-dessus du Culpeper Herbal Shop de Jewry Street, à Winchester, ils passèrent devant la Buttercross et la grande cathédrale ; Freddie accompagnait Eva jusqu'à la gare routière en face de l'hôtel de ville. La gare était aussi sombre que les rues. C'était sinistre, les passagers en attente n'étaient que des ombres dans les ténèbres, l'unique lumière visible était un trou de cinq centimètres dans le carton qui couvrait le seul phare allumé du car. Après avoir acheté le billet d'Eva, ils ressortirent pour être seuls et se dirigèrent vers la statue du roi Alfred au coin de la rue. Tout le long de Broadway, le pourtour des fenêtres, pourtant munies de lourds rideaux, était peint en noir afin d'empêcher que ne filtre le moindre éclat de lumière, mais Eva était plus ou moins certaine que, pour l'instant, les occupants craignaient davantage les agents tyranniques de la défense passive que les bombardiers. La guerre éclair dont avait parlé Chamberlain n'avait pas encore commencé mais les gens paniquaient chaque fois que la ville testait ses sirènes d'alerte récemment installées pour annoncer les raids aériens.

« Que vas-tu faire ? demanda Eva, qui connaissait déjà la réponse.

— Naturellement, je vais travailler toute la durée de mon préavis, répondit Freddie. Par la suite, je ne serai plus disponible pour mettre des plantes dans de petites boîtes, parce que je vais m'engager dans la Royal Artillery, Territorial Army. »

Trois jours plus tôt, Eva avait décidé de rentrer dans le comté de Mayo après avoir entendu deux clients parler d'un discours prédisant qu'il y aurait cent mille morts avant Noël. Les usines travaillaient nuit et jour afin de constituer des stocks de cercueils en carton, et des fosses à chaux vive avaient déjà été creusées dans l'attente d'amas de cadavres. Jusqu'à présent les seuls morts avaient été victimes de collisions entre des véhicules sans phares dont les conducteurs ne s'étaient pas vus. Mais l'odeur de la guerre envahissait tout en Angleterre, il y avait les masques à gaz que les gens portaient, les pompes à main portatives et les pelles à long manche pour lutter contre les bombes incendiaires qui avaient été livrées à l'herboristerie que Freddie et Eva géraient depuis dix-huit mois.

Eva ne parvenait pas à croire qu'un pilote puisse vouloir bombarder le château de Wolvesey, visible depuis leurs fenêtres, mais de telles remarques mettaient Freddie en colère et il la sermonnait en lui demandant de renoncer à l'éther et de se mettre à vivre dans le monde réel. Dans le monde réel, les enfants étaient évacués des villes et, en tant que mère, Eva était déterminée à ne penser qu'à la sécurité des siens, même si leurs pensionnats semblaient être des cibles peu probables et assez éloignées. Dans son cœur, toutefois, elle savait que cette guerre était la meilleure façon de sortir Freddie de la terrible nostalgie qu'il ressentait apparemment pour sa maison. Freddie resta stoïque quand elle lui fit part de ses intentions, mais la directrice générale de Culpeper se montra moins bien disposée – sans doute parce que cette femme venait de Coventry, où cinq personnes avaient récemment été tuées par une bombe qui n'était pas allemande, mais qui avait été posée par des Républicains irlandais. Freddie téléphona pour annoncer que sa femme s'en allait et qu'il aurait besoin d'engager une jeune vendeuse à mi-temps, mais il refusa de répéter à Eva ce que la directrice lui avait dit. La voix de celle-ci devint si perçante qu'Eva l'entendit déclarer qu'aucun homme sortant d'une école privée n'autoriserait son épouse à se déshonorer en s'enfuyant en temps de guerre. Elle les avait engagés en pensant qu'ils formaient un couple responsable. Si Freddie était le genre d'homme qui se laissait mener par sa femme, il n'avait qu'à faire son mois de préavis, il serait libre ensuite de s'enfuir dans son île de lâches et elle chercherait un véritable couple marié pour s'occuper du magasin. Le lendemain matin, lorsque les chiffres de vente hebdomadaires parvinrent à l'agence centrale et que la directrice se rendit compte que Freddie avait vendu la majeure partie du stock du magasin à un groupe de visiteurs américains, elle l'appela immédiatement pour lui dire qu'il pouvait rester s'il le voulait. Mais Eva avait compris que le fier Fitzgerald avait été offensé par l'allusion à la lâcheté et par l'insinuation qu'il n'était pas passé par une bonne école. C'était une insulte que Freddie ne pouvait ni oublier ni pardonner.

Le car de Winchester était lent et il était déjà midi quand Eva arriva au pensionnat de sa fille. La vie scolaire était en train de transformer Hazel. La directrice de l'école le lui fit remarquer au cours du bref entretien qu'elle lui accorda et pendant lequel elle ne cacha pas ce qu'elle pensait du fait qu'Eva s'enfuyait en Irlande.

« Vous devez faire attention à cette enfant, Mrs Fitzgerald. Elle est perméable à la couleur locale. Autorisez-la à fréquenter des poissonnières de Billingsgate et elle deviendra comme elles. Autorisez-la à fréquenter les pires des snobs et elle deviendra la pire des snobs. »

Elles se tenaient dans le corridor et regardaient Hazel sortir de classe au milieu d'une troupe de jeunes filles bavardes. En la voyant ainsi, pendant un moment troublant, Eva eut l'impression de ne pas connaître sa fille. Hazel aussi parut ne pas reconnaître sa mère, jusqu'à ce que ses traits s'adoucissent et qu'elle passe en courant devant la directrice pour se jeter dans les bras d'Eva. Celle-ci avait craint que Hazel ne veuille pas quitter l'école parce qu'elle n'aimait pas beaucoup passer ses vacances dans l'appartement de Winchester. Mais lorsque Glanmire Wood fut mentionné, la jeune fille n'eut qu'une seule question avant d'oublier ses camarades de classe : « Est-ce que je pourrai avoir un cheval ? »

Eva hocha la tête, sans du tout savoir comment elle pourrait tenir sa promesse, et elles voyagèrent ensemble jusqu'à Oxford pour y retrouver Francis, que son grand-père était allé chercher dans son pensionnat. Ils passèrent l'après-midi avec les parents d'Eva, qu'elle tenta de persuader de rejoindre la sécurité du Donegal. Mais depuis qu'ils avaient fermé Manor House, ils ne comprenaient plus rien à l'Irlande, particulièrement maintenant qu'ils avaient appris que Maud et ses enfants étaient bloqués en Afrique du Sud, où ils avaient été surpris par l'annonce de la guerre alors qu'ils rendaient visite à Thomas.

La disparition de Brendan laissait une blessure ouverte dans leur cœur. Père était incapable de mentionner leur plus jeune fils tandis que, une fois qu'Eva eut rejoint sa mère dans sa chambre, cette dernière ne put parler d'autre chose. Le silence de Brendan depuis son unique carte postale de Barcelone paralysait ses parents. Restait l'espoir qu'il pouvait être en contact avec son frère aîné, mais Art refusait de communiquer avec les membres de la famille, Eva ne savait même pas où il était jusqu'à ce que Mère lui montre une coupure de presse récente qu'elle avait reçue de Dublin.

> *« Mr Art Goold, de Mountjoy Square, Dublin, a comparu hier devant la Cour pénale spéciale conformément au Offenses against the State Act, 1939, après avoir été arrêté au cours de troubles à l'ordre public. Goold est sorti de prison il y a seulement sept semaines, après avoir purgé une peine pour des infractions à l'ordre public. Alors que l'on fixait la date de son dernier procès, il a tenu à interrompre et à insulter la cour en hurlant de manière violente et inconvenante. Il lui a été notifié de s'arrêter mais il a continué à hurler de telle sorte qu'aucun membre de la cour n'était plus capable de se faire entendre. Goold a été condamné à être emprisonné pendant trois mois calendaires pour outrage à la cour, la condamnation originelle suivra après exécution de cette sentence. »*

Eva resta assise en silence près de Mère après avoir lu la coupure, tandis que Père emmenait Hazel voir des chevaux dans un enclos à proximité. Ce fut Francis qui tenta de les dérider en se couvrant de foulards en soie pris dans l'armoire de Mère et en dansant dans la chambre. Le garçon adorait sa grand-mère et semblait étourdi à l'idée d'être ainsi libéré de l'école. Mère parut oublier un instant la douleur liée à l'absence de Brendan et rit en admirant l'agilité et la frivolité des pas de danse de Francis. Mais au bout de quelque temps, Eva remarqua que le sourire de Mère était lentement remplacé par un regard las et elle se dit que son petit-fils lui rappelait trop intensément son propre fils disparu.

Père les emmena à la gare où ils prendraient le train du soir pour Liverpool, il insista pour donner de l'argent à Eva afin qu'elle réserve une cabine sur le MV *Munster*, qui faisait la traversée de nuit. Lorsqu'ils montèrent à bord, ils entendaient encore le bruit des gens qui chantaient dans les bars et, chaque fois qu'Eva fermait les yeux, elle revoyait le bétail que l'on avait débarqué sur le quai avant de leur permettre d'embarquer. Des bêtes terrifiées qui se poussaient les unes les autres et dérapaient sur les pavés mouillés tandis qu'un vieil homme muni d'un fusil attendait avec calme et exécutait sur-le-champ les bêtes blessées lors de la traversée depuis Dublin. Dans son esprit le bétail se juxtaposait aux visages des Irlandais qu'elle avait également vus débarquer – les émigrants les plus aguerris encourageant les autres, qui étaient d'une insupportable jeunesse, tous venus chercher les emplois que leur offrait la guerre qu'elle-même fuyait.

Les enfants eurent un sommeil agité et étaient à cran quand ils arrivèrent à Dublin à l'aube, ils voulaient absolument prendre le premier train pour le comté de Mayo. Eva était épuisée, mais déterminée à trouver Art. Pour apaiser ses parents, il fallait qu'elle sache s'il connaissait plus ou moins l'endroit où se trouvait Brendan. Si Brendan était mort, un camarade aurait certainement contacté la famille. S'il était parvenu à fuir l'Espagne, il aurait lui-même pris contact, sauf si ses blessures avaient fait de lui un amnésique dans une salle d'hôpital surpeuplée sans personne pour s'occuper de lui. S'il était retenu dans une des prisons de Franco, le général victorieux n'avait rien à gagner à le garder alors que les journaux annonçaient que tous les prisonniers étrangers étaient maintenant libérés. Les démarches de Père auprès des Affaires étrangères n'avaient produit aucun rapport selon lequel il aurait été capturé par les fascistes, à moins qu'ils ne l'aient tout simplement tué et qu'ils ne se soient débarrassés de son cadavre. Une autre possibilité était que Brendan soit en Russie avec la femme d'Art ou, encore mieux, qu'il soit venu vivre à Dublin avec Art. Cette idée était tellement séduisante qu'Eva avait fini par se persuader à moitié de sa véracité.

Son arrivée à Mountjoy Square provoqua beaucoup d'excitation dans la rangée de maisons géorgiennes à présent subdivisées en appartements misérables. Francis et Hazel s'effarouchèrent devant les enfants sales qui les regardaient bouche bée tandis qu'Eva demandait à une femme en châle si elle savait où vivait Art Goold. En entendant ce nom, la femme fit le signe de croix et disparut. Plusieurs autres prétendirent n'avoir jamais entendu parler de lui jusqu'à ce qu'un homme accepte de quitter une partie de pile ou face pour lui indiquer une porte sans gonds et un escalier. Des enfants la croisèrent, dégringolant les marches en glapissant, l'un d'entre eux faillit faire tomber Francis là où manquaient quelques balustres de la rampe.

Une femme entrouvrit la porte du premier palier et observa Eva avec suspicion. « Qu'est-ce que vous cherchez ?

— Je cherche l'appartement d'Art Goold.

— Et pourquoi donc, madame ?

— Je suis sa sœur.

— C'est ce que vous dites. » Elle imita une voix chic. « Eh bien, il ne réside pas en ce moment dans sa résidence.

— Il est en prison. Je me demandais si quelqu'un partageait son appartement.

— Vous voulez dire une catin ? Goold n'est pas comme ça, allez vous faire foutre. Vous êtes pas la première vieille peau envoyée par la Légion de Marie pour notre salut. »

La femme s'apprêta à claquer la porte. Eva l'implora. « S'il vous plaît. Je suis vraiment sa sœur. »

Hazel s'écria : « Mais pour l'amour de Dieu, la Légion de Marie est catholique ! » Sa voix exaspérée, qui s'était teintée d'un peu d'accent anglais, contraria encore plus la femme.

« S'il n'était pas mon frère, pourquoi nous trouverions-nous dans un pareil endroit ? »

Ce fut Francis qui empêcha la femme de refermer sa porte. « Je vous en prie, nous avons fait un long voyage et nous en avons un autre, très long, devant nous. Mr Goold Verschoyle est mon oncle. »

La femme se laissa fléchir et ouvrit grand la porte. « Entrez, dit-elle d'un ton bourru. Si vous êtes de la famille de Goold, vous êtes les bienvenus. Depuis la dernière fois qu'il est sorti de prison des centaines de matous griffus sont venus asperger l'escalier d'eau bénite. »

Eva examina la pièce, d'une propreté immaculée mais extrêmement exiguë. Deux enfants en bas âge l'examinaient depuis le lit et elle sentit la présence d'un troisième caché sous le lit.

« Art m'a demandé de surveiller ses affaires dans le grenier à l'arrière, mais le propriétaire veut tout brûler et le relouer, expliqua la femme. Il a logé dans diverses chambres par ici, depuis des années. Je pensais que c'était un clochard jusqu'à ce que j'entende son accent. Je n'ai jamais connu un homme plus solitaire et plus mal habillé. Le peu d'argent qu'il avait semblait toujours réservé à l'achat de livres. Pendant quelque temps il a tenu une sorte d'école en plein air dans le parc, mais les prêtres y ont mis le holà. On pouvait le voir vendre le *Daily Worker* devant la poste centrale, et les gens lui crachaient dessus en passant. Les gens de son bord ne veulent pas vraiment de lui et il ne sera jamais l'un de nous. Mais il m'a aidée quand mon mari était sans travail et quand les usuriers ont voulu mettre leurs griffes sur mes quelques meubles. Vous prendrez bien un peu de thé avec du pain pour vos gamins ? »

Eva remarqua une miche entamée sur la planche en bois qui servait de table une fois posée sur la baignoire. Depuis le lit, des yeux affamés suivaient son regard. Elle préféra mentir. « Nous venons de manger. Est-ce que Art a jamais mentionné son frère ? »

La femme secoua la tête. « Pas à moi. Il est arrivé il y a quelques semaines après avoir appris que le grenier à l'arrière était libre. Il avait fait de la prison et avant ça, il logeait à Crumlin chez Mrs Behan qui vivait avant dans Russell Street – bien que cette pauvre femme ait ses propres chagrins maintenant que les flics ont attrapé son fils avec une bombe de l'IRA. On aurait pu croire qu'Art en avait assez de la prison, mais il s'était à peine installé au grenier que la police est venue l'arrêter pour avoir créé des troubles dans les tourbières de Kildare. Il essayait de syndiquer les coupeurs de tourbe. » Elle renifla. « Autant syndiquer les ânes. Pourtant, on ne pouvait pas discuter avec

Art, il portait tout le poids du monde. Votre autre frère, il est aussi dingue ? »

Eva ne souhaitait pas parler de Brendan. Elle avait été idiote de croire qu'il pouvait se cacher là. Toujours la même erreur, vouloir que la réalité se conforme à l'image qu'elle se faisait du monde.

« Est-ce que je peux voir sa chambre ?

— Vous êtes sûre de le vouloir ? La police a laissé un sacré désordre. »

Eva et les enfants suivirent la femme dans l'escalier, et les marches devenaient plus hautes à mesure qu'ils passaient les paliers. La porte avait été enfoncée, des papiers et des livres étaient éparpillés sur le plancher.

« Des brutes de la Catholic Young Men's Society sont responsables de la plupart des dégâts. »

Eva s'agenouilla dans les débris afin de ramasser des objets personnels. Mais ici, rien ne lui rappelait le frère qu'elle aimait. C'était comme si Art ne pouvait maintenant vivre sa vie qu'à travers des slogans. Des exemplaires invendus des *Nouvelles de Moscou* et des brochures mal imprimées avaient été déchirés avec fureur.

« Ça, c'est pour les enfants. » Francis rassembla quelques pages d'une revue intitulée *Le Pays des Soviets*. Sur la couverture, on voyait cinq garçons qui jouaient du violon, debout derrière un autre garçon au piano. Eva lut le gros titre : « *La commune Bolsheov pour le redressement des jeunes délinquants par le travail intéresse les pédagogues du monde entier.* »

« Prenez ce que vous voulez, dit la femme. Si vous voulez d'autres exemplaires, il y en a, accrochés à un clou, dans les toilettes de la cour. »

Eva fouilla, sentant qu'elle devait emporter quelque chose. Quelques livres avaient survécu à la destruction, dont une pièce de théâtre intitulée *Têtes rondes et Têtes pointues* d'un certain Bertolt Brecht. Publiée à Moscou par International Literature, elle était en anglais. Eva l'aurait remise sur le tas de papiers si elle n'avait remarqué le nom du traducteur en petites lettres : *Art Goold Verschoyle*. Un autre secret dont il n'avait jamais parlé, refusant ainsi à

Père la possibilité d'être fier de son fils. Elle vit que Francis empochait un exemplaire du *Pays des Soviets*.

« Est-ce que vous pensez qu'ils me permettront de lui rendre visite en prison ? demanda-t-elle à la femme.

— Demandez à parler à un gardien du nom de McCarthy. C'est un bon gus, ou en tout cas aussi bon que peut l'être un maton. Dites que c'est Mrs Fleming qui vous envoie.

— Merci.

— Et dites à Art que ses voisins lui souhaitent bonne chance. C'est un mensonge, mais ça lui fera plaisir. Il s'inquiète beaucoup trop de gens dont tout le monde se fiche. »

Eva et les enfants prirent la North Circular Road et firent un détour pour éviter la pagaille laissée par les bêtes du marché aux bestiaux que l'on emmenait jusqu'au ferry de Liverpool.

Elle aperçut vaguement un visage derrière une grille de l'énorme portail en fer de la prison de Mountjoy quand elle fut ouverte en réponse à ses coups. La grille fut refermée brutalement quand elle eut demandé à parler à McCarthy et il y eut un si long silence qu'elle pensa qu'on l'avait oubliée. Francis et Hazel étaient intimidés par la hauteur des murs et l'ambiance inquiétante. Mais une petite porte finit par s'ouvrir et un homme âgé sortit. Mr McCarthy écouta l'histoire d'Eva et secoua la tête.

« Les visites sont l'après-midi, dit-il, et Goold sera alors parti.

— Libéré ?

— Certainement pas, madame. Je me conforme aux règles, mais ça ne veut pas dire que je sois toujours d'accord avec elles. De Valera a institué l'internement pour les éléments subversifs. Goold est emmené aujourd'hui au camp de Curragh avec le jeune Murray Bolger, un vaurien de l'IRA originaire de Wexford. Mais votre frère n'est pas un gangster, il est seulement un fléau public. Il n'y a aucune raison de l'interner, à moins que De Valera veuille tisonner un peu l'IRA en lui envoyant quelques rigolos dans les pattes.

— Combien de temps doit-il rester là-bas ?

— Aussi longtemps qu'il y aura la guerre en Europe. Dev ne veut pas prendre le risque qu'un dingue nous oblige à y participer. »

Il baissa la voix. « Les soldats vont venir le prendre à onze heures. Restez par là et vous pourrez peut-être lui dire quelques mots. »

La journée était devenue glaciale, avec des rafales de pluie. Eva ne voulait pas quitter les lieux au cas où les soldats arriveraient plus tôt, mais il était onze heures et demie quand un camion fit une marche arrière jusqu'au portail. Quatre soldats entrèrent dans la prison tandis que deux autres faisaient le guet sur la plateforme du camion. L'un d'eux cligna de l'œil en direction de Francis. Un autre soldat descendit de la cabine afin de surveiller la route étroite, après avoir armé son fusil. Des enfants venus d'une série de petites maisons de gardiens vinrent regarder. Hazel, se sentant humiliée, leur rendit leurs regards. Enfin la porte s'ouvrit et deux soldats sortirent avec un jeune homme menotté. Il rit et se retourna pour plaisanter avec un gardien.

« Tu as tous les traits de ta mère, McCormick. Elle devait être un homme du Kildare.

— Quel gâchis que tu ailles au Curragh, Muray ! répondit le gardien. Tu devrais monter sur scène au Gaiety… avec un connard pour te scier en deux. » Il fit un pas de côté pour laisser passer les autres soldats. « Eh, n'oublie pas ton *camarade* ! »

Le jeune prisonnier leva les yeux au ciel en montant dans le camion. Mr McCarthy avait dû signaler à Art la présence d'Eva, parce que son frère s'arrêta après avoir franchi la porte. Mr McCarthy poussa du coude le soldat auquel Art était menotté. Le soldat s'arrêta, inquiet, craignant les objections de ses collègues.

Art avait été autorisé à porter ses propres vêtements. Son pardessus était ouvert sur un complet noir qui – à condition d'oublier les chaussures militaires boutonnées très haut – lui donnait l'aspect d'un prêtre dévot et minable. Il se tenait bien droit mais le regard qu'il posa sur Eva était hagard.

« Est-ce qu'ils te traitent correctement ? demanda-t-elle.

— Oui.

— Est-ce que tu as des nouvelles de Brendan ?

— Non.

— Est-ce que tu sais où il est ? S'il est vivant ou mort ?

— Je… » Il hésita, les autres soldats s'impatientaient. « Je ne sais rien… de certain. »

Il jeta un coup d'œil vers le camion, comme si ce n'était pas le véhicule qui devait l'emmener vers l'incarcération, mais celui qui lui permettrait d'éviter les questions d'Eva.

« Que veux-tu dire, Art ? Est-ce qu'il serait avec ta famille à Moscou ? »

Art secoua la tête, sa détresse était évidente. Les soldats se tenaient de part et d'autre de lui, et rappelaient à Eva les deux brigands crucifiés. « Je ne sais même pas où sont ma femme et mon fils. »

Eva s'affola, car elle savait qu'on allait emmener Art. « Écris-moi dans le Mayo. Pourquoi t'emprisonnent-ils ?

— Je l'ignore. Mon pays n'est pas en guerre.

— Et nous ne voulons pas qu'il le soit », dit l'un des soldats, indiquant ainsi qu'il était temps de monter dans le camion.

Art se tourna vers lui. « Je ne parle pas de l'Irlande. Je suis un citoyen de l'Union des Républiques socialistes soviétiques.

— Il y a pire, ironisa le soldat. Ta mère pourrait être un homme du Kildare, comme celle de McCormick. »

Les soldats rirent et Eva ne pouvait plus se forcer à poser une autre question. Il ne pouvait pas y avoir de bonne réponse dans un endroit aussi sinistre. Elle voulut embrasser Art, et McCarthy intervint, gêné.

« On l'a fouillé, madame. Ils ne veulent pas avoir à recommencer. »

Elle fit un pas en arrière, confuse.

« Je vais essayer », marmonna Art, sans qu'Eva puisse vraiment deviner ce qu'il voulait dire.

Elle poussa Hazel et Francis en avant, et ils eurent le droit de serrer la main de leur oncle avant que les soldats aident Art à rejoindre le prisonnier appartenant à l'IRA. Art était assis bien droit, son attitude était plus militaire que celle de ses gardes lorsque le camion s'éloigna.

Les enfants agitèrent le bras. Quand Eva se retourna pour remercier Mr McCormick, la porte était déjà refermée.

25

LE CAMP

Curragh, 17 novembre 1939

L'ironie était que, trois semaines plus tôt, le lendemain de sa visite à Londres, Art était passé par la même route sinueuse du Kildare, menotté, conduit à Dublin par des gardes civils. À présent, il était ramené là-bas par des soldats de l'État libre, et les silhouettes courbées qui ramassaient de la tourbe étaient les mêmes que celles qui s'étaient appuyées sur le long manche de leur louchet pour le regarder comme s'il était un fou échappé de l'asile. En vérité, Art savait qu'on avait dû le prendre pour un dingue, à la fois dans les tourbières où il avait prêché la bonne parole jusqu'à l'arrivée des gardes civils et le lendemain matin au tribunal, lorsqu'il avait fallu quatre gardes pour l'arracher au banc des accusés. Un des *gardaí* avait entendu parler du coup qu'Art avait balancé à l'un de ses collègues à Crumlin un an auparavant, parce qu'il prononça son nom en lui envoyant un bon coup de pied lorsqu'il le poussa dans sa cellule, qui se trouvait sous le tribunal.

Les gardiens de prison de Mountjoy avaient nettoyé le sang de son visage avec gentillesse. C'étaient pour la plupart des enfants de paysans, ils appréciaient les règlements, se méfiaient de la ville et n'étaient pas très intelligents. Art ne leur avait pas créé de problèmes au cours de ses précédentes incarcérations parce qu'ils ne faisaient que leur travail, exactement comme lui. Ils n'auraient sans doute pas compris que son devoir était de fomenter la révolution, mais ils admettaient qu'il n'était pas un criminel ordinaire. Art appréciait le mode de vie structuré dans la prison de Mountjoy et la nourriture y était meilleure qu'à Moscou. Il ne savait pas grand-chose sur le camp de Curragh, sinon que c'était une base militaire qui, jusqu'à peu, avait été desservie par toute une basse-cour – des prostituées qui vivaient dans des trous de fortune creusés dans les tourbières, leurs vies difficiles abrégées par la réprobation des gens du coin et par les maladies que véhiculaient les soldats.

Les Républicains jusqu'au-boutistes qui suivaient De Valera avaient été internés là pendant la guerre civile. Et maintenant – engraissé par le pouvoir – De Valera utilisait les mêmes remèdes. Art ignorait comment le camp était géré, mais il devait certainement y avoir là un groupe d'hommes politiquement actifs qu'il pourrait convertir. Normalement, il aurait dû ressentir un frisson d'excitation devant ce défi, semblable à celui qu'avait décrit le cousin George dans ses lettres d'Afrique après y avoir émigré pour devenir missionnaire à l'époque où il s'était retrouvé avec un nombre de fidèles en diminution. Mais Art avait été secoué ce matin-là par la présence d'Eva à la porte de Mountjoy. Il savait que sa famille cherchait des réponses. Eva, Maud et Thomas le tenaient pour responsable et l'avaient condamné. Il aurait pu le supporter si seulement Brendan avait bien voulu cesser de le regarder durant ses rêves. Art n'avait demandé à personne de le suivre mais, même lorsqu'il avançait dans le désert, sa famille voulait absolument marcher derrière lui.

Et pourtant, s'il n'était pas le gardien de son frère, pourquoi s'était-il rendu à Londres le mois précédent ? Il avait été rongé par l'incertitude en observant la chute de la République espagnole et l'attaque des fidèles communistes par la lie trotskiste du POUM, ce qui avait permis aux fascistes de prendre la ville. Des rumeurs avaient couru sur son frère Brendan, et Art était allé à Londres, convaincu que quelqu'un, dans le parti communiste britannique, aurait des nouvelles de son frère. Il n'avait pas reconnu la femme au visage revêche et aux cheveux courts qui avait fini par accepter de le recevoir au siège du Parti, et puis quelque chose dans ses traits lui avait fait penser à la grève générale de 1926, et il avait alors prononcé son nom à voix haute – Ruth Davis. Lorsqu'il avait mentionné Brendan, la femme avait donné des signes de nervosité et s'était dirigée vers la fenêtre en traînant un de ses pieds.

« Les volontaires rentrent en masse d'Espagne, lui dit-elle. Certains d'entre eux semblent croire que nous leur devons quelque chose au lieu de reconnaître que nous leur avons rendu service en leur permettant d'aller se battre contre le fascisme. Ils viennent chercher une aumône comme si nous étions une organisation humanitaire. Ton frère ne s'est pas engagé par l'intermédiaire de ce bureau et notre agence n'a donc aucune responsabilité envers lui. »

Les treize dernières années avaient transformé son caractère, mais Art savait qu'elle se rappelait lui avoir bandé la tête tandis que Brendan était dans la cuisine après avoir fui son école. Ces treize années l'avaient-elles changé complètement, lui aussi, ou bien son problème résidait-il dans une incapacité à changer ? Il y avait tant de souvenirs dont Art aurait aimé parler avec elle. Mais, lorsque Ruth se retourna, il se rendit compte qu'il ne pouvait rien dire, parce qu'elle savait qu'il était au courant du fait qu'elle avait quitté Brendan pour un camarade renégat de l'aristocratie qui l'avait abandonnée aux mains d'une faiseuse d'anges.

Ruth avait promis de faire des recherches et de s'assurer qu'une lettre d'Art serait remise à Georgi Polevoy à Moscou. Art avait passé la semaine suivante dans un logement pour sans-abri et avait assisté à des réunions politiques. Les paroles amères de nombreux vétérans rentrés d'Espagne l'irritaient, car ils étaient incapables de saisir le tableau dans sa totalité. Toutefois, l'Espagne était progressivement oubliée tandis que Londres se préparait à la guerre dans le bruit des sirènes d'alerte et l'ébahissement de la population, oscillant entre terreur et excitation.

Une semaine plus tard, il était retourné au siège du Parti. Ruth avait tout d'abord refusé de le voir mais, six heures plus tard, comme il s'obstinait à rester, elle s'était laissée fléchir et l'avait fait entrer dans son bureau. Ses manières étaient brusques. Leur rencontre dura quelques secondes. Elle avait déchiré sa lettre à Polevoy et elle aurait dû faire un rapport à Moscou sur le fait qu'il tentait de prendre contact avec un contre-révolutionnaire, mais elle avait décidé qu'elle ne le ferait pas cette fois-ci. Heureusement, elle avait découvert que Georgi Polevoy avait été arrêté à son retour d'Espagne et accusé de fascisme. Son procès avait été rapporté dans la *Pravda*, ainsi que les noms d'un grand nombre d'autres traîtres qu'il avait dénoncés comme membres d'un réseau d'espionnage en Espagne. Ruth avait refusé de répondre à d'autres questions et avait poussé Art hors de son bureau comme s'il était contaminé.

Le camion militaire s'arrêta brutalement devant le portail du camp de Curragh. Art vit la file de cahutes en tôle derrière deux rangées de fil de fer barbelé. Des hommes se trouvaient là et observaient les nouveaux arrivants. Le jeune homme de l'IRA venu du Wexford n'avait pas cessé de discuter de courses de chevaux avec les soldats pendant le trajet et avait ignoré Art. Être incarcéré était synonyme de solitude, mais être emprisonné avec des nationalistes réactionnaires monolithiques constituait une double solitude. En cet instant, cependant, Art était content de voir la clôture barbelée parce qu'il se sentait pareil à un pénitent et qu'il avait besoin d'expier. C'était pour cette raison qu'il avait provoqué la cour après sa récente arrestation, pour cette raison qu'il avait hurlé son allégeance de toutes ses forces bien qu'il ne restât personne pour l'entendre. Parce que, si Georgi Polevoy était un traître, Art s'était perdu en lui faisant confiance, et sans doute Brendan avait également été trahi par lui. Tout ce que Georgi lui avait dit sur la dénonciation de son frère était faux. Un fossé avait délibérément été creusé entre les deux frères, et Art aurait dû faire confiance à son instinct. Malgré tout le travail qu'il avait accompli ici pour le Parti, malgré les rapports qui avaient été expédiés à Moscou, il était possible que personne au NKVD ne se soucie ou ne se souvienne de lui. Son nom avait peut-être été effacé de tous les documents, son épouse n'était peut-être plus son épouse. Son unique espoir était que, maintenant que Georgi avait été arrêté, le Parti se rendrait compte des erreurs qu'il avait commises. Art ne pouvait plus être sûr de rien, excepté du fait qu'il devait garder sa foi envers le Parti parce que le sort d'un individu ne devait pas faire obstacle au grand élan vers l'avenir.

Le camion franchit la ligne de barbelés et deux soldats sautèrent à terre lorsqu'une ordonnance sortit d'une cahute avec une liste de noms. Murray Bolger sauta également à terre, et battit des semelles pour se réchauffer. L'ordonnance consulta sa liste et le regarda.

« Tu es quoi ?

— IRA.

— Toi aussi ? » Il regardait Art qui était descendu, fixait les barbelés et résistait à un désir irrationnel de faire courir ses doigts sur les nœuds du fil de fer comme s'ils allaient se mettre à fleurir au contact d'une main d'homme.

« Coupable, répondit Art. Je suis coupable. »

26

L'HOMME VENU D'ESPAGNE

Mayo, 17 novembre 1939

Le panneau que Francis avait peint était toujours en place au-dessus de la porte, là où il l'avait cloué deux ans plus tôt, le jour où il avait refusé de s'asseoir dans le spider de la voiture de son père tant qu'il n'était pas certain que toute personne ayant pénétré dans Glanmire Wood serait obligée de voir ce panneau. Il avait beaucoup grandi pendant ces deux années – ce qu'avait fait remarquer Delia O'Donnell dans la petite boutique, ainsi que les femmes de la famille Durcan quand Eva et les enfants étaient descendus du car à Turlough une heure plus tôt. Pourtant, lorsque Eva le regarda, debout dans l'herbe trop haute de la pelouse qu'éclairait le soleil du soir, elle comprit qu'il était toujours l'enfant qui avait peint en lettres blanches : *Ne pas entrer. Ici, c'est chez moi.*

Ils étaient maintenant tous les trois enfin chez eux. Les garçons de douze ans ne sont pas censés pleurer mais Eva savait que les larmes étaient prêtes à couler des yeux de Francis. Hazel, l'air morose, était sans doute simplement fatiguée après le voyage depuis l'Angleterre. Deux jours de voyage avaient également épuisé Eva.

Elle se retourna en entendant un bruit. Mr Durcan déchargeait leurs malles. La lumière de ses phares sur la pelouse semblait une extravagance après le black-out en Angleterre. Elle savait qu'il se sentirait insulté si elle lui proposait de l'argent : il ne louait pas ses services. Il souleva une lourde valise avec une facilité qui démentait son âge et gravit les marches jusqu'à la porte. « Monte sur cette moise, dit-il à Francis d'un ton bourru qui dissimulait sa compréhension spontanée de l'émotion ressentie par le garçon. Tu n'auras plus besoin de ce panneau pour effrayer les corneilles de passage. »

Tendu sur la pointe des pieds, Francis parvint à arracher le panneau en bois du mur. Il le regarda en silence avec triomphe, puis descendit en hochant la tête en direction de Mr Durcan. Le hochement de tête était une copie parfaite des gestes presque imperceptibles par lesquels les habitants de la région communiquaient entre eux. Hazel tira la manche d'Eva.

« Quand est-ce qu'il s'en va, cet homme ? » chuchota-t-elle.

Mr Durcan tourna la tête vers elles, alors qu'Eva était certaine qu'il n'avait pas pu l'entendre.

« Vous voudrez sans doute vous réchauffer à l'intérieur, Miss Hazel. Si vous voulez bien ouvrir la porte, madame, Francis et moi allons transporter vos bagages dans le hall. »

Eva savait que si Mr Durcan ne s'adressait pas de la même façon aux deux enfants, ce n'était pas ironique. Hazel était instinctivement une Fitzgerald, davantage à sa place à Turlough Park qu'ici. Les gens du coin en étaient conscients, tandis que Francis était autorisé à participer, pour autant que cela était possible à un protestant, aux petites péripéties de la vie du village. Pour les femmes de la famille Durcan, que Francis leur ait écrit depuis Londres à chaque Noël avait été très important.

La maison – très froide – ne sentait pas autant le moisi qu'Eva l'avait craint. Cependant, lorsqu'elle ouvrit les volets, les derniers vestiges du crépuscule au-dehors prirent une teinte verte à cause du lierre qui colonisait les vitres. Leurs voix dans le salon glacial – où les quelques meubles restants étaient couverts de housses – résonnaient étrangement. Elle savait que les enfants allaient tout trouver plus petit que dans leurs souvenirs.

Mr Durcan apporta la dernière valise et plaisanta avec Francis tandis que Hazel était assise, serrant sa poupée en tissu dans ses bras, à côté de la cheminée froide. Eva le remercia et les deux adultes sortirent de la maison.

« Vous allez être tout à fait bien, madame, mais faites attention, par ces temps troublés que nous vivons. Une sorte de vagabond traînait par ici le week-end dernier.

— Par ici ?

— Oui. Ma femme l'a expulsé de la boutique samedi soir. Elle a eu l'impression que c'était un jeune voyou en quête de quelque chose à dérober, mais je l'ai vu par la fenêtre et il avait l'air tout à fait inoffensif. En tout cas, ce n'est pas le genre de pensionnaires qu'il vous faudrait si vous voulez de nouveau en accueillir. »

Peut-être n'y avait-il pas de vagabond et Mr Durcan essayait-il simplement, et avec délicatesse, de lui soutirer quelques informations que sa femme et sa fille mouraient d'envie de connaître.

« Je n'ai aucun projet, répondit-elle. Pour l'instant, nous allons vivre dans une ou deux pièces et ensuite, nous verrons.

— En tout cas vous êtes rentrés juste à temps, d'après les informations en provenance de la baie de Scapa Flow.

— Quelles informations ? demanda Eva. J'ai voyagé toute la journée.

— Herr Hitler vient de couler le *Royal Oak* au mouillage dans la baie. Des centaines de jeunes marins sont morts avant d'avoir pu découvrir l'océan. Ce pourrait être une guerre très courte.

— Mon mari va s'engager, dit-elle calmement. L'armée territoriale.

— Très bien. » Le ton de Mr Durcan était neutre, il ne dévoilait pas ce qu'il pensait, mais il était certain que tout Turlough allait connaître les nouvelles avant le lendemain matin.

« Qui va gagner, à votre avis ? » demanda-t-elle sans élever la voix.

Mr Durcan haussa les épaules. « C'est une bonne question, madame. » Quand les jusqu'au-boutistes de l'IRA avaient fait une descente dans son magasin pendant la guerre civile, il avait refusé de leur donner des provisions, même lorsqu'ils l'avaient mis devant le mur de sa maison pour un simulacre d'exécution. Eva l'imaginait bien conservant le même entêtement face à des fusils britanniques ou allemands. Il monta dans sa voiture et les enfants le saluèrent du bras en même temps qu'elle lorsqu'il reprit l'allée envahie d'herbes. Ils continuèrent à agiter le bras jusqu'à ce qu'il ait disparu, appréhendant le moment où ils devraient se confronter à cette maison désolée qui serait bientôt plongée dans l'obscurité.

Hazel fut la première à baisser le bras. « J'ai froid, se plaignit-elle. Pourquoi cette maison est-elle toujours aussi froide ?

— Nous la réchaufferons, promit Eva. Et peut-être que Maureen a reçu ma lettre et que bientôt elle viendra à vélo nous voir. »

Tandis qu'Eva allumait une bougie, Hazel pénétra dans le salon et regarda la cheminée vide. Eva se souvint combien elle aimait frotter la plante des pieds de Hazel pour les réchauffer et se demanda si sa fille la laisserait reprendre cette habitude. « Es-tu contente d'être rentrée ? demanda Eva, et Hazel posa sa poupée sur la housse qui recouvrait le canapé.

— L'appartement de Winchester n'a jamais vraiment été comme cette maison, n'est-ce pas, Maman ?

— Non.

— C'est qu'on est habitués à avoir de la place. J'ai toujours aimé le silence, ici, la nuit, et les étoiles brillent davantage dans le Mayo. De toute façon, les autres filles m'ennuyaient, elles n'arrêtaient pas de parler de l'argent qu'avaient leurs pères. Est-ce que nous en avons, nous ?

— Papa nous en enverra toutes les semaines.

— Est-ce que Hitler viendra ici ?

— L'Irlande n'est pas en guerre avec l'Allemagne.

— Pourquoi pas ?

— C'est comme ça. Pas encore, en tout cas.

— Est-ce que je peux aller voir l'étable ? Je veux vérifier qu'elle n'a pas souffert. J'ai une crainte idiote : que le toit se soit effondré et que nous ne puissions pas y installer un cheval. »

La fillette avait jeté un coup d'œil aigu sur sa mère en parlant. Hazel savait dans son cœur qu'Eva avait à peine assez d'argent pour nourrir un cheval, et certainement pas assez pour en acheter un. Leur seul espoir était de supplier l'oncle de Freddie de leur prêter une jument, mais les relations avec Turlough Park n'étaient pas des meilleures depuis la disgrâce des huissiers deux ans plus tôt. Que Freddie soit devenu un boutiquier n'avait pas vraiment facilité les relations non plus. Freddie, le neveu, se rachèterait lorsqu'il s'engagerait, mais

Eva était suffisamment fière pour ne pas avoir très envie de se rendre à Turlough Park.

«Viens, dit-elle à Hazel en prenant la bougie. Allons nous assurer que nous avons un toit et que le pauvre cheval peut être au sec.»

Hazel lui prit la main lorsqu'elles entrèrent dans le hall sombre. Une lumière brillait dans la chambre de Mr Clements. Eva poussa la porte. Francis avait trouvé une lampe à pétrole et était agenouillé devant une malle pleine de livres. Un matelas en crin était bien plié sur le lit. Sur une commode vide recouverte de papier journal poussiéreux, le capitaine avait laissé son gramophone et deux disques, la *Sonate au clair de lune* et la *Musique pour les feux d'artifice royaux* de Haendel. Francis leva les yeux vers elles.

«Mr Clements a laissé tout ça, Maman. Tu crois qu'il va revenir?»

Eva secoua la tête. Le vieux marin avait sans doute repris l'uniforme. Peut-être avait-il formé certains des jeunes marins qui venaient de perdre la vie sur le *Royal Oak*. Mr Clements était resté dans la maison quelques jours après le départ de la famille en 1937, à attendre les hommes qui allaient transporter ses possessions à Londres. Peut-être n'y avait-il pas eu suffisamment de place pour cette dernière malle, mais elle soupçonnait qu'il avait délibérément laissé une partie de lui-même dans la maison afin qu'Eva se souvienne de lui quand elle reviendrait. Elle se demanda s'il lui arrivait de rester éveillé, dans l'hôtel tranquille où il avait décidé de se cacher, et de s'imaginer cette chambre éclairée par la lune, la porte entrouverte pour laisser passer les souris, son gramophone silencieux tel un chien fidèle, attendant patiemment le retour de son maître décédé.

Eva voulait à tout prix échapper à l'insupportable tristesse de son absence. «Peut-être t'a-t-il laissé ses livres pour que tu puisses un jour les lire. Nous allons à l'étable. Tu veux bien nous éclairer?»

Les quelques instants de leur séjour dans la chambre du capitaine avaient suffi pour que le hall soit dans l'obscurité la plus totale. Ayant entendu une branche frapper contre une fenêtre, ils s'arrêtèrent et se rapprochèrent les uns des autres. Puis Hazel eut un rire léger, incapable de supporter l'angoisse inexprimée. «Je me demande ce que font les filles au pensionnat en ce moment.

— Elles écrivent une dissertation en français sur la meilleure manière d'être une petite peste, répondit Francis.

— Je devrais en écrire une ce week-end, l'interrompit Hazel, intitulée "Mon trouillard de frère, la poule mouillée qui pleurait à l'école". »

« Arrêtez de vous chamailler », demanda Eva, qui ne voulait pas que l'on rappelle à Francis les lettres qu'il leur avait envoyées à tous quand il était malheureux. Ils se turent lorsque Eva ouvrit la porte parce que l'escalier menant au sous-sol leur faisait peur. Francis dirigea la lumière de la lanterne vers le bas et hésita. Puis, se souvenant de la critique de Hazel, il descendit, suivi par Eva, puis par sa sœur.

Ils avaient grandi en entendant des histoires à propos du fantôme du sous-sol et Eva se disait qu'ils avaient dû broder sur ce sujet une fois les lumières éteintes au pensionnat jusqu'à être persuadés de l'avoir vu. Elle ne savait pas bien à quoi s'attendre après une absence de deux ans mais, si une présence émanait réellement du cellier, elle paraissait presque accueillante. Elle s'arrêta pour scruter l'étroit espace voûté tandis que Francis avançait et que Hazel se dépêchait de le rejoindre. L'atmosphère, à Glanmire Wood, n'avait plus jamais été aussi froide que durant la nuit qu'elle avait passée à prier avec le fantôme qui y était piégé. Eva leva une main en direction du cellier, comme pour saluer quelqu'un, mais elle vit alors ses enfants sortir précipitamment de la cuisine.

« Qu'est-ce qui ne va pas ? demanda-t-elle.

— Il y avait quelqu'un ici, répondit Francis. La cuisinière est allumée. »

Eva lui prit la lampe des mains et entra dans la cuisine. Le feu dans la cuisinière n'était pas très fort mais avait à l'évidence été alimenté plus tôt. Sur la table, une miche de pain au bicarbonate était enveloppée dans un linge près d'un morceau de beurre fermier dans du papier journal.

« Est-ce que quelqu'un vit ici ? » demanda Hazel avec frayeur.

Eva se rendit compte de sa solitude, dans ce lieu, avec deux enfants et personne à des miles à la ronde. Auparavant, il y avait toujours eu des chiens et des gens. Les chiens lui manquaient davantage que les domestiques ou que les pensionnaires. La maison paraissait privée d'âme sans le bruit de leurs pattes dans les couloirs. Elle se souvint de l'avertissement de Mr Durcan. Il était important de ne pas montrer sa peur. « Peut-être Maureen est-elle venue », dit-elle.

Mr Devlin avait accepté d'embaucher Maureen dans son magasin en guise de dernière faveur à Eva mais, comme la jeune femme ne répondait jamais aux lettres, Eva ne savait pas si elle était toujours à Castlebar ou si elle avait émigré comme tous ses frères et sœurs. Eva avait écrit à Maureen une semaine plus tôt, pas parce qu'elle pouvait lui offrir du travail mais parce qu'elle avait très envie de se confier à quelqu'un. Quand elle avait appris à Freddie qu'elle partait, il avait compris que ce n'était pas lui qu'elle quittait mais l'Angleterre. Cependant, Eva ne fuyait pas seulement la guerre, elle fuyait également les restrictions d'un mariage peu judicieux. Elle avait véritablement « vécu dans l'éther » quand elle avait cru que leurs antipodes pouvaient vivre en harmonie. Elle aimait toujours Freddie et le respectait pour avoir su reprendre pied après l'effondrement de son rêve d'une vie à Glanmire. Sa consommation d'alcool avait diminué depuis qu'ils étaient partis en Angleterre et n'avait jamais affecté son travail pour Culpeper. Il leur avait créé une nouvelle vie, avait retroussé ses manches et appris le métier d'herboriste – même s'il pensait qu'une partie des produits, fabriqués d'après les remèdes du dix-septième siècle de Nicholas Culpeper, était de la foutaise. Il plaisantait souvent en disant que c'était tout juste s'il ne devait pas recommander aux clients de couvrir leur corps de sangsues. La vie à Winchester avait été paisible, sans la terreur de se retrouver confronté à une dernière relance chaque fois que le facteur passait. Mais il était dangereux de laisser son âme glisser dans une routine où l'on pensait qu'une journée avait été bonne simplement parce qu'elle n'avait pas été mauvaise. Ce ne fut qu'à bord de la voiture de Mr Durcan, en cahotant ce soir-là dans l'allée bordée d'arbres, qu'Eva avait compris à quel point son esprit se sentait libre maintenant qu'elle était seule.

Sauf qu'il semblait qu'ils n'étaient pas seuls. À tout moment, un vagabond pouvait les surprendre. Peut-être l'inconnu les avait-il entendus arriver et leur avait-il laissé la miche entière en guise de remerciement. Eva la déballa, car elle savait que les enfants avaient faim. « En tout cas, elle n'a pas été cuite par un fantôme, plaisanta-t-elle. Je suis sûre que nous pouvons manger ce pain. »

Les anciens couverts étaient toujours dans le tiroir. Eva choisit exprès le couteau le mieux aiguisé pour couper le pain et le garda près d'elle tandis que Francis et Hazel avalaient tranche après tranche. Elle aurait dû aller dans les chambres pour vérifier si elles avaient été habitées. Elle manquait à présent de courage et n'arrêtait pas d'entendre des bruits imaginaires dans la vieille maison. Elle ne savait pas ce qu'elle aurait voulu trouver. Une vague lueur d'espoir s'était établie aux frontières de sa conscience depuis que Mr Durcan avait mentionné un vagabond. Eva ne voulait pas que cette lueur s'éteigne trop vite. Elle regarda Hazel sortir l'exemplaire du *Pays des Soviets* de la poche du manteau de Francis. La fillette y jeta un coup d'œil incrédule.

« Les plus stupides des enfants vivent en Russie, dit-elle. Dans ce questionnaire, l'ambition de la plupart des filles françaises est de posséder une bicyclette, mais, pour une fille russe, c'est... » Hazel pencha la tête. « "... *de renverser l'oppression capitaliste et de construire le communisme.*" Les filles françaises détestent les devoirs du soir et les russes, la bourgeoisie.

— Est-ce que nous appartenons à la bourgeoisie, Maman ? demanda Francis.

— Ne sois pas ridicule, grogna Hazel d'un ton de vieille dame. Nous sommes des Fitzgerald. Je vais à l'étable. Qui vient avec moi ? »

Ils finirent par y aller tous les trois, car ils ne possédaient qu'une seule lampe. Le verrou de la porte glissa sans peine, alors qu'elle n'avait théoriquement pas été ouverte depuis deux ans. Hazel leva haut la lanterne. Les poutres du toit étaient solides et l'échelle qui menait à la grange où Freddie avait parfois dormi était toujours en place. Mais Eva regardait un tas de paille dans la stalle la plus proche du mur. Des pierres noircies étaient arrangées en cercle et un feu avait été allumé. Francis alla enquêter.

« Quelqu'un a dormi ici, dit-il. La cendre est froide mais fraîche. » Il leva les yeux, effrayé à l'idée que quelqu'un puisse être tapi dans la grange. Eva réalisa que si quelqu'un à l'extérieur fermait le verrou, ils pourraient être emprisonnés dans l'étable pendant des jours et des jours avant que les villageois viennent aux nouvelles. En essayant de ne pas montrer sa panique, elle fit rapidement sortir les enfants et tira la porte pour la fermer.

« Retournons à la maison », dit-elle.

Il n'y avait que vingt mètres jusqu'à la maison, mais le sentier envahi d'herbe n'avait jamais paru aussi sombre. Francis trébucha et poussa un cri, ce qui les troubla encore plus. Ils se faufilèrent par la porte de derrière ouverte, et Eva la verrouilla immédiatement. Elle s'y adossa, poussa un soupir de soulagement, tandis que les enfants l'étreignaient pour se réconforter. Ils entendirent alors des pas sur les dalles de la cuisine. Eva serra davantage ses enfants, mais Hazel se libéra et cria : « Qui est là ? Montrez-vous ! »

La porte de la cuisine s'ouvrit et une voix répondit : « Je veux bien, si je trouve une lampe.

— Maureen ! »

Les enfants coururent vers leur ancienne femme de ménage tandis qu'Eva levait la lanterne pour voir le visage de la jeune femme.

« La porte de derrière était ouverte... Je ne savais pas où vous étiez. Mon Dieu, comme vous avez grandi ! » Maureen relâcha les enfants et sourit à Eva. « Je suis passée un peu plus tôt, Mrs Fitzgerald. J'ai une clé depuis tout ce temps. Vous avez trouvé le pain ?

— Nous ne savions pas qui l'avait apporté.

— Je n'ai jamais été douée pour laisser des messages. J'ai allumé la cuisinière. Si j'avais eu plus de temps, j'aurais pu en faire davantage.

— Tu as ta propre vie, Maureen. Tu travailles toujours pour Mr Devlin ?

— Que Dieu nous protège du malheur, Madame, mais si je dois couper encore une tranche de lard chez ce grippe-sou, je deviendrai folle. Je ne suis pas faite pour travailler dans un magasin.

— Je n'ai pas les moyens d'employer quelqu'un, Maureen.

— Et je le sais bien, Madame. Cependant, je me suis dit que je pourrais passer la nuit ici si vous le désiriez et vous aider à vous installer. Je peux me rendre au travail à vélo demain matin.

— Et revenir demain soir ? demanda Francis. Je veux dire, d'ici à Castlebar c'est deux fois moins loin que de Ballavary.

— Je suis sûre que Maureen veut être avec sa propre famille, dit Eva en tentant de calmer les attentes de l'enfant.

— Elle veut être avec nous, insista Hazel. N'est-ce pas, Maureen ? Ce sera comme avant, sauf que tu pourras avoir l'ancienne chambre du capitaine. Dis qu'elle peut rester, Maman, dis-le ! »

Eva regarda Maureen rire devant l'enthousiasme des enfants. La jeune femme lui jeta un coup d'œil.

« C'est que ma sœur Cait aimerait bien un peu plus de place dans le lit pendant une ou deux nuits.

— Tu ne sauras jamais à quel point nous aimerions que tu viennes, dit Eva. Mais tu te gèleras ici l'hiver.

— D'accord, mais aussi, nous pourrions geler ensemble. »

Tout excités, les enfants firent asseoir Maureen à la table, rivalisant pour lui raconter l'Angleterre. Le plaisir d'Eva était tempéré parce qu'elle savait que quelqu'un avait dormi dans l'étable. Un vagabond aurait pu penser que la maison était abandonnée, et l'avertissement de Mr Durcan la mettait mal à l'aise. Maureen suggéra qu'ils dorment tous sur des matelas dans la cuisine cette nuit-là, car c'était la seule pièce chauffée. Les enfants adoraient l'impression d'anarchie et d'aventure derrière cette idée. Eva sortit davantage de bougies et les disposa autour de la pièce. Elle donna la lanterne aux enfants, pour qu'ils aillent vérifier si les matelas de la chambre d'enfants étaient humides, prétendit-elle, mais c'était en fait pour pouvoir parler seule à seule avec Maureen.

« Y avait-il quelqu'un dans les parages quand tu es venue ici à vélo ?

— Oui, il y avait quelqu'un et il m'a fait peur, répondit la jeune femme. Je ne l'ai vu que quand il est sorti du bois au moment où je partais. Un inconnu. Je crois qu'il dort dehors.

— Un vagabond ?

— Je ne peux pas vraiment dire, Madame. Plutôt du genre tranquille. Quelque chose d'étrange, quand même, comme si peut-être il avait fait de la prison. C'est son visage affamé et sa peau brûlée comme s'il avait été quelque part à l'étranger. Je ne pensais pas qu'il était irlandais jusqu'à ce que je l'entende parler.

— Quel âge a-t-il ? » Eva ne pouvait contrôler l'espoir insensé qui l'envahissait.

« Pas vieux, Madame. Mais il a l'air vieux.

— Et son accent ? »

L'agitation d'Eva rendait la jeune femme nerveuse. « Il parlait comme un homme qui a perdu l'habitude de l'anglais. Enroué, on aurait dit qu'il avait été malade. Il a demandé après vous et quand je lui ai dit que vous étiez de l'autre côté de l'eau mais qu'on vous attendait, il n'a rien dit et il est reparti. J'étais vraiment désolée pour lui, Madame. J'ai eu raison de lui dire que vous reveniez ?

— Il faut que je trouve une photographie, Maureen, dit Eva. C'est très important. »

Francis fit irruption et fut surpris de la manière brusque avec laquelle Eva l'envoya paître. Mais elle n'avait pas de temps pour son fils à ce moment-là. Elle se souvenait d'un autre garçon du même âge avec un drôle de chapeau qui lui tenait la main sur la route de Bunlacky un soir. Un garçon que tout le monde adorait et qui avait disparu de cette terre. Combien de fois à Winchester s'était-elle réveillée et assise dans son lit, convaincue d'avoir entendu frapper, pensant que Brendan était dehors et qu'il était venu jusqu'à elle ? Mais il n'aurait pas pu connaître son adresse en Angleterre. Comme la maison de Dunkineely était à présent vide tel un palais maudit, si Brendan était revenu en Irlande, le comté de Mayo était le seul endroit où il pouvait venir chercher de l'aide.

Eva emmena Maureen dans la chambre au sous-sol où elle avait entreposé toutes les possessions personnelles qu'elle n'avait pas pu emporter en Angleterre. Il y avait là un album avec des photos de Brendan enfant. Mais, entre les pages des poèmes de Goethe, elle avait mis la dernière photo qu'elle avait reçue de lui, prise par un photographe de rue à Londres en 1936. Elle la montra à Maureen.

« Regarde attentivement. » Elle chercha à garder son calme pour ne pas effrayer la jeune femme. « Prends tout ton temps. Et puis dis-moi si ce pourrait être l'homme que tu as vu dans les bois. »

La jeune femme approcha tant la bougie de la photo qu'Eva eut peur qu'elle n'y fasse tomber de la cire. Elle parut mettre une éternité à se décider.

« Il est bel homme sur cette photo, dit-elle, mais il est très maigre en vrai maintenant – si c'est lui. Madame, je ne peux pas dire. Il a perdu beaucoup de poids, et ses cheveux… il y a du gris dedans malgré qu'il soit si jeune. Et ses dents sont pareilles à celles d'un vieillard alors que sur la photo il est l'image même de la santé. Je ne peux pas dire si c'est lui ou non. C'est le portrait de votre frère, n'est-ce pas ? »

Eva ne répondit pas, comme si la moindre expression de son espoir allait obliger ce dernier à se flétrir. Les enfants appelaient depuis la cuisine. Leurs craintes avaient disparu quand Maureen avait fait son apparition et ils se montraient survoltés maintenant, et les meilleurs des amis. Maureen comprit qu'il valait mieux ne pas poser d'autres questions à Eva. La jeune femme retourna à la cuisine et Eva l'entendit les gronder gaiement, les envoyer chercher des casseroles tout en préparant le dîner avec les provisions qu'Eva avait achetées dans la boutique de Mr Durcan. Eva était contente qu'elle soit là pour les distraire et pour lui donner le temps d'être seule, d'espérer et de prier.

Il y avait d'autres bougies dans son sac, qui était resté dans le hall. Eva prit un assortiment de bouteilles vides dans le cellier en guise de bougeoirs et posa une bougie allumée à chaque fenêtre. Tel était son souvenir de Dunkineely à Noël, des bougies aux fenêtres et toutes les portes entrouvertes pour offrir un abri à Joseph et Marie s'ils passaient par là. Bruckless House avait également été illuminée de la sorte, avec des bougies, mais – bien qu'Eva aimât beaucoup les Ffrench – le souvenir de ces fenêtres éclairées lui rappelait les fausses balises à l'aide desquelles les brigands attiraient les navires trop confiants vers les écueils. Il était possible que Brendan ait survécu au voyage auquel Mr Ffrench l'avait incité. Elle ouvrit la porte d'entrée et sortit dans la nuit glaciale, trois bougies crachotaient derrière elle dans le hall tandis qu'elle examinait les arbres sombres.

Étrangement, elle était très calme. Elle s'en remettait à la miséricorde de Dieu et attendait qu'il lui révèle comment elle allait s'appliquer. La prière serait superflue dans la richesse de ce silence. Elle attendrait jusqu'à l'aube si nécessaire. Elle n'était pas un Thomas ayant besoin de mettre ses doigts dans les plaies. Peut-être était-ce la raison pour laquelle elle était revenue ce jour-là.

Sans chercher à se réchauffer, elle attendit, tellement perdue dans ses méditations qu'elle n'entendit Maureen et les enfants l'appeler que lorsqu'ils vinrent la rejoindre.

« Qu'est-ce que tu fais donc, Maman ? demanda Hazel, exaspérée.

— J'attends, ma chérie.

— Tu attends quoi ?

— Quelqu'un qui est là-bas. »

Les deux enfants scrutèrent les ténèbres avec inquiétude, troublés par son comportement.

« Il n'y a personne là-bas, dit Hazel d'un ton décidé.

— Vous devriez rentrer, Mrs Fitzgerald, insista Maureen. Vous allez mourir de froid par une nuit pareille.

— Tu sais donc qui dort dans l'étable, n'est-ce pas ? dit Francis. Pourquoi restes-tu là à attendre, Maman ?

— Parce que j'ai trop peur pour bouger.

— Qu'est-ce que tu veux dire ? » Le garçon était au bord des larmes, perturbé par l'attitude de sa mère, mais elle ne pouvait pas lui répondre parce qu'elle-même ne savait ce qu'elle voulait dire. Tant qu'elle était restée là en silence, Eva avait eu l'impression qu'elle pouvait maintenir le rêve en vie, mais la présence des enfants avait réintroduit la réalité. Une bougie s'éteignit derrière elle. Elle se retourna pour éteindre les autres de sorte qu'il n'y avait plus que la bougie lointaine à la fenêtre du salon et la lanterne que tenait Maureen. Eva prit conscience qu'elle avait très froid. Maureen la vit frissonner.

« Nous devrions souper au sous-sol, Mrs Fitzgerald. »

Eva se laissa entraîner et Maureen fit signe à Francis de refermer la porte. Lorsqu'elle arriva devant l'escalier du sous-sol, Maureen lui dit de se dépêcher, mais le garçon était resté immobile à l'endroit où s'était tenue sa mère.

« Il y a quelqu'un là-bas, dit-il calmement. Près du châtaignier, au début de l'allée. »

Eva fit un pas en avant et Francis recula, donnant l'impression qu'il voulait verrouiller la porte et laisser dehors quiconque se trouvait là. Mais il laissa sa mère dévaler les marches jusqu'au gravier envahi par les herbes. Une silhouette frêle se tenait sous l'arbre, une main sur les yeux comme si les bougies au loin l'aveuglaient. La silhouette se mit à avancer, tel un spectre émergeant d'un champ de bataille. Elle avait la taille de Brendan, et la démarche de Brendan. Son visage creusé semblait plus vieux, ses cheveux étaient prématurément grisonnants. Eva courut vers l'homme dans le clair de lune, craignant que, si elle détournait un instant les yeux, le spectre ne disparaisse. Il semblait surpris de son impatience, peu sûr de la façon d'y répondre. Il s'arrêta pour lui permettre de s'approcher. Son petit frère, le bébé, le gamin rieur dont elle avait poussé le landau, qu'elle avait porté sur ses épaules, à côté duquel elle s'était étendue dans les meules de foin pour lui apprendre le nom des étoiles.

Pendant quelques secondes, elle se laissa aller à un sentiment de bonheur, comme si la volonté et le désir pouvaient transformer les traits de cet homme en ceux de celui qu'elle aspirait tant à revoir. Elle s'arrêta alors de courir et ses mains se serrèrent sur son ventre afin de contenir le chagrin qui en jaillissait. Elle maudit silencieusement sa naïveté et maudit cet inconnu. Parce que, où que soit Brendan, il n'était pas devant elle.

« J'ai cru que vous étiez quelqu'un d'autre, dit-elle faiblement.

— Je suis désolé. » La voix était rauque, les mots difficiles à comprendre.

« Quelqu'un qui est parti en Espagne.

— C'est de là que je viens. »

Une infime lueur d'espoir se raviva.

« Dans quel camp ? »

Il baissa les yeux avec mépris pour indiquer l'état de ses vêtements. « Dans le camp des Irlandais qui se sont réellement battus. Je n'étais pas sous les ordres d'un bouffon qui s'est enfui au premier coup de feu. Quand j'ai été libéré du bouge qu'était cette prison de Franco, où les gardiens pendaient les gens plus ou moins pour s'amuser, mon père m'a claqué sa porte au nez. Vous savez bien dans quel camp.

— Qu'est-ce qui vous amène ici ?
— Vous êtes Eva Fitzgerald ?
— Oui.
— Mon nom est Peadar Bourke. J'ai quelque chose pour vous. De la part d'un camarade. »

Eva avança d'un pas, un espoir illimité renaissait en elle. « Quand l'avez-vous vu pour la dernière fois ? Pour l'amour de Dieu, dites-moi qu'il va bien. »

L'inconnu secoua la tête. « J'aimerais pouvoir le faire. Nous avons tenté d'empêcher les fascistes de s'emparer de la route de Madrid à Jarama. Mais notre seule formation avait consisté à tirer quelques coups de feu sur des rochers pour nous habituer à nos fusils. Frank Ryan a été blessé là-bas, et Kit Conway tué. Nous n'avions pour seul abri que quelques maigres oliviers dans la vallée. Les tirs ont cessé une seconde et je l'ai vu ramasser quelques fruits tombés dans la poussière. Il a dit : "Même les olives saignent." C'est alors que les fascistes se sont avancés et Charlie a essayé de couvrir notre retraite. Il a été frappé par trois balles, dont une à la tête. Pauvre bonhomme, il a fallu dix jours avant que nous puissions aller chercher son cadavre.
— Quel Charlie ? demanda Eva, partagée entre diverses émotions.
— Charlie Donnelly, répondit Bourke avec irritation. De qui croyiez-vous que nous parlions ? »

Eva se souvint du jeune poète qui était venu un jour avec Art. Passionné, dogmatique, à peine sorti de l'adolescence. Le fils d'un marchand de bétail dont la voix s'était adoucie lorsqu'il avait récité ses vers laconiques. Son jeune visage balafré par une balle, brûlé par dix jours passés sous l'implacable soleil espagnol. Eva aurait dû ressentir du chagrin pour lui, mais elle fut envahie par un soulagement inavouable parce que ce n'était pas Brendan qui avait été fauché par une mitrailleuse. Son espoir pouvait continuer à vivre.

Le maigre inconnu mit sa main dans une poche de son manteau. « Voici ce que j'ai trouvé dans son sac. Plusieurs fois Charlie a parlé de sa promesse de le rendre à une femme. J'ai pensé que c'était important, mais vous ne vous souvenez même pas de lui. »

Eva regarda le livre, *Poèmes lyriques de la Chine ancienne*, son nom et son adresse y étaient inscrits. Elle accepta son retour, tout en se demandant quels trajets ce mince volume avait parcourus au cours des trois années qui avaient suivi le départ du poète, en catimini, à l'aube.

« Mais je me souviens bien de lui, dit-elle. C'est seulement que quelqu'un d'autre que j'aime a disparu en Espagne. » Elle s'arrêta, craignant que la mention du nom de Brendan n'éteigne tout espoir. « Avez-vous mangé ?

— J'ai acheté du pain au village. Les femmes dans la boutique me regardaient de telle façon qu'on aurait pu croire que j'étais un Noir.

— Peu de gens passent par ici, dit-elle pour les excuser.

— Je ne fais que ça, madame. Je viens de Westport. Charlie parlait d'ici comme d'un endroit où l'on pouvait trouver un abri. Depuis une semaine, je dors dans votre étable. J'espère que vous ne m'en voulez pas.

— Nous pouvons vous offrir une couverture à même le sol.

— Je préfère poursuivre mon chemin. Je voulais seulement vous rendre votre livre afin d'avoir le sentiment d'avoir fait quelque chose en rentrant dans mon pays.

— Votre père vous a vraiment chassé ?

— Je crois qu'il aurait bien voulu m'accueillir mais il a affirmé que les flics seraient heureux de m'attraper. De Valera veut enfermer tous ceux qu'il craint pendant que Hitler et Chamberlain se battent.

— Je sais. Mon frère, Art Goold, a été interné au camp de Curragh.

— Cet insensé ? Je suis désolé… sans vouloir vous offenser. Charlie n'a jamais mentionné qu'il y avait un lien. J'ai connu Art à Dublin, complètement marginal. Impossible d'avoir une conversation sans qu'Art décide que c'était un meeting et se mette à crier : “Vive le camarade Staline !” Vous dites qu'ils l'ont mis au Curragh ?

— Oui.

— C'est là qu'ils me mettront si je ne prends pas le ferry pour Liverpool. » Il s'arrêta un instant. « Si vous êtes la sœur d'Art, cela veut dire que…

— Quoi ? »

Il resta silencieux.

« Est-ce que vous avez connu mon jeune frère en Espagne ?

— Ah bon Dieu ! C'est pour lui que vous m'avez pris.

— Il est vivant ? Je vous en prie, dites-moi. Franco l'a-t-il arrêté ?

— Vous savez bien que Franco ne l'a pas arrêté.

— Nous ne savons rien.

— Art ne vous a rien dit ? J'ai entendu dire que l'inquiétude le rendait fou. Il en est presque arrivé à douter de son Dieu.

— Art n'a pas de Dieu, dit-elle.

— Si. Un fils de cordonnier avec une moustache de paysan et un sourire qui vous glace le sang. » Il regarda derrière elle en direction de Hazel et de Francis dans l'encadrement de la porte, sous la surveillance de Maureen. « Ce sont vos enfants ?

— Oui.

— À Dublin, on dit qu'Art n'a aucune chance de jamais revoir sa femme et son enfant.

— Que voulez-vous dire ?

— En Espagne, il y avait une ligne invisible entre les Russes et le reste d'entre nous. En théorie nous nous battions tous contre Franco mais en fait, il s'agissait de deux guerres séparées. Staline se foutait complètement du peuple espagnol. Si Franco est la marionnette d'Hitler, alors, c'est que Staline voulait installer la sienne. Très rapidement, nous avons tous compris de quel côté nous étions, mais le problème de votre frère, c'est qu'il voulait avoir un pied dans les deux camps.

— Que s'est-il passé ? demanda Eva avec crainte.

— Je ne devrais pas vous dire ça. J'ignore ce qui est vrai ou faux. Brendan n'était pas vraiment des nôtres. Je me suis trouvé une seule fois en sa compagnie, au cours d'une longue après-midi à Barcelone. Il m'a accompagné pour faire quelque chose que je n'aurais jamais fait tout seul. Je ne peux pas être certain de ce qui s'est passé. Avec les Russes, on ne sait jamais.

— Que disent les gens ?

— Qu'ils ont réussi à le faire monter dans un navire soviétique par la ruse. Il a dit à un de mes amis que les Russes avaient accepté qu'il rentre chez lui, il ne lui restait plus qu'à réparer une radio, un dernier service à rendre. Il paraissait vraiment leur faire confiance. Un protestant typique – ne pas savoir à ce point quand il est plus sage de partir en courant. Une fois à bord, ils ont levé la passerelle, ensuite, les Russes de la station haussaient les épaules chaque fois qu'on parlait de lui, comme s'il n'avait jamais existé.

— Mais il était dans leur camp ?

— C'est pire encore. Cela signifie qu'il n'est pas prisonnier de guerre, mais un traître. Certains disent qu'il n'a pas du tout été fait prisonnier mais qu'il nous espionnait pour le compte des Russes, qui ont orchestré sa fausse disparition. D'autres disent qu'ils l'ont aperçu plus tard pendant la guerre sous un nom d'emprunt. Mais le plus souvent, les gens ne disaient rien, ayant trop peur de partager le même sort. C'était déjà assez difficile de servir de cible aux pilotes d'Hitler sans devoir également s'inquiéter de ceux qui vous tirent dans le dos. Au bout de quelque temps, je ne me suis plus intéressé qu'à sauver ma peau. »

Eva frissonna, le froid pénétrait dans toutes ses veines. Les images se précipitaient dans son esprit avec tant de force qu'elle devait lutter pour rester debout. Brendan petit garçon avec son drôle de chapeau. Brendan souriant sur cette dernière photo prise à Londres. Des garçons à la tête rasée sur la couverture du *Pays des Soviets*, et il était évident qu'aucun d'entre eux n'avait jamais tenu un violon auparavant. « *Sur la base de nouveaux principes d'enseignement, des milliers d'anciens criminels ont été réhabilités dans la commune Bolsheov pour le redressement des jeunes délinquants par le travail, dans des conditions de liberté absolue, ainsi ils ont retrouvé une nouvelle vie de travail comme membres à part entière de la société socialiste.* » Des mensonges, et encore des mensonges. Si le corps de Brendan n'avait pas été jeté pardessus bord, poignets liés, il était sans doute en cage dans un camp soviétique, tout aussi désireux de rentrer en Irlande qu'Art – à présent dans un camp irlandais – l'était de retrouver la Russie.

« Ça ne va pas ? » Bourke tendit une main pour l'empêcher de tomber.

« Non, ça ne va pas. Je veux mon frère.

— N'abandonnez pas l'espoir. Les Russes n'ont rien à gagner en le gardant. Aucun des volontaires que j'ai rencontrés depuis mon retour ne veut parler de lui. Ils construisent leurs propres légendes et ne savent que faire des détails inexpliqués et complexes. S'il est vivant, il faudrait que quelqu'un se fasse entendre. Mais ne vous attendez pas à une aide. Avec un Goold sous clé, De Valera ne va pas faire d'effort pour en rapatrier un autre.

— Vous avez froid, dit Eva. Venez à l'intérieur. Mangez quelque chose. Nous pouvons vous donner un lit.

— Non.

— S'il vous plaît. » Eva désirait violemment faire pour cet homme ce qu'elle ne pouvait pas faire pour Brendan, comme s'il était susceptible, d'une certaine façon, de le remplacer. Il était la dernière personne qu'elle connaissait à l'avoir vu vivant, le seul lien. Elle regarda le livre. « Vous n'avez rien qui ait appartenu à Brendan ?

— Je l'ai à peine connu. Mais Charlie Donnelly était mon pote. Il voulait que ce livre vous soit rendu. Maintenant je dois partir.

— Où ?

— J'ai un peu réfléchi pendant que j'étais dans les bois ici. Je n'avais jamais imaginé que le combat de l'Angleterre pouvait devenir le mien. L'IRA pense que si nous aidons à vaincre les Britanniques, Hitler nous livrera gentiment les six comtés. Mais j'ai vu ses avions dans le ciel d'Espagne et j'ai compris que je voyais le mal.

— Mon mari s'est engagé.

— C'est un protestant, et c'est ce que les gens attendent de lui, mais lorsque je revêtirai l'uniforme britannique, il n'y aura pas que la porte de mon père qui se refermera devant moi. Cependant, peut-être que votre mari et moi, à nous deux, nous parviendrons à empêcher la guerre d'atteindre le Mayo. Rejoignez vos enfants, madame, ils s'inquiètent pour vous. »

Il se retourna et s'éloigna dans l'allée sans regarder derrière lui. Eva voulait rentrer à la maison, mais ses membres étaient tellement froids qu'elle était incapable de bouger. Ce furent les enfants qui vinrent la rejoindre et l'étreindre en l'assaillant de questions.

« C'était qui, Maman ? Qu'est-ce qu'il t'a donné ? »

Elle les laissa l'accompagner jusqu'à la cuisine. Maureen ne posa aucune question lorsqu'elle fit asseoir Eva près de la cuisinière où elle mit une bûche supplémentaire. Eva avait l'impression qu'elle ne se réchaufferait jamais. Maureen commença à organiser le coucher des enfants, préparant des lits de fortune sur les dalles en attendant que les matelas aient été aérés. Francis et Hazel embrassèrent leur mère avant de se mettre au lit mais Eva ne leur prêta que peu d'attention. Maureen monta à l'étage et les enfants, épuisés, ne tardèrent pas à s'endormir, laissant Eva seule. Plus seule qu'elle ne l'avait jamais été. L'exemplaire du *Pays des Soviets* était posé sur une chaise. Elle le ramassa, ouvrit la cuisinière et regarda les flammes dévorer l'image des garçons au crâne rasé. Elle referma la cuisinière. Son souper était resté intact sur la table mais Eva ne pouvait supporter de le manger tandis que Brendan – s'il était vivant – était probablement affamé en ce moment.

Maureen redescendit et se déshabilla sans rien dire, elle savait qu'Eva se confierait à elle à un moment ou à un autre. La jeune fille se lava devant l'évier et Eva emprunta le corridor hanté et monta au rez-de-chaussée pour aller dans toutes les pièces éteindre les bougies. Elle fit une pause dans le salon et pensa au pauvre Freddie tout seul dans les rues sans éclairage de Winchester. Le ciel était bien sombre au-dessus de l'Europe, il attendait le bourdonnement des avions. La guerre semblait tellement éloignée de ce bois du Mayo, et pourtant elle savait qu'il ne pouvait y avoir là de sanctuaire. Elle essayerait de construire une arche pour ses enfants dans cette vieille maison mais une force maléfique, qu'elle était incapable de nommer, tenait le monde en équilibre sur sa paume. Il était à hauteur de ses lèvres et il suffisait à cette force maléfique de souffler pour que toutes leurs vies, leurs espoirs et leurs rêves s'éparpillent comme de la cendre de cigarette.

Elle avait beaucoup de raisons pour prier. Ses fragiles parents à Oxford, ses frères, son mari trop infirme pour se battre, Peadar Bourke, qui cheminait dans la nuit du Mayo, ses deux précieux enfants au sous-sol avec elle. Quelle prière pouvait être assez puissante pour tous les protéger, quelle incantation ou quel charme ? Eva scruta les ténèbres et offrit à Dieu le seul cadeau qu'elle pouvait faire, son silence tel un vaisseau vide brûlant d'être rempli.

27

DANS LA SOUTE

Près de Magadan, Union soviétique, octobre 1940

Demain ils atteindraient le port de Magadan. Les morts seraient débarqués en premier du navire et entreposés en tas quand leurs carcasses gelées auraient été précisément comptées. Puis les brancards des malades seraient posés sur le sable froid et, pour finir, les *zeks* restants sortiraient, plissant les paupières devant la pâle pénombre du lieu. Ce serait alors que leur nombre pourrait être vraiment évalué, tandis que les marins et les officiers du NKVD pressés de décharger leur cargaison et de retourner à Vladivostok hurleraient des ordres aux *zeks*. Le lendemain, ces neuf jours de cauchemar maritime seraient terminés, même si un nouveau cauchemar les attendait, la marche vers les mines d'or de la Kolyma dans le paysage gelé que Brendan apercevait maintenant en sortant de la soute du navire.

Les marins refusaient toujours de descendre dans cette fosse de vomi, de merde et de terreur. Mais tous les soirs, ils autorisaient de petits groupes de prisonniers à monter sur le pont pour une brève visite aux latrines, lesquelles ne puaient pas plus que la soute d'où ils venaient. Ces quelques minutes leur étaient précieuses parce qu'elles permettaient de faire entrer un peu d'air glacial dans leurs poumons et parce que l'on était loin des *urkas* qui contrôlaient la vie dans la soute. La vessie de Brendan lui avait fait mal toute la journée, mais il avait appris à apprécier cette douleur à cause de la sensation de merveilleuse délivrance qu'il savourait maintenant en pouvant enfin pisser. Un vieux Polonais était accroupi à côté de lui et tentait désespérément de vider ses intestins pendant le court instant auquel il avait droit. Il était tellement émacié que Brendan savait qu'il ne survivrait pas à la marche du lendemain vers les mines d'or. Brendan ne pouvait pas se permettre de ressentir de la compassion en ce moment. Il se concentrait sur le tiède jaillissement de pisse qui lui permettait momentanément d'oublier tout le reste. La vapeur montait dans l'air et gelait immédiatement.

Les marins hurlaient pour qu'ils s'activent, mais les *zeks* avaient attendu toute la journée ces minutes sur le pont et personne ne voulait être le premier à partir parce que, si l'un d'entre eux quittait les latrines, tous les autres devaient le suivre. Un garde lança un autre hurlement et, cette fois-ci, tous émergèrent des latrines, leur instinct étant à présent aiguisé au point de leur permettre de reconnaître la seconde exacte à partir de laquelle ils risquaient de recevoir un coup de poing ou une balle. Brendan aida son voisin polonais à se relever mais le vieillard regardait fixement droit devant lui, trop occupé par son incapacité à se vider pour le remercier. Les prisonniers du groupe suivant injurièrent Brendan en raison de sa lenteur à quitter les lieux et se mirent à courir en tentant de contrôler leur vessie tout en étant poussés en avant par les gardes.

Le temps commençait à manquer pour les désespérés qui venaient en dernier, en grande partie parce que les *urkas*, qui avaient toujours le droit de sortir les premiers, avaient mis très longtemps à regagner la soute, où la seule loi était celle qu'imposaient leurs règles. Certains soirs, les marins se lassaient d'attendre dans le froid et fermaient les écoutilles avant que tous les *zeks* aient eu le temps de se soulager. Les compagnons de Brendan étaient déjà redescendus dans la soute mais il courut le risque de rester une seconde de plus à regarder les barbelés qui entouraient l'escalier. Il fut pris d'un désir irrationnel de toucher les nœuds du fil de fer comme si une main d'homme allait être capable de les transformer par magie en fleurs de haies. Un marin le poussa en avant avec la crosse de son fusil et Brendan se faufila parmi les hommes qui attendaient. La soute paraissait complètement noire après la faible lumière sur le pont, mais il parvint à retrouver Yasili et à s'accroupir près de lui.

Yasili avait été portraitiste, il avait eu droit à une condamnation de huit ans fondée sur une présomption d'espionnage pour une puissance étrangère inconnue après qu'on eut découvert qu'il avait été prisonnier de guerre en Autriche en 1915 et qu'il avait donc fréquenté des étrangers. Il s'installait toujours à proximité de la base de l'escalier, au risque de recevoir des coups de la part des *urkas*, parce qu'il était important de pouvoir aspirer le plus possible d'air frais de l'extérieur pour survivre à ce voyage, au cours duquel la menace de typhoïde était grande. Yasili était unique parmi les *zeks* parce qu'il était déjà allé une fois dans les mines d'or. Il avait cependant été transféré dans un camp à Siblag, dont le commandant désirait des portraits de ses enfants. Son talent lui avait sauvé la vie car le travail à l'extérieur était obligatoire à la Kolyma tant que la température ne descendait pas au-dessous de moins cinquante. Yasili ne pensait pas qu'un grand nombre de ceux qui avaient été avec lui lors de son premier voyage soient encore en vie.

Brendan ferma les yeux, espérant – après avoir pu apercevoir la mer – faire apparaître dans son esprit le bleu de la baie de Donegal. Cependant, ces derniers temps, il rêvait rarement du Donegal et parvenait à peine à se souvenir de Dunkineely. Trois ans au goulag avaient éliminé la plupart de ses souvenirs. À présent, quand il rêvait d'eau, c'était son premier aperçu de la mer Noire au crépuscule, lorsqu'il avait pu monter sur le pont et voir apparaître le port de Sébastopol en 1937.

Lors du transfert depuis Barcelone, à travers les Détroits et Constantinople, après être passé au large de Gallipoli, il s'était trouvé avec deux Russes de la Ligue des Jeunesses communistes accusés d'espionnage après avoir été vus en train de fraterniser avec des volontaires britanniques. Les garçons avaient été trop effrayés pour lui parler, ayant déjà suffisamment d'ennuis sans s'associer à un autre étranger. Brendan aurait apprécié n'importe quel type d'interrogatoire lors de ce voyage depuis l'Espagne, alors qu'il était encore furieux d'avoir été fait prisonnier par la ruse. Il avait ressenti un grand besoin de se défendre des accusations portées contre lui mais il n'avait eu de rapports qu'avec des marins brutaux qui n'étaient pas intentionnellement cruels mais considéraient les prisonniers avec la même indifférence que s'ils avaient été du bétail. De temps en temps, les deux jeunes

Russes étaient emmenés hors de la petite cabine où ils étaient enchaînés avec Brendan. Leurs cris lui faisaient comprendre qu'on les torturait, mais les officiers du NKVD qui étaient à bord ne semblaient pas vouloir soutirer des aveux. Ils se contentaient de faire leur travail machinalement afin que les marins n'oublient pas leur pouvoir.

Brendan ouvrit les yeux lorsque les hommes qui n'avaient pas encore réussi à monter sur le pont émirent un grognement de protestation. Les marins commençaient à refermer les écoutilles. Des supplications désespérées réclamèrent le droit de pisser mais, une fois que l'équipage avait pris une décision, Brendan savait qu'il ne revenait jamais en arrière. Il n'y aurait pas non plus de nourriture ce soir-là. Dès le lendemain les *zeks* seraient sous la responsabilité de quelqu'un d'autre et seraient donc nourris par ce quelqu'un d'autre. Les *urkas*, eux, avaient été nourris un peu plus tôt car même les marins se méfiaient de ces criminels de droit commun qui formaient des groupes et des fraternités de voleurs et vivaient selon leurs propres codes.

Après avoir entendu pendant des années les *zeks* essayer de comprendre pour quel prétendu complot ils avaient été arrêtés, Brendan se demandait si les *urkas* n'étaient pas l'unique véritable groupe en Union soviétique qui ne soit pas sous la botte du Kremlin. Ironiquement, les autorités du goulag encourageaient ces droits communs qui, alors qu'ils n'étaient que des éléments socialement nuisibles, se retrouvaient au-dessus des *zeks*, lesquels étaient accusés de sabotage et de trahison, parce que la brutalité des premiers permettait de contrôler les seconds.

En vérité, peu de *zeks* savaient pour quelle raison ils avaient été condamnés. En 1937, après avoir été emmené de Sébastopol à Moscou en train, Brendan avait réclamé avec indignation le droit de contacter le consulat britannique et avait demandé à ses premiers interrogateurs de la prison de la Lubyanka de produire des preuves des charges non spécifiées contre lui. Pensant qu'ils avaient hérité d'un dossier venant de Georgi Polevoy, il avait analysé chaque détail de sa vie comme le fait un catholique avant la confession. Mais ceux qui l'interrogeaient se contentèrent de rester assis là devant une feuille de papier blanc, outrés par ses tentatives de défense et par son refus de leur fournir une liste des crimes pour lesquels il pourrait passer en jugement. Ils soutenaient que, s'il désirait ces preuves, c'était dans le seul but de les déformer et de les altérer. L'accusation contre lui était imparable précisément parce qu'il n'existait pas de preuves. En conséquence, sa culpabilité était incontestable : Brendan n'avait aucun argument à leur opposer. Impatientés par son refus de coopérer alors qu'ils avaient tant d'affaires à régler, ses interrogateurs lui avaient lié les pieds et les mains dans le dos, s'étaient servi d'un palan pour le soulever et l'avaient ensuite laissé tomber sur le sol dallé. Une fois son visage devenu une telle masse de sang qu'il n'aurait pas pu bredouiller une confession même s'il avait encore été capable de réfléchir avec suffisamment de clarté pour la formuler, ils l'avaient mis dans une cellule pareille à un cercueil vertical en pierre. Brendan ignorait combien de temps il y était resté debout, sans même assez de place pour lever ses mains jusqu'au sang qui s'était figé sur son visage. Après des heures ou des jours, ils l'avaient transporté dans une petite cellule où une centaine d'autres hommes se battaient pour un peu d'espace. Personne ne lui avait adressé le moindre geste amical mais, en essayant d'écouter les conversations à l'aide du peu de russe qu'il connaissait, Brendan avait appris l'importance de l'auto-dénonciation pour quiconque voulait conserver une chance de survie.

Son deuxième entretien eut lieu de nuit, on lui fit descendre un escalier entouré de filets pour empêcher toute tentative de suicide. Des hurlements jaillissaient de toutes les pièces du long corridor réservé aux interrogatoires de nuit. Brendan pensa que c'était un endroit dont Art devait évidemment ignorer l'existence, parce que le sens de la justice de son frère ne lui aurait jamais permis d'engager son âme au service d'un État qui torturait et massacrait ses propres citoyens. Son instinct de survie tout entier l'incitait à inventer un complot. Il devait avouer en avoir fomenté un avec des membres du POUM afin de faire entrer illégalement Trotski en Espagne et de créer une cinquième colonne qui aurait collaboré avec les fascistes. Pourtant, même dans une cellule de torture, alors que l'immense brute que les prisonniers appelaient « le Boxeur » se trouvait derrière lui, le caractère de Brendan lui avait interdit de s'abandonner à des mensonges aussi risibles. Il n'avait pas vu les yeux de celui qui lui demandait s'il avait formulé une hypothèse sur la raison de son arrestation. Il avait au contraire visualisé les yeux de Martin Luther sur le portrait qui se trouvait dans le bureau de son père. L'interrogateur avait eu l'air peiné du silence de Brendan, et avait une fois de plus insisté sur le fait qu'il devait savoir pourquoi il se trouvait là. Lorsque Brendan avait une fois encore refusé de répondre, il avait fait un geste en direction du Boxeur et avait quitté la pièce.

Les os de la main gauche de Brendan ne s'étaient jamais remis correctement en place et il s'était évanoui deux fois pendant qu'on l'étranglait. Il s'était mis à halluciner lorsque l'interrogateur était revenu et il ne pouvait même plus se rappeler quelles accusations il devait avouer. Son procès avait eu lieu sans délai deux jours plus tard. Le président de la troïka avait lu l'acte d'accusation à une telle vitesse que Brendan l'avait à peine entendu. Il avait été condamné à huit ans. Ce fut terminé avant même qu'il eût le temps de parler et le procès suivant commençait déjà. Même en se disant que tout s'était déroulé dans une sorte de ralenti, il se rendit compte que son procès n'avait pas pu durer plus de quatre-vingt-dix secondes.

En y réfléchissant à présent, Brendan savait que s'être imposé tant de souffrances inutiles avait été illogique. Il n'y avait rien gagné. Sa main infirme avait été une gêne toutes ces dernières années et avait ralenti sa vitesse de travail de sorte qu'il était souvent puni et n'avait droit qu'à une ration de famine. Cependant, malgré tout, avoir ainsi défié ses bourreaux cette nuit-là lui procurait parfois un sentiment de fierté. C'était le seul moment où il se sentait encore un peu lui-même.

La vie, avant son arrestation à Barcelone, avait été pour lui celle d'un étranger naïf. Depuis son procès, elle avait perdu toute réalité et il n'avait plus confiance en lui-même. Tout d'abord, il avait été choqué de voir que les gardes dans les camps traitaient les gens comme s'ils n'avaient aucun droit à l'existence. Il comprenait à présent qu'exercer une telle brutalité n'était pas difficile, parce que les *zeks* n'étaient pas des personnes, mais des ennemis du peuple. Cependant, en équilibre entre son ancienne vie et cette non-vie, il y avait eu ce moment, dans la cellule où on l'interrogeait, pendant lequel il avait pensé à Martin Luther et refusé de se laisser faire. Juste avant de perdre conscience pour la première fois, il avait senti monter en lui une extraordinaire sensation de triomphe imbécile en comprenant qu'il était en fait plus fort qu'Art. Parce que, si Art s'était trouvé à sa place, il aurait courbé le genou par amour pour le parti et aurait avoué n'importe quel mensonge tel un chien faisant des tours pour plaire à son maître.

La bousculade dans la soute empira lorsque les hommes tentèrent de se tenir à bonne distance d'un groupe d'*urkas* qui jouaient aux cartes. Le vieux Polonais que Brendan avait aidé dans les latrines parvint à ramper sur le sol jusqu'à lui, et Brendan le maudit en silence parce qu'il le dérangeait dans ses pensées. Même les souvenirs de la torture étaient préférables au rappel qu'il était assis là, incapable de penser à autre chose qu'à sa faim incessante. Il essaya de ne pas penser à la nourriture, sachant très bien que s'il le faisait il se lancerait dans une quête vaine pour une miette de pain dans tous les plis de ses vêtements au cas où l'une d'elles s'y serait logée. Toutefois, peut-être les rations n'étaient-elles pas aussi mauvaises à la Kolyma que le prétendait Yasili. Peut-être sa famille savait-elle où il se trouvait. Peut-être pourrait-il s'enfuir et rejoindre les tribus de chasseurs qui parvenaient à vivre dans ce désert. Mais il savait que les tribus ne se préoccuperaient absolument pas de son sort et qu'elles le pourchasseraient comme s'il était un ours, intéressées seulement par les onze livres de blé qu'offrait le NKVD pour la capture d'un *zek* en fuite.

Un cri grossier provenant des joueurs dérangea ses pensées une fois de plus.

« Toi. Donne-moi tes chaussures. »

Brendan, s'étant rendu compte que l'*urka* s'adressait à lui, leva les yeux.

« Tu as entendu, salopard d'étranger. Espion fasciste. C'est ta malchance qui fait que je vais les perdre. Tu crois que ça me plaît de voir gagner ce salopard ? »

Brendan savait qu'aucun des *zeks* ne viendrait à son secours contre un *urka*. Dans les camps, leur réseau était d'une telle efficacité qu'aucun *zek* qui leur déplaisait ne pouvait échapper à leur vengeance.

Cette partie de cartes s'ajoutait à toutes celles qui avaient été jouées depuis le début du voyage. Pour commencer, les *urkas* avaient misé leurs propres possessions, mais, une fois celles-ci perdues, ils misaient simplement les affaires des *zeks* qui les entouraient. Brendan savait qu'il avait de la chance. Ses vêtements, son corps ou même sa vie auraient très bien pu être en jeu. Mais, sans ses chaussures, il n'avait aucune chance de supporter la marche du lendemain.

La voix du vieux Polonais s'éleva : « Ne fais pas ça, camarade. Ses chaussures ne te serviront à rien. » Son intervention fut accueillie par un silence, non seulement parce qu'il risquait sa vie en intervenant, mais parce que les prisonniers commettaient un crime quand ils utilisaient le terme de *camarade*.

« Et qu'est-ce que ça peut te faire, grand-père ? demanda l'*urka*. Fais gaffe ou je vais miser tes dents et arracher les derniers chicots de ta gueule puante.

— L'étranger mourra dans le froid.

— C'est un espion, comme ça, on ne gâchera pas une bonne balle soviétique. »

L'*urka* regarda autour de lui, sentant que l'on défiait son autorité. « À la prochaine main, je mise ta gorge. Ne t'enfuis pas, *dokhodyaga*, avec la chance que j'ai, tu vas bientôt sourire d'une oreille à l'autre. » Il jeta un regard furieux à Brendan. « Maintenant, donne-moi ces putain de chaussures. »

Brendan lui tendit les chaussures en caoutchouc fabriquées à partir de lanières de vieux pneus de tracteur. Jusqu'alors, les *zeks* qui étaient à proximité, bien trop préoccupés par leur propre malheur, s'étaient peu souciés de cette altercation avec l'*urka*. Cependant, la menace proférée contre la vie du Polonais avait excité leur intérêt pour la partie de cartes. Le vieil homme ne disait rien, et regardait la distribution des cartes, fabriquées par les forçats eux-mêmes. À l'expression de son visage, Brendan ne pouvait pas deviner si le vieillard désirait que l'*urka* gagne ou perde. Il était véritablement un *dokhodyaga*, un mort-vivant dont la vie ne tenait qu'à un fil. Sans doute, avoir la gorge tranchée valait mieux qu'une mort lente à cause du gel et de l'épuisement dans la neige le lendemain. Cela mettrait un point final à la faim perpétuelle qui hantait chaque seconde de la vie d'un *zek*. Brendan se demanda si le Polonais essayerait de se faufiler dans une autre partie de la soute au cas où l'*urka* perdrait, en espérant se cacher parmi les milliers de prisonniers. Ou alors, resterait-il assis là, en une ultime explosion de défi ? Il était probable qu'aucun de ses proches ne savait où il se trouvait et ne serait prévenu de sa mort. Il était vrai que, comme il avait entendu dire que les gens étaient exécutés pour la seule raison qu'ils portaient un nom polonais, peut-être aucun de ses proches n'était-il vivant.

Brendan ressentit un besoin irrationnel de garder le nom du Polonais en mémoire jusqu'à ce que vienne son tour de mourir. Il avait remarqué, chez les prisonniers condamnés de la Lubyanka, ce désir d'exister dans les souvenirs. Tous avaient griffonné leur nom sur les murs de leur dernière cellule avant leur exécution, et pourtant ils savaient qu'une fois la bâche lavée de leur sang, dans la cave où ils étaient fusillés, on envoyait toujours une femme repeindre au badigeon les murs de leur cellule.

« Qui es-tu ? murmura Brendan.

— Un membre de la famille d'un traître à la patrie. Ils ont arrêté mon frère pour activités antirévolutionnaires. Je ne l'avais pas vu depuis vingt ans mais ils ont quand même réussi à me trouver. J'espère pour toi que tu n'as pas de frère. »

Le Polonais se tut lorsque les dernières cartes furent distribuées. Il saisit un des poignets de Brendan avec une force soudain pareille à celle d'un étau. Brendan ignorait s'il avait besoin d'un contact humain ou si le vieillard voulait l'offrir, lui, comme victime à sa place. Mais, tandis que l'*urka* frappait la table avec ses cartes en poussant un cri de triomphe, les jurons que proférait son adversaire confirmèrent à Brendan que c'était le premier qui avait gagné. Le Polonais relâcha sa prise et ce ne fut qu'alors qu'il se mit à respirer pesamment, comme si auparavant il avait été trop effrayé pour montrer sa peur. L'*urka* se tourna vers eux.

« Tu as eu de la chance, grand-père, je n'ai pas besoin de te tuer. Je suis un boucher très maladroit. L'homme qui a perdu est bien plus habile avec un couteau. C'est lui qui va te trancher la gorge. »

Le Polonais fut étonnamment rapide à se lever et à se faufiler parmi la masse des corps. Pourtant, les *urkas* l'auraient rattrapé sans peine si Brendan n'avait pas volontairement fait un faux pas en se dressant pour les laisser passer. Ils butèrent contre lui, et l'un deux lui balança un coup de pied, mais les hommes étaient tellement serrés les uns contre les autres que son coup n'eut que peu de force. Le Polonais pouvait sans doute se dissimuler un court instant, il ne pourrait cependant pas aller bien loin étant donné la masse de gens. Les *urkas* le chercheraient toute la nuit parce que, selon leur code, tout gage devait être payé. Si l'*urka* qui avait perdu aux cartes ne parvenait pas à tuer le Polonais, il serait lui-même tué afin de restaurer l'honneur des voleurs.

Avec un instinct de survivant, Yasili avait fui les parages de Brendan dès que l'*urka* lui avait demandé ses chaussures. À présent, le peintre était revenu et tentait de persuader Brendan de disparaître de cette partie de la soute jusqu'à ce que les prisonniers montent sur le pont le lendemain. Avec un peu de chance, les *urkas* auraient alors oublié son existence. Leur pouvoir était moindre dans les mines d'or, mais ils ne seraient pas obligés de travailler aussi dur que les prisonniers politiques et ils obtiendraient tous les travaux à l'intérieur. Les tueries gratuites seraient moins fréquentes, les commandants de camp détestaient se voir priver d'une unité de travail. Brendan survivrait, à condition toutefois de trouver des chaussures chaudes.

Les hommes le maudirent lorsqu'il se fraya un chemin parmi eux dans la soute. Ici et là brûlait un bout de chandelle et il était émerveillé de constater à quel point la lueur vacillante d'une flamme lointaine permettait de s'orienter. Yasili disait que, dans les mines d'or, il était primordial de savoir allumer un feu. Produire des étincelles avec un silex afin de démarrer un feu était la seule façon de survivre dans ce désert de glace. Sans une grande flambée, il était impossible de faire fondre les blocs de glace prélevés dans les rivières et de ramollir le sable pour ensuite le tamiser à la recherche de l'or. Ceux qui étaient incapables de tamiser de la sorte pendant douze heures par jour n'avaient pas droit à la misérable ration de pain nécessaire pour rester en vie.

Dans le camp de transit de Vladivostok, les mines d'or lui avaient donné l'impression d'être le pire endroit qu'il ait jamais connu jusqu'alors, mais maintenant, dans le ventre de ce ténébreux navire, elles avaient un parfum de liberté.

Brendan se faufila de plus en plus loin jusqu'à des sections du navire où il n'avait encore jamais pénétré. Il lui arrivait de marcher sur des corps étendus au milieu de flaques d'urine et de vomi. Certains juraient tandis que d'autres restaient là sans bouger. Il aurait été facile de voler des chaussures à l'un de ces corps inertes. Mais le tempérament de Brendan lui interdisait de le faire tant qu'il n'était pas certain qu'ils avaient cessé de vivre. La plupart des morts avaient déjà été dépouillés de tout ce qu'ils possédaient. Aucun *zek* ne savait combien d'hommes avaient été entassés dans ce navire à Vladivostok. Certains disaient quatre mille, d'autres dix mille. Il était impossible d'imaginer un tel cargo. Tout ce que Brendan savait, c'était que sa cellule à Vladivostok, avec des lits prévus pour une douzaine de personnes, avait abrité cent soixante-huit hommes.

Sur sa gauche, un autre groupe d'*urkas* jouait aux cartes à la lumière d'une bougie. Derrière eux, il apercevait la coque en acier du navire, c'était la première fois qu'il la voyait depuis des jours et des jours. L'éclat sourd du métal lui rappelait la fois où, l'année précédente, il était passé devant un petit miroir de poche dans la cabane d'une ordonnance, il y avait aperçu le visage d'un homme dans lequel il n'avait pas pu se reconnaître.

Les *zeks* ordinaires essayaient de rester à distance de cette autre partie de cartes et s'entassaient dans l'ombre. Un homme, cependant, n'avait pas eu la chance de pouvoir se cacher, car son cadavre gisait dans une flaque de sang près des *urkas*, bâillonné et dénudé, mains et pieds liés. Les morceaux de corde intriguaient Brendan, qui ne comprenait pas comment cet homme était mort. S'il y avait eu un combat, il aurait dû être simplement poignardé. Mais c'était là une exécution délibérée. Peut-être était-ce un *urka* qui avait trahi le code de l'honneur, ou un *zek* assassiné publiquement en guise d'avertissement. Ou bien peut-être avait-il été choisi au hasard, chaque brutalité – cordes, bâillon et déshabillage – représentant une main perdue aux cartes. Peut-être avait-on forcé la victime à rester étendue là et à observer chaque carte jouée jusqu'à ce que le perdant reçoive finalement le couteau et soit obligé de trancher la gorge de sa victime comme s'il s'agissait d'un cochon. Brendan voyait le cadavre de dos et il ne savait donc pas si c'était la gorge ou le ventre qui avait été ouvert, mais jamais il ne s'était trouvé devant un pareil spectacle. Il sentait la terreur des *zeks* tout autour de lui.

Les pieds du cadavre étaient nus, les chaussures ayant évidemment été les premières possessions à être misées au jeu. Le corps était mince, les os saillaient et tentaient de sortir de sous la peau. Il y avait cependant quelque chose de familier et d'inquiétant dans ces épaules recourbées. Brendan se souvint du Polonais qui lui avait raconté qu'il était là parce que son frère avait été condamné. Mais Art était en Irlande ou ailleurs, en sécurité. Il ne pouvait pas être insensé au point d'être retourné à Moscou, ne pouvait pas savoir où se trouvait Brendan. Mais il se pouvait qu'une rumeur l'ait alerté et qu'il soit allé en Russie pour essayer de le sauver – c'est ce que font les frères aînés. Dunkineely lui apparut soudain avec précision, ainsi que son frère le portant sur ses épaules le long des rives de la Bunlacky. Ces épaules-ci ne pouvaient pas être les mêmes épaules, et pourtant Brendan ne put s'empêcher de faire un pas en avant, surprenant les *urkas*, qui cessèrent de jouer pour l'observer.

Brendan s'agenouilla près du corps, et résista à l'envie de le prendre dans ses bras. Il connaissait bien ces traits, ce menton, ce nez, même si la faim et les coups les avaient déformés. Il retourna le corps. Le cou était intact, tout comme la poitrine. C'étaient les testicules qui avaient été coupés, et l'homme laissé là avait saigné à mort. Combien de temps avait-il mis pour mourir ? Brendan aurait voulu secouer le corps et le lui demander. Brendan aurait voulu hurler devant ce visage. Il aurait voulu des réponses, aurait voulu éclaircir les dix dernières années. Il aurait voulu enlever le bâillon et entendre prononcer son nom. Mais l'instinct de conservation l'empêcha de commettre une telle imprudence. Il laissa la tête de Georgi Polevoy retomber par terre et se leva, conscient que les *urkas* l'observaient. Il ne savait absolument pas pourquoi Georgi avait été arrêté ni si les *urkas* l'avaient tué parce qu'ils étaient au courant que c'était un ancien officier du

NKVD. Peut-être sa mort était-elle due au hasard, Georgi n'ayant pas accepté de n'être qu'un simple *zek*. Ou peut-être qu'à son époque de gloire, lorsqu'il régnait sur la prison de la Lubyanka, Georgi avait commis l'erreur de torturer un de ces *urkas*. Si Brendan avait l'air de reconnaître Georgi maintenant, ils pourraient croire qu'il avait lui aussi été un policier. En conséquence, il adressa aux *urkas* un sourire d'imbécile mis au point depuis longtemps, haussa les épaules avec indifférence et s'éloigna lentement. Il attendit d'être à bonne distance des joueurs avant de se mettre à courir, sans se préoccuper des coups qu'il recevait lorsqu'il bousculait des hommes ou du nombre de fois où il s'étala sur des corps entassés à même le sol.

Il faisait nuit noire dans cette partie de la soute, mais il savait où il allait. Les marches qui menaient au pont étaient couvertes d'hommes assis. Il y faisait plus froid car l'air nocturne descendait par les fentes des écoutilles. Les hommes l'injurièrent lorsqu'il envahit leur espace, mais il s'en fichait et ne sentait même pas les coups sur ses pieds nus. Il ne voyait plus que le regard plein de défi de Georgi dans la mort.

La vengeance ne lui procurait aucun plaisir. Yuri était soit mort, lui aussi, soit dans un goulag. Brendan avait rencontré beaucoup de volontaires russes qui avaient été arrêtés comme espions à leur retour d'Espagne. Mais Georgi avait toujours paru trop impitoyable et intelligent pour être pris au piège, toujours en avance d'une étape sur tous les autres. Peut-être l'intelligence était-elle maintenant considérée comme une trahison. Peut-être Staline était-il réellement Dieu et finissait-il par attraper tous les hommes.

Une main se tendit pour le sortir de la masse qui l'entourait.

« Assieds-toi. » Yasili avait des yeux de chat dans la pénombre. Brendan s'assit, obligeant les hommes entassés là à lui faire de la place à contrecœur. « Ça va ? »

L'Irlandais ne répondit pas. C'était là une des leçons que Georgi lui avait apprises. Pour survivre, il fallait ne rien savoir et ne connaître personne. Brendan savourait un étrange sentiment. Ce n'était pas de la colère ou de la pitié pour Georgi, ni un sentiment de vengeance. Au fond de son âme, il se sentait triomphant. Il était toujours en vie alors que ce salopard était mort. Il s'était montré plus malin que le renard.

Il pouvait toujours pisser et chier et manger tandis que le maître des marionnettes rejoindrait le lendemain les autres cadavres qu'il faudrait soustraire de la liste des prisonniers. Yasili le poussa du coude et produisit quelque chose de sous les haillons qu'étaient ses vêtements.

« Elles appartenaient au Polonais, murmura-t-il. J'ai réussi à les subtiliser pendant le tohu-bohu. Il aurait aimé que tu les aies. Les mines d'or ne sont en fin de compte pas si terribles que ça. L'hiver ne dure que douze mois – le reste de l'année, l'été éclate de toute part. »

Brendan prit les chaussures. Elles étaient usées et minces, peu importait. Il n'était même plus troublé par la faim à ce moment-là, alors qu'il réalisait à quel point la Lubyanka avait dû être horrible pour Georgi, qui connaissait d'avance toutes les tortures qu'on allait lui infliger. À Barcelone, Georgi avait voulu qu'ils aillent ensemble chez les putes – un test pour savoir lequel des deux tiendrait le plus longtemps, mais Brendan avait toujours su qu'il finirait gagnant. Le lendemain, à Magadan, tandis que le corps de Georgi serait arrosé d'essence et brûlé, il serait, lui, toujours debout, avançant vers les mines d'or de la Kolyma avec les chaussures d'un mort.

28

UNE RENCONTRE

Londres, octobre 1940

Eva prit le train de deux heures trente à Oxford, dans l'espoir de retrouver Freddie à la gare de Paddington à quatre heures pour boire un verre avant d'aller dîner avec deux autres officiers et leurs épouses. Elle savait à quel point il était difficile d'organiser un dîner de ce genre à Londres en ce moment. Selon toute probabilité, il se terminerait dans un abri antiaérien en la compagnie malaisée des serveurs, parce que Londres était bombardée sans répit depuis cinquante-six nuits.

Deux jours plus tôt, alors qu'elle arrivait d'Irlande, Freddie l'avait présentée aux deux épouses et Eva avait immédiatement détesté leurs rires perçants et leur façon de qualifier une autre épouse de « vulgaire » parce qu'elle écrivait son courrier sur du papier ordinaire et non sur du papier à lettres. Elle appréhendait de devoir se retrouver une fois de plus avec elles, pourtant elle savait qu'il était important pour Freddie de mettre sa femme en valeur. Le lendemain, elle pourrait repartir en Irlande mais elle acceptait de jouer la bonne épouse pour un soir afin qu'il puisse au moins être fier d'elle.

Toutefois, lorsqu'ils approchèrent de Londres, un contrôleur annonça la présence d'une bombe qui n'avait pas explosé sur la voie près de Ladbroke Grove. Les passagers devraient descendre à White City quand ils arriveraient dans cette gare, s'ils y arrivaient. Aucun des passagers ne se plaignit, même quand le conducteur réduisit la vitesse à moins de dix kilomètres à l'heure. Refuser de sourire devant les contretemps était considéré comme aussi peu patriotique que de ne pas savoir tenir sa langue. Les gens devaient apprendre à se débrouiller, comme l'avait expliqué Mère la veille dans l'abri antiaérien tout en raccommodant une vieille veste de Père et après avoir décidé de rejoindre le Royal Air Force Comforts Committee, dont la mission consistait à tricoter des chaussettes pour les jeunes pilotes des aéroports des environs. La nuit précédente, il n'y avait pas eu ces chansons d'abris antiaériens dont Eva avait entendu parler. Les gens étaient beaucoup trop préoccupés par les récentes rumeurs concernant les plans allemands d'invasion de l'Angleterre, invasion retardée par le courage de dernière minute des pilotes de Spitfire qui permettaient à Churchill de gagner du temps. Personne ne mentionnait cette rumeur à voix haute, tout comme personne n'en parlait dans le train en ce moment, parce que trop parler en public pouvait coûter des vies. Mais Eva savait que, derrière ces sourires épuisés, les gens anticipaient le pire. Cette *Blitzkrieg* chaque nuit avait pour but de les ramollir avant l'attaque. Depuis des semaines, les gens avaient essayé de dormir quand cela leur était possible, sans savoir quand il leur faudrait aller déterrer leurs voisins ou être déterrés par eux. Lorsque Eva était allée visiter les endroits qu'elle fréquentait à l'époque de ses études d'art, elle avait été choquée de voir que l'église d'Austin Friars et le maître-autel de St Paul avaient été détruits. Mais Londres était aussi vivante qu'autrefois, avec une ambiance différente. Si elle n'avait pas été mère, elle serait volontiers restée là afin de partager ces souffrances et de passer ses nuits, non pas avec des femmes d'officiers, mais avec la population ordinaire dans les stations de métro, puis de creuser les décombres tous les matins à l'aube.

Mais il y avait deux enfants en Irlande qui dépendaient d'elle et elle devait retourner là-bas. Maureen s'occupait d'eux à Glanmire House, ayant demandé une semaine de congé à Mr Devlin. Eva se sentait coupable de prendre le risque de les y laisser, tout comme elle se sentait coupable de laisser Freddie seul ici. Le sens qu'elle avait de ses obligations d'épouse expliquait en partie sa visite. Elle n'en avait pas moins également des devoirs en tant que fille. La nuit précédente, à Oxford, elle avait essayé de persuader ses parents de retourner dans le Donegal. Père ne voulait pas en entendre parler. Même s'il était âgé, il s'était porté volontaire auprès de la défense passive et il souhaitait jouer un rôle dans la lutte contre le fascisme. Le calme de sa résolution lui avait fait penser à Brendan. Mère refusait également de partir, pressentant qu'elle avait plus de chances d'obtenir des informations au sujet de Brendan en écrivant au Foreign Office depuis un domicile situé en Angleterre. La veille, elle avait montré à Eva les réponses brèves et évasives. Les Affaires étrangères ignoraient tout de Brendan et ne paraissaient pas vouloir en savoir plus. Mère avait également écrit à Walter Krivitsky, l'officier des renseignements qui s'était réfugié en Angleterre. Mais maintenant il n'y avait plus d'espoir de réponse depuis sa mort suspecte dans une chambre d'hôtel. Si peu de temps après l'assassinat de Trotski, Eva avait l'impression que personne n'était à l'abri de Staline.

Il était quatre heures quand le train arriva enfin à Ealing Broadway. Il y resta quelque temps et l'ordre fut donné de tirer les rideaux car on annonçait la présence d'avions allemands dans le ciel. Pour finir, le train fut autorisé à avancer au pas jusqu'à White City. Eva avait alors déjà cinquante minutes de retard. Les horaires des trains et des bus étaient bouleversés, beaucoup de rues étaient à peine praticables, et pourtant Eva savait que Freddie allait lui en vouloir de ne pas être arrivée à Paddington à l'heure. Il s'excuserait auprès des autres couples, prétendrait qu'Eva passait sa vie dans l'éther. La femme qu'il aurait dû épouser aurait su trouver son chemin malgré le Blitz et serait arrivée à temps, les cheveux parfaitement coiffés, affichant des croyances orthodoxes et un appétit de carnivore pour la viande rouge. Eva trouvait ses propres efforts pour être l'épouse parfaite plus épuisants que l'incessant bombardement allemand. Ce soir-là, elle ferait une fois de plus tout ce que doit faire une épouse pour plaire à son mari et se sentirait ensuite coupable d'avoir fait semblant d'y prendre du plaisir.

Les passagers sortirent de la gare de White City et s'engouffrèrent dans des bus alimentés au gaz. Un immense panneau *Creusez pour la Victoire* avait été érigé sur une série de maisons en ruine. Les façades avaient disparu, mais elle pouvait voir les foyers suspendus en l'air dans les pièces à l'arrière.

Le bus ne pouvait pas suivre son trajet habituel avec tant de détours pour éviter les rues endommagées. Il finit par s'immobiliser près de Marble Arch et le chauffeur s'excusa de ne pas pouvoir aller plus loin à cause des gravats et des cratères sur la chaussée. Elle n'était pas très loin de Paddington. Au pas de course, elle y parviendrait peut-être avant que Freddie ne parte, et leur soirée pourrait alors être sauvée. Toutefois, elle prit une autre direction, passa devant des équipes d'hommes qui tentaient d'enlever les gravats. Des enfants les regardaient faire tandis qu'une vieille femme se tenait là, abasourdie, près des ruines de ce qui avait été sa maison. Les gens essayaient de la persuader de s'éloigner, mais elle refusait d'entendre ces voix compatissantes. Le Pavillon Theatre avait été détruit. De nombreux bâtiments dans Baker Street et Marylebone Road avaient été atteints, d'autres, miraculeusement, étaient restés debout. Les bombardiers avaient cherché à détruire la station de métro de Baker Street, comme ils avaient récemment provoqué un carnage dans la station de Balham, frappée directement, beaucoup de gens étant morts noyés quand les tuyaux d'égouts s'étaient rompus. Le cinéma, tout à côté, avait été rasé, et des ouvriers avaient amené un camion dans la rue et enlevaient les décombres. Le travail s'arrêta et elle pensa qu'ils avaient découvert un corps. Ne voulant pas se livrer au voyeurisme, elle passa devant le Queen Charlotte's Hospital, dont il ne restait plus que les murs. Chaque pas l'éloignait davantage du dîner avec Freddie mais elle se sentait incapable d'affronter ces femmes d'officiers avec leur snobisme et leur condescendance.

Le soir tombait quand elle pénétra dans Regent's Park, dont les grilles avaient été enlevées pour être fondues. Une grande partie du parc avait été transformée en jardins potagers tandis que le reste était plus ou moins comme dans son souvenir. Au détour d'une allée courbe, elle s'arrêta, choquée à la vue d'un talus herbeux couvert de filles et de soldats qui cherchaient à peine à dissimuler leurs accouplements désespérés sous un pardessus. Elle sentait une passion frénétique sans honte chez tous ces couples qui se doutaient qu'ils ne se reverraient sans doute jamais. N'importe quel espion allemand aurait senti la tension sexuelle tangible dans l'atmosphère et aurait pu deviner le mouvement des troupes. Eva aurait voulu poursuivre sa route mais il y avait quelque chose dans la façon dont une des filles – qui faisait ouvertement l'amour sous un entassement de manteaux – rejetait ses cheveux en arrière et tendait une main pour s'agripper à l'herbe humide qui la troubla. Elle était en présence d'une passion comme elle n'en avait jamais connu.

Elle pressa alors le pas, désemparée de s'être autant éloignée de son chemin. Freddie et ses amis s'étaient sans doute déjà rendus au restaurant. Et il faudrait qu'elle y aille et s'excuse de son retard, de sa lenteur et de son tempérament. Il faudrait qu'elle se morde la langue et évite de mentionner son admiration pour les ambulanciers quakers qui refusaient de tenir un fusil, de mentionner Bernard Shaw, le mysticisme, ou l'un des membres de sa famille à problèmes. Elle se transformerait en bonne épouse jusqu'à ce qu'elle puisse s'enfuir et retrouver ses enfants en Irlande.

« Eva ? »

Le cri la surprit. Il venait d'un des quatre officiers debout près d'une jeep garée près du lac de canotage. L'homme prononça son nom encore une fois et laissa les trois autres à leur cigarette pour venir à sa rencontre. Son accent n'était ni anglais ni irlandais tout en étant familier. Elle reconnaissait également les traits de son visage. Il était plus âgé mais différent de ce qu'elle avait imaginé. La façon dont il s'était épaissi lui allait très bien.

« Ma parole, c'est Eva ! »

Eva ignorait ce qu'elle ressentait, ce qu'elle voulait dire ou faire. Elle avait si souvent désiré le revoir, même une seule fois. Elle l'avait imaginé installé dans un ranch en Nouvelle-Zélande, mais peut-être n'était-il jamais rentré chez lui. Si elle l'avait cherché dans Londres à l'époque où elle était étudiante en art, peut-être sa vie aurait-elle été différente. Elle s'obligea à ne plus rêver ainsi. Si elle n'avait pas épousé Freddie, jamais elle n'aurait donné naissance à Francis et Hazel. Ses enfants compensaient bien n'importe quel malheur. Elle se força à penser à eux et à ne pas rougir comme une jeune fille idiote. Elle s'efforça de rester calme et lui serra la main.

« Jack, comme je suis contente de te voir ! Je croyais que tu étais rentré chez toi depuis des années. »

Il sourit. « C'est ce que j'ai fait. Cependant, il y a dû y avoir une grave pénurie d'officiers, parce qu'ils m'ont rappelé et promu au rang de général de brigade. Je ne fais que traverser Londres. Je m'en vais dans quelques jours et, évidemment, je n'ai pas le droit de dire où.

— Je comprends. » Eva vit qu'il avait remarqué son alliance au moment même où elle remarquait la sienne. « Mon mari est également dans l'armée.

— Parfait. Peut-être vais-je le rencontrer. »

Elle sentit qu'il l'examinait et se demanda qui il avait épousé et si elle lui ressemblait. Il se pouvait qu'Eva n'ait été qu'un engouement de jeunesse et qu'il n'ait jamais pensé à elle pendant ces vingt dernières années.

« C'est-à-dire, je ne peux pas dire où il est en poste.

— Très sage. »

Elle se sentait coupable de dissimuler le fait que Freddie était dans l'armée territoriale. Ce n'était pas sa faute s'il était né avec un pied bot. Il aurait préféré de loin se trouver parmi les soldats évacués à Dunkerque. Les tâches qu'il accomplissait n'étaient pas prestigieuses, elles n'en étaient pas moins essentielles et, si les Allemands venaient les envahir, il serait prêt à se battre dans la rue et à mourir. Mais elle ne voulait pas parler de Freddie ou de sa vie au cours des deux dernières décennies. Elle voulait se rappeler ce qu'elle avait ressenti quand elle était jeune et se savait aimée.

« Comment vont ces fous de Goold Verschoyle ? demanda-t-il.

— Très bien.

— Tes frères participent à la guerre ?

— À leur façon. »

Jack rit. « C'est bien eux. Les Goold Verschoyle n'ont jamais vraiment rien fait comme tout le monde. Peux-tu transmettre mon meilleur souvenir à Art ?

— Naturellement.

— Et à ton père. Est-il toujours dans le Donegal ?

— Oui.

— Et la Manor House est-elle toujours un lieu de folie ? Une nouvelle génération occupée à débattre et à chanter dans la nuit.

— Oui. »

Quelque chose dans la voix d'Eva fit comprendre à Jack qu'elle mentait. Il jeta un coup d'œil derrière lui vers ses compagnons, qui l'observaient.

« Écoute, as-tu envie d'une tasse de thé et d'une brioche ? J'ai une heure devant moi. Il fait un peu sombre, sinon j'aurais pu louer une embarcation en souvenir d'autrefois. Tu n'aurais pas par hasard caché Brendan dans un coin pour qu'il nous serve de chaperon ? »

Il s'interrompit, troublé de voir comment elle détournait le regard, il craignait de l'avoir offensée. « C'était maladroit. Les nerfs. Je ne m'attendais pas à te retrouver.

— J'étais très jeune, Jack.

— Je sais. Je suis désolé. Je n'aurais pas dû t'obliger à me donner une réponse.

— Trop jeune pour savoir vraiment ce que je ressentais. »

Il sortit un paquet de cigarettes et elle vit que sa main tremblait légèrement. Il lui en offrit une. « C'est étrange, la façon dont la vie se goupille, pas vrai ? Nous ne comprenons comment vivre chaque moment que lorsque ce moment est passé. Cela fait de nous des imbéciles.

— Nous vivons notre vie en avançant mais nous ne la comprenons qu'en regardant derrière nous, c'est ce que dit Père.

— Il est vraiment dans le Donegal ?

— La maison est fermée depuis des années. Art est interné en Irlande et Brendan a disparu. Thomas vit en Afrique du Sud et Maud est bloquée là-bas avec lui.

— Bon Dieu, vous n'avez pas chômé. »

Eva jeta un coup d'œil aux compagnons de Jack et se demanda ce qu'ils pensaient de cette rencontre. Leurs regards lui donnaient l'impression d'être une femme adultère.

« Tu veux bien faire quelque chose pour moi, Jack ?

— Ce que tu veux.

— Souviens-toi de nous tels que nous étions à l'époque, comme la famille sur la jetée du Paradis. Nous ne le savions pas mais nous vivions vraiment dans une sorte de paradis. »

Jack baissa la voix. « Tu n'as pas changé, Eva, tu es toujours aussi belle...

— Arrête, je t'en prie.

— C'est la vérité. Tu as toujours été tellement libre.

— À l'époque, j'ignorais ce qu'était la liberté. C'est une denrée, comme sur le marché noir. Quelque chose que l'on échange.

— Contre quoi ?

— Pour le bonheur d'autres personnes. Celles qui dépendent de nous. »

Il écrasa sa cigarette. « Tu as des enfants ?

— Deux.

— C'est ce qui compte. J'ai un fils en Nouvelle-Zélande. Sa mère est morte. Ma sœur s'occupe de lui.

— Est-ce qu'il te ressemble ?

— Je n'en sais rien. Je ressemble à quoi ?

— Toi non plus, tu n'as pas changé. »

Et moi, n'ai-je vraiment pas changé ? Voilà ce qu'elle aurait tant voulu demander. Pouvait-il voir en elle maintenant un peu de la jeune fille qu'elle avait été ? S'il s'asseyait derrière elle, pourrait-elle se remettre à peindre ?

« Cette guerre a pour but la liberté, dit Jack, bien que je suppose que c'est ce que l'on dit de toutes les guerres. La liberté, c'est le droit d'être nous-mêmes. »

Eva le désirait. Son désir était tellement soudain et violent qu'il l'ébranla jusqu'au plus profond d'elle-même. Elle voulait qu'il l'enveloppe dans son manteau et qu'il l'emmène sur le talus avec les autres couples. Elle voulait que ce soit lui qui l'occupe et non une force étrangère. Mais une autre partie d'elle serait horrifiée s'il tendait un doigt pour toucher son épaule. Son désir était parfait parce qu'il ne pourrait jamais se réaliser. Ce dont elle avait tant besoin, c'était de savoir qu'il la désirait toujours, pas seulement dans ses souvenirs mais au présent, sous toutes les strates de responsabilité.

« Tu peins toujours ?

— Je n'avais pas suffisamment de talent.

— Mais si. Je m'en souviens. »

Les autres officiers montèrent dans la jeep et le moteur démarra. Jack se retourna vers eux.

« J'espère que ton mari sait qu'il a de la chance. Moi aussi j'ai eu de la chance. Onze bonnes années avant que le cancer l'emporte.

— Fais attention à toi, Jack ». Eva lui tendit une main.

« Est-ce que nous pouvons t'emmener quelque part ?

— Je préfère marcher. Je ne vais pas loin. »

Il lui serra la main. « Bonne chance, Eva. »

Elle se retourna et marcha rapidement dans la pénombre. Elle ne voulait pas voir les minuscules rais de lumière des phares encapuchonnés lorsque la jeep traverserait la pelouse pour prendre Jack. Elle ne voulait pas se souvenir de la vision d'un petit canot longeant la courbe de la rivière Bunlacky, des épaules tombantes de Jack, qui ramait et s'éloignait d'elle.

Eva détourna le regard des couples sur le talus herbeux et passa devant eux à toute vitesse. Elle était en retard pour le dîner. À tout moment les sirènes d'alerte pouvaient retentir et elle serait forcée de rejoindre un abri. Il était difficile de se diriger dans les rues sans aucune lumière, avec les dangereux cratères et les trottoirs défoncés, mais elle se mit à courir, sans se préoccuper des risques de chute. Lorsqu'elle atteindrait le restaurant, ils riraient de sa chevelure en désordre, de sa jupe couverte de la cendre et de la poussière des rues. Mais elle ne s'en inquiéterait pas parce son devoir était de se trouver aux côtés de son mari. Elle devait se concentrer sur ce fait brut comme si rien d'autre n'importait.

29

LA GRANDE TRAHISON

Irlande, juillet 1941

Deux officiers de l'armée allemande se frayèrent un chemin pour monter dans le train et le regardèrent de haut comme s'ils sentaient son hostilité. Ils avancèrent dans le wagon et s'arrêtèrent près de lui avec un claquement caractéristique des talons. Le plus grand des deux se pencha vers Art.

« Ces sièges sont-ils occupés ? »

Art fixa le visage de l'ennemi. Il imaginait leur avance au pas de l'oie en direction de Moscou et de Leningrad, leurs tanks se dirigeant vers le sud pour encercler les champs de pétrole, sa femme et son enfant probablement affamés dans une ville assiégée, les signatures sans valeur au bas du pacte de non-agression. Aucun manuel du Parti ne l'avait préparé à cette éventualité. L'officier allemand l'examina avec un léger amusement, comme s'il se demandait si Art était un des imbéciles du coin.

« J'ai demandé si ces sièges étaient occupés.

— Quelle différence cela peut bien faire ? Vous les prendrez de toute façon. »

L'officier regarda son compagnon, qui haussa les épaules. Ils passèrent devant Art tandis que les campagnards se pressaient dans le train de l'après-midi pour Dublin. Art se leva pour laisser sa place à une vieille dame et, peu après, comme pour se moquer de lui, les deux Allemands firent de même. Ils se tenaient derrière Art dans le couloir rempli de voyageurs tandis que le train démarrait lentement en direction de Dublin.

Il voulait leur demander s'ils avaient fait un atterrissage forcé en

Irlande avant de lâcher leurs bombes sur une ville anglaise ou si c'était après, touchés par la DCA en tentant de retourner en Allemagne. Mais il se refusait à s'adresser à ces deux prisonniers fascistes en liberté conditionnelle pour la journée. Ils iraient boire des cafés à Dublin, se promèneraient tranquillement dans les rues et honoreraient leur promesse de rentrer au camp d'internement de Curragh par le train du soir parce qu'il n'y avait jamais d'indiscipline dans la section allemande. Les Allemands étaient séparés des membres internés de l'IRA qui n'avaient pas droit à la liberté conditionnelle, mais Art savait que les deux camps communiquaient régulièrement. De nombreux Allemands capturés après avoir sauté en parachute en Irlande étaient des espions venus essayer de réorganiser l'IRA et aider à organiser des missions de poseurs de bombes en Angleterre, comme celle à laquelle avait participé le jeune fils de Mrs Behan, Brendan, en 1939. Cette alliance avec les nazis avait provoqué une division parmi les volontaires de l'IRA avec lesquels Art avait été interné jusqu'à ce jour. Certains d'entre eux brûlaient d'une telle haine envers l'Angleterre qu'ils saluaient avec joie les progrès d'Hitler sur des cartes grossières dans leurs cabanes, comme si l'unique intention de ce dernier en envahissant la Pologne était d'obliger l'Angleterre à leur livrer l'Irlande du Nord. D'autres – des vétérans de la guerre d'Espagne ou du Congrès républicain – reconnaissaient les véritables dangers du nazisme. Toutefois, même ces hommes n'avaient pas voulu accepter ce qu'Art avait récemment affirmé, que l'IRA – depuis que l'Allemagne avait envahi la Russie – devait à présent rompre tout lien avec les nazis et soutenir activement l'appel de Staline en faveur d'un front populaire internationaliste contre le fascisme.

Il aurait encore dû être détenu au camp de Curragh en ce moment, et préparer le discours qu'il destinait au forum de discussion politique de ce soir-là, résolu à démolir leurs minables principes nationalistes erronés et, une fois de plus, il aurait expliqué qu'il fallait changer d'orientation. Il ne fallait pas considérer cela comme une collaboration avec les Britanniques mais comme l'instrumentalisation des Alliés devenus l'outil qui écraserait le fascisme sous la houlette de Staline.

La discipline du camp lui avait beaucoup plu au cours des deux dernières années. C'était l'unique avantage que lui avait valu l'internat dans une école privée. La différence était que, au Curragh, tout le monde était égal. Il n'y avait ni anciens, ni bizuths, pas de brimades quotidiennes ni de corrections rituelles. À Marlborough, on vous forçait à accepter des mensonges mais, au camp de Curragh, jusqu'à ce matin-là, Art avait eu l'impression qu'existaient les conditions d'un véritable débat. Peu d'hommes de l'IRA avaient l'esprit ouvert, la plupart avaient pourtant fini par se détendre avec lui, précisément à partir du jour où il s'était agenouillé parmi eux quand ils récitaient leur rosaire. Art ne priait pas, il considérait cependant qu'il était moralement important de respecter les croyances des autres. Au fond, ils étaient des koulaks qu'il faudrait extirper de leurs arpents de tourbière quand ce serait le moment. Mais le Curragh était un lieu idéal où les recruter et les éduquer. Toutefois, la direction du camp avait commencé à avoir peur de lui depuis l'invasion traîtresse de l'Union soviétique par Hitler peu de temps auparavant. Il l'avait compris en constatant qu'ils étaient moins nombreux à assister à ses cours de russe.

Il se préparait à son cours, ce matin-là, quand deux hommes l'avaient saisi par les bras et tiré entre les cabanes jusqu'à l'endroit où l'attendait une délégation. Le commandant de camp de l'IRA mit un couteau sur sa gorge et annonça qu'il était passé en cour martiale pour activités subversives et avait été condamné par contumace. Il lui apprit qu'il avait expliqué au directeur qu'Art serait un homme mort s'il était encore au camp à la fin de la journée. Art fut obligé de marcher vers le portail, où les soldats irlandais avaient l'ordre de tirer sur quiconque s'approchait de trop près. On lui expliqua que, s'il revenait en arrière, on le trouverait le lendemain matin transpercé d'une centaine de coups de couteau. Les sentinelles lui crièrent une mise en garde lorsqu'il s'approcha de leur tour de guet mais, comme il savait que les hommes de l'IRA l'observaient, il refusa de montrer sa peur. Alors, pour une raison inconnue, tandis que les soldats armaient leur fusil, il se souvint de Brendan nageant à ses côtés dans un rêve, et il s'immobilisa, pas à cause de la peur mais parce qu'il était envahi par une sensation de déjà-vu. Un pressentiment le fit trembler et il ferma les yeux, essayant désespérément de comprendre ce qui lui arrivait. Cela ressemblait à ce qu'éprouvait Mère quand elle se servait de la planchette. Art ignorait combien de temps il était resté à trembler dans le no man's land, jusqu'à ce que des bras le saisissent et qu'il ait compris que les soldats étaient descendus de la tour de guet. Ils l'emportèrent, sans brutalité, comme un homme malade, et lui firent gravir deux étages jusqu'au bureau du directeur, lequel donnait sur le portail.

Art s'était assis et avait essayé de recouvrer son calme, tandis que le directeur, debout devant la fenêtre, d'où il avait observé ce qui s'était passé, se retournait. Il avait examiné le dossier d'Art, posé sur son bureau. « Ce qui est étrange avec des extrémistes comme les hommes de l'IRA, finit-il par dire, c'est qu'ils font toujours ce qu'ils disent. Je prends sur moi de vous relâcher du fait de circonstances différentes.

— Quelles circonstances différentes ?

— Vous avez beau râler et vous démener, Goold, vous ne ferez jamais de mal qu'à vous seul. Je vous rendrais volontiers vos affaires personnelles s'il n'apparaissait pas que vous n'en aviez aucune quand on vous a interné il y a deux ans. Je vais vous donner l'argent du billet de train jusqu'à Dublin, mais vous devrez vous débrouiller tout seul pour aller à Londres.

— Pourquoi devrais-je aller à Londres ?

— Vous avez mis ce camp sens dessus dessous en suggérant que l'IRA rejoigne la RAF. Si vous avez tellement envie de faire la guerre avec l'Angleterre, alors, partez vous battre.

— Je fais la guerre depuis vingt ans, répondit Art. Mais vous ne l'avez tout simplement pas remarqué.

— Eh bien, vous vous battrez maintenant tout seul. » Il s'était penché en avant. « Vous n'êtes pas un mauvais bougre, Goold. Vous ne m'avez jamais causé de problème. Je me sens responsable de vous. Le Curragh est un bon endroit où attendre la fin de ces désordres. Trois repas par jour, une bonne compagnie. Parfois, je vous envie, vous autres. Mais si je vous garde ici, on vous retrouvera mort. N'auriez-vous pas pu vous incliner et garder le silence ?

— Qui dirige ce camp, avait demandé Art, l'IRA ou vous ?

— C'est moi qui le dirige, et vous êtes tous différents. Lorsque des pilotes anglais s'écrasent, nous leur disons qu'ils sont internés, puis nous les libérons pour la journée en leur faisant promettre sur l'honneur qu'ils ne traverseront pas la frontière, et nous leur donnons un billet de train à cet effet. S'ils rompent leur serment, que pouvons-nous y faire ? Afin de montrer notre neutralité, nous accordons la même liberté aux Allemands et, s'ils veulent nager jusqu'en France, c'est leur affaire. L'IRA est une véritable menace pour la sécurité, et c'est pour cela que nous avons pendu plusieurs de ses membres depuis le début de l'état d'urgence. Vous n'êtes pas une menace, Goold, et encore moins depuis la semaine dernière. Mais si nous vous gardons ici, il nous faudra pendre un autre membre de l'IRA alors que nous avons déjà suffisamment de martyrs sur la conscience. Si vous désirez tant cette guerre, prenez un bateau pour l'Angleterre. »

Sur ces mots, le directeur avait poussé vers Art les papiers qui étaient posés sur la table et qui attestaient sa libération. On lui avait mis de l'argent entre les mains et deux soldats l'avaient conduit en voiture jusqu'à la gare pour vérifier qu'il montait bien dans le train.

Il aurait dû se sentir libéré après presque deux ans d'incarcération, il aurait dû savourer chaque mile de ce lent voyage. Mais il ne parvenait pas à se débarrasser d'un sentiment de malaise. Que s'était-il passé la semaine précédente qui avait changé la situation ? Ce qui importait maintenant, c'était de reprendre contact avec ses camarades du parti communiste irlandais et de trouver une position à partir de laquelle il serait possible de galvaniser le public en faveur du cri de ralliement de Staline contre le fascisme.

Le train finit par entrer dans la gare de Kingsbridge, et les passagers se pressèrent vers les portes. Les officiers allemands reculèrent poliment pour lui permettre de descendre avant eux. Il les ignora, n'ayant pas le temps de susciter des confrontations sans importance. Un groupe de discussion du Parti se réunissait tous les mardis à sept heures du soir. S'il se dépêchait, il y serait à temps. L'opinion publique irlandaise serait difficile à retourner mais il devait déjà y avoir bon nombre de propositions destinées à combattre ces préjugés monolithiques. Art marchait rapidement sur les quais de Dublin, tellement pressé d'arriver à l'heure qu'il ne prit pas la peine de regarder autour de lui. Les contacts avec le Parti avaient été difficiles pendant son internement, mais il était parvenu à transmettre quelques lettres à son journal, le *Irish Worker's Weekly*, lorsqu'il avait constaté une déviation de la ligne officielle.

Il était sept heures dix quand il grimpa les marches menant à la pièce qui servait de quartier général au Parti. Tout d'abord, Art eut l'impression qu'il s'était trompé de bâtiment. La pièce était vide, à l'exception d'un vieux bureau sur lequel était juché un ouvrier qui enlevait les rayonnages du mur. Art ne le reconnut que lorsqu'il se retourna.

« Mais c'est Hennessy, n'est-ce pas ?

— Bon Dieu, Art Goold, quand t'ont-ils laissé partir ?

— Aujourd'hui. »

Il se mit à rire et leva les yeux au ciel. « La rumeur se répand vite.

— Que veux-tu dire, Hennessy ? » Art regarda autour de lui. « Où sont-ils tous ? Que sont devenues les réunions du mardi ? Elles n'existent plus ? »

Hennessy donna un dernier coup de marteau à l'étagère et elle se détacha. « Les réunions du mardi existent toujours, c'est le Parti qui n'existe plus.

— Que veux-tu dire ?

— Il n'y a plus de parti communiste irlandais. Nous nous sommes dissous la semaine dernière. »

Art, furieux, s'agrippa à la table. « Qui en a donné l'ordre ? Qui vous a demandé de le faire ?

— Personne ne nous en a donné l'ordre, bon Dieu, Goold ! Les rares qui restaient l'ont fait d'eux-mêmes. Nous avons examiné la position impossible dans laquelle nous nous trouvions, puis nous avons voté notre dissolution en tant qu'unité et notre intégration au mouvement syndical afin de l'inciter à embrasser les principes du socialisme. De cette façon, nous pouvons aider à repousser les attaques lancées contre les conditions de vie des ouvriers irlandais. C'est la première fois que nous avons adopté une résolution pratique.

Cela a du sens, Goold, même pour toi. Nous étions une tribu perdue hurlant dans le désert. Désormais, nous pourrons travailler de l'intérieur en tant qu'individus, amener des gens à rallier notre mode de pensée au lieu d'être toujours en train de les harceler de l'extérieur.

— Mais personne ne m'a rien demandé ! Je n'ai jamais voté.

— Que voulais-tu que nous fassions ? Creuser un tunnel jusqu'au camp de Curragh pour te consulter ? » Hennessy attaqua le rayonnage suivant avec son marteau. « Tu n'es pas Moïse. Tu n'as pas ouvert la mer jusqu'en Russie avec deux tables de pierre. Il se peut que personne n'ait pensé à te contacter parce que personne ne te considérait comme l'un d'entre nous. »

Art frappa la table du poing. « Je suis le seul à avoir de véritables convictions parmi vous. Vous, vous êtes une faction de traîtres opportunistes, de faux communistes et de renégats trotskistes. »

Hennessy donna un autre coup sur le rayonnage. « Épargne-moi cette merde, tu veux bien ? Tu n'es pas en Russie en ce moment.

— Je sais de quoi il s'agit. Vous n'êtes que de minables poltrons nationalistes. L'Union soviétique est attaquée et vous n'avez pas le courage de vous rallier à Staline et de vous battre quand il a besoin de vous. »

Hennessy arracha le rayonnage et se retourna, son marteau en l'air. « Ne me parle pas de me battre, mon pote. J'esquivais les balles en Espagne – et la moitié étaient russes – pendant que tu parcourais les tourbières irlandaises pour effrayer les ânes et menacer les ramasseurs de tourbe.

— Je n'avais pas le droit d'aller en Espagne. J'avais l'ordre de construire le communisme ici.

— Peut-être la vie est-elle autre chose qu'une obéissance aux ordres. Est-ce qu'il t'arrive de penser par toi-même ? J'ai rencontré ton frère en Espagne et j'ai vu ce que tes magnifiques Russes ont fait pour lui. Est-ce que tu sais où il est ou bien as-tu voté une résolution pour l'effacer de l'Histoire ?

— C'est injuste.

— Ce qui lui est arrivé est également injuste. Je suis devenu communiste parce que je croyais à James Connolly, pas à Joseph

Staline. Tu ne saurais même pas construire un putain de château de sable, Goold. Honnêtement, tu veux nous demander de descendre dans les rues pour inciter le peuple irlandais à se rallier à la Grande-Bretagne parce que Staline a claqué des doigts ? Vas-y et tu verras où en est ta popularité quand tu suggéreras que les taudis de Dublin pourraient avoir à subir le Blitz.

— J'ai une femme et un enfant en Russie.

— Alors, prends le bateau, va à Londres et bas-toi pour eux. »

Art se redressa, plein d'une colère tranquille. « C'est ce que tu veux. Tu voudrais que je parte afin de pouvoir empoisonner le communisme irlandais avec un complot antirévolutionnaire. Peut-être était-ce toi qui as faussement dénoncé mon frère en Espagne et qui t'es débrouillé pour que je sois enfermé au Curragh afin de pouvoir répandre tes mensonges. »

Hennessy se retourna vers les rayonnages. « Ouais, De Valera et moi, nous prenons le thé et on nous sert des gâteaux, régulièrement. T'es cinglé, Goold, avec un pied dedans et un pied dehors, à chaque occasion. Si t'es trop dégonflé pour te battre, alors tire-toi aux colonies, tu trouveras bien quelques pauvres païens qui accepteront un peu de soupe dans un temple protestant. Nous, les Irlandais de souche, nous aimons bien penser par nous-mêmes. Maintenant, fous le camp. »

Art redescendit dans la rue, où les vendeurs ambulants hurlaient le prix des pommes et où des gamins criaient le nom des journaux du soir. Des vols d'employées de bureau passaient à vélo. Art avait froid et se sentait malade. Le sentiment d'une catastrophe et d'une trahison l'avait menacé toute la journée. On l'avait envoyé en Irlande pour accomplir une mission et il avait échoué. Il aurait dû savoir qu'il y avait des saboteurs trotskistes partout. Jamais il ne s'était senti aussi seul. Celui qui détenait son dossier à Moscou le rendrait responsable de la liquidation de la branche irlandaise du Parti.

Il se mit à déambuler dans le crachin, peu sûr de l'endroit où il allait. Pendant un instant, il eut très envie de se retrouver dans le bois d'Eva, dans le comté de Mayo, où il pourrait réfléchir et vérifier si quelqu'un s'intéressait encore à lui. Mais il ne pouvait pas aller là-bas parce qu'Eva voudrait lui parler de Brendan. Au cours des deux années précédentes, il avait lutté contre sa culpabilité à son sujet, et il avait gagné. Cependant, les mots de Hennessy lui faisaient mal. Il était étrange de remarquer que l'esprit de Brendan n'avait jamais été aussi proche de lui que durant ces dernières heures. Art n'avait rien mangé de la journée mais la faim qu'il ressentait était plus profonde que tout ce qu'il avait ressenti jusqu'à présent. Cela le faisait penser aux histoires qu'il avait entendues dans le Donegal, des histoires d'herbe affamée poussant sur des tombes familiales anonymes. Il tenta de se concentrer sur la foule dans les rues, sans pouvoir s'empêcher de se sentir observé, comme s'il lui suffisait de tourner la tête pour voir Brendan derrière lui, le suivant à la trace. Cette sensation devint de plus en plus forte, de sorte qu'il accéléra le pas en se racontant à lui-même que c'était pour savourer le sentiment de ne plus se trouver enfermé derrière des barbelés. Il finit par s'arrêter dans Mountjoy Square et, respirant bruyamment, il se retourna pour faire face au vide derrière lui.

La référence que Hennessy avait faite à Brendan était une diffamation typique des contre-révolutionnaires. Staline n'avait jamais emprisonné quiconque injustement. Après l'arrestation de Georgi Polevoy, le cas de Brendan aurait été réexaminé en détail. Sans doute Brendan vivait-il maintenant à Moscou, en homme libre, peut-être même servait-il dans l'Armée rouge. Et même si Brendan était emprisonné, les camps soviétiques étaient des lieux de rééducation où les conditions de vie étaient meilleures que dans de nombreux pays occidentaux. C'était Art qui avait subi deux ans d'emprisonnement pour de mauvaises raisons, et malgré cela Hennessy ne lui avait manifesté que du mépris après avoir fomenté des complots pour détruire jusqu'aux dernières traces du communisme ici. Mais le communisme ne pouvait pas mourir tant qu'il restait un seul homme juste. Si Art devait reconstruire le mouvement à partir de rien, il serait le rocher de Staline sur lequel la vérité s'établirait.

À ce moment précis toutefois, une crainte glaciale le saisit de nouveau, comme si des yeux invisibles l'observaient. Il s'adossa aux grilles de Mountjoy Square, épuisé par vingt années de lutte constante. Il aurait bien dormi sur un banc du parc mais le crachin d'été était en train de se transformer en averse. Art se demanda qui vivait dans son ancien grenier et ce qu'étaient devenus les objets qu'il y avait laissés. Ayant traversé la rue, il entra dans la maison et grimpa l'escalier sans tapis. Mrs Fleming ouvrit quand il frappa à sa porte.

Elle l'examina. « Les morts ressuscitent. Ici il n'y a même pas une boîte à chaussures à louer. D'ailleurs, cela m'étonnerait que le propriétaire accepte que tu reviennes causer des problèmes.

— Que sont devenues mes affaires ?

— Brûlées il y a longtemps par les membres de la Catholic Young Men's Society. J'ai tenté de sauver quelques livres mais nous ne pouvions même pas les mettre au clou. » Elle soupira. « Tu as un lit pour la nuit ?

— Non.

— Une dame est passée il y a quelques années, elle prétendait être ta sœur. Elle a dit que tu avais une magnifique maison toute vide dans le Donegal.

— Elle n'est pas vide, elle est pleine de fantômes. »

Mrs Fleming ouvrit plus grand la porte. « Nous avons à peine de quoi loger les vivants et certainement pas les morts. Il y a de la place sur le plancher pour une nuit ou deux, pas plus. Fais juste attention que sa seigneurie ne trébuche pas sur toi lorsqu'elle reviendra du pub en titubant. »

Les enfants étaient endormis, à six dans un seul lit, trois de chaque côté. Art accepta la couverture que lui tendait Mrs Fleming et se coucha sur le plancher près de la fenêtre. Cela faisait tellement longtemps qu'il n'avait pas entendu le trafic nocturne, ou des voix de jeunes filles s'interpellant... Il essaya de savourer tous les bruits de cette ville qui refusait de l'accepter, mais il s'aperçut qu'il grelottait sous la couverture comme s'il ne devait plus jamais avoir chaud.

30

L'AVION

Union soviétique, juillet 1941

Un crépuscule fiévreux commença à se refermer sur le train de prisonniers, qui roulait sans éclairage. Depuis plus d'une semaine, les *zeks* du wagon de Brendan étaient entassés et bringuebalés au milieu des ténèbres putrides, traversant un paysage qu'ils avaient rarement l'occasion d'apercevoir. Seuls ceux qui étaient écrasés contre les lattes de bois parvenaient à entrevoir les minuscules larves de lumière qui tremblotaient dans les fentes étroites des cloisons. Les bruits ne pénétraient pas davantage dans le wagon, à peine le grondement continuel des rails. Parfois, le train s'arrêtait et les prisonniers s'agitaient avec impatience, attendant que les gardes retirent les barbelés entourant chaque wagon et parviennent à ouvrir les portes. Dans la ruée pour se soulager, toute dignité était oubliée pendant qu'hommes et femmes s'accroupissaient tous ensemble sous les regards des gardes et de leurs chiens. Mais, le plus souvent, le train s'arrêtait sans raison évidente. Une fois les roues immobilisées, aucun son, aucun bruit de pas, de verrous de sécurité qu'on ouvre, d'ordres hurlés aux *zeks* de se mettre à genoux pour qu'on les compte. Le train restait immobile durant une période indéterminée jusqu'à ce que les roues se remettent lentement à tourner et tous les *zeks* se détendaient malgré leur déception parce que la décision de les liquider n'avait pas encore été prise.

Trois semaines plus tôt, Brendan avait compris que sa situation était devenue périlleuse quand la musique que déversaient les haut-parleurs du camp avait été remplacée par la radio annonçant l'attaque traîtresse de l'Union soviétique par l'Allemagne. Même les gardes cessèrent leur décompte du matin et, pendant ces quelques secondes, eux et les *zeks* se retrouvèrent à égalité, ébahis que quelqu'un – même Hitler – puisse oser réfuter la déclaration pleine de confiance de Staline selon laquelle le conflit n'atteindrait pas la Russie. Mais la voix grésillante annonçait que des troupes allemandes marchaient sur le sol russe et que des avions allemands détruisaient l'aviation soviétique. La voix était pleine de défi et exhortait les camarades à donner jusqu'à leur dernier souffle pour la mère patrie. La voix trahissait également de la panique et de l'indécision, mais elle fut finalement remplacée par des grésillements et les gardes commencèrent à hurler des ordres aux *zeks* comme s'ils étaient responsables de l'invasion.

Il y avait à peine assez de nourriture à la Kolyma en temps de paix. Comme les *zeks* savaient qu'ils n'étaient plus des êtres humains, ils se doutaient qu'ils allaient souffrir de cette guerre, même si l'invasion avait lieu à l'autre extrémité de l'URSS. Ce jour-là n'avait ressemblé à aucun des jours précédents dans les mines d'or. Les *zeks* avaient travaillé en silence et, pour une fois, ils auraient voulu que leur tâche ne se termine pas. Le mois de juin était doux et, étant donné que personne ne se rappelait que des *zeks* avaient été tués tandis qu'ils travaillaient dans les mines, ils s'étaient sentis en sécurité pendant qu'ils tamisaient la terre. Ce soir-là, les gardes avaient dû crier pour les faire rentrer plus vite au camp.

Personne ne savait s'ils seraient en vie le lendemain matin. Pendant le long appel, les gardes avaient trié les prisonniers, mettant à part tous ceux dont les noms étaient allemands. Brendan n'avait pu s'empêcher de frissonner parce que sa nationalité troublait les gardes. La plupart le considéraient comme anglais, mais d'autres, qui l'avaient entendu le nier, le prenaient parfois pour un Allemand. Peu de gardes avouaient avoir entendu parler de l'Irlande parce que connaître des pays en dehors de l'Union soviétique pouvait être considéré comme une trahison. Brendan ne savait pas si son dossier contenait encore des notes indiquant qu'on l'avait vu boire en compagnie de membres allemands du POUM à Barcelone. Cette information aurait pu suffire pour qu'on l'envoie rejoindre les prisonniers allemands à qui l'on apprit ce soir-là qu'ils allaient embarquer et qu'ils n'avaient pas le temps de rassembler leurs possessions. Peu y avaient cru mais Brendan les vit s'accrocher à cet espoir désespéré pendant l'appel et lorsqu'ils furent conduits hors du camp de la Kolyma.

Ce soir-là, la soupe était aqueuse et il y avait à peine quelques têtes de poissons et des os dans la marmite. Mais personne n'avait d'appétit. Les gens attendaient d'entendre le bruit des mitrailleuses dans le lointain, ils savaient que les *urkas* allaient se partager les rares biens qu'ils trouveraient cachés dans les matelas des Allemands qui gisaient maintenant dans un charnier.

Au cours des semaines qui suivirent, il n'y eut aucune autre exécution de masse à la Kolyma, mais tous les *zeks* savaient que leurs dossiers étaient réexaminés. L'accès aux radios était interdit, les lettres et les paquets cessèrent de leur arriver. La plupart des prisonniers politiques avaient fait des aveux pour la forme, où ils déclaraient avoir été des espions au service des forces qui envahissaient en ce moment l'URSS. Ce qui faisait d'eux des soldats ennemis, tout particulièrement les étrangers comme Brendan. Tous les matins, il désirait ardemment se rendre dans les mines, où il pouvait travailler en toute sécurité. Il était interdit de tirer au flanc et le défaitisme était considéré comme du sabotage de l'effort de guerre, puni par une exécution immédiate. Même après les interminables appels du soir, Brendan ne se sentait pas en sécurité à cause des fouilles au milieu de la nuit, au cours desquelles les gardes déchiraient les matelas comme si une cinquième colonne allemande pouvait s'y cacher. Finalement, Brendan avait été appelé, en même temps que tous les autres étrangers. On leur expliqua qu'ils étaient emmenés dans un autre camp. On les avait fait sortir sous une bannière peinte par Yasili avant de mourir, proclamant que travailler pour l'URSS était une gloire. Les chiens les avaient fait marcher plus vite, certains *zeks* pleuraient ouvertement tandis que d'autres étaient trop abasourdis pour avoir peur. Cependant, quelques jours de marche plus tard, ce fut avec soulagement qu'ils aperçurent le navire qui les attendait, car ils comprirent qu'ils n'allaient pas être exécutés, en tout cas pas pour l'instant. On les avait entassés dans la calle sous les hurlements des gardes jusqu'à ce que le moindre centimètre ait été occupé. Brendan n'avait pas la moindre idée du port qu'ils finirent par atteindre mais, une fois arrivés, on les poussa vers les wagons, des planches avaient été clouées en travers des portes, et ce long voyage avait commencé.

Brendan était affamé à ce moment-là, mais sa faim serait pire plus tard. Il attendrait le sommet de cette agonie avant de commencer à mâcher lentement son petit quignon de pain noir. Personne ne s'était encore sali, de sorte qu'il n'y avait pas de filet d'urine par terre ni d'odeur de merde. Personne n'était mort dans le wagon ce jour-là, ou alors ceux qui l'étaient l'avaient fait sans attirer l'attention. Le silence y était tel que, pendant quelques instants, malgré sa peur qu'on ne lui vole son pain, Brendan s'enfonça dans le sommeil et rêva du Donegal. Ils se baignaient devant la jetée de Bruckless, Art et Eva couraient main dans la main le long des rochers avant de sauter depuis la jetée en pierre et de culbuter en riant dans les vagues. Brendan se voyait, glissant comme un poisson argenté, fendant l'eau verte. Art refit surface, lui ébouriffa les cheveux et lui demanda s'il aimait le cerf-volant qu'il lui avait fabriqué. Brendan s'immergea complètement dans l'eau pour glisser derrière son grand frère adoré.

Le train fut tout à coup ébranlé par une secousse qui le réveilla alors qu'il chevauchait les vagues. Les *zeks* se mirent à parler, se demandant si on allait les autoriser à prendre l'air. D'autres leur crièrent de se taire car ils voulaient entendre le cliquetis des fusils des gardes. Brendan vérifia discrètement si son pain était toujours là. Tous les *zeks* cessèrent alors de parler mais il sentait une nouvelle terreur. Ils n'entendaient que le vent qui soufflait et le bourdonnement paresseux d'un avion qui approchait. Puis le silence fut rompu par des bruits indistincts, les aboiements des chiens libérés, les cris paniqués des gardes, le bruit des bottes sur le sol aride tandis que les gardes s'éparpillaient.

« Les salopards, murmura un vieux *zek*. Les gardes s'inquiètent plus de sauver les chiens que de nous sauver nous. Revenez, bande de pleutres, déverrouillez ces portes. »

Tout le monde était maintenant debout dans le wagon et frappait le plafond et les parois en bois. Des rafales de mitrailleuse retentirent au-dessus d'eux, mêlées aux cris et au bruit des coups portés contre le bois dans tous les wagons. Brendan entendit des planches se rompre et il comprit qu'un groupe de prisonniers était parvenu à se libérer.

Leurs cris se transformèrent en hurlements au milieu de longues rafales d'armes automatiques, mais Brendan ignorait si elles venaient de l'avion ou si les gardes avaient installé une mitrailleuse dans les broussailles. Deux hommes à côté de lui, soulevés par d'autres prisonniers, martelaient le plafond. Ils parvinrent à briser une planche, faisant apparaître un bout de ciel bleu. Tout le monde hurlait mais Brendan était complètement silencieux, hypnotisé par le ciel au-dessus de lui. C'était le bleu de plus en plus profond d'un crépuscule irlandais d'été et il vit, traversant ce morceau de bleu, un petit avion qui s'éloignait ou s'apprêtait à revenir pour une nouvelle attaque. Le miroitement lui fit retenir son souffle quand il vira et décrivit lentement une boucle. D'autres le virent également et hurlèrent de plus belle. Mais Brendan ne disait rien parce qu'il était redevenu un petit garçon, debout sur la jetée de Bruckless, tirant vers lui le cerf-volant lumineux que son grand frère lui avait fabriqué.

Ce fut alors qu'éclata une bombe qui le ramena à la réalité lorsqu'elle frappa un wagon un peu plus loin. L'impact secoua celui de Brendan avec tant de force que les parois se plièrent presque avant que le train ne bascule de côté en dehors des rails. Le wagon était plein de cris que Brendan entendait à peine parce que l'explosion l'avait désorienté et rendu partiellement sourd. Il ferma les yeux et eut l'impression de se trouver sous l'eau au milieu d'un amas de corps qui roulaient. Il savait que son visage saignait et il sentait une douleur déchirante là où son bras était coincé entre des corps qui tombaient. Ceux qui s'étaient trouvés près du toit devaient être morts et ils avaient amorti sa chute ainsi que celle des *zeks* qui l'entouraient.

Des lattes éclatèrent sur les flancs du wagon, le trou était suffisamment large pour laisser passer une personne à plat ventre. Il se joignit à la cohue, grimpant sur des *zeks* morts ou mourants. Il était impossible de sauver ceux qui étaient piégés à l'intérieur parce que l'avion allemand descendait en piqué pour tenter de détruire la locomotive. La deuxième explosion l'aveugla. Il y avait maintenant des flammes le long des wagons, qui prenaient feu. L'odeur de la chair en train de brûler lui rappela le cadavre de Georgi qui avait été brûlé sur un bûcher à Magadan.

Les mains de Brendan étaient couvertes de sang et l'explosion avait touché ses rétines, de sorte qu'il ne voyait que des éclats de lumière. Il se leva pour courir avec la masse des *zeks*, que leur panique faisait s'agiter et tourner dans tous les sens, comme s'ils n'étaient qu'une seule volonté. Des hirondelles cherchant l'Afrique. Des enfants cherchant leur mère. Des êtres humains dépouillés de tout excepté cette ultime impulsion vers la vie. Derrière eux, l'avion allemand vira de nouveau, les mitrailleurs à bord balayaient les rails de leurs balles, prenant plaisir à faucher les traînards qui cherchaient à fuir. D'autres rafales de mitrailleuses venaient des buissons où les gardes soviétiques s'étaient installés pour empêcher les *zeks* de s'enfuir, même s'ils savaient qu'eux-mêmes seraient exécutés pour avoir laissé détruire le précieux matériel roulant.

Brendan cessa de courir mais l'élan de la masse de ceux qui fuyaient le train l'entraîna jusqu'à ce qu'il se trouve face à la cohue de ceux qui voulaient revenir en arrière. Il n'échappait à la mort que grâce à la masse des corps pris entre les deux faisceaux de balles. Cependant, à en juger par les cris des mourants, ce mur de chair s'amenuisait. Un homme devant lui se retourna pour lui faire face, tentant désespérément de s'enfoncer parmi les corps. La vue de Brendan était à présent meilleure et, à la lumière des flammes, il reconnut un *urka* brutal qu'on avait mis dans le train parce qu'on avait découvert qu'il avait une grand-mère étrangère. Étant parvenu à libérer ses bras, Brendan les serra autour du cou de l'*urka*. *Tu n'iras nulle part, camarade, sauf en enfer*. Il ne prononça pas ces mots à voix haute, mais l'*urka* les comprit. L'homme avait deux fois plus de force que lui et aurait dû pouvoir se défendre, mais il paraissait momentanément paralysé par la peur. Il rugit alors contre le visage de Brendan et leva les mains pour rompre la prise. Il y serait parvenu si une balle ne l'avait pas atteint. Il eut un soubresaut vers l'avant, ses yeux rivés sur ceux de Brendan. Ses bras n'arrêtaient pas de s'agiter sans toutefois parvenir à autre chose qu'à enlacer son corps pour se maintenir debout. Brendan tournoya avec lui, se servant de son corps comme d'un bouclier, tout en sachant très bien qu'une frappe directe les traverserait tous les deux.

Le sol était maintenant assez dégagé pour que les corps puissent tomber. De nombreux *zeks* étaient morts, faisaient le mort ou étaient tellement terrifiés qu'ils avaient perdu l'usage de leurs jambes. Parmi eux, une petite enfant assise sur le corps d'une morte lui frappait la poitrine de ses poings, demandant vraisemblablement à sa mère de se relever. Les tirs marquèrent une accalmie, comme si les Allemands en avaient assez et que les Soviétiques avaient décidé de fuir. Mais Brendan savait que cela n'allait pas durer. Il avait davantage de chances tout seul parce que l'enfant ne ferait que l'alourdir et que, même s'il parvenait à s'enfuir, il ne pourrait pas la nourrir dans ce désert. Mais son caractère lui interdisait de la laisser là. Elle se mit d'abord à hurler quand il la souleva, et essaya de lui griffer le visage avec ses ongles. Mais les tirs recommencèrent et alors elle pressa son visage contre la poitrine de Brendan, tremblante de froid et de peur. Pourtant son corps était chaud, son visage lui rappelait une enfant qu'il avait vue pendant la grève générale à Londres. Il la serra dans ses bras comme s'il savait que jamais il ne pourrait tenir dans ses bras un enfant qui serait le sien. Plié en deux, il se fraya un chemin à l'aveugle parmi des *zeks* qui hurlaient. Il avait un objectif à présent, une mission. Toute sa vie, il avait simplement voulu avoir la certitude qu'il aidait un tout petit peu l'humanité, que sa présence sur terre allait produire un léger changement. Ce désir l'avait incité à quitter Marlborough College, l'avait entraîné en Espagne, l'avait enfin entraîné ici, où il courait sur cette terre ensanglantée. Parce que peut-être, en définitive, était-ce cela qui comptait, tenir une enfant dans ses bras au milieu de cette cohue et se battre pour lui accorder quelques secondes supplémentaires de vie. S'il y parvenait, il aurait peut-être réussi à faire quelque chose qui l'autoriserait à regarder en face les yeux de Martin Luther.

L'enfant se serrait contre lui et chuchotait des mots qu'il n'arrivait pas à entendre. Il voulait partager tant de choses avec elle, voulait lui décrire le toucher de la main de sa mère lorsqu'elle caressait ses cheveux le soir après son coucher, les greniers de Manor House où il avait joué au même âge qu'elle, sa sœur Eva dessinant dans son atelier. Il aurait voulu qu'elle ait pu entendre les cloches d'une église plutôt que les sirènes d'alerte, qu'elle se soit réveillée sans la puanteur de vêtements moisis, qu'elle ait vu un chien qui n'aurait pas montré ses dents au bout d'une chaîne. Il aurait voulu qu'elle sache, une seule fois dans sa vie, ce que c'était de ne pas avoir faim, de ne pas avoir de poux dans les cheveux, de pique-niquer sur une plage et d'avoir un grand frère à admirer. Brendan voulait qu'elle connaisse toutes ces choses-là, et pourtant il ne pouvait pas parler parce qu'il devait garder tout son oxygène pour courir. Une trouée apparut devant lui, une trouée dans les *zeks* mourants, bien qu'il ressentît un tel vertige qu'il ne savait plus dans quelle direction il courait. Mais à présent ils se trouvaient à découvert, les corps étaient plus rares et il crut une seconde qu'il était libre. Ce fut alors qu'il vit les gardes soviétiques et leurs mitrailleuses, et il comprit que l'avion allemand était parti, qu'il courait directement en direction des balles sans avoir le temps de faire demi-tour. Il savait que celle qui pénétrerait dans l'enfant le pénétrerait également. Ils mourraient au même moment, et lui la porterait vers la mort. Plus que tout, il voulait lui parler de la jetée de Bruckless. De l'immense crainte qu'il avait toujours ressentie quand il courait sur les pierres pour se jeter à la merci des vagues. Parce que, lorsqu'il roulait dans les profondeurs, il y avait toujours ce moment où il se sentait véritablement fichu, avant que son corps se retourne instinctivement dans l'eau verte et qu'il comprenne jusqu'au centre de son être qu'il allait remonter vers la lumière.

31

ON FRAPPE À LA PORTE

Janvier 1942

Il était presque minuit quand on frappa à la porte. Art venait de terminer d'agrafer un lot de sa dernière brochure : *Trotskisme : ses racines et ses fruits*, qu'il avait publiée lui-même sous l'enseigne des Publications prolétariennes. Au prix de trois pence, il lui fallait en vendre quatre cents exemplaires pour récupérer le coût de l'impression. Après cela, il distribuerait le reste gratuitement. Ce jour-là, il lui avait fallu cinq heures pour vendre deux exemplaires, mais au moins deux esprits avaient été sauvés de la traîtrise cancéreuse qui avait eu raison du parti communiste irlandais. À Dublin, les agents au service de Trotski se voyaient sans doute menacés par son défi car ils devaient sentir la lame acérée de la vérité s'approcher de leurs mensonges. Ce qui expliquait pourquoi le coup frappé à la porte ne l'étonna pas. Les traîtres opportunistes voudraient évidemment saisir tous les exemplaires afin de se débarrasser de l'unique voix dissidente. Art se saisit du seul couteau qu'il possédait et, le serrant dans sa main droite, le dissimula derrière son dos lorsqu'on frappa une seconde fois.

Il ouvrit la porte violemment et redressa les épaules d'une manière impressionnante. Il n'y avait sur le seuil qu'une seule silhouette, un vieil homme avec un imperméable plié sur un bras. Art jeta un coup d'œil derrière lui pour voir si d'autres personnes ne se cachaient pas dans l'escalier, mais l'homme ne semblait pas accompagné. Ce n'était ni un policier ni un ecclésiastique – Art avait acquis un second sens pour ces gens-là. Mais il y avait quelque chose de familier dans cette politesse tranquille qui lui rappelait des impressions d'enfance. Il était malaisé de distinguer les traits de l'homme sur le palier sans éclairage de l'immeuble le plus froid dans lequel il ait jamais vécu. La seule clarté provenait des deux bougies fichées dans le goulot de vieilles bouteilles d'ale dans sa chambre. L'homme paraissait à bout de souffle et vaguement désorienté. Peut-être s'était-il perdu. Art fit un pas en arrière pour prendre une bougie afin qu'ils puissent se voir.

« Bonjour, Art.

— Mr Barnes ? »

Art ne se rappelait plus quand il avait vu le directeur à la retraite de la Royal Bank, dans la ville de Donegal. Mr Barnes, dont la fille chantait des duos avec Eva au piano. Art entretenait un mépris tout particulier pour les banquiers, les laquais du capitalisme international, mais il avait du mal à se montrer hostile envers ce personnage tranquille.

« Entrez donc. »

Mr Barnes s'assit sur l'unique chaise, près de la table où étaient empilées les brochures. Art prit place sur le lit et regarda le vieillard examiner la chambre spartiate. Les murs étaient nus à l'exception d'un portrait de Staline accroché à un clou auquel le locataire précédent avait suspendu un bougeoir du Sacré-Cœur. Du bruit montait depuis la rue, c'était le moment où les hommes se rassemblaient sur le trottoir devant les pubs de Wexford Street qui venaient de fermer. Quelqu'un avait commencé à chanter *The Foggy Dew*. Mr Barnes sortit un mouchoir blanc avec lequel il nettoya scrupuleusement ses mains, bien qu'Arthur se soit douté qu'elles n'étaient pas sales.

« Je crains de ne pas pouvoir vous offrir de thé, dit Art, ou quoi que ce soit d'autre d'ailleurs, à moins que vous ne vouliez un morceau de pain sec. Il y a un robinet au rez-de-chaussée et, si vous voulez un peu d'eau, je peux aller en chercher.

— Ce n'est pas la peine, répondit Mr Barnes. C'est simplement que les escaliers m'ont essoufflé, j'en ai tant monté et descendu. Cela fait deux jours que je suis à ta recherche. Je ne voulais pas m'arrêter et avoir à recommencer demain. Il y a si peu de temps, tu comprends. » Son regard n'était ni gentil ni agressif, il contenait cependant un peu de perplexité blessée. « Prépare-toi, mon garçon, les nouvelles que je t'apporte sont mauvaises.

— Brendan ? »

Mr Barnes secoua la tête. « C'est ton père. Il est mort à Londres il y a trois nuits. Ta mère voulait qu'il remette en mains propres une lettre à l'ambassade soviétique en espérant qu'ils seraient plus coopératifs maintenant qu'ils sont nos alliés. Il s'apprêtait à reprendre le dernier train quand une bombe incendiaire est tombée près de lui. Comme il avait son brassard de préposé à la défense passive, il a aidé les gens qui sortaient d'un cinéma de quartier à se diriger vers l'abri le plus proche. Il était alors trop tard pour qu'il puisse prendre le train d'Oxford. Une vieille dame refusait de quitter sa cuisine parce qu'elle avait deux chats et que les animaux ne sont pas autorisés dans les abris antiaériens. Mais ton père les a persuadés de la laisser emmener un des chats avant de retourner orienter les équipes de pompiers. Plus tard, les gens ont pensé qu'il s'était endormi dans un coin de l'abri. Ce n'est qu'après le signal de fin d'alerte que les gens se sont rendu compte qu'il était mort, le second chat pelotonné dans son manteau. » Mr Barnes fit une pause. « Personne ne savait comment te joindre. Je suis l'exécuteur testamentaire de ton père. Je connais un homme de la police de Dublin qui m'a dit que l'on te voyait fréquemment dans ce quartier.

— Ainsi, ils continuent à s'occuper de moi ? »

Le banquier se pencha en avant. « Pour une fois dans ta vie égoïste, ne pense pas qu'à toi. Ton père est mort. N'as-tu pas entendu ce que je t'ai dit ?

— Ma vie n'a pas été égoïste. Je n'ai rien gardé pour moi…

— Ton père… » Mr Barnes semblait exaspéré.

Art se leva. « Oui, je vous ai entendu. Vous croyez vraiment que je n'ai pas de chagrin ? Toute ma vie j'ai eu du chagrin dans l'appréhension de ce moment. » Art s'approcha de la fenêtre et regarda les hommes en contrebas dont la camaraderie désinvolte pouvait si aisément se transformer en bagarre. C'étaient pour eux qu'il avait abandonné sa famille, c'étaient pour ces hommes-là qui se moquaient de lui quand il tentait de vendre ses brochures dans les pubs.

Un de ses plus anciens souvenirs était celui de sa nurse lui expliquant qu'un jour il serait le maître de maison après la mort de Père.

Il avait alors cinq ans et n'avait jusque-là jamais compris pourquoi tout le monde le traitait différemment de ses grandes sœurs. Les mots de la nurse lui promettaient la richesse mais l'avaient également rempli de crainte parce qu'il n'avait encore jamais considéré le fait que son père adoré pouvait mourir. La remarque de la nurse avait lancé le mécanisme d'une horloge dans sa tête et il avait passé sa vie à essayer de le freiner. Peut-être sa haine de l'héritage provenait-elle du fait que ce qu'il désirait plus que tout était que Père ne meure pas. À présent cette horloge avait enfin sonné. Il se tourna vers Mr Barnes.

« Vous me prenez pour un mauvais fils.

— Qu'en pensez-vous ?

— Je l'aimais plus qu'aucun de vous ne peut le savoir.

— Tout ce que je sais, c'est que tu l'as fait souffrir davantage que tu ne peux le savoir. »

Art se rendit compte que cette conversation mettait Mr Barnes mal à l'aise. C'était un homme pragmatique, venu pour des raisons pratiques accomplir un ultime devoir envers un ami.

« Je sais également, que tu le veuilles ou non, que tu es maintenant le chef de la famille Goold Verschoyle, avec les responsabilités qui t'incombent. Tu as un laissez-passer pour voyager, j'espère ? Je peux t'avancer l'argent du voyage jusqu'à Oxford, pour que tu te rendes à l'enterrement. Ta sœur Eva est déjà en Angleterre. Il n'y aura que vous deux et votre mère. Par la suite, je pourrai t'expliquer les détails de l'héritage. Il y a une masse importante de papiers…

— Est-ce que je peux vendre Manor House ? »

Mr Barnes soupira. « Ce n'est pas vraiment le moment. Viens me voir à Donegal.

— La question est pertinente.

— Tu connais la réponse. Manor House n'est à toi que tant que tu es vivant. La propriété doit ensuite passer à ton fils aîné. » Mr Barnes leva les yeux. « Tu as un fils, je crois. »

Le regard d'Art se posa sur les chaussures militaires d'occasion qu'il portait depuis six ans. Son fils avait-il des chaussures pour affronter l'hiver russe ? D'après les informations, les conditions de vie en Russie étaient atroces. Le génie de Staline avait obligé les Allemands à se faire prendre à son piège car ils avaient pensé que le peuple soviétique s'enfuyait alors qu'il se repliait vers Moscou sans laisser derrière lui farine ou essence qui aurait pu aider les fascistes à subsister pendant l'hiver. Cette retraite avait provoqué des émeutes parmi les traîtres à Moscou, qui imaginaient que Staline s'était enfui pour sauver sa peau. Mais il s'était montré en public depuis le toit du mausolée de Lénine afin de redonner confiance à la population. Il refusait d'abandonner son peuple et avait souffert avec lui tandis que l'on creusait des nids de mitrailleuses à tous les coins de rues. Son immense intelligence avait déjà repoussé deux fois les Allemands lorsqu'ils avaient essayé de prendre la ville d'assaut, puis, en décembre, pris dans la glace, il avait contre-attaqué. Les Allemands ne s'étaient pas emparés de Moscou et n'y parviendraient jamais tant que Staline serait là pour garantir la liberté. Le peuple était uni dans cette Grande Guerre patriotique, aux côtés de ses voisins des pays Baltes récemment libérés. Mais il était également affamé, et écrasé par le feu de l'ennemi. Être bloqué à Dublin était pire que de servir une position d'artillerie aux abords de Moscou par moins quarante parce qu'Art était impuissant ici, incapable de savoir si sa femme et son fils étaient morts pendant ce terrible massacre et incapable de les protéger s'ils avaient survécu. Staline s'assurerait que personne ne souffrait sans raison, mais même lui ne pouvait être partout et veiller sur son peuple à chaque instant.

« Qu'y a-t-il d'autre dans le testament ?

— Ne peux-tu pas attendre que ton père ait été enterré ?

— C'est vous qui placez des responsabilités sur mes épaules. Vous devez quand même être content que je ne les esquive pas.

— Je n'ai pas le testament sur moi, répondit Mr Barnes. Il y a naturellement une rente pour ta mère – et la maison d'Oxford lui revient. Il y a des legs pour tes frères et sœurs – tu ne vas pas le leur reprocher. La part de Brendan sera administrée, j'ai fait en sorte que tu ne puisses pas mettre la main dessus. Il y a du liquide, quelques actions et enfin une propriété dans Raglan Road, à Dublin, que ton père a héritée d'un cousin. Il te l'a léguée, contre mon avis, je dois dire. Cependant, tel était ton père, jusqu'au bout il a refusé de te juger.

— Quelle est la valeur de cette maison ?

— C'est une belle propriété. Valant bien plus que ce qu'il te faudrait pour quitter ces conditions de vie sordides, bien plus que ce que je te léguerais si tu étais mon fils. Je peux réaliser la vente, te faire verser l'argent. Après cela, j'aurai accompli mon devoir envers ton père et je pourrai me laver les mains de toute cette affaire et oublier ton existence. »

Art toucha une des taches d'humidité qui dessinaient sur le mur d'obscures cartes de géographie. L'extrémité de ses doigts était noire quand il les montra au banquier à la retraite. « Ces conditions sordides sont celles de milliers d'Irlandais. J'ai une chambre à moi, je suis donc riche comparativement à certains de mes voisins. Je suis désolé si la vue de la réalité vous offusque. »

Mr Barnes se leva. « J'ai vécu plus longtemps que toi. Je suis né dix ans après une famine. Les gens ne récupèrent pas après une famine, leur visage n'exprime plus jamais la santé. Le sordide offusque mon sens de la justice, mais un homme qui se vautre sans raison dans le sordide offusque mon sens de la décence. Les gens ici vendraient leur âme pour une fraction de ce que tu vas recevoir après homologation. Tu te moques de tes voisins en prétendant que tu es pareil à eux. Ils sont ici parce qu'ils n'ont pas pu faire autrement tandis que tu es ici par choix. Jamais tu n'obtiendras leur respect de cette façon. J'imagine qu'ils te prennent pour un imbécile. Rappelle-toi Madame Despard. La moitié de Dublin l'a pillée jusqu'à ce qu'elle n'ait plus d'argent, et ils ont alors brûlé sa maison. Aux idiots, l'argent file entre les doigts.

— Avez-vous les actes notariés de Raglan Road ? demanda Art.

— La propriété ne peut être vendue avant homologation.

— Je désire la donner.

— Enterre au moins ton père avant de te moquer de lui.

— J'ai toujours respecté mon père.

— Quel genre de respect manifestes-tu en éparpillant ses possessions aux quatre vents ?

— Chaque possession sera utilisée avec sagesse. Je connais des personnes qui en ont besoin.

— Dont ta sœur dans le comté de Mayo, insista Mr Barnes. Dont ton frère en Afrique du Sud…

— Ne comprenez-vous donc rien ? demanda Art. Où serait la justice ? Je ne rechigne pas à leur donner quoi que ce soit mais, en toute conscience, comment puis-je leur donner ce qu'ils n'ont pas gagné par leur travail ?

— C'était l'argent de leur père, de leur grand-père et de leur arrière-grand-père. » Mr Barnes s'animait, il était consumé par une passion qu'Art n'avait encore jamais discernée en lui – l'instinct de préservation sans fard de la bourgeoisie.

« Il a été volé à des gens ordinaires à l'aide de loyers exorbitants et de salaires de misère, répondit Art. J'honorerai mon père en le rendant à leurs propriétaires légitimes. Naturellement, je vous verserai la commission habituelle pour que vous vous occupiez de tout ça. »

Le vieillard se coiffa de son chapeau. « Tes insultes vont trop loin ! Ton père était mon ami. Je ne veux pas d'honoraires. Je suis venu ici en souvenir de lui et parce que je me souvenais de toi comme d'un garçon plein de compassion. Il t'est arrivé quelque chose de terrible.

— J'ai grandi. »

Mr Barnes sortit une enveloppe. « Je t'avance suffisamment d'argent pour t'acheter des vêtements corrects entre ici et Oxford. Tu iras, dis ? » Il regarda Art avec anxiété. « Tu peux au moins faire montre de gentillesse envers ta mère. »

Art compta l'argent dans l'enveloppe et tenta d'en rendre la moitié. « Je m'y rendrai, mais avec les vêtements d'un homme ordinaire. Je ne peux pas me transformer en ce que je ne suis pas. Père avait compris ça. »

Mr Barnes ignora l'argent qu'Art lui tendait. Sur la table, une des bougies s'était consumée au point que la flamme vacillait avec violence, lentement étouffée par la cire fondue. Elle projetait des ombres déformées sur le plafond.

« J'ai accompli mon devoir envers un vieil ami. Je ne peux rien faire de plus. » Il chercha de nouveau dans sa poche. « La clé de Manor House. »

Il la posa sur la table et s'en alla. Art ne l'accompagna pas dans l'escalier sombre mais resta à la fenêtre d'où il regarda le vieillard émerger de l'immeuble et s'éloigner avec lenteur. Il continua à observer la rue parce qu'il ne désirait pas se retourner et se retrouver face à la clé sur la table. Il se sentait tout petit et perdu, un fils orphelin. C'était très bien qu'Eva soit avec Mère. Elles avaient beaucoup de choses en commun. Il serait l'étranger quand il prendrait le bateau au matin.

Art aurait voulu prier mais il ne croyait en aucun Dieu. Néanmoins, même les athées pouvaient croire aux fantômes. Il savait pourquoi il avait peur de se retourner. Le fantôme de Père se tenait près de la table et il regardait Art non avec ses propres yeux mais avec ceux de Martin Luther. Le fantôme de Grand-papa était également présent, ainsi que d'autres de la liste que Père lui avait énumérés quand il était petit. Tous le fixaient des yeux, tous attendaient. Art trembla. Cette pièce n'avait jamais été aussi froide. Il ne savait pas combien de temps il lui avait fallu mais il finit par se retourner pour examiner le vide qu'éclairait une seule bougie.

« Je refuse, dit-il à plusieurs reprises. Je refuse de me placer dans votre lignée. »

32

LA TOMBE

Donegal, mai 1943

Elle avait toujours aimé le thé. Sur ce point les quatre hommes qui creusaient sa tombe étaient tous d'accord. Elle avait été durement touchée par les quinze grammes des rations de guerre, toutefois acheter davantage de provisions aux contrebandiers qui traversaient la frontière aurait été contraire aux principes de Mrs Ffrench. Elle avait été une grande dame à principes mais, quand les temps sont durs, les gens ordinaires doivent survivre par tous les moyens possibles. De sorte que, quand ils commencèrent leur travail, les fossoyeurs – qui avaient tous une fois ou l'autre été employés par Mr Ffrench – se lancèrent dans une conversation animée au sujet de la liste croissante de marchandises qui pouvaient être passées en fraude à la frontière proche. Les pommes de terre et la viande sortaient en douce de l'État libre, tandis que le précieux pain blanc, l'essence, les pneus de bicyclette et le thé du marché noir venaient du Nord. Une des ironies de l'histoire était que les premiers propriétaires de Bruckless House avaient amassé leur fortune grâce à la contrebande. Cependant, Mrs Ffrench, au moment où elle était morte dans sa cuisine trois jours plus tôt, devait être en train de concocter un ersatz de thé en mettant à bouillir une mixture de cendres du foyer et de feuilles d'aubépine, exactement comme l'avaient fait autrefois les plus pauvres parmi les ouvriers agricoles. L'eau s'était évaporée et la mixture avait séché sur la cuisinière, laissant une puanteur accablante de brûlé. Mais heureusement le feu s'était éteint, sinon Bruckless House aurait sans doute disparu en fumée.

Le jeune poissonnier qui avait découvert le corps n'avait pas vraiment connu Mrs Ffrench. C'était un autre point sur lequel les fossoyeurs, qui se dirigèrent lentement vers Bruckless House après avoir fini de creuser la tombe, étaient d'accord. Mrs Ffrench avait vécu parmi eux pendant des décennies et en fait personne ne la connaissait autrement que comme la femme du communiste. Avant que les Ffrench ne deviennent communistes, il y avait eu des rumeurs à propos de l'étrange sorte de religion à laquelle on supposait qu'elle appartenait. Si Mr Goold Verschoyle avait encore été là à parcourir les sentiers du comté avec sa canne d'aubépine, il aurait sans doute été capable d'expliquer de quoi il s'agissait. Quoi qu'il en soit, c'était ce genre de sectes protestantes bizarres auxquelles les étrangers pouvaient aisément appartenir. Mais Mrs Ffrench n'aurait certainement pas voulu que le pasteur protestant vienne à son enterrement. Lorsque les ouvriers entrèrent dans la bibliothèque où était posé le cercueil tout simple, ils auraient beaucoup aimé que le pasteur soit là. Évidemment, en tant que catholiques, ils n'auraient pas risqué leur âme en mettant les pieds dans le temple de Killaghtee pour le service funéraire, mais cela aurait quand même été moins triste.

Et puis, quand ils pensaient à elle comme à quelqu'un d'autre que l'épouse du maître, c'était toujours une personne solitaire qu'ils imaginaient, même lorsqu'elle organisait d'étranges thés pour les enfants du coin à l'époque où elle était plus jeune. Seamus, le plus vieux des ouvriers, se souvenait de rumeurs à propos d'une fascination de courte durée pour les lampes. À une époque, il avait absolument fallu que Mrs Ffrench allume des lampes à chaque fenêtre de la maison. Elle s'était transformée en boniche en insistant pour s'occuper personnellement de chaque lampe, ce qui avait mortifié les domestiques, qui pensaient qu'elle ne leur faisait pas confiance, même pour une tâche aussi simple. Toute la paroisse avait parlé de ses lampes, mais elle avait alors cessé de les allumer ou alors les gens avaient cessé de les remarquer parce qu'il était courant que les riches se lancent dans d'étranges activités pour passer le temps. En tout cas, malgré leurs bizarreries, les Ffrench avaient toujours été équitables envers eux, contrairement à certains fermiers de la région tels que Henderson, chez qui il était terrible de travailler. À Bruckless House, le travail était agréable, le maître n'élevait jamais la voix et vous appelait camarade. La seule chose redoutable était qu'il mourait toujours d'envie de se lancer dans un discours. D'ailleurs, dit le plus jeune des ouvriers en guise de plaisanterie, il était mort avec un discours en tête, lorsqu'il était parti à bicyclette jusqu'à Killybegs par une nuit d'orage, déterminé à s'opposer à De Valera.

Les trois autres hommes qui soulevèrent le cercueil de Mrs Ffrench étaient de ceux qui avaient eu le curieux devoir d'enterrer Mr Ffrench deux ans plus tôt dans une terre non consacrée au bout de son jardin, comme un suicidé ou un enfant non baptisé condamné aux limbes. Mais Mrs Ffrench avait absolument tenu à respecter ses dernières volontés. Cela avait été le plus bizarre des enterrements auxquels aucun homme, ici, ait assisté. Cependant, aujourd'hui, alors qu'ils faisaient passer son cercueil avec précaution par la porte, tous se rendaient compte que c'était pire parce qu'il n'y avait personne pour les suivre. Ce qui ne signifiait pas que tous les habitants ne désiraient pas lui rendre un dernier hommage mais, pour un chrétien, assister à une chose aussi païenne aurait été un péché mortel. Et d'ailleurs, les quatre hommes n'avaient accepté de creuser la tombe que lorsque le prêtre leur en avait donné l'autorisation, car la pauvre créature ne pouvait pas rester toute seule dans la maison.

Depuis la mort du maître, il n'y avait eu qu'elle dans la maison, elle avait le cœur brisé, et les gens l'avaient vue sortir le soir et marcher jusqu'à Manor House, à Dunkineely, qui était désertée. Il lui arrivait de se tenir devant cette maison, les yeux fixés sur les fenêtres sombres. On disait qu'elle aimait les enfants Goold Verschoyle comme elle aurait aimé les siens si elle avait eu le bonheur d'en avoir. Personne n'avait su qui joindre quand on l'avait trouvée dans la maison avec la porte arrière grande ouverte au vent et à la pluie. De la même façon, les quatre hommes ne savaient pas vraiment quoi faire après avoir traversé la pelouse en pente et être arrivés près de la petite jetée.

Avec douceur, ils posèrent le cercueil dans l'herbe. Les trois hommes âgés ne disaient rien parce qu'il ne leur paraissait pas correct de parler. Mais le plus jeune se mit à bredouiller que c'était le premier enterrement auquel il assistait. Ses mains tremblaient et les autres s'aperçurent qu'il avait dû avaler deux whiskeys pour se donner du courage. Passer deux cordes sous le cercueil et le faire descendre jusqu'à ce qu'il se pose avec un bruit sourd sur le cercueil en bois du maître engendrait la plus bizarre des sensations de solitude. Le jeune homme ne disait plus rien maintenant et aucun d'entre eux ne regarda les autres à l'instant où ils lâchèrent les cordes. Mais tous, ils pensèrent à l'âme de cette femme solitaire afin que Dieu lui pardonne son hérésie.

Avec une hâte maladroite, ils commencèrent à remplir la fosse de terre puis, une fois celle-ci comblée, ils se retournèrent pour partir. Mais s'en aller sans prononcer quelques mots ne leur semblait pas correct. Ils regardèrent le plus vieux d'entre eux, qui rompit le silence.

« C'est ce qu'aurait désiré le maître, déclara-t-il à voix basse. Nous pouvons au moins faire ça pour lui. Il aurait mieux valu qu'elle soit enterrée avec sa famille s'il en reste encore. » Ayant jeté un coup d'œil furtif par-dessus son épaule, il mit un genou à terre. « Mais comme il n'en reste plus, elle ne s'offusquera pas que nous récitions les mystères douloureux du rosaire, non, je ne pense pas. »

Les autres s'abstinrent de répondre, mais, l'un après l'autre, ils s'agenouillèrent lentement et prièrent pour l'âme de cette étrangère.

33

L'ARRIVÉE DU TUTEUR

Mayo, avril 1944

Francis et son tuteur de vingt et un ans étaient partis se promener dans les bois avec le chien – prétendument afin qu'Eva puisse être un moment seule avec son mari avant le départ de ce dernier pour Londres, mais surtout parce qu'elle savait que, pour diverses raisons, ils étaient mal à l'aise avec Freddie. Même Maureen s'était débrouillée pour s'absenter après le petit déjeuner, de sorte que – comme Hazel était au pensionnat – il ne restait plus que Freddie et Eva dans la maison tombant en ruine qu'ils appelaient toujours officiellement leur foyer. Cependant, pendant les quatre jours de permission de Freddie, personne n'avait eu l'impression qu'il s'agissait d'un foyer familial. Pour Eva, la maison était toujours la sienne quand Freddie était absent, et elle soupçonnait qu'il aurait la même sensation s'il revenait et ne trouvait plus aucune trace d'elle. Mais ces quatre nuits ensemble avaient fait réaliser à Eva à quel point ils s'étaient éloignés l'un de l'autre.

Elle était incapable de deviner ce que pensait Freddie derrière ses apparences brusques. Son uniforme de l'armée britannique – arboré avec défi, contrairement aux instructions, pour le long voyage en train à travers l'Irlande – faisait de lui un étranger, avec ses divers galons et l'insigne indiquant sa promotion au rang de lieutenant-colonel. Et même la veille, lorsqu'il était entré dans la cuisine vêtu de son vieux pantalon en velours côtelé après être allé chasser dans les tourbières, il ressemblait davantage au fantôme de la personne qu'elle avait connue autrefois qu'à celle qui lui était devenue familière. Eva entendit le tintement de la carafe de whiskey contre son verre tandis qu'elle regardait par la fenêtre.

« Je suis inquiet pour ce garçon, répéta Freddie, incapable de laisser tomber le sujet.

— Francis va bien maintenant, répondit Eva.

— Il va bien quand il se cache dans ce satané bois. Mais il ne peut pas y rester caché pour toujours.

— Il étudie beaucoup.

— Il rêve, tu veux dire, tandis qu'il est censé écouter les leçons de quelqu'un qui me semble être encore plus rêveur que lui. Tous les deux pourraient aller chez le coiffeur. Quand j'ai engagé Harry Bennett, j'ai imaginé qu'il pourrait le remettre sur le droit chemin. Mais ça a été le contraire. C'est le style guimauve de Francis qui a déteint sur Harry. Je n'arrive pas à comprendre comment Harry a bien pu servir en tant qu'officier. »

Eva se retourna. « Harry faisait des études classiques avant d'endosser l'uniforme. Tu l'as engagé comme tuteur, pas comme sergent instructeur.

— Quand même, j'espérais qu'il pourrait donner un peu de tonus à Francis. » Freddie tripota son verre de whiskey. « Et maintenant, où ont-ils bien pu aller ?

— Se promener.

— Et c'est comme ça qu'il donne des leçons à Francis ?

— C'est leur habitude. Ils bavardent en latin quand ils partent, et en français sur le chemin du retour. Mieux vaut être en plein air plutôt que dans une pièce humide prête à s'effondrer. Cette maison s'écroule sur nous, Freddie, toi-même tu dois t'en apercevoir.

— Il y a des travaux à faire. Mais rien qui ne pourra être restauré une fois que nous aurons écrasé les boches. » Il posa son verre et se donna du courage pour parler en tapotant légèrement la table avec ses doigts. C'était l'objectif que Freddie avait en tête, la question qu'ils ne pouvaient pas éluder plus longtemps. Cette maison s'était rétrécie depuis qu'il y était revenu, car Eva était obligée de partager son lit pour la première fois depuis six mois. Mari et femme, et pourtant étrangers. La sensation d'étrangeté du corps de Freddie ou de tout autre corps contre le sien après tant de temps. Eva était contente que, dans l'obscurité, Freddie n'ait pas pu lire la panique sur son visage lorsqu'il l'avait touchée la nuit qui avait suivi son retour. C'était pour lui un droit, et pour elle un devoir, pourtant Eva s'était demandé comment elle allait pouvoir aller jusqu'au bout. Mais, quand les lèvres de Freddie touchèrent les siennes, il se passa une chose inimaginable et profondément choquante. Elle aurait pu se mettre à crier si la langue de Freddie n'avait pas pénétré dans sa bouche. Jusqu'alors, cela avait été un secret, même pour elle, et elle avait refusé de laisser ce fantasme envahir son esprit au cours des rapports sexuels consciencieux qu'ils avaient eus depuis. Mais le trouble qu'apporta cette image inattendue ne disparaîtrait que lorsque Freddie serait reparti en Angleterre.

« Penses-tu reprendre ta place à mes côtés en septembre ? demanda Freddie à voix basse. Je sais que tu as détesté Londres l'année dernière à cause des problèmes avec notre garçon, mais c'est là que sera notre nouveau foyer quand nous aurons gagné la guerre. Jamais je ne vendrai Glanmire mais, avec mon salaire, ce pourrait devenir notre maison d'été. De toute façon, ici, il n'y a personne pour te tenir compagnie, la moitié des maisons de nos amis ayant disparu. De Valera a augmenté les impôts fonciers afin de chasser ceux qui sont restés. Il n'y aura bientôt plus que des taudis de paysans et quelques Grandes Maisons sans toits. Mon avenir est dans l'armée et nous devrions planifier nos déplacements. »

Eva se remit à regarder dehors, sachant que Freddie était trop fier pour la soupçonner d'avoir un secret. Il avait raison au sujet de l'absence des voisins. Le conflit actuel n'avait pas provoqué les mêmes destructions désastreuses que la Grande Guerre, mais c'était seulement parce qu'il restait en définitive très peu de protestants. Quelques-uns avaient suivi la voie de l'assimilation en épousant des catholiques lors de cérémonies confidentielles derrière les portes fermées d'une sacristie au cours desquelles le sermon désapprobateur du prêtre n'était qu'une réitération du décret *Ne temere*. Pour la plupart, cependant, ils étaient partis aux colonies ou en Angleterre. Le mois précédent, elle avait vu l'annonce de la vente de Hazelwood Castle par la

Commission agraire, à la condition expresse que le nouveau propriétaire rase la maison. L'annonce ne mentionnait pas les belles pièces et soulignait au contraire la quantité de plomb qui pourrait être prélevée sur le toit et réutilisée. C'était tout juste si Glanmire House avait un toit, quelle excuse avait-elle donc pour vouloir s'y accrocher ?

« Un autre pensionnat anglais détruirait Francis, dit-elle.

— Je t'ai expliqué que tu pouvais l'inscrire dans ce pensionnat quaker tolérant que tu as trouvé à Waterford. Alors, arrête de te servir du garçon comme d'une excuse.

— Il a besoin que je sois près de lui.

— Et moi, je n'ai pas besoin de toi ? » Cette expression d'un besoin ressemblait si peu à Freddie qu'Eva ne savait pas lequel d'eux deux en fut le plus choqué. Elle se sentit coupable, comme si la passion imprévue qu'elle avait montrée le premier soir avait fait rêver son mari.

« As-tu *vraiment* besoin de moi ? » Elle se retourna vers lui.

Freddie, mal à l'aise, but une gorgée de son whiskey. « Tout ce que je veux dire, c'est que Francis a besoin de s'endurcir. Tes quakers de Waterford n'y parviendront pas. Comment veux-tu qu'il s'en sorte à l'université ?

— L'université, ce n'est pas la même chose. Il n'y a pas de bizutage. » Eva n'avait pas l'intention de paraître aussi accusatrice.

« Il n'y avait pas de bizutage dans le dernier pensionnat, remarqua Freddie avec un peu de violence dans la voix. Tout juste un peu de chahut pour former le caractère. J'instruis des garçons pas beaucoup plus âgés que Francis afin qu'ils partent à l'autre extrémité de l'Empire sur des navires qui peuvent être torpillés à tout moment. Tu voudrais que je leur dise que mon propre fils ne supporte pas quelques traditions inoffensives ?

— Ces bizutages n'étaient pas inoffensifs ! protesta Eva. Ils étaient l'œuvre de brutes épaisses. Mais tu avais à peine été promu au grade de lieutenant-colonel qu'il a fallu absolument l'inscrire dans un pensionnat de la haute société simplement pour que tu te sentes à la hauteur de tes collègues officiers. »

Freddie vida son verre de whiskey. « C'est injuste. Je voulais ce qu'il y a de mieux pour mon fils. Si Castlebridge College était un si mauvais choix, pourquoi m'as-tu laissé l'y inscrire ? »

La question était pertinente. Elle avait eu beaucoup de mal à essayer d'éduquer les enfants à Glanmire Wood tout au long d'un seul hiver glacial. À l'automne de 1940, Eva avait loué une maison à Bray pour que Francis et Hazel puissent fréquenter une école publique progressiste de Dublin. Mais, au printemps, lorsque Freddie avait été promu et avait annoncé qu'il avait inscrit son fils dans un pensionnat du Hertfordshire, Eva avait compris instinctivement que ce serait un désastre. Néanmoins, elle avait accepté, à cause de Freddie, en espérant que cette école parviendrait à créer un lien entre le père et le fils. Bien qu'il se soit bien acclimaté à Bray, Francis était prêt à y aller pour faire plaisir à son père si bien qu'Eva avait préféré ne pas écouter ses pressentiments, décidant qu'il ne s'agissait que de son désir égoïste de garder Francis près d'elle. Mais rien n'avait préparé le garçon à Castlebridge College. Le principal – une plaque d'acier vissée dans le crâne pendant la Grande Guerre – piquait de terribles colères qui terrifiaient même le personnel. Eva était allée vivre avec Freddie, pour être proche de Francis, tandis que Hazel était contente d'être interne dans son école à Dublin. Eva se sentait encore nauséeuse en repensant à ces terribles apéritifs avec les autres femmes d'officiers. Elles se battaient pour savoir qui pourrait se procurer la robe la plus chic en dépit des restrictions. Elle avait rarement écouté Freddie bavarder lors de telles réunions sans l'entendre mentionner le pensionnat de Francis.

Eva rompit le lourd silence. « Au moins, je l'ai retiré de Castlebridge avant qu'il y ait eu trop de casse.

— Tu veux dire avant qu'il ait eu le temps de s'intégrer, dit Freddie avec brusquerie. Les six semaines du trimestre d'automne étaient à peine suffisantes pour que le gamin s'acclimate.

— Pendant tout l'été, il a été terrifié à l'idée de devoir y retourner. Cet enfant perdait la tête dans cette école et moi je perdais la mienne d'inquiétude. »

Freddie se versa un autre whiskey. « Ne sois pas ridicule ! En premier lieu, ce n'est plus un enfant. Il avait simplement des difficultés à s'adapter après tant de maternage. Il y a peut-être des maladies mentales du côté de ta famille, mais Francis est un Fitzgerald.

— Personne, dans ma famille, n'a jamais enfermé son père dans une grotte en compagnie d'un ours, rappela Eva, qui sentait sa colère monter.

— Mon ancêtre était peut-être lunatique, mais il n'était pas lâche, dit Freddie. Jamais il n'aurait été réduit à l'état de poule mouillée par quelques écoliers. »

Des voix leur parvinrent du dehors, indiquant le retour de Francis et de son tuteur.

« Épargne-lui ça, le supplia Eva. Il est toujours ton fils.

— Je le reconnais à peine, dit Freddie avec lassitude. Chaque fois que je reviens ici, il m'est un peu plus étranger. Et toi aussi tu as changé.

— Mais non.

— La vie n'était pas si mauvaise à Londres, dis ? Les autres femmes demandent souvent de tes nouvelles.

— Je n'ai rien en commun avec elles.

— Tu es injuste envers toi-même. Tu es encore une belle femme, tu pourrais rivaliser avec les meilleures d'entre elles.

— Mais ne comprends-tu pas ? Je ne veux pas rivaliser avec elles.

— Je comprends de moins en moins. Tu te caches ici dans ton éther et j'ignore comment te ramener à un peu de bon sens. Même ton frère commence à être plus facile à comprendre que toi. Où est-il donc ces derniers temps ?

— Lequel ? » demanda Eva avec déloyauté.

Freddie écarta les mains. « Qu'est-ce que tu attends de moi ? J'ai harcelé le ministère de la Guerre pour qu'il demande au ministère en Russie des informations sur Brendan, mais sais-tu combien de Russes meurent dans cette guerre ? Ils n'ont pas le temps de rechercher un aventurier irlandais fourvoyé.

— Tu as fait de ton mieux », admit Eva. Elle consulta avec ostentation la montre-bracelet que Freddie lui avait offerte afin de lui prouver qu'elle appréciait son cadeau. « À quelle heure Mikey t'emmène-t-il à la gare ?

— D'un moment à l'autre. J'avais l'intention d'apporter une montre à Francis lors de mon prochain voyage, mais il en a apparemment déjà une.

— Harry la lui a achetée pour son seizième anniversaire.

— C'est un peu exagéré de sa part. » Freddie paraissait contrarié, comme si le tuteur avait usurpé son propre rôle.

« Il lui témoigne simplement son affection. Ils sont parfois comme des frères. »

La voix de Freddie se fit amère. « Vraiment ? J'ai l'impression d'avoir mal choisi son tuteur. »

La guerre avait transformé Freddie en lui donnant l'occasion de montrer ses qualités de leader dans un monde qu'il comprenait. Il savait être dur avec ceux qui avaient besoin d'être endurcis, des garçons au visage juvénile qui ne se doutaient pas que la mort pouvait survenir en Birmanie ou en Sicile. Mais le mois d'octobre précédent, il avait fait montre de gentillesse lorsqu'il s'était débrouillé pour qu'un jeune lieutenant écossais – réformé de l'armée du fait de blessures reçues en délogeant les Allemands du cap Bon, en Afrique du Nord – puisse venir en convalescence et devenir le tuteur de Francis. Freddie avait dû imaginer qu'il résolvait plusieurs problèmes d'un seul coup. Harry Bennett était séduisant, agréable, mais pas vraiment le genre d'homme dont il appréciait la compagnie. Peut-être, lors de son choix, avait-il été sensible à l'état d'affolement où se trouvait Francis le soir où Eva était allée le chercher à Castlebridge. Mais Eva pensait plutôt qu'il n'avait vu que le grade sur l'uniforme de Harry. Peut-être ne découvrait-il réellement le tuteur que maintenant, pendant ce séjour.

Freddie termina son whiskey et se leva. Leur conversation était terminée. Eva était parvenue à l'empêcher d'agir et chacun était resté sur ses positions. Pauvre Freddie. Elle se demandait ce qu'il disait à présent de Francis, devant un cocktail, entouré par des officiers dont les fils avaient été témoins de l'effondrement du garçon.

« Naturellement, je vais m'arrêter à Dublin pour voir Hazel, dit Freddie.

— Elle se sent bien au pensionnat.

— C'est vrai. »

Hazel appréciait le pensionnat, où elle se distinguait par sa beauté et son comportement de garçon manqué. Francis avait été tout aussi populaire quand il avait été externe à Dublin. Mais il avait perdu toute confiance en lui-même à Castlebridge et Eva l'avait ramené dans le Mayo pour qu'il puisse graduellement reprendre de l'assurance. Depuis l'arrivée de Harry Bennett, il avait retrouvé sa bonne humeur habituelle. Mais quelques symptômes de tension nerveuse étaient apparus pendant le séjour de son père et devinrent patents au moment où il ouvrit la porte du salon, tout à fait conscient que ses parents avaient parlé de lui.

« J'espère que Harry et moi ne sommes pas partis trop longtemps, dit Francis. Nous nous sommes dépêchés de rentrer de peur de te rater.

— Il est peu probable que Mikey soit à l'heure. Et encore moins que le train parte à temps. » La jovialité de Freddie était forcée.

« Le train attendrait si les gens savaient que tu dois le prendre, dit Francis.

— En espérant sans doute que j'apporte quelques bûches à brûler, hein ? »

Les rires paraissaient forcés des deux côtés. Pendant ce séjour, le père et le fils s'étaient évités, ni l'un ni l'autre ne sachant quoi dire.

« Je crois que je devrais descendre et dire adieu à Maureen si elle est de retour. »

Freddie disparut dans l'entrée. Francis regarda Eva avec inquiétude.

« Il ne va pas me renvoyer en Angleterre, j'espère ?

— Il a accepté de te laisser ici jusqu'en septembre et de t'inscrire ensuite chez les quakers.

— Et il ne renverra pas Harry tant que je suis ici ? Tu sais, nous travaillons dur, tous les deux.

— Ton père n'a pas parlé d'envoyer l'un ou l'autre ailleurs. »

Le garçon était soulagé. « Alors, ça va. Je savais que tu me défendrais. Je sais comment... » Francis regarda sa mère comme s'ils partageaient un secret, puis il tendit l'oreille. « Voilà le cabriolet. »

Eva entendit le grincement des roues, Francis et elle poussèrent un soupir de soulagement, puis ils se sentirent coupables de s'être découverts.

« Je devrais prévenir Père. Il a un long voyage devant lui.

— Oui, acquiesca Eva. Va lui dire. » Le coup d'œil de conspirateur de son fils l'inquiétait. Francis la connaissait mieux qu'elle ne se connaissait elle-même. Avait-il déjà deviné qu'Eva était impatiente de voir partir Freddie afin de se retrouver seule avec ses deux jeunes gens ? Elle ne s'était pas formulé cette vérité choquante jusqu'à ce que, en embrassant Freddie dans le noir, elle imagine la sensation des lèvres de Harry Bennett. Pendant les six derniers mois, elle s'était beaucoup rapprochée de Harry, le tuteur lui lisait des poèmes le soir tard, quand Francis était couché. Leurs âmes partageaient de nombreuses choses, et pourtant Eva ne s'était jamais laissée aller à penser à lui de façon physique. C'était impossible. Elle était mariée et Harry était bien plus jeune qu'elle. De sorte que, quatre soirs plus tôt, Eva avait été choquée de réaliser qu'elle commettait un adultère mental. Dans son esprit, c'était le corps de Harry Bennett qui se mouvait en elle, provoquant des réactions qui excitaient Freddie. Pendant les trois nuits suivantes, elle avait veillé à éviter de telles pensées. Mais pendant la journée, elle se sentait troublée et coupable. Elle ne pourrait jamais être infidèle, et certainement pas avec quelqu'un qui avait presque le même âge que Francis. Et pourtant elle attendait impatiemment ce soir-là, quand la maison lui appartiendrait de nouveau, avec Francis endormi et Harry assis près d'elle, leurs têtes penchées au-dessus du même livre.

Elle entendit Freddie remonter l'escalier, suivi par Francis et Maureen. Harry Bennett sortit de la chambre qu'il partageait avec Francis – la seule chambre habitable à l'étage à l'exception de la sienne. Freddie regarda autour de lui, sentant que tous attendaient secrètement son départ.

« Mieux vaut ne pas faire attendre Mikey, pas vrai ? » Il saisit sa valise. À chaque voyage, il paraissait emporter moins de choses. Francis l'accompagna jusqu'à la porte. Eva pensa que ce malaise entre le père et le fils ne ferait que s'aggraver au fil des ans. Le drame était qu'il n'aurait pas fallu grand-chose pour que Freddie se sente à nouveau fier de Francis. Il n'était pas un père qui avait besoin d'un génie pour fils. Freddie voulait seulement qu'il soit une autre version de lui-même, un homme solide. Un bon tireur et un chic type, un homme entouré d'hommes, capable de boire et de parler d'égal à égal avec n'importe qui. Mais Francis se faisait des amis d'une manière différente. Les collègues officiers de Freddie ne le trouveraient pas assez masculin, un esprit trop libre pour son propre bien. Elle les regarda se serrer la main avec méfiance. Harry Bennett resta à distance jusqu'à ce que Freddie se soit retourné.

« Continuez ce bon travail, Bennett. Son latin me paraît magnifique.

— Je vous remercie, monsieur.

— Nous avons toutes les chances d'obtenir une médaille à Trinity College, m'a-t-on dit.

— Francis sera certainement capable de se défendre lorsqu'il reprendra ses études.

— Et il va sans dire que le temps va venir pour vous de renouer avec l'effort de guerre. Vous avez l'air d'un homme nouveau après ce repos ici.

— Je devrais retourner à Londres à la fin de l'été s'ils ont l'usage d'un infirme. J'irai vous rendre visite, monsieur.

— Parfait. » Freddie jeta un coup d'œil dans l'entrée. « Entretemps, Maureen, fais en sorte qu'ils soient bien nourris.

— Je fais de mon mieux, monsieur. »

Freddie mit sa valise sur une épaule et boita jusqu'au cabriolet, la chienne frétillait de la queue et le suivait. Eva l'accompagna, consciente du relâchement général de la tension derrière elle. Il hissa la valise sur le cabriolet et se retourna, tandis qu'elle donnait au cheval la pomme qu'elle avait gardée pour lui.

« Londres n'est pas si loin que ça, dit-il à voix basse pour que Mikey ne puisse pas l'entendre. La mer d'Irlande est la mieux sécurisée de toute l'Europe. Ils ne m'ont pas installé dans un appartement pour célibataire après ton départ. J'ai un peu l'impression d'avoir trop de place quand je suis seul.

— Voyons comment Francis se débrouille à Waterford. » Eva enleva un fil imaginaire de son uniforme afin de valoriser son allure guerrière.

En raison de l'absence d'essence, Eva n'avait pas vu de voiture sur les routes du Mayo depuis des mois. Mais elle savait que Freddie allait apprécier le cabriolet de Mikey quand ils traverseraient le village de Turlough. Cela effacerait la honte de sa fuite, six années auparavant, sans argent et les huissiers à la porte. Il saluerait les femmes Durcan, et Delia, quand elles apparaîtraient sur le seuil de leur magasin, accepterait les vœux des hommes qui attendaient avec leurs chevaux devant la forge et ceux des femmes qui bavardaient devant le bureau de poste de McQuaid, il s'approvisionnerait en hochements de tête respectueux en prévision d'une période moins faste. En fin de compte, s'il avait eu du mal à démarrer dans la vie, maintenant il avait réussi.

Il embrassa Eva et grimpa, son manteau et sa casquette sur les genoux. Mikey produisit un bruit avec sa gorge et le cheval avança, emmenant Freddie vers l'univers militaire dans lequel elle s'était sentie perdue quand elle avait essayé d'y jouer son rôle d'épouse. Quand se reverraient-ils ? Elle ressentit à son sujet une crainte qui lui était familière, car il retournait vers les bombardements incessants de Londres. Freddie plongea son regard vers elle avec un écho du sourire qui l'avait charmée autrefois dans le Donegal. Pendant un instant, il lui parut beaucoup plus jeune et elle eut beaucoup de choses à lui dire.

Elle posa une main sur la charrette qui avançait lentement, comme pour l'arrêter. Freddie lui dit quelque chose, encore à voix basse pour être hors de portée de Mikey, mais les grincements du cabriolet l'empêchèrent de saisir ses mots. Il lui toucha la main avant que la charrette ne s'éloigne tandis que le cheval tirait de toutes ses forces. Freddie salua tout le monde d'une voix joyeuse et disparut sous les branches tombantes du châtaignier.

Eva rejoignit les marches. Personne ne disait rien, tous avaient des regards de conspirateurs et se refusaient à admettre qu'ils étaient soulagés de voir Freddie partir. Il l'avait senti, lui aussi. Pendant tout son séjour, il s'était sans doute rendu compte qu'il était un étranger dans ce sanctuaire qui survivait grâce à sa solde.

« Est-ce que vous mangerez en haut ou en bas ? demanda Maureen, qui connaissait pourtant la réponse.

— Ce sera très bien à la cuisine, comme avant. Pas besoin de monter les plats. »

Eva éprouva un accès soudain de jalousie en voyant comment Maureen regardait Harry et lui souriait en rentrant dans la maison. Harry et Francis partirent se remettre à leurs leçons, et son fils lui toucha une épaule en passant. Eva était fatiguée et troublée. Elle voulait changer les draps de son lit. Elle voulait prendre un bain. Pendant un instant, elle aurait voulu se trouver dans une bonne maison, avec de la lumière électrique et des robinets sur la baignoire. Elle alluma une cigarette, garda la fumée au plus profond d'elle-même, puis expira. Méchamment, elle se demanda si elle ne mangerait pas au rez-de-chaussée avec les garçons. Même les fermiers qui possédaient peu de terres mangeaient rarement avec leurs domestiques. Puis elle écrasa sa cigarette, honteuse. Quand avait-elle jamais considéré Maureen comme une domestique ? Ils vivaient tous en égaux, partageaient leurs secrets. Mais le sourire que la jeune femme avait adressé à Harry l'avait mise en colère. Pourtant, pourquoi n'aurait-elle pas souri ? Elle avait l'âge de Harry, c'était un bel homme et la légère claudication due à un éclat d'obus ajoutait même à sa séduction. Eva ne voyait pas Harry épouser une fille comme Maureen, cependant la romance pouvait s'épanouir dans les circonstances les plus inattendues. Au cours des derniers jours, elle s'était surprise à analyser chaque commentaire qu'avait jamais prononcé le jeune Écossais, incertaine de ne pas être en train de chercher du sens là où il n'y en avait pas.

Elle se souvint du premier soir de son arrivée. En Italie, les Alliés venaient de briser les lignes allemandes sur la rivière Volturno et, dans le Mayo, il y avait suffisamment de neige pour rendre l'allée impraticable, sauf à pied. Elle avait envoyé Francis l'attendre au pavillon à l'entrée, et il était encore nerveux à l'idée de rencontrer des gens après Castlebridge. Une heure s'écoula, Eva craignait que son fils ne prenne froid dans ce pavillon sans toit. Elle n'avait pas été certaine que le tuteur accepterait de partager une chambre avec Francis. Son voyage avait été certainement difficile. En prenant le train à Dublin, on ne pouvait jamais être certain du temps qu'il faudrait pour atteindre Castlebar. La lettre de Freddie ne contenait pas beaucoup de détails. «*Le type a fait des études classiques à l'université d'Édimbourg avant de s'engager. Bonne famille écossaise. Je l'ai rencontré par hasard en rendant visite à un de mes gars à l'hôpital. Plus ton genre que le mien. Je l'ai persuadé de prendre un peu de repos, chasser un peu, la possibilité de recouvrer quelques forces. Le pauvre bonhomme a réellement besoin de l'air de la campagne. Il fera du bien à Francis dans le court terme, bien que je suppose qu'il ne tardera pas à vouloir retrouver le rythme de la vie...*»

Un autre soldat blessé en quête d'un refuge. Eva s'était plus ou moins attendue à ce que, quand il apparaîtrait, s'il venait un jour, tête bandée, grimaçant de douleur, Francis doive l'aider. Un peu comme elle s'attendait parfois à voir réapparaître Brendan. Mais quand elle finit par les apercevoir derrière le châtaignier, Francis et son tuteur marchaient côte à côte et la claudication était à peine perceptible. Leurs têtes étaient proches et tous deux tenaient la poignée de la valise en carton. Ils riaient et quelque chose sur leurs visages, ce soir-là, était magnifique. Elle sut immédiatement qu'ils deviendraient amis. Mais ce n'était que maintenant qu'elle comprenait à quel point Harry était devenu important pour chacun d'eux.

Eva rentra changer les draps de son lit dans l'ancienne chambre du capitaine, qui était maintenant presque aussi humide que celle au sous-sol où dormait Maureen. À travers le mur, elle entendit Francis et Harry discuter à voix basse. Elle verrouilla sa porte, se déshabilla et se lava entièrement à l'eau froide, puis choisit une robe qui la rajeunissait, une robe que Maureen lui empruntait parfois. Le train de Freddie allait bientôt quitter Castlebar, rempli d'émigrants en route pour l'Angleterre. Le gouvernement de l'État libre s'inquiétait de cet exode au point de tenter d'interdire aux ouvriers agricoles d'émigrer, tout en encourageant activement les locataires des taudis de Dublin à déguerpir. Le ferry de Liverpool serait plein à craquer quand Freddie embarquerait. Elle aurait dû le persuader de ne pas revêtir son uniforme britannique. Dans le Mayo, son nom le protégeait, mais ce qui l'inquiétait, c'était le moment où il se mêlerait à la foule sur les quais.

Maureen leva les yeux quand Eva entra dans la cuisine pour l'aider.

« Mr Fitzgerald m'a fait un plus gros cadeau qu'il n'était besoin. C'est un homme généreux.

— Freddie n'a jamais été doué avec l'argent.

— Heureusement qu'il n'a plus besoin d'être doué. Le dîner est bientôt prêt.

— Je peux faire quelque chose ? »

Maureen jeta un coup d'œil à la robe d'été et aux cheveux qui venaient d'être lavés. « Tout va on ne peut mieux, Mrs Fitzgerald. »

Certaine qu'elle allait se mettre à rougir, Eva sortit au soleil. L'air était immobile. Même les oiseaux chanteurs qui se chamaillaient d'habitude étaient silencieux dans les arbres. Une odeur d'ail sauvage émanait d'un talus de luzule et de myrtille. En général, Eva détestait voir des fleurs sauvages dans la maison mais ce soir-là elle en cueillit une pleine brassée. Elle les mit dans un vase rempli d'eau qu'elle posa sur la table de la cuisine avant de mettre le couvert pour quatre. Francis et Harry dégringolèrent l'escalier dans une cacophonie de clowneries et de rires. Ils se lavèrent les mains dans l'évier en s'éclaboussant réciproquement tandis que Maureen les taquinait tout en les grondant un peu. Eva prit le livre que Freddie lui avait apporté en fraude, *Hissez le grand pavoi* d'Evelyn Waugh. Encore un écrivain interdit à la bibliothèque de Castlebar. Elle le lirait rapidement et le prêterait à Harry.

Comme elle était très impatiente de se retrouver assise près du feu avec lui, elle eut l'impression que le dîner ne se terminerait jamais, avec quelques échanges à la fin, puis tous les quatre sortirent pour une petite promenade de nuit dans les bois. Mais le moment arriva où elle put suggérer à Francis qu'il était l'heure de se coucher. Maureen finissait de s'activer dans la maison et il y faisait sombre à l'exception de trois bougies dans le candélabre surplombant le foyer de l'entrée où une merveilleuse odeur de frêne émanait des bûches à moitié consumées. Il ne restait que Harry et elle, chacun dans son fauteuil devant le feu. Les ombres frissonnaient autour d'eux, une étincelle jaillissait de temps en temps des bûches et ils pouvaient parler de choses que Freddie ne comprendrait jamais. Harry donnait l'impression que la guerre était lointaine, et mentionnait rarement ses expériences en France. Il faisait également oublier la pauvreté et le rationnement causés par la guerre. Ses manières rappelaient à Eva les camarades de classe qu'Art avait autrefois ramenés à la maison dans le Donegal et dont l'idéalisme juvénile rendait la poésie aussi vitale que le pain. Tous les deux étaient fatigués, et pourtant ni l'un ni l'autre ne semblait vouloir cesser de parler.

Une heure s'écoula avant que Harry s'excuse un instant et ouvre la porte sur la nuit pour traverser l'allée de gravier. Elle pouvait l'imaginer en chemise et bretelles, se soulageant à l'orée de la forêt. Un bruit la fit se retourner. Francis avait ouvert la porte de sa chambre et se tenait là, son visage très pâle à la lumière des bougies.

« Est-ce que nos voix t'ont réveillé, mon chéri ? Je suis désolée.

— Je ne dormais pas, Maman. Mais je suis épuisé.

— Qu'est-ce qui t'empêche de t'endormir ? »

Le garçon avala sa salive, choisit ses mots avec soin.

« J'attends Harry. » Il s'arrêta. « Je ne pense pas que Harry se mariera jamais, Maman. Il m'a dit qu'il n'en a pas l'intention. » Eva sentit qu'il essayait de lui communiquer quelque chose qu'elle n'avait pas encore compris. Francis jeta un coup d'œil vers la porte ouverte. « Ce que je veux dire, c'est que Harry n'est pas vraiment intéressé par les femmes.

— Je suis déjà mariée. Tu ne penses pas que… » Eva avait l'impression d'être une écolière coupable.

Francis chercha les mots exacts. « Je crois… Il préférerait que je ne reste pas trop longtemps éveillé à l'attendre. »

Son regard était patient, il savait que le cerveau d'Eva était lent à saisir les choses. Mais elle rassemblait des indices qu'elle n'avait jamais compris. Le malaise de Mère le soir où Francis s'était déguisé pour danser dans sa chambre. La déconvenue de Freddie devant la longueur du séjour de Harry, un mécontentement qu'elle avait interprété comme s'appliquant à elle. Francis lui racontant que les garçons de Castlebridge se moquaient de lui parce qu'il ne voulait pas échanger des images de femmes en porte-jarretelles. Pourtant les filles étaient attirées par Francis et il aimait leur compagnie, il ne pouvait donc pas être… Eva ne connaissait même pas le terme exact, seulement des expressions vulgaires entendues quand les hommes échangeaient des plaisanteries en pensant qu'elle ne les entendait pas.

Les pas de Harry se firent entendre sur le gravier. Eva regarda son fils, qui n'avait jamais eu de secrets pour elle. La peur sur son visage montrait qu'il savait qu'elle comprenait maintenant.

« Tu ne diras rien à Père ?

— Évidemment que non. » Sa voix était à peine un murmure tandis que les pas de Harry se rapprochaient. « Retourne dans ton lit, mon fils. »

Francis ferma la porte. Harry entra et s'apprêta à s'asseoir, mais quelque chose dans l'attitude d'Eva le fit hésiter.

« Qu'y a-t-il ?

— Il est tard.

— Êtes-vous fatiguée ?

— Je crois… » Elle s'arrêta. Que croyait-elle ? Eva se demanda si elle n'allait pas lui demander d'aller chercher la bouteille que Freddie n'avait pas terminée et de lui servir un verre de cognac. Elle se demanda si elle ne devait pas lui demander de quitter immédiatement la maison. Elle pensa à sa propre innocence et à tous ces indices qu'elle n'avait pas remarqués ces derniers mois. Maureen savait-elle ? Elle ne pensait pas que Maureen ait pu soupçonner l'existence de tels hommes. Ce qui l'attirait chez Harry était cette sorte de gentillesse présente chez Francis, cette sensibilité qui irritait tant Freddie. Il y avait en eux quelque chose de profondément semblable. Ils étaient amants, sans doute depuis la nuit de l'arrivée de Harry. Eva ne savait pas comment ces hommes reconnaissaient cette spécificité chez les autres, qui faisait le premier pas et qui faisait quoi. Elle n'avait jamais eu besoin de réfléchir à ces choses-là auparavant. Dans cette maison, elle avait voulu créer une arche pour Francis, un univers miniature où il serait à l'abri. Mais la nuit, dans leur chambre, ils avaient créé un monde plus petit à l'intérieur de celui d'Eva, une galaxie d'amour masculin où, elle le savait instinctivement, Francis se sentait heureux et en sécurité.

Harry avait l'air préoccupé, son visage trahissait une anxiété qu'elle percevait parfois quand Freddie s'adressait à lui. La terreur d'être mis à nu, d'être mis au banc des accusés ou entraîné dans une allée pour y être battu. *Tapette* – c'était l'expression utilisée un jour par Freddie pour parler d'un jeune soldat expulsé de l'armée et mis en prison. L'utiliserait-il pour parler du fils chéri d'Eva, qui était aussi son fils ? Avait-il des soupçons ou préférait-il ne rien savoir ? Combien de temps avait-il fallu à Francis pour trouver le courage d'en parler à sa mère ? Il l'avait fait en partie pour la protéger, ayant senti qu'elle s'intéressait de plus en plus à Harry, exactement comme elle avait senti l'intérêt croissant de Maureen. Inconsciemment, tous les trois avaient été en compétition pour le même homme. Penser à Francis comme à un rival était par trop bizarre. D'ailleurs, Francis n'était qu'un enfant. Mais il ne l'était plus vraiment. Il avait eu l'air tellement adulte au seuil de la porte, il était éveillé maintenant. Les enfants ne vous appartiennent pas. Ils grandissent hors de vous et vous ne pouvez pas les enfermer dans vos attentes. Ses mains tremblaient tandis qu'elle fixait le visage préoccupé de Harry.

Elle fit un effort pour que sa voix ne vacille pas. « Je crois que je vais rester ici un moment. Mais il est sans doute temps que vous alliez vous coucher. »

Elle continuait à le fixer du regard, consciente qu'il décelait sans doute que quelque chose avait changé entre eux. Eva saisit le roman d'Evelyn Waugh et fit semblant de lire. Harry la regarda un moment.

« Bonne nuit, alors, dit-il.

— Bonne nuit, Harry. »

Eva attendit que sa porte soit fermée avant de reposer le livre. Elle souffla les bougies et resta assise à la lumière du feu qui s'éteignait, écoutant le silence dans l'autre pièce. Elle savait qu'elle aurait dû aller se coucher mais semblait incapable de bouger. La journée avait été tellement longue et il y aurait encore beaucoup de longues journées. Sa crainte perpétuelle pour Francis. Le secret qu'elle ne pourrait jamais partager. Le communisme d'Art n'était qu'un scandale mineur à côté de cela. Malgré le feu, elle se sentit glacée et désespérément seule. Mais une autre sensation grandissait en elle. Un étrange soulagement au milieu de la crainte, une vague étincelle de joie. Son fils avait été perdu, lâché à la dérive dans un pensionnat avec son fardeau secret, terrifié et imaginant qu'il était seul dans son cas. Pourtant, ici, au milieu de ce bois, il avait trouvé le bonheur avec un amant qui lui avait rendu son équilibre.

Eva fit courir sa main sur la peinture écaillée de la porte de la chambre derrière laquelle ses deux jeunes gens étaient enlacés, puis elle la retira, sachant qu'elle ne pouvait pas s'immiscer dans ce monde où Francis était en sécurité. Ayant verrouillé la porte d'entrée contre l'intrusion du monde extérieur, elle alla se coucher toute seule.

34

FAITES UN PEU DE PLACE

Russie, 1944

Au début de la guerre, la voie de chemin de fer originelle avait été détruite pendant la retraite pour obéir à la politique de terre brûlée de Staline. Pendant leur avance, les Allemands l'avaient réparée car ils s'imaginaient régner de la Baltique à la mer Noire. Mais les restes de l'armée d'occupation allemande étaient à présent fragmentés et n'étaient plus reliés par cette voie ferrée depuis les percées russes à Nevel et à Ovruch. Depuis des mois, les fascistes étaient en fuite, avaient abandonné en toute hâte Zhmerinka, Vinnitsa et Kamenets-Podolski. Odessa avait été reprise sans aucun combat et la Crimée serait bientôt entièrement aux mains des Soviétiques. Les fascistes fuyaient tellement vite que cette petite compagnie de soldats soit était isolée soit était restée en arrière pour une mission suicide destinée à tenter de freiner un peu l'Armée rouge. Dans ce dernier cas, ils n'avaient pas eu de chance en se trouvant devant l'unité Savinkov. Les généraux à Moscou savaient se représenter la bataille dans son ensemble, mais le talent de Savinkov – formé par trois ans de massacres – était d'attaquer, de se regrouper et d'attaquer de nouveau en une série d'actions locales répétées qui harcelaient les Allemands. En conséquence son unité était tout à fait à l'aise pour ce combat bref au cours duquel ils avaient encerclé puis anéanti les soldats allemands qui refusaient de se rendre. Savinkov perdit cinq hommes avant que meure le dernier fasciste. Il était habitué à l'odeur du massacre et aux regards fixes des morts. Et pourtant, quelque chose le choquait tandis qu'il avançait parmi les cadavres à la recherche de signes indiquant que des hommes simulaient la mort. Cette guerre l'avait vieilli.

L'hiver précédent, ses cheveux étaient devenus gris, pas à cause des blessures qu'il avait reçues mais parce qu'il avait appris la mort de ses deux fils.

C'étaient leurs visages qu'il espérait apercevoir en retournant chaque corps de la pointe de ses bottes, parce que presque tous les garçons étendus là avaient le même âge que ses fils. Leurs visages étaient jeunes et pourtant chacun d'eux avait les yeux d'un vieillard ratatiné. Ses propres soldats au visage de bébé qui commençaient maintenant à creuser une fosse commune ressemblaient à des vétérans, bien que la plupart aient été encore adolescents. Leurs mains étaient dures. Parfois leur cœur le terrifiait.

Le jeune Allemand dont il retourna le corps ne bougeait pas mais Savinkov sut sans même s'agenouiller qu'il était vivant. Les paupières du garçon étaient serrées, son uniforme était ensanglanté. Il était impossible de savoir s'il était conscient. Savinkov s'agenouilla et toucha son visage doux et sans rides. Il se demanda si l'un de ses fils avait appris à se raser, ou avait embrassé une femme. Ils avaient seize et dix-sept ans quand ils étaient morts mais, comme il n'était pas rentré chez lui depuis trois ans, il avait du mal à les imaginer aussi âgés. Ce garçon allemand ne s'était jamais rasé. Savinkov comprit alors qu'il était conscient, qu'ouvrir les yeux le terrifiait. Même s'il avait été russe, il n'aurait pas pu le sauver du fait de ses blessures. Il pouvait au moins s'assurer qu'il ne serait pas enterré vivant parce que c'était là une peur qui hantait les rêves de Savinkov, que ses fils aient pu être jetés dans une fosse tandis qu'ils respiraient encore, étendus sur des cadavres, incapables de parler mais obligés de regarder en silence l'argile tomber des pelles. Il leva les yeux en entendant le cri que poussa l'un de ses hommes.

« Camarade Savinkov, nous ne pouvons pas creuser plus profondément. Il y a là une fosse commune qui date d'avant.

— Qui est dedans ?

— Impossible à dire. Sans doute des *zeks*, d'après leur uniforme. Il y a là des dizaines d'adultes et d'enfants, en tout cas ce qu'il reste d'eux. »

Le jeune Allemand tressauta légèrement lorsque le pistolet toucha doucement son front. Savinkov espérait que les yeux ne s'ouvriraient pas, car il savait qu'il les reconnaîtrait. « Continuez à creuser, camarades, ordonna-t-il. Nous n'avons pas le temps de recommencer ailleurs. Pourquoi les vivants seraient-ils les seuls à souffrir ? Nous avons eu largement notre compte. » Détournant le regard, il pressa une seule fois sur la détente. « Les morts devront simplement faire un peu de place. »

35

LA MAISON

Janvier 1945

Le chef de gare de la ville de Donegal n'était pas certain qu'il y aurait un train ce soir-là, parce que, comme il l'exprima, une locomotive épuisée avait fini par baisser les bras dans l'après-midi, et était restée les bras baissés, incapable de trouver suffisamment de combustible pour terminer le voyage de retour. Lorsque l'on finit par venir chercher Art dans la salle d'attente glaciale, un vieux wagon avait été sorti et le cheval qui y était attelé devait le tirer sur la voie. Il n'y avait que deux autres passagers, un couple âgé qui se rendait à Killybegs. L'homme n'avait plus de dents, son accent était un grommellement si épais qu'Art ne parvint pas à décider s'il parlait à sa femme en irlandais ou en anglais jusqu'à ce qu'il ait réussi à saisir quelques mots à propos des funérailles nationales du dirigeant fasciste, O'Duffy, à Dublin. Le wagon n'avait pas d'éclairage et le conducteur, enveloppé dans un pardessus, suçait une pipe vide sur la plateforme à l'avant. Pendant le long trajet, après avoir quitté la ville de Donegal, Art parvint à se convaincre que la clé dans son portefeuille n'était pas la bonne. Il la portait sur lui depuis ce soir de 1942 où Mr Barnes était venu le trouver dans sa chambre de Wexford Street. Une douzaine de fois, il avait été sur le point de la jeter au loin, à d'autres moments, toutefois, il s'était réveillé, pris d'une panique irrationnelle, avec le besoin de vérifier sa présence dans son portefeuille. La clé de Manor House était pareille à une malédiction à laquelle il ne pouvait échapper mais, après des années de tergiversations, elle l'avait enfin incité à revenir se confronter aux fantômes.

Apparemment, c'était tout ce qu'il allait avoir à affronter parce que, quand ils finirent par atteindre Dunkineely, il n'y avait personne à la gare, laquelle était éclairée par une unique lampe à pétrole suspendue à un crochet au-dessus du quai désert. Art se demanda si la nouvelle de son retour dans le Donegal était déjà parvenue au village.

Le conducteur se retourna vers Art, pensant qu'il allait descendre du wagon glacial. Mais, bien que ce dernier ait ouvert la porte un instant, une prémonition l'empêcha de mettre pied à terre. Il cria qu'il continuait jusqu'à Bruckless. Le conducteur haussa les épaules, fit claquer sa langue à l'intention du cheval et le wagon reprit lentement sa route.

L'odeur de la mer dans le Donegal était différente de celle de la mer dans tous les autres lieux qu'il avait connus. Art se souvint d'avoir tenté de décrire ce parfum particulier composé d'algues, de sel, de bruyère et de pauvreté à sa femme dans leur appartement moscovite. Tandis que le cheval poursuivait pesamment sa route, il comprit à quel point il aimait cette côte. Le souvenir de chaque affleurement rocheux, de chaque fossé sinueux était inscrit dans son cerveau. Un amour aussi irrationnel était un luxe. Le seul amour digne de respect était l'amour de son prochain, l'amour qui le faisait s'escrimer tous les jours contre l'ignorance et l'avidité. « Quittez votre maison, avait dit le Christ, le premier vrai marxiste. Abandonnez votre famille et vos biens, laissez tomber ces enfantillages et suivez-moi. » Art avait tenté d'obéir à cet appel. Jamais il n'aurait remis les pieds là-bas sans cette clé dans son portefeuille.

Le Donegal était pauvre à l'époque où il en était parti et la guerre n'avait rien arrangé. Un quart de siècle de soi-disant liberté n'avait été d'aucun bénéfice pour ces serfs désorganisés qui, dans ces vallées, s'accrochaient à leurs minuscules arpents et à leurs superstitions. Le peu d'argent que voyaient ces gens provenait des GI stationnés en Irlande du Nord et qui traversaient clandestinement la frontière pour venir boire.

La gare de Bruckless baignait dans une obscurité totale. Art descendit avec sa valise. Les roues du wagon grincèrent quand le cheval repartit péniblement. Il était tard, le gel commençait à prendre. Il s'engagea sur le pont en dos-d'âne qui conduisait au portail de Bruckless

House. Une lampe brûlait à la fenêtre de la bibliothèque lorsqu'il avança dans l'allée sombre. Il ignorait qui habitait là désormais – un parent éloigné des Ffrench sans doute. Art fut tenté de s'approcher silencieusement de la fenêtre et d'observer l'âtre près duquel il avait appris les premières vérités qui n'avaient jamais cessé de l'animer. Mais il resta dans l'ombre des arbres, il n'était pas venu rendre visite aux vivants mais aux morts. Il savait où aller, près de la petite jetée qu'il avait tant aimée quand il était enfant. Ffrench avait souvent parlé de son projet, riant par avance du scandale que provoquerait sa tombe. Elle était là, au clair de lune, une dalle en pierre toute simple sans le moindre ornement religieux, sans le réconfort de phrases pieuses. Mrs Ffrench avait choisi de partager cette tombe non consacrée, proche de l'eau, d'où l'on apercevait leur vieille maison. Art suivit l'inscription avec un doigt, puis frotta une allumette pour la lire : « Thomas Roderick Ffrench : L'immortalité des morts n'existe que dans l'esprit des vivants. » L'allumette s'éteignit en crachotant et Art s'accroupit, ayant réalisé à quel point il était transi. Il ne s'était pas attendu à un tel chagrin. Il n'avait pas ressenti la même chose lors de l'enterrement de son père, en grande partie du fait de la nécessité de résister à l'hostilité inexprimée de beaucoup des personnes présentes, qui considéraient qu'il était personnellement responsable de sa mort. Mais ici, dans le noir, le chagrin l'avait piégé sans témoins. Chagrin pour Père, pour les Ffrench, pour tous ceux dont il ne savait pas s'ils étaient morts ou vivants. Parmi les vivants, seule Mère refusait de porter un jugement sur lui. Elle comprenait que ce n'était pas Art qui avait choisi cette voie : c'était la voie qui l'avait choisi afin qu'il expie les péchés des générations précédentes.

Il s'avança sur la jetée, se rappela le bruit des rires lorsque les enfants couraient sur ces pierres en maillot de bain. Il avait eu tort de ne pas descendre à Dunkineely, tort de permettre à la nostalgie de l'écarter de la tâche à accomplir. Art n'était pas venu se souvenir du passé mais collaborer à la construction de l'avenir. Ayant compris qu'il ne pouvait pas ignorer cet héritage, il devait l'affronter. Il reprit sa valise, quitta la tombe et commença la longue marche vers Dunkineely. Dès le printemps prochain, Manor House résonnerait à nouveau du bruit de voix jeunes. Ce ne serait pas le domicile d'une seule famille mais celui d'une douzaine de familles qui, autrefois, étaient toujours entrées dans ce genre de maison par la porte de service. Dans les taudis de Dublin, des générations entières n'avaient jamais eu de vacances, mais Art allait faire en sorte que certaines de ces familles aient droit aux mêmes privilèges que ceux qu'accordait la loi soviétique aux travailleurs honnêtes. Des saboteurs venus de l'Ouest étaient parvenus à entraver le parfait fonctionnement de ce système à l'époque où Art se trouvait en Russie. Cependant, une fois il était allé visiter un centre de repos pour ouvriers au bord de la Baltique, et Brendan lui avait parlé d'un sanatorium mieux équipé encore, géré par le NKVD, où le traître Polevoy l'avait emmené.

Il avait eu l'idée de cette ultime solution au problème de Manor House en examinant l'évaluation que donnait une revue soviétique du succès extraordinaire des maisons de repos ; il avait emprunté cette revue à la toute récente bibliothèque de la Irish Workers' League. Il lui avait fallu deux ans de travail pour renouer avec les communistes loyaux de Dublin qui, tout comme lui, étaient outrés que les opportunistes trotskistes aient liquidé le parti communiste irlandais. La Irish Workers' League était la véritable voix du communisme irlandais, et se soumettait aveuglément aux sages consignes de Moscou. Sans la maison de Raglan Road qu'Art avait héritée de Père, il aurait été difficile de trouver un quartier général pour ce parti. Mais lorsque la rumeur s'était répandue qu'Art était propriétaire d'une aussi grande maison dans une avenue chic de Dublin, et qu'il voulait qu'elle soit utilisée de la sorte, des camarades étaient apparus pour fonder le comité qui assurerait la responsabilité des lieux quand Art aurait transféré les titres de propriété. Pendant l'année précédente, il avait vécu dans un appartement sous les combles de cette maison et s'était chargé des travaux nécessaires à sa transformation en bureaux et en salles de conférences. Jim Gralton avait été expulsé d'Irlande pour avoir voulu donner un lieu semblable aux gens ordinaires du Leitrim. Art avait demandé au comité de lui accorder le salaire normal d'un charpentier, après déduction de son loyer. Les fonds étaient bas et le comité ne pourrait lui payer son salaire que lorsqu'il aurait transféré également la plupart des autres petits legs que lui avait laissés son père.

Quoi qu'il en soit, il aurait dû clarifier par avance sa propre position dans la Irish Workers' League une fois les travaux achevés. Il avait pensé qu'il serait employé comme gardien, quelqu'un qui de lui-même s'était exclu de la direction par modestie mais qui se trouverait sur place afin d'offrir ses conseils lorsque surviendraient des problèmes idéologiques complexes. Il se rendait maintenant compte que ses espoirs se fondaient sur une attitude réactionnaire, parce qu'ils supposaient une dette de la Irish Workers' League envers lui. Revendiquer quoi que ce soit au quartier général de Raglan Road reviendrait à cautionner le concept bourgeois de l'héritage. Sans doute aurait-il dû s'efforcer de discuter avec ses nouveaux camarades, mais il contestait absolument leur jugement selon lequel il était fort dogmatique – lui, le moins dogmatique de tous.

Deux jours plus tôt, alors qu'il faisait ses valises, il s'était rappelé une histoire que lui avait racontée autrefois Madame Despard. Avant d'acheter celle d'Eccles Street, elle avait été propriétaire d'une maison à Dublin, et elle avait invité Maud Gonne MacBride à la partager. Maud Gonne avait ensuite invité d'autres républicains extrémistes jusqu'à ce que chaque chambre soit occupée. Un jour, sentant une ambiance de discorde dans la maison, Madame Despard avait demandé à Maud Gonne si une des personnes qui se trouvaient là aurait dû ne pas s'y trouver. Maud Gonne avait expliqué avec douceur que c'était le cas, mais que les gens étaient bien trop polis pour dire à Madame Despard qu'en fait c'était elle qui était en trop. Art avait quitté Raglan Road, conscient que les camarades étaient soulagés de le voir partir. Mais il avait atteint son objectif et eu raison des traîtres en aidant à créer un nouveau parti. Budapest et Varsovie étaient entre les mains des Soviétiques, et l'Armée rouge approchait de la frontière allemande. Elle atteindrait Berlin avant les impérialistes, et ce nouveau parti communiste irlandais clandestin était en place pour accueillir l'avalanche de nouvelles recrues qui allaient s'inscrire après la victoire des Soviétiques.

Il ne lui restait plus qu'une chose à faire en Irlande, libérer Manor

House de son passé. Maintenant qu'il avait vendu les deux derniers legs de Père, il allait devoir se montrer frugal s'agissant de ses besoins personnels et s'occuper de tous les travaux lui-même. Mais à Pâques, la maison serait habitée par des familles venues des taudis dublinois. Que des gens d'ailleurs viennent dépenser de l'argent et propager leurs idées serait également bon pour Dunkineely.

Il atteignit finalement la rue principale. Il n'y avait pas d'éclairage mais des lampes étaient allumées ici et là derrière des fenêtres. Quelques bicyclettes étaient posées devant le pub de MacShane. Un homme en émergea, parut surpris de voir Art et retourna à l'intérieur. Art poursuivit sa route, conscient qu'un petit groupe de buveurs allait sortir sur le seuil pour l'observer. Il passa devant le temple méthodiste et arriva devant sa vieille maison. Mais il lui était impossible de lever les yeux parce qu'il était convaincu que des gens se tenaient dans le noir à chaque fenêtre et le regardaient.

Art était glacé. Croyant qu'il avait perdu la clé, il fut pris de panique pendant un instant. Il ignorait si Père avait laissé des meubles dans la maison ou si elle avait été pillée pendant toutes ces années où elle était restée inhabitée. L'impression d'être sous surveillance était écrasante. Il inséra la clé dans la serrure et la fit tourner avec lenteur.

Ayant poussé la porte, il examina le vestibule sombre avant d'entrer. Il y avait un relent humide et rance. Il dut écarter quelques toiles d'araignées. Un garçon coiffé d'un chapeau comique l'observait depuis le haut de l'escalier ; Art savait qu'il se trouvait là bien qu'il n'ait pas pu le voir. La porte du bureau de Père était ouverte. Art y pénétra et fixa les yeux accusateurs de Martin Luther. Pendant dix minutes il resta figé sur place, obligé d'évaluer tout ce qu'il avait fait dans sa vie depuis la dernière fois où il s'était tenu là. Puis, pour finir, rompant l'enchantement, il traversa la pièce et décrocha le portrait du mur.

36

LES GENS D'AVANT

Pâques 1945

Les trois familles dublinoises – choisies par Art parce qu'elles n'étaient encore jamais parties en vacances, excepté quelques balades d'une journée à Skerries – l'accompagneraient pour le long voyage jusqu'au Donegal. Passer par l'Irlande du Nord aurait été plus simple mais Eva s'était rendu compte que – l'un des maris étant recherché pour activités républicaines – les familles ne tenaient pas à traverser la frontière. Debout dans la gare de Broadstone, à Dublin, Eva regardait avec plaisir les enfants tout excités grimper dans les wagons et en redescendre. La curiosité lui donnait envie de voyager avec eux. Les trois mères jetaient des coups d'œil inquiets sur le quai dans l'espoir de voir apparaître leurs maris. Le chef de gare était déjà là avec son drapeau quand les hommes sortirent du pub et sautèrent par-dessus la barrière pour rejoindre leurs familles, annonçant en plaisantant qu'ils auraient le mal du pays avant d'avoir dépassé Cabra, dans la banlieue de Dublin.

Eva grimpa dans son wagon et se pencha à la porte pour vérifier si le dernier mari montait bien alors que le train s'ébranlait lentement. Elle avait eu raison de ne pas se présenter. Ils l'auraient sans doute assaillie de questions sur Manor House auxquelles elle aurait été incapable de répondre. La taille des familles l'effrayait, mais Art savait ce qu'il faisait, ayant longuement étudié les sanatoriums soviétiques, comme il l'avait expliqué à Eva. Il serait inopportun de sa part de dire aux enfants que certains d'entre eux dormiraient le soir même dans la chambre qui avait été la sienne quand elle était petite. Leurs mères risquaient de mal interpréter cela et de croire qu'elle n'appréciait pas leur venue. Mais Eva n'avait pas de regrets et était simplement contente qu'Art se soit trouvé une occupation. Elle avait été surprise de recevoir une lettre de lui quelques mois plus tôt, il lui expliquait avec un enthousiasme de croisé ses plans de rénovation de Manor House afin d'en faire une maison de vacances où les familles pauvres de Dublin pourraient prendre le genre de détente auquel avaient droit les citoyens soviétiques.

Eva n'avait pas bien compris ce qui, dans la lettre d'Art, avait intrigué Francis et Hazel, mais ils étaient parvenus à la convaincre de les laisser passer leurs vacances de Pâques dans le Donegal avant que Manor House reçoive ses premiers invités. Elle retournait maintenant dans son village pour la première fois depuis dix-huit ans et les rejoignait pour l'inauguration.

Pendant toutes ces années, elle avait souvent désiré se rendre à Dunkineely et revoir les visages qui peuplaient ses rêves. Mais elle n'aurait jamais pu supporter de voir Manor House vide, sans personne pour réparer les tuiles du toit ou pour empêcher la pluie de pénétrer par les vitres cassées. Elle aurait eu l'impression de vivre un conte de fées à l'envers. Le château ensorcelé n'était pas dissimulé dans une forêt enchantée mais avait été abandonné par le prince qui en possédait la clé et refusait d'y retourner. Il lui arrivait encore parfois de rêver que celle qu'elle avait été autrefois était toujours emprisonnée dans ces murs et que les voisins étaient incapables de la voir cognant aux vitres quand ils passaient devant la maison.

À présent la maison allait enfin reprendre vie, des rires retentiraient de nouveau dans l'escalier. La carte postale de Francis disait qu'ils étaient en train d'installer une tente à côté du court de tennis, à l'endroit où Maud et Eva avaient souvent dormi en été, vêtues de longues chemises de nuit en coton. Ce soir-là, elle y dormirait avec sa fille et son fils, et le lendemain ils iraient se baigner à la jetée du Paradis. Le surnom qu'ils avaient donné autrefois à la jetée faisait battre son cœur, et les souvenirs l'envahissaient à mesure que le train traversait lentement l'Irlande.

Lorsqu'il finit par atteindre Boyle, il y eut une longue attente rendue nécessaire par la recherche de combustible, puis ce fut Sligo après être passé par Ballymote et Collooney. Eva fut contente de descendre marcher sur le quai. Elle sentait l'odeur de la mer et son cœur battait à l'idée de se trouver dans l'Ouest. Les mères dublinoises paraissaient inquiètes en examinant ce monde étranger mais les enfants étaient fous de joie d'être libérés des wagons exigus. Alors qu'ils couraient sur le quai bondé, une des petites filles entra en collision avec Eva. Elle recula d'un pas et Eva sourit et se pencha en avant pour être à sa hauteur.

« Comment t'appelles-tu ?

— Theresa. Et toi ?

— Eva.

— Tu es très petite, Madame. Pourquoi tu t'es arrêtée de grandir ?

— Comme ça. Tu es excitée ?

— J'ai faim.

— Je suis certaine qu'il y aura plein de bonnes choses à manger à Dunkineely. »

L'enfant courut retrouver sa mère et lui chuchota quelque chose ; celle-ci jeta un coup d'œil perçant à Eva. Les maris descendaient des valises attachées avec de la ficelle, l'une des familles avait ses affaires emballées dans des sacs à farine. Art avait acheté des billets pour le car de Donegal, dont les horaires étaient peu fiables et qui, Eva s'en doutait, ne partirait sans doute pas avant des heures. La façon dont les familles restaient groupées ne présageait rien de bon. Elle n'aurait pas dû mentionner Dunkineely, parce que tous les adultes l'observaient maintenant. Eva sourit à Theresa, qui lui adressa un signe après avoir sollicité du regard la permission de sa mère. Eva traversa la place de la gare et s'installa près d'une fenêtre dans le car afin de pouvoir regarder la baie de Donegal.

Le véhicule finit par s'ébranler, les enfants serrés à l'arrière se plaignaient d'avoir mal au cœur. Le car n'avançait pas vite, le revêtement de la route était inégal, mais chaque virage la rapprochait de chez elle. Elle aperçut Rosses Point puis le car se dirigea vers l'intérieur des terres. Après une longue attente, elle put voir de l'autre côté de la baie de Donegal, avec les falaises de Slieve League qui s'élevaient sur l'immense étendue d'eau. Elle apercevait Kilcar et Killybegs, dont la flotte de pêche avait dû sortir en mer, et – à la base de St John's Point, comme un doigt tendu – Dunkineely. De l'endroit où ils étaient, ce n'était qu'un point, mais elle l'imaginait très bien.

Le car atteignit Bundoran, où un panneau devant l'Atlantic Hotel se vantait d'offrir tout le confort moderne, y compris eau chaude et froide dans les chambres. Le Corner Teashop arborait toujours son enseigne peinte à la main : *Thés délicieux à des prix modérés*.

Les enfants de Dublin étaient très excités et regardaient les vacanciers sur le front de mer. Les plages de sable s'étendaient sur des miles et étaient couvertes de baigneurs. Des endroits protégés étaient équipés de cabines où les femmes et les enfants pouvaient se changer ; à d'autres endroits, hommes et femmes pouvaient se baigner ensemble. Une délégation venue de l'arrière du car vint demander au chauffeur si c'était bien Dunkineely. L'homme rit.

« Vous voyez la piscine des prêtres là-bas dans les rochers ? Tout Dunkineely pourrait tenir dans cette mare et en plus personne ne le remarquerait. Il va falloir prendre un autre train à Donegal. »

Les deux femmes rejoignirent leurs enfants déçus. En passant, la mère de Theresa s'arrêta devant Eva.

« Est-ce que vous nous suivez, madame ? Ma fille dit que vous savez où nous allons. Vous êtes de l'Église ?

— Je ne comprends pas.

— Moi et ma sœur, des prêtres nous ont arrachées d'un navire alors que nous allions à Liverpool où une famille avait offert de nous nourrir pendant le lock-out de 1913. C'est quand mon père a vu nos visages affamés qu'il a décidé de reprendre le travail. Mais je ne vais pas laisser mes mômes se faire voler leurs vacances parce qu'ils n'ont pas votre bénédiction.

— Je ne suis pas catholique. Art Goold est mon frère. » Eva sortit deux cakes aux noix qu'elle s'était achetés. « Partagez-les entre les enfants, ils doivent avoir faim. »

Les deux femmes les examinèrent avec suspicion.

« C'est quoi, ces trucs-là ? demanda l'autre mère.

— Il n'y a pas de viande dedans. Je n'en mange pas.

— Pas plus que nous-mêmes. Pour sûr, qui peut s'en payer,

madame ? Mais j'ai deux têtes de porc enveloppées dans un torchon et vous pourrez les partager avec nous ce soir si vous voulez. »

Les femmes retournèrent à leur place et distribuèrent les morceaux de cake aux enfants, qui avaient trop faim pour protester contre leur goût bizarre. À Ballyshannon, Theresa, accompagnée d'une fille plus âgée, vint lui dire merci. Eva leur récita quelques vers écrits par le poète de la ville, William Allingham, sur le Donegal.

« Dans les montagnes aériennes,
Dans les torrents qui dévalent,
Nous n'osons pas chasser
Par peur des petits hommes :
Le petit peuple des lutins,
Tous réunis là-bas ;
Vestes vertes, bonnets rouges,
Et plume blanche de hibou ! »

L'aînée était gênée et avait envie de repartir, mais le poème fit rire Theresa, et son visage franc rappela à Eva qu'elle avait de l'aquarelle et des pinceaux dans son sac. Ces dernières années, Eva n'avait peint que des murs et des plafonds, travaillant souvent le soir, prise par le rythme hypnotique des coups de brosse qui ouvrait son âme à la prière, et lui donnait l'impression d'effacer le passé en donnant aux surfaces un air de neuf. Eva savait maintenant qu'elle ne serait jamais une artiste mais, récemment, elle s'était demandée si elle n'avait pas une vocation d'enseignante. Ce soir-là, elle avait l'intention d'installer un chevalet dans le jardin de Dunkineely. Si les enfants se groupaient autour d'elle du fait de leur capacité de fascination, elle y accrocherait une feuille de papier blanc et laisserait chacun d'eux peindre tout ce que lui inspirait son imagination. Elle encouragerait les autres à le laisser tranquille pour qu'aucune moquerie, aucun commentaire ne vienne ternir la joie de la création.

« Je voudrais encore des mots pareils. » Theresa résistait aux efforts de l'autre fille qui souhaitait s'en aller.

« Là-haut sur la montagne
Est assis le vieux roi :
Il est si vieux si gris
Qu'il a perdu l'esprit.
Sur un pont de brume blanche
Il traverse Columbkill,
Majestueux voyage
De Slieve League à Rosses. »

« Il y a vraiment des fées dans le Donegal ? » demanda Theresa.

Eva sourit et tourna son visage vers la vitre lorsque le car s'approcha de la ville de Donegal. Francis et Hazel avaient promis d'aller la chercher avec un poney et un cabriolet, mais Art ne pouvait pas faire venir les familles autrement que par le train irrégulier de la société de chemin de fer du Donegal qui suivait une route sinueuse jusqu'à Killybegs. Des bébés épuisés pleuraient au fond du car tandis que tous les autres visages regardaient dehors avec l'espoir de voir enfin se terminer le voyage. Le car finit par s'arrêter sur la place du Diamond et tout le monde descendit. Hazel et Francis étaient là, bronzés après une semaine au soleil. Le cœur d'Eva bondit de joie en les voyant. Francis aurait pu être Brendan au même âge, beau garçon et facile à vivre, débordant d'entrain. Il l'embrassa et s'inclina en indiquant de la main un cabriolet devant Flood's Garage.

« Votre char vous attend, dit-il, l'obtenir fut une tâche difficile. »

Hazel rit et embrassa Eva. « Bonjour Maman. Jamais nous ne serions parvenus à le voler si Francis n'avait pas montré son pied fourchu, alors le propriétaire s'est enfui sans demander son reste. »

Francis pinça gentiment Eva. « Il ne faut pas exagérer. Quand Mr Floyd, dans le magasin, a entendu que tu arrivais, il était tout excité. Il a lui-même harnaché son poney. »

Hazel jeta un coup d'œil aux familles venues de Dublin. « Ne me dis pas que tous appartiennent à la couvée d'oncle Art. Oncle Art ne croit pas au Christ, mais j'espère que Marx a les mêmes talents que le Christ en matière de pains et de poissons miraculeux.

— La maison est dans un état si terrible que ça ? demanda Eva avec inquiétude.

— Au contraire, dit Francis. Elle est si bien rangée qu'un commissaire du peuple pourrait manger à même le plancher.

— Ou même manger le plancher», ajouta Hazel. Le travail physique leur avait fait du bien, ils avaient les yeux fatigués mais paraissaient heureux. Eva se sentait à nouveau une adolescente en se retrouvant dans le Donegal, mais la situation des familles la troublait. Le train de Killybegs ne partirait que dans une heure et la tension montait entre les enfants et les jeunes du coin, qui se moquaient d'eux. Elle s'installa dans le cabriolet et ils prirent la route, dont chaque virage lui était familier. Hazel se saisit des rênes, bien que le poney connût parfaitement le chemin. Francis offrit à Eva une tablette de chocolat noir et deux paquets de ses cigarettes préférées. Elle le gronda d'avoir dépensé le peu d'argent qu'il avait.

«On est pleins aux as, lui expliqua-t-il. Oncle Art a insisté pour nous payer. Le même *trudodyen* que lui.

— Le même quoi ? demanda Eva.

— C'est une unité de journée de travail, expliqua Hazel avec une touche d'exaspération taquine. Ce que gagne un paysan au kolkhoz. Mais comme les fermes collectives ne sont pas nombreuses dans le Donegal, il l'a calculé d'après ce que gagne un ouvrier agricole. Évidemment, nous ne sommes pas des paysans.

— Ni, pire encore, des *koulaks*», dit Francis.

Hazel roula des yeux. «Dieu nous en garde.» Eva savait bien qu'elle mourait d'envie de raconter à ses amies des histoires sur son oncle bien que, dans certains milieux, Hazel ait veillé à ne pas avouer ses liens avec Art Goold. «Nous sommes des "*Byvchye Lioudi*".

— Nous avons eu de longues conversations à ce sujet, expliqua Francis, vu que, tous les soirs, nous devions en débattre. Au début, les gens du coin ne nous ont pas très bien accueillis.

— Certains villageois se dépêchent de faire rentrer leurs enfants et font le signe de croix quand ils voient arriver Art, dit Hazel.

— Pas les gens âgés, cependant, ajouta Francis. Certains mettent toujours la main à leur chapeau, par respect pour grand-père, mais leur servilité rend Art bien plus furieux que l'eau bénite dont les autres s'aspergent derrière lui.

— Une brique a brisé une fenêtre la première nuit où nous étions là, dit Hazel. Du verre partout. Les gens pensaient que nous étions deux de ses aficionados. Mais quand ils ont appris que nous étions tes enfants, leur attitude a changé. Hier, ils nous ont raconté ton mariage. »

Cela avait été la dernière fois qu'Eva avait emprunté cette route, et elle avait regardé derrière elle depuis l'énorme voiture tandis que la foule courait jusqu'au virage pour lui dire adieu. Alors que défilaient les miles, elle prit la main de Francis. Chaque buisson et chaque mur en pierre était sacré, de même que chaque brèche où poussaient le chèvrefeuille et les roses sauvages. C'était le paysage de ses rêves. Marchant aux côtés de Père le long des talus verdoyants tandis qu'il lui récitait des poèmes de Walt Whitman. Courant derrière Brendan pour tenir sa bicyclette tandis qu'il pédalait avec furie, il lui disait ensuite de lâcher, tout content de continuer sur une trentaine de mètres avant de culbuter dans le fossé. Tels étaient ses bons rêves. Dans ses cauchemars, elle courait dans le noir à la recherche de Brendan car elle savait qu'une créature terrifiante se trouvait sur cette route et qu'elle seule pouvait le sauver.

« Quelle était cette expression russe qu'Art a utilisée pour vous décrire ? » demanda Eva.

Francis prononça les mots avec précaution. « "*Byvchye Lioudi*". Ce qui restait de la classe tsariste méprisée et qui refusait de jouer un rôle dans la révolution.

— Ce que cela signifie exactement, c'est *les gens d'avant*, expliqua Hazel. Nous sommes des gens d'avant. Ou bien, avant, nous étions des gens.

— Que sommes-nous maintenant ? »

Francis regarda deux hommes qui travaillaient dans les tourbières et rit. « Qui que nous soyons, nous avons le même salaire que ces types-là et nous avons terriblement besoin d'un bon bain. »

Hazel se mit à rire et annonça qu'elle avait l'intention de se délasser pendant des heures dans la baignoire dès qu'ils seraient rentrés dans la petite maison qu'Eva louait en ce moment à Dublin pendant la période scolaire. Mais ni dans cette petite maison, ni à Glanmire House, ni en fait dans les autres maisons où elle avait habité, Eva ne s'était sentie vraiment chez elle. Pour elle, il n'y avait jamais eu qu'une seule véritable maison et c'était dans celle-là qu'elle revenait maintenant. Une chanson enfantine que Maud et elle avaient composée quand elles étaient petites lui revint à l'esprit. Elle se voyait encore frappant les notes sur le piano de Père pendant que Maud mordillait son crayon et se creusait la cervelle pour trouver les paroles.

« Dunkineely, Dunkineely, Dunkineely, si beau
Tant de visiteurs cet été ont eu droit à tes cadeaux.
La famille Hawkins d'abord, frère et sœurs, Ma et Pa,
Puis Eric Percy et Cecil de la Royal School, Armagh... »

Dunkineely, si beau. Ils s'en approchaient à présent. Elle verrait pour commencer les ardoises des toits, qui n'avaient jamais connu le chaume, puis, en s'élevant sur la colline, la pompe grinçante du village où les enfants faisaient toujours la queue pendant son enfance. Les canards seraient-ils encore là, à patauger dans les flaques d'eau au bord de la rue ? Quelqu'un s'était-il occupé des pois de senteur sous la fenêtre du bureau – dont le parfum, après la pluie, emplissait le cœur de Père de la fraîcheur toujours vivace de la vie ? Ils y arrivaient maintenant, grimpaient sur la colline où tout était pareil et différent à la fois. Mr Floyd devait être aux aguets car il sortit précipitamment de sa boutique, arrêta le poney et offrit à Eva un cornet rempli de bonbons.

« Bienvenue chez vous, Miss Eva. » On ne l'avait pas appelée de cette façon depuis des décennies. D'autres visages apparurent avant même qu'elle ait pu le remercier. Mr MacShane et son fils, du pub, Lizzie Cunningham, et Kathleen Lynch, qu'Eva avait tenue dans ses bras le jour de sa naissance. Hazel et Francis restèrent en retrait et la laissèrent savourer l'euphorie de se retrouver chez elle. Elle était trop occupée à embrasser ses amies d'enfance pour se retourner et voir Manor House. Un bref silence s'installa quand elle le fit, les gens confiant à la maison le soin de se présenter toute seule. Le groupe de voisins s'éloigna quand Art apparut sur le seuil de la porte. Le jardin était de toute évidence retourné à l'état sauvage, et il l'avait nettoyé à la faux. Les carreaux cassés avaient été remplacés et les cadres de fenêtre repeints, mais les murs paraissaient souillés et désolés. Néanmoins, lorsqu'elle courut vers la maison, celle-ci l'irradia de sa présence accueillante.

« Bienvenue chez nous », Art se déplaça pour la laisser entrer dans le vestibule. Les tapis avaient disparu, le plancher nu n'était pas verni. Les murs avaient été repeints récemment, toutefois leur couleur était celle de l'oubli. La porte du salon était ouverte. Le piano de Père était là, terni, les touches avaient jauni. Les seuls autres détails reconnaissables étaient la cheminée et les fenêtres.

Art avait rassemblé tout un assortiment de meubles, il y avait des chaises partout et une longue table chargée de brochures et de revues sur l'Union soviétique. Il avait également acquis un gramophone à manivelle. Eva jeta un coup d'œil sur la sélection de symphonies par des compositeurs inconnus tels que Tikhon Khrennikov. Elle imagina les familles dublinoises dans cette pièce, les hommes repoussant les livres pour jouer aux cartes, les enfants rêvant encore de Bundoran. Art l'observait.

« Les disques ont mangé une partie du budget, dit-il. J'ai dû économiser sur d'autres choses, mais la musique, c'est tellement important.

— Tu sais combien de personnes vont venir ? demanda-t-elle.

— Selon les normes soviétiques, nous serons plutôt au large.

— Nous ne sommes pas en Union soviétique », lui rappela Hazel depuis la porte.

Art sourit. « Nous avons eu de bonnes discussions, expliqua-t-il à Eva. Tu les as élevés comme Père nous a élevés, afin qu'ils deviennent des esprits indépendants. Ce qui importe, ce n'est pas d'être d'accord mais d'être capable de discuter ouvertement des problèmes.

— Et est-ce le cas en Union soviétique ? ironisa Hazel. Essaie de remettre en question quelque chose là-bas et tu finis dans une mine de sel. »

Art haussa les épaules avec indulgence. « Comment puis-je t'en vouloir de répéter des mensonges quand tu ne connais que la propagande occidentale ? Reste encore une semaine et tu verras que ce lieu est un paradis pour les habitants des taudis de Dublin. »

Hazel grommela et alla aider Francis à défaire le harnais du poney. Les visiteurs arriveraient bientôt, ces pièces seraient pleines de monde. Eva était contente de voir la vie renaître à Manor House, mais elle aurait aimé un moment de tranquillité pour ses retrouvailles avec chaque pièce. Celle de Père était devenue le bureau de fortune d'Art, et le mot *Gardien* avait été peint sur la porte. Un portrait de Staline avait remplacé le portrait de Martin Luther qu'aimait Père.

Ses talons claquaient sur les marches nues de l'escalier, elle ouvrit la porte de son ancienne chambre. Seuls le cadre de la fenêtre et la pente du plafond jusqu'à l'avant-toit paraissaient inchangés. La chambre était d'une propreté impeccable, mais dans un style militaire et fonctionnel. Il était évident qu'Art avait construit lui-même les cinq lits superposés en bois serrés les uns contre les autres. Deux strates de toile grossière étaient clouées sur chaque cadre. Un enfant qui tomberait de la strate supérieure ferait une chute terrible. Les murs étaient peints de la même couleur antiseptique que le vestibule et lui faisaient penser à une caserne. Elle s'approcha de la fenêtre et entendit Art entrer derrière elle. Pendant un instant, elle imagina que c'était Mère, ce soir lointain où les maquereaux s'étaient précipités vers la mort et où son enfance parfaite avait paru basculer. Elle sentit presque la main de Mère à quelques centimètres de ses cheveux.

« Cela a été difficile, dit Art. Les gens d'ici n'ont pas envie de coopérer. Le prêtre leur empoisonne l'esprit. J'aurais dû apporter plus de nourriture de Dublin.

— Tu es inquiet ?

— Une fois que nous commencerons à coopérer, que nous formerons un collectif, tout ira très bien. Je ne parle pas de toi, évidemment. Tu dois rendre visite aux gens avec tes enfants. Les quelques voisins qui me parlent encore demandent toujours de tes nouvelles ainsi que des nouvelles de Brendan.

— Que leur dis-tu ? »

Art garda le silence. Ils avaient appris à ne pas évoquer Brendan. Eva baissa les yeux, imagina Mère s'occupant des massifs de pois de senteur en fleur, la musique du piano de Père et le bruit mat des balles de tennis au fond du jardin.

« Te souviens-tu d'un garçon aux cheveux couleur sable qui gardait des moutons et dont les jambes étaient écorchées ? demanda Eva.

— Quel garçon ?

— Grand-papa t'avait laissé conduire le cabriolet. Nous revenions d'un pique-nique et des moutons nous ont coupé la route. Tu voulais lui donner tes chaussures.

— Je ne m'en souviens pas. »

Eva se retourna, choquée. « Tu dois t'en souvenir. C'est le moment qui nous a menés à tout cela. »

Art haussa les épaules. « J'ai peut-être oublié. Je ne me rappelle pas avoir eu le moindre intérêt pour *tout cela*, comme tu dis, jusqu'à ce que le pauvre Mr Ffrench m'ait initié. Tu devrais te rendre sur sa tombe. C'était un homme bon, rivé à ses convictions, et pourtant, d'une certaine façon, les gens d'ici l'avaient accepté alors qu'ils ne m'acceptent pas. »

Eva savait que les gens du coin considéraient Mr Ffrench plus comme un excentrique que comme une menace. Le caractère entier d'Art était différent et aussi dangereux que celui d'un chrétien qui aurait tenté de vivre exactement comme le Christ.

« Les gens font-ils comme si tu n'étais pas là ?

— Le plus souvent, ils sont polis. Deux soirs par semaine, je me rends au pub de MacShane pour boire une bouteille de Swithwicks et bavarder tranquillement avec Mr MacShane à propos du bon temps. Mais le plus souvent, je suis trop pris par mon travail. »

Un brouhaha de voix dublinoises remplit la rue en contrebas. La pompe cessa de bruire. Eva savait que toutes les portes du village étaient fermées, et que les habitants attendaient derrière leurs rideaux en dentelle l'arrivée des familles.

« Tu devrais aller accueillir tes invités », suggéra Eva.

Art jeta un coup d'œil dans la chambre pour s'assurer de sa propreté, puis, dernière touche, il accrocha un cadre argenté à un clou sur le mur. C'était le clou auquel avait autrefois été accrochée une gravure appartenant à Eva et représentant une petite fille agenouillée et en prière. Elle reconnut le cadre, auparavant il avait contenu une photo de famille. À la place, il y avait désormais une citation, tapée à la machine en lettres majuscules.

« NOUS DEMANDONS QUE NOS CAMARADES SE LAISSENT GUIDER PAR LA FORCE VITALE DE L'ORDRE SOVIÉTIQUE – SA POLITIQUE. SEULE FAÇON D'ÉDUQUER NOTRE JEUNESSE, PAS UNE ATTITUDE RELÂCHÉE MAIS UN ESPRIT RÉVOLUTIONNAIRE PUISSANT ET VIGOUREUX. » *ANDREÏ JDANOV*

Eva lut le slogan, puis elle dut quitter la chambre. Celle d'Art était également devenue un dortoir exigu destiné aux garçons, les trois autres chambres contenaient des lits en fer réservés aux couples adultes. Eva jeta un coup d'œil par une fenêtre à l'arrière. Aucun indice ne rappelait l'existence d'un court de tennis sur la pelouse autrefois régulièrement tondue du jardin. Mais une tente avait été plantée près du talus. Hazel apparut en haut des marches.

« N'a-t-il pas pensé au fait que les enfants pourraient vouloir dormir avec leurs parents ? demanda Eva.

— Art prétend que dormir ensemble favorisera une plus grande camaraderie entre les enfants. Il a jeté toute une série d'archives familiales et de livres avant notre arrivée. Ils sont entassés dans la cour. Peut-être y trouveras-tu certaines choses à conserver. »

Eva prit sa valise et descendit les marches à l'arrière afin d'éviter les familles, qui se pressaient à présent dans le vestibule. Des chaussures d'enfants claquaient bruyamment sur les planchers nus. Un enfant tapait sur les touches du piano. La cuisine était austère et très propre mais contenait peu de provisions. C'était la première fois qu'Eva y pénétrait sans qu'un chat ne lève les yeux pour l'observer. Dans la cour, à l'arrière, Art avait jeté ce qu'il considérait comme des ordures : des romans moisis qui auraient eu plus de chances d'être lus que les tracts politiques entreposés à l'intérieur, et des disques de gramophone tels que *Yes, We Have No Bananas* – pas vraiment à la mode, mais plus susceptibles d'être joués que les symphonies de Khrennikov. D'anciennes photos de famille étaient collées les unes aux autres au milieu des documents de Père, rendus illisibles par la pluie. Les restes des «*Byvchye Lioudi*», des gens d'avant.

Eva aurait voulu se détourner de cet horrible tas d'ordures. Mais elle continua à fouiller le passé, en quête d'un objet auquel s'accrocher. Quelques livres, en bas de la pile, n'étaient pas abîmés, mais ce furent les deux liasses cousues avec du fil, tapées à la machine en deux colonnes approximatives, qu'elle en sortit qui provoquèrent en elle de l'excitation. La photographie de Maud était en couverture, «L'Éditrice chez elle» en guise de légende. Sur la partie supérieure se trouvait l'en-tête conçu par Eva : *The Dunkineely News, summer issue. Price 4d*. Il n'y avait eu que des numéros d'été. Eva se souvenait des heures que Maud avait passées à compiler ce journal familial. Père avait rédigé un texte pour chaque numéro, et des poèmes avaient été soutirés à Brendan et à Art. Eva avait fourni les illustrations tandis que Maud, l'éditrice, consignait tous les événements, jusqu'au plus petit :

> *«Le reporter du journal des Goold Verschoyle a consciencieusement pris des notes sur le comportement de notre visiteur anglais, Mr Oliver Hawkins. Selon la rumeur, il joue assez bien au tennis et se mouille les cheveux le dimanche. Il a commencé à fumer des cigarettes à sept ans et porte, semble-t-il, un pyjama rose. Alors qu'il regardait les dames jouer au tennis, Mr Hawkins a été vu – à un moment crucial – s'essuyant le nez avec un mouchoir vert assorti à ses chaussettes…»*

Les mains d'Eva tremblaient tandis qu'elle lisait ces pages qui avaient ainsi survécu. Aucun numéro n'avait plus été aussi insouciant après qu'ils eurent appris la mort d'Oliver Hawkins à Ypres. Maud avait été transformée par sa première rencontre avec la mort. Tous avaient été changés. Une répétition en costumes pour les morts à venir.

Des voix s'élevèrent dans la maison tandis qu'Art discutait avec les voyageurs épuisés.

« Si j'avais voulu que mon fils se retrouve dans une cellule de prison, je l'aurais mis à Mountjoy. Saint Joseph lui-même ne pourrait empêcher ces lits superposés de s'écrouler si un enfant se mettait à sauter dessus.

— Mais ceci n'est pas une prison ! répliqua Art. Chacun peut s'en aller s'il le désire.

— S'en aller où ? dit une femme. Il n'y a rien ici.

— Il y a de l'air frais et du sable.

— Si nous en avions voulu, nous aurions pu aller à Dollymount, où nous aurions au moins trouvé des frites. Tu nous as promis des choses pour les enfants.

— Il y a des livres et...

— Je les emmerde, les livres, interrompit un autre homme. Il faudrait quelques jeux. Un peu comme à Bray. Ce que je veux dire c'est, est-ce qu'il y a au moins un book dans ce patelin ?

— Il y a un bookmaker dans la ville de Donegal.

— À quoi ça me sert si je veux miser sur un cheval ? Il faudrait un des putain d'éléphants d'Hannibal pour faire le trajet.

— Peu importe le book, fit remarquer une femme. Je ne vais pas faire dormir mes enfants avec des étrangers.

— Je vous demanderai de ne pas vous en prendre à mes gamins, rétorqua l'homme. D'autant que vos garçons se sont presque usé les ongles en se grattant le crâne pendant tout le voyage.

— S'il vous plaît, camarades, interrompit Art. Nous pouvons voter au sujet des dispositions concernant le couchage lors d'un conseil. Rappelez-vous que cette maison de vacances est un collectif. Bon, j'ai préparé un tableau des tâches à accomplir.

— Tout doux, mon pote, dit le premier homme. Ma femme ne va pas faire la boniche pour des étrangers. Nous nous occupons de notre propre couvée, un point c'est tout. »

Eva s'éloigna, elle ne désirait pas écouter la discussion. Un peu plus loin dans le jardin, il était possible d'ignorer les voix. Elle ferma les yeux et se rappela comment elle avait tenu son lapin dans ses bras tandis que Père faisait des gammes près de la fenêtre, un chat noir immobile sur le piano. C'était dans cette pièce que Père avait écrit ses textes pour *The Dunkineely News*, très heureux quand ensuite il parvenait à en placer un de temps en temps dans le *Irish Times*, sous la rubrique *Journal d'un Irlandais*. Elle s'assit sur le talus pour lire les mots de Père dans le journal familial :

> *« Comme nos moments de loisirs nous rapprochent des grandes vérités de l'univers ! Ces vérités sont cachées en chacun de nous. Prenez notre jardinier, un homme de peu de mots, et pourtant je l'ai entendu exposer les beautés d'une falaise ou d'une baie avec une clarté digne d'une personne qui aurait appris à peindre avec les mots. Il est tellement dommage qu'un si beau pays accepte de faire des différences imaginaires de caste et de croyance… »*

Peut-être cette dernière ligne avait-elle été l'une des étincelles qui avaient allumé la rébellion d'Art. Il ne se rappelait pas avoir rencontré le garçon aux cheveux couleur sable sur la route, tout comme Eva, à son tour, ne se rappelait pas avoir lu ce texte auparavant. Peut-être Maud, et Thomas, et Brendan conservaient-ils également des souvenirs complètement différents de leur enfance dans ce paradis qu'aucun d'entre eux n'avait jamais réussi à retrouver. Toutefois, peut-être parviendrait-elle, cette fois-ci, à renouer au moins avec la magie de la peinture. Elle ouvrit sa boîte, monta le chevalet portatif, punaisa une feuille de papier et sortit tubes et pinceaux. Elle s'assit sur le talus pour mélanger les couleurs et leva un pinceau, mais une force invisible l'empêcha de toucher le papier. Autrefois, la peinture avait été instinctive, un monde de lignes ne demandant qu'à être tracées. Elle se souvint de l'expression de son père sur la fraîcheur toujours vivace de la vie et se rendit compte qu'elle ne savait plus comment la capter.

Un bruit la fit se retourner. Theresa et la grande fille du car l'observaient, ainsi qu'une troisième, plus petite, qu'elles tenaient toutes les deux par la main.

« Qu'est-ce que tu écris ? demanda Theresa.

— Je peins.

— Nous rentrons chez nous demain, annonça l'aînée. Ce patelin est un horrible trou perdu. Bundoran, ça avait l'air plutôt marrant, mais ici, le silence nous rendrait dingues. »

Theresa, les yeux fixés sur la feuille de papier, laissa parler son amie.

« Eh bien, vas-y, dit-elle, montre-nous comment tu fais ce truc de peinture. »

Eva lui tendit le pinceau. « Tu peux essayer.

— Ne sois pas bête, madame, moi, je sais pas peindre.

— Essaye. C'est amusant. »

Theresa eut un rire nerveux.

« Viens Theresa, la pressa son amie. Elle se fiche de toi. » La fille fit quelques pas mais Theresa resta sur place, tout en continuant à refuser de saisir le pinceau que lui tendait Eva. « Mais t'en tiens une couche, Theresa ! reprit la fille. C'est que des protestants marteaux dans ce trou. Je te laisse ici, elle te volera ton âme si tu fais pas gaffe. »

Theresa tendit la main pour prendre le pinceau. « Tu peux m'apprendre ?

— Je peux t'aider à apprendre par toi-même.

— Bon Dieu, Theresa ! » La grande fille, dégoûtée, partit en entraînant la petite fille avec elle. Theresa fixa des yeux la feuille de papier blanc, terrifiée à l'idée de la salir.

« Ma maîtresse, à l'école, elle se moque toujours que je sais pas dessiner une ligne droite.

— Tu n'es pas obligée de dessiner seulement ce qui est dehors. Dessine ce que tu as dans la tête, dessine tes émotions. Elles ne sont pas faites de lignes droites, pas vrai ?

— Je sais pas. Combien coûte une feuille de papier ? Ma maman va me tuer.

— Pourquoi ?

— Je sais pas. C'était quoi, les mots que vous m'avez dits dans le car ?

— *Dans les montagnes aériennes...* ?

— Oui. »

« Dans les torrents qui dévalent,
Nous n'osons pas chasser
Par peur des petits hommes. »

Theresa plongea le pinceau dans la couleur verte. Elle l'en sortit couvert de beaucoup trop de peinture et une goutte tomba dans l'herbe. Eva lui montra comment ajuster la quantité de peinture afin de créer un trait et pas simplement d'étaler la couleur. À part cela, elle resta sans parler et se contenta de regarder. C'était là que devait être un enseignant, pas sur une estrade mais juste derrière l'enfant. Même le terme d'*enseignant* était incorrect. Il aurait plutôt fallu dire *éveilleur*, quelqu'un qui accepterait d'être un instrument silencieux et ferait apparaître ce qui existe déjà dans le rayonnement intérieur de l'imagination d'un enfant.

Au début, les progrès de Theresa furent lents mais elle eut rapidement davantage confiance en elle. Le regard rivé sur la feuille de papier, elle était indifférente à la présence des enfants qui s'étaient approchés, ébahis, mais n'osaient pas venir trop près. Dans la maison, les voix des adultes se turent, une trêve temporaire ayant été négociée. Une odeur de nourriture arrivait de la cuisine et Eva imagina les deux têtes de porc en train de bouillir. Elle aurait voulu demander si les familles s'en allaient vraiment le lendemain, mais ne souhaitait pas interrompre la première élève qu'elle ait jamais eue. L'excitation qu'elle avait connue enfant, les possibilités infinies de chaque coup de pinceau, tout cela lui revenait – mais Eva le vivait maintenant à travers l'excitation de Theresa. Elle ignorait laquelle des deux était la plus inquiète quand la petite fille fit un pas en arrière, le regard plein d'incertitude.

« Ce sont les montagnes aériennes », expliqua-t-elle.

Eva examina la feuille de papier, saturée d'un bord à l'autre de traînées de peinture verte. Elle n'avait jamais vu un vert aussi tangible et lumineux.

« C'est très beau », commenta-t-elle.

Les yeux de la petite fille étincelaient de fierté. « Je peux en faire un autre ? Tu veux bien mettre une autre feuille ?

— Installe-la toi-même, dit Eva. C'est ce que font les artistes.

— Est-ce que je suis une artiste ?

— Tu es ce que tu veux être. Que veux-tu peindre maintenant ?

— Le ciel au-dessus des montagnes aériennes, professeur. »

Eva lui apprit comment nettoyer le pinceau, puis observa l'enfant s'activer avec une énergie nouvelle. Elle était plus rapide maintenant et chantait en peignant. C'était la première fois que quelqu'un appelait Eva « professeur », mais elle se rendait compte que c'était *elle* qui apprenait de l'enfant. Ne pas interférer, ni juger, ni suggérer. Mère avait su cela, et n'avait jamais cherché à améliorer les dessins d'Eva quand elle était petite, laissant ce qui était à l'intérieur cheminer vers l'extérieur.

Art se tenait à une fenêtre, il avait l'air complètement seul. Francis apparut derrière lui et lui parla avec gentillesse tandis qu'il secouait la tête. Les Dublinois avaient tort pour les lits. Ils étaient solides et, après l'échec de cette expérience, une fois qu'il serait rentré à Dublin, Eva lui demanderait de lui fabriquer douze chevalets miniatures, lui versant ce que recevait un menuisier pour ses journées de travail. Ce soir-là, elle allait traverser Dunkineely pour rendre visite à de vieux amis. Mais ensuite, elle serait contente de rentrer à Dublin et trouverait le courage de commencer à organiser sa liberté, de se donner la possibilité de vivre sa vie comme elle le désirait.

Theresa fit un pas en arrière, laissant une épaisse traînée de bleu sur le chevalet. L'enfant était tellement excitée qu'Eva comprit qu'elle voulait danser. La feuille de papier dégoulinait de bleu, ses doigts étaient bleus et il y avait des traces de bleu dans ses cheveux quand elle cria triomphalement : « Faut voir comme il est bleu, ce ciel bleu ! »

37

LE DRAPEAU

Dublin, 8 mai 1945

Toute la soirée, l'humeur d'une grande partie de la foule s'était transformée en colère à mesure que les gens s'arrêtaient et regardaient les drapeaux au-dessus du portail fermé de Trinity College. Art sentait que la majorité des Dublinois désirait célébrer le jour de la Victoire en Europe, mais cette effronterie était trop marquée. Que les lois sur la censure – lesquelles interdisaient tout jugement sur la guerre – aient été détournées ce matin-là par le *Irish Times* protestant, qui avait étalé les nouvelles censurées sur sa première page sous la forme d'un immense V de la victoire, cela avait littéralement offusqué la population. Mais, une heure plus tôt, lorsque des étudiants de Trinity College avaient grimpé sur le toit pour hisser l'Union Jack sur le mât principal, plus haut que le drapeau tricolore irlandais voisin, cela avait définitivement outré les nationalistes convaincus, qui avaient tenté d'enfoncer la porte principale afin de l'enlever.

Les étudiants de Trinity étaient soit ivres soit dangereusement délurés parce que, réagissant aux insultes lancées depuis la rue, un étudiant avait descendu le drapeau irlandais et tenté d'y mettre le feu. Ses compagnons avaient protesté et rapidement étouffé les flammes, mais la rumeur avait à présent atteint tous les pubs des environs et des buveurs en colère en étaient sortis. L'Irlande n'avait pas participé à cette guerre et avait maintenu un code de neutralité tellement strict que, alors que le drapeau rouge victorieux flottait déjà sur le Reichstag, De Valera avait continué à se conformer au protocole en se rendant officiellement à la légation allemande pour exprimer ses condoléances après la mort d'Hitler.

Ce soir-là, à Londres, Moscou et Paris, dans les ruines de Stalingrad, les populations étaient en liesse, mais à Dublin on sentait que personne ne savait vraiment comment réagir. Le risque d'invasion avait disparu et, avec un peu de chance, le rationnement et la censure allaient aussi graduellement disparaître. Pourtant les Irlandais n'étaient ni vainqueurs ni vaincus. Tout sentiment idéaliste était anéanti. L'Irlande avait traversé cette guerre en se frayant une voie sans risques et en prenant des décisions à partir de raisonnements pragmatiques et froids. De Valera s'en sortait avec honneur parce qu'il était resté fidèle à lui-même jusqu'à la fin, sans rejoindre les pays qui, comme l'Arabie saoudite et l'Argentine, s'étaient empressés, à la dernière minute, une fois la bataille gagnée, de déclarer la guerre à l'Allemagne. Cependant, au cours de la dernière heure, la foule dans College Green était restée colérique et déprimée, comme si les étudiants de Trinity restés sur le toit près de l'Union Jack leur avaient frotté le nez dans la poussière.

Le lendemain, Art devait se rendre à Londres où une élection aurait bientôt lieu et où il irait solliciter des voix en faveur des candidats communistes. Mais ce soir-là, il avait une dernière tâche à accomplir parce que, si les Irlandais désiraient célébrer la fin de la tyrannie fasciste, on ne pouvait pas leur demander de le faire sous le drapeau britannique. Art voyait des drapeaux américains dans la foule et pensait en conséquence qu'il importait que les vrais vainqueurs soient représentés par le drapeau soviétique qu'il tenait plié sous sa veste.

La semaine précédente, il avait quitté Dunkineely, deux jours après que le corps de Mussolini eut été pendu à la façade d'une station-service de Milan par des partisans communistes. L'ignorance et les préjugés avaient contrarié les projets d'Art, qui n'était pas parvenu à créer une maison de vacances pour ouvriers après le départ précipité des premières familles. À cause d'une calomnie quelconque qu'elles avaient répandue à leur retour, le deuxième arrivage de familles n'avait jamais atteint le Donegal alors qu'Art avait pourtant envoyé l'argent du voyage. Il avait passé des jours entiers à nettoyer Manor House à fond en les attendant. De longues nuits à circuler de pièce en pièce, incapable d'abandonner son rêve malgré les moqueries de tout le village. Il ne reçut que des annulations maladroitement écrites par les familles qui avaient réservé des vacances estivales gratuites, elles se ressemblaient tellement qu'il se demanda si les trotskistes ne les avaient pas endoctrinées. Il avait perdu l'envie de se faire à manger et les légumes emmagasinés pour ses invités commencèrent à pourrir dans la cuisine. Art aurait très bien pu ne plus se nourrir du tout si la fille de Samuel Trench, à présent mariée, n'avait pas pris pitié de lui et envoyé sa fillette tous les soirs lui apporter du ragoût chaud qu'il mangeait tout seul dans le bureau de Père. Le soir où les informations à la radio annoncèrent la libération de Dachau par les Américains, Art fut tellement écœuré par les détails qu'il ne put toucher à son repas. Lorsque l'enfant était revenue pour prendre l'assiette, Art lui avait donné également la clé de Manor House. Il lui expliqua que sa mère pouvait faire ce qu'elle voulait de la maison, avait verrouillé la porte derrière lui et avait marché dans la nuit jusqu'à la ville de Donegal, sachant très bien que, lorsqu'il aurait pris le train le lendemain matin, jamais plus il ne reviendrait.

Il y eut un mouvement dans la foule de College Green lorsqu'un groupe d'étudiants de la National University, toute proche, arriva par Grafton Street. Art les avait déjà remarqués une heure plus tôt, car c'étaient eux qui vociféraient le plus contre les étudiants de Trinity. Il grimpa sur les grilles afin d'agiter le drapeau rouge mais au début peu de gens le virent, leur attention était mobilisée par ce groupe d'étudiants. Deux d'entre eux, tout à l'arrière du groupe, avaient trouvé des drapeaux nazis, qu'ils agitaient en défiant les étudiants de Trinity juchés sur le toit. Quelques personnes dans la foule approuvèrent cette bravade en criant tandis que d'autres demandaient avec des hurlements que les drapeaux aux swastikas soient déchirés. L'ignorance et les niaiseries délibérées des étudiants catholiques écœuraient Art. Les millions de morts ne signifiaient rien pour eux face à la possibilité de défier une poignée d'anglophiles sur le toit de Trinity.

Art souleva le drapeau rouge encore plus haut et cria : « Longue vie au camarade Staline ! Saluons l'Armée rouge victorieuse ! » Mais personne ne se retourna parce qu'un jeune étudiant nationaliste à l'avant du groupe s'apprêtait à faire un discours devant le portail fermé. Il semblait être un orateur-né et ce fut avec un mélange d'ironie, de sang-froid et de fanfaronnade qu'il exprima l'indignation que lui inspirait le spectacle de la sensibilité irlandaise insultée de la sorte par Trinity College.

« Parfait Charlie ! hurla un de ses amis étudiants. S'il y a un homme qui peut montrer aux Brits de quel bois nous nous chauffons, c'est bien Charlie Haughey.

— Vas-y, Haughey, vas-y ! » crièrent d'autres étudiants, et Art vit le jeune Haughey sortir un Union Jack, qu'il accrocha au portail de Trinity College et auquel il mit le feu. Il y eut des acclamations, et des étudiants suggérèrent d'aller saccager l'ambassade britannique. Des voix dissidentes se firent entendre et des bagarres éclatèrent. En observant la foule, Art reconnut deux des membres du comité à qui il avait cédé le contrôle de la maison de Raglan Road. À son grand étonnement, ils encourageaient ceux qui brûlaient le drapeau alors que leur devoir était de montrer l'exemple en célébrant publiquement la victoire de Staline. Art cria pour attirer leur attention et agita le drapeau rouge un peu plus haut mais, bien qu'il ait été certain qu'ils l'avaient vu, ils ne firent aucun effort pour le rejoindre. Au contraire, ils s'enfoncèrent plus profondément dans la foule lorsque des gens commencèrent à remarquer le drapeau.

« Descends-moi ce torchon, salopard de communiste sans Dieu ! », cria un homme.

Art l'ignora et reprit : « Longue vie au camarade Staline ! Réjouissons-nous de la victoire du camarade Staline ! »

Les gens ne savaient pas s'ils préféraient voir l'Union Jack brûler ou attaquer Art. Une main saisit son coude et, baissant les yeux, il aperçut Brendan, le fils de Kathleen Behan, celui qu'on avait envoyé dans une maison de correction pour avoir tenté de poser une bombe à Liverpool.

« Goold, espèce de connard, descends de là ou ils vont t'étriper ! dit-il.

— Je célèbre la victoire, répondit Art. Demain, je pars pour Londres et l'Irlande peut bien aller en enfer. Mais mon pays a remporté une victoire qui a coûté des millions de vies, et je défie quiconque voudrait m'en empêcher. »

Brendan tenta de l'amadouer. « Écoute, la meilleure façon d'apprécier une putain de célébration, c'est de rester vivant. Descends de là et allons boire un verre. Ma mère pense que tu es un saint, mais elle préférerait sans doute ne pas te savoir au paradis tout de suite. »

Cependant, même si Art avait voulu descendre, il lui aurait été impossible d'échapper à la foule hostile. Deux hommes arrachèrent le drapeau rouge de ses mains et il ne parvint pas à le reprendre, et dut alors lâcher les barreaux de la grille. D'autres s'approchèrent, crachèrent sur le drapeau et sur lui. Art vit le drapeau emporté dans la foule et un homme y mettre le feu. Behan essayait de l'entraîner et donnait des coups de pied pour se frayer un chemin. Il y eut du tapage près du portail quand la police antiémeutes arriva, armée de matraques. Un homme envoya un coup à Art, qui se redressa et leva ses poings, la posture classique du boxeur. Behan grimpa sur la grille afin de pouvoir distribuer des coups de pied.

« Bon Dieu, Goold, cria-t-il, t'es pas sur un ring à Marlborough College ! Laisse tomber les poings. Le marquis de Queensberry et ses règles, on les emmerde. Rappelle-toi le pauvre Oscar Wilde et frappe-les dans les couilles. »

Les matraques se dressèrent et la foule se dispersa, Behan descendit des grilles pour saisir Art, qui tentait de reprendre le drapeau rouge enflammé. Il le tira jusque dans Dame Street et l'entraîna dans une ruelle pavée, indiquant d'un doigt son visage ensanglanté.

« Où t'es-tu fait amocher ? » demanda Art.

Behan se mit à rire en l'examinant . « Russell Street. Mais au moins je sais pourquoi je saigne. Tu t'en vas vraiment à Londres la Brumeuse ?

— Il n'y a plus rien qui me retienne ici.

— Ma mère te regrettera. Tu devrais retourner en Russie.

— Je le ferai un jour, même si c'est la dernière chose que je fais. »

Behan essuya le sang de son visage avec sa manche. « Après cette bonne pensée, on va se boire un verre et je t'accompagnerai au bateau avec panache. J'ai participé à des veillées avant des départs pour l'Amérique depuis que je suis un bambin, il était temps que je participe à une veillée avant un départ en Russie. »

38

UNE CHAMBRE SOMBRE DANS L'OXFORDSHIRE

Septembre 1946

Les lourdes tentures qui couvraient les fenêtres jusqu'au sol donnaient à la chambre une apparence crépusculaire bien que ce ne fût que le début de l'après-midi. La porte était entrouverte et Eva savait que Mère attendait patiemment de lui dire au revoir dans le lit près de la fenêtre. Elle laissa son sac dans l'entrée et remonta l'escalier, saisie par une familiarité douloureuse. Cela aurait pu être le Donegal excepté que les rôles étaient inversés. Autrefois, c'était Eva qui était couchée, le goût du lait chaud encore sur la langue tandis qu'elle attendait que Mère lui caresse les cheveux. À présent, à quarante-quatre ans, Eva se rendait compte qu'elle était plus âgée que Mère ne l'avait été lors de ces nuits de son enfance où les grillons, de l'autre côté de la fenêtre, paraissaient se taire en attendant son arrivée. Et Mère ?... Pendant un bref instant, Eva s'attendit presque à être accueillie par une jeune fille de dix-neuf ans lorsqu'elle pénétrerait dans la chambre.

L'infirmière qu'elle avait embauchée sortit sans bruit sur le palier, un doigt sur les lèvres pour indiquer que Mère s'était endormie. Elle tenait la porte ouverte, désireuse de descendre à la cuisine et de savourer un peu du beurre qu'Eva avait apporté d'Irlande deux semaines plus tôt. La ration de thé de Mère dans la cuisine était intacte et Eva avait dit à l'infirmière de la prendre pour ses enfants. Depuis la mort de Père, Mère avait peu à peu cessé de s'intéresser à quoi que ce soit excepté au destin du plus jeune de ses fils.

La fumée de cigarette de l'infirmière traînait dans la chambre de la malade, sans pourtant couvrir l'odeur de renfermé qui entourait la mourante. Eva s'approcha du lit sur la pointe des pieds. Mère avait rétréci, même au cours des derniers jours, et Eva se demandait si elle pouvait vraiment la quitter et se rendre à Londres. Ses traits étaient marqués par la douleur mais ses cheveux étaient doux et fins comme ceux d'un enfant. Dans l'armoire entrouverte, Eva aperçut les foulards avec lesquels Francis s'était un jour déguisé. Ils étaient pliés à côté des boîtes à chapeau poussiéreuses et des robes sentant la naphtaline et datant du Donegal. Maud avait hérité du goût de Mère pour la mode, contrairement à Eva. Pourtant Maud – qui, enfin rentrée de l'exil imposé à sa famille en Afrique du Sud, viendrait ce soir pour prendre la relève – était pareille à ses frères et se consacrait à la politique.

C'était Eva qui avait hérité d'un grand nombre des « croyances » de Mère – bien que « suggestions » eût sans doute été un mot mieux approprié. Le sentiment qu'existaient peut-être d'autres états, d'autres vérités, terriblement proches et néanmoins impossibles à saisir ; des révélations qu'il fallait attendre avec patience dans l'espoir qu'elles apparaîtraient un jour, ces signes que Mère avait cherchés dans les messages des esprits transmis par la planchette. Eva les avait également cherchés en tournoyant jusqu'au vertige, s'attendant plus ou moins – tandis que le monde vacillant se remettait en place – à trouver une minuscule fissure dans la réalité, à entrevoir une existence parallèle.

Cependant, malgré ce que les gens appelaient son côté détaché du monde, Mère avait très bien mené sa vie et avait toujours gardé un pied dans la réalité. Elle avait trouvé un partenaire amoureux parfait, avait tenu une belle maison jusqu'à ce que son fils l'ait détruite, avait toujours gardé la tête haute. Cette pensée intensifia l'impression d'échec que ressentait Eva. Une si grande partie de sa vie était déjà passée et pourtant, dans un sens, elle attendait toujours son commencement. Elle se déplaçait avec légèreté dans la chambre de la malade, troublée par l'odeur omniprésente de la mort. *The Great Outlaw* – le livre préféré de Mère sur le Christ – était posé sur la table de nuit à côté de *The Expanding Universe* de Sir Arthur Eddington. Elle ouvrit le tiroir et examina les petits flacons de parfum que Mère avait soigneusement conservés pendant la durée de la guerre. Mais elle ne parvint pas à trouver la lotion pour les mains dont elle se servait toujours après avoir jardiné, une fragrance qui la ramenait à la certitude des nuits de l'enfance.

Depuis combien de temps Mère avait-elle dû cesser de jardiner ? Son arthrite était tellement aiguë que même tenir un stylo était devenu une torture pour elle. Eva sentait les premières atteintes de la maladie dans ses propres os, l'héritage du sous-sol humide de Glanmire House. Comment Mère était parvenue à continuer à écrire aux administrations britanniques et russes depuis la mort de Père était un mystère. Chaque ligne avait dû représenter une agonie, et pourtant elle avait persévéré parce qu'il lui fallait apaiser une angoisse plus forte encore dans son cœur. Des années de réponses brèves étaient classées dans le tiroir de la table de nuit, elles exprimaient le regret de ne pas pouvoir apporter d'informations. Eva prit le parfum le plus précieux de Mère et en fit tomber quelques gouttes sur l'oreiller. L'odeur la stimula. Sa tête s'agita, un léger gémissement s'échappa de ses lèvres, puis elle ouvrit les yeux et regarda sa fille.

« J'ai cru que tu étais quelqu'un d'autre.

— Je sais.

— J'ai rêvé qu'il venait me voir... seulement, c'était un vieil homme, comme Grand-papa. Une barbe blanche et des yeux morts... mais je le connaissais... mon bébé... qui essayait de me dire quelque chose. » Les lèvres de Mère étaient tellement craquelées qu'elle pouvait à peine parler. Eva mouilla un gant de toilette afin de les humidifier et prit une de ses mains, froide et osseuse, les doigts définitivement tordus.

« Je ne vais pas me rendre à Londres, dit Eva. Il est plus important que je reste avec toi.

— Tu vas y aller, comme nous l'avons décidé. » Les yeux de Mère étaient pleins de détermination. « Pour ton mari, c'est la soirée la plus importante de sa vie. Il a besoin que tu sois à ses côtés quand on lui remettra sa MBE. Fais-le pour lui, ensuite tu pourras lui parler de tes projets.

— J'ai peur.

— De quoi ? » Mère ferma les yeux et Eva comprit que la douleur était revenue la visiter. « Je serai toujours là quand tu reviendras.

— Maud va bientôt arriver. Elle peut téléphoner… si l'on a besoin de moi.

— Et moi j'ai besoin que tu ailles au bout de tes décisions. » Chaque mot passait difficilement, et le docteur ne viendrait lui faire une piqûre que dans deux heures. « Jamais je n'aurais dû te laisser épouser cet homme. Tu as le droit d'être heureuse. Est-ce que je te laisse assez d'argent ?

— Ne parle pas d'argent.

— Il le faut. Je dois au moins finir une chose correctement. Le commissaire-priseur… il attendra pour le solde que le testament soit homologué.

— Oui. Maintenant, essaye de te reposer et ne t'inquiète pas.

— Comment puis-je me reposer ? » Mère retira sa main et ferma les yeux, vidée par l'effort qu'avaient nécessité ces paroles. Le murmure coléreux qui lui ressemblait si peu surprit Eva. Et, tandis que cette veillée se prolongeait, elle avait l'impression qu'une strate cachée de douleur sourdait lentement de Mère. Elle poussa un gémissement étouffé, mais Eva ignorait si sa détresse provenait du rêve ou de la douleur physique qu'elle ressentait. Ces deux mondes paraissaient se rejoindre. Certaines après-midi, quand sa douleur était à son comble et que le médecin tentait d'évaluer quelle quantité du précieux analgésique il pouvait se permettre de lui administrer, Mère appelait des gens qui n'étaient plus vivants. Pas seulement Père, mais aussi ses parents et d'autres personnes qu'Eva connaissait à peine. Le seul nom qu'elle ne prononçait jamais était celui d'Art, qui – selon l'expression de Francis – jouait toujours au Christ dans le désert. Mère ne critiquait jamais Art, mais Eva sentait qu'elle devait se débrouiller pour le faire venir.

Elle ramassa son sac à main, fit jouer le fermoir et tripota l'enveloppe à l'intérieur. La respiration de Mère adopta un rythme régulier, ce qui permit à Eva de réfléchir à son dilemme. Mère avait le droit de prendre connaissance de cette lettre qui lui était adressée, mais seulement si Eva pouvait être certaine de la véracité de son contenu.

Le document paraissait répondre à la question qui les hantait depuis des années. Ce froid certificat de décès était arrivé la veille sans aucune explication, il avait été envoyé par les autorités soviétiques. Brendan n'avait pas droit à un prénom. Il était mentionné sous le nom de Prisonnier Verschoyle B., suivi d'un long numéro d'identification. Le certificat expliquait qu'il était mort au cours du bombardement d'un train de prisonniers par un avion nazi. Autrefois, Eva aurait cru le document officiel et se serait abandonnée au chagrin, auquel se serait mêlé du soulagement, car ils n'auraient plus désormais la possibilité de nuire à son frère. Mais les actualités montrant la libération des camps de concentration lui faisaient maintenant douter de tout. Il ne semblait pas exister de niveau de cruauté ou de duplicité que l'humanité ne puisse pas atteindre.

L'euphorie du jour de la Victoire en Europe s'était dissipée dans ces rues d'Oxford où les femmes faisaient la queue toute la nuit tandis que leurs enfants jouaient dans les cratères de bombes quand courait la rumeur qu'il y aurait une livraison de pommes de terre. Les Alliés s'étaient divisés, et des récits paraissaient sur les camps de prisonniers soviétiques qu'aucun journal n'aurait imprimé un an plus tôt. La vérité se perdait dans un brouillard de propagande et personne ne savait plus bien ce que signifiaient les mots. Eva s'était associée à la campagne pour la libération de Raoul Wallenberg, le diplomate suédois qui avait sauvé des milliers de Juifs avant de disparaître à un poste de contrôle tenu par l'armée soviétique au moment de sa progression. À la suite du scandale provoqué par la disparition de Wallenberg, il pouvait sembler utile aux Soviétiques de se débarrasser de cas sans importance grâce à un faux certificat de décès.

L'infirmière rentra dans la chambre et alla s'asseoir près de la fenêtre, déplaçant légèrement la tenture pour regarder Magdalen College au loin tandis qu'elle attendait le médecin, dont l'injection magique permettrait à Mère de traverser une autre nuit de douleur sourde. Pouvoir soulever un rideau sans qu'un préposé à la défense passive ne vous rappelle à l'ordre en criant était toujours un peu étrange. Eva se demanda ce que l'infirmière pensait de Mère. Comment expliquer une vie dans sa totalité à quelqu'un qui ne rencontre une patiente qu'au moment de sa mort ? L'infirmière avait perdu son mari à Aden et une fille de huit ans pendant un bombardement aérien. Elle avait quatre autres enfants, et la plus âgée gardait les trois plus petits tandis qu'elle venait relayer Eva pour lui permettre de dormir. Elle avait parlé un jour à Eva de la mort de sa fille, un récit qui était d'autant plus terrible que simultanément elle avait dû affronter la nécessité de faire la queue pour obtenir son carnet de tickets de rationnement, puis de parcourir des miles pour obtenir un certificat de décès dans un bureau improvisé.

Eva examina une fois de plus la date sur le certificat de décès de Brendan, essayant de se rappeler ce qu'elle faisait ce jour de1941. Elle n'en avait aucun souvenir précis au milieu du flou homogène d'un été irlandais. Les enfants étaient sans doute allés explorer le bois, accompagnés par les aboiements du chien, tandis qu'Eva lisait de la poésie sur la pelouse au moment où Brendan était prisonnier d'un wagon en flammes. Des silhouettes squelettiques griffant les parois pour essayer de se frayer un passage vers l'endroit où tombaient les bombes. Plus tard, une fois l'avion parti, les yeux morts fixant le ciel comme ceux de maquereaux massacrés. Eva saurait-elle jamais s'il s'agissait d'un autre mensonge des Soviétiques ? Remettant l'enveloppe dans son sac, elle toucha la main de sa mère puis sortit de la chambre sur la pointe des pieds.

Ce matin-là, Hazel et Francis avaient fait la traversée depuis Dublin avec Maud. Tandis que celle-ci se dirigeait vers Oxford, ils retrouveraient Eva à la gare de Paddington. Hazel adorait Dublin, elle terminait sa dernière année d'externat dans le lycée où elle avait été pensionnaire, et Francis venait d'entrer à Trinity. Ils avaient de temps en temps rencontré les enfants de Maud avant la guerre mais ils se réjouissaient beaucoup à l'idée de renouer les liens avec leurs cousins après six années de séparation forcée. Hazel avait parlé très ouvertement de son voyage à Londres et Eva avait dû l'avertir que tout le monde à Dublin n'approuverait certainement pas le fait que son père devienne un MBE, un membre de l'Ordre de l'Empire britannique. Hazel considérait ce genre de prudence comme une autre excentricité d'Eva, et répondit : « Évidemment, pas tout le monde, mais tous ceux qui comptent en seront ravis. » Tous les jeunes gens qui comptaient à Dublin paraissaient déjà connaître Hazel, laquelle appréciait beaucoup la liberté d'être externe et de pouvoir circuler partout à vélo. Tous les samedis, elle se rendait dans un centre d'équitation près des Dublin Mountains afin de bouchonner des chevaux, puis, au crépuscule, elle redescendait en roue libre jusqu'à la maison qu'ils louaient, où l'attendait un jeune homme qui l'emmenait à un bal organisé par son club de rugby. Elle guettait l'occasion de se débarrasser de son uniforme scolaire pour se lancer dans ce monde nouveau dont Eva ne pouvait pas l'écarter. Freddie n'approuvait sans doute pas une telle liberté mais Hazel était certainement de taille à se charger des jeunes gens qui l'entouraient. La plupart d'entre eux étaient effrayés par sa fougue. Elle avait les traits de la jeune Ingrid Bergman mais ne pourrait jamais passer pour une innocente laitière suédoise car elle possédait une assurance et une sophistication dépassant de loin celles d'Eva.

Lorsque le train d'Oxford s'arrêta à Paddington, les enfants l'attendaient déjà, n'ayant eu aucun mal à trouver sa plateforme. Ils dormiraient dans les appartements de la caserne réservés aux familles, mais ni l'un ni l'autre ne désirait s'y rendre immédiatement. Ils avaient laissé leurs bagages à la consigne et, après avoir demandé des nouvelles de leur grand-mère, Hazel voulut absolument entraîner sa mère dans les magasins. Eva désirait également éviter la caserne, laquelle paraissait déserte maintenant que tant de militaires avaient été démobilisés. Freddie faisait partie en ce moment des officiers qui s'occupaient de la sécurité à Buckingham Palace tandis que les ailes endommagées étaient reconstruites, toutefois Eva savait qu'il n'avait pas vraiment de grandes responsabilités. La guerre lui avait fait du bien mais, récemment, ses yeux injectés de sang laissaient penser que le calme de la paix était bien plus dangereux. Eva suggéra que les enfants aillent faire les magasins sans elle, ils s'amuseraient bien davantage. Ils décidèrent de se retrouver à six heures et demie et, en les regardant se diriger vers le métro qui les conduirait à Oxford Street, Eva se sentit envahie par un chagrin inexprimable. Au cours de l'année précédente, ils avaient grandi tellement vite. Ils avaient encore besoin d'elle, mais plus comme par le passé. Elle avait renoncé à son propre bonheur pour être leur mère et maintenant son rôle était presque terminé.

Accompagner Hazel dans les magasins de luxe aurait ennuyé la plupart des adolescents, mais Francis acceptait de commenter chaque paire de chaussures qu'elle essayait, lui proposant même d'en ajouter une alors qu'ils étaient assis, entourés par une armée de vendeurs. Tous deux s'amuseraient de pouvoir à peine s'acheter un café et un cake au Lyon's, sans parler des nouveaux ensembles à taille de guêpe et aux épaules douces de Christian Dior, que le Parlement condamnait sévèrement parce que les volutes des jupes longues nécessitaient trop de tissu.

Eva était contente qu'ils explorent Londres tout seuls, elle aurait ainsi le temps de partir à la recherche de son frère. Elle savait qu'Art s'était installé à Londres un an plus tôt. Il avait le droit de réclamer qu'on le laisse tranquille, mais également celui d'être mis au courant de l'état de sa mère. Plus important encore, il était la seule personne à qui elle pouvait faire confiance quant à l'authenticité du certificat de décès qu'elle avait dans son sac.

Elle décida de se rendre dans les bureaux du *Morning Star*, où un jeune homme nia avec rudesse l'existence du moindre lien entre Art et ce journal. Le parti communiste britannique ne fut pas plus accueillant, bien que l'attitude belliqueuse de la femme qui se trouvait là et qui boitait un peu l'ait amenée à soupçonner qu'elle savait qui était Art. Perplexe, elle se dirigea vers un club près des studios de la BBC sur le Strand où l'on disait que des poètes irlandais, des militants et des collaborateurs du *Third Programme* se rencontraient pour boire l'après-midi.

Un homme de l'Ulster qui descendait l'escalier étroit reconnut l'accent d'Eva et offrit de la faire passer pour son invitée. Une fois à l'intérieur, elle se sentit mal à l'aise dans l'atmosphère enfumée qui paraissait plus folle que bohème. La lumière du jour ne pénétrait pas dans cette cave étroite où buvaient de petits groupes. Une radio se faisait entendre derrière le comptoir et Eva fut à la fois choquée et fascinée quand deux hommes se mirent à danser ensemble dans ce qui parut tout d'abord n'être qu'une parodie mais finit par se transformer en une réelle étreinte. Les autres buveurs semblaient ne pas leur prêter attention mais Eva ne pouvait pas s'empêcher de les regarder. Était-ce ici que finirait Francis, pour risquer une danse furtive au son des crachotements d'une radio ? Ces hommes étaient les premiers homosexuels qu'elle ait rencontrés en sachant qu'ils l'étaient, à l'exception de son fils et du pauvre Harry Bennett, dont on disait qu'il était mort pendant l'un des derniers raids aériens sur Londres. Elle ignorait si Freddie soupçonnait quelque chose concernant la brève liaison entre Francis et son tuteur mais un jour, lors d'une discussion sur la libération des camps, il avait exprimé sa satisfaction parce que, alors que les Juifs et les Gitans avaient été libérés, les homosexuels avaient été à juste titre transférés dans des prisons alliées.

Les deux hommes se séparèrent à la fin de la chanson. L'un d'eux fit une révérence ironique, veillant attentivement à camoufler leur danse sous des allures de farce.

L'homme de l'Ulster commanda pour Eva un gin dont elle se serait bien passée. Elle avait entendu citer le nom de ce poète à la radio, il connaissait Art de réputation mais ignorait où il vivait. Cependant, une fois les pubs officiellement ouverts, il offrit d'emmener Eva dans un bar peu distant de là où venaient boire des manœuvres irlandais, parce que certains de ses clients réguliers avaient été internés au Curragh. Il insista pour lui offrir un second gin, de sorte qu'Eva se sentait légèrement ivre lorsqu'ils arrivèrent au pub, un bâtiment isolé – les maisons alentour étaient en ruine. Ici, l'ambiance était différente, c'était le genre d'établissement où les femmes n'étaient pas les bienvenues. Le poète la laissa à la porte et se fraya un chemin dans la foule, interrogeant divers individus qui se retournèrent pour examiner Eva. Il finit par revenir vers elle, accompagné d'un homme qui était en train d'étudier la page hippique d'un journal.

« Voici Murray Bolger, de Wexford, dit le poète. Il se souvient de votre frère au Curragh.

— Pas très bien, dit l'homme de Wexford. Mais je n'étais pas d'accord pour qu'on le fasse passer en cour martiale parce que ses discours étaient dingues. N'allez pas croire que j'allais les écouter. La vie est trop courte pour tout ce bla-bla. Je voulais seulement que les Brits partent.

— Vous savez où il vit ? » demanda Eva, qui avait l'impression de reconnaître ce visage.

Murray resta un instant silencieux. « Non. Mais j'ai entendu dire qu'il vend le *Irish Democrat* autour des pubs de Whitechapel à l'heure de la fermeture, bien que, le plus souvent, il se fasse virer. »

Eva aurait voulu se rendre immédiatement à Whitechapel, mais elle était déjà en retard pour retrouver les enfants à la caserne. Lorsqu'elle y arriva, une ordonnance les avait introduits dans l'appartement de Freddie. Celui-ci avait laissé un mot annonçant qu'il se rendrait directement au Dorchester Hotel, où se tiendrait le banquet pour les familles des officiers qui recevaient une distinction honorifique. Maud devait maintenant être arrivée à Oxford et quelqu'un s'occupait donc de Mère. Eva tenta de se concentrer pour aider Hazel à se préparer pour le banquet et se rendre elle-même présentable. Francis tournoyait autour d'elles, à l'aise avec les femmes comme peu d'hommes le sont. Ils montèrent finalement dans le taxi qui les attendait.

Freddie était seul dans le hall survolté de l'hôtel. Du col aux chaussures, Eva aurait eu du mal à le reconnaître. Son uniforme d'apparat était impeccable, la tenue d'un homme plein d'assurance ayant réussi dans la vie. Mais il était voûté, rappelant à Eva le petit garçon qui s'était retrouvé seul dans la cuisine de Glanmire House après la mort de son père. Un garçon qui n'avait jamais voulu s'abandonner aux larmes, impuissant à exprimer son chagrin, l'unique signe de sa souffrance étant cette façon de courber les épaules. Freddie se redressa, ayant aperçu sa famille dans la foule. Hazel courut le saluer, savourant cette occasion prestigieuse, chaque détail serait plus tard rapporté à ses camarades de classe.

« Bonjour Papa, dit-elle. Tu es très chic. »

Quand Hazel embrassa Freddie, Eva vit qu'il était très heureux d'avoir une aussi belle fille de seize ans. Francis fut moins communicatif et se contenta de serrer la main de son père. Il était depuis trois semaines en première année à Trinity College et dominait Freddie par la taille.

« Félicitations, Père. Mon meilleur souvenir au roi demain.

— Je suis sûr qu'il en sera ravi », dit Freddie en riant, puis il regarda Eva qui se tenait derrière ses enfants. Tout son visage exprimait le bonheur, à l'exception des yeux. « Bonjour, très chère. »

Eva avait envie de l'emmener dans un coin sans délai et d'apprendre quel était le problème. Mais elle n'en avait pas le temps. Un officier du nom de Templeton s'approcha, sa femme le pilotait vers eux, mélange de remorqueur et d'objet décoratif. Eva se rappelait son rire perçant lors des soirées à la caserne pendant la guerre, elle savait que son fils fréquentait le pensionnat où Francis avait eu des problèmes.

« Mais c'est vraiment Eva ! s'exclama-t-elle. Comme c'est *merveilleux* de vous retrouver, et de voir que Francis s'est si bien ressaisi ! »

Eva tenta de poursuivre la conversation tandis que Freddie demandait à un serveur d'apporter du vin et du sherry pour Francis et Hazel en claquant dans ses doigts. Il présenta ses enfants à ses collègues officiers, qui admiraient Hazel et reprochaient à son père d'avoir jusqu'à présent caché une telle beauté. Il y eut moins de compliments à propos de Francis, plusieurs officiers étant au courant de son départ honteux de Castlebridge College. Mais Eva était contente de voir Francis à l'aise dans les conversations, sa gaieté et sa grâce évidentes quand il riait. Personne ne commenterait ouvertement son allure mais toutes les jeunes filles dans le foyer étaient conscientes de sa présence.

La tristesse disparut des yeux de Freddie, qui se délectait de l'attention portée à ses enfants. Eva était contente pour lui. La plupart des officiers de son rang – ceux qui étaient allés dans les bonnes écoles et qui buvaient dans les meilleurs clubs – recevraient l'OBE, une décoration bien plus prestigieuse, le lendemain, mais personne ne pouvait se vanter d'avoir des enfants aussi remarquables.

« J'imagine que vous avez dû passer tout votre temps dans les magasins depuis votre arrivée, disait Mrs Templeton. L'Irlande est sans doute le pays de la viande et du beurre, mais ce doit être une satisfaction de retrouver des magasins ayant un peu de cachet. »

La femme avait plus ou moins raison, car Eva avait passé tout le temps où elle ne tenait pas compagnie à sa mère dans les magasins.

Mais pas pour acheter des vêtements. Elle était allée dans les librairies d'occasion à la recherche de livres sur l'art des enfants écrits par Herbert Read et par le pionnier autrichien, le professeur Cizek. C'étaient deux autres pièces du puzzle de la nouvelle vie secrète qui se dessinait dans son esprit. Freddie s'était inventé un personnage à l'armée et, à présent, les enfants étant presque adultes, c'était au tour d'Eva de saisir sa liberté. Elle avait mis ses projets au point l'hiver précédent lorsque Hazel et Francis étaient devenus internes et qu'elle s'était retirée toute seule à Glanmire House. Passant de pièce en pièce à mesure que les vents changeants précipitaient la pluie dans la maison, elle avait finalement cessé de disposer des cuvettes émaillées pour recueillir les gouttes d'eau et avait installé son lit dans la cuisine.

Certaines des Grandes Maisons du Mayo étaient désormais occupées de nouveau avec le retour des anciennes familles, horrifiées par l'élection d'un gouvernement travailliste en Grande-Bretagne ; un protestant du Mayo avait même parlé de « la retraite de Moscou ». Eva, au cours de l'hiver précédent, avait commencé à abandonner sa vie d'autrefois. Prisonnière de la neige, se chauffant en brûlant de vieux meubles vermoulus, elle avait relu *L'Initiation* de Rudolph Steiner, parcourant lentement toutes ses strates sur le chemin ardu de la tranquillité intérieure qui mène à la connaissance des mondes supérieurs. Elle avait mémorisé chaque étape de l'initiation, de la préparation à l'illumination et au contrôle des sentiments. Ressentant le compagnonnage d'une présence familière dans la cave à vins, certaines nuits, elle avait chanté l'hymne favorite de Francis depuis la porte :

« Bénis soient les purs d'esprit,
Car ils verront notre Dieu ;
Le secret du Seigneur est à eux,
Leur âme est la demeure du Christ. »

Un week-end, Francis avait quitté son pensionnat quaker de Waterford, inquiet à la fois pour elle et pour un jeune hêtre étouffé par le bois mort qu'il avait repéré l'été précédent. Eva avait aidé son fils à s'ouvrir une voie vers la lumière et, après son départ, elle s'était rendu compte que c'était ce qu'elle devait faire pour elle-même. Maureen avait compris qu'il était temps de quitter le cocon de Glanmire, c'est pourquoi elle avait émigré trois semaines après la fin de la guerre. Il y avait peu de chances qu'elle rencontre des jeunes gens potables dans le Mayo car ils s'étaient rendus en nombre en Angleterre pour reconstruire les villes. Mais Eva s'était demandé si elle avait été encouragée à choisir New York par l'arrivée d'une carte postale représentant des couples se promenant à Coney Island, adressée aux « Domestiques encore présents, Glanmire House ». Il n'y avait pas de message, simplement la signature de la femme de chambre de Foxford qui était partie au moment où Jim Gralton s'était réfugié dans la maison.

Mrs Templeton parlait toujours à Eva, un torrent de mots face auxquels il lui suffisait d'acquiescer de temps en temps. Freddie la délivra et la femme d'officier la laissa partir à contrecœur, comme un enfant qui n'aurait pas complètement terminé d'examiner une créature exotique au zoo. Ils se dirigèrent vers la salle de bal et Freddie confirma : « Cette femme est terriblement snob, toujours prête à enfoncer le couteau dans la plaie. Elle n'a rien dit ?

— À propos de quoi ? »

Freddie haussa les épaules. « Tout et rien. Asseyons-nous. Hazel a fait de l'effet, tu sais. »

Ils prirent place à la table principale, Francis et Hazel à une table latérale où les jeunes gens bavardaient avec tant de gaieté qu'Eva mourait d'envie de les rejoindre. Cependant, elle aimait bien le vieux général de brigade assis à sa gauche, que Freddie avait mis au courant de l'état de Mère. Lorsqu'il lui exprima sa compassion, Eva lui expliqua que Mère désirait qu'on lise « Passer la barre » de Tennyson à son enterrement. Le vieil homme hocha la tête avec approbation et récita :

« Crépuscule et astre du soir,
Et, claire, une voix qui m'appelle !
Puisse la barre ne faire entendre de plainte,
À l'heure où je prendrai la mer… »

Eva fut touchée par ces vers, elle aurait aimé se trouver à Oxford, mais le tintement d'un verre annonça le premier orateur. Il y eut six plats, dont quatre de viande. Freddie jeta un coup d'œil sur elle lorsque le premier fut servi, craignant qu'elle ne manifeste de façon insistante ce qu'il appelait ses convictions végétariennes loufoques. Alors que le rationnement de la viande en Grande-Bretagne avait été rendu plus strict encore lors des récentes restrictions budgétaires, manifester de l'ingratitude à ce banquet serait assez mal vu. Eva fut envahie par la nausée en se forçant à avaler la première bouchée, déterminée à se montrer loyale envers Freddie une dernière fois en jouant la femme d'officier soumise. Après la cérémonie du lendemain, elle lui ferait part de ses projets. La conversation à table tournait autour de la politique et des difficultés de l'Empire britannique.

« Je considère que c'est une honte d'abandonner l'Inde aux massacres pour la seule raison que Gandhi a monté sa population contre nous, déclara un jeune officier du nom de Cooper.

— Massacres est un mot trop faible, insista Templeton. Quatre mille personnes ont été taillées en pièces après le Direct Action Day des musulmans. Peu importe les balivernes que raconte Gandhi, les prochaines atrocités seront sans doute bien pires.

— Je ne pense pas que Gandhi raconte des balivernes », dit Eva calmement.

Templeton se hérissa. « Vous ne le pensez pas ? Et au nom de quoi ce mendiant imbécile peut-il empêcher des millions de personnes de s'entre-tuer ?

— Une vision. »

Templeton essaya de ne pas rire. « *Une vision ?* Que Dieu vienne en aide à un pays où l'ordre public est maintenu par une vision.

— Le gouvernement parle d'envoyer Mountbatten, interrompit Freddie pour secourir Eva. Cela changera un peu les choses.

— C'est ce que *vous* vous pensez peut-être, Fitzgerald, répondit Templeton, mais êtes-vous jamais allé en Inde ? Ceux d'entre nous qui ont servi là-bas et qui savent de quoi ils parlent ont bien compris qu'il n'y a que des criminels au parti du Congrès. Ils commenceront à s'entre-tuer le jour qui suivra notre départ et il faudra que l'armée revienne sauver la situation. »

Le vieux général de brigade ronchonna. « Il y a trente ans, votre père disait la même chose à propos de l'Irlande, Templeton, et ils se sont très bien débrouillés sans nous.

— Même les poissons sont gras, près des côtes irlandaises, ironisa Cooper. Après avoir festoyé sur les cadavres des marins britanniques.

— Un nombre suffisant de marins irlandais s'est noyé pour les nourrir, rétorqua Freddie avec chaleur. Des jeunes Irlandais qui ont accepté de donner leur vie en revêtant votre uniforme. Quelques milliers de jeunes gens venus de mon État libre sont venus les rejoindre, Cooper, davantage que de la province loyale d'Ulster où vos cousins sont restés assis sur leur derrière. Et pas un seul des hommes avec qui j'ai parlé ne pensait que De Valera aurait dû participer à la guerre.

— Et pourquoi vous et les vôtres vous êtes-vous battus ?

— Messieurs, interrompit le général de brigade avec l'autorité due à son âge, nous sommes ici pour une célébration, pas pour parler politique. Tout ce que je peux dire, c'est que nous pouvons remercier Dieu d'avoir permis à des gens bien comme Fitzgerald de se joindre à nous. Bon, est-ce que certains d'entre vous se trouvaient au Marylebone Cricket Ground quand Denis Compton était à la batte la semaine dernière ? Je n'ai jamais vu jouer aussi bien... »

D'autres acquiescèrent, désireux d'oublier la dispute. C'était typique de Freddie, alors qu'il critiquait De Valera en privé, de défendre publiquement l'Irlande. Il avait également défendu Eva, mais elle sentait qu'il était un peu hors jeu à cette table. Habituellement, il était très recherché en vertu de ce que les gens appelaient son bagout. Les officiers évitaient de croiser son regard. Freddie toucha la main d'Eva lorsque le plat suivant arriva. « Assume tes convictions, lui chuchota-t-il. Ne mange que ce que tu veux. »

Cette soirée ne se déroulait pas comme prévu, le malaise de Freddie augmentait à mesure que le banquet avançait, avec lenteur. Eva tripotait ses légumes et se demandait comment elle allait lui parler de la maison qu'elle avait vue à Dublin le mois précédent, dans Frankfurt Avenue, avec une imposte en vitrail au-dessus de la porte. Elle avait su, avec toutes les extrémités nerveuses de ce que Steiner appelait « les facultés dormantes dans l'âme humaine », que c'était là la maison dans laquelle elle devait commencer sa nouvelle vie.

Mr Ffrench s'était trompé en prédisant qu'Eva serait une grande artiste. Ce qui paraissait tellement glorieux dans son imagination était sans intérêt pour les autres, qui méprisaient son travail et la vision enfantine dont elle faisait preuve. Or les enfants devraient pouvoir exprimer leur vision sans entraves et sans être limités par les attentes des adultes. Elle mourait d'envie de créer un refuge où ils pourraient réaliser cette vision. Frankfurt Avenue lui coûterait la totalité de ce que lui laisserait Mère, mais ses besoins étaient limités et les cours de peinture lui permettraient de gagner un peu d'argent. Elle ne serait pas un fardeau pour Freddie qui, une fois qu'il aurait financé les études de ses enfants, pourrait poursuivre sa carrière militaire à Londres. Pendant des années, ils avaient tergiversé et maintenu ce faux-semblant du mariage. Mais Eva espérait pouvoir lui faire comprendre qu'en choisissant des voies distinctes, tous les deux s'accompliraient.

Le banquet s'acheva par un discours en hommage aux officiers qui seraient décorés et par un toast final au roi. Les jeunes gens attendaient avec impatience que commence la musique. Francis adorait tellement danser avec des filles qu'Eva s'était permise brièvement d'espérer que son homosexualité n'avait été qu'une phase transitoire. Il avait ri quand elle avait mentionné cet espoir et lui avait dit : « Tu sais, Maman, j'adore danser avec les filles. Elles sont comme des pétales de rose, mais je ne ressens rien d'autre. Je ne tombe pas amoureux d'elles. » Rien dans son apparence ne suggérait la vie cachée dont il lui parlait souvent. Pendant une seconde, elle imagina ce qui se passerait dans cette salle de bal si le secret de Francis était révélé. L'image d'officiers en uniforme d'apparat transformés en chiens hurlants la fit frissonner. Freddie toucha son épaule tandis que les couples quittaient la table principale pour se regrouper en petits groupes compacts.

« Tu as froid ?

— Je m'inquiète juste pour Mère. » Elle sourit. « Y a-t-il une table que tu voudrais rejoindre ? »

Freddie lui indiqua une table vide près de la piste de danse. « Nous nous tiendrons compagnie. »

Il l'y conduisit, sa claudication un peu plus accentuée par l'uniforme d'apparat. Elle savait que beaucoup de ceux qui se trouvaient dans la salle de bal imaginaient que c'était une blessure de guerre. Il commanda à boire, alluma le cigare qu'il avait choisi quand un serveur était venu en proposer et se mit à fumer lentement, jetant des regards méprisants vers ses collègues.

« Que se passe-t-il, Freddie ?

— Rien qui ne puisse attendre, très chère.

— S'il te plaît, le pressa-t-elle. Je préfère savoir maintenant. »

Freddie attendit que le serveur leur ait apporté leurs verres et se soit éloigné. « C'était vraiment très bien que tu sois venue alors que ta mère est si malade.

— Elle a insisté. Elle ne voulait pas que je rate ton grand jour.

— C'est bien cela. » Freddie but une gorgée de son whiskey. « Quand on me remettra ma médaille et quelques lettres à inscrire à la suite de mon nom. D'autres hommes n'obtiennent qu'une montre et sa chaînette.

— On dirait un vieil homme à la fin de sa vie de travail. » Eva tenta de dissimuler son appréhension.

« Quarante-six ans, ce n'est pas vraiment vieux, non ?

— Évidemment que non.

— La vie ne fait que commencer, hein ?

— Que veux-tu dire, Freddie ?

— J'avais prévu de ne rien te dire avant demain, mais il vaut mieux que ce soit moi qui te l'apprenne plutôt qu'une terrible rumeur. C'est le moment de dire au revoir. » Freddie caricatura un accent anglais. « Oh mais venez donc pour un dîner du régiment. Nous adorons vos histoires "oirlandaises".

— Tu quittes l'armée ?

— Pour être exact, je suis viré sans pension, mais ils emploient une expression plus polie.

— Mais est-ce qu'ils savent que tu veux rester ?

— Aussi longtemps qu'il y avait une guerre, je pouvais faire partie du groupe, j'étais aussi britannique que n'importe qui. Irlandais d'abord, mais quand même britannique. Ils n'ont pas besoin de sang-mêlé grippant le système alors que leurs fils vont prendre la relève. Il semble qu'un rapport détaillé ait été envoyé à mon propos.

— Quel genre de rapport ?

— Un rapport qui prétendait que j'étais incapable de m'acquitter des tâches les plus routinières en assurant mon service en état d'ébriété. » Il but une gorgée de whiskey. « On y trouvait toutes sortes de détails, abus d'alcool au mess, trouble à l'ordre public. Certains d'entre nous se défoulaient sans doute. Mais comment, en toute conscience, quelqu'un parmi nous a-t-il pu rédiger un tel rapport alors que tous, jusqu'au dernier, nous étions ivres morts ? Quelle que soit la personne qui m'a dénoncé, elle n'a pas eu la décence de se dénoncer elle-même. » Freddie regarda Eva, incapable de cacher son amertume. « Cette MBE est ma récompense finale. J'aurais voulu que tu sois heureuse ce soir, mais il faut bien que cela ait un terme. Entouré par des copains ayant des couteaux dissimulés derrière leur dos. Je leur ai donné six ans de ma vie, et il me reste quoi ? Est-ce que je possède une maison qui soit encore la mienne ?

— Glanmire sera toujours ta maison. » Un frisson glacial s'empara d'Eva, qui imagina les minuscules chevalets dans sa nouvelle cuisine anéantis par la présence et l'incompréhension de Freddie. L'armée avait été un rempart entre eux deux. À présent qu'il n'avait plus d'excuse pour rester à Londres, ils étaient en rade dans toute la crudité de la vérité.

« Je n'ai pas eu l'impression d'être chez moi les dernières fois où j'y suis allé, dit Freddie doucement. Je me sentais comme un intrus parmi vous tous là-bas. Chez moi, c'est n'importe quelle chambre dans une caserne.

— Que vas-tu faire ? »

Freddie avala son whiskey d'un trait et regarda les premiers danseurs se diriger vers la piste. « À ton avis ? » dit-il doucement.

Eva alluma une cigarette, essaya d'empêcher sa main de trembler. « Ce que je veux te dire, Freddie, c'est qu'avec l'argent que Mère me laisse, elle m'a encouragé à acheter une maison à Dublin.

— Sage décision. Je peux t'aider à en chercher une.

— J'ai déjà trouvé. J'ai versé des arrhes – une maison pour les enfants et moi. Je croyais que tu allais rester à Londres.

— Moi aussi. » Freddie réfléchit à ce qu'impliquait le fait qu'Eva ne l'ait pas consulté. « Tu n'as payé trop cher ?

— Je ne crois pas. J'ai pensé que je pourrais enseigner.

— Enseigner quoi ?

— La peinture aux enfants.

— Leur apprendre à dessiner ?

— À s'exprimer librement. Je crois que je le ferai comme il faut.

— Que penses-tu de mes chances à moi ?

— En matière de peinture ? » Eva était surprise.

Freddie sourit. « Non. Si j'enseignais de nouveau. »

Elle imagina Freddie au milieu des petits chevalets, aboyant pour que les enfants se tiennent droit.

« Tu comprends, Freddie. Je pensais enseigner toute seule. »

Freddie détourna le regard, incapable de retenir un rire sans joie. « Moi, avec un pinceau ? Oh non, certainement pas. » Il fit claquer ses doigts pour demander un autre whiskey à un serveur. « Ce n'est pas ce que je voulais dire. Il existe un poste que je pourrais avoir si je l'accepte.

— Où ?

— Une école primaire dans le comté de Wicklow. Ils cherchent quelqu'un qui pourrait enseigner les mathématiques et le sport, un type discipliné à qui quelques gouttes de pluie ne font pas peur. Je ne suis pas obligé d'y habiter mais j'ai l'impression qu'ils préféreraient ça. Ils ont besoin de quelqu'un sur place pour régenter les gamins. C'est là que mon expérience militaire est utile, tu comprends. »

Le serveur lui apporta son whiskey. Eva n'était pas bien sûre de savoir les sentiments de qui il tentait d'épargner avec cet enthousiasme pour ce nouveau poste qui lui permettait de sauver la face. « Ce qui veut dire qu'une maison à Dublin me rendrait la tâche difficile, tandis que ça a l'air parfait pour toi. Naturellement, l'école pourrait t'accueillir, mais la maison est vraiment très petite… un pavillon de gardien, en fait. Pas que ça me gêne, mais tu es habituée à plus d'espace… »

Le ton jovial de Freddie ne parvenait pas à dissimuler sa blessure. Le brouhaha autour d'eux se fit plus fort, l'obligeant à élever la voix et à renoncer aux derniers vestiges d'intimité entre eux. L'orchestre se lança dans les premières mesures de l'air préféré de Hazel, *A Gal in Calico*, et comme il se devait, celle-ci s'avança sur la piste.

« Ce qui ne veut pas dire que tu ne seras pas la bienvenue, ajouta Freddie. Si jamais tu voulais venir un week-end. »

Il s'arrêta, ce qui laissait à Eva le temps de lui dire qu'il serait également le bienvenu à Frankfurt Avenue. C'était cruel de ne pas réagir, mais si Freddie n'avait pas ironisé à l'idée qu'elle pouvait enseigner, même s'il ne s'en mêlait pas, le ridicule qu'il ressentirait sans vouloir l'exprimer remplirait la maison, détruisant ses rêves aussi certainement que l'arthrite avait détruit Mère.

« Naturellement, je viendrai te voir, dit-elle. Les enfants aussi. Quand commences-tu ?

— Janvier. Je serai un nouveau, comme Francis à Trinity. J'ai évidemment pris des dispositions concernant les frais de son éducation. »

Freddie observait avec satisfaction Hazel qui tournoyait sur la piste de danse avec un jeune homme.

« C'est-à-dire, Freddie, dit Eva. Hazel parle aussi d'y aller.

— Hazel, entrer à Trinity ? » Freddie eut l'air surpris. « Une fille aussi belle ? Cela me semble assez peu justifié.

— Elle a une belle intelligence.

— Nul doute qu'elle s'en servira pour trouver un bon mari. » Il baissa la voix. « Il se trouve que cette satanée école primaire ne paye pas très bien. Il y a un peu trop d'officiers à la retraite. MBE ne signifie pas *Mayo before Eton*. Le réseau des écoles privées s'est réservé tous les bons boulots de la vie civile. Tu devrais pouvoir expliquer à Hazel qu'il existe des priorités. Francis va devoir gagner sa vie dans quelques années. Il n'aura personne pour l'aider. Hazel a son amour des chevaux.

— Ce n'est pas vraiment la même chose.

— C'est une très bonne façon de rencontrer un jeune homme de bonne famille. Et cette photographie du *Irish Times* que tu m'as envoyée, quand elle a sauté des obstacles au Horse Show ? Hazel se distingue des autres. Elle est encore dans le secondaire, et pourtant c'est la plus belle femme de cette salle de bal. Elle le sait, elle a la grâce et la confiance qu'il faut pour se mesurer à n'importe qui. Elle ne tardera pas à être invitée au bal de Trinity et nous la laisserons y aller si elle est invitée par un jeune homme bien. Voyons voir si Francis est aussi rapide à trouver une partenaire à inviter.

— Les jeunes femmes affluent autour de Francis, dit Eva. Pour elles, il est comme un ami intime.

— Drôle d'expression, répliqua Freddie avec mépris. J'ai entendu Clark Gable traité de toutes sortes de noms, mais jamais d'ami intime. Trinity devrait lui enlever un peu de sa trop grande douceur, lorsqu'il cessera de fréquenter ces anciens militaires yankees à qui leur gouvernement a accordé une bourse d'études. » Freddie regarda sa fille danser. « Sera-t-elle vraiment très déçue de ne pas y aller ?

— Elle comprendra. »

Freddie hocha la tête, conscient qu'Eva mentait par égard pour lui. Le lendemain, à Buckingham, il recevrait son colifichet, le paiement final pour les années qui avaient rendue irréversible leur lente séparation. Eva prendrait les photos appropriées avec son appareil Brownie, jouerait le rôle d'épouse d'officier. De tels souvenirs seraient tout ce qui lui resterait une fois qu'il aurait rangé son uniforme d'apparat dans une malle et se serait vêtu du triste habit de professeur dans son pays où rares étaient ceux qui désiraient qu'on leur rappelle qu'ils n'avaient pas bougé pendant la guerre.

En silence, ils observèrent Francis qui conduisait une partenaire parmi les couples. Il dansait avec une grâce étonnante, et la jeune fille dans ses bras le savait. Les danseurs et les danseuses étaient nombreux mais il leur manquait cette gaieté folle des années de guerre dont Eva se souvenait. Ces jeunes gens n'avaient pas besoin de négocier chaque danse comme si elle pouvait être la dernière. Freddie se pencha en avant.

« Puisque nous avons épuisé la série d'excuses justifiant de ne pas vivre ensemble, puis-je te poser une question ? Pourquoi donc m'as-tu épousé ?

— Tu sais pourquoi.

— Je ne sais pas parce que je n'y ai pas pensé à l'époque. Je t'aimais et je supposais que tu m'aimais.

— Je t'aimais.

— C'est sans doute vrai, parce que les gens comme toi – que Dieu les bénisse – aiment le monde entier. Les arbres, les oiseaux, les petits lapins dans les champs. L'amour est facile parce que tu le distribues comme une averse. Je t'aimais différemment, je n'aimais rien d'autre. Je t'aurais choisie au milieu de mille personnes. Tu étais mon être vivant préféré. Je n'ai jamais même été ton Freddie préféré.

— Ce n'est pas vrai ! protesta-t-elle.

— Mais si. »

Eva était blessée par la vérité de cette accusation. Les deux Frederick se rendant en même temps dans le Donegal pour être amis et rivaux. Elle s'était laissé prendre par l'excitation, imaginant qu'une fois qu'elle aurait échangé des serments avec Freddie, tous les doutes disparaîtraient. Il lui avait fallu deux décennies entières pour se réveiller. Mais si Freddie l'aimait tant, pourquoi avait-il fallu si longtemps pour conclure le contrat de mariage dans le bureau de Père tandis qu'elle faisait les cent pas à l'étage avec l'impression d'être une génisse au marché ? Freddie n'avait sans doute pas craché dans sa paume pour sceller l'affaire, mais son amour avait été guidé par le pragmatisme, obtenir le meilleur contrat entre un homme ayant un pied bot et une femme bien dotée qui risquait de rester vieille fille. Néanmoins, ils avaient fait leur devoir en ce qui concernait les enfants et, si l'avenir se montrait sombre, elle pourrait au moins commettre ses propres erreurs sans être gênée par sa désapprobation et cesser de se voir dans les yeux de Freddie comme une rêveuse impénitente.

« Peut-être, demain, pourrons-nous parler aux enfants et trouver un arrangement civilisé, dit-elle. Viens donc nous voir depuis le Wicklow un soir quand tu te seras installé dans ton nouvel emploi. Inspecte la maison. Ton opinion compte pour moi.

— En tout cas tu auras plus chaud qu'à Glanmire House. J'aimerais aller chasser dans le Mayo à Noël. Cela ne me déplairait pas de retrouver la vieille bâtisse sans personne d'autre. »

Eva le voyait bien rendant visite à son oncle à Turlough Park, buvant un verre à l'Imperial Hotel, s'arrêtant dans le magasin de Durcan pour une bouteille de whiskey Skylark bon marché. Il ne parlerait pas de sa MBE mais la nouvelle l'aurait précédé. Les gens montreraient tous qu'ils savaient, soit par leurs commentaires, soit par leur silence. Freddie s'était battu afin que ses voisins n'aient pas à subir la guerre, une vérité trop inconfortable pour qu'ils désirent en parler. Malgré quelques remarques sur le fait de s'être agenouillé devant un roi étranger, les gens de la région seraient fiers de son succès.

L'orchestre se mit à jouer *It's a Pity to Say Goodnight*. Freddie regardait ses enfants, leurs joues rosies par la vitalité et l'excitation, qui auraient voulu que cette soirée ne finisse jamais. Ils ne se rendaient pas compte que c'était le dernier rappel de leur père. Il passerait ses dernières semaines à l'armée comme quelqu'un qui n'en faisait pas partie, sachant qu'il avait été trahi. Peut-être la chose avait-elle été planifiée depuis des mois, l'avait-on tenu à l'œil, avait-on noté chacune de ses remarques douteuses, compté chaque verre qu'il buvait. La guerre était terminée et les rangs se resserraient. Il serait ferme avec ses nouveaux élèves, leur enseignerait des valeurs dont ils finiraient par rire. Il viendrait parfois lui rendre visite et le confort de la famille à Frankfurt Avenue accentuerait son sentiment d'échec. Il se ferait de nouveaux amis, et il ne les trouverait pas tous dans une bouteille. Mais la journée du lendemain resterait l'acmé amère de sa vie, tandis qu'Eva serait bientôt orpheline et libre. Jamais plus ils ne se sentiraient aussi proches l'un de l'autre. Ayant remarqué que Mrs Templeton les observait, Eva prit délibérément la main de Freddie dans la sienne. Il baissa les yeux, surpris et heureux de se savoir observé. Un serveur s'approcha, en quête d'Eva, que l'on demandait au téléphone. Freddie l'accompagna jusqu'à la réception. C'était Maud, qui disait qu'elle avait rappelé le médecin parce que la douleur avait empiré et que Mère glissait constamment de la conscience à l'inconscience. Il serait sans doute impossible de se rendre à Oxford ce soir-là, mais Mère serait probablement morte quand Eva arriverait le lendemain.

« Je t'y conduirais si je pouvais, lui dit Freddie quand elle reposa le combiné. Autrefois, quelqu'un ici m'aurait prêté une voiture avec de l'essence, mais les gens ne me connaissent plus, maintenant.

— Je n'aurais pas dû abandonner Mère, dit Eva, mais elle a insisté pour que je vienne.

— Ta place est auprès d'elle, en fait. Je n'aurais jamais dû te sortir du Donegal. Tu dois prendre le premier train demain matin. J'aimerais que les enfants restent, qu'ils gardent une bonne image de leur père. Ce qu'il y a aussi, c'est que je ne veux pas te demander de rentrer à la caserne ce soir, il n'y a qu'un lit et tout ça. Je crois que tu serais mieux dans un hôtel. Je paierai, naturellement. J'aimerais que les enfants s'amusent le reste de la soirée, mais il n'est pas nécessaire que tu restes. Il n'y a plus rien à ajouter, n'est-ce pas ? Je leur dirai qu'on t'a appelée d'Oxford et que tu vas essayer de t'y rendre ce soir. Je les mettrai dans le train dès que ce sera fini à Buckingham Palace. » Il observa ses anciens camarades et ajouta, avec tant de conviction qu'elle en vint presque à le croire : « Je serai content de m'éloigner de tout ça. »

Pour finir, elle accepta de s'esquiver sans gâcher la soirée des enfants. Mais d'abord, elle lui montra le certificat de décès envoyé par les Russes. Il grommela, comme elle savait qu'il allait le faire.

« Étrangement, ce pourrait être de bonnes nouvelles. Les Russes sont des maîtres quand il s'agit de déformer la réalité. Ils peuvent très bien dire qu'il est mort pour dissimuler le fait qu'il est vivant. Autant essayer de manger du mercure avec une fourchette que d'essayer de comprendre leur fonctionnement. Je ne connais personne qui pourrait te dire s'il faut les croire ou pas. »

Freddie se trompait, tout comme il se trompait en pensant qu'elle allait se rendre directement dans un hôtel pour attendre le premier train. Le portier du Dorchester appela un taxi, et le chauffeur rechigna à la laisser à un coin de rue dans Whitechapel, où il ne restait qu'une série de maisons inhabitables au milieu d'un paysage rasé. Mais Eva désirait continuer à pied.

C'était enfin fait, elle avait quitté Freddie et, à partir de ce soir-là, son monde serait différent et moins sûr. Tout comme les habitants de ces rues bombardées, elle avait besoin de commencer une nouvelle vie. La vie de Mère s'achevait et il restait à Eva un dernier devoir à tenter d'accomplir. Elle atteignit une rue où il y avait des signes de vie. Après une courbe, elle se trouva à un croisement miraculeusement intact, avec des pubs sur deux coins de rues. Devenue un objet de curiosité, elle attendit devant un magasin non éclairé, ne désirant pas s'aventurer toute seule dans un des pubs. En dépit de ses efforts pour ne pas être remarquée, un policier s'approcha d'elle au bout d'un instant, son intonation suggérait qu'il la prenait pour une prostituée. Lorsque ses vêtements et ses papiers d'identité eurent révélé qu'elle était l'épouse d'un lieutenant-colonel, son ton devint respectueux. Il ne paraissait pas vouloir la laisser debout là même lorsqu'elle lui eut expliqué qu'elle attendait quelqu'un. Mais son attitude changea quand Art sortit d'une allée, portant un sac plein de journaux. Perplexe, il secoua la tête et s'éloigna.

Art se figea quand elle se dirigea vers lui, et il examina son visage avec anxiété pour y déceler des nouvelles de Mère. Il avait perdu l'accent des gens de bonne famille qui cadrait si mal avec ses vêtements minables. Ni l'un ni l'autre ne désirait entrer dans un pub enfumé. Art avait une chambre tout près, dans Hungerford Street, un coin de celle-ci encombré par une pile de brochures dénonçant *La Ferme des animaux*. Excepté un portrait de Staline, la chambre était aussi spartiate qu'une cellule de prison.

Eva montra le certificat de décès de Brendan à Art, qui l'étudia avec précaution. Il n'aurait jamais commis l'hérésie de déclarer que le document pouvait être mensonger, mais Eva remarqua qu'il ne paraissait pas vouloir définitivement authentifier le certificat.

« Il n'aurait jamais dû aller en Espagne, dit Art. L'enthousiasme ne remplace jamais la discipline.

— Il est mort ?

— Ceci semble l'indiquer.

— Il est commode qu'il ait été tué par les Allemands, pas d'offre de rapatrier le corps, pas la moindre preuve.

— Il n'y a pas de preuve possible. Est-ce que tu sais combien de camarades patriotes sont morts pendant la guerre, sans parler de… ? » Art hésita.

« Sans parler de *quoi* ? demanda Eva avec colère. Ton frère était innocent. Est-ce que tu l'as trahi ?

— Que veux-tu dire ?

— J'ignore ce que je veux dire, dit Eva. Tu es celui d'entre nous qui savait toujours tout. Tu étais la lumière, alors tu dois m'éclairer. Mère est mourante. Veux-tu prendre le train avec moi demain matin ?

— Je t'ai déjà dit que ma vie en tant que Verschoyle est terminée.

— Alors, en tant que Russe, dis-moi : dois-je lui montrer ce certificat de décès si elle est encore vivante quand j'arriverai là-bas ? »

Art écarta les mains. « La bureaucratie fait parfois des erreurs. Nous avons perdu des millions de personnes pendant la Grande Guerre patriotique. L'Angleterre pense qu'elle a gagné la guerre parce que Londres a souffert. Mais pas comme en Russie. Je ne peux pas te dire si tous les prisonniers du train sont morts ou s'ils ont simplement été considérés comme morts après avoir profité de la confusion pour s'enfuir. Tout ce que je peux t'offrir, c'est un lit pour la nuit. Le plancher ne me fait pas peur.

— Il y a un lit pour toi à Oxford et une maison dans le Donegal qui tombe en ruine. Pourquoi ne veux-tu pas voir Mère ?

— Elle me blâme pour ce qui est arrivé. Je me blâme moi-même. » Il se leva. « J'ai quelques acheteurs – pas beaucoup – ici. Si je ne les attrape pas quand ils sortiront des pubs, ils disparaîtront.

— Assieds-toi, supplia Eva. Arrête de toujours t'enfuir devant nous. »

Art posa son sac à regret. « Dans mes rêves je vous vois souvent, toi, Maud et Beatrice Hawkins, rire sous vos chapeaux d'été, assises dans le cabriolet de Mr Ffrench. J'ignore si ma femme et mon enfant ne sont pas morts de faim. Je rêve sans doute du Donegal pour éviter de rêver d'eux. » Il hésita, peu certain de savoir s'il voulait se confier à elle. Il eut tout à coup l'air d'un adolescent et Eva se rappela comment il lui arrivait de surgir dans la cuisine à Dunkineely, excité parce qu'il venait de découvrir du bois flotté sur la rive de la Bunlacky. « C'est pour cela que, finalement, je vais rentrer. »

Mère avait toujours affirmé qu'il avait Dunkineely dans le sang.

« Je suis contente, dit Eva. Mais qu'en est-il de la fille de Samuel Trench ? Vas-tu partager avec sa famille ou… »

Elle s'interrompit en voyant qu'Art la fixait comme si elle était une enfant attardée.

« Je rentre en Russie. Ils m'ont enfin accordé un visa. Ils savent que je n'ai jamais renié ma foi. J'ai gardé la flamme vivante et ils en sont conscients. » Son ton avait la ferveur d'un vrai croyant capable de rester calme devant les bêtes sauvages du Colisée. Son regard faisait penser aux yeux perçants de Martin Luther. « L'Empire britannique est terminé, il n'en reste que des bribes prêtes à disparaître. Les nouvelles nations vont se tourner vers l'Union soviétique. C'est pour cela que je dois aller là-bas. Je sais où est ma place. J'espère qu'un jour, toi aussi, tu le sauras. »

Eva ressentit une soudaine poussée de fureur. « Où est ta place ? Après ce qu'ils ont fait à ton frère ?

— Ton certificat montre qu'il a été la victime d'une agression nazie. L'Union soviétique ne lui a pas fait de mal.

— Elle l'a enlevé à Barcelone.

— Comment sais-tu que c'est la vraie version des événements ?

— Promets-tu de rechercher la vérité quand tu seras là-bas ?

— Il se peut que Brendan ne désire pas que nous le trouvions. Il se peut qu'il ait demandé aux autorités soviétiques de produire ce certificat afin que nous lui accordions la liberté de rester seul où il se trouve. Je vais en Russie pour tenter de retrouver ma femme et mon enfant.

— Et si la police secrète attendait ton retour pour te mettre toi aussi dans un camp ?

— Il existe plusieurs sortes de prisons. Si un camp de travail est le lieu que Staline a choisi pour moi, je l'accepterai, car il vaut mieux être le plus petit fragment d'une grande mosaïque que de rester seul en exil et de savoir que l'on mène une vie dépourvue de sens.

— Tu m'as demandé un jour de t'accorder une faveur, dit Eva.

J'ai caché Jim Gralton. Maintenant je te demande de m'accorder une faveur à mon tour. Viens à Oxford.

— Non.

— Ta fierté est-elle telle que tu ne peux même pas venir dire au revoir ?

— Je n'ai jamais été fier. Je vis à la sueur de mon front. Il n'existe pas de tâche que j'aie un jour refusée.

— Voir sa mère mourir est également une tâche digne, dit Eva. C'est lent et douloureux, mais il faut le faire parce qu'on ne nous le demande qu'une seule fois. Si tu as suffisamment de courage pour accepter une prison soviétique, tu devrais en avoir aussi pour accepter une chambre sombre dans l'Oxfordshire. »

Eva avait pensé qu'il était impossible d'atteindre Oxford à cette heure tardive. Mais Art connaissait un employé de la poste qui travaillait de nuit à la gare de Paddington. La gare avait l'air abandonnée quand ils y arrivèrent, les entrées du public étaient fermées. Art passa cependant par une petite ruelle et Eva ne tarda pas à entendre des voix et le grincement des roues des chariots derrière l'enceinte de la gare. Art frappa longuement à une petite porte jusqu'à ce qu'on lui ouvrît. Il mentionna un nom et la porte se referma, puis fut rouverte un instant plus tard par un barbu qui serra la main d'Art et l'appela *camarade*. C'était la première fois qu'elle entendait quelqu'un s'adresser à Art de la sorte. Pour une fois il n'avait plus l'air d'une figure solitaire. Art expliqua leur problème et l'homme serra la main d'Eva. Il leur dit d'attendre dans un appentis où s'entassaient des sacs postaux. C'était un endroit calme ici, au cœur de la ville ; la gare était déserte et silencieuse, à l'exception de quelques trains postaux sans passagers et du bruit des sacs que l'on chargeait. Une heure s'écoula avant le retour du barbu au moment où arrivait un train postal de la Western Region. Le camarade d'Art frappa à une vitre, que descendit un trieur serrant une poignée de lettres dans une main. Après un bref échange, il les fit monter subrepticement à bord. Eva savait qu'elle avait l'air incongru dans sa robe de bal, assise sur un sac postal à écouter Art et le trieur discuter des *Philanthropes aux pantalons déchirés* de

Robert Tressell. Peu lui importait, cependant, parce que ce voyage lui rappelait les longs trajets en train, quand elle rentrait à Dunkineely. Tout ce qui l'attendait maintenant était un lit de mort mais, en fin de compte – même pour un bref instant – ils seraient une famille.

Les rues d'Oxford étaient vides, la maison dans l'obscurité, excepté une pâle lueur derrière les tentures de la chambre de Mère. Eva avait la clé.

Mère paraissait être dans le coma ou dans un profond sommeil, l'injection du médecin avait éloigné la douleur. Maud leva les yeux lorsqu'ils entrèrent dans la chambre, surprise par la présence d'Art. Mais les circonstances de cette rencontre empêchaient toute dispute ou récrimination, tout ce qui pourrait ramener Mère sous l'emprise de la douleur. Dans son sommeil, elle régnait sur ses enfants turbulents, les obligeant à chuchoter quand Art se fut assis sur une chaise entre ses deux sœurs. Les seuls bruits étaient la respiration irrégulière de Mère et le tic-tac de l'horloge. Aucun monde ne pouvait exister au-delà des épaisses tentures. Maud paraissait épuisée après son voyage depuis l'Irlande, mais Eva savait qu'ils l'étaient tous les trois, comme s'il leur avait fallu des décennies de voyage avant d'aboutir à ce moment où ils étaient réunis.

Il était impossible de savoir si Mère allait jamais se réveiller. D'après la quantité du médicament rationné injecté, Eva savait que le médecin pensait ne devoir revenir que pour signer le certificat de décès.

Elle décida qu'il valait mieux ne pas montrer le certificat russe à Maud pour l'instant. Elle pourrait pleurer ces morts l'une après l'autre. Le mariage d'Eva avait été la dernière occasion où les trois aînés avaient été réunis. À l'époque où ils savaient encore qui ils étaient, où leur monde était encore cohérent. Qui étaient-ils à présent ? Elle se souvint de l'expression d'Art : «*Byvchye Lioudi*», les gens d'avant, appartenant au monde d'avant. Combien de gens d'avant étaient maintenant disséminés à travers le continent, clignant des yeux devant l'éclat du changement, des gens cherchant à s'accrocher au passé ou à le lâcher avec trop d'énergie ? Les souvenirs revinrent, après ces décennies de destruction : les rires excités des enfants jouant aux chaises musicales dans le salon de Dunkineely, la course hebdomadaire jusqu'à la boutique de Phil Floyd pour acheter les bonbons qu'ils partageraient. À cette époque, le monde entier – des extrémités de Mountcharles à Killybegs – savait qu'ils étaient spéciaux. Les enfants à la vie dorée des Goold Verschoyle. Cinq enfants couchés dans une meule de foin et imaginant leur avenir, cinq enfants pique-niquant sous la pluie, cinq dauphins dans les eaux de ce qu'ils appelaient alors la jetée du Paradis, cinq aiglons prêts à s'envoler vers le soleil, éblouis et charmés.

Eva savait que les autres devaient partager au moins une partie de ces souvenirs datant de l'époque où ils avaient un monde en commun. Art et Maud se rappelaient sans doute certains moments de façon différente, mais cela ne rendait pas ses propres souvenirs moins vrais. La seule vérité à propos de laquelle ils ne pouvaient pas diverger était l'amour absolu de cette mourante dans son lit. Eva était stupéfaite d'avoir eu de tels parents et d'avoir été témoin de leur amour. Peut-être était-ce ce qui avait si mal préparé leurs enfants à affronter le monde, l'idée que la vie pouvait être aussi parfaite. Les positions adoptées par Art et par les autres avaient choqué nombre de gens, néanmoins, alors qu'ils grandissaient, aucun d'entre eux n'avait été empêché d'exprimer telle ou telle pensée ou opinion venant véritablement du plus profond de lui-même. Il n'y avait pas eu de barreaux autour de leur esprit, jamais ils n'avaient imaginé que le monde extérieur pouvait condamner une telle liberté.

Quand Mère mourrait, ils quitteraient cette chambre, se disputeraient et chacun partirait de son côté. Mais pour l'instant, ils étaient unis par ce qu'ils allaient devenir. Des orphelins. Eva ressentait avec certitude la présence de Brendan parmi eux, un petit garçon avec un drôle de chapeau, et le fait que Thomas, en Afrique du Sud, pouvait également sentir ce qui se passait. Le seul grand amour auprès duquel chacun d'eux savait qu'il pouvait se réfugier était en train de s'éteindre et de quitter ce monde.

Eva éprouvait plus de chagrin pour elle-même que pour Mère. Mère était prête à mourir parce qu'elle s'était préparée toute sa vie pour cette dernière aventure vers laquelle menaient toutes les pierres du gué. Mère gémit doucement et Eva fut déchirée entre le désir qu'elle puisse voir Art une dernière fois et celui que lui soit épargné un surcroît de douleur. Ses lèvres formaient des mots qu'il était impossible de discerner, bien qu'Art se fût penché en avant pour tenter de les entendre et qu'il eût saisi une main de sa mère. Eva serra l'autre main d'Art et Maud posa ses doigts sur ceux qui étaient entremêlés aux doigts de Mère. Les yeux d'Eva étaient fermés et elle ne dit rien du parfum, car elle savait que les mots n'avaient pas besoin d'être prononcés. Les autres, elle en était sûre, sentaient également la lotion familière, la crème qu'utilisait Mère après avoir jardiné, les soirs où ils étaient couchés dans leur lit et attendaient le bruit de ses pas dans l'escalier, conscients, comme ils l'étaient encore, qu'ils étaient véritablement et inconditionnellement aimés.

NOTE DE L'AUTEUR

J'ai rencontré Sheila Fitzgerald pour la première fois en 1977, alors qu'elle vivait dans une petite caravane à Turlough, dans le comté de Mayo, tout près de l'ancienne maison – à présent abandonnée – dans le bois qu'elle avait transformé en un refuge pour animaux. Sa caravane – l'Arche – était un vrai refuge pour les humains comme pour les animaux. *Toute la famille sur la jetée du Paradis* provient de conversations enregistrées en 1992, alors que Sheila avait presque quatre-vingt-dix ans et qu'elle pouvait encore vivre sa vie marginale, sa caravane garée à présent près d'un foyer et d'une série d'ateliers pour artistes dans le comté de Wexford. Nous avons parlé de la possibilité que j'écrive un livre fondé sur sa vie, et Sheila préférait qu'il ait la forme d'une série de vignettes entrelacées, après avoir changé quelques noms et rendu délibérément flous certains détails.

Rédiger un livre comme celui-ci revient à se sentir jugé non seulement par les vivants mais aussi par les morts. J'ai hésité des années avant d'écrire ce roman, sachant que je ne pourrais jamais saisir l'essence de cette femme unique et joyeuse qui apporta tranquillement l'inspiration à beaucoup de ceux qui la rencontrèrent. Cependant, en feuilletant ses papiers, j'ai trouvé une phrase qu'elle avait notée en 1960 (peu de temps avant la mort tragique de ses deux enfants) où elle disait qu'elle admirait les artistes qui avaient le courage de s'emparer de la réalité et de la transformer en quelque chose de nouveau.

La fiction ne peut jamais dire toute la vérité, cependant elle peut sans doute dire des vérités altérées et tout aussi importantes. Les biographies ou même les autobiographies ne peuvent pas non plus révéler toute la vérité. Nous voyons invariablement notre vie à travers le prisme de la version de la réalité que nous avons construite à partir d'un choix de souvenirs, de sorte que notre passé finit par être composé non pas à partir de ce qui est arrivé mais à partir de ce que nous nous souvenons nous être arrivé.

Plutôt que de prétendre pouvoir révéler toute la vérité, ce livre joue délibérément avec de nombreux aspects de la réalité. J'ai changé les prénoms afin de montrer qu'Eva, Maud, Thomas, Art et Brendan sont des recréations provenant de ma propre imagination. J'ai conservé le nom de famille parce que les enfants Goold Verschoyle étaient bien trop uniques pour appartenir à une autre famille. Le brouillage volontaire de la réalité (où, par exemple, Madame Despard perd sa maison quelques années trop tôt et où Jim Gralton peut apprécier son Leitrim natal bien plus longtemps que ne le lui a permis De Valera) énervera sans doute les historiens. Mais j'ai pu ainsi créer un univers fictionnel parallèle et compact qui, je l'espère, reflète encore l'essence de l'expérience de Sheila tout en m'autorisant à explorer certains aspects de sa vie familiale et un grand nombre des tensions politiques et sociales de l'époque.

Les lecteurs qui aimeraient en savoir plus à propos de la personne sur laquelle le personnage d'Art est plus ou moins fondé doivent lire les pamphlets de Neil Goold tels que *Trotskisme : ses racines et ses fruits* et *Le Vingtième Congrès et après : Une défense de J.V. Staline et de sa politique*. Ils relatent ses convictions et sa personnalité mieux que je ne peux prétendre le faire. Brendan est fondé sur Brian Goold Verschoyle, qui a perdu ses illusions et a disparu après avoir été enlevé par les Soviétiques pendant la guerre civile espagnole. Il est mort en 1941 dans un train de prisonniers bombardé par les nazis. Les expériences qui lui sont attribuées pendant les années où il a disparu ont été choisies pour être représentatives de tous ceux qui ont partagé son sort.

Comme beaucoup d'autres personnages de ce roman – en particulier celui d'Eva elle-même – ceux de Mr et Mrs Ffrench sont en grande partie fondés sur mon interprétation personnelle, bien que je me sois vaguement inspiré d'un couple marié qui vivait à Bruckless House à l'époque où se déroule ce livre, a vécu quelque temps à

Moscou et a été enterré près de la jetée au bout de son ancien jardin, sous la belle épitaphe que l'on trouve dans mon livre. En 1984, j'ai aidé à l'édition d'un ensemble de dessins de Sheila Fitzgerald prélevés dans un carnet d'esquisses qu'elle avait rempli quand elle était petite et vivait dans le Donegal ; son titre est *Un été dans le Donegal* (Raven Arts Press).

Sheila a ouvert son très innovant atelier d'art pour les enfants dans Frankfurt Avenue à Dublin, où elle a pris grand plaisir à travailler avec ses élèves, souvent dans des conditions financières qui l'obligeaient à couvrir de peinture blanche de vieux journaux afin qu'ils puissent peindre dessus. Dans son recueil de poèmes, *Crazy About Women*, l'un de ses élèves, Paul Durcan, a expliqué que l'origine de son propre livre, inspiré par son amour de la peinture, datait « des nuits d'hiver à Dublin au début des années cinquante, lorsque ma mère m'emmenait un soir par semaine pour un autre rendez-vous magique avec Sheila Fitzgerald ».

Sheila avait souvent parlé d'écrire l'histoire de sa vie, mais ce n'est qu'en trouvant son passeport de 1968, décrivant sa profession comme « écrivain », que j'ai compris à quel point elle voulait écrire. Une feuille de papier froissé indiquait les nouvelles qu'elle avait rédigées ainsi que les commentaires utiles des éditeurs qui les avaient rejetées. Elle avait soixante-cinq ans au moment de sa demande de passeport, voulait se rendre dans les régions pauvres d'Espagne et du Maroc pour tenter d'y vivre et de mener une vie spirituelle intense avec des personnes et des idées nouvelles.

J'éprouve une immense reconnaissance à l'égard de nombreux amis qui m'ont aidé en me confiant leurs souvenirs. Aucun d'entre eux n'est responsable des erreurs et des falsifications de la réalité. Des remerciements particuliers vont à Derek Johns, à Clare Reihill, à Catherine Heaney, à Mandy Kirkby et à Philip Gwyn Jones, qui ont cru à mon travail, ainsi qu'à Trinity College, Dublin, et à All Hallows College, Dublin, deux lieux où pendant la rédaction de ce livre, j'ai été respectivement l'écrivain en résidence et le résident qui écrit.
Sheila est morte en 2000 à Wexford. Selon ses dernières volontés, son corps n'a pas été transporté à Dublin dans un corbillard mais dans un

cercueil en bois tout simple peint de couleurs vives. Dans le crématorium de Glasnevin, aucun prêtre n'a fait de discours mais « Passer la barre » de Tennyson a été lu avant que le corps qu'elle avait finalement abandonné pénètre dans les flammes au son de la musique choisie par elle, le joyeux chœur final de la *Neuvième Symphonie* de Beethoven. Le minuscule cercueil artisanal de Sheila ressemblait à un petit bateau qui ne provoquerait qu'un léger remous. Ce n'est que plus tard que ses amis se sont rendu compte que ce remous s'était propagé toute sa vie durant et avait finalement atteint des rives lointaines, et qu'il a continué à suivre son propre destin longtemps après que les vagues apparemment immenses de son époque se furent effacées.

En souvenir,

Dermot Bolger
Dublin, août 2004

III. 1937-1946

Ouvrage composé
par Entrelignes (64).
Achevé d'imprimer
sur Roto-Page
par l'Imprimerie Floch
à Mayenne, le 2 avril 2008.
Dépôt légal : avril 2008.
Numéro d'imprimeur : 70851.

Imprimé en France.

141318